Johanna Laurin

Die Liebenden von Nizza

Roman

GOLDMANN

Originalausgabe

MIX
Papier | Fördert gute Waldnutzung
FSC® C083411

Penguin Random House Verlagsgruppe FSC® N001967

2. Auflage

Dieses Werk wurde vermittelt durch die
Literarische Agentur Michael Gaeb
Umschlaggestaltung: UNO Werbeagentur, München
Umschlagmotiv: GettyImages/StockByM; GettyImages/aletheia97;
FinePic®, München
CN · Herstellung: ik
Satz: KCFG – Medienagentur, Neuss
Druck und Bindung: CPI books GmbH, Leck
Printed in Germany
ISBN: 978-3-442-20634-6

www.goldmann-verlag.de

PROLOG

Villefranche, Frankreich, Juli 1929

Als er das junge Paar den Pier entlangschlendern sah, wusste er gleich, dass diese beiden sein Motiv für den heutigen Abend sein würden. Obwohl er malte, seit er denken konnte, waren diese Momente selten, diese klaren, hellen Augenblicke, in denen er seinen Pinsel am liebsten in Sekundenschnelle über die Leinwand tanzen lassen wollte, weil er das Bild so deutlich und in all seiner Schönheit und in seinen Farben vor sich sah.

Die Sonne stand schon tief am Horizont und brannte glutrot über den Hügeln, die brütende Hitze des Tages legte sich langsam, ein sanfter, lauer Wind wehte vom Meer herüber, kündigte die Nacht an, die sich bald dunkel und geheimnisvoll über das glitzernde Wasser legen würde.

Er hatte sich den ganzen Tag in den Hügeln oberhalb der Ortschaft aufgehalten, hatte an seinem Lieblingsplatz gesessen, zwischen sattgrünen Pinien und duftenden Lavendelhainen, mit Blick auf das azurblaue Meer, das schaumgekrönte Wellen gegen das Ufer schlug, und das felsige, verwunschene Cap Ferrat. In seinem Rücken die hügelige Landschaft des Hinterlands von Nizza und die Bergdörfer Èze und Gourdon, die wie kleine Adlerneste auf den Berggipfeln thronten.

Nun war er mitsamt seinen Pinseln, seiner Palette und Leinwand ins Dorf hinabgestiegen, hatte sich in Strandnähe inmitten des abendlichen Trubels auf einer Bank niedergelassen, in einer dieser bunten engen Gassen, die Villefranche so lebendig machten.

Der Mann und die Frau, die ihm schon von Weitem aufgefallen waren, spazierten dicht am Ufer. Sie hielten sich an den Händen, schauten sich immer wieder an, blieben ab und an stehen, schauten zum Horizont, zogen sich die Schuhe aus und liefen auf nackten Sohlen ein paar Schritte ins Wasser, lachten, küssten sich.

Die Frau war jung, hatte blondes, kinnlanges Haar und trug ein rotes Kleid, ihr Gang war grazil wie der einer Ballerina. Es war möglich, dass er sie schon einmal gesehen hatte, irgendwo in Nizza, auf einer Vernissage oder im Café du Jardin, in dem er mit seinen Künstlerfreunden ein und aus ging. Aber sicher war er sich nicht. Er war nicht gut im Erinnern von Gesichtern, was eigenartig war, wenn man bedachte, dass er tagtäglich Porträts malte.

Der Mann war dunkelhaarig und trug eine weite Hose mit Hosenträgern und ein weißes Hemd. Sie waren ein schönes Paar, eines dieser Paare, bei denen er unvermittelt hinsehen musste, deren Anblick ihn kurz an das eigene, schon lange vergangene Glück denken ließ, an unbeschwerte Momente der Jugend, in denen nichts zählte außer der Liebe.

Der Mann war nur ein kleines Stück größer als die Frau und legte manchmal den Arm um ihre Hüfte. Sie wirkten vertraut und hatten doch diese spielerische Art, miteinander umzugehen, wie man sie von Frischverliebten kennt. Es war wirklich etwas Besonderes an diesem Paar, das der Maler selbst nicht ganz fassen konnte. Es war eine bestimmte Aura, die sie umgab, als würde alles um sie herum in einem besonderen Glanz erstrahlen.

Als sie näher kamen, fasste er sich ein Herz, erhob sich und ging auf sie zu. Sie waren erst überrascht von seinem Angebot. Doch dann schauten sie sich an, und er erkannte, dass sie sich ohne Worte verstanden, dass sie schon mehr zusammen erlebt hatten als andere junge Paare, Erlebnisse, die sie zusammengeschweißt, die sie nicht gebrochen, sondern gestärkt hatten.

Kurz darauf standen die beiden vor seiner Staffelei. Und als er begann, die ersten Striche zu malen, spürte er, dass dieses Doppelporträt keinem seiner Bilder glich, die in seinem Atelier standen. Das Paar und die Gefühle, die sie verbanden, wollte er auf eine ganz besondere Art einfangen. Also bat er die Frau und den Mann, sich ein Stück voneinander entfernt zu positionieren, als würden sie sich erreichen wollen, es aber nicht schaffen. Drei Bilder sollten es werden, das stellte er sich vor. Ein Triptychon, das alle Facetten des Lebens und der Liebe zeigte, ein Kunstwerk, das einfing, was Worte nicht beschreiben konnten. Wie sehr hoffte er doch, all das, was in seinem Kopf herumschwirrte, auf die Leinwand bringen zu können.

Das erste Bild sollte nur die Frau, ihre Sehnsucht, ihre Zuneigung, ihre Verbundenheit zu dem Mann darstellen. Wie sehr sie sich nach ihm verzehrte. Sie wirkte offen und fröhlich, und wunderschön, aber es war nicht nur das. Ihre Gestik, ihre Mimik zeigten Anmut, aber auch Stärke und Tapferkeit. Und in seinem Kopf hatte er plötzlich das Bild einer Kämpferin, die sich unerbittlich für das Gute einsetzte.

Dann nahm er eine zweite gespannte Leinwand zur Hand und stellte sie auf die Staffelei. Nun malte er den Mann, der trotz seiner offenen Art verschlossener, in sich gekehrter wirkte, seine Leidenschaft zurückhaltender zeigte. Und doch konnte er auch bei ihm das Besondere, das Intensive, das Ungewöhnliche einfangen, seinen stechenden Blick, sein erhabenes Kinn, das von großer Willenskraft zeugte. Er verwendete Farben, die er in dieser Kombination noch nie verwendet hatte, um das innere Feuer einzufangen, das den Mann umgab.

Die Pinsel des Malers flogen nur so über die Leinwände, er

war wie in Trance. Er spürte sein Herz wild in seiner Brust klopfen, merkte, wie sich Schweiß auf seiner Stirn bildete. Vielleicht würde er es tatsächlich schaffen, vielleicht würde es ihm gelingen, ein Werk zu schaffen, von dem er schon immer geträumt hatte.

Als er fertig war, fragte er die beiden, ob sie am nächsten Tag wiederkommen könnten, denn er würde gern ein drittes Bild erschaffen. Dieses sollte sie endlich vereint zeigen.

Die drei Bilder würden die Liebe der beiden widerspiegeln. Drei Bilder, die das Glück, die Wehmut und die Zuversicht darstellten, die er selbst spürte, während er sie malte.

Liebe trotz aller Widrigkeiten, Zusammenhalt trotz stürmischer Zeiten, Innigkeit und Hoffnung.

Drei Bilder, die alles verändern würden.

KAPITEL 1

Nordstrand, April 2019

Es war spät geworden.

Ich rieb mir die Augen und gähnte. Obwohl ich todmüde war, sträubte ich mich dagegen, ins Bett zu gehen, denn dort warteten nur noch düstere Gedanken auf mich. Nun saß ich schon seit ein paar Stunden auf meiner Couch, eine Wolldecke über den Beinen und eine Tasse Tee vor mir auf dem Tisch, einzig eine kleine Messinglampe spendete schwaches Licht.

Ich legte das Buch, in dem ich gelesen hatte, zur Seite und schaute nach draußen. Wie stockfinster es hier nachts war. In der Ferne hörte ich die Nordsee rauschen, eine Möwe kreischte gegen den Wind an.

In der Stadt, in der ich zuvor gelebt hatte, waren Licht und Lärm überall gewesen. Ständig war ich umgeben von Hektik und Geschäftigkeit. Ich hatte es gemocht, hatte mir nie vorstellen können, woanders zu wohnen. Vielleicht kam mir deshalb in Nordstrand alles so unwirklich vor. Die Ruhe, die Abgeschiedenheit, die Einsamkeit. Ich war so fern von allem, was früher mein Leben ausgemacht hatte, dass es fast unheimlich war.

Ich schaute zur alten Kuckucksuhr, die über dem Esstisch an der Wand hing. Es war kurz vor zwei. Wollte ich noch ein bisschen Schlaf bekommen, müsste ich wohl langsam ins Bett gehen.

Als ich aufstand, hob Frida kurz schläfrig den Kopf und sah mich mit ihren treuen Hundeaugen an, fast als wolle sie mich fragen, ob ich nun tatsächlich von ihr erwartete, dass sie in ihr

Körbchen am Fuße meines Betts trotten sollte. Offenbar fand sie das Schafsfell vor dem Kamin bequemer. Ich beugte mich zu ihr hinunter und kraulte Frida hinter den Ohren, woraufhin sie glücklich brummte. Seit knapp einem Jahr war die Französische Bulldogge mit dem hellen Fell und den rabenschwarzen Augenringen bei mir, seitdem war sie kaum von meiner Seite gewichen. Von ihren früheren Besitzern war sie im örtlichen Tierheim abgegeben worden, weil sie an Arthrose litt. Meine Nachbarin und Freundin Eva, die ehrenamtlich im Tierheim arbeitete, hatte mir von der betagten Hündin erzählt und mich gefragt, ob ich sie vielleicht aufnehmen wolle. »Dann hast du bei deinen einsamen Strandspaziergängen eine Begleiterin«, hatte sie augenzwinkernd gesagt. Ich hatte mich erst gesträubt, aber als ich Frida das erste Mal besuchte und sie mich fragend ansah, war es um mich geschehen. Wegen des rabenschwarzen Fells rund um ihre Augen hatte ich sie nach Frida Kahlo benannt, deren Bilder ich früher immer sehr gemocht hatte. Früher, in einem anderen, einem fernen Leben. Es kam mir vor, als wäre es eine halbe Ewigkeit her.

»Es ist Zeit, schlafen zu gehen«, flüsterte ich leise, woraufhin Frida langsam ihr Hinterteil nach oben streckte und dabei noch herzhafter gähnte als ich vorhin.

Ich richtete mich wieder auf und warf einen letzten Blick nach draußen. Der Leuchtturm, der einige Kilometer weiter am Ende der Hafenmündung stand, schickte seine Lichtzeichen auf das tiefschwarze Meer. Ich musste daran denken, wie mein Vater mir und meiner Schwester Lara das Rudern beibrachte, obwohl meine Mutter meinte, dass wir noch viel zu klein dazu wären. Wassersport war von jeher eine große Leidenschaft meines Vaters, und man merkte ihm an, wie aufgeregt er war, als er seine Begeisterung endlich mit seinen Töchtern teilen konnte. Lara war von Anfang an ein Naturtalent gewesen, wohingegen ich mich schwerer tat. Das tiefe Wasser, die unhandlichen Ruder, das wackelige, rutschige Boot, all das machte mir noch ziemlich Angst. Doch mein Vater gab nicht auf, und schon bald saßen Lara und ich allein in unserem kleinen Boot und durften ein Stück hinausrudern. Unsere Eltern hatten uns erlaubt, bis zur anderen Seite des Hafens zu paddeln, um dann schnurstracks umzukehren. Aber Lara hatte andere Pläne gehabt, wie immer. Sie wollte bis zum Leuchtturm, was bedeutete, den Hafen zu verlassen. Und das hatte unser Vater streng verboten. Ich versuchte, Lara davon abzuhalten, hatte aber keine Chance. Hatte meine Schwester sich etwas in den Kopf gesetzt, war sie kaum davon abzubringen. Sogar als wir draußen auf der See in unserem schwankenden Boot hockten und der Wind mit voller Kraft blies, war sie noch guter Dinge. Dann aber trieben wir langsam, aber sicher hinaus aufs offene Meer, und selbst meiner unerschrockenen Schwester wurde mulmig zumute. Der Wind hatte gedreht, und wir schafften es nicht mehr, gegen ihn anzurudern. Sosehr wir uns auch bemühten, es gelang uns nicht, das Boot unter Kontrolle zu bekommen. Ich war inzwischen von blanker Panik erfasst und konnte kaum noch klar denken.

Doch auf einmal, ganz plötzlich, schien Laras Angst wie fortgewischt. Sie setzte sich gerade auf, und ihr Blick hatte etwas Entschlossenes. »Ich bring uns jetzt an Land«, sagte sie, und es klang ein bisschen wie aus einem Film, in dem die Hauptfigur am Ende die Menschheit vor dem Untergang rettet. Mit beiden Händen packte sie in einem windstillen Moment die Ruder, drückte sie mit aller Kraft von sich weg, um sie dann schnell heranzuziehen. Nach und nach hörte ich auf zu zittern, merkte, wie meine nass geschwitzten Hände mir wieder gehorchten und ich Lara helfen konnte, unser Boot auf den richtigen Kurs zu bringen. Wenig später waren wir an Land. Unsere Eltern erfuhren nie davon, es blieb unser Geheimnis, wie so vieles, was wir zusammen erlebt hatten.

Ich wischte die Tränen fort, die mir über die Wangen liefen, ging ans Fenster und zog die Vorhänge zu.

Am nächsten Morgen wurde ich von Frida geweckt, die mein Bett umrundete wie ein hungriger Wolf. Kurz dachte ich daran, mich noch einmal umzudrehen und ihre vorwurfsvollen Schnauflaute zu ignorieren, wusste aber, dass das wenig Aussicht auf Erfolg versprach. Außerdem musste ich mich wohl oder übel um ein paar Dinge kümmern. Also kletterte ich aus dem Bett, füllte Fridas Napf und stellte die Kaffeemaschine an. Während ich unter der Dusche stand, überlegte ich noch mal, was ich heute alles tun musste. Zunächst ein paar Rechnungen bezahlen, aber auch kurz ins Dorf, um im Krämerladen das Lebensnotwendige für Frida und mich zu besorgen. Neben dem Lebensmittelgeschäft, das einzige weit und breit, gab es noch ein Fischrestaurant, einen Imbiss, einen Souvenirshop, einen Blumenladen und ein Hotel samt kleinem Café, das sich am alten Hafen am Rande der Ortschaft befand. Allzu viele Touristen verirrten sich nicht an die Nordsee zu dieser Jahreszeit, im frühen Frühling. Frida und ich genossen deshalb unsere Streifzüge durch das einsame Watt und über die Salzwiesen.

Ich stieg aus der Dusche, wickelte mich in ein Handtuch und lief barfuß in die Küche. Der Kaffee war inzwischen durchgelaufen, und ich schnappte mir einen Becher, in den ich großzügig Kaffee und Milch goss. Als ich die Milch zurück in den Kühlschrank stellte, fiel mir die Einladung auf, die mit einem Magneten an der Kühlschranktür befestigt war. Der fünfundsechzigste Geburtstag meiner Mutter. In vierzehn Tagen. Ich stöhnte innerlich. Erschrocken stellte ich fest, dass ich auf die Einladung noch nicht reagiert hatte. Meine Mutter wusste nicht einmal, ob ich kommen würde. Das hatte sie nicht verdient. Aber es fiel mir schwer, zur Tagesordnung überzugehen, nach allem, was geschehen war.

Ich ging zur Verandatür. Es hatte in der Nacht geregnet, jetzt war es stürmisch. Der Wind peitschte Sandkörner und Kiesel über die Veranda, das Schilfrohr bog sich unter einer besonders heftigen Böe, und heruntergefallene Äste lagen auf dem Kiesweg vor meinem Haus. Missmutig sah ich zum Schreibtisch, auf dem die leidigen Rechnungen lagen. Etwas widerwillig zog ich mir Jeans und Pullover über, setzte mich an den Tisch, schaltete meinen Computer an und öffnete mein E-Mail-Postfach. Es schien nichts Wichtiges dabei zu sein. Ich löschte ein paar Newsletter und scrollte durch einige Einladungen zu Ausstellungseröffnungen. Gerade wollte ich das Postfach schließen, als ich eine Nachricht bemerkte, die schon älter war. Von einem Adam Gold. Der Name sagte mir nichts. Ich klickte dennoch auf die Nachricht und begann zu lesen:

Sehr geehrte Frau Dr. Hauser,
mein Name ist Adam Gold, ich bin Rechtsanwalt bei Falkner, Spielmann und Stein in Genf. Unsere Kanzlei ist spezialisiert auf Raubkunst, und gerne würden wir in einem besonderen Fall Ihre Expertise in Anspruch nehmen. Unsere Mandantschaft legt großen Wert auf Diskretion, deshalb würde ich Ihnen die Einzelheiten gern persönlich darlegen. Bitte lassen Sie mich wissen, wann es Ihnen passen würde.
Freundliche Grüße, Adam Gold

Es folgte eine ellenlange Signatur mit den unterschiedlichsten Kommunikationskanälen.

Ich seufzte. Raubkunst.

Raubkunst aufzuspüren, das war nicht zu leugnen, bedeutete mir lange Zeit unendlich viel, war vielleicht das Wichtigste in meinem Leben gewesen. Mit dreizehn oder vierzehn Jahren hatte mich mein Großvater das erste Mal zu einer Kunstausstellung mitgenommen. Großvater Enno liebte die Kunst, seit er im Zweiten Weltkrieg in Italien stationiert war. Er hatte sich verliebt, in eine Italienerin, so hatte er es mir oft erzählt. Sie war jung, wunderschön und eine Künstlerin. *La bella*, die Schöne, so nannte er sie, und seine Augen wurden feucht, wenn er von ihr sprach. Carla war in der Gegend bekannt, ihre wundervolle Malerei berührte viele. Doch dann bekam mein Großvater von seiner Einheit einen grausamen Auftrag. Er musste ihre Bilder verbrennen, denn sie galten damals als entartete Kunst. Niemals würde er ihr Gesicht vergessen, so erzählte er, ihr Gesicht, als er ihre Werke auf den Scheiterhaufen warf. Es war, als würde er ihr Herz, ihre Seele verbrennen. Carla sprach nie wieder mit ihm. Seitdem widmete Enno sich neben seiner Arbeit als Ingenieur der Suche nach Bildern, die nicht verbrannt, aber aus Gründen verschwunden waren, die der damaligen Politik geschuldet waren. Er wollte wiedergutmachen, was er getan hatte. Dieses Denken hatte sein ganzes Leben bestimmt. Meine Großmutter ließ ihn gewähren, auch wenn sie sich sicher manchmal gewünscht hätte, dass er mehr Zeit mit der Familie verbrachte.

Enno steckte mich schon als junges Mädchen mit seiner Begeisterung für Kunst an, nie vergessend, wie viel Unrecht in der Nazizeit passiert war, das es noch aufzudecken galt. Bei seinen Nachforschungen wurde ich seine Komplizin, seine Assistentin. Ganze Nächte verbrachten wir damit, nach Spuren zu suchen, uns durch Registraturen und Archive zu wühlen, Puzzleteile zusammenzusetzen. Und so studierte ich Kunstgeschichte, wurde zu einer Art Detektivin auf diesem Gebiet, die das aufspürte, was verloren schien.

Doch von dieser Person war nicht viel geblieben. Seit einiger Zeit kam mir mein altes Leben sinnlos vor. In Nordstrand hatte ich eine Rückzugsmöglichkeit gefunden, eine Art Versteck, hoffte dort, diese unglaubliche Traurigkeit in mir, die alles andere überschattete, irgendwann hinter mir zu lassen.

Ich schlüpfte in meine Jacke, legte Frida ihr Halsband um, schnappte mir ihre Leine und öffnete die Haustür.

Der Wind peitschte mir ins Gesicht, und ich hatte Mühe, mich über die Promenade zu kämpfen. Kaum jemand war bei diesem Wetter unterwegs, und ich ärgerte mich, dass ich nicht meinen Friesennerz – die knallgelbe Regenjacke mit den großen Taschen und einer noch größeren Kapuze – angezogen hatte.

»Hallooo!«, hörte ich plötzlich jemanden hinter mir rufen.

Ich drehte mich um. Eine Gestalt, die im Regenmantel, mit Anglerhut, einem Schal und in Gummistiefeln kaum zu erkennen war, stand am Fuße des Deichs und winkte heftig. Ich wischte mir den Regen aus den Augenwinkeln und erkannte Eva, meine Nachbarin.

Eva passte eigentlich nicht ins Dorf. Sie war älter als ich, doch viel unkonventioneller mit ihren bunten Klamotten und ihrem Faible für extravagante Frisuren. Kaum zu glauben, dass sie, die im Nachbardorf aufgewachsen war, die Gegend noch nie für länger verlassen hatte.

»Wat für'n Schietwetter«, rief sie, während sie mir entgegenkam. »Na, mein Flitzpiepe.« Sie beugte sich zu Frida hinab, um sie zu kraulen, danach drückte sie mich fest an ihre opulente Brust. »Herrje, was machst 'n du für 'n Gesicht?«, fragte sie dann und musterte mich prüfend.

Ich zuckte mit den Achseln. »Ach, nur der übliche Alltagsstress«, antwortete ich ausweichend.

»Nee, nee, Mädchen, ich seh dir doch an der Nasenspitze an, dass da was nicht stimmt. Du kommst jetzt mit zu mir auf eine Tasse Tee. Und dann erzählst du mir, was los ist.«

»Aber …«

»Keine Widerrede. Bei dem Wetter holst du dir ja hier draußen den Tod. Und nicht nur du, sondern auch Frida.« Sie packte mich am Arm und schob mich in Richtung ihres kleinen Reetdachhauses, während Frida hinterhertrottete.

Eva schien gerade gebacken zu haben, denn es duftete schon im Flur herrlich nach Vanille und zerlassener Butter. Nachdem wir unsere nassen Sachen aufgehängt hatten, gingen wir in die gemütliche und warme Küche, in der noch ein uralter Gasofen stand. Eva setzte Teewasser auf und stellte Kandis und einen Teller mit frisch gebackenen Heidesandkeksen auf den Tisch.

»Also, was ist los?«

»Ach, nur ein paar alte Geschichten.« Ich versuchte, gleichgültig zu klingen.

»Willst du darüber sprechen?«, fragte Eva mitfühlend. Sie gehörte zu den wenigen Leuten im Dorf, die von meiner Vergangenheit wussten.

Ich holte tief Luft und erzählte ihr in knappen Worten von der Nachricht, die ich gerade von diesem Anwalt erhalten hatte.

Eva schwieg und goss dampfenden Tee in unsere Tassen.

»Eigentlich sollte inzwischen jeder wissen, dass ich nicht mehr als Kunstwissenschaftlerin arbeite«, erklärte ich.

Eva sagte weiterhin nichts. Dann stand sie auf und holte eine Flasche Friesengeist von der Anrichte und goss zwei Schnapsgläser voll. »Hier, das tut gut. Nich lang schnacken … du weißt schon.« Wir stürzten den Inhalt der Gläser in einem Zug herunter. Zurück blieben ein bitterer Geschmack auf der Zunge und ein warmes Gefühl im Bauch.

Dann erhob sich Eva ein weiteres Mal und holte ein in Leder gebundenes Fotoalbum aus einer Vitrine. Sie schlug die erste Seite auf und zeigte mir ein Bild von sich selbst als junger Frau, Arm in Arm mit einem Mann in Shorts und Hawaiihemd.

»Ist das dein Ehemann?«, fragte ich. Eva hatte mal erzählt, dass sie verheiratet gewesen war, aber ich hatte nie nachgefragt.

»Er *war* mein Ehemann«, korrigierte sie. »Seit zehn Jahren sind wir geschieden. Wir waren ein glückliches Paar, hatten aber auch unsere Schwierigkeiten. Wie das eben so ist.«

»Hm.«

»Nun ja, wir besaßen einen kleinen Laden, ein Schmuckgeschäft in Büsum. Jahrelang schufteten wir, um uns endlich mal einen richtig tollen Urlaub zu gönnen, vier Wochen Sardinien, ohne Arbeit, ohne Stress. Doch einen Tag vor der Abreise hatten wir einen schlimmen Streit, es ging um den Laden und unsere schlechten Einkünfte. Und danach ist er gegangen.«

»Ist er zurückgekehrt?«

»Nein. Er hat mich noch einmal angerufen, da war er schon fast in Süddeutschland, wollte zu Verwandten. Nach Sardinien würde er nicht mitkommen, teilte er mir mit. Auch würde er nie wieder zu mir zurückkehren. Seitdem habe ich ihn nie mehr gesehen.«

»Das tut mir leid.«

»Das war wirklich schlimm. Aber das ist nicht der Grund, warum ich dir das erzähle. Kurz nach der Trennung konnte ich unser Schmuckgeschäft noch nicht einmal mehr betreten, weil mich alles dort an ihn erinnert hat. Ich war so wütend auf ihn, dass ich den ganzen Laden am liebsten kurz und klein geschlagen hätte. Aber dann hab ich mich an die guten Dinge erinnert.

Daran, wie aufregend es war, mit ihm Bernstein in Fassungen zu setzen, wie glücklich ich mich fühlte, wenn wir zusammen Silber polierten oder Rosenquarzkugeln zu Armbändern reihten. Ich habe mich an das Schöne erinnert, und das ist mir geblieben. Ich habe das Geschäft zwar später verkauft, aber aus anderen Gründen.«

»Verstehe«, murmelte ich, ohne es wirklich zu tun.

»Vielleicht solltest du über die Anfrage des Anwalts noch einmal nachdenken«, schlug Eva vor, während sie uns Tee nachgoss und hellen Kandiszucker in die Tassen gleiten ließ.

Von draußen war lautes Hundegebell zu hören, und Frida, die sich neben der Tür niedergelassen hatte, gab einen grunzenden Laut von sich.

Ich nahm einen Schluck von dem samtig schmeckenden Tee. »Ich glaube nicht, dass ich schon bereit dafür bin.«

»Nach allem, was du mir berichtet hast, hast du deine Arbeit sehr geliebt. Und man sollte das machen, was man liebt.«

Ich verzog das Gesicht. Ich hatte nicht vorgehabt, darüber zu diskutieren.

»Hör dir wenigstens an, was er zu sagen hat. Vielleicht ist es sowieso eine Nummer zu groß für dich«, meinte Eva und erhob sich, um für Frida eine Bockwurst aus dem Kühlschrank zu holen.

»Eine Nummer zu groß? Ich hab damals den Monet in Rom gefunden. Meinst du, dass es etwas gibt, was größer sein könnte?«

Eva zuckte mit den Schultern und betrachtete schmunzelnd Frida, die das Würstchen mit wenigen Bissen vertilgte. »Keine Ahnung, Romy. Aber du hast die Chance, es herauszufinden.«

Einige Tage waren seit jenem Vormittag vergangen, als ich morgens vom Brummen eines Motors geweckt wurde. Es kam nicht häufig vor, dass sich ein Auto auf den Kiesweg vor meinem Haus verirrte, denn der Weg war eine Sackgasse und endete ungefähr hundert Meter weiter im Schotter.

Ich kroch aus dem Bett, schlüpfte rasch in Jeans, T-Shirt und Strickjacke und ging ins Wohnzimmer. Ich schaute aus dem Fenster und entdeckte ein Taxi, das direkt vor dem Haus zum Stehen gekommen war. Kurz darauf öffnete sich die hintere Wagentür und ein Mann in einem dunklen Anzug mit Schlips stieg aus. Er trug eine Aktentasche und ging zielstrebig auf meine Haustür zu.

Ein paar Sekunden später klingelte es. Frida peste zur Haustür und gab lautes Gebell von sich. An den schrillen Ton der Klingel hatte sie sich nie gewöhnen können.

»Frida, nein!«, rief ich sie zur Ordnung, aber es war schon zu spät.

Der Mann klopfte bereits an die Milchglasscheibe. »Hallo? Frau Dr. Hauser? Sind Sie da?«, rief er.

Ich zog Frida am Halsband zurück und öffnete die Tür. Der Mann, der vor mir stand, war ungefähr so alt wie ich, drahtig, braun gebrannt und hatte kurze Haare. Zum maßgeschneiderten Anzug trug er ein weißes Hemd. Sein Blick war offen und freundlich.

»Ich suche eine Dr. Romy Hauser. Leider gibt es hier keine Hausnummern. Aber der Taxifahrer meinte, ich wäre richtig.«

Der Mann hatte einen leichten Schweizer Akzent.

Ich räusperte mich. »Ich bin Romy Hauser. Kann ich Ihnen irgendwie helfen?«

»Oh«, sagte der Mann. »Ich hatte gedacht, Sie wären …«

Ich runzelte die Stirn. »Ja?«

»Ach nichts.« Er schüttelte den Kopf, als würde er sich über sich selbst ärgern, und streckte mir dann entschlossen die Hand entgegen. »Mein Name ist Adam Gold. Ich hatte Ihnen vor einiger Zeit eine E-Mail geschrieben.«

Ich erwiderte seinen Händedruck. Irgendwie hatte ich geahnt, dass dieser Anwalt nicht lockerlassen würde.

Herr Gold lächelte etwas gequält. »Sie sind wirklich schwer zu finden.«

Ich betrachtete ihn. So von Nahem war er zugegebenermaßen ein attraktiver Mann, dunkle Augen, markantes Gesicht.

»Kann ich hereinkommen? Ist etwas frisch hier draußen.«

Ich warf einen flüchtigen Blick ins Wohnzimmer, das ich seit Wochen nicht aufgeräumt hatte. Dann trat ich einen Schritt zurück, um ihn eintreten zu lassen.

Schnell räumte ich einen Stapel Zeitungen vom Esstisch, fegte mit den Händen ein paar Brotkrümel fort und bot ihm an, sich doch zu setzen. Frida ließ sich mal wieder neben dem Kamin nieder und fing sofort laut zu schnarchen an, während ich in die Küche ging. Ich überlegte kurz, ob ich Kaffee kochen sollte, griff dann aber nur nach einer Flasche Mineralwasser und zwei Gläsern. Herr Gold sollte sich auf keinen Fall zu wohl fühlen.

Als ich ins Wohnzimmer zurückkehrte, hatte er bereits eine Aktenmappe und seinen Laptop auf den Tisch gelegt.

»Schön haben Sie es hier. Sehr … ruhig.«

Ich stellte ihm ein Glas vor die Nase und setzte mich ihm gegenüber. Ohne auf seine Bemerkung einzugehen, fragte ich: »Also, was kann ich für Sie tun?«

»Ich vermute, Sie haben meine E-Mail erhalten?«

»Das ist richtig, aber ich kann Ihnen darauf keine positive Antwort geben. Tut mir leid, dass Sie den weiten Weg auf sich genommen haben. Aber ich kann Ihnen nicht helfen.«

»Wollen Sie denn gar nicht wissen, worum es geht? Wenn ich Ihnen mehr erzähle …«

»Das brauchen Sie nicht«, unterbrach ich ihn. »Ich habe mir eine Auszeit verordnet. Derzeit nehme ich keine Aufträge an.«

Er antwortete nicht, sondern schob mir stattdessen eine Akte zu, auf der »Jean-Paul Girard« stand. Aufmerksam musterte er mich, während ich die Akte vorsichtig öffnete und die erste Seite begutachtete. Sofort erkannte ich die dort abgebildete Kopie des berühmten Kunstwerks. Ein Triptychon, ein dreigeteiltes Gemälde, aber kein Altarbild, sondern in einer modernen Version.

Eine junge Frau mit schimmerndem blondem Haar war auf dem ersten Bild zu sehen, mit blutroten Lippen und sehnsüchtigem Blick, die rechte Hand an die Brust gedrückt. Das Pendant von ihr war ein Mann, der mit ausgestrecktem Arm nach etwas greifen will. Beide Bilder waren für sich genommen sehr beeindruckend, sie wirkten so echt, waren so detailgetreu gemalt, und es war, als könnte man als Betrachter den beiden Liebenden mitten in ihre Seelen schauen. Doch hielt man sie nah nebeneinander, ergab sich ein völlig neues Bild. Dann wirkte es, als würde sich die Frau nach dem Mann nicht nur verzehren, sie schien ihm zugleich unglaublich fern zu sein. Erst auf dem dritten Bild hielten sie sich eng umschlungen, so als wollten sie sich nie wieder loslassen. Die Bilder waren sehr realistisch gemalt und hatten doch etwas Romantisches, Verträumtes. Sie erzählten eine ganze Geschichte, in der es neben der Liebe auch um viel Schmerz ging. Vielleicht war das der Grund, warum das Werk zu den bedeutendsten Gemälden überhaupt gehörte. Es ließ sich nicht einer bestimmten Kunstrichtung zuordnen. Es war, als hätte der Künstler ein eigenes Genre erschaffen.

»›Die Liebenden von Nizza‹!«, wisperte ich ehrfürchtig.

»Korrekt. Unser Mandant ist Franzose, und sein Name ist Édouard Fauberge. Er ist achtundachtzig und lebt inzwischen in England. Fauberge hat uns aufgesucht, weil wir uns in der Kanzlei auf Raubkunst spezialisiert haben. Alle Partner sind jüdisch und haben ihre ganz eigene Geschichte mit von den Nationalsozialisten ›entzogenen‹ Kunstwerken.« Er machte eine Pause, dann fuhr er fort: »Monsieur Fauberges Eltern waren die Eigentümer der ›Liebenden von Nizza‹. Während des Zweiten Weltkriegs entwendete man ihnen das Triptychon. Zwei der Bilder hängen inzwischen in einem Museum in Nizza. Das dritte ist verschollen. Aber das wissen Sie ja sicher. Sie sind hierzulande schließlich eine der bekanntesten Kunstwissenschaftlerinnen. Sie waren so erfolgreich, dass sogar mein Chef kaum aus dem Schwärmen herauskam, als er von Ihnen erzählte.«

Ich blätterte in der Akte und überflog die zahlreichen Dokumente und Abschriften. Es war lange her, dass ich mich mit solchen Unterlagen beschäftigt hatte. Und doch war ich gleich wieder in meiner eigenen Welt, alles andere verschwand um mich herum.

»Das ist wirklich spannend«, murmelte ich. »Haben Sie schon eine Spur?«

»Leider nicht. Wir stehen noch ganz am Anfang. Es ist alles sehr kompliziert, so viel steht fest.«

»Das kann ich mir vorstellen. Hören Sie, Herr Gold, ich würde Ihnen wirklich gern helfen. Aber ich weiß nicht, ob es der richtige Zeitpunkt ist, ich meine, ich …«

»Ich verstehe Sie, Frau Dr. Hauser«, unterbrach er mich. »Aber vielleicht könnten Sie sich ja eine Auszeit von der Auszeit nehmen? Man hat Sie uns so wärmstens empfohlen.«

Ich musste schmunzeln. »Sie sind ganz schön hartnäckig.«

»Das gehört zu meinem Beruf.« Er lächelte entwaffnend, und ich bemerkte ein leichtes Kribbeln in der Magengegend, was mich selbst überraschte.

»Na schön.« Ich seufzte. »Ich muss zugeben, dass diese Geschichte sehr reizvoll klingt.«

Das Gesicht von Herrn Gold erhellte sich. »Hervorragend. Ich bleibe für zwei Nächte im Pharisäerhof. Wir könnten uns später treffen, um alles Weitere zu besprechen?«

»In Ordnung.« Ich stand auf und spürte, dass meine Beine leicht zitterten. War ich wirklich schon so weit, mich auf so etwas einzulassen?

Der Pharisäerhof lag direkt am Fischereihafen, ein unscheinbarer Backsteinbau, der eine Renovierung nötig hatte. Das einzig Schöne an dem Hotel war der Wintergarten, in dem sich das Café befand. Dort hatte ich mit Eva schon das eine oder andere Schwätzchen gehalten. Hier saß ich nun etwas nervös an einem Tisch am Fenster mit Blick auf die Fischerboote, die im Wind hin und her schaukelten, und wartete auf Herrn Gold.

Ich hatte den Vormittag damit verbracht, ein Buch über Girards Leben zu lesen, das von seinen Anfängen als bettelarmer Künstler im Süden Frankreichs erzählte, von seiner späteren Ausbildung an der École des Beaux-Arts in Marseille, von seinem riesigen Erfolg in den Dreißigerjahren und von seiner späteren Flucht nach Amerika. Legendär sein Satz: »Wenn wir glauben, wir wären am Ende von etwas angekommen, so stehen wir bereits am Anfang von etwas anderem.« Wie passend, wenn ich an meine derzeitige Situation dachte …

Kurz darauf trat ein gut gelaunter Herr Gold durch die Tür. Er trug keinen Anzug mehr, sondern Jeans und Pullover.

»Hallo, Frau Dr. Hauser.« Er nahm mir gegenüber Platz. »Wie schön, Sie zu sehen. Ich habe gerade mit unserer Kanzlei in Genf telefoniert. Man ist hocherfreut, dass Sie uns helfen wollen.«

»Moment«, erwiderte ich. »Ich habe eine Menge Fragen.«

»Sicher, sicher.« Herr Gold schmunzelte. »Ich merke schon, Sie halten sich nicht mit Belanglosigkeiten auf.«

Eine weiß beschürzte Kellnerin erschien, und wir bestellten Tee und Butterkuchen.

»Soweit ich das beurteilen kann, muss der ERR involviert sein«, erklärte ich. »Diese Rauborganisation der Nazis hat sich in Südfrankreich Kunstschätze von immensem Wert angeeignet. Und das Auffinden der gestohlenen Werke sowie die Rückgabe an die rechtmäßigen Eigentümer wird mit der Zeit immer schwieriger, vor allem da die meisten Zeitzeugen nicht mehr lange am Leben sind.«

»Das sehe ich nicht anders. Wir stehen vor einer vertrackten Aufgabe. Leider gibt es bislang keine Aufzeichnungen oder Dokumente, die Aufschluss über die damaligen Geschehnisse geben könnten. Und die damalige Eigentumslage ist auch ungeklärt. Im Moment haben wir nichts außer der Aussage unseres Mandanten.«

»Das ist nicht viel«, sagte ich nachdenklich. »Nach meiner Erfahrung muss man vor Ort sein, um mehr in Erfahrung zu bringen. Wir brauchen Zugang zu Archiven, müssen die Museen einbeziehen, uns mit den Protokollen der Auktionshäuser aus der Gegend auseinandersetzen. Die Nazis waren akribisch in dem, was sie taten. Eine genaue Planung und eine exakte Dokumentation ihrer geraubten Schätze gehörten dazu. Das kommt einem heute zugute. Nur: Wir müssen diese Dokumentationen finden.«

Herr Gold musterte mich. »Und genau da liegt das Problem. Der Zugang zu den Archiven ist mehr als schwierig. Wir stoßen bei unseren Anfragen auf Granit. Vor allem das Museum, in dem die beiden Bilder hängen, verweigert genauere Auskünfte.«

»Das ist nichts Neues.« Ich legte die Stirn in Falten. »Ich kenne Museen, in denen noch nicht mal die eigenen Mitarbeiter Zugang zu bestimmten Registraturen haben. Man könnte meinen, sie hätten etwas zu verbergen – was wohl auch nicht von der Hand zu weisen ist.«

Herr Gold seufzte. »Was wäre also Ihr Vorschlag, Frau Dr. Hauser?«

Ich musste schmunzeln. »Sie können den Titel weglassen. Nennen Sie mich einfach Romy. Meine Empfehlung wäre, diesem Museum einen Besuch abzustatten und den Damen und Herren dort mal auf den Zahn zu fühlen.«

Herr Gold wirkte zufrieden. »So sollten wir unbedingt vorgehen, Romy. Mein Name ist übrigens Adam. Und ich werde gleich alles für unsere Reise nach Nizza veranlassen.«

KAPITEL II

Nizza, Mai 1915

Charlotte strich sich mit dem Handrücken einige Schweißtropfen von der Stirn. Ihr war warm geworden in dem stickigen Raum, und der penetrante Geruch von Karbol bereitete ihr Unwohlsein. Normalerweise war sie hart im Nehmen, das sagten alle von ihr, aber heute war kein guter Tag. Wahrlich nicht. Sie hatte schlecht geschlafen, beim Frühstück ihren Kaffee auf die neue Tischdecke verschüttet, war zu spät zu ihrer Schicht erschienen und hatte sich eine Standpauke von Babette, der Oberschwester, anhören müssen. Zu allem Übel war ihr auch noch eine Naht ihrer Schwesterntracht gerissen, für alle sichtbar an der Schulter.

Der Soldat, den sie versorgte, war sehr jung, vielleicht neunzehn oder zwanzig, kaum älter als sie selbst. Er war vor einigen Tagen schwer verletzt aus dem Norden nach Nizza transportiert worden, und die Bettdecke warf nun traurige Falten dort, wo einst sein linkes Bein gewesen war. Vorsichtig tupfte sie ihm die fiebrige Stirn ab und injizierte ihm eine Dosis Morphium. Er stöhnte im Schlaf, und sie zog die Decke behutsam über seine Brust.

Dann sah sie nach den anderen Patienten im Zimmer, erneuerte Verbände, verabreichte Schmerzmittel, spülte Wunden und tamponierte sie aus, schenkte den Männern ein aufmunterndes Lächeln. Anschließend trug sie die Ergebnisse der Puls- und Temperaturmessungen und ein »V« für Verbandswechsel fein säuberlich in die Kopftafeln ein, die über dem Bett jedes Patienten angebracht waren. Dort waren auch Name, Dienstgrad und der Tag der Einlieferung vermerkt. Viele der Verwundeten waren schon länger im Lazarett, sie kannte deren Berichte von der Front, das grausame Geschehen dort, das Blutvergießen. Aber sie erzählten auch von ihrer Heimat, ihren Familien, Kindern, Ehefrauen, Freunden. Für manche war es allein der Gedanke an ihre Liebsten, der sie in dunkelsten Zeiten am Leben erhielt.

Charlotte verließ das Zimmer und zog leise die Tür hinter sich zu. Sie lehnte sich an die kühle Wand im Flur, schloss die Augen und atmete tief durch. Sie schrak auf, als jemand sie sanft an der Schulter berührte.

Es war Francine. »Ist alles in Ordnung?«, fragte ihre Freundin mit sanfter Stimme.

»Ja. Es ist nur etwas viel heute. Du kennst ja diese Tage.« Charlotte seufzte.

»Natürlich. Komm, wir gehen kurz raus, frische Luft schnappen.«

Francine hakte sich bei Charlotte unter, gemeinsam liefen sie die weitläufige Treppe des Hotels Negresco hinab, das seit Beginn des Krieges zu einem Lazarett umfunktioniert worden war. Fast täglich trafen Transporte mit Verwundeten aus dem Norden ein. Das Leid, das sie in den letzten Monaten zu sehen bekommen hatte, übertraf alles, was sie sich in ihren schlimmsten Albträumen hätte vorstellen können.

Zum Glück hatte Charlotte in den anderen Krankenschwestern wahre Freundinnen gefunden. Allen voran Francine, die mit ihrer ruhigen Art schon seit ihren ersten Tagen im Lazarett zu Charlottes engsten Vertrauten gehörte. Sie war eine Erscheinung, wunderschön mit ihrem feuerroten Haar, den grünen Augen und dem Teint, der sie an glatte Eierschalen erinnerte.

Charlotte und Francine setzten sich auf die Stufen vor dem Hotel. Die Promenade des Anglais lag vor ihnen, die weitläufige Prachtstraße, auf der vor einem Jahr noch die Damen und Herren der feinen Gesellschaft in ihrer eleganten Kleidung mit ihren Sonnenschirmen und breitkrempigen Hüten flaniert waren, um die Sommerfrische der Côte d'Azur zu genießen. Schwarz glänzende Pferdekutschen zogen damals vorbei, und die zahlreichen Cafés waren voller Gäste. Die Fassaden der Gebäude an der von Palmen gesäumten Promenade waren imposant und prächtig gewesen, ihre Eingangstüren mit den goldenen Messingklopfern, den roten Teppichen und Ziergittern erinnerten an Schlösser und Paläste. Doch seit Ausbruch des Großen Krieges hatte Nizza viel von seiner betörenden, unschuldigen Schönheit verloren. Die pompöse Stadt mit ihren schillernden Hotels, Casinos und Restaurants, in denen die gekrönten Häupter und reichen Aristokraten – die Bourgeoisie – unter üppigen Kronleuchtern ihre Ferien verbrachten, hatte nun etwas Gespenstisches, Düsteres. Marschkolonnen und Kavallerie beherrschten die Gassen, und aus den Cafés und Lokalen waren eintönige Militärmärsche zu hören. Das Centre de Recrutement Militaire an der Rue Palermo war zum Zentrum der Stadt geworden, ein Ort, der eine unheimliche Atmosphäre verbreitete. Frauen berichteten sich auf den Marktplätzen gegenseitig von dem, was sie von ihren Männern oder Söhnen erfuhren, die zur Front geschickt worden waren, von grauen Kriegsschiffen, die von Toulon aus in die Schlacht ausliefen, von verletzten oder gefallenen Soldaten, getroffen von Bajonetten oder Granatsplittern.

Das Rauschen des Meeres drang zu ihnen, und Charlotte spürte, wie sie sich langsam etwas entspannte.

»Ich frage mich, wann endlich die Lieferungen vom Roten Kreuz eintreffen. Karbol und Morphium werden knapp. Und wir brauchen neue Decken, Spritzen und Verbandszeug«, sagte Francine in ihr Schweigen hinein. Sie hatte sich ein helles Tuch wie einen Turban um den Kopf geschlungen, was an die Kopfbedeckung einer griechischen Göttin erinnerte.

»Ich weiß. Aber wir sind nicht das einzige Lazarett in der Gegend. Balmoral und L'Hermitage haben sicher das gleiche Problem«, erwiderte Charlotte. Viele gediegene Hotels waren zu Lazaretten umfunktioniert worden. Inzwischen hatten auch die Besitzer des Grand Hotel im nahen Menton sowie des Le Regina und Le Winter ihre Räumlichkeiten dem Militär zur Verfügung gestellt.

Francine seufzte. »Ich wünschte, dieser verdammte Krieg würde endlich enden.«

Charlotte nickte. Auch sie sehnte sich danach, nicht mehr in der Nacht von Albträumen geplagt aufzuwachen, nicht mehr von den schmerzerfüllten Schreien verwundeter Männer verfolgt zu werden.

»Als ich herkam, da hatte der Krieg gerade begonnen. Niemand ahnte damals, wie schlimm es noch werden würde«, sagte Charlotte.

»Es war sehr mutig von dir, allein als junge Frau nach Nizza zu gehen. Ich hätte mich das nicht getraut.«

»Ich hatte eigentlich keine andere Wahl. Meine Großmutter war ebenfalls Krankenschwester, 1870, im Krieg gegen die Deutschen. Sie war meine engste Vertraute. Und sie hat mir viel über ihre Arbeit erzählt.« Charlotte hielt inne. Die Erinnerung an ihre geliebte Großmutter Valerie ließ sie kurz erschaudern. Valerie war kurz vor Ausbruch des Großen Krieges gestorben, und es war Charlotte wie ein Zeichen vorgekommen, in ihre Fußstapfen zu treten. Nie würde sie den Tag vergessen, als verkündet wurde, dass Krieg sei, an die Bekanntmachungen des Kriegsministeriums, die überall aufgehängt wurden. Alle tauglichen Männer wurden zu den Waffen gerufen, mit sofortiger Wirkung. Überall herrschte eine gedrückte Stimmung, niemand schien so recht zu wissen, was er davon zu halten hatte. Sie selbst war einige Wochen nach Kriegsbeginn nach Nizza aufgebrochen, hatte ihr früheres, wohlbehütetes Leben in ihrer Heimat, einem kleinen Ort in der Provence, zurückgelassen. Ihre Mutter hatte gezetert und geschimpft und sie vor den Gefahren in Nizza gewarnt, doch ihr Vater hatte sie ziehen lassen. Er wusste, dass sie stur sein konnte, stur wie er selbst, wenn sie sich etwas in den Kopf gesetzt hatte. Dafür war sie ihm unendlich dankbar. Die Ausbildung war hart gewesen, in kürzester Zeit hatte sie alles über Morphin, Scopolamin und Procain gelernt, über deren Wirksamkeit und wie man sie verabreichte. Man zeigte ihr und den anderen jungen Frauen, wie man Ärzten assistierte und Operationen vorbereitete, und sie erfuhren alles über die Wundversorgung und wie man Injektionen und Infusionen legte. Die Tätigkeit war anstrengend und kräftezehrend, aber sie war glücklich, denn das, was sie tat, erfüllte sie.

»Charlotte? Wo bist du mit deinen Gedanken?« Francine musterte sie kritisch.

»Entschuldige, was hast du gesagt?«

»Ich habe dich gefragt, ob du Lust hast, Aimée und mich später ins Café du Jardin zu begleiten. Ein bisschen Ablenkung tut uns allen gut.«

»Ich weiß nicht. Mir ist heute nicht danach.«

»Ach, nun hab dich nicht so.« Francine knuffte sie in die Seite. »Das wird lustig.«

»Na schön.« Charlotte seufzte. »Vielleicht hast du recht. Manchmal muss man sich einfach einen Ruck geben.«

Das Café du Jardin lag an einem Marktplatz, auf dem Gaukler ihre Späße trieben und Händler ihre Waren feilboten. Ein Springbrunnen aus Stein sprudelte in der Mitte fröhlich vor sich hin, und ein paar Kinder spielten davor ein Hüpfspiel. Vor dem Café standen Tontöpfe mit weißen Orchideen, gelben Bougainvilleen und rosa Margeriten, und die große Fensterfront wirkte einladend und gemütlich. Fast schien es, als wäre die Zeit hier stehen geblieben, die Schrecken des Krieges waren weit entfernt. Hier konnte sich die Seele für ein paar Stunden erholen.

Francine, Aimée und Charlotte betraten das Café. Es duftete herrlich nach frisch gebrühtem Kaffee und Kuchen. Sie setzten sich an einen freien Tisch am Fenster, und sofort fing Aimée an, von den Erlebnissen ihres Tages zu berichten. Aimée war mit Abstand die lauteste und fröhlichste der Freundinnen, hatte stets einen flotten Spruch auf den Lippen, lachte und schäkerte gern. Ihr rundes Gesicht mit den blitzenden blauen Augen umrahmte ein wilder Lockenkopf. Trotz ihrer fröhlichen Art war sie aber auch verletzlich und einfühlsam, und die Erlebnisse im Lazarett nahmen sie mehr mit, als sie sich anmerken ließ. Aber diese Seite an ihr kannten nur ihre engsten Freundinnen.

Sie bestellten Limonade und Pissaladière, einen besonderen Zwiebelkuchen, und schwatzten über dieses und jenes, die neuesten Gerüchte, die Liebeleien anderer Krankenschwestern. Es tat tatsächlich gut, sich einmal nicht über Kummer und Leid Gedanken zu machen.

Das Café war ein beliebter Treffpunkt. Die Besitzerin, Madame Roux, schätzte die Kunst, und sie war bekannt dafür, in ihren Räumen neue Werke zu zeigen. Vor allem junge Künstler aus der Gegend, die sie fördern wollte, stellte sie aus, und viele von ihnen waren Stammgäste bei ihr. Madame Roux selbst war eine imposante Erscheinung, die ihre runden Hüften mit bunten wallenden Gewändern kaschierte, klirrende Armreifen trug und so laut lachen konnte, dass ihr ganzer Körper bebte.

»Seht mal, da ist Julie.« Aimée deutete mit dem Kopf zur Theke, wo eine junge Frau in einem Seidenkleid Platz genommen hatte. Ihre Füße steckten in schicken Riemchenpumps und ihr Haar lag in Wasserwellen, so wie die Frauen in Paris es neuerdings bevorzugten.

»Die hat sich aber herausgeputzt«, raunte Francine. »Weiß sie überhaupt, dass wir uns mitten im Krieg befinden?«

»Eigentlich sollte sie das.« Aimée spitzte die Lippen. »Aber vielleicht haben die drüben im Balmoral andere Sitten.« Auch Julie war Krankenschwester, allerdings in einem anderen Lazarett.

»Nun seid doch nicht so gemein!«, meinte Charlotte. »Julie ist gar nicht so übel. Sie kann sogar sehr nett sein. Und klug ist sie auch!«

»Pah!«, machte Aimée, hatte aber kurz darauf schon jemand anderen im Visier. Lucien, der gerade das Café betreten hatte. Lucien war Fischer, hochgewachsen und kräftig und Aimées großer Schwarm. Sie geriet stets in Verzückung, sobald er auftauchte, wurde aber gleichzeitig zu dem schüchternsten Wesen auf Erden.

»Du solltest ihn ansprechen«, bemerkte Francine. »Wenn du ihn immer nur aus der Ferne anschmachtest, wird das nie was.«

»Und was soll ich bitte schön sagen? Ich heiße Aimée und bin verliebt in dich?«

Charlotte musste kichern. »Das wäre doch gar nicht schlecht! Dann könnt ihr euch all das Geplänkel ersparen!«

»Oh ja! Eine hervorragende Idee!« Francine kicherte ebenfalls.

»Macht euch nur lustig. Seid erst mal selbst richtig verliebt!«

Charlotte schüttelte entschieden den Kopf. »Ich verliebe mich nicht. Auf keinen Fall. In all diesem Elend könnte ich mich nie verlieben. Niemals.«

Aimée lächelte wissend. »Warten wir's ab.«

Inzwischen hatte Lucien sich zu seinen Freunden gesellt, Bootsjungen und Fischern, die noch nicht eingezogen waren und an einem der Tische Karten spielten. Charlottes Blick schweifte dann zu Julie, die sich mit Madame Roux unterhielt, während diese Gläser trocknete. In einer Ecke diskutierten zwei junge Künstler, deren Namen Charlotte vergessen hatte, mit Philippe, dem kleinen Hutmacher mit dem mausartigen Gesicht aus der Rue Trachel.

»Habt ihr gehört, dass unsere Oberschwester Babette aufhören will?«, fragte Aimée.

»Wo hast du das denn her?« Charlotte war immer wieder überrascht, was Aimée bei der Arbeit so alles aufschnappte.

»Nun, sie hat es mir selbst erzählt. Sie sagt, sie leide an Rheuma und könne sich manchmal kaum noch bücken.«

»Das tut mir leid. Sie ist zwar so streng, dass ich sie manchmal verfluchen könnte, aber sie lebt für ihre Arbeit«, meinte Francine.

Sie alle schätzten Babette, die sie im letzten Jahr zu Krankenschwestern ausgebildet hatte und ihnen stets mit Rat und Tat zur Seite stand.

»Tja, die Frage ist nun, wer ihre Nachfolgerin wird!«, verkündete Aimée. »Die Oberschwester meinte, sie hätte schon jemanden im Auge.«

»Und wen?«, fragte Francine neugierig.

»Das hat sie mir leider nicht verraten. Aber ich kann's mir denken.« Aimée zwinkerte mit den Augen.

»Na, mit deinen Vermutungen liegst du ja leider nicht immer richtig.« Charlotte grinste und nippte an ihrer Brause. »Schließlich wolltest du uns schon mal weismachen, dass Babette vorhätte, einen reichen Aristokraten zu heiraten.«

»Aber das habe ich wirklich gehört!«

»Was du nicht alles hörst.«

Alle drei lachten, wurden aber wenig später von Madame Roux unterbrochen, die an ihren Tisch getreten war. »Habe euch lange nicht gesehen, Mädchen«, sagte sie. »Habt wohl viel zu tun, oder?«

Sofort war die ungezwungene Stimmung verflogen. Jede von ihnen dachte an das Lazarett, und das ließ dunkle Wolken aufziehen.

Madame Roux schien zu merken, was ihre Äußerung bewirkt hatte. »Es tut mir leid. Ihr kommt ja sicher nicht her, um über eure Arbeit zu sprechen. Kann ich euch etwas zu trinken ausgeben?«

»Das lassen wir uns nicht zweimal sagen!«, rief Aimée, und einige Minuten später standen drei bis oben hin gefüllte Schnapsgläser vor ihnen. Charlotte kippte den Inhalt hinunter, verzog das Gesicht und musste fürchterlich husten. Der Anisschnaps brannte in ihrer Kehle.

Kurz danach erhob sie sich, um die Waschräume aufzusuchen, die sich hinter der Theke befanden. Aus der Küche wehte ein Geruch von gegrilltem Fisch und gebratenem Gemüse zu ihr.

Madame Roux schien neue Gemälde aufgehängt zu haben, einige Bilder kannte Charlotte noch nicht. Sie blieb stehen, um ein Kunstwerk zu betrachten, das sie irgendwie berührte. Auf ihm war eine junge Frau zu sehen, an einem Piano sitzend, den Betrachter melancholisch anblickend. Charlotte war so vertieft in das Bild, wurde so von ihm gefangen genommen, dass sie gar nicht bemerkte, wie jemand neben sie trat.

»Es ist faszinierend, nicht wahr?«, sagte eine Männerstimme.

Sie klang tief und warm und hörte sich auf eine seltsame Weise vertraut an. Charlotte drehte den Kopf und betrachtete den Mann, der neben ihr stand. Er war etwas größer als sie, kaum älter, hatte kurzes Haar, ein Grübchen im Kinn und trug die horizontblaue Felduniform des französischen Heers. Sein Blick war fast etwas frech, und sie hätte wetten können, dass er ihr kurz zugezwinkert hatte. Sie spürte, wie sie rot wurde, und konzentrierte sich schnell wieder auf das Bild.

»Ja, ein sehr schönes Gemälde«, bestätigte sie. Ihre Stimme hörte sich heiser an, aber das schien er gar nicht zu bemerken.

»Der Künstler ist ein Freund von mir. Er sitzt dort hinten.« Er deutete hinter sich, wo einige junge Soldaten über Krügen mit Bier saßen und feixend in ihre Richtung zeigten.

»Sie benehmen sich wie die Kinder«, bemerkte er kopfschüttelnd. »Verzeihen Sie, Mademoiselle.«

»Ich muss leider weiter«, erwiderte Charlotte hastig und wandte sich zum Gehen. »Meine Freundinnen fragen sich sicher schon, wo ich bleibe.«

»Warten Sie.« Er hielt sie sanft am Arm fest. »Ich kenne ja noch nicht mal Ihren Namen.«

Sie zögerte. »Charlotte. Charlotte Seydoux.«

Er ergriff ihre schmale Hand und schüttelte sie kräftig. »Ich bin Henri. Henri Fauberge. Sehr erfreut, Ihre Bekanntschaft zu machen.«

Sie entzog ihm ihre Hand, drehte sich auf dem Absatz um und ging zurück zum Tisch, an dem Francine und Aimée warteten. Die Waschräume waren vergessen.

»Wer war denn das?«, wisperte Aimée und reckte den Kopf, um besser den Tisch mit den jungen Soldaten sehen zu können.

»Jetzt schau nicht so auffällig hin«, zischte Charlotte. »Irgendein Soldat. Was weiß denn ich.«

»Hm, hm.« Aimée zog skeptisch die Augenbrauen nach oben und schnalzte mit der Zunge. »Wenn es nur irgendein Soldat war, warum bist du dann rot wie ein Puter?«

»Stimmt doch gar nicht!«

»Nun ja, ein bisschen nervös wirkst du schon«, mischte Francine sich ein.

»Jetzt fang du nicht auch noch an!« Charlotte griff nach einem der frisch gefüllten Schnapsgläser, kippte seinen Inhalt in einem Zug herunter und schüttelte sich.

»Und wolltest du nicht eigentlich die Waschräume aufsuchen?«, erkundigte sich Francine, woraufhin Charlotte ihr einen warnenden Blick zuwarf.

»Seht nur, Julie sitzt immer noch allein am Tresen«, wechselte Charlotte schnell das Thema. »Sollten wir sie nicht zu uns bitten?«

»Weiß nicht«, maulte Aimée. »Sie ist doch selbst schuld, wenn keiner sie mag.«

»Wo bleibt deine gute Kinderstube, Aimée?«, ermahnte Charlotte sie, war aber letztlich froh, dass sie nicht mehr im Schussfeld ihrer Freundinnen war. Die Begegnung mit diesem Henri hatte sie doch ein wenig verwirrt.

Sie stand auf und ging schnurstracks zu Julie hinüber, die mit übereinandergeschlagenen Beinen am Tresen saß. Aus den Augenwinkeln bemerkte Charlotte, wie Henri sie von seinem Platz aus beobachtete.

»Hallo, Julie«, sagte sie freundlich.

»Hallo, Charlotte.« Julie lächelte nicht minder freundlich. Charlotte hatte sich nie erklären können, warum Aimée und Francine sie nicht mochten. Hinter Julies spröder Fassade versteckte sich eine selbstbewusste junge Frau, mit der sie im Café schon das eine oder andere Mal interessante Gespräche geführt hatte.

»Möchtest du dich zu uns setzen?«

»Lieber nicht.« Julie schüttelte den Kopf. Charlotte fiel auf, dass ihre Augen leicht gerötet waren, als hätte sie geweint. »Ich bin heute keine fröhliche Gesellschaft.«

Charlotte schob einen Hocker neben Julie. »Ist etwas passiert? Möchtest du es mir erzählen?«

Julie knetete ihre Finger im Schoß. Sie war blass und wirkte müde. »Es geht um meine Mutter. Sie leidet schon seit Jahren unter Melancholie. Niemand weiß, was dahintersteckt, keiner kennt eine Therapie. Es ist schrecklich.«

Charlotte strich ihr behutsam über den Arm. Sie kannten sich nicht gut, aber sie spürte, dass Julie Trost brauchte. Und dass sie niemanden hatte, dem sie sich anvertrauen konnte. »Das tut mir sehr leid.«

»Der Bruder meiner Mutter ist bei Lens gefallen. Wir haben es vor einigen Tagen erfahren. Seitdem spricht sie kein Wort mehr, verlässt ihr Zimmer kaum noch, isst nicht mehr. Mein Vater sagt, wenn es so weitergeht, müssen wir sie bald in ein Spital bringen.«

»Oh nein. Das ist ja furchtbar, Julie. Kann ich dir irgendwie helfen?«

»Das ist lieb von dir, aber da muss ich allein durch.« Dann sah sie erschrocken auf. »Aber du musst mir versprechen, dass du niemandem davon erzählst, ja? Meine Familie möchte nicht, dass irgendjemand davon erfährt.«

»Natürlich. Ich verspreche es.« Charlotte drückte Julie in einem plötzlich aufkommenden Gefühl der Verbundenheit fest an sich. Sie wusste, was es hieß, Geheimnisse in der Familie zu haben. Schließlich hatte ihr eigener Vater zwei Jahre vor Ausbruch des Krieges erhebliche Schulden angehäuft, doch nach außen hatten sie weiterhin so tun müssen, als wäre alles in Ordnung. Am Ende hatte er seine Firma, ein einst florierendes Textilunternehmen, verloren, und sie alle standen vor dem Nichts. Seitdem hielt ihre Mutter die Familie mit Gelegenheitsarbeiten über Wasser.

»Wenn ich etwas tun kann, sag es mir bitte, ja?«, bemerkte sie eindringlich.

»Danke, Charlotte.«

Während sie zurück zu ihren Freundinnen ging, spürte sie erneut Henris Blick auf sich. Doch es fühlte sich nicht unbehaglich an, im Gegenteil. Es war, als hätte er nur Augen für sie, und das gefiel ihr.

Zu ihrer Überraschung hatten sich Lucien und einer seiner Freunde gerade zu Aimée und Francine gesetzt. Sie trugen Schiebermützen, schmutzige Unterhemden und ausgeleierte Hosen, und ihre zerfurchten Gesichter zeugten von einem Leben, in dem ihnen nichts geschenkt worden war. Sie schufteten im Hafen oder in einer der Stahlfabriken am Rande der Stadt und hatten etwas Ungehobeltes, Rohes an sich, was Charlotte zu Beginn etwas Angst gemacht hatte. Doch inzwischen hatte sie gemerkt, dass Lucien und seine Freunde das Herz am rechten Fleck hatten. Einmal hatten sie sie vor aufdringlichen Bauern gerettet, die sie im Café du Jardin belästigt hatten, und obwohl ihre Sprache derb war, gefiel es Charlotte, dass sie nicht um den heißen Brei herumredeten, wie so viele andere es taten.

Lucien erzählte gerade von seiner Arbeit, ihre Löhne waren gekürzt worden, und dagegen wollten sie aufbegehren. Er rauchte, während er sprach, eine ganze Zigarette, ohne sie nur einmal aus dem Mund zu nehmen.

»Na ja, vielleicht spielt es auch alles keine Rolle mehr. Wir werden an der Front sowieso bald zu Frischfleisch verarbeitet«, beendete Lucien seinen Bericht.

Aimée wurde schneeweiß im Gesicht. »Du musst an die Front?«, wisperte sie.

Lucien lachte rau. »Aber natürlich, Schätzchen. Alle Männer müssen das früher oder später. Das weißt du doch.«

»Jeder Mann wird zu den Waffen gerufen. So hieß es schon bei Ausbruch des Krieges«, fügte Luciens Freund hinzu. »Wir können uns nicht länger entziehen. Die brauchen Männer wie uns. Starke, wütende Männer.«

Aimée war noch immer kreidebleich. »Verstehe«, flüsterte sie, und man merkte, dass sie mit den Tränen kämpfte.

Charlotte drehte sich so unauffällig wie möglich um. Dort saß Henri weiterhin inmitten seiner Freunde. Als sie zu ihm schaute, trafen sich ihre Blicke für einen Moment, und ein unbekanntes kribbelndes Gefühl durchzuckte sie.

Sie blieben noch lange im Café du Jardin und brachen erst auf, als die schwarze Nacht sich über Nizza gelegt hatte. Aimée kam nicht mit in das kleine Apartment in der Rue Dabray, das sie sich zu dritt teilten, sie blieb an Luciens Seite. Francine und Charlotte hielten sie nicht davon ab. Wer wusste schon, wie viel Zeit Aimée und Lucien noch blieb.

Charlotte fühlte sich in den Tagen darauf auf seltsame Weise verändert. Die Begegnung mit dem Fremden im Café du Jardin hatte ein neues Empfinden in ihr ausgelöst, sie ertappte sich dabei, an sein freches Lächeln zu denken, an seine unverblümte Art. Und an seinen Blick, den sie einfach nicht aus ihrem Kopf bekam.

Doch er war ein Soldat. Er würde an die Front müssen, früher oder später. Vielleicht war er es sogar schon. Sie sollte ihn also lieber schnell vergessen. Und außerdem – hatte sie ihren Freundinnen nicht gesagt, sie würde sich nicht verlieben?

KAPITEL III

Nizza, April 2019

Unser Flug ging am nächsten Tag in aller Frühe. Ich hatte schnell einige Sachen zusammengepackt und Frida bei Eva untergebracht, die es sich nicht verkneifen konnte, mich nach dem attraktiven Anwalt auszufragen, mit dem sie mich im Café des Pharisäerhofs gesehen hatte.

Am Hamburger Flughafen war es selbst so früh am Morgen schon laut und hektisch, und ich war froh, als wir eingecheckt hatten und in der Maschine saßen. Adam hatte mir die Akte gegeben, die ich während des Fluges aufmerksam las. Obwohl ich überzeugt war, dass es kaum etwas gab, das ich nicht über Jean-Paul Girard und seine Werke wusste, erfuhr ich tatsächlich einiges Neues, zum Beispiel, dass der Künstler im Exil einen kleinen Buchladen geführt hatte.

Ich war so vertieft in die Akte gewesen, dass ich es kaum bemerkte, als wir in Nizza landeten. Wir verließen das Flughafengebäude, und ich blieb stehen, um die warme Frühlingsluft an der Côte d'Azur zu genießen. Was für ein Unterschied zu meinem kleinen norddeutschen Dörfchen! Ein leuchtend blauer Himmel, der leicht salzige Duft des nahen Meeres, die samtene, seidige Luft. Wie im Paradies.

Adam mietete einen kleinen Renault, und bald darauf brausten wir über die Landstraße. Er war ein ziemlich rasanter Fahrer, und ich hielt mich ab und zu demonstrativ am Haltegriff an der Tür fest.

»Keine Angst. Ich habe schon mit zwölf Autofahren gelernt«, erklärte er, ohne den Blick von der Straße abzuwenden. »Von meinem Onkel. Der war Rennfahrer.«

»Ich weiß nicht, inwiefern mich das beruhigen soll«, murmelte ich und beobachtete, wie Adam uns durch den wahnsinnigen Stadtverkehr von Nizza manövrierte.

»Merde!«, fluchte er plötzlich. Ein Peugeot mit verbeultem Kotflügel hatte ihm die Vorfahrt genommen, und Adam drückte mehrmals auf die Hupe.

Ich beobachtete ihn amüsiert von der Seite. »Wusste gar nicht, dass Anwälte so fluchen können.«

»Das? Das war doch kein Fluchen! Außerdem gehört Fluchen quasi zur Hauptbeschäftigung von Anwälten.«

»Kunstwissenschaftlerinnen wissen noch nicht einmal, was Fluchen bedeutet.«

»Ach ja?« In Adams Augen funkelte es. »Du solltest wirklich keinen Anwalt anlügen, Romy. Das kann teuer werden.«

»Das glaub ich dir aufs Wort.« Es störte mich nicht, dass er das »Du« benutzte, ganz im Gegenteil. Es war schön. Und auch mir kam es leicht über die Lippen.

Er fluchte und schimpfte weiter. Das Bild des beherrschten und stets akkuraten Anwalts hatte sich bislang nicht bestätigt. Ich mochte das.

»Ich habe uns in einer kleinen Pension in der Altstadt von Nizza untergebracht«, erklärte Adam, während er in eine Seitengasse abbog.

Die Altstadt von Nizza gefiel mir; ein Labyrinth aus engen Gassen, geheimnisvollen Durchgängen und Plätzen mit Brunnen und Wasserspielen. Die Häuser mit den ockerfarbenen und blutroten Fassaden wirkten wie aus ferner Zeit, und die weiß-blau gestreiften Markisen vor einigen Eingängen, unter denen Auslagen mit prallen Auberginen, tiefroten Tomaten und goldgelben Zitronen lagen, versprühten den typischen Mittelmeer-Charme. Wir holperten einige hundert Meter über Kopfsteinpflaster und kamen schließlich vor einem schmalen Haus mit schiefem Dach zum Stehen. Adam quetschte sich in eine winzige Parklücke, und ich hätte schwören können, dass er dabei die Stoßstange des hinter uns stehenden Fahrzeugs nicht nur touchiert hatte. Aber sei's drum.

Der Eingangsbereich der Pension war so niedrig, dass Adam den Kopf einziehen musste, um eintreten zu können. Eine ältere rundliche Frau mit altmodischer Dauerwelle stellte sich als Camille vor und drückte uns zwei Schlüssel in die Hand. Wir folgten ihr über eine schmale Holztreppe in die obere Etage. Von unten, aus der Küche, roch es verführerisch nach gebratenem Fisch. Ich spürte, wie mein Magen knurrte, kein Wunder, denn seit dem Morgen hatte ich nichts mehr gegessen. Inzwischen war es schon später Nachmittag.

Camille öffnete die Türen zu zwei nebeneinanderliegenden Zimmern.

Ich war begeistert. Das war eines der schönsten und gemütlichsten Zimmer, das ich je gesehen hatte. Ein großes schmiedeeisernes Bett, ein wunderschöner Bauernschrank aus heller Eiche, eine weiße verschnörkelte Vintage-Kommode, ein Sekretär im gleichen Stil, vor dem sich ein hübsch verzierter Stuhl befand, hellblaue Vorhänge, die sich vor dem leicht geöffneten Fenster im Wind bewegten.

Ich warf Adam, der in der Tür zum anderen Zimmer stand, einen anerkennenden Blick zu. »Das ist traumhaft.«

»Und es wird noch besser.« Er schmunzelte. »Sieh mal aus dem Fenster.«

Ich ging ein paar Schritte in den Raum hinein und spähte

nach unten. Im Innenhof entdeckte ich mehrere Tische und Stühle, Leute hatten dort Platz genommen und aßen und tranken. Knallgelbe Sonnenschirme spendeten wohltuenden Schatten. Zwischen ihnen waren große Töpfe mit leuchtenden Bougainvilleen, Lavendel und blühenden Rosen aufgestellt. Weiße Clematis rankte sich an den Hauswänden empor, fast bis hinauf zu meinem Zimmer.

Ich drehte mich zu Adam um.

»Ich hole dich in einer Stunde zum Essen ab, wenn das in Ordnung ist«, sagte er.

»Eine hervorragende Idee.«

Ich beschloss, eine Dusche zu nehmen und dann meine Eltern anzurufen. Seit der Tragödie von damals telefonierten wir immer am 20. eines Monats. Denn es war an einem 20. passiert, und wahrscheinlich half es uns einfach, an diesem Tag miteinander zu sprechen. Am Anfang war es mir schwergefallen. Unsagbar schwer. Meistens hatten wir nur geweint. Und ich hatte mich schuldig gefühlt. Erst mit der Zeit wurde es besser. Wir redeten wieder mehr miteinander, erinnerten uns gemeinsam.

»Hallo Romy«, meldete sich meine Mutter.

»Wie geht es dir?«, fragte ich behutsam.

Kurz war es still in der Leitung. Dann räusperte sich meine Mutter. »Es geht schon. Und wie geht es dir, Romy?«

»Ich bin in Nizza«, erzählte ich, ohne auf ihre Frage einzugehen, anschließend berichtete ich ihr kurz von meinem neuen Auftrag.

»Das ist schön«, sagte meine Mutter, als ich geendet hatte. »Es ist gut, dass du wieder arbeitest. Dein Vater und ich freuen uns darüber. Und Lara …« Sie hielt inne. »Lara hätte sich auch gefreut. Sie war immer so stolz auf dich.«

Ich musste schlucken. »Und ich war mindestens genauso stolz auf sie.«

Meine ältere Schwester war der Sonnenschein der Familie gewesen. Fröhlich, anpackend, mutig. Sie war eine erfolgreiche Konditorin gewesen, berühmt für ihre ausgefallenen und manchmal sogar waghalsigen Kreationen. Ihre Hochzeitstorten waren im ganzen Land bekannt gewesen.

»Wir waren heute am Grab«, erzählte meine Mutter. »Es war an der Zeit.«

»Oh.« Ich war seit Monaten nicht dort gewesen und schämte mich augenblicklich.

»Und wir hatten Besuch von Jonathan.« Man merkte meiner Mutter an, dass sie um Worte rang. Seit Laras Tod vor zwei Jahren war alles anders, sie war so plötzlich aus unserem Leben gerissen worden, dass wir Zeit brauchten, um überhaupt zu begreifen, dass sie uns nie wieder mit ihrem unverwechselbaren Lachen anstecken würde. Sie war für immer fort. Meine engste Vertraute, mein Licht im Dunkeln.

»Wie geht es Jonathan denn?«, fragte ich. Er war Laras letzter Freund gewesen, ein netter Kerl, der sie geliebt hatte.

»Er hat jemanden kennengelernt, das wollte er uns persönlich sagen. Wir haben ihm gesagt, es sei gut, wenn er nach vorne schaut und weitermacht. Er kann nicht ewig trauern.« Meine Mutter schnäuzte sich laut. Sie hatte den Kampf gegen die Tränen offensichtlich verloren.

»Ja. Wir müssen alle weitermachen«, bekräftigte ich, und es klang, als müsste ich es mir selbst einreden. »Hör zu, wegen deines Geburtstags …«

»Ich weiß, Romy. Du musst nichts sagen. Es ist gut, dass du wieder arbeitest. Meinen Geburtstag feiern wir nach, wenn du zurück bist.«

Ich seufzte. »Danke, Mama. Und grüß Papa von mir. Ich melde mich wieder, ja?«

»Tu das. Und pass auf dich auf, Romy. Versprich mir das.«

»Ich verspreche es.«

So endete fast jedes unserer Gespräche. Die Angst meiner Mutter, auch noch ihre andere Tochter zu verlieren, war in diesen Momenten so greifbar, so nah, dass es mir fast das Herz zerriss.

Adam klopfte um kurz nach sechs an meine Zimmertür. Es war ein lauer Frühlingsabend, und ich hatte mich für ein kobaltblaues Hemdblusenkleid, flache Ballerinas und einen hellen Cardigan entschieden. Als ich vor dem Spiegel im Bad stand, bemerkte ich, wie dünn ich in den letzten zwei Jahren geworden war. Ich war seit jeher schlank, aber nun schlackerte das eigentlich figurbetont sitzende Kleid um meine Hüften. Mein Haar hatte ich schon immer kurz getragen, es betonte meinen langen Hals und meine hohen Wangenknochen, etwas, das Lara leicht neidisch als aristokratisch bezeichnet hatte. Aber nun dachte ich darüber nach, mein Haar vielleicht doch lang wachsen zu lassen, damit ich mich dahinter verstecken konnte. Ich musste über mich selbst schmunzeln. Ich war vierunddreißig, anerkannt in meinem Beruf, und wollte mich tarnen. Wie lächerlich.

Adam sah gut aus in seiner beigefarbenen Chino-Hose und dem hellgrünen Hemd. Wir gingen in ein Restaurant in der Nähe, wo es ausgezeichneten Fisch geben sollte, wie er bemerkte. Und wir würden endlich auf Édouard treffen. Édouard Fauberge, Adams Mandanten.

Er saß in der Mitte des Restaurants an einem der kleinen Bistrotische und wirkte zwischen all den fröhlichen Menschen ein bisschen verloren. Ich wusste nicht recht, warum, aber ich mochte ihn auf Anhieb. Er hatte kurzes Haar, das weiß war wie frischer Schnee, und sein Gesicht war das eines Mannes, der schon viel erlebt hatte. Jede Falte, jede Furche, jede kleine Narbe auf seiner Haut schien von diesem Leben zu erzählen.

Er stand umständlich auf, als wir uns näherten, und ergriff erfreut meine Hand. Seine rauen Finger umschlossen die meinen, hielten sie einen Moment länger fest als bei einer normalen Begrüßung.

Wir setzten uns, suchten Speisen und Getränke aus, doch ich konnte den Blick nicht von Monsieur Fauberge abwenden. Viel zu neugierig war ich auf seine Geschichte.

Nachdem wir unsere Getränke serviert bekommen hatten, ergriff Monsieur Fauberge das Wort: »›Die Liebenden von Nizza‹ waren etwas ganz Besonderes. Meine Eltern haben die drei Bilder geliebt, sie hingen über Jahre bei uns im Wohnzimmer. Sie hätten sie verkaufen können, Angebote gab es genug. Aber das wollten sie nicht. Der Künstler hat mit ihnen etwas Großartiges, Einzigartiges geschaffen, und meine Eltern sahen das nicht anders. Doch dann kamen die Nazis und haben die Bilder gestohlen, haben sie aus meinem Elternhaus mitgenommen.« Er hielt inne, um Luft zu holen. Er wirkte angestrengt und sprach hastig, als wolle er alles schnell hinter sich bringen. »Ich bin oft in dem Museum, in dem jetzt zwei der Bilder hängen. Stehe davor und denke an früher. Die Bilder gehören nicht dorthin, sie sind Diebesgut!« Seine Stimme wurde lauter.

»Und deshalb werden wir Ihnen helfen, sie zurückzubekommen«, erklärte Adam.

Monsieur Fauberge zog ein altes zerknittertes Schwarz-Weiß-Foto aus der Tasche und legte es vor uns auf den Tisch. »Das sind wir, meine Eltern und ich.«

Ich betrachtete das Bild. Darauf zu sehen war eine hübsche blonde Frau, sehr zierlich, sowie ein attraktiver Mann; beide hatten etwas Charismatisches an sich, was sogar auf dem verblichenen Foto spürbar war. Vielleicht war es der entschlossene Blick, mit dem das Paar in die Kamera schaute. In ihrer Mitte saß ein Junge von vielleicht sechs oder sieben Jahren. Édouard Fauberge.

Und dann stutzte ich, sah genauer hin, blickte zu Monsieur Fauberge, dann zu Adam.

»Aber …«, setzte ich an, es hatte mir die Sprache verschlagen.

Adam lächelte wissend. »Ja, Romy, es stimmt. Monsieur Fauberges Eltern sind die ›Liebenden von Nizza‹. Sie waren Girards Motiv.«

Ich war so erstaunt, dass ich nichts sagen konnte. »Wow«, stieß ich schließlich ziemlich unpassend hervor, und Adam und Monsieur Fauberge schauten sich belustigt an.

»Aus diesem Grund hatten meine Eltern eine so tiefe Bindung zu den Bildern«, sagte Monsieur Fauberge. »Die Bilder spiegeln für sie die Liebe wider, die sie verband. All die schönen, aber auch die schweren, die widrigen Momente. Sie haben viel durchgemacht und haben doch immer zueinandergestanden, haben für ihre Liebe gekämpft.«

»Und wir werden alles tun, um Ihnen diese Bilder zurückzubringen«, bemerkte ich nun, wieder der Sprache mächtig. »Nach meiner Erfahrung wird es am schwierigsten sein, das verschwundene dritte Bild zu finden. Können Sie sich an irgendetwas erinnern, was uns bei der Suche helfen könnte?«

Monsieur Fauberge schüttelte seufzend den Kopf. »Ich befürchte, es ist nicht viel. Ich war damals noch sehr jung. Wir lebten in Villefranche, einem kleinen Fischerdorf nahe Nizza. Heute nennt es sich Villefranche-sur-Mer. Meine Eltern haben die ›Liebenden von Nizza‹ von dem Künstler geschenkt bekommen, das hat meine Mutter mir oft erzählt.«

Ich runzelte die Stirn. »Er hat das Kunstwerk verschenkt? Einfach so?«

Monsieur Fauberge schüttelte den Kopf. »Es war alles etwas kompliziert«, antwortete er dann ausweichend.

»Gibt es sonst Dinge, die Sie uns erzählen können? Haben Sie Beweise, dass Ihre Eltern die rechtmäßigen Eigentümer waren?«

»Ich befürchte, viel mehr habe ich dem nicht hinzuzufügen.« Er räusperte sich. Seine Augen wirkten plötzlich sehr traurig.

»Girard war ein großartiger Künstler«, sagte ich. »Ein Genie. Ich durfte einmal ein Bild einer seiner Schüler ausfindig machen. Mehr als drei Monate war ich auf der Suche. Das Kunstwerk gehörte einer jüdischen Familie aus Berlin. Die Friedländers mussten alles zurücklassen, als sie nach Amerika ins Exil gingen. Deshalb übergaben sie das Gemälde einer entfernten Bekannten zur Verwahrung, die aber nach dem Krieg – als die Friedländers das Bild zurückhaben wollten – behauptete, es sei bei einem Bombeneinschlag verbrannt.«

»Ja, ich habe davon gehört«, entgegnete Monsieur Fauberge. »Sie fanden dann heraus, dass es ein Betrug war und das Bild in einer Galerie in Mexiko-Stadt hing. Das war eine fabelhafte Leistung. Aus diesem Grund wollten Herr Gold und ich Sie ja auch unbedingt für meine Sache gewinnen.«

Unser Essen wurde nun serviert, und wir aßen schweigend. Ich musterte Monsieur Fauberge immer wieder. Trotz seines Alters wirkte er manchmal fast jungenhaft mit seinen Grübchen und den zahlreichen Lachfältchen. Und doch hatte er eine gewisse Melancholie an sich. Ich spürte, dass das, was ihn bewegte, mehr war als ein gestohlenes Kunstwerk. Er wollte, so meine Vermutung, endlich Gerechtigkeit. Für sich und seine Familie.

Schließlich tupfte sich Monsieur Fauberge mit der Serviette den Mund ab und sah mich an. »Also, wie werden Sie vorgehen?«

»Nun, zunächst werden wir uns an das Museum wenden, Druck ausüben, Dokumente sichten. Zeitgleich werden wir uns auf die Suche nach dem dritten Bild begeben, seinen Weg, seine Geschichte nachverfolgen.« Ich betrachtete ihn eindringlich. »Wir werden Ihre Hilfe brauchen, an der einen oder anderen Stelle.«

»Dessen bin ich mir bewusst.« Er wich meinem forschenden Blick aus. »Ich werde tun, was ich kann.«

Kurz darauf verabschiedete sich Monsieur Fauberge. Er sei müde und müsse sich ausruhen, meinte er. Ich fragte ihn noch, wo er abgestiegen sei, und er antwortete, er würde im Hotel Negresco übernachten. Ich war etwas überrascht darüber, dass er in einem so noblen Hotel wohnte, aber er erklärte, er habe eine ganz besondere Beziehung zu diesem Haus. Mit diesen Worten verließ er das Restaurant, und Adam und ich blieben allein zurück.

»Ein faszinierender Mann.« Ich leerte mein Glas Chardonnay.

»Ja, in der Tat. Ich hoffe, wir können seine Erwartungen erfüllen.«

Nachdenklich drehte ich den Stiel meines Weinglases zwischen den Fingern. »Leider wird es mit der Zeit nicht einfacher, verschwundene Bilder zu finden. Und was das Museum angeht … Die werden ganz sicher mit harten Bandagen kämpfen. Viele Museen und Auktionshäuser wollten damals nicht wahrhaben, dass es sich um Raubkunst handelte. Es wurde viel verschleiert, Gemälde wurden unter Decknamen verkauft oder ersteigert. Darin verstrickt waren in Frankreich sowohl NS- als auch Vichy-Funktionäre, Kunsthändler, Auktionshäuser, Sammler und Strohmänner. Die wahren Eigentümer ausfindig zu machen ist in vielen Fällen eine Herausforderung. Ein Großteil der damaligen Auktionsprotokolle ist noch immer unter Verschluss.

Und heikel ist auch: Wie sieht es mit den Beweisen aus, dass Monsieur Fauberges Eltern die rechtmäßigen Eigentümer waren?«

»Ich weiß.« Adam seufzte. »Auch bei uns in der Schweiz weigern sich nach wie vor viele Museen und Stiftungen, NS-Raubkunst zurückzugeben. Und das, obwohl sie teilweise sogar zugeben, dass *Erkenntnislücken* in der Aufklärung der Eigentumsverhältnisse existieren. Zum Glück haben wir jetzt ja dich.« In seinen Augen blitzte es.

Ich lächelte. »Ich kann keine Wunder vollbringen. Aber ich werde mein Bestes geben.«

KAPITEL IV

Nizza, Dezember 1915

Der Winter hatte in Nizza Einzug gehalten.

Draußen war es sehr ungemütlich, die Sonne mit ihren blassen Strahlen wärmte kaum. Der Mistral, der kalte Fallwind aus dem Rhônetal, fegte durch die engen Gassen der Stadt, trieb Laub und Unrat vor sich her, zerzauste die Platanen.

Einige Wochen zuvor hatte Charlotte an einem schlimmen Husten gelitten. Aimée hatte ihr ihre berühmte *Bouillon de poule* aus Hühnerfleisch, Rüben und Porree gekocht, die Wunder wirkte, sodass sie schon nach einigen Tagen wieder auf den Beinen war.

Charlotte und die anderen Krankenschwestern wurden mehr und mehr gefordert. Durch die vielen Verwundeten wurden ihre Pflegedienste immer umfangreicher, zugleich hatten sie sich vorgenommen, die Soldaten in all ihrem Elend ein wenig aufzuheitern. Die Schwestern, die sich um die Verpflegung der Soldaten kümmerten, die Küchenschwestern, hatten über Monate Mehl zusammengespart, um nun, in der Adventszeit, täglich backen zu können. Aimée und ein paar andere hatten wiederum einen Chor gegründet, der Weihnachtslieder einstudierte.

Als Charlotte kurz vor Heiligabend gerade dabei war, die Bestände im Lager zu prüfen, kam Aimée hereingestürzt. Sie war völlig außer sich, das Gesicht tränenüberströmt.

»Was ist geschehen?«, fragte Charlotte besorgt.

Aimée brauchte eine Weile, bis ihr Schluchzen aufhörte. »Es ist so weit«, stieß sie hervor. »Er wird in den Krieg ziehen.«

Charlotte musste nicht fragen, wen sie meinte. »Ach Aimée …« Seufzend ließ sie sich auf einer Pritsche nieder und klopfte neben sich auf die Liegefläche. Ihre Freundin ließ sich neben sie fallen.

Charlotte legte mitfühlend den Arm um sie. »Es tut mir so leid. Aber Lucien ist stark. Er wird es schaffen. Daran musst du glauben.«

»Ich weiß nicht, ob ich es schaffe.« Aimées Unterlippe bebte. »Stell dir vor, er stirbt! Oder er wird schwer verletzt. Oder für immer verstümmelt. Ich würde das nicht aushalten.« Sie ließ ihren Kopf an Charlottes Schulter sinken.

Lucien und Aimée hatten in den letzten Monaten jede freie Minute miteinander verbracht. Charlotte hatte selten ein so unschuldiges Glück gesehen, das zwei Menschen miteinander teilten. Lucien trug Aimée buchstäblich auf Händen, las ihr jeden Wunsch von den Augen ab, vergötterte sie. Und wenn sie von ihm sprach, war da dieser verliebte, fast fiebrige Glanz in ihrem Blick. Das Kriegselend schien so weit weg, wenn sie zusammen waren, fast, als würde ihre Liebe keinen Schatten zulassen.

»Du musst es aushalten, Aimée«, flüsterte Charlotte. »Es ist Krieg. Wir alle müssen es aushalten. Das weißt du doch.«

Aimée erwiderte nichts, fing nur wieder zu weinen an. Charlotte strich ihr behutsam über den Arm. So saßen sie zusammen, bis irgendwann Francine hereinkam.

»Was ist denn hier los?«, fragte sie.

»Lucien muss an die Front«, erklärte Charlotte.

»Oje.« Francine ließ sich neben ihnen nieder. »Das ist schlimm, Aimée. Aber es warten Patienten auf uns. Sie brauchen unsere Hilfe. Meinst du, du kannst arbeiten?«

Aimée hob den Kopf und sah Charlotte und Francine an. »Ja, ich denke schon«, schniefte sie.

»Du bist tapfer!« Charlotte drückte ihr einen Kuss auf die Stirn.

Der Tag wurde noch anstrengend. Am Morgen war ein Verwundetentransport eingetroffen, und die Schwestern hatten alle Hände voll zu tun. Sie legten Verbände an, setzten Spritzen, säuberten Wunden. Die Ärzte gaben knappe Anweisungen, während sie sich um die Soldaten kümmerten, und die Schwestern mussten rasch reagieren. Bei einigen der Operationen ging es um nicht weniger als um Leben oder Tod.

Erst am späten Abend kamen alle im Schwesternzimmer zusammen, um etwas zu essen und zu trinken und sich auszuruhen. Charlotte hatte zuletzt bei der Entfernung eines Granatsplitters aus der Schulter assistieren müssen, und die entsetzlichen Schreie des Verwundeten klangen noch in ihren Ohren nach. Francine und Aimée sahen bleich und erschöpft aus, so wie Charlotte sich fühlte.

»Ich tue heute keinen Schritt mehr«, stöhnte Francine, die sich auf eine schmale Pritsche geworfen hatte. Sie schlüpfte aus ihren Schnürschuhen und massierte ihre Knöchel.

»Ich kann auch kaum noch geradeaus laufen«, pflichtete Charlotte ihr bei.

Aimée räumte nur stumm ihre Sachen in den Spind. Charlotte und Francine warfen sich einen besorgten Blick zu. Aimées hängende Schultern verrieten ihnen, wie sehr sie litt.

Plötzlich öffnete sich die Tür, und Babette stürmte herein. Sie atmete schwer, ihr Gesicht war hochrot. Das war ungewöhnlich, denn normalerweise blieb sie in jeder Lebenslage ruhig und gelassen und behielt den Überblick. »Ihr müsst mitkommen«, keuchte sie. »Schnell!«

»Was ist los?«, erkundigte sich Francine.

»Wir haben einen Nachzügler. Ich brauche eure Hilfe. Beeilt euch!«

Die Mädchen folgten ihr in die Empfangshalle des Hotels, wo der verletzte Soldat blutverschmiert auf einer Trage lag.

»Er sollte eigentlich ins L'Hermitage«, erklärte die Oberschwester. »Aber die sind noch mehr überlastet als wir.« Sie schaute alle auffordernd an. »Jetzt steht nicht so herum! Helft mir lieber, ihn nach oben zu bringen!«

Charlotte trat näher, betrachtete den Soldaten, der den Kopf nun in ihre Richtung drehte. Ein eiskalter Schauer lief ihr über den Rücken.

»Ich kenne den Mann«, stammelte sie.

Francine näherte sich ebenfalls dem Verwundeten. »Das ist ja dieser Henri!«, rief sie.

»Wer auch immer das ist, das spielt jetzt keine Rolle! Wir müssen ihn versorgen, also los!« Babette machte eine aufscheuchende Handbewegung, und die Mädchen gehorchten. Mit vereinten Kräften schleppten sie ihn auf der Trage in das obere Stockwerk in den Operationssaal.

Charlottes Herz hämmerte wie wild in ihrer Brust. Sie hatte schon unzählige Patienten versorgt, hatte so viel Leid gesehen, so viel Schreie gehört, die von unvorstellbaren Schmerzen zeugten. Wie oft wäre sie am liebsten fortgelaufen, hätte die Augen geschlossen oder sich die Ohren zugehalten. Und doch war dies hier anders. Es war das erste Mal, dass sie einen der Verwundeten kannte, und trotz ihrer nur flüchtigen Begegnung im Café du Jardin vor einigen Monaten war er ihr auf eine seltsame Art vertraut.

»Was hat er?«, fragte Charlotte atemlos, ohne den Blick von Henri abzuwenden. Er schaute sie an, schien aber zu schwach oder zu betäubt vom Morphium, um sprechen zu können.

»Beinschuss«, erklärte Babette knapp. »Doktor Freinet kommt gleich, um ihn zu operieren. Hoffentlich kann er sein Bein retten.«

»Er könnte es verlieren?« Charlotte wurde blass.

»Ja, das könnte er. Herrgott, Charlotte, reiß dich zusammen! Wir müssen alles vorbereiten. Oder willst du, dass der Junge stirbt?« Grob schob Babette sie zur Seite.

Charlotte atmete tief durch und versuchte, sich zu konzentrieren. Sie sah in sein Gesicht, erinnerte sich daran, wie er sie damals angeschaut hatte. Nun wand er sich vor Schmerzen, stöhnte manchmal auf. Seine Stirn glühte, Schweißtropfen glänzten auf seiner Haut.

Kurz darauf erschien endlich Doktor Freinet. Er war ein groß gewachsener, schlanker Mann mit Halbglatze und gehörte zu den erfahrensten Chirurgen des Lazaretts. Charlotte hoffte inständig, dass er Henris Bein retten konnte.

Sie beobachtete genau, wie er operierte, und immer wieder tupfte sie den Schweiß von Henris Stirn. Babette, Aimée und Francine assistierten dem Arzt, und schließlich, nach zwei langen Stunden – es war inzwischen fast Mitternacht –, war die Operation beendet.

»Wird er überleben? Sein Bein behalten?«, fragte Charlotte den Chirurgen.

»Das lässt sich jetzt noch nicht sagen. Er muss die Nacht überstehen, dann sehen wir weiter«, antwortete er. Seine Augen waren umschattet, müde sah er sie an. »Du solltest für ihn beten.«

Sie brachten ihn in eins der Zimmer, und Charlotte ließ sich neben dem Bett nieder. Sie nahm Henris kalte Hand in die ihre, strich über die feinen Äderchen auf seinem Handrücken, fühlte die winzigen Härchen, die kleinen Unebenheiten auf seiner Haut. Sie hörte, wie Francine hinter sie trat und leise fragte: »Ich kann auch bleiben, wenn du möchtest?« Aber Charlotte schüttelte nur kaum merklich den Kopf.

Sie saß die ganze Nacht bei ihm, kühlte sein erhitztes Gesicht, kontrollierte seinen Puls, berührte beruhigend seine Stirn, sobald er im Schlaf keuchte oder schrie.

Am frühen Morgen kam Aimée ins Zimmer. »Du brauchst jetzt Schlaf, Charlotte«, sagte sie behutsam. »Ich werde bei ihm wachen.«

Charlotte zögerte kurz, dann nickte sie. »In Ordnung.« Sie spürte unsagbare Erschöpfung in sich, aber es fiel ihr schwer, Henri zu verlassen. Doch als ihr Kopf unten im Schwesternzimmer auf das Kissen einer Pritsche sank, war sie innerhalb weniger Sekunden eingeschlafen.

Einige Stunden später wurde sie von Francine geweckt. Müde blinzelte sie ihre Freundin an.

»Es geht ihm besser«, sagte Francine und strich Charlotte liebevoll eine Haarsträhne aus dem Gesicht. »Doktor Freinet sagt, er wird sein Bein wahrscheinlich nicht verlieren.«

»Gott sei Dank«, entfuhr es Charlotte. »Ich werde nach ihm sehen.« Sie richtete sich so schnell auf, dass ihr schwindlig wurde.

Henris Gesicht glühte sichtbar weniger, und seine Augen hatten nicht mehr diesen fiebrigen Glanz. Er lächelte sie müde an, während sie sich zu ihm setzte.

»Es war also doch kein Traum«, flüsterte er.

»Was war kein Traum?«

»Ich dachte, ich hätte nur geträumt, Sie zu sehen. Wie ein Engel, der zu mir gekommen ist.« Er schloss für einen Moment die Augen. »Aber es war kein Traum. Sie sind es wirklich.«

Sie berührte kurz seine Wange. »Ja, ich bin es. Charlotte.«

»Ich hab an Sie gedacht. Im Schützengraben sah ich Sie vor

mir …« Seine Stimme versagte, sein Gesicht verzog sich vor Schmerzen.

»Psst. Nicht sprechen, das strengt Sie zu sehr an.«

Er schloss erneut die Augen. »Bleiben Sie, bitte.« Seine Stimme war nur noch ein schwaches Wispern.

Sie blieb bei ihm.

Bis Babette hereinkam und erklärte, dass es nun leider an der Zeit sei, sich um andere Patienten zu kümmern. Schweren Herzens verließ Charlotte das Zimmer.

Am Abend schaute sie noch einmal nach Henri, aber er schlief.

»Er wird sich erholen«, sagte Doktor Freinet, als sie ihn nach Henri fragte, und sie war unendlich froh darüber.

Die nächsten Tage ging es im Lazarett hektisch zu. Der Krieg hatte schreckliche Ausmaße angenommen, immer grausamer wurde das, was die Krankenschwestern zu Gesicht bekamen.

Kurz nach Weihnachten verkündete Babette, dass sie nicht länger Oberschwester sein würde, so wie Aimée es erzählt hatte.

»Die Schmerzen in meinem Körper werden zu stark«, erklärte Babette, als sie abends im Schwesternzimmer zusammensaßen. »Ich muss aufhören.« Sie klang traurig. Die Arbeit hatte sie erfüllt, das merkte man.

»Und wer wird Sie ersetzen?«, rief Chloé, eine der jüngeren Schwestern, die für ihr vorlautes Mundwerk bekannt war.

»Nun.« Babette räusperte sich. »Jemand vom Balmoral. Ich habe nur Gutes über sie gehört.«

»Na, wer mag das wohl sein?«, wisperte Aimée.

Charlotte spitzte die Ohren. Sie hatte eine Vermutung …

»Ihr Name ist Julie Dubois.«

»Wie schön!«, entfuhr es Charlotte.

»Die als unsere Vorgesetzte? Na, das kann ja heiter werden«, rief Aimée und schüttelte empört ihren dunklen Lockenkopf. Sie machte keinen Hehl daraus, was sie von Julie hielt.

»Also bitte!«, schalt Babette sie. »Ihr werdet ihr den gleichen Respekt entgegenbringen wie mir auch! Versprecht mir das!«

Ein Murren, Raunen und Tuscheln ging durch die versammelte Schar der Krankenschwestern, aber niemand begehrte mehr auf. Sie hatten alle genug anderes im Kopf, als sich über eine neue Vorgesetzte aufzuregen.

Charlotte besuchte Henri jeden Tag, auch wenn sie für einen anderen Lazaretttrakt eingeteilt war. Er war noch immer schwach, aber nach und nach verbesserte sich sein Zustand. Eines Abends fragte er sie, ob sie ihm ein Buch mitbringen könne, er würde das Lesen vermissen. Sie lieh ihm eine alte Ausgabe von Baudelaires *Die Blumen des Bösen*, die sie einst von ihrer Großmutter geschenkt bekommen hatte.

»Ich liebe Baudelaire! Woher wussten Sie das, Charlotte?«, freute er sich.

Sie schmunzelte. »Ich wusste es nicht. Aber Sie haben eine lyrische Ader, das merkt man daran, wie Sie sich ausdrücken.«

»Aha.« Sein Gesicht hatte endlich wieder eine gesündere Farbe, und das Sprechen strengte ihn nicht mehr so sehr an. Sie half ihm, sich ein Stück aufzusetzen. »Als Kind habe ich viel gelesen. Aber dann habe ich das Singen für mich entdeckt.«

»Singen?« Charlotte zog überrascht eine Augenbraue hoch. »Welch ungewöhnlicher Zeitvertreib!« Die Männer, die Charlotte bisher kennengelernt hatte, besuchten Sportveranstaltungen, gingen auf die Jagd oder betätigten sich politisch. Doch wusste sie, dass es gerade in den Städten immer beliebter wurde, ins Varieté zu gehen oder in einem ständigen Chor zu singen, nicht nur zu Weihnachten.

»Und was singen Sie?«

»Vornehmlich Chansons. Aristide Bruant mag ich sehr.«

»Seine Lieder sind sehr schön. Mein Vater liebt Bruant.« Charlotte musterte Henri. Sie ertappte sich ständig dabei, ihm über seine Wange streichen, seine Stirn berühren zu wollen.

»Darf ich Sie etwas fragen, Charlotte?«

»Aber sicher.«

»Warum sind Sie hier?«

»Hier?«

»Ja, ich meine …« Er rieb sich die Nase. »Sie sind … jung und ungemein hübsch.« Er hüstelte. »Also eigentlich die hübscheste Frau, die ich jemals gesehen habe. Warum sind Sie Krankenschwester geworden? Warum tun Sie sich all dieses Leid an?«

Sie spürte, wie sie rot wurde. Seine unverblümten Worte machten sie verlegen, rührten sie aber gleichzeitig.

»Entschuldigen Sie, ich wollte Sie nicht in Verlegenheit bringen. Meine Mutter sagt immer, ich würde mit meiner direkten Art jeden vor den Kopf stoßen.«

»Nein, nein«, beruhigte sie ihn. »Es ist nur …« Sie atmete tief durch. »Ich wollte einfach helfen. Ich denke, es ist so simpel, wie es klingt. Meine leider schon verstorbene Großmutter hat mir beigebracht, dass man dem Leben einen Sinn geben muss. Einen tieferen Sinn. Das eigene Glück sollte nicht an erster Stelle stehen.«

Henri musterte sie aufmerksam. Anerkennung lag in seinem Blick. »Ich verstehe. Ihre Großmutter war eine weise Frau.«

Sie lächelte. »Ja. Ja, das war sie.«

Aimée und Francine war nicht verborgen geblieben, dass Charlotte viel Zeit bei Henri verbrachte.

»Du magst ihn, nicht wahr?«, sagte Francine, als sie eines

Abends, in dicke Mäntel gehüllt, auf den Stufen vor dem Negresco saßen und sich die Reste einer Gemüsesuppe teilten. Buntes Laub bedeckte die Straßen, der Wind ließ es raschelnd über die Gehwege tanzen, bis es sich schließlich in einer windstillen Ecke stapelte. Blutverschmierte Laken türmten sich vor ihnen auf einem Wagen, der später in eine Wäscherei gebracht werden würde. Sie bemerkten es kaum noch.

»Er ist ein Patient. Ich kümmere mich um ihn. Babette hat uns doch immer eingebläut, dass die Soldaten Zuspruch benötigen.«

»Trotzdem bekommen manche Patienten mehr Zuspruch als andere«, stellte Francine schmunzelnd fest.

»Ich behandle alle gleich«, gab Charlotte trotzig zurück und aß einen Löffel Suppe.

»Es wäre aber auch nicht schlimm, wenn es anders wäre.«

»Doch, das wäre es. Denn das würde ja heißen, dass ich Henri mag. Einen Soldaten. Der bald wieder in den Krieg muss.«

Francine wurde schlagartig ernst. »Das stimmt, Charlotte. Entschuldige.«

Charlotte reichte Francine die Suppenschale, damit sie sich nun aus ihr bedienen konnte. »Vielleicht mag ich es, bei ihm zu sein, weil er mich daran erinnert, warum ich hier bin. Er gibt mir das Gefühl, das Richtige zu tun.«

»Und daran ist gewiss nichts Schlechtes.«

Sie wurden von Aimée unterbrochen, die ebenfalls ihre Schicht beendet hatte. Sie setzte sich zu ihnen und erzählte, dass Chloé angeblich dabei erwischt worden sei, wie sie mit einem der verletzten Soldaten angebandelt hätte. Aimée nannte ihn immer »den mit dem Turban«, weil sein Kopf einbandagiert war. Charlotte war froh, dass es nicht mehr um sie ging. Zu viel tobte in ihrem Inneren. Empfindungen, Gedanken, die sie verwirrten, ihr Angst machten. Sie fühlte sich zu Henri hingezogen, das konnte sie nicht leugnen. Aber zulassen durfte sie diese Gefühle nicht.

»Und was fangen wir nun mit unserem freien Abend an?«, fragte Aimée schließlich.

»Schlafen«, antworteten Francine und Charlotte wie aus einem Mund, und Aimée warf einen verzweifelten Blick gen Himmel.

»Ich habe die langweiligsten Freundinnen der Welt!«, stöhnte sie in gespielter Verzweiflung. »Womit habe ich das nur verdient?«

Francine und Charlotte mussten lachen. »Du armes Ding.« Charlotte tätschelte Aimées Arm. »Was für ein schlimmes Schicksal, mit solchen Freundinnen gestraft zu sein.«

»Ich werde jedenfalls nicht zu Hause Trübsal blasen, sondern mich unter Menschen begeben«, verkündete Aimée.

»Ganz allein?«, fragte Francine ungläubig. »Dann sei aber vorsichtig. Es laufen gerade so viele zwielichtige Gestalten herum.«

»Ach, die können mir nichts anhaben.« Aimée winkte ab. »Ich kann mich schon verteidigen!« Sie ballte ihre Hände zu Fäusten wie ein Boxer im Ring.

Charlotte seufzte. Sie wusste, wie sehr ihre Freundin Lucien vermisste, wie sehr sie jeden Tag auf Nachricht von ihm hoffte. Sie war nur ausgesprochen gut darin, ihre Sorgen zu überspielen.

Am nächsten Tag war Charlotte für die Frühschicht eingeteilt. Da sie ein Morgenmensch war, mochte sie es, vor der Dämmerung auf den Beinen zu sein. Als Erstes suchte sie Henri auf, der in ein anderes Zimmer verlegt worden war. Er lag nun mit fünf anderen Patienten in einer der einstigen Suiten und schien sich in Gesellschaft wohlzufühlen. Schon das eine oder andere Mal hatte sie mitbekommen, dass er seinen Kameraden Geschichten erzählte oder ein Lied zum Besten gab. »Sie sind ja ein richtiger Alleinunterhalter«, hatte sie ihn geneckt, und er hatte gelacht.

Doch an diesem Morgen war es noch ruhig im Fünferzimmer, alle Männer schliefen. Also machte sie sich daran, nach den neu eingetroffenen Patienten zu sehen. Am Vortag war ein Transport mit teilweise schwer verletzten Soldaten eingetroffen, viele waren von Granatgeschossen getroffen worden.

Nachdem sie Spritzen, Medikamente und Baumwollverbände aus dem Vorratsraum geholt hatte, betrat sie eines der kleineren Zimmer am Ende des Flurs. Sie kümmerte sich dort um einen Verwundeten mit einer eiternden Wunde im Brustbereich. Er war klein und untersetzt und hatte ein breites Gesicht. Sein Name war Pierre, wie sie an seiner Tafel ablesen konnte, doch Pierre hatte etwas Unangenehmes an sich. Sie mochte nicht, wie er sie gierig anstarrte. Charlotte fühlte sich unbehaglich in seiner Nähe.

»Da hat man mir aber ein entzückendes Mädchen geschickt«, geiferte er, und sie musste sich beherrschen, um nicht angewidert das Gesicht zu verziehen.

»Ich bin Ihnen nicht geschickt worden, ich versorge nur Ihre Wunde«, erwiderte sie kühl, während sie den Eiter vorsichtig mit Watte abtupfte.

Er erwiderte nichts, sondern stierte sie nur weiter an. Sie war froh, als sie ihm endlich einen neuen Verband angelegt hatte und den Raum verlassen konnte. Auch wenn sie wusste, dass die Soldaten Furchtbares erlebt hatten, und sie sich bemühte, alle gleich freundlich zu behandeln und hilfsbereit zu sein, so fiel es ihr bei manchen doch nicht leicht.

Auf dem Flur traf sie Julie, die am Tag zuvor ihre Arbeit als Oberschwester angetreten hatte. Wenn sie nervös war, so ließ sie es sich nicht anmerken.

»Du warst bei Pierre?«, erkundigte sie sich.

»Ja. Irgendwie ist er ein wenig unangenehm.«

Julie zog die Augenbrauen hoch, ging aber nicht auf ihre

Bemerkung ein. »Wir müssen uns noch um die Medikamentenbestellungen kümmern. Kannst du das erledigen?«

Bevor Charlotte etwas erwidern konnte, sah sie, wie plötzlich eine der neuen Schwestern, Oda, die Treppe hochstürmte. Sie stürzte fast, als sie um die Ecke schlitterte.

»Schnell, kommt!«, rief sie hastig, und Julie und Charlotte folgten ihr nach unten.

Vor dem einstigen Hoteleingang parkte ein schwarzer Wagen. Charlotte hatte schon ewig kein solches Modell mehr gesehen, die meisten Automobile und Droschken waren inzwischen vom Kriegsministerium beschlagnahmt worden. Ein hochgewachsener Mann mit Gehstock und Zylinder stand neben dem Wagen. Sein Gesicht war im Morgengrauen kaum zu erkennen, aber er schien sehr aufgebracht. Charlotte trat näher. Auf dem Rücksitz lag ein kleiner Junge von vielleicht sechs oder sieben Jahren, überall war Blut. Er schien nicht bei Bewusstsein zu sein. Julie, Oda und Charlotte hoben ihn aus dem Auto und trugen ihn vorsichtig über die Stufen nach drinnen. Der Mann folgte ihnen, machte aber keine Anstalten, ihnen zu helfen.

Behutsam legten sie den Jungen auf eine Pritsche im Schwesternzimmer.

»Ich hole einen Arzt!«, rief Oda und verschwand.

Julie zog dem Jungen mit geübtem Griff die blutige Hose aus. Dabei zeigte sich, dass sein Oberschenkel eine klaffende Wunde aufwies.

»Eine große Beinschlagader muss verletzt sein!«, stellte Julie fest und bereitete eine Infusion mit Morphium vor.

»Wann kommt denn endlich ein Arzt?« Charlotte schaute fragend Oda an, die gerade zurückkehrte.

»Alle operieren gerade«, erklärte sie atemlos. »Niemand kann helfen.«

»Aber der Junge stirbt!«, schrie Julie, an ihrem Hals zeigten sich hektische rote Flecken.

»Julie.« Charlotte fasste sie bei den Schultern. »Du weißt, was zu tun ist. Du kannst es. Beruhige dich und denke nach.«

Die neue Oberschwester holte tief Luft. »Bring mir Wasser und chirurgischen Faden«, wies sie Charlotte an, und Charlotte lief los, um kurz darauf mit den ihr aufgetragenen Dingen zurückzukehren.

Julie gab sich einen Ruck und griff in die Wunde. »Ich glaube, ich habe die Schlagader!«, rief sie kurz darauf. Es dauerte einige Zeit, aber mit geschickten Händen gelang es ihr schließlich, die Ader abzubinden. Dann schloss sie die Wunde, versorgte sie und legte einen Verband an. Erschöpft ließ sie sich auf einen Schemel fallen. »Vielleicht überlebt er«, flüsterte sie.

Sie hatten gar nicht bemerkt, dass der Mann mit dem Zylinder die ganze Zeit an der Tür zum Schwesternzimmer gestanden und ihnen zugesehen hatte.

»Was ist denn nur geschehen? Ist das Ihr Sohn?«, fragte Charlotte. Ihre eigene Stimme kam ihr fremd vor.

Der Mann nahm seinen Zylinder ab. Jetzt, im Licht des Schwesternzimmers, war sein Gesicht deutlich zu erkennen. Er war einige Jahre älter als sie und hatte ungewöhnlich helles Haar. Er war nicht hässlich, aber etwas gefiel Charlotte nicht an ihm, er wirkte seltsam unnatürlich.

»Er lag auf der Straße«, murmelte der Mann.

Julie runzelte die Stirn. »Sie kennen den Jungen also gar nicht?«

»So ist es.«

»Aber was ist ihm geschehen?«, fragte Charlotte. »Hat ihn jemand angefahren und danach Fahrerflucht begangen?«

Der Mann zuckte mit den Schultern.

Julie und Charlotte wechselten einen kurzen Blick. »Es ist gut, dass Sie ihn hergebracht haben«, sagte Julie schließlich. »Er wäre sonst wahrscheinlich nicht mehr am Leben.«

Der Angesprochene nickte und wollte sich zum Gehen wenden.

»Warten Sie! Wie ist Ihr Name?«, fragte Charlotte. Sie überlegte. »Falls der Junge sich später bei Ihnen bedanken möchte.«

Er hielt inne, zögerte einen Moment, dann sagte er: »Frédéric Delamare. Hocherfreut.« Mit diesen Worten verschwand er.

»Ein komischer Kauz.« Julie sah wieder nach dem Jungen.

»Sehr komisch«, bestätigte Charlotte nachdenklich. »Meinst du, er hat den Jungen angefahren?«

»Möglich. Wir werden es der Polizei melden müssen. Vielleicht findet die etwas heraus.«

Wenig später eilte Doktor Freinet mit hochrotem Gesicht und Schweiß auf der Stirn aus einem der oberen Räume zu ihnen.

»Was ist passiert?«, fragte er während er sich die Hände an einem Baumwolltuch abwischte.

»Julie hat die Schlagader abgebunden«, antwortete Charlotte.

Der Arzt begutachtete Julies Arbeit. »Das hast du hervorragend gemacht«, sagte er anerkennend. »In dir steckt eine gute Ärztin.«

Am späten Nachmittag erzählte Charlotte Henri von dem Jungen und Frédéric Delamare.

»Das ist wirklich eine mysteriöse Geschichte«, pflichtete er ihr bei, während sie seinen Verband erneuerte.

»Ich frage mich, ob der Mann etwas mit dem Unfall zu tun hatte.«

»Denkbar wäre das. Aber vielleicht sollten Sie das der Polizei melden.«

»Unsere Oberschwester meinte das auch schon, sie will sich darum kümmern. Der Junge selbst kann sich jedenfalls an nichts erinnern. Aber wer fährt ein Kind an und macht sich aus dem Staub, falls die Geschichte wirklich stimmt?«

»Wie auch immer, die Menschen sind jedenfalls zu grausamen Dingen fähig, der Krieg hat es mal wieder gezeigt.« Henri blickte nachdenklich zum Fenster hinaus. »Sich gegenseitig zu erschießen, mit Granaten zu bewerfen oder Bajonetten zu erstechen, nur weil Politiker dies so wollen – es wird einfach befolgt. Dieser Gehorsam ist ein großes Übel.«

Charlotte überlegte, ob sie Henri nach seinen Kriegserfahrungen fragen sollte, aber sie traute sich nicht. Viele der Soldaten wollten nicht darüber sprechen, zu schlimm waren die Erinnerungen.

»Einige der Männer sind noch so jung«, sagte sie stattdessen. »Fast noch Kinder. Die Jungen, mit denen ich als Kind gespielt habe … sie sind nun im Krieg. Was wird aus ihnen, sollten sie überhaupt je zurückkehren?«

»Sie werden stark sein müssen.« Henris Gesicht nahm plötzlich einen anderen Ausdruck an, er wirkte in sich gekehrt und müde. »Vielleicht sollte ich schlafen. Seien Sie mir nicht böse, Charlotte. Aber ich wäre jetzt lieber allein.«

»Natürlich«, beeilte sie sich zu sagen, ohne ihn anzusehen. »Ich schaue später noch nach Ihnen, Henri.« Sie stand auf, vielleicht etwas zu hastig. Mit zitternden Händen nahm sie die Metallschale mit Watte, Zellstoff, Binden und den Fläschchen mit Morphium, die sie an seinem Bett abgestellt hatte. Als sie im Begriff war, sich abzuwenden, hielt er sie plötzlich am Handgelenk fest.

»Es tut mir leid«, wisperte er, sein Blick war eindringlich. »Ich habe zu viele junge Männer sterben sehen. Es fällt schwer, darüber zu reden. Auch ich werde stark sein müssen. Und es gibt Augenblicke, in denen ich nicht weiß, ob ich das schaffe. Verstehen Sie das?«

Sie spürte ihr Herz heftig schlagen. Noch immer hielt er ihr Handgelenk fest, und die plötzliche Nähe, die Berührung seiner Finger auf ihrer Haut, ließ eine unerklärliche Hitze in ihr aufsteigen.

»Ja. Das verstehe ich«, erwiderte sie leise. »Und ich wünschte, ich könnte Ihnen etwas von Ihrem Schmerz nehmen, Henri.«

Er ließ sie los, fiel erschöpft in sein Kissen. »Nein, Charlotte. Ganz im Gegenteil. Ich würde Sie immer vor jedem Leid beschützen wollen.«

Sie wusste nichts zu erwidern. In ihrem Kopf dröhnte es, sie wollte fort, ebenfalls allein sein. »Ich muss wieder an die Arbeit. Ruhen Sie sich aus.« Sie ging zur Tür, drehte sich aber noch einmal um.

Henri hatte die Augen geschlossen, aber sie wusste, dass er nicht schlief.

Charlotte ging nach unten, um sich den neuen Dienstplan anzusehen. Dabei traf sie auf Francine und Julie.

Als sie sich gemeinsam über die Diensteinteilungen beugten, öffnete sich auf einmal die große Eingangstür, und ein älterer Mann mit grimmigem Gesicht stand vor ihnen. Er trug einen pelzbesetzten Mantel und schwere Lederstiefel.

Julie trat zu ihm. »Kann ich Ihnen helfen, Monsieur?«

»Ich will zu meinem Sohn.« Er sprach in einem ihr fremden Dialekt. »Pierre Sauvage.«

Charlotte und Julie wechselten einen Blick. Pierre, jener unangenehme Patient.

Das also war sein Vater, genauso wenig eine erfreuliche Erscheinung.

»Eigentlich sind die Besuchszeiten für heute vorbei, die Verwundeten brauchen Ruhe«, erklärte Julie.

»Ich bin den weiten Weg aus Ajaccio gekommen, und Sie wollen mir erklären, dass ich meinen Sohn nicht sehen kann?«

Julie zuckte ein Stück zurück. »Entschuldigen Sie, aber …«

»Nichts aber! Sie lassen mich jetzt zu meinem Sohn, verstanden?«

Charlotte stellte sich neben Julie. »Monsieur Sauvage, es ist spät. Unsere Patienten schlafen, viele von ihnen sind schwer verletzt.«

»Das ist mir egal. Ich will zu meinem Sohn, und zwar sofort!«

Julie gab nach. »Na schön. Aber nur kurz. Und Sie müssen leise sein.«

Sie führten Monsieur Sauvage ins obere Stockwerk, zu dem Zimmer, in dem Pierre zusammen mit einigen anderen Soldaten lag. Charlotte öffnete vorsichtig die Tür. Fast alle stöhnten im Schlaf.

»Ihr Sohn liegt dort hinten am Fenster«, flüsterte Julie Pierres Vater zu. »Bitte stören Sie die anderen nicht.«

Doch Monsieur Sauvage schien sich darum nicht zu scheren. Er stampfte mit seinen Stiefeln durch den Raum, so laut, dass es sicher noch im Erdgeschoss zu hören war, bis er am Bett seines Sohns angekommen war. Charlotte und Julie, die im Türrahmen stehen geblieben waren, schauten sich besorgt an.

»Pierre, wach auf!« Er rüttelte ihn unsanft am Bein. »Wach endlich auf.«

Pierre öffnete die Augen und erschrak. »Vater! Was machst du hier?«

»Was denkst du? Ich komme, um dich zu holen! Einfach fortzulaufen … Du Idiot!«

Einige der anderen Patienten wurden wach.

»Was ist denn das für ein Lärm?«, rief einer.

»Ruhe!«, ein anderer.

»Du denkst, du kannst dich freiwillig melden, ohne dass ich es merke?«, fuhr Monsieur Sauvage fort. »Und dann bist du auch noch so dumm und lässt zu, dass man dir in die Brust schießt!«

»Wir müssen etwas tun. Er weckt noch das ganze Lazarett auf«, sagte Charlotte zu Julie. Sie musste nicht mehr flüstern, es waren ohnehin alle im Zimmer wach.

»Ich werde versuchen, ihn zu beruhigen«, erwiderte Julie.

»Gut, ich helfe dir dabei.«

Doch Monsieur Sauvage war nicht zu beruhigen. Er war sogar so in Rage, dass Charlotte befürchtete, er würde gleich um sich schlagen. Pierre saß inzwischen aufrecht im Bett und zitterte am ganzen Körper.

»Wir müssen Sie bitten zu gehen, Monsieur«, begann Julie, aber er beachtete sie gar nicht, sondern fixierte weiter seinen Sohn. »Du Taugenichts! Hast nicht mal den Mut, deiner Mutter Lebewohl zu sagen! Du warst schon als Kind ein Feigling!«

»Vater, bitte, ich …«, stotterte Pierre. »Ich wollte zur Armee, um dir zu beweisen, dass ich meinen Mann stehen kann. Das ist doch das, was du wolltest, oder nicht?«

Aber Monsieur Sauvage achtete nicht auf seine Worte. »Du kommst jetzt mit, Pierre. Du wirst zu Hause gebraucht. Und wage ja nicht, mir zu widersprechen.«

»Sie können ihn nicht einfach mitnehmen«, mischte Charlotte sich ein. »Er ist verletzt und muss hierbleiben, bis er genesen ist.«

»Unsinn! Die kleine Wunde wird ihn schon nicht umbringen. Wir haben früher ganz andere Schmerzen aushalten müssen. Und ich werde Ihnen etwas über meinen Sohn sagen: Er hat kein Rückgrat. Sein Bruder, das ist ein mutiger Mann. Sogar eine Tapferkeitsmedaille hat er schon bekommen. Aber der hier …« Monsieur Sauvage zeigte verächtlich auf Pierre. »... ist zu nichts zu gebrauchen.«

»Aha«, stellte Charlotte spitz fest. »Und wenn er so ein Taugenichts ist, warum wollen Sie ihn dann unbedingt mitnehmen?«

Monsieur Sauvage schien es für einen kurzen Moment die Sprache verschlagen zu haben.

»Seine Mutter braucht ihn«, presste er dann hervor, etwas leiser als zuvor.

»Was ist denn mit Mutter?«, fragte Pierre erschrocken. »Ist sie etwa krank?«

Sein Vater musterte ihn, er schien seine Antwort erst abwägen zu wollen, bevor er weitersprach. »Sie ...«, setzte er an, hielt inne, schüttelte dann aber ärgerlich den Kopf. »Nein, sie ist nicht krank. Aber sie kann trotzdem Hilfe brauchen, muss sich schließlich im Geschäft um alles allein kümmern.«

»Das alles spielt für uns keine Rolle«, mischte Julie sich wieder ein. »Wir sind dafür verantwortlich, dass unsere Patienten wieder gesund werden. Also können sie nicht einfach so aus dem Lazarett herausspazieren.«

»Richtig. Das wäre unverantwortlich«, bekräftigte Charlotte.

»Und wie wollen Sie das verhindern?« Monsieur Sauvages Miene wurde immer feindseliger.

»Nun, Sie müssen an uns vorbeikommen.« Charlotte stellte sich dicht neben Julie, sodass ihrer beiden Schultern sich berührten.

Pierres Vater fing schallend zu lachen an. »Was für ein Anblick! Eine Mauer aus Weibsbildern! Und Sie wollen mich aufhalten?«

»Sie können gehen, wohin Sie wollen. Aber Pierre bleibt hier.« Charlotte hatte nicht vor aufzugeben.

Auf dem Gesicht von Monsieur Sauvage war das erste Mal ein Anflug von Unsicherheit zu erkennen. »Was sitzt du da immer noch herum, Sohn? Zieh dich an, und dann verlassen wir dieses Zimmer.«

»Schwester Julie!«, rief einer der Patienten mit einem dicken Verband um den Kopf. »Was ist hier los? Können Sie nicht endlich für Ruhe sorgen?«

Pierre hatte sich derweil keinen Zentimeter bewegt.

»Pierre!«, herrschte sein Vater ihn noch einmal an.

»Nein.« Pierres Lippen bebten. »Ich bleibe hier. So wie die Schwestern es gesagt haben.«

»Was bist du nur für ein Mann? Versteckst dich hinter diesen Weibern!« Monsieur Sauvage lachte verächtlich. Doch er sah seine Felle davonschwimmen, das merkte man ihm an. Reglos stand er da, und schließlich schien er aufzugeben. »Na schön. Ich gehe.« Er hob drohend den Zeigefinger. »Aber du brauchst nie wieder bei uns aufzukreuzen, Pierre! Für mich und deine Mutter bist du gestorben!«

Für einen kurzen Augenblick wirkte es, als würde der Sohn doch seinem Vater folgen wollen. Aber Charlotte warf Pierre einen unmissverständlichen Blick zu. Wage es nicht einzuknicken, besagte dieser. Denn obwohl sie noch nicht einmal die geringste Sympathie für Pierre empfand, wollte sie ihn beschützen.

Pierre blieb in seinem Bett, und sein Vater wand sich schimpfend an Charlotte und Julie vorbei.

Einige der Soldaten im Zimmer johlten, einer rief: »Na endlich! Bravo!«

Charlotte hörte Julie erleichtert aufatmen, danach trat sie an Pierres Bett.

»Ruhen Sie sich aus.« Sie strich seine Bettdecke glatt.

»Danke«, presste er hervor. »Dieser ganze Aufstand hier tut mir sehr leid.«

»So etwas passiert. Sie können nichts dafür. Und jetzt schlafen

Sie.« Sie ging zur Tür. Dort angekommen, drehte sie sich noch einmal um. Pierre saß aufrecht im Bett und starrte vor sich hin, als hätte er einen Geist gesehen.

KAPITEL V

Nizza, April 2019

Adam und ich machten uns am nächsten Morgen auf den Weg in das Musée d'Art Moderne im Hinterland von Nizza. Wuchtige Korkeichen und zarte Olivenbäume säumten die Chaussee, die auf einen Hügel führte. Das Museum befand sich in einem riesigen weißen Barockbau, dessen Fassade mit den hohen Fenstern mich an das Schloss von Versailles erinnerte. In dem parkähnlichen Garten blühten roter Klatschmohn und pastellfarbene Magnolien.

»Ich habe schon so viele Male versucht, das Museum zu einer Herausgabe der Akten zu bewegen. E-Mails, Anrufe. Aber die machen total dicht, reden sich immer wieder heraus«, hatte Adam auf der Fahrt erzählt.

»Deshalb hilft nur eines: Druck machen«, entgegnete ich. Wie oft hatte ich schon mit hartnäckigen Museumsdirektoren verhandelt, hatte sogar Drohungen aussprechen müssen. Hoffentlich würden sie auch diesmal etwas bewirken.

Adam steuerte den Besucherparkplatz an, auf dem zahlreiche Autos standen. Das Museum war beliebt, gehörte zu einer der Attraktionen der Region und war eines der wichtigen des Landes.

Wir gingen nicht durch das eindrucksvolle, von blühenden Rosensträuchern eingerahmte Vorderportal, das für die regulären Besucher gedacht war, sondern begaben uns zur Rückseite des Gebäudes. Einige Stufen führten zu einem weiteren Eingang. Neben der Tür war ein schmales Schild mit der Aufschrift

»Administration« befestigt. Wir klingelten und warteten eine Weile, bis sich die Tür öffnete. Eine streng aussehende Frau mit Brille, die einen knöchellangen Schottenrock und altmodische Schnürschuhe trug, betrachtete uns misstrauisch, als Adam sich vorgestellt hatte. Besuch von Anwälten begeisterte sie offensichtlich nicht.

Adam schilderte ihr unser Anliegen und dass wir einen Termin mit der Museumsleiterin hätten, was ihren Gesichtsausdruck noch unfreundlicher werden ließ.

»Madame Leglise ist leider nicht im Hause. Ein Notfall«, erklärte sie in näselndem Tonfall.

Adam sah sie eindringlich an. »Ist das wirklich so, Madame? Wir können auch gern mit einer richterlichen Anordnung zur Aktenübermittlung wiederkommen.«

Die Frau wurde sichtlich nervös. »Warten Sie hier«, befahl sie barsch und schlug uns die Tür vor der Nase zu.

»Was für ein freundlicher Empfang.« Adam schmunzelte, aber ich winkte ab.

»Das war noch gar nichts. Mich hat mal ein Leiter eines Auktionshauses von seinen Security-Leuten vom Gelände jagen lassen.«

Es dauerte ungefähr zehn Minuten, bis sich die Tür erneut öffnete und die Museumsmitarbeiterin uns eintreten ließ. »Hier entlang«, sagte sie, ohne uns anzusehen, und wir folgten ihr über eine helle Marmortreppe in ein Büro im oberen Stockwerk. Es war hell und freundlich eingerichtet, die Sonne schien zwischen den Lamellenvorhängen hindurch und warf kleine Lichtflecken auf das weiße Ledersofa und den Eichenschreibtisch.

»Nehmen Sie Platz. Madame Leglise wird gleich bei Ihnen sein.« Die Mitarbeiterin musterte mich von oben bis unten, danach verließ sie den Raum.

Wir warteten abermals ziemlich lange, aber schließlich öffnete sich die Bürotür, und eine Dame trat ein, offenbar Madame Leglise. Sie hatte ein maskenhaftes Gesicht und trug einen schneeweißen Hosenanzug sowie Schuhe mit Pfennigabsätzen.

»Wir würden Ihnen wirklich wahnsinnig gern helfen«, erklärte sie, nachdem sie sich hinter ihrem Schreibtisch niedergelassen hatte und wir uns vorgestellt und unser Anliegen im Detail vorgetragen hatten. »Aber leider können wir nichts für Sie tun. Leider.« Sie verschränkte die Hände auf dem Tisch und schien zu erwarten, dass wir wieder gehen würden.

»Ihnen ist sicherlich bewusst, dass wir mit einer richterlichen Anordnung wiederkommen können«, sagte Adam.

Sie zuckte mit den Schultern. »Bislang sehe ich keine richterliche Anordnung, Monsieur Gold.« Sie spitzte ihre blutrot geschminkten Lippen. »Es ist eine lange Tradition unseres Hauses, dass unsere Registraturen nur für diejenigen einsehbar sind, die den Zugriff auch tatsächlich benötigen. Die Zusammenarbeit mit Auktionshäusern und Sammlern basiert auf Vertrauen, verstehen Sie? Wenn wir jedem x-beliebigen Interessenten Einblick in unsere Bücher geben würden …« Sie machte eine theatralische Geste. »Wo kommen wird denn da hin?«

»Es geht hier nicht um einen x-beliebigen Interessenten«, antwortete Adam ruhig. »Sondern um einen Mann, der jahrelang um sein Eigentum gebracht wurde. Unser Mandant ist der rechtmäßige Eigentümer der Bilder, und das werden wir beweisen.«

»Ich glaube nicht, dass das der Wahrheit entspricht«, antwortete Madame Leglise kühl.

»Doch, es ist die Wahrheit«, sagte ich. »Wie ist Ihr Museum an die Bilder gelangt, Madame Leglise?«

»Wir haben sie rechtmäßig von einem Sammler erworben. So wie es üblich ist. Mehr kann ich dazu nicht sagen.«

Ich beugte mich ein Stück vor. »Rechtmäßig? Sind Sie sich da sicher? Seit Langem arbeitet Ihr Museum mit Auktionshäusern zusammen, von denen bekannt ist, dass sie mit im Zweiten Weltkrieg gestohlenen Kunstwerken Geld gemacht haben, vielleicht sogar selbst in den Raub verwickelt waren. Die Häuser Duboc, Marignac, Garonne …« Ich betrachtete sie eindringlich. »Soll ich weitermachen?«

Zum ersten Mal schien Madame Leglise ihre unerschütterliche Ruhe zu verlieren. Ein kurzes Flackern in ihrem Blick verriet es. Aber ich war noch nicht fertig. »Und wir alle können uns doch noch an den Fall vor zehn Jahren erinnern, als Ihr Museum sich schon einmal vor Gericht verantworten musste. Der Matisse, der dem Sammler Westherr gehört hatte. Sie mussten das Bild doch zurückgeben, oder nicht?«

Madame Leglises Augenbraue zuckte leicht. »Ich gebe dazu keinen Kommentar ab.«

»Natürlich nicht. Sie haben ja damals auch behauptet, Sie hätten das Bild in gutem Glauben erworben. Leider wurde Ihnen das Gegenteil bewiesen.«

»Wie gesagt, kein Kommentar.«

»Aber überlegen Sie doch mal«, mischte Adam sich ein. »Wenn die Presse Wind davon bekommt, dass Sie sich weigern, an der Aufklärung eines Restitutionsfall mitzuarbeiten …«

»Wollen Sie mir etwa drohen?«

»Nein. Aber wir werden nicht so schnell aufgeben.«

Madame Leglise stand auf und knöpfte das Jackett ihres Anzugs zu. »Ich glaube, wir sind hier fertig.« Ihre Miene war inzwischen eingefroren wie ein Eiszapfen. »Solange Sie keine richterliche Anordnung vorweisen können, haben wir nichts zu besprechen.«

Adam und ich erhoben uns ebenfalls. »Wir sehen uns wieder,

Madame Leglise«, sagte Adam zum Abschied, und das klang wirklich wie eine Drohung.

Als wir wieder in unserem Wagen saßen, sagte ich: »Schade. Für einen Moment dachte ich, sie würde uns mehr erzählen.«

»Ich auch.« Adam schien ebenso enttäuscht zu sein wie ich. »Aber eine richterliche Anordnung kriegen wir nicht so einfach. Dafür müssten wir etwas mehr vorweisen. Und das weiß auch Madame Leglise.«

»Mist«, schimpfte ich.

»Wir müssen unser weiteres Vorgehen genau planen. Gehen wir etwas essen, okay?«

Eigentlich hatte ich vorgehabt, mich an den Schreibtisch zu setzen. Es gab noch so viel zu tun. Aber Adam hatte recht; wir mussten weiterkommen, und dafür brauchten wir einen guten Plan.

Wenig später hielten wir am Meer. Einige Meter entfernt befand sich ein heruntergekommener Schuppen mit verfallenem Blechdach, der eher wie ein Imbiss wirkte. Weiße, abgenutzte Plastikstühle standen vor der Tür, und ein schiefes Schild mit der Aufschrift »Chez Michel« hing über dem Eingang. Dahinter erstreckte sich ein kiesbedeckter halbkreisförmiger Strandabschnitt, der von zwei großen Felsvorsprüngen eingerahmt war.

»Hier wollen wir essen?«, fragte ich skeptisch.

»Korrekt. Angeblich gibt es in diesem Lokal die besten Muscheln in ganz Südfrankreich. Ist ein Geheimtipp.«

Ich war zwar nicht überzeugt, folgte Adam aber ins Innere des Schuppens. In dem Lokal war es schummrig und verraucht, und an den wahllos zusammengestellten Holztischen saßen Fischer und andere Arbeiter aus der Gegend, die uns neugierig musterten.

»Meinst du wirklich, wir sind hier richtig? Vielleicht hast du die falsche Adresse?«, wisperte ich Adam zu.

»Wart's ab.«

Wir ließen uns an einem Tisch an einem Fenster nieder, das leicht geöffnet war, sodass der Geruch von Meer und Seetang hereinströmte. Kurz darauf trat der Wirt zu uns. Er trug eine graue Plastikschürze um seinen dicken Bauch, die sicher einst weiß gewesen war und an die eines Schlachters erinnerte, und eine Wollmütze auf dem offensichtlich kahlen Schädel.

Wir bestellten, natürlich Muscheln und andere Meeresfrüchte, und während wir auf das Essen warteten, suchte ich auf meinem Handy unter den Kontakten jene Person, von der ich glaubte, dass sie uns in dieser vertrackten Situation helfen könnte.

»Da ist ihre Nummer!«, rief ich aus, als ich sie gefunden hatte. »Die von Marta!«

»Wer ist Marta?«, erkundigte sich Adam. »Auch eine Kunstwissenschaftlerin?«

Ich wiegte den Kopf hin und her. »Nicht ganz. Sie ist eine Spezialistin.«

Adam runzelte die Stirn. »Aha. Und für was?«

»Computer.«

»Und wie soll uns das helfen?« Er schaute mich erst ratlos an, dann schien ihm zu dämmern, was ich vorhatte. »Das ist doch nicht dein Ernst!«

Der Wirt knallte uns in diesem Moment eine riesige Platte voller Miesmuscheln, roter Krebse und Schnecken auf den Tisch. Daneben platzierte er einen blechernen Eimer, der wohl für die Schalen gedacht war.

Adam blickte mich noch immer abwartend an.

»Da ist doch nichts dabei«, meinte ich leichthin. »Alle in meinem Metier arbeiten so. Glaub mir.«

»Das macht es nicht besser.« Er hob abwehrend die Hände. »Ich will von so etwas nichts wissen! Das ist illegal!«

»Mir klar. Aber ich schätze, du hast keinen besseren Vorschlag, oder?«

Adam erwiderte nichts, sondern griff nach einer Muschel, öffnete das Gehäuse und fing an zu essen.

Ich tat es ihm nach, und so aßen wir schweigend – es schmeckte tatsächlich hervorragend –, bis ich mir schließlich die Hände an der Serviette abwischte und sagte: »Wir haben keine andere Wahl, Adam.« Ich sah ihn eindringlich an. »Wir wollen Gerechtigkeit für Édouard Fauberge, oder nicht? Wir wollen, dass er sein Eigentum zurückerhält. Glaubst du, dass das Museum nur mit legalen Mitteln arbeitet?«

»Mag sein. Aber ich will da nicht mit hineingezogen werden! Ich kann meine Zulassung verlieren.«

»Ich nehme das auf meine Kappe. Und Marta ist ein Profi auf ihrem Gebiet.«

»Ich habe nichts anderes erwartet.«

Marta kannte ich schon seit Jahren. Sie war einer meiner ersten wichtigen Kontakte bei meinen Recherchen gewesen. Als sie jetzt durch das Flughafengebäude auf mich zukam, musste ich darüber schmunzeln, wie sehr sie dem Prototyp eines Computernerds entsprach: Ihr langes Haar hatte sie grün gefärbt, sie steckte in abgeschnittenen Jeans-Shorts und einem knallgelben Tanktop mit »AC/DC«-Aufschrift, über ihrer Schulter hing ein Army-Rucksack. Stürmisch umarmte sie mich.

»Verdammt, ist das schön, dich zu sehen!« Sie erdrückte mich fast. »Das ist ja Ewigkeiten her! Ich dachte, du arbeitest gar nicht mehr?«

Typisch Marta. Direkt wie immer.

»Das erklär ich dir später. Wo ist dein Gepäck?«, fragte ich.

Sie sah mich verständnislos an und zeigte auf ihren Rucksack. »Na hier!«

»Das ist alles?«

»Klar. Ist doch warm hier. Da braucht man nicht viel.«

Ich schüttelte den Kopf, und wir verließen das Gebäude. Auf der Fahrt nach Nizza erzählte ich Marta genauer, worum es ging und wofür ich sie brauchte.

»Das klingt spannend.« Sie rieb sich die Hände. »Erinnerst du dich noch an dieses Museum in Antwerpen? Da haben wir was Ähnliches abgezogen. Feine Sache!«

»Ich befürchte, diesmal wird es weitaus schwieriger. Das Museum hüllt sich in Schweigen. Die wollen sich nichts zuschulden kommen lassen, jedenfalls nach außen hin. Also sichern sie ihre Registraturen besonders gut.«

»Kein Problem. Hab neulich die serverseitige Verschlüsselung eines großen Cloud-Anbieters geknackt«, nuschelte Marta zwischen zwei Bissen eines Thunfisch-Baguettes, das ich vorher für sie besorgt hatte. »War ein Kinderspiel.«

»Schön.«

Den Wagen parkte ich unweit unserer Pension in einer Seitenstraße, dann betraten wir zusammen mein Zimmer. Nachdem sich Marta ausgiebig über die Einrichtung ausgelassen hatte, die für ihren Geschmack viel zu kitschig war, fragte ich sie nach ihrem Plan. Dann passierte das, was stets passierte, wenn man Marta nach ihrem Plan fragte. Sie fing an, mit Fachbegriffen um sich zu werfen, sprach hastig und zusammenhanglos. Ich musste sie auch dieses Mal bremsen.

»Marta, erklär es mir so, dass ich es verstehen kann.«

Sie musste grinsen. »Okay. Also, pass auf: Wir machen Social Engineering.«

Ich zog die Augenbrauen hoch. »Denk dran, was ich dir gerade gesagt habe«, rief ich ihr in Erinnerung.

»Es ist ganz einfach: Wir platzieren einen Trojaner auf dem Computer eines Mitarbeiters und verschaffen uns so Zugang zum Netzwerk des Museums.«

»Einen Trojaner?«

»Ja, genau. Wir müssen einem Mitarbeiter, der Zugriff auf die entsprechenden Registraturen hat, eine E-Mail mit Anhang unterjubeln. Und sobald er den Anhang öffnet – peng! –, können auch wir auf alles zugreifen.«

»Klingt logisch. Aber wie sollen wir ihm so was unterjubeln? Diese Person wird ja nicht einfach von jemandem einen Anhang öffnen, den sie gar nicht kennt.«

»Deshalb muss ihr der Absender auch vertraut sein.« Marta lächelte geheimnisvoll. »Lass mich mal machen.«

»Na schön. Ich hoffe, es klappt. Der Fall ist wirklich wichtig.«

»Das weiß ich doch.« Sie tätschelte meinen Arm.

Als Marta gesagt hatte, dass ich sie machen lassen sollte, hatte ich gedacht, dass ich mich währenddessen auf andere Dinge konzentrieren könnte. Aber als wir abends in der Lobby ihres Hotels zusammensaßen, merkte ich schnell, dass ich Teil ihres Plans war.

»Schau mich an, Romy.« Sie deutete auf ihr grünes Haar. »Ich kann keinen Mann bezirzen. War noch nie mein Ding.«

»Mein Ding aber auch nicht.«

»Ja, ja. Aber du bist mit deinem langen Schwanenhals und den Klimperwimpern total attraktiv.«

Ich musste lachen. »Na gut. Und was soll ich mit diesem Hals und den Wimpern anstellen?«

»Du gibst dich als Journalistin aus, hast eine Frage zu einem bekannten Kunstwerk und musst unbedingt mit dem Assistenten des Kurators sprechen. Er heißt Gérard Théodore. Das ist er.« Sie zeigte mir ein Foto in einem sozialen Netzwerk. Ein junger Mann mit Sonnenbrille posierte mit einem Glas Champagner auf einer Jacht.

»Du hast das Opfer also schon ausfindig gemacht?«

»Aber klar.«

Ich seufzte. »Dann bleibt mir wohl nichts anderes übrig.«

Ich kam mir vor wie in einem Film, als ich in meinem schicken Trenchcoat und mit blonder Perücke zwei Tage später das Museum betrat. Die Idee mit der Perücke stammte von Marta, denn es konnte ja sein, dass ich Madame Leglise über den Weg lief oder ihrer nicht minder frostigen Mitarbeiterin – sie durften mich nicht erkennen. Die Perücke veränderte mein Aussehen völlig. Auch Adam hatte zweimal hinsehen müssen, bis er mich erkannte.

Es war überhaupt kein Problem gewesen, bei Gérard Théodore einen Termin zu bekommen, als ich als Redakteurin des renommierten Kunstmagazins *Le Cadre* um Informationen über die junge Künstlerin Marie Richard gebeten hatte. Eine Ausstellung ihrer Werke war gerade im Museum eröffnet worden.

Diesmal ging ich durch den Vordereingang, und wenig später wurde ich von Monsieur Theodore empfangen, der mich durch die Ausstellung führen wollte. Er sah in Wirklichkeit noch unangenehmer aus als auf dem Foto. Gegeltes Haar, ein selbstverliebtes Lächeln, das unnatürlich weiße Zähne offenbarte, ein teurer Seidenanzug, glänzende Lackschuhe.

Ich stellte fest, dass Monsieur Theodore Gefallen an mir und meiner Aufmachung fand. Er musterte mich immer wieder und versuchte ein paar Scherze, die man wohl als Flirten interpretieren konnte. Ich bemühte mich, an den richtigen Stellen zu lachen. Nebenbei machte ich mir Notizen, um wie eine echte Journalistin rüberzukommen. Monsieur Theodore war gerade dabei, mir eines der zentralen Werke der Marie-Richard-Ausstellung zu erklären, als jemand den Raum betrat.

Mir gefror das Blut in den Adern. Es war Madame Leglise.

»Ich habe Sie schon überall gesucht!«, fuhr sie ihn an, ohne mich wahrzunehmen.

»Aber ich zeige Mademoiselle Vignaud doch gerade unser Aushängeschild!«, verteidigte er sich.

Madame Leglise musterte mich abschätzig, schien mich aber tatsächlich nicht zu erkennen. »Dann beeilen Sie sich, Gérard. Ich brauche Sie oben«, befahl sie und war auch schon wieder verschwunden.

»Verzeihen Sie die Störung.« Monsieur Theodore machte eine entschuldigende Geste und fuhr mit seiner Führung fort.

Als er fast am Ende war, gab ich mir einen Ruck. »Das war fantastisch! Sie wissen so unglaublich viel!« Ich versuchte mich an einem verführerischen Augenaufschlag.

Monsieur Theodore grinste selbstzufrieden, und mir wurde fast ein bisschen übel.

»Ich kann Ihnen noch viel mehr zeigen.« Sein Lächeln wurde anzüglich. »Doch leider ruft die Pflicht.« Er fasste mich am Arm, um mich nach draußen zu begleiten, und streifte dabei wie zufällig meine Hüfte. Na, du bist mir ein Früchtchen, dachte ich. Aber es war ja das, was wir beabsichtigt hatten.

Als wir zum Ausgang kamen, drehte ich mich zu ihm um und schaute ihn direkt an.

»Sehen wir uns wieder?«, fragte ich unverblümt und war selbst etwas überrascht über meine Direktheit.

Er zeigte sich jedoch keineswegs erstaunt, sicher war es nicht das erste Mal, dass eine Frau ihm Avancen machte.

»Aber sicher, Schätzchen«, war seine Antwort, und er zückte, ohne den Blick von meinen geschürzten Lippen zu lassen, seine Brieftasche und fischte eine Visitenkarte heraus. »Da stehen alle meine Nummern drauf. Aber am besten schreibst du mir eine E-Mail an meine geschäftliche Adresse. Meine Frau hat zu dieser keinen Zugang.«

Ich schnappte innerlich nach Luft. Mein schlechtes Gewissen, ihn zum Sündenbock zu machen, war nun vollständig verflogen. Lächelnd steckte ich die Visitenkarte ein und tippte ihm mit meinem manikürten Zeigefinger ans Revers seines Jacketts.

»Bis bald«, hauchte ich. Und war verschwunden.

»Ich glaube, es lief ganz gut«, berichtete ich, als ich zurück in der Pension war und mir endlich die Perücke vom Kopf nehmen konnte, unter der ich wie verrückt geschwitzt hatte.

Marta war schon da, sie hatte sich auf meinem Bett breitgemacht. Ihre beiden Notebooks, zahlreiche Zettel und Stifte, Kabel, USB-Sticks und eine externe Festplatte lagen neben einem halb gegessenen Cheeseburger. Zu meiner Überraschung war auch Adam da, er saß an meinem Sekretär und tippte etwas in sein Handy.

»Ich dachte, du wolltest dich heraushalten«, sagte ich etwas schnippisch.

Er lachte. »Ich war einfach zu neugierig, was ihr hier ausheckt. Und Marta hat mir eine Menge von dir erzählt. Spannend.«

Bevor ich mich fragen konnte, was Marta ihm alles erzählt hatte, bat sie mich, mich zu ihr zu setzen.

»Dann lass mal sehen«, forderte sie mich auf. Ich sah sie verständnislos an. »Na, ich brauch seine Visitenkarte!«

»Wollt ihr gar nicht wissen, wie es war?«

»Nö. Hast du bestimmt gut gemacht.« Sie grinste, und ich gab ihr seufzend das Kärtchen. »Dann mach ich mich mal an die Arbeit.« Marta klappte ihre Notebooks auf und war sofort in ihrer Welt versunken.

Adam legte sein Handy weg. »Also, mich würde schon interessieren, wie es war. Mit diesem Mann.« Es klang fast, als würde ein wenig Eifersucht in seiner Stimme mitschwingen.

»Ein ekelhafter Typ. Aber wenn jetzt alles gut läuft, sind wir bald ein ganzes Stück weiter.«

Marta hatte derweil ein Headset aufgesetzt, hatte das eine Notebook auf dem Schoß, das andere neben sich und hackte auf die Tastaturen ein. Nach einer Weile schien sie fertig zu sein.

»So. Morgen können wir die E-Mail rausschicken. Ich hab alles für den Trojaner vorbereitet. Lass ihn ruhig ein wenig zappeln«, verkündete sie.

»Schön. Dann kann ich den Rest des Tages anderweitig nutzen«, stellte ich fest. Im Kopf ging ich schon durch, was noch alles zu tun war.

Marta machte ein enttäuschtes Gesicht. »Ich dachte, wir machen heute Abend gemeinsam Nizza unsicher.«

Ich musste lachen. »Mit mir? Seit wann kennst du mich, Marta? Ich hab keinerlei Interesse am Nachtleben, das weißt du doch.«

Marta verzog das Gesicht, dann schaute sie zu Adam, der aber abwehrend die Hände hob. »Ich muss arbeiten.«

»Ihr seid ja langweilig«, maulte Marta.

»Hey, so wie ich dich kenne, wirst du hier schnell Freunde finden.«

Den Nachmittag und Abend verbrachte ich damit, im Internet zu recherchieren. Jedes Detail über die damalige Zeit konnte nützlich sein. Nizza war im Zweiten Weltkrieg erst relativ spät von den Deutschen besetzt worden, vorher waren die Italiener in Südfrankreich gewesen. Ich kannte die Auktionshäuser der Gegend, wusste, wer mit wem Deals gemacht hatte. Doch wie waren die Nazis damals an die Bilder gekommen? Ich tippte die Namen von Édouards Eltern ein, doch die Suchmaschine fand nichts. Entmutigt wollte ich schon aufgeben, als ich auf die Idee kam, Édouards Namen einzugeben – eigentlich hätte ich das schon längst machen sollen. Laut den Eintragungen war er Mitglied in einigen Vereinen, engagierte sich ehrenamtlich und hatte sich auch mal als Lyriker versucht. Dann stieß ich auf ein Ergebnis aus dem Jahr 1999:

> »Édouard Fauberge, ein Ingenieur aus Suffolk, spendet 100 000 Pfund. Das Geld geht an die Stiftung einer jüdischen Familie aus Berlin, die sich für die Errichtung von Holocaust-Mahnmalen in Europa einsetzt. Die Geschwister Ari und Daria Hirschbaum, Gründer der Stiftung, waren während des Holocausts mit ihren Eltern nach Südfrankreich geflohen. Sie lebten in Nizza und wurden dort für einige Zeit von der Résistance versteckt. Das Geschwisterpaar bedankte sich überschwänglich bei Monsieur Fauberge.«

Neben dem Artikel war ein Foto zu sehen, zwei ältere Herrschaften standen neben einem noch etwas jüngeren Édouard und posierten für die Kamera.

Ich lehnte mich in meinem Stuhl zurück. 100 000 Pfund … Das war eine Menge Geld. Hatte Édouard aus einem bestimmten Grund so viel gespendet? Waren seine Eltern Juden? Nein, das hatte Adam negiert, als ich ihn noch in Nordstrand danach gefragt hatte. Es musste eine andere Verbindung geben. Ich beschloss, mit Adam darüber zu sprechen. Aber nicht mehr heute.

Ich war so müde, dass mir schon die Augen zufielen. Noch einmal checkte ich kurz mein Telefon. Eva hatte eine SMS mit Foto geschickt; Frida tobte durchs Watt, komplett schlickbespritzt. Eine Welle der Sehnsucht überkam mich. Ich vermisste Frida, Nordstrand, die Ruhe, die Abgeschiedenheit. Und doch spürte ich, wie sehr ich es liebte, wieder zu arbeiten, meiner Leidenschaft nachgehen zu können. Es war mein Leben, und auch Lara hätte gewollt, dass ich wieder arbeitete. Sie hätte gewollt, dass ich glücklich bin.

Am nächsten Tag verschickten Marta und ich die E-Mail an Gérard Théodore.

»Du kannst ruhig ein bisschen übertreiben«, meinte sie. Sie wirkte müde und roch nach Zigaretten und Alkohol. »Er muss unbedingt den Anhang öffnen.«

Ich tippte ein paar Zeilen.

Marta schaute mir über die Schulter, und ich spürte ihre Ablehnung förmlich. »Viel zu zurückhaltend«, stellte sie fest. »Lass mich mal ran.«

Das, was Marta schrieb, klang ein bisschen wie aus einem ziemlich seichten Roman. Als sie fertig war, nickte sie zufrieden. »Ich schick es gleich raus.«

Dann hieß es warten. Ich arbeitete ein bisschen, konnte mich aber nicht richtig konzentrieren.

Nach einigen Stunden wurde Marta plötzlich ganz aufgeregt. »Er hat den Anhang geöffnet! Ich bin jetzt im Tunnel.« Fortan war sie nicht mehr ansprechbar.

Es dauerte ungefähr eine weitere halbe Stunde, bis sie verkündete: »Ich bin drin! Aber ich hab nicht viel Zeit. Wenn deren Firewall Alarm schlägt, sind wir geliefert.« Ihre Augen flogen über den Bildschirm. Schließlich schien sie etwas entdeckt zu haben. »Da! Ein verschlüsselter Ordner! Ich hab's gleich.« Konzentriert tippte sie weiter. Irgendwann gab sie ein Seufzen von sich. »Puh! Hab's gerade noch rechtzeitig geschafft!«

»Und?« Gespannt sah ich sie an.

Sie schob mir ihr Notebook hin, und ich schnappte nach Luft. Es war ein eingescanntes Dokument, mit Schreibmaschine getippt, vergilbt und verblichen. Trotzdem war noch gut zu erkennen, was dort stand.

Echtheitszertifikat
Datum: 25. Juli 1947
Werk: Die Liebenden von Nizza, zwei Bilder
Künstler: Jean-Paul Girard
Eingebracht von: Gerhard von Bischoffshofen, Rechtmäßiger Eigentümer (Enteignungsaktion vom 19. April 1944)

»Na sieh mal einer an.« Ich schnalzte mit der Zunge.

»Mehr konnte ich nicht finden. Mir fehlte die Zeit. Sonst hätte man uns zurückverfolgen können.«

»Das ist super, Marta!« Ich gab ihr einen stürmischen Kuss auf die Stirn. »Ich muss es Adam zeigen«, rief ich danach und war auch schon zur Tür hinaus.

KAPITEL VI

Nizza, März 1916

»Endlich wird es Frühling.« Charlotte lehnte sich zurück und blinzelte in die Sonne, die über dem Meer aufging. Schon lange hatte sie keinen so schönen Sonnenaufgang mehr gesehen. Die Kraft, mit der die Strahlen die aufgeplusterten Wolken vertrieben, war einzigartig.

Aimée, Francine und Julie saßen neben ihr. Sie alle hatten in der Nacht bei mehreren Operationen assistieren müssen, es war so anstrengend gewesen wie lange nicht mehr. Nun hatten sie sich auf den Stufen vor dem Negresco niedergelassen.

Erschöpft waren sie, erschöpft und mitgenommen. Inzwischen war nicht mehr viel davon zu spüren, dass das Lazarett einst ein luxuriöses Hotel gewesen war. In den Fluren und Gängen roch es nach Chloroform, Karbol und Äther, nach Rizinusöl, Talg und Puder, die Schreie der Männer, die auf den Operationstischen lagen, drangen durch das gesamte Gebäude. Fast täglich kamen neue Transporte an, und in einem Raum im Erdgeschoss wurden von den Schwestern Kochsalz- und Glucoselösungen für Infusionen hergestellt, weil es mit dem Nachschub haperte. War man gerade froh gewesen, einen Verwundeten versorgt zu haben, wartete schon der nächste, der oft noch schlimmer zugerichtet war als der vorherige. Charlottes Hände fühlten sich vom ständigen Desinfizieren wie Schmirgelpapier an. Es trafen so viele Soldaten ein, dass es nur noch darum ging, so schnell wie möglich Platz für die Neuankömmlinge zu machen. Wunden wurden manchmal nur noch notdürftig versorgt, Operationen rasch beendet. Es ging darum, Leben zu retten, Zeit für Gespräche oder Zuwendung gab es nicht mehr.

Nun saßen sie hier, tranken dünnen Kaffee aus abgestoßenen Keramikbechern und sahen zu, wie die Nacht langsam vom heraufziehenden Morgen verdrängt wurde.

»Ich weiß nicht, ob man es schon Frühling nennen kann«, meinte Julie, ohne den Blick vom Horizont abzuwenden. Sie war inzwischen ein Teil der Gruppe geworden, auch Aimée und Francine hatten sie trotz anfänglicher Schwierigkeiten akzeptiert. »Aber immerhin wird es langsam wärmer.«

»Hattet ihr schon mal einen Patienten, bei dem die Narkose nicht gewirkt hat?«, fragte Aimée plötzlich. »Doktor Freinet sagt, das passiert, wenn die Männer viel Alkohol trinken. Dann brauchen sie mehr Äther als andere. Wir dachten heute, der Soldat wäre schon lange narkotisiert. Und dann …« Sie hielt inne. »Zieht er plötzlich ein Messer und bedroht uns alle.«

»Oh nein!« Charlotte schlug sich die Hand vor den Mund. »Ist jemandem etwas passiert?«

Aimée schüttelte erschöpft den Kopf. »Nein. Aber von jetzt an frage ich die Männer vorher, wie viel sie trinken, da könnt ihr euch sicher sein!«

»Ich musste heute einen Aderlass machen«, erzählte Francine. »Es war allerhöchste Zeit für den Patienten.«

Charlotte musterte ihre Freundinnen. Sie alle wirkten gezeichnet nach fast zwei Jahren Krieg. Seit einigen Monaten wurde an den Kriegsschauplätzen Giftgas eingesetzt, das zu furchtbaren Verätzungen und meist zum Tode führte. Krächzend, um Atem ringend, mit blauen Gesichtern und fahler Haut lagen die Männer da. Die Flüssigkeit in ihren Lungen stieg höher und höher, und es sah aus, als würden sie ertrinken.

In dieser Nacht hatte ihr aber auch noch Pierre zugesetzt. Er war noch immer im Lazarett, obwohl es ihm eigentlich längst besser ging. Doch durch irgendwelche Tricks schaffte er es, dass er nicht entlassen wurde. Er wollte nicht zurück an die Front, das war nicht zu übersehen, deshalb dachte er sich irgendwelche Leiden aus und spielte den Ärzten ständig etwas vor, denen nichts anderes übrig blieb, als seine Entlassung erneut zu verschieben. Dass er damit anderen Patienten die Möglichkeit nahm, behandelt zu werden, schien nicht im Geringsten ein schlechtes Gewissen bei ihm hervorzurufen. Charlotte brachte das zur Weißglut.

Am Abend hatte sie seinen Verband wechseln müssen, und dabei hatte Pierre gesäuselt: »Du siehst heute besonders schön aus, Charlotte.« Sie hatte die Lippen aufeinandergepresst und sich auf ihre Arbeit konzentriert. »Deine Hände sind geschickt. Du bist ein wahrer Engel!«, hatte er unbeirrt fortgefahren. »Ich bin mir sicher, dass du einen Mann sehr glücklich machen kannst!« Seine Augen hatten sie gierig verschlungen, und am liebsten wäre sie davongelaufen.

»Ich mache nur meine Arbeit«, hatte sie erwidert. »So wie alle anderen Schwestern auch.«

»Na, na.« Er hatte spöttisch gegrinst, Spuckefäden hatten sich in seinen Mundwinkeln gebildet. »Du tust schon etwas mehr als das.«

»Wie bitte?«

»Ich merke doch, dass du mich magst, Charlotte! Du bist schüchtern und willst es nicht zugeben, aber wir sind doch unter uns.«

Sie hatte nichts erwidert, sondern begonnen, nachdem sie den alten Verband von seiner Brust abgewickelt hatte, einen neuen anzulegen. Als sie endlich fertig war, hatte sie sich die Hände desinfiziert und, ohne ihn noch eines Blickes zu würdigen, den

Raum verlassen. Sie hatte die ganze Nacht versucht, das Erlebnis zu verdrängen, Pierre als harmlos abzutun, aber etwas sagte ihr, dass er nicht so schnell aufgeben würde.

Sie sah erneut zu ihren Freundinnen, die nun nacheinander aufstanden.

»Wir gehen heim. Es ist Zeit, sich auszuruhen«, bemerkte Aimée. »Kommst du, Charlotte?«

Charlotte überlegte. »Später«, entgegnete sie dann, und Aimée und Francine tauschten einen wissenden Blick. Charlotte blieb oft länger im Lazarett und verbrachte Zeit mit Henri. Das wussten inzwischen alle.

Henri war schon wach, als sie ins Zimmer trat. Seine Wunde hatte sich vor einigen Wochen entzündet, und er musste das Bein weiterhin hochlagern.

»Guten Morgen«, rief sie, bemüht, fröhlich zu klingen.

Seine Miene erhellte sich. »Ich hatte schon befürchtet, dass Sie heute nicht kommen, Charlotte.«

»Warum denn das?«

»Man hat mir gesagt, dass die Nacht sehr schlimm war. Ich hätte es verstanden, wenn Sie sich lieber ausruhen.«

»Ja, es war eine furchtbare Nacht. Viele wurden direkt ins Sterbezimmer gebracht. Aber ich wollte trotzdem nach Ihnen schauen. Sie sehen heute viel besser aus als gestern. Das Fieber scheint gesunken zu sein.« Sie prüfte Puls und Temperatur und trug die Ergebnisse in die Kopftafel ein.

Er beobachtete sie lächelnd. »Sobald es mir besser geht, würde ich Sie gern ausführen, Charlotte«, sagte er unvermittelt.

Sie hielt in ihren Bewegungen inne. Seit ihrem Gespräch kurz nach Weihnachten, als sie über den Krieg gesprochen hatten, war sie ihm zunächst aus dem Weg gegangen. Sie hatte Angst vor seiner Nähe gehabt, dass ihre Gefühle ihr den Verstand vernebeln würden, dass sie nicht mehr klar würde denken können. Auch wenn sie jede Sekunde, die sie mit ihm verbrachte, genoss, so erfüllte sie seine Gegenwart doch mit Angst. Denn wenn er wieder in den Krieg zog, würde ihr das nicht das Herz brechen? Henri hatte ihre Zurückhaltung akzeptiert, hatte sie nie bedrängt. Manchmal hatte sie sogar gedacht, dass es ihm ähnlich ging wie ihr. Dass er nicht wusste, was es war, das sich da zwischen ihnen anbahnte, diese zarten, zurückhaltenden Gefühle, die Zuneigung. Und ob es richtig war, diese zuzulassen. Auch wenn er meist eher unerschrocken wirkte.

Erst als sie von Henris entzündeter Wunde gehört hatte, war sie wieder häufiger zu ihm gekommen, hatte sich ihm vorsichtig genähert. Doch seine Worte überraschten sie nichtsdestotrotz. Ausführen … War sie überhaupt schon einmal ausgeführt worden?

»Verzeihen Sie, Charlotte. Ich wollte Sie nicht überrumpeln.« Henri schien ihre Verunsicherung bemerkt zu haben.

Sie sah ihn direkt an. »Ich würde gern von Ihnen ausgeführt werden.«

Er strahlte. »Schön! Jetzt muss ich nur noch diesen vermaledeiten Verband loswerden!« Er zeigte auf sein Bein.

»Das bekommen wir hin! Nur noch ein bisschen Geduld, Henri!«

»Oder … Ich habe eine Idee!«

»Und welche?«

»Das verrate ich nicht. Es wird eine Überraschung!« Er lächelte, und sie spürte wieder dieses Kribbeln in der Magengegend. Auf was, schoss es ihr durch den Kopf, lasse ich mich da nur ein?

Am Abend hatte Charlotte sich mit Julie und Aimée verabredet, um ins Café du Jardin zu gehen. Madame Roux wollte einen jungen Künstler namens Jean-Paul Girard vorstellen, er gehörte zu dem Kreis einiger unkonventioneller Maler aus dem kleinen Örtchen Saint-Paul-de-Vence, die von ihr gefördert wurden. Charlotte kannte Girards Bilder, die realistisch und ein wenig impressionistisch waren, also keiner bestimmten Kunstrichtung zuzuordnen waren. Er selbst war eher unscheinbar, Mitte zwanzig, mit schon leicht schütterem Haar und einem wilden, manchmal entrückt wirkendem Ausdruck im Gesicht. Sie hatten sich einmal flüchtig unterhalten, aber schon beim nächsten Treffen im Café hatte er sich nicht mehr an ihren Namen erinnern können. »Nimm es ihm nicht übel«, hatte Madame Roux damals schmunzelnd erklärt. »So sind sie eben, die Künstler. Leben in einer anderen Welt.« Sie hatte nachdenklich gewirkt. »Vielleicht ist das auch manchmal gar nicht so schlecht. Wer will schon tagein, tagaus in dieser Welt sein?«

Heute war also das Café voller kunstinteressierter Menschen. Girards Bilder hingen an den Wänden oder standen auf Staffeleien, Getränke wurden gereicht, es wurde gefachsimpelt und diskutiert, und der Künstler wirkte dabei fast ein wenig verloren. Er wurde herumgereicht wie ein Schmuckstück, das man bewunderte, ohne seinen wahren Wert zu begreifen.

»Ganz schön viel los«, stellte Aimée fest.

Charlotte zuckte mit den Schultern. »Aber das wussten wir ja vorher. Und die Bilder sind wunderschön. Man kann darin abtauchen, findet ihr nicht auch?«

»Ich mag lieber diese neuen, diese ungewöhnlichen Bilder mit den kubistischen Formen«, erklärte Aimée. »Pablo Picasso heißt der Künstler, der das erfunden hat, glaube ich.«

»Nie gehört«, nuschelte Julie, die gerade in ihr Baguette gebissen hatte.

Charlotte runzelte die Stirn. »War das nicht der, der vor

einigen Jahren die Mona Lisa aus dem Louvre gestohlen haben soll?«

»Ach, das war doch Unfug! Man hat ihn falsch verdächtigt.«

Sie sahen auf. Madame Roux stand neben ihrem Tisch und stellte einen frischen Krug mit Limonade vor ihnen ab. Anscheinend hatte sie ihre Konversation mit angehört.

»Der Kubismus wurde tatsächlich von Picasso und Braque geprägt. Sie versuchen damit, das auszudrücken, was wir mit dem Auge und dem Geist wahrnehmen, unter Ausnutzung der ganzen Möglichkeiten, die in den wesenhaften Eigenschaften von Zeichnung und Farbe liegen. So hat Picasso es beschrieben.«

»Von Ihnen können wir noch viel lernen, Madame Roux«, meinte Charlotte.

»Leider werden immer mehr unserer Künstler eingezogen. Es ist so traurig.« Madame Roux machte ein betrübtes Gesicht. »Viele kehren nicht zurück.«

Charlotte sah für einen Moment traurig vor sich hin. Sie mochte Kunst. Es war wunderbar, sich in einem schönen Bild zu verlieren, es ließ einen alle Sorgen vergessen. Dass diese Maler, die vielen Menschen so schöne Erlebnisse bescherten, im Krieg umkamen, war eine schreckliche Vorstellung.

»Wir müssen fest an sie glauben. Wir müssen fest daran glauben, dass die Männer es schaffen«, sagte sie dann.

Madame Roux nickte zustimmend. »Das ist die richtige Einstellung, Charlotte. Eure Arbeit ist wichtig. Ihr gebt den Männern nicht nur die medizinische Versorgung, ihr gebt ihnen Trost und Zuversicht. Und das ist mehr wert, als ihr euch vorstellen könnt.«

»Wir tun, was wir können«, meinte Aimée. »Inzwischen bessern wir auch die Kleidung der Verwundeten aus. Meine Mutter wäre stolz auf mich. Sie hat immer gesagt, dass ich in Handarbeit so gut bin wie mein Vater!« Sie kicherte.

»Was wir jeden Tag tun, ist hart, und manche Patienten machen es uns nicht leicht, aber wir wollen, dass sie wieder Mut fassen«, mischte sich Julie ein. Sie war eine hervorragende Oberschwester, zwar etwas streng, aber stets hatte sie ein offenes Ohr für die Sorgen und Nöte derer, die unter ihr arbeiteten, war gewissenhaft und sorgfältig.

»Das ist gut so. Nun muss ich mich aber wieder um die anderen Gäste kümmern. Amüsiert euch.« Mit diesen Worten verschwand Madame Roux.

»Wir könnten Karten spielen«, schlug Aimée vor, aber weder Charlotte noch Julie reagierten sehr begeistert.

Julie schien mit ihren Gedanken sowieso woanders, und als Aimée aufgestanden war, um einige andere Krankenschwestern zu begrüßen, fragte Charlotte sie, was sie bedrückte.

»Es geht um eine Entscheidung, die ich treffen muss«, erwiderte Julie.

»Und was für eine ist das?«, fragte Charlotte.

»Ich möchte …« Julie zögerte, dann beugte sie sich zu Charlotte hinüber und wisperte: »Ich möchte Ärztin werden.«

Charlotte machte große Augen. »Ärztin? Aber dann musst du studieren!«

»Ja. Aber seit dem Erlebnis mit dem Jungen, der angefahren wurde, kann ich an nichts anderes mehr denken. Es ist …« Sie hielt inne, als würde sie sich schämen. »… als wäre es meine Bestimmung. Das klingt seltsam, oder?«

»Keineswegs!«, entgegnete Charlotte. »Du wärst eine hervorragende Ärztin, da bin ich mir sicher.«

»Ich habe mich sogar schon beworben. Es ist nicht leicht für eine Frau, angenommen zu werden, aber Doktor Freinet meint, ich hätte gute Chancen.«

»Du hast ihn eingeweiht?«

»Ja. Er hat mir viel beigebracht. Er hat mir sogar ein Empfehlungsschreiben für die Sorbonne aufgesetzt.«

»Die Universität von Paris? Das ist ja großartig!« Charlotte freute sich für Julie. Sie war einer der klügsten und diszipliniertesten Menschen, die sie kannte. Wer, wenn nicht sie, sollte es schaffen, sich als Frau im Medizinstudium durchzusetzen?

»Zurzeit werden viele Ärzte gebraucht. Das steigert meine Chancen«, fuhr Julie fort. »Das Problem ist nur, dass ich mit meiner Arbeit als Krankenschwester aufhören und meine Eltern zurücklassen müsste. Vor allem sorge ich mich um meine Mutter. Sie ist immer noch sehr krank.«

Charlotte seufzte. »Ich kann dein Zögern verstehen, Julie. Aber manchmal hat man keine Wahl. Und du bist die geborene Ärztin. Du musst diese Möglichkeit ergreifen, sonst wirst du es später bereuen.«

»Danke, Charlotte. Du bist einer der wenigen Menschen, mit denen ich reden kann. Ich schätze deine Ehrlichkeit sehr.«

An der Theke wurde es plötzlich lauter. Ein paar junge Männer schienen aneinandergeraten zu sein, doch Madame Roux sorgte resolut und unmissverständlich für Ruhe. Sie duldete keinen Ärger in ihrem Café, jeder, der das missachtete, bekam Hausverbot.

Aimée kehrte zurück zum Tisch. »Da haben sich zwei darüber gestritten, wer im Krieg schwerer verletzt wurde«, berichtete sie und warf einen verzweifelten Blick gen Himmel. »Früher hat man sich um Frauen gestritten, hat gewetteifert, wer die hübschesten ausführen darf. Und nun das.« Aimée grinste, aber Charlotte wusste genau, was in ihrer Freundin vorging. Sie vermisste Lucien, wartete jeden Tag auf eine Nachricht von ihm. »Seht ihr den Mann da hinten? Den mit dem Gehstock?« Aimée zeigte zwei Tische weiter hinter sich, wo gerade ein finster dreinschauender Herr mit spitzen Lippen seine Kaffeetasse zum Mund führte. »Er ist ein bekannter Kunstsammler, sagt Madame Roux. Sitzt da schon seit Ewigkeiten und beobachtet das Geschehen.«

Charlotte musterte ihn genauer. »Ich kenne den Mann!«, rief sie dann und stieß Julie an. »Das ist doch der, der den angefahrenen Jungen ins Lazarett gebracht hat! Frédéric Delamare.«

Julie nickte. »Richtig. Er wirkte eher wie ein Industrieller mit seinem großen Automobil und in seiner teuren Aufmachung.«

»Ich glaube ja noch immer, dass er es gewesen ist«, wisperte Charlotte.

»Das kannst du aber nicht beweisen! Und die Polizei hat auch nichts herausgefunden. Also lass solche Spekulationen lieber«, ermahnte sie Julie.

»Dieser Girard ist jedenfalls ein großartiger Künstler. Das sagen hier alle«, berichtete Aimée dann weiter. »Seine Bilder sind etwas Besonderes. Er könnte berühmt werden. Wenn der Krieg nicht wäre …«

Charlotte nippte nachdenklich an ihrer Limonade. »Wenn der Krieg nicht wäre …«, wiederholte sie leise. Wie oft hatte sie diesen Satz schon gehört.

Am nächsten Morgen hörte Charlotte plötzlich Schreie aus dem Nachbarkrankenzimmer. Schnell lief sie hinüber, wo sich ihr ein seltsames Bild bot. Francine stand an der Wand, sie war im Gesicht kreidebleich und atmete schwer.

»Was ist passiert?«, rief Charlotte.

Francine zeigte wortlos zum Fenster, das weit geöffnet war. Charlotte spähte vom ersten Stock aus hinunter. Ein Mann in flatterndem weißem Hemd entfernte sich mit raschen Schritten in Richtung Hafen.

»Er hat mich angegriffen«, sagte Francine keuchend. »Ich sollte ihn für eine Operation am Oberarm vorbereiten, die Kugel steckte noch. Er war völlig verwirrt, und dann ist er aus dem Fenster gesprungen!«

Gemeinsam sahen sie dem Mann nach, der inzwischen fast aus ihrem Sichtfeld verschwunden war.

»Und was machen wir nun?«, fragte Charlotte.

»Ich werde Julie Bescheid sagen.«

»Das ist sicher das Beste. Wahrscheinlich wird man ihn wieder zurückbringen. Oder wir müssen ihn suchen.«

Und so war es dann auch. Julie entschied, dass Francine und Charlotte den Patienten zurückholen sollten, denn ihnen traute sie es am ehesten zu, wusste um ihre Geduld und ihren Mut. Schließlich fanden sie ihn am Strand, verloren saß er da und schaute aufs Meer.

Sie gingen auf ihn zu, behutsam legte Francine ihm die Hand auf die Schulter. Er zuckte kurz, dann sah er sie mit blassblauen Augen an. Charlotte blieb ein Stück zurück, konnte aber die Angst in seinem Blick erkennen.

»Wir tun Ihnen nichts«, sagte Francine leise. »Wir wollen Ihnen nur helfen.«

»Ich weiß.« Eine Träne rann über seine Wange. »Es tut mir so leid. Ich wollte Ihnen nicht wehtun«, fuhr der Mann fort. Er hatte dunkles Haar, und seine Haut war fast durchscheinend. Er stellte sich als Étienne vor, wirkte krank, schwach und müde. »Ich bin gern hier am Strand. Beobachte, wie die Wellen im Sand verlaufen.«

»Ich liebe den Strand auch«, erwiderte Francine. »Meine Eltern haben mich früher oft hierher zum Angeln mitgenommen. Daran erinnere ich mich, wenn mir alles zu viel wird.«

»Das war sicher schön«, meinte Étienne, ohne den Blick vom

Wasser abzuwenden. Leise plätschernd schlugen die Wellen ans Ufer, die Abenddämmerung hatte eingesetzt und tauchte alles in ein friedvolles, rötliches Licht.

»Kommen Sie mit mir, Étienne? Ich würde Sie gern versorgen.« Francine hielt ihm ihre Hand hin, die er zaghaft ergriff.

Charlotte bewunderte ihre Freundin für ihre Stärke. Einem Mann, der sie bedroht und zu Tode geängstigt hatte, noch die Unterstützung zu geben, die er brauchte, erforderte viel Kraft.

In den nächsten Tagen hatte Charlotte reichlich zu tun. Sie hatte sich entschlossen, zusätzlich zu ihrem normalen Schwesterndienst, die Soldatenpost für die Verwundeten zu schreiben, die dazu nicht in der Lage waren. Die Männer diktierten ihr die Briefe an ihre Lieben daheim. Es rührte sie, was für gefühlvolle Worte die Männer für ihre Familien fanden.

Aber es war die Zeit mit Henri, auf die sie sich am meisten freute. Ihr Herz klopfte, wenn sie seine Zimmertür öffnete und sein strahlendes Lächeln sie empfing.

An diesem Morgen hatte er etwas im Sinn, das merkte sie sofort. »Sie lächeln heute verdächtig viel«, sagte sie, während sie seine Wunde säuberte.

»Es geht mir einfach bestens«, erwiderte er.

»Aha.« Sie legte Watte und Lösung zur Seite und begann, den Verband anzulegen.

»Ich habe gehört, dass sich Étiennes Zustand verbessert hat«, sagte Henri. Alle im Lazarett wussten von dem Soldaten, der fortgelaufen war. Doch niemand verurteilte sein Verhalten. Vielmehr schien jeder zu verstehen, was in ihm vorgegangen war. Nach allem, was die Männer im Krieg erlebt hatten, war es schwer geworden, zwischen Gut und Böse zu unterscheiden.

»Ja. Francine pflegt ihn hingebungsvoll«, erklärte Charlotte.

»Sie scheinen sich gut zu verstehen, die beiden.« Francine hatte in Étienne einen Freund gefunden, was angesichts ihrer ersten Begegnung zwar etwas seltsam anmutete. Aber das war längst vergessen.

»Ihre Wunde verheilt hervorragend, Henri. Bei den Fortschritten können Sie bald …« Sie hielt inne.

Sein Lächeln war schlagartig verschwunden. »Wieder an die Front«, vervollständigte er leise den Satz. Beide schwiegen. Auch wenn sie wussten, dass es passieren würde, tat es doch unendlich weh, es auszusprechen.

Für den Rest des Tages war Charlotte so fahrig, dass sie ständig etwas vergaß. Ihr fiel sogar ein Tablett mit Morphium-Glasampullen herunter, sodass die kostbare Medizin auf dem Fußboden zerschellte.

Sie war deshalb nicht überrascht, als Julie am Abend zu ihr kam und sie mit ernstem Gesicht bat, ihr ins Schwesternzimmer zu folgen. Das gibt bestimmt eine Standpauke, dachte sie.

»Geh schon einmal hinein«, sagte Julie. »Ich komme gleich nach.«

Charlotte öffnete die Tür zum Schwesternzimmer. Drinnen war es so schummrig, dass sich ihre Augen erst an die Dunkelheit gewöhnen mussten. Langsam erkannte sie, was sich vor ihr befand. Ein kleiner runder Tisch mit weißer Decke, darauf zwei goldumrandete Porzellanteller und zwei Kristallgläser, poliertes Silberbesteck sowie eine rote brennende Stabkerze. Sicher alles aus den Beständen des Hotels.

Aber das Schönste war die Person, die an dem Tisch saß, das Bein auf einem Schemel hochgelagert.

»Henri!«, stieß sie hervor. »Was …«

»Ich hatte doch gesagt, dass ich Sie ausführen würde.« Seine Stimme klang etwas heiser. »Ich würde ja gern aufstehen, um Sie zu begrüßen, aber …« Er lachte verlegen und zeigte auf sein Bein. Das flackernde Kerzenlicht warf Schatten auf sein Gesicht.

»Das ist wundervoll«, rief sie, schloss schnell die Tür hinter sich und setzte sich zu ihm. »Sie sind vollkommen verrückt.« Sie spürte, wie ihr Tränen in die Augen schossen, hastig versuchte sie, sie herunterzuschlucken.

Die Tür öffnete sich, und Aimée trat ein. Sie trug ein Tablett mit einer Flasche Rotwein und einem dampfenden Topf. »Es ist angerichtet!« Sie schenkte Wein in die Gläser, stellte den Topf auf den Tisch und zwinkerte Charlotte zu. Dann war sie auch schon wieder verschwunden.

»Es gibt Kig Ha Farz«, erklärte Henri. »Den berühmten bretonischen Eintopf kocht meine Mutter immer.«

Charlotte war sprachlos. Natürlich kannte sie dieses Gericht aus Rind, Speck und Gemüse sowie dem typischen Teig aus Buchweizenmehl, doch woher zu Kriegszeiten all die Zutaten kamen, war ihr ein Rätsel.

»Einige der Krankenschwestern haben Verwandte im Hinterland von Nizza. Dort, wo es tatsächlich noch frisches Fleisch und Gemüse gibt«, erklärte Henri. »Als ich ihnen von meiner Idee erzählte, wollten alle sofort helfen.«

Charlotte schmunzelte. Niemand hatte ihr auch nur ein Sterbenswörtchen verraten!

Sie aßen und tranken anfangs schweigend. Charlotte stieg der Wein sofort zu Kopf, sie spürte, wie ihre Wangen anfingen zu glühen.

»Meine Mutter wäre stolz auf die Küchenschwestern. So einen guten Eintopf hätte selbst sie kaum hinbekommen.« Henri lächelte.

»Vermissen Sie Ihre Mutter?«

»Oh ja. Sie hatte immer alle Hände voll zu tun, da wir zu

Hause acht Geschwister waren. Gerade wir Jungs waren ziemliche Satansbraten.«

»Ach ja?«

»Ständig haben wir Schabernack getrieben, wie es Kinder vom Land eben tun. Haben uns mit anderen Jungs gebalgt und dem Bauern Karotten stibitzt oder im Heu geschlafen.«

»Das klingt nach einer wunderbaren Kindheit.«

»Stimmt. Und Sie, Charlotte? Wie war Ihre Kindheit?«

Sie nahm einen Schluck Wein, bevor sie antwortete. »Sie war … anders. Ich habe keine Geschwister. Meinem Vater gehörte eine Firma, wir hatten ein Anwesen in der Nähe von La Garde. Ich habe als Kind Klavier spielen gelernt und wurde zu Hause in Latein, Geschichte und Geografie unterrichtet.«

»O«, entfuhr es Henri. »Dann haben Sie wohl nicht mit anderen Kindern herumgebalgt?«

Sie musste lachen. »Nein. Eher nicht. Aber meine Kindheit war trotzdem schön. Vor allem meine Großmutter hat dazu beigetragen, dass es so war. Von ihr habe ich Ihnen ja schon erzählt.«

Henri sah sie fest und eindringlich an. Für einen Moment dachte sie, er würde sich zu ihr hinüberbeugen, um sie zu küssen, und etwas in ihr sehnte sich sogar danach. Aber nichts dergleichen geschah.

»Das Essen war vorzüglich.« Sie tupfte sich den Mund mit der Serviette ab. »Ich danke Ihnen sehr. Es war eine gelungene Überraschung!«

»Es freut mich, dass es Ihnen gefallen hat, Charlotte.« Er legte seine Hand auf den Tisch, sodass sie dicht neben der ihren lag. Fast berührten sich ihre Finger. Es war, als würden in ihrem Bauch Schmetterlinge einen wilden Tanz vollführen.

»Ich habe Ihnen gegenüber nie viel vom Krieg gesprochen«, sagte Henri leise, seine Fingerspitzen berührten nun ganz leicht die ihren. »Es war immer so wunderbar, wenn Sie bei mir waren. Ich wollte nicht, dass unsere Freundschaft sich veränderte. Dass sie düster und traurig wurde, überschattet von Fronterlebnissen.«

»Zu einer Freundschaft gehört aber auch, über Schlimmes zu reden.«

»Ich weiß.« Er schaute auf seinen leeren Teller, doch seine Finger umschlossen jetzt sanft die ihren. »Es gab Augenblicke, da wusste ich nicht mehr, ob es Tag oder Nacht war. Die Luft war schwarz von Schießpulver, überall hörte man Schreie von Männern, die von Gewehrsalven oder Granaten getroffen waren. Manche starben schnell, anderen war das nicht vergönnt, sie mussten unerträgliche Qualen erleiden, bevor sie erlöst wurden. Anfangs war ich noch erschüttert über jeden Toten. Aber dann …« Henri drückte ihre Hand fester. »Irgendwann fühlte ich nichts mehr. Als hätte mein Geist sich an das Leid gewöhnt, als wäre es normal, über Leichen zu steigen, neben toten Kameraden im Schützengraben zu liegen.« Charlotte hörte an seiner Stimme, wie erschüttert er war. Erschüttert über sich selbst. »Ich kann verstehen, was Étienne getan hat. Wir alle können das. Wir leben ständig in der Angst, getötet zu werden. Man ist wie ein Tier auf der Flucht.«

»Es tut mir leid«, flüsterte sie. »Ich wünschte, ich könnte Ihnen dabei helfen, das alles zu vergessen.«

»Das tun Sie, Charlotte. Wenn Sie in meiner Nähe sind, geht es mir gut. Dann kann ich atmen. Dann bin ich wieder der, der ich früher war. Kein Soldat, sondern ein Mensch.«

Sie wusste nicht, was sie erwidern sollte. Noch nie hatte sie sich einem Mann so verbunden gefühlt. Und doch war da diese nagende Furcht, dass dieser Mensch bald fort sein würde.

»Ich werde an die Front zurückkehren müssen«, sagte er, als hätte er ihre Gedanken erraten.

»Nicht unbedingt! Wir könnten Ihre Entlassung hinauszögern.

Ein plötzlicher Schmerz in der Hüfte … Oder unerklärliche Kopfschmerzen! Pierre erfindet ständig solche Dinge.«

»Nein, Charlotte. Ich bin nicht Pierre. Ich würde so etwas nicht tun. Das wissen Sie.«

Natürlich wusste sie das. Aber ein kleiner Teil von ihr wünschte trotzdem, dass es anders wäre.

In den nächsten Tagen verbrachte Charlotte noch mehr Zeit mit Henri. Niemand sagte etwas, denn sie vernachlässigte ihre sonstige Arbeit nicht. Sie war sogar sehr konzentriert. Es war, als hätte ihr Innerstes eine Entscheidung getroffen, und das brachte ihr Ruhe. Eine Entscheidung für ihre Gefühle, für Henri. Komme, was wolle.

Auch Francine hatte sich verändert. Sie verbrachte viel Zeit mit Étienne, las ihm vor, hörte ihm zu, was ihm offensichtlich guttat. Henri und Étienne schienen sich ebenfalls bestens zu verstehen. Sie waren inzwischen Zimmergenossen, Henri hatte darum gebeten, nachdem er von Étiennes Ausflug gehört hatte. Sie teilten die Leidenschaft für Musik und Theater, und obwohl sie so unterschiedlich waren – Étienne leise und ruhig, Henri laut und temperamentvoll –, lachten und scherzten sie zusammen, als würden sie sich seit Ewigkeiten kennen.

Charlotte war an diesem Abend zur Nachtschicht eingeteilt. Sie war alleine im Schwesternzimmer, als es plötzlich klopfte. Die anderen Schwestern kamen einfach herein, und jemand anderen erwartete sie nicht. Sie ging zur Tür und öffnete.

»Pierre? Was tun Sie hier?«

Er antwortete nicht, sondern trat ohne weitere Umschweife auf sie zu und schloss die Tür hinter sich. Ich bin gefangen, schoss es ihr durch den Kopf. Sein Gesicht war so nah an ihrem, dass sie seinen Atem auf ihrer Haut spürte.

»Mir ist zu Ohren gekommen, dass hier ein Stelldichein stattfand. Mit diesem Henri, diesem Taugenichts.«

Charlotte wich zurück und stieß dabei mit der Ferse gegen das Stuhlbein.

»Er kann dir nicht das geben, was ich dir geben kann. Glaub mir. Er wird dich unglücklich machen.«

»Bitte, Pierre, gehen Sie wieder in Ihr Zimmer. Sie haben hier nichts verloren.«

»Ich gehe dann, wenn ich es für richtig halte!« Er umfasste grob ihren Arm und zerrte sie zu sich. Sein Atem roch widerlich, und seine Finger bohrten sich schmerzhaft in ihre Haut. Sie wand sich unter seinem Griff, versuchte, sich zu befreien, aber er hatte sie zu fest umfasst. Gleich wird er mich küssen, dachte sie angewidert und kniff unwillkürlich die Augen zusammen.

Doch dann hörte sie plötzlich eine Stimme. »Was soll das? Lass sie in Ruhe!«

Henri!, dachte sie, und öffnete die Augen. Er stand tatsächlich in der Tür, gestützt auf einen Stock, und humpelte auf Pierre zu, zerrte ihn von ihr weg. Pierre war zunächst überrumpelt und wehrte sich nicht, doch dann schubste er Henri so, dass dieser unsanft gegen den Schrank fiel. Rasch erhob er sich wieder und stützte sich erneut auf seinen Stock. Anschließend packte er Pierre und schob ihn mit aller Kraft aus dem Zimmer. Charlotte blieb wie erstarrt stehen. Kurz darauf kehrte Henri zurück und ließ sich schnaufend auf die Pritsche fallen. Charlotte lief zu ihm.

»Ist alles in Ordnung? Wie geht es Ihrem Bein?«

Er lächelte erschöpft. »Ich habe ihn in die Flucht geschlagen.«

»Ja, das haben Sie, Henri.« Sie nahm sein Gesicht in ihre Hände, strich über seine Wange. »Sie haben mich gerettet.«

Zart und vorsichtig berührten sich ihre Lippen. Glück, schoss ihr durch den Kopf, während sie Henris Lippen auf den ihren spürte, das ist das Wort für dieses Gefühl.

Doch das Glück, das wahre, pure Glück währt nie lange, dachte sie, als sie zwei Wochen später am Bahnsteig stand, um Henri Lebewohl zu sagen.

Er nahm ihre kalten rauen Hände in die seinen. »Du zitterst.«

Sie schloss die Augen. Henri beugte sich zu ihr, küsste ihre Augenlider, ihre Stirn, bedeckte ihr ganzes Gesicht mit zarten Küssen.

Er sah so anders aus in seinen Wickelgamaschen, in der horizontblauen Hose und dem dicken blaugrauen Mantel mit den zweireihigen Knopfleisten.

»Die Uniform steht dir«, sagte sie, als sie die Augen wieder aufschlug und versuchte, ihre Tränen zu unterdrücken.

»Ich wünschte, wir hätten mehr Zeit gehabt«, erwiderte er.

Sie konnte nichts antworten. Angst und Ungewissheit stiegen in ihr auf und dazu ein tiefer Abschiedsschmerz.

Ein lautes, forderndes Pfeifen ertönte. Der Zug gen Norden sollte losfahren. Menschen drängten sich aneinander vorbei, sperrige Rucksäcke wurden in die Abteile gehievt, Kinder schrien, Frauen weinten in ihre Taschentücher, aus den offenen Abteilfenstern steckten Soldaten ihre Köpfe, winkten und riefen, in ihren Gesichtern spiegelte sich Unbehagen. Sie wussten, was ihnen bevorstand. Und Henri wusste es auch.

»Es ist so weit.« Er setzte sein rotes Képi auf.

Als der Zug langsam ins Rollen kam, als die Lok dampfend und schnaufend in den kalten Morgen aufbrach, wusste Charlotte, dass sie stark sein musste.

Stärker, als sie es je zuvor hatte sein müssen.

KAPITEL VII

Nizza, April 2019

»Marta ist wirklich eine Geheimwaffe!« Adam freute sich genauso wie ich über das Dokument, das einen Gerhard von Bischoffshofen als Eigentümer der zwei Bilder auswies und damit zeigte, dass dieser an der Enteignung beteiligt gewesen war.

»Es war wohl sehr knapp«, sagte ich. Wir saßen in seinem Zimmer. »Fast wären wir erwischt worden. Aber Marta hat es rechtzeitig geschafft. Und mit diesem Echtheitszertifikat sind wir ein ganzes Stück weiter.«

»Wie es aussieht, war Bischoffshofen in den Raub verwickelt. Unsere bisherige Recherche im Internet hat aber nichts über ihn ergeben. Wie sollen wir jetzt weiter vorgehen, was schlägst du vor?«

»Als Nächstes statten wir dem Stadtarchiv einen Besuch ab, einen Termin dort habe ich schon gemacht. Wir sollten uns gleich auf den Weg machen.«

»Und wieso das Stadtarchiv?«

»Oft haben diese kommunalen Institutionen vertrauliche Unterlagen aus den Weltkriegen bei sich lagern.«

»Dann nichts wie los.«

Das Archiv lag an einer dreispurigen Straße in einem Eckgebäude und war ziemlich unscheinbar. Es beherbergte noch eine Bibliothek, doch in Zeiten des Internets verirrte sich wohl kaum noch jemand hierher, denn die dunklen Flure waren gespenstisch leer.

Es dauerte eine Weile, bis wir gefunden hatten, was wir suchten. Die Akten aus dem Zweiten Weltkrieg waren in einem versteckten Stahlschrank verwahrt, und wir fragten eine der Angestellten, ob sie uns diesen aufschließen könnte. Sie war zunächst skeptisch, aber Adam redete auf Französisch auf sie ein, bis sie schließlich nachgab.

Wir machten uns daran, die Jahre 1943 und 1944 zu durchforsten, und es dauerte einige Zeit, bis ich etwas fand. »Dienstanweisung des ERR Frankreich, Sonderstab Bildende Kunst, Amt Westen, Arbeitsgruppe Südfrankreich, Außenstelle Nizza: Hiermit wird die Beschlagnahme von herrenlosen Kunstwerken von Girard, Peyrot und Castex aus den Häusern von geflohenen oder deportierten Juden angeordnet. Gezeichnet Gerhard von Bischoffshofen.«

»Ich hab's doch geahnt. Bischoffshofen war beim ERR. Diese verdammten Räuber!«, murmelte ich.

Adam schnappte sich das Dokument und studierte es genau. »Dass die hier so etwas einfach herumliegen haben … Unglaublich.«

Ich nickte. Schon oft hatte ich mit dem Einsatzstab Reichsleiter Rosenberg, kurz ERR, einer Unterorganisation der NSDAP, zu tun gehabt, und war doch immer wieder überrascht, wie akribisch und genau er seinen gigantischen Kunstraub in Europa geplant hatte. Der ERR war systematisch und rücksichtslos vorgegangen, er hatte nicht nur aus jüdischen Archiven, Sammlungen, Bibliotheken und Museen geraubt, sondern sein Vorgehen betraf auch Privatpersonen, nachdem Hitler angeordnet hatte, Kunstsammlungen von französischen jüdischen Familien unter deutsche Kontrolle zu bringen. Und nicht nur das. Der gesamte Hausrat wurde beschlagnahmt. Es gab Hausratserfassungsteams, die das Inventar von Wohnungen aufnahmen und schätzten. Objekte von Wert wurden sofort sichergestellt. Ein beauftragtes Transportkommando kümmerte sich um die spätere Räumung. Der Kunstraub der Nazis war zweifelsohne eines der größten Kulturverbrechen der Menschheitsgeschichte.

»Wir könnten versuchen, die Nachfahren von Bischoffshofen ausfindig zu machen«, schlug ich vor. »Ich habe schon häufiger erlebt, dass damalige ERR-Mitarbeiter zu den von ihnen geraubten Kunstwerken persönliche Aufzeichnungen hinterließen. Oder die Nachkommen erinnern sich an etwas. Ich hatte mal einen Fall, bei dem ein ehemaliger SS-Obersturmbannführer in einer Berghütte in den Alpen seine Notizen aufbewahrt hatte, in denen stand, wo die Gemälde hingebracht wurden und wer sie erworben hatte. Da war es einfach nachzuweisen, dass es Raubkunst war.«

»Dann sollten wir alle Möglichkeiten in Betracht ziehen.«

Den Abend verbrachte ich auf meinem Zimmer und recherchierte zu Gerhard von Bischoffshofen, dabei aß ich etwas, das ich mir von einem Take-away geholt hatte. Marta war wieder abgereist, hatte aber versichert, dass sie mir gern wieder helfen würde, wenn es nötig sei. Irgendwann tief in der Nacht fand ich endlich, was ich gesucht hatte: Ilse von Bischoffshofen, die Tochter des einstigen ERR-Mitarbeiters. Sie lebte in Antibes, zwischen Cannes und Nizza, und ich beschloss, Adam gleich am nächsten Morgen davon zu berichten, damit wir ihr einen Besuch abstatten könnten.

Tags darauf hatten wir jedoch noch etwas anderes vor. Wir wollten Monsieur Fauberges Elternhaus aufsuchen. Der Ort, wo der Raub angeblich stattgefunden hatte, war wichtig für unsere Recherche, und ich war gespannt, was uns dort erwartete.

Villefranche-sur-Mer war ein malerisches Dorf, gelegen an

einer herrlichen Bucht, und nur der Mont Boron trennte es von Nizza. Es hatte einen hübschen Hafen mit eindrucksvollen Jachten und kleinen Fischerbooten, und die Altstadt bestand aus farbenfrohen, eng beieinanderliegenden Häusern, unzähligen Treppen und verwinkelten Gassen. Den Charme eines südfranzösischen Fischerdorfs hatte es jedoch verloren. Die Cafés und Bars an der Promenade waren von Touristen besetzt, und ein riesiges weißes Kreuzfahrtschiff lag in der Bucht vor Anker.

Monsieur Fauberge hatte Adam am Tag zuvor am Telefon erzählt, dass sein Elternhaus noch existiere, vor einigen Jahren sei er mal dort gewesen, habe aber nur davorgestanden. Er habe sich nicht getraut, bei den neuen Besitzern zu klingeln.

Das Haus lag oberhalb der eigentlichen Ortschaft in einer ruhigeren Gegend, es hatte einen hübschen Vorgarten und war in einem hellen Ton gestrichen. Ein älteres Ehepaar war gerade dabei, Beete zu bepflanzen – offensichtlich die jetzigen Bewohner. Wir stellten uns kurz vor und erzählten von unserem Anliegen, aber sie schüttelten nur bedauernd den Kopf, meinten, es würde sicher nichts mehr existieren, was uns weiterhelfen würde. Sie hätten keinen Dachboden, auch keinen Keller, in dem noch Hinweise auf das, was früher geschehen war, aufbewahrt sein könnten, »keine verborgenen Schätze«, wie es die ältere Frau nannte. Als sie das Haus vor zwanzig Jahren gekauft hätten, sei es komplett leer gewesen. Ich fragte noch, ob es vielleicht eine versteckte Luke geben könnte, aber die beiden verneinten erneut. Sie hätten das Haus vollständig renovieren lassen, dabei wäre so etwas wohl aufgefallen. Das Einzige, was sie uns erzählen konnten, war, dass einige Straßen weiter eine Familie wohnen würde, die uns vielleicht helfen könnte. Das Haus sei schon seit Generationen in Familienbesitz, und angeblich wüssten sie viel über die Geschichte des Dorfs und seine Bewohner.

Also machten wir uns auf den Weg dorthin. Das Haus der Renoufs hatte etwas Besonderes. Rosenranken und Wilder Efeu bedeckten die Fassade und das Dach fast vollständig, und im Garten blühte eine bunte Schmetterlingswiese neben weißen Azaleen. Bienen summten, eine Libelle surrte vorüber.

Wir öffneten die Pforte des schneeweißen Zauns, gingen über den schmalen Kiesweg durch den Vorgarten und klopften einige Male an die alte Holztür, aber niemand öffnete. Nachdem wir ein paar Minuten gewartet hatten und gerade wieder gehen wollten, tauchte eine Frau, schwer bepackt mit Einkaufstüten und zwei Weidekörben, hinter uns auf.

»Wollen Sie zu mir?«, rief sie.

»Sind Sie Madame Renouf?«, fragte Adam.

»Ja, die bin ich. Sie sehen so ernst aus, ich hoffe, ich habe nichts verbrochen?«

Wir versicherten ihr schnell, dass dem nicht so sei, und erklärten, was uns zu ihr geführt hätte. Daraufhin bat sie uns herein.

Das Haus war mit vielen Antiquitäten, bunten Decken und Kissen eingerichtet. Madame Renouf verschwand in der Küche und hatte uns gebeten, schon einmal auf der Wohnzimmercouch Platz zu nehmen. Kurz darauf erschien sie wieder und stellte einen Teller mit bunten Macarons und Mandeldragees sowie eine Wasserkaraffe auf den Tisch.

»Also, was genau kann ich für Sie tun?« Sie setzte sich uns gegenüber. Sie war schätzungsweise um die sechzig, hatte feuerrotes Haar, grüne Augen und eine forsche, aber freundliche Art.

Adam erzählte nun, dass wir gerade versuchten, einen Fall von Raubkunst aufzuklären.

»Kunstraub, das ist ein spannendes Thema«, sagte Madame Renouf. »Aber leider kann ich Ihnen nicht viel dazu sagen. Meine Großeltern haben dieses Haus irgendwann in den Zwanzigerjahren gekauft. Meine Großmutter war Kriegskrankenschwester im Ersten Weltkrieg, im Hotel Negresco in Nizza, davon hat sie manchmal erzählt. Als der Zweite Weltkrieg begann, wurde mein Großvater glücklicherweise nicht eingezogen. Aber Kunstraub? Nein, davon haben die beiden nie gesprochen.«

»Und Ihr Vater? Er muss den Zweiten Weltkrieg hier erlebt haben, als Kind. Vielleicht weiß er etwas über die Kunstwerke der Familie Fauberge?«, fragte ich.

»Nun, mein Vater …« Madame Renouf wirkte plötzlich bedrückt. »Wissen Sie, er ist sehr krank. Er lebt in einem Heim in Cassis. Mein Mann und ich hätten ihn so gern hierbehalten, aber es war einfach nicht mehr möglich.«

»Meinen Sie, wir könnten mit ihm sprechen? Vielleicht könnte er uns weiterhelfen?«

»Versuchen können Sie es. Aber allzu viel Hoffnung würde ich mir nicht machen. Meist erinnert er sich an nichts.« Sie stand auf und reichte uns einen Zettel mit einer Adresse. »Aber rufen Sie vorher dort an, ja? Sein Name ist Olivier Renouf.« Es war ihr anzumerken, dass sie sich nicht ganz wohl damit fühlte, uns zu ihrem kranken Vater zu schicken.

»Es ist für eine gute Sache«, versicherte ich schnell. »Und wir stellen ihm nur ein paar Fragen, mehr nicht.«

Sie seufzte. »Er ist ein guter Mensch. Er würde Ihnen bestimmt sehr gern helfen.«

Wir bedankten und verabschiedeten uns, und waren wenig später auch schon wieder zurück in Nizza.

Am Nachmittag machten wir uns auf den Weg nach Antibes, zu Ilse von Bischoffshofen. Antibes war eine vom Meer umbrandete Stadt und umrahmt von mittelalterlichen Befestigungsmauern. Das Haus lag etwas abseits und wirkte alt und verfallen. Frau von

Bischoffshofen war ungefähr in Édouards Alter, vielleicht ein paar Jahre jünger, aber sie wirkte viel schwächer und gebrechlicher als er. Eine Pflegerin hatte ihr gerade ein Mittagessen gekocht, als wir ankamen, und so saßen Adam und ich nebeneinander auf einer schmalen Küchenbank, während Ilse von Bischoffshofen die Minestrone Löffel für Löffel zu ihrem Mund führte.

Als sie fertig war, tupfte sie sich mit einer bestickten Stoffserviette sorgfältig den Mund ab. »Sie haben also Fragen zu meinem Vater«, bemerkte sie auf Deutsch.

»So ist es. Wir suchen nach einem Kunstwerk, und Ihr Vater könnte in sein Verschwinden verwickelt gewesen sein«, sagte ich.

»Verschwinden? Sagen Sie es ruhig, er hat es gestohlen, nicht wahr?«, rief die alte Dame verächtlich. »Mein Vater war ein Nazi.« Adam und ich warfen uns einen Blick zu. »Kommen Sie, kommen Sie.« Sie stützte sich auf die Tischplatte und drückte sich mit aller Kraft nach oben. Mit wackeligen Schritten ging sie zur Tür.

»Ich denke, wir sollen ihr folgen«, flüsterte ich Adam zu.

Kurz darauf befanden wir uns in ihrem Schlafzimmer, in dem es so penetrant nach Eukalyptus und Pfefferminze roch, dass mir übel wurde.

»Es ist da oben, auf dem Schrank.« Sie deutete auf einen dunklen Holzschrank, auf dem eine große Kiste stand. »Junger Mann, wären Sie so freundlich?«

Nachdem Adam die Kiste heruntergeholt hatte, nahm Frau von Bischoffshofen sie ihm ab, stellte sie aufs Bett und hob den Deckel an. »So viel unnützes Zeug«, murmelte sie vor sich hin und kramte darin herum. Ich stellte mich auf die Zehenspitzen und versuchte, an ihr vorbei in die Kiste zu linsen, konnte aber bis auf ein paar ungeordnete Papiere nicht viel erkennen.

Plötzlich drehte sie sich um und reichte uns eine dunkle

Mappe. »Dies sind Aufzeichnungen meines Vaters. Er hat alles notiert, was er gestohlen hat.«

»Und das hatten Sie die ganze Zeit in dieser Kiste?«, fragte ich verblüfft. »All die Jahrzehnte?«

Adam war nicht weniger überrascht als ich, aber sie zuckte nur mit den Schultern.

»Danke«, stammelte ich. »Wissen Sie etwas über die ›Liebenden von Nizza‹? So heißt das Kunstwerk, das wir suchen.«

Sie runzelte die Stirn, und ein Schatten huschte über ihr Gesicht. »Lassen Sie uns zurück ins Wohnzimmer gehen. Ich verbringe in diesem Raum schon genug Zeit.«

Als wir alle erneut saßen, fing Frau von Bischoffshofen an zu erzählen: »Ich war damals noch zu klein, ich wusste nicht genau, was für grausame Dinge mein Vater getan hatte. Aber meine Mutter mochte die Kunst, ihr Herz hat geschmerzt, wie sie mir später erzählte, als sie hörte, wem er die Gemälde weggenommen hatte.«

Adam stieß mich auf einmal aufgeregt an. Er hatte die Mappe geöffnet und hielt einen Notizzettel in die Höhe.

»Hier steht, dass er ›Die Liebenden von Nizza‹ im April 1944 konfisziert hat. Aber leider nicht, wem er das Gemälde entwendet hat.«

»Können Sie sich erinnern, ob Ihre Mutter je einen Künstler namens Jean-Paul Girard erwähnt hat?«, fragte Adam, kramte in seiner Aktentasche und reichte Ilse von Bischoffshofen ein Foto, auf dem das Kunstwerk abgebildet war.

Sie nahm es in ihre knochigen Finger und begutachtete es. Mir fiel auf, dass ihre Augen unterschiedliche Farben hatten, eines war graublau, das andere grün. »Ich kenne zwei dieser Bilder tatsächlich«, sagte sie schließlich. »Mein Vater kam mit ihnen eines Tages heim, daran kann ich mich noch vage erinnern.«

»Wirklich?«, fragten Adam und ich wie aus einem Mund.

»Es war im Frühsommer 1944, auch das weiß ich von meiner Mutter. Ich war gerade acht geworden. Mein Vater hat die beschlagnahmten Kunstwerke katalogisiert, in Depots gelagert und in Zügen nach Deutschland gebracht. Das war eine richtige Maschinerie. Doch mein Vater war nicht dumm, er hat offenbar schon damals geahnt, dass der Krieg für die Deutschen nicht gut ausgehen wird. Er hat deshalb krumme Geschäfte gemacht.«

»Und was ist dann passiert?«, fragte ich.

»Meine Mutter wollte kein Diebesgut bei uns im Haus haben. Sie hat gesagt, er solle es zurückbringen, es sei eines der schönsten, außergewöhnlichsten und eindrucksvollsten Kunstwerke, das sie je gesehen habe, und es wäre ein großes Unrecht, es den rechtmäßigen Eigentümern wegzunehmen. Aber das war meinem Vater egal. Die beiden haben sich schrecklich gestritten. Und natürlich hat mein Vater die Bilder behalten. Was er damit angestellt hat, weiß ich nicht. Vermutlich hat er sie zu Geld gemacht. Er hatte einen Freund, bei dem er einige Zeit einquartiert war, als er in Südfrankreich stationiert war. Frédéric hieß er. Meine Mutter hat erzählt, dass sie zusammen Geschäfte gemacht hätten. Während des Krieges, aber auch danach. Mehr weiß ich leider nicht.«

»Aber es waren nur zwei der Bilder, richtig?«, fragte Adam.

»Richtig. Meine Mutter meinte, dass es noch ein drittes Bild gäbe, aber das hatte mein Vater nicht beschlagnahmt. Ich weiß nicht, was damit geschehen ist.«

Adam rieb sich nachdenklich die Nasenwurzel. »Wären Sie bereit, in einem Prozess auszusagen? Auch wenn wir nicht beweisen können, dass die Bilder Édouards Familie gehört haben, könnten Sie zumindest bezeugen, dass Ihr Vater sie an sich genommen hatte.«

»Nun, wie Sie sehen, bin ich nicht mehr so gut zu Fuß, aber

das würde ich wohl noch schaffen.« Frau von Bischoffshofen erhob sich mühsam. »Und jetzt entschuldigen Sie mich bitte, ich muss mich ausruhen. Ich begleite Sie zur Tür.«

Als wir schon auf der Schwelle standen, drehte ich mich noch einmal um.

»Warum haben Sie die Aufzeichnungen eigentlich nie irgendwem gezeigt? Und warum haben Sie alles für sich behalten?«

Frau von Bischoffshofen schaute mich ratlos an. »Es hat nie jemand danach gefragt.«

Es war schon später Abend, als wir zurück nach Nizza fuhren. Die tief stehende Sonne tauchte die vorbeiziehenden Hügel in ein samtenes Licht.

Wir schwiegen eine Weile, bis Adam schließlich sagte: »Es ist gut, dass sie aussagen möchte. Manch anderer würde sich nicht gegen den eigenen Vater stellen.« Er sah konzentriert auf die Straße. »Nicht alle wollen Gerechtigkeit. Manche verdrängen das Geschehene lieber, denn das ist einfacher, man muss sich nicht mit der eigenen Geschichte, der eigenen Familie, vielleicht sogar eigenen Fehlern auseinandersetzen.« Er schaute kurz zu mir. »Und doch muss man es tun.«

»Ja. Wir alle haben einen Grund, warum wir das hier machen, nicht wahr?« Ich überlegte, was ihn an dieser Geschichte bewegte, warum er sich als Anwalt auf solche Fälle spezialisiert hatte, aber ich traute mich nicht, ihn zu fragen.

»Es geht um ein unvorstellbares Unrecht, das diesen Menschen angetan wurde«, fuhr er fort.

»Und wir können zumindest einen Teil dazu beitragen, dass dieses Unrecht wiedergutgemacht wird. Wir können das zurückholen, was gestohlen wurde. Das ist nicht viel, aber zumindest etwas.«

Wir schwiegen abermals. Draußen zog die inzwischen dunkle Landschaft an uns vorbei, Umrisse von gezackten Zedern, weitläufigen Weinbergen und Olivenhainen, von Hügeln sowie kleinen Steinhäusern mit wilden Gärten. Es fühlte sich schön an, so neben Adam zu sitzen, seine Nähe zu spüren. Empfand er auch so?

Dann lehnte ich meinen Kopf an die Lehne des Sitzes. Es war warm und gemütlich, und eh ich mich's versah, war ich auch schon eingeschlafen.

Als ich aufwachte, parkte Adam den Wagen gerade vor unserer Pension. Verschlafen rieb ich mir übers Gesicht und blinzelte ihn an. »Oje, ich muss ja ewig geschlafen haben.«

»Das kann man so sagen. Und du hast einen verdammt tiefen Schlaf. Du bist noch nicht mal aufgewacht, als ich fast einen Unfall gebaut hätte.«

Ich war sofort hellwach. »O Gott! Was ist denn passiert?«

»Na ja, irgendein Idiot musste mit hundert Sachen vor einer Kurve einen Lkw überholen, ich konnte gerade noch ausweichen.«

Für einen kurzen Augenblick holten mich die Erinnerungen ein, der zerbeulte Wagen meiner Schwester, mein verzweifeltes Schluchzen. Schmerz wallte in mir auf.

Schnell schüttelte ich die Bilder ab.

»Du bist eben ein hervorragender Autofahrer.«

»Ich würde nie zulassen, dass dir etwas passiert«, sagte Adam, und es klang so ehrlich, dass ich ganz verlegen wurde. Um das zu kaschieren, suchte ich etwas in meiner Tasche. Als ich wieder aufsah, war Adams Gesicht plötzlich dem meinen ganz nah. Er hatte sich zu mir hinübergebeugt, und im schwachen Schein der Straßenlaterne konnte ich seine braunen Augen sehen, die mich liebevoll, aber auch kühn und herausfordernd anblitzten. Er roch dezent nach einem herben Männerparfum. Seine Nasenspitze berührte sanft die meine, es war, als würde er sich vorsichtig vorantasten, erspüren wollen, ob ich bereit war für diesen Kuss. Ja, das war ich. Ich nahm seinen Atem auf meiner Haut wahr, fühlte, wie seine Lippen meine trafen. Mein Herz fing wild zu schlagen an, als er mit seinen Händen meinen Hals berührte und über meinen Nacken strich.

Adam zog sich aber plötzlich wieder zurück, sein Gesicht lag nun im Schatten, und ich hörte einzig seinen Atem, der etwas schneller ging als zuvor. »Entschuldige.«

»Es gibt nichts, wofür du dich entschuldigen musst«, antwortete ich leise.

»Es war schön«, sagte er.

Ich lächelte.

Am nächsten Tag suchten wir das Pflegeheim auf, in dem Olivier Renouf lebte. Trotz des Kusses war keine Verlegenheit zwischen uns entstanden, wir gingen sachlich miteinander um, und das war mir nur recht. Aufgewühlt, womöglich verliebt zu sein, das war nicht unbedingt das, was ich geplant hatte. Wobei ich auch nicht davon ausgegangen war, dass mein schweres Herz zu solchen Gefühlen überhaupt fähig war. Also schob ich das alles schnell fort und konzentrierte mich auf die Arbeit.

Adam hatte in dem Heim angerufen, und man hatte ihm gesagt, dass wir Olivier besuchen könnten, er sich aber auf keinen Fall aufregen solle und wir höchstens eine halbe Stunde bleiben dürften. Dennoch hofften wir, dass er irgendetwas darüber wusste, was damals geschehen war.

Die Fahrt am Meer entlang war atemberaubend schön, und ich war froh, dass Adam wieder am Steuer saß und ich den Ausblick genießen konnte. Ich ließ das Fenster hinunter und spürte den Fahrtwind auf meiner Haut, während sich die Straße in Serpentinen wand.

Schließlich erreichten wir Cassis mit seinem hübschen Fischereihafen. Das Heim, in dem Olivier Renouf lebte, war eine repräsentative weiße Villa mit einer großen Veranda, umrahmt von Pinien und Magnolienbäumen, die auf einem Hügel oberhalb der langen Kieselstrände und der von steilen Kalksteinklippen umgebenen Meeresarme lag.

Einige Bewohner saßen an einem schmiedeeisernen Gartentisch und spielten Karten. Angestellte und Pfleger liefen über den sonnendurchfluteten Hof. Es war ruhig, das lauteste Geräusch war das Pfeifen der Spatzen auf dem Dach.

»Hier lässt es sich im Alter sicher leben«, bemerkte ich, während wir die Stufen zur Eingangstür hinaufstiegen.

Eine Frau mit weißem Häubchen begrüßte uns und führte uns zu Olivier Renoufs Zimmer. Als sie die Tür öffnete, saß er am Fenster, den Rücken zu uns gewandt.

»Monsieur Renouf?«, fragte ich vorsichtig, aber er reagierte nicht.

»Er vergisst meist seinen Namen«, erklärte die Pflegerin leise. »Gehen Sie ruhig zu ihm, sprechen Sie mit ihm. Manchmal wird es dann besser.«

Etwas zögerlich betraten wir das Zimmer, das nichts mit einem aus einem gewöhnlichen Pflegeheim gemein hatte. Das bordeauxrote Kingsize-Bett war das Herzstück der Einrichtung, daneben stand eine Kommode mit kunstvollen Schnitzereien, die Wände waren in einem freundlichen Türkiston gestrichen, Esstisch und Stühle aus dunklem Nussholz. Und von dem ausladenden Balkon hatte man eine sensationelle Aussicht bis hinunter zum tiefblauen Meer.

»Guten Tag«, sagte Adam.

Olivier Renouf drehte sich langsam um. Er war ein schmächtiger Mann mit einem freundlichen Gesicht, der die Stirn runzelte, als würde er versuchen, sich an uns zu erinnern.

Schnell erklärte ich: »Sie kennen uns nicht. Mein Name ist Romy Hauser, und dies ist Adam Gold. Wir sind auf der Suche nach einem Gemälde, das im Zweiten Weltkrieg der Familie Fauberge gestohlen wurde.«

Monsieur Renoufs Miene erhellte sich plötzlich. »Édouard!«

Adam und ich wechselten einen erstaunten Blick.

»Sie erinnern sich?«, fragte Adam.

Monsieur Renouf nickte zunächst freudig erregt, schien aber dann selbst überrascht zu sein über seine Aussage. Er kräuselte erneut die Stirn. »Nein.« Er wirkte niedergeschlagen. »Wer ist das?«

Ich zog einen Stuhl heran und setzte mich zu ihm. »Sie waren früher in Villefranche Nachbarn. Damals im Krieg, als Kinder.«

Sein Gesichtsausdruck wurde immer betrübter. »Ich erinnere mich nicht.«

»Das macht nichts«, beruhigte Adam ihn.

Ich schüttelte leicht den Kopf, um Adam zu signalisieren, dass ich eine weitere Befragung für wenig sinnvoll hielt.

»Wir können ein anderes Mal wiederkommen«, schlug Adam vor.

»Ein anderes Mal …«, wiederholte Monsieur Renouf. »Ein anderes Mal …«

Ich stand auf. »Lass uns gehen«, flüsterte ich Adam zu. »Wir machen ihn nur traurig.«

»Vielleicht hast du recht«, erwiderte Adam leise. »Aber eine Sache will ich noch probieren.« Er legte seine Aktentasche auf den glänzenden Tisch in der Mitte des Raums, nahm ein Foto von den »Liebenden von Nizza« heraus und reichte es Monsieur Renouf, der weiterhin vor sich hin starrte.

»Kennen Sie dieses Triptychon?«, fragte Adam.

Monsieur Renouf betrachtete das Foto lange, und plötzlich lief ihm eine Träne über die Wange. »Armer Édouard. Mein lieber, armer Édouard.« Fast zärtlich strich er über die Aufnahme, zeichnete die Konturen der abgelichteten Bilder mit seinen Fingern nach. »Wenn wir nur schneller gewesen wären. Wenn wir doch nur schneller gewesen wären. Aber wir waren jung, so jung … Hätte ich doch nur mehr für ihn tun können! Und dieser schreckliche Pierre Sauvage …« Seine Stimme brach. »Wir hätten sie retten können. Dann wäre alles anders gekommen. Armer Édouard. Mein lieber Freund.«

Er fing an zu wimmern, und ich legte ihm beruhigend die Hand auf die Schulter.

Adam hockte sich vor Monsieur Renoufs Sessel. »Hören Sie, es tut uns sehr leid. Wir wollten Sie nicht aufregen. Lassen Sie sich Zeit, und wenn Ihnen noch etwas einfällt, rufen Sie uns an, ja?« Er legte eine Visitenkarte auf den Tisch und nahm seine Aktentasche wieder an sich. »Das Foto können Sie behalten.«

Im selben Moment erschien eine besorgt dreinschauende Pflegerin im Türrahmen. »Sie sollten jetzt wirklich gehen«, mahnte sie.

Ich warf einen letzten Blick auf Monsieur Renouf, der noch immer mit zitternder Unterlippe auf die Aufnahme starrte.

KAPITEL VIII

Nizza, Februar 1917

Charlotte saß im Schwesternzimmer und besserte Wäsche aus, als Francine hereinkam. Ihre Freundin hatte eine gesunde Gesichtsfarbe und wirkte ausgeruht. Sie hatte ein paar Tage frei gehabt und zusammen mit Étienne viel Zeit am Strand verbracht.

»Die neuen Schwestern sind eingetroffen«, erzählte Francine.

»Das ist gut. Wir brauchen jede Hand.«

»Aber sie sind noch so jung.«

»Das waren wir doch auch, als wir hier anfingen. Man gewöhnt sich an die Arbeit. Wir Frauen sind stark.«

Francine schmunzelte. »Das stimmt. Und übrigens, Julie hat geschrieben. Das Studium in Paris ist anstrengend, und ihre Kommilitonen machen es ihr nicht leicht, aber das scheint sie nicht zu stören.«

»Wie schön.« Charlotte freute sich für Julie. Dann hielt sie inne. »Sie hat geschrieben? Wurde die Post heute schon gebracht?« Sie wartete Francines Antwort gar nicht erst ab, sondern sprang auf und war zur Tür hinaus.

Mehrere Schwestern standen um den großen runden Tisch in der Empfangshalle, wo die Briefe gestapelt waren. Viele von ihnen erwarteten sehnsüchtig Briefe, so wie Charlotte. Sie drängelte sich an einigen der Mädchen vorbei. Hastig überflog sie die Anschriften auf den Umschlägen. Und da war eine Nachricht! Diese Handschrift würde sie aus Tausenden wiedererkennen!

Sie suchte sich eine ruhige Ecke und riss den Brief auf.

Meine liebste Charlotte, mein Engel,
viel zu lange habe ich Dir nicht schreiben können. Wir waren eingekesselt, mussten in den Schützengräben ausharren. Düster sind die Nächte, klamm die Tage. Wegen der Kälte und der Feuchtigkeit haben viele meiner Kameraden entzündete Füße, die taub sind und voller Blasen. Doch ich habe Deinen Rat befolgt und habe auf trockene Socken geachtet.
Nichts auf der Welt ersehne ich so sehr, wie bei Dir zu sein, Charlotte. Und sei es nur für einen Moment, einen Herzschlag lang. Dieser Augenblick könnte mir alle Kraft verleihen, um weiter durchzuhalten. Der Regen fällt unablässig auf mein Zelt, während ich Dir schreibe, Regen, Regen und Regen. Morgen werde ich wieder durch Wasser und Morast waten, werde versuchen, nicht an die Kälte zu denken, die langsam durch jede Pore meines Körpers zieht, nicht an den Schmerz in den Beinen, nicht an den Hunger, nicht an die gefallenen Kameraden, sondern mich erinnern an die Zeit mit Dir, an Deine zarten Hände, Dein liebliches Gesicht, Deine Stimme. Dich sehe ich vor mir, wenn alles dunkel ist, ich sehe Dich lächeln und meine Hand in die Deine nehmen. Es ist das wunderbarste Gefühl auf der Welt, Dich um mich zu haben.
Der Docht meiner Lampe verglüht, lange wird sie mir kein Licht mehr spenden, dabei möchte ich Dir noch so viel sagen. Möchte mir vorstellen, wie Du diese Zeilen liest, wie Du über sie streichst, als wären sie kostbar, dabei sind es nur Worte, Sätze, die vergehen wie Schneeflocken im Wind. Was bleibt, ist unsere Liebe. Du und ich. Für alle Zeit.
Wir sehen uns wieder. Bald.
In Liebe,
Henri

Charlotte drückte den Brief an ihre Brust und schloss die Augen. *Wir sehen uns wieder. Bald.* Sie hoffte so sehr, dass er recht hatte. Zu viele Monate waren vergangen, zu viele Nächte, in denen sie stumm in ihr Kissen geweint, ihn schmerzlich vermisst hatte. Sie hatte sich Gefühle erlaubt, hatte ihn in ihr Herz gelassen, und nun war es um sie geschehen. Sie liebte ihn. Und sie wusste, er würde zurückkehren aus diesem Krieg. Er würde es schaffen, so wie er es schon einmal geschafft hatte. Er war stark, und sie würde an ihn glauben, würde warten. Irgendwann würde er zu ihr zurückkehren.

»Charlotte?«

Sie öffnete die Augen. Francine stand vor ihr, ihr Blick war schreckgeweitet.

»Was ist geschehen?«, fragte sie heiser.

Francines Stimme war nur ein leises Wispern, als sie antwortete: »Es geht um Lucien, man hat ihn hierhergebracht.«

Charlotte atmete tief ein. »Ist es schlimm?«

Francine presste die Lippen zusammen. »Komm schnell. Aimée ist noch im Schwesternzimmer.«

Charlotte wusste, wie Aimée reagieren würde, wenn sie davon erfuhr. Sie würde nichts unversucht lassen, um bei ihm zu sein. »Halte sie im Schwesternzimmer auf«, sagte sie. »Lenk sie ab, erzähl ihr irgendwas, gib ihr eine Aufgabe. Ich gehe zu Lucien.«

Francine war einverstanden.

Es hatte Lucien schwer getroffen. Schon als Charlotte in den Operationssaal trat, spürte sie die angespannte Stimmung unter den Ärzten und Schwestern. Niemand wagte es auszusprechen, und doch schwebte über allen die Angst, dass es zu spät sein würde.

Vorsichtig näherte Charlotte sich dem Operationstisch. Ihr

wurde schwindlig, als sie Lucien sah. Dieser kräftige Mann war vollkommen entstellt, als hätte eine Granate die eine Hälfte seines Gesichts weggesprengt. Seine Arme waren seltsam verdreht wie bei einer Marionette, und sein linkes Bein war nur noch ein blutiger Stumpen. Sie taumelte einige Schritte zurück. Niemals durfte ihre Freundin ihn so sehen.

Sie schaute zu, als mit der Operation begonnen wurde. Sie hörte, wie die Ärzte knappe Anweisungen gaben, hatte den beißenden Gestank von Äther und Chloroform in der Nase. Sie hatte all das schon so oft miterlebt, hatte Wunden gesäubert, Operationsbesteck gereicht, Schmerzmittel gegeben, und doch war es diesmal anders. Sie fühlte sich unfähig, etwas zu tun, konnte nur stumm verfolgen, wie alle ihr Möglichstes taten, und ahnte doch, dass es nicht reichen würde. Immer wieder sah sie panisch zur Tür, bereit, Aimée vor diesem Anblick zu bewahren.

Irgendwann konstatierte der Chirurg, dass der Patient verstorben sei. Die Wärter erschienen, um Lucien ins Sterbezimmer zu tragen. Charlotte konnte sich nicht rühren, sie fühlte sich wie gelähmt, ihre Beine waren bleischwer. Erst als eine der Operationsschwestern sich ihr näherte, kam sie wieder zur Besinnung.

»Du musst es Aimée sagen«, flüsterte sie, und Charlotte nickte. Sie wusste, dass es ihre Aufgabe war, ihrer Freundin diese schreckliche Nachricht zu überbringen.

Langsam ging sie die Treppe hinab, versuchte, sich vorzubereiten auf das, was kommen würde. Und wusste doch, dass das nicht möglich war. Auf einen solchen Moment war man niemals vorbereitet.

Francine und Aimée hielten sich noch immer im Schwesternzimmer auf. Sie flickten alte Leinenhandtücher, und Charlotte vernahm, wie Aimée vor sich hin trällerte. Das tat sie oft bei der Arbeit, doch jetzt zerriss es Charlotte fast das Herz.

Francine begriff, als sie Charlotte ansah, was geschehen war. Stumm schlug sie die Augen nieder.

»Aimée?« Charlotte trat hinter ihre Freundin. »Lass kurz die Arbeit ruhen, ja?«

Aimée drehte sich um, hielt in ihren geschäftigen Bewegungen inne. »Ist etwas passiert? Soll ich irgendwo helfen?«

»Nein.« Charlotte setzte sich neben sie, nahm ihre Hand. Sie musste nichts sagen, Aimée schien zu spüren, was geschehen war.

»Lucien?«, brachte sie hervor.

Charlotte drückte ihre Hand. »Die Ärzte konnten ihn nicht mehr retten.«

Aimée brach im selben Moment zusammen. Der Schrei, der aus ihrer Kehle drang, war von so tiefer Verzweiflung, dass es kaum zu ertragen war.

Charlotte zog sie zu sich heran, strich ihr über das Haar und küsste ihre Stirn. »Du wirst das überstehen«, raunte sie. »Du bist stark, Aimée. Stärker als du denkst.«

Ihre Freundin schluchzte an ihrer Schulter, sie wurde geschüttelt von Weinkrämpfen, und Charlotte vermochte nichts zu tun oder zu sagen, was ihr Leid mindern konnte. Irgendwann hob Aimée den Kopf. »Ich möchte ihn sehen. Ein letztes Mal möchte ich ihn sehen.«

»Nein, Aimée. Er ist nicht mehr derselbe. Seine Seele ist fort. Behalte ihn so in Erinnerung, wie er war.«

»Aber …«

»Nein.« Auch Francine war nun zu ihnen getreten. »Lass ihn gehen, Aimée.«

Sie blieben bei ihr, bis sie vor Erschöpfung eingeschlafen war. Keine der anderen Schwestern hatte sie gestört, alle wussten, was geschehen war.

»Sie wird nun durch eine harte Zeit gehen müssen.« Francine zog leise die Tür zum Schwesternzimmer hinter sich zu.

»Sie tut mir so entsetzlich leid.« Charlotte musste die Tränen unterdrücken. »Ich mag mir nicht vorstellen, wie es in ihr aussieht.«

»Ich auch nicht. Wir müssen ihr helfen, so gut wir können.«

»Das werden wir. Wir lassen sie nicht im Stich. Niemals.«

Lucien wurde einige Tage später beerdigt, auf dem Cimetière du Monastère, neben seinem ebenfalls gefallenen Bruder. Aimées Gesicht war aschfahl, mit leerem Blick starrte sie aufs Grab, während Francine und Charlotte sie hielten, damit sie nicht zu Boden stürzte. Ihr Leben und alles, was sie sich erträumt hatte, war entzweigebrochen.

Der Alltag ging unabhängig davon weiter, neue Verwundete kamen und wurden operiert. Charlotte fragte sich einmal mehr, wie lange sie das alles noch würde aushalten können, all dieses Leid, das kein Ende zu nehmen schien und das jetzt sogar ihre Freundin Aimée unmittelbar getroffen hatte. In der Nacht nach Luciens Beerdigung fand sie keinen Schlaf und schrieb Henri einen Brief.

Liebster Henri,
ich muss Dir eine traurige Nachricht überbringen. Lucien ist gefallen, er ist hier im Lazarett gestorben. Wir alle sind zutiefst betrübt, und Du kannst Dir sicher vorstellen, wie verzweifelt Aimée ist.
Ich wünschte, Du wärst bei mir und wir könnten zusammen durch diese schwere Zeit gehen, könnten einander Halt geben. Das Leben ist eine Herausforderung, die es zu meistern gilt. Mein Weg war es, Krankenschwester zu sein. Nie habe ich

gezögert oder daran gezweifelt, nicht einmal in den finstersten Stunden. Doch nun zaudere ich. Hat das alles noch einen Sinn? Tagtäglich das Gesicht des Todes zu sehen und den Kampf gegen ihn immer häufiger zu verlieren? Ja, wirst Du sagen, es hat einen Sinn. Deine Arbeit macht einen Unterschied. Du bringst Licht in das Leben der Soldaten. Das klingt schön. Wir alle brauchen Licht am Horizont, nicht wahr? Wir alle brauchen Hoffnung. Du bist meine Hoffnung, Henri. Meine Hoffnung und mein Leben.

Komm zurück zu mir. Das ist alles, was ich will, mein ganzer Körper verzehrt sich nach Dir. Sei mein Licht, Henri. Sei mein Hoffnungsschimmer, mein Glück.

In Liebe,

Charlotte

Aimée entschloss sich, für einige Zeit zu Verwandten aufs Land zu fahren, was alle befürworteten.

Charlotte sorgte sich um ihre Freundin, aber noch etwas anderes beunruhigte sie: Pierre. Er ließ sie einfach nicht in Ruhe, bedrängte sie, wann immer er sie erwischte. Der Mann hatte etwas Abstoßendes an sich, kam ihr falsch und bösartig vor. Sie musste an die Worte ihrer Großmutter denken: »In jedem Menschen steckt ein guter Kern.« Aber wo war dieser Kern bei Pierre? Als sie ihn mit seinem Vater erlebt hatte, hatte sie gemeint, seine verletzliche Seite gesehen zu haben, aber das bisschen Verständnis, das sie damals für ihn aufgebracht hatte, hatte er längst verspielt.

Als sie kurz nach Aimées Abreise allein am Strand saß, spürte sie plötzlich eine Hand auf ihrer Schulter. Wieder einmal war er ihr gefolgt.

»Sei doch nicht immerzu so schrecklich traurig«, flüsterte er mit seiner unangenehm hohen Stimme.

»Wenn es Ihnen nichts ausmacht, wäre ich gern allein.«

»Aber ich kann dich trösten. Vergiss diesen Henri, das ist kein richtiger Kerl. Geh mit mir aus, Charlotte! Vor dir steht ein wahrer Kriegsheld!«

Charlotte wandte sich angewidert ab. Pierre war wie Henri wieder an die Front geschickt worden, war aber nach einigen Wochen ins Lazarett zurückgekehrt. Sie hatte gehört, dass er seine Kameraden im Schützengraben im Stich gelassen hatte, um selbst zu entkommen. Nur ein paar Schrammen und ein gebrochenes Handgelenk hatte er davongetragen.

»Ich könnte dich zu Madame Pierre Sauvage machen. Einer ehrbaren Dame! Ich werde dir das Leben bieten, das du verdienst!« Er warf sich in die Brust, als hätte er gerade die Deutschen in die Flucht geschlagen.

»Ich werde Sie nicht heiraten, Pierre. Nicht jetzt und auch nicht später. Und ausgehen werde ich auch nicht mit Ihnen. Niemals!«

Pierres Augen verdunkelten sich. »Du solltest die Worte, die du benutzt, gut wählen, Charlotte. Du wirst dir noch wünschen, mich nicht so gedemütigt zu haben!« Damit drehte er sich um und ging davon.

Zwei Tage später musste sie erfahren, was mit seiner Drohung gemeint war. Als sie ins Café du Jardin trat, um mit Francine einen Tee zu trinken, bemerkte sie, dass die Kellnerinnen hinter vorgehaltener Hand tuschelten, als sie sie sahen.

»Was haben die denn bloß?« Francine feuerte einige giftige Blicke in deren Richtung.

Schließlich löste sich eine der Kellnerinnen aus der Gruppe und kam zu ihnen, sie hatte schwarzes glänzendes Haar und war leicht schlaksig.

»Stimmt es, dass du ein Techtelmechtel mit Pierre Sauvage

hast?«, fragte sie neugierig. »Also, mir würde dieser Gnom ja nicht gefallen.«

Charlotte wurde rot vor Zorn. »Wer sagt so etwas?«

»Er selbst! Überall erzählt er es herum.«

»Das ist eine Lüge!«, empörte sich Francine. »Das kannst du ruhig allen mitteilen. Pierre verbreitet Lügen!«

Das Mädchen kehrte lachend zu den anderen zurück, die sie sofort umringten.

»Das kann er doch nicht tun!«, ereiferte sich Francine. »Ich wusste ja, dass er ein fieser Kerl ist, aber das schlägt dem Fass den Boden aus.«

»Ich muss ihn zur Rede stellen und zur Vernunft bringen.« Während Charlotte die Worte aussprach, gefror ihr das Blut in den Adern. »Was, wenn Henri davon erfährt?«

»Wird er nicht. Und selbst wenn, wird er so einem Unfug niemals Glauben schenken«, beruhigte Francine sie.

Aber Charlotte war trotzdem unruhig. Sie musste Henri schreiben und ihm berichten, was Pierre für Unwahrheiten verbreitete.

»Ich muss gehen.« Hastig verabschiedete sie sich von Francine und lief nach Hause. Als sie dann aber einen der schönen Bögen aus Büttenpapier vor sich liegen hatte, die sie immer benutzte, wenn sie Henri schrieb, wollten ihr nicht die richtigen Worte einfallen. Jeder Satz erschien ihr falsch. Fast, als wolle sie sich aus irgendetwas herausreden.

Schließlich gab sie auf. Vielleicht hatte Francine recht und Henri würde sowieso nichts davon erfahren. Und dann würde sie mit einem Brief womöglich alles nur noch schlimmer machen. Henri sollte sich nicht um sie sorgen und denken, dass sie nicht zurechtkam.

Und nun wollte sie sich erst einmal Pierre vorknöpfen. Sie

fand ihn in einem Zimmer im Lazarett, in dem einige der Schwerverwundeten lagen. Er saß häufiger dort, um sich mit ihnen zu unterhalten. Vielleicht hatte er ein schlechtes Gewissen, weil er seine Kameraden im Stich gelassen hatte. Aber womöglich wollte er sich nur daran ergötzen, dass es ihm im Vergleich zu den Soldaten, die Arme oder Beine verloren hatten, so gut ging. Charlotte vermutete Letzteres.

Wütend stürmte sie ins Zimmer und zerrte ihn am Ärmel in den leeren Flur.

»Was hast du dir dabei gedacht?«, fauchte sie. Sie hatte ihn unbemerkt geduzt.

Er grinste breit.

»Hör auf so zu grinsen! Du wirst das klarstellen, was du über mich verbreitet hast. Und zwar sofort!«

»Ich denke nicht daran. Du wirst schon noch merken, dass ich der Richtige für dich bin!«

»Nein, Pierre, nein. Das werde ich nicht. Es gibt so viele Mädchen hier. Warum ausgerechnet ich?«

»Weil du mir den Kopf verdreht hast. Das weißt du genau!«

Aus seinem Mund hörte es sich widerwärtig an, fast, als hätte sie es darauf angelegt. Erschöpft ließ sie von ihm ab.

»Was ist denn hier los?« Oberschwester Berthe, die Julies Stelle eingenommen hatte, war in den Flur getreten. Unschlüssig blickte sie von Pierre zu Charlotte und dann wieder zu Pierre.

»Ihr seid so laut, dass man euch bis unten hört!«, schimpfte sie.

»Entschuldigung«, murmelte Charlotte.

»Sie hat mich angegriffen!«, verteidigte sich Pierre. »Man sollte sie aus dem Lazarett werfen! Erst macht sie sich an mich heran, und weil ich ihre Avancen nicht erwidere, greift sie mich an! Hier, sehen Sie nur, mein Hemd!«

Der oberste Knopf seines Hemds war tatsächlich abgerissen,

aber Charlotte war sich sicher, dass dies nicht durch ihren Griff passiert war.

»Er lügt!« Sie kochte innerlich.

»Beruhige dich!« Die Oberschwester schüttelte den Kopf. »So kenne ich dich gar nicht, Charlotte.«

Charlotte wollte widersprechen, wollte erklären, dass alles ganz anders war, aber sie hatte keine Kraft mehr. Die Sorge um Henri, der Verlust von Lucien, Aimées großer Schmerz, die Arbeit im Lazarett, der Krieg, der nicht enden wollte … Vielleicht war es wirklich an der Zeit für eine Pause. Also bat sie Oberschwester Berthe einzig um ein paar freie Tage. Sie musste wieder zu sich kommen.

Als Charlotte einige Tage später wieder im Lazarett arbeitete, tauchte an einem Nachmittag plötzlich Julie dort auf. Sie war herausgeputzt wie eine feine Pariser Dame, mit einem schicken weißen Hut auf dem Kopf und in eleganten modernen Hosen. Charlotte fühlte sich schlagartig besser, als sie ihre Freundin in die Arme schloss. Ja, sie konnten sich inzwischen Freundinnen nennen.

Kurz darauf saßen sie zusammen mit Francine im Café du Jardin vor ein paar Gläsern Limonade. Es war laut und voll, auch wenn sich der Geist des Cafés während des Krieges verändert hatte. Denn inzwischen waren unter den Gästen viele Soldaten, die ihre Erinnerungen mit Alkohol zu verdrängen versuchten. Die Künstler, die früher hier ihre Bilder ausgestellt hatten, saßen kaum noch an den Tischen von Madame Roux.

»Erzähl, Julie! Wie läuft es mit deinem Studium? Wir wollen alles erfahren!«, forderte Charlotte ihre Freundin auf.

»Es ist aufregend, aber ich muss mich ziemlich anstrengen. Kein Wunder, wenn man bedenkt, dass Frauen erst seit fünfzig

Jahren überhaupt studieren dürfen! Und damit waren wir in Frankreich sogar schneller als viele andere Länder. Und aus diesem Grund muss ich besser sein als die Männer, viel besser. Sonst schaffe ich es nicht.«

»Das ist so unfair«, stellte Francine fest. »Dabei bist du bestimmt viel klüger als die.«

»Ich beschwere mich nicht. Manchmal muss man im Leben für das kämpfen, was einem wichtig ist. Und ich will Ärztin werden und Menschen helfen.«

»Nur reicht das Kämpfen manchmal nicht«, bemerkte Charlotte leise. »Wenn Aimée könnte, hätte sie sich bestimmt nicht dieses Leid ausgesucht.«

»Aber sie hat es in der Hand, wie sie damit umgeht«, warf Julie ein. »Sie kann sich davon ihr Leben zerstören lassen. Oder sie kann die Trauer abschütteln und weitermachen.«

Charlotte schwieg für eine Weile. »So einfach ist das nicht. Sie hat ihn geliebt«, sagte sie dann.

»Ich weiß.« Julies Stimme wurde hart. »Und doch darf sie daran nicht zerbrechen. Der Krieg darf uns nicht zerstören. Niemals.«

»Lasst uns von etwas anderem sprechen, ja?«, schlug Francine vor, um das Thema zu wechseln. »Welche Fachrichtung wirst du denn einschlagen, Julie?«

»Am liebsten wäre ich Chirurgin.«

»Du willst Menschen aufschneiden? Das könnte ich nicht.«

»Jetzt sei nicht kindisch. Du weißt selbst, dass es in der Chirurgie nicht nur darum geht. Ohne Operationen würden viele Menschen sterben. Und die Technik entwickelt sich immer weiter, immer mehr wird möglich. Irgendwann wird man einen Menschen am Herzen operieren können.« Julies Gesicht glühte förmlich vor Begeisterung. »Ach, allein die Vorstellung, wie mir Doktor Freinet das Skalpell reicht, damit ich ihm assistieren kann, ist grandios. Es ist, als würde ich einfach nur ich sein.«

Charlotte musterte Julie. Ein bisschen beneidete sie sie darum, dass sie ihre Bestimmung gefunden hatte. Sie brannte für ihre Leidenschaft, saß nicht zu Hause herum und wartete auf einen Mann, der vielleicht nie zurückkehren würde. Sie tat das, was sie liebte. Und doch … Henri war Charlottes Seele so nah, er war das Beste, was in ihrem Leben bislang passiert war. Dieses Gefühl, das er ihr gab, wollte sie nicht missen. Um nichts in der Welt. Im Moment war er es, der ihre ganze Aufmerksamkeit brauchte.

»Charlotte? Wo bist du mit deinen Gedanken?« Francine schaute sie an.

»Entschuldige, was hast du gesagt?«

»Am Strand findet heute Abend ein Konzert von einer Sängerin statt. Für die Soldaten«, erklärte Francine. »Wir sollten auch hingehen. Das wird sicher unterhaltsam.«

Charlotte verzog das Gesicht. »Meinst du? Meist sind diese Veranstaltungen zur Truppenunterhaltung keine große Freude.«

»Jetzt hab dich nicht so«, mischte Julie sich ein. »Ein bisschen Abwechslung tut uns allen gut.«

»Seit wann bist du denn für die Truppenunterhaltung zu haben?«, fragte Charlotte verwundert, aber Julie winkte nur lachend ab.

Charlotte gab sich geschlagen, und eine Stunde später standen sie an der provisorischen Bühne am Plage des Ponchettes.

»Die Sängerin heißt Lilou Darras. Sie soll so schön sein wie eine Butterblume«, erklärte Francine.

Charlotte musste grinsen. »Was ist denn das für ein Vergleich?«

»So sagen es die Männer im Lazarett!«

»Aha.«

Kurz darauf erschien Lilou Darras. Sie trug ein rotes Kleid, das gerade ihre Knie bedeckte, und eine malvenfarbene Federboa. Auf ihrem Kopf prunkte eine Art silberne Krone, und sie trug schwarze Sandalen mit sehr hohen Absätzen, auf denen sie etwas wackelig über die Bühne lief.

»Sie sieht wie ein Flamingo aus, nicht wie eine Butterblume«, wisperte Charlotte, und Francine und Julie kicherten.

Lilou hauchte ein paar Küsse in die Luft, und die Soldaten jubelten und johlten, einige warfen Blumen auf die Bühne. Als sie zu singen begann, hätte sich Charlotte am liebsten die Ohren zugehalten. Es hörte sich an wie das Krächzen einer Krähe.

»Das ist ja gruselig.« Julie schüttelte sich.

Die Soldaten schienen sich an den Gesangskünsten von Lilou jedoch nicht zu stören, ihre unbeholfenen Tanzeinlagen, bei denen sie viel Bein zeigte, schienen für alles andere zu entschädigen. Sie waren vollkommen aus dem Häuschen, und einer von ihnen kletterte sogar auf die Bühne, wurde jedoch von einem älteren Mann, der wohl Lilous Beschützer war, aufgehalten. Lilou drehte ein paar Pirouetten und hauchte etwas in das Mikrofon, das man nicht richtig verstand, dann war sie auch schon wieder von der Bühne verschwunden.

»Puh«, sagte Charlotte. »Lilou ist ein wahrer Feger.«

Wenig später trat ein älterer bärtiger Soldat in abgerissener Uniform auf die knarzenden Bretter der Bühne. Die Soldaten, die Lilou erwartet hatten, riefen ihm zu, dass er verschwinden solle, ein paar leere Becher flogen in hohem Bogen auf die Bühne.

»Ruhe bitte!« Der Mann hob beschwichtigend die Hände.

Die Soldaten verstummten allmählich, nur vereinzelt hörte man noch Murren und Zwischenrufe.

»Wir haben heute einen ganz besonderen Gast«, fuhr der Bärtige fort. »Ein junger Soldat, der mit mir zusammen an der

Somme gekämpft hat. Ein tapferer Mann.« Er machte eine bedeutungsvolle Pause. »Und er kann wirklich gut singen. Damit hat er uns aufgeheitert, als wir nächtelang im Schlamm ausharren mussten.«

»Bravo!«, war aus der Menge zu hören. »Er soll singen!« Und plötzlich skandierten alle: »Singen! Singen! Singen!«

»Na, kein Wunder, wenn sie nach Lilou mal jemanden wirklich *singen* hören wollen«, stellte Julie ungerührt fest.

Sie schauten gebannt zur Bühne, der ältere Soldat war nun verschwunden, um Platz für den Sänger zu machen. Charlotte registrierte, dass Julie und Francine sie von der Seite beobachteten, konnte sich aber nicht erklären, warum. Doch nur wenige Sekunden später wusste sie es.

»*Son papa s'appelle Abraham …*«, hörte sie jemanden die ersten Zeilen von »À la Bastille« singen, noch bevor die Person zu sehen war. Diese Stimme kannte sie doch! Konnte es denn wahr sein …?

Ungläubig starrte sie zur Bühne, wartete darauf, ihm endlich in die Augen schauen zu können. Und dann trat er hervor – und er war es wirklich. Henri! Ihr Henri!

Sie blinzelte immer wieder, um sich zu vergewissern, dass ihr Verstand ihr keinen Streich spielte. Seine Uniform war ebenso schmutzig wie die des anderen Soldaten, und sein linkes Bein war einbandagiert. Er bewegte sich mit einer hölzernen Krücke vorwärts, die er sich unter die Achsel geklemmt hatte. Aber sein Strahlen war so unverwechselbar wie seit eh und je!

Er unterbrach kurz das Lied und rief: »Ich singe heute für einen ganz besonderen Menschen, den ich in den letzten Monaten sehr vermisst habe.« Suchend flog sein Blick über die Menge. Bis er sie schließlich fand, seine warmen Augen sie erfassten. Es war, als wären all die anderen Menschen um sie herum vergessen, als würde es nur sie beide geben. Die Zuschauer applaudierten begeistert, und als er bei den letzten Zeilen des Chansons angekommen war, hielt Charlotte nichts mehr an ihrem Platz. Sie schob sich durch die Soldaten, drängte sich an ihnen vorbei, bahnte sich einen Weg zu Henri.

Endlich hatte sie die Bühne erreicht, kletterte hinauf, hörte hinter sich Pfiffe und Rufe und spürte dann, wie er sie mit seinen Armen umschloss.

Er war endlich wieder da, zurück bei ihr.

Und sie wollte ihn nie mehr gehen lassen.

KAPITEL IX

Nizza, Mai 2019

»Frédéric …« Nachdenklich rührte Adam Zucker in seinen Tee. »Leider kein seltener Name in Frankreich.«

Ich nippte an meinem Kaffee. Mir war das Bistro, in dem wir saßen, viel zu laut und voll, Adam schien es hingegen nicht zu stören. Er fühlte sich wohl unter Menschen, das war nicht zu übersehen.

»Aber wenn er mit von Bischoffshofen Geschäfte gemacht hat, ist er unser Mann. Wir müssen ihn also finden«, stellte ich ungerührt fest. »Was ist mit Monsieur Fauberge? Vielleicht kann er sich an jemanden namens Frédéric erinnern?«

»Hm. Einen Versuch ist es wert. Auch wenn Monsieur Fauberge sich bislang nicht gerade sehr gesprächig gezeigt hat.«

»Aber er will, dass wir Erfolg haben. Also los!«, drängelte ich. »Wir gehen zu ihm!«

Adam legte für unsere Getränke ein paar Münzen auf den Tisch. »Du machst wirklich keine halben Sachen, Romy.«

Die Lobby des Negresco war mit prächtigen Kristalllüstern und verzierten Vasen aus Gold und Silber geschmückt, und zwei livrierte Diener standen an den Fahrstühlen. Die Dame an der Rezeption rief in Monsieur Fauberges Zimmer an und teilte uns dann mit, dass er uns erwarten würde.

Aus dem Zimmer ertönte leise Musik, es war ein französisches Chanson und kam mir vage bekannt vor, aber ich kannte den

Interpreten nicht. Adam und ich ließen und auf dem weißen Ledersofa nieder, und Monsieur Fauberge setzte sich uns gegenüber. Er schenkte uns aus einer Karaffe Wasser ein.

»Was ist das für Musik?«, fragte ich.

»Das ist ›À la Bastille‹ von Aristide Bruant. Ein schönes Lied, nicht wahr?« Er schaute verträumt in die Ferne. »Es war das Lieblingslied meines Vaters.«

Ich beobachtete ihn, wie er mit den Fingern über den Rand seines Wasserglases fuhr, als wolle er damit den Klängen der Musik nachspüren.

Adam räusperte sich. »Monsieur Fauberge. Wir haben ein paar Fragen an Sie. Ist das in Ordnung?«

»Natürlich!« Er stand auf, um die Musik leiser zu drehen, und nahm dann wieder Platz. »Bitte, fragen Sie!«

»Wir haben eine Verbindung zu den zwei Bildern gefunden. Ein gewisser Gerhard von Bischoffshofen, ein hoher Mitarbeiter des ERR, war wohl in den Raub verstrickt«, erklärte ich. »Und es soll einen Frédéric in der Gegend gegeben haben, der mit ihm zu tun hatte. Können Sie sich an diesen Namen erinnern?«

Monsieur Fauberge runzelte die Stirn, dann nickte er langsam. »Ja, es gab einen Frédéric. Frédéric Delamare. Er war mit einer Freundin meiner Mutter verheiratet, wenn ich mich recht entsinne.«

Adam und ich wechselten einen Blick. »Danke. Das hilft uns sehr«, sagte ich.

»Können Sie sich noch an etwas anderes erinnern? Kannten Sie den Mann?«, bohrte Adam weiter.

»Leider nein. Er war nie bei uns zu Hause, und meine Eltern mochten ihn nicht besonders, sie haben jedenfalls nicht allzu gut von ihm gesprochen. Ich meine, dass er Kunstsammler war. Mehr weiß ich wirklich nicht.«

»Wirklich?« Aufgeregt sah ich zu Adam. »Sind Sie sicher?«

Er nickte langsam. »Ja, meine Eltern haben darüber gesprochen, das weiß ich noch.«

»Das ist eine heiße Spur.« Adams Stimme überschlug sich fast.

Monsieur Fauberge reagierte kaum, er schien in Gedanken versunken, fing dann aber plötzlich zu reden an. »Es ist mir wichtig, dass Sie die Bedeutung dessen, was Sie hier tun, verstehen. Denn für das Museum, für die Presse geht es bloß um eines der bedeutendsten Kunstwerke des letzten Jahrhunderts. Und um viel Geld. Doch für mich geht es um etwas anderes.« Er räusperte sich. »Wann immer ich in diesem Museum war und die beiden Bilder betrachtet habe, war es, als gehörten sie nicht dorthin. Als wären sie am falschen Ort. Denn wenn ich sie anschaue, sehe ich kein bekanntes Kunstwerk. Ich sehe meine Eltern, wie sie am Küchentisch lachen, wie meine Mutter kocht, mein Vater singt, wie meine Mutter mir zum Abschied einen Kuss auf den Scheitel drückt. Diese Bilder bedeuten mir etwas, sie stehen für etwas. Etwas Besonderes.« Monsieur Fauberge wirkte, als würde er nicht die richtigen Worte für das finden, was er zum Ausdruck bringen wollte. »Meine Eltern hatten eine wunderbare Gabe; sie konnten wahrhaft leben, konnten jede Sekunde des Lebens auskosten. Betrat mein Vater einen Raum, zog er sofort alle Menschen in den Bann. Und meine Mutter war so voller Liebe und Güte, hatte großartige Ideen und enormen Tatendrang. Beide waren impulsiv und folgten ihrem Herzen. Sie haben sich sehr geliebt, das weiß ich, und doch gab es auch viel Streit und Enttäuschung. Vielleicht, weil sie sich so ähnlich waren. Und womöglich ist es das, was die Menschen so an den ›Liebenden von Nizza‹ fasziniert. Die Bilder zeigen nicht nur Glück und Eintracht, sie zeigen alle Facetten der Liebe, alle Facetten des Lebens. Zur Liebe gehört eben auch das Leid. Sonst wäre es keine.«

Ich musste schlucken. Seine Worte berührten mich.

»Wir werden Ihnen die Bilder zurückbringen, Monsieur Fauberge«, sagte ich.

»Édouard. Bitte nennen Sie mich Édouard.«

Adam und ich wussten nun, dass der Name des mysteriösen Komplizen von Gerhard von Bischoffshofen Frédéric Delamare war. Doch was hatte er mit dem Kunstraub zu tun?

Da Adam Dringendes in einem anderen Fall zu tun hatte, recherchierte ich erst einmal ohne ihn weiter. Es gab ein Antiquariat in der Rue Eden, von dem ich gehört hatte, dass es im Besitz alter Lokalzeitungen war, die es nirgendwo mehr zu kaufen gab, geschweige denn, dass sie online verfügbar waren. Anscheinend konnte man die Zeitungen dort ansehen oder ausleihen.

Als ich eintrat, ging mir das Herz auf. Dunkle, verwinkelte Gänge mit Regalen, in denen sich Bücher unsortiert bis unter die Decke stapelten, abgestoßene Kerzenhalter auf wackeligen Beistelltischen, der Geruch von modrigem Papier. Eine schwarze Katze streifte umher, Staubkörner tanzten durch die Luft. Hinter einem Schreibtisch saß eine ältere Frau mit großer Hornbrille und grauem Dutt, der so riesig war, dass er ihren schmalen Kopf fast zu erdrücken schien.

Ich erklärte ihr, dass ich Ausgaben der Lokalzeitungen aus den Nachkriegsjahren suchen würde, und sie führte mich durch eine Hintertür in einen weiteren Raum, wo Berge von Zeitschriften und Magazinen aufgetürmt waren. Sie sagte, dass sie leider nur teilweise sortiert seien. Ich dankte ihr, seufzte still, dann ließ sie mich allein. Und ich machte mich an die Arbeit.

Ich wühlte mich durch Artikel, Anzeigen und Annoncen, bis ich schließlich etwas fand, eine winzige Nachricht aus dem *Le Matin* von 1955:

Kunstsammler aus Saint-Paul-de-Vence in NS-Raubkunst verstrickt?
Der in der Gegend bekannte und beliebte Kunstmäzen Frédéric Delamare soll nach Recherche des Matin *in Machenschaften der Nationalsozialisten während der Besatzung verstrickt gewesen sein. Angeblich hat er Nazifunktionären Hinweise zu versteckten Kunstwerken verraten, um selbst davon zu profitieren. Bislang gibt es jedoch laut Aussage des Gerichtspräsidenten nicht genügend Beweise, um ihm den Prozess zu machen.*

Ich legte die Ausgabe der Zeitschrift zur Seite, um sie später zu kopieren. Hatte man ihm letztlich doch noch etwas nachweisen können, hatten sich weitere Hinweise ergeben? Ich verbrachte noch Stunden in dem Antiquariat, aber fündig wurde ich nicht. Vielleicht war die Sache im Sand verlaufen. Oder dieser Frédéric hatte tatsächlich nichts mit dem Kunstraub zu tun gehabt. Seufzend packte ich meine Sachen zusammen und machte mich auf den Weg zurück in die Pension.

Als ich gerade die Treppe hochsteigen wollte, um mein Zimmer aufzusuchen, entdeckte ich Adam im Innenhof. Er saß an einem Tisch, seinen Laptop vor sich und ein Glas Eistee daneben. Ich beschloss, ihm von meinem neuesten Fund zu berichten.

»Lang nicht gesehen, Fremde«, begrüßte er mich erfreut und lud mich ein, ihm Gesellschaft zu leisten.

Der Innenhof war atemberaubend schön mit den blühenden Rosen und Drillingsblumen, die einen betörenden Duft verbreiteten. Nachdem ich ihn bewundert hatte, erzählte ich Adam von meiner Entdeckung in dem Antiquariat.

»Das ist doch schon mal ein guter Ansatz! Da müssen wir dranbleiben, Romy! Was ist zum Beispiel mit den Nachfahren von diesem Frédéric? Bei von Bischoffshofen hatten wir mit seiner Tochter auch Glück«, sagte Adam.

Ich schüttelte den Kopf. »Es gibt einige Delamares in der Gegend. Aber nach meiner Recherche sind es keine Verwandten des Kunstsammlers.«

Adam seufzte. »Sieht also gerade nicht besonders gut für uns aus, nicht wahr?«

»So schnell gebe ich nicht auf.« Ich grinste. »Vor den Erfolg haben die Götter den Schweiß gesetzt!«

Adam lachte. »Warum auch immer sie das getan haben.«

»Wahrscheinlich, weil die Menschen sonst auf dumme Gedanken kommen würden. Menschen brauchen etwas zu tun.«

»Das stimmt. Und wenn man seine Arbeit so sehr liebt wie du …«

»… kann man Tag und Nacht damit verbringen«, beendete ich den Satz.

»Aber auch du brauchst mal eine Pause.« Adam winkte der Kellnerin, der man durch das geöffnete Fenster dabei zusehen konnte, wie sie gerade ein Baguette aus dem dampfenden Ofen holte.

Als sie zu uns kam, bestellte Adam Lillet Berry für uns.

»Eigentlich wollte ich mich ja noch an meinen Laptop setzen«, meinte ich.

Aber Adam fiel mir sofort ins Wort: »Nicht heute, Mademoiselle. Heute darfst du dich mal bei einem Aperitif entspannen.«

»Also schön.« Ich lehnte mich zurück. »Und was hast du geplant?«

Er schmunzelte. »Ihr Nordeuropäer müsst immer einen Plan haben. Sogar für eure Freizeit. Ist das nicht anstrengend?«

»Ja, ja, wir sind langweilig, verkopft und unterkühlt. Das trifft alles auf mich zu.«

»Ich mag dich trotzdem.«

»Da bin ich aber erleichtert.«

Adam nippte an seinem Drink. »Ich zeige dir gleich den schönsten Strand der Gegend. Du wirst begeistert sein.«

Wenig später verließen wir die Pension in Richtung Promenade des Anglais und liefen dann ein Stück am Wasser entlang. Irgendwann kamen wir zum Ende der Straße, wanderten über einen schmalen Pfad und erreichten ein paar Felsen, über die wir kletterten.

Schließlich standen wir auf einem kleinen Kiesstrand, umgeben von Klippen, von dem aus man eine wunderschöne Aussicht über die Bucht hatte.

»Das ist Coco Beach. Mein Lieblingsstrand«, erklärte Adam.

Wir setzten uns auf einen Felsvorsprung, und ich ließ meine Ballerinas von den Füßen gleiten und vergrub die Zehen im kühlen Sand.

»Ich war früher oft hier, wenn ich in Nizza war«, erzählte Adam. »Ein Studienfreund von mir hat hier gelebt, und ich hab ihn häufig besucht. Dieser Strand hat mir am besten gefallen, weil er ruhiger ist als die anderen.«

»Es ist wirklich schön hier. Ich könnte mich an ein Leben am Mittelmeer gewöhnen. Kein Vergleich zu meiner rauen norddeutschen Heimat.«

Adam lachte. »Ja, das ist die Côte d'Azur. Sie kann einen ganz schön in ihren Bann ziehen.«

Ich merkte, dass er mich von der Seite ansah, aber ich schaute weiter aufs Meer.

»Es ist in Ordnung, ab und zu abzuschalten, Romy. Und sich auch mal gut zu fühlen. Glücklich, unbeschwert.«

»Wirke ich so verkrampft?«

»Nein, entschuldige, so war das nicht gemeint. Du bist nur

so … diszipliniert und zielstrebig. Das ist fast ein bisschen …« Er hielt inne. »Einschüchternd.«

»Klingt fast wie ein Kompliment.«

»Im Ernst, Romy. Du bist eine tolle Frau.« Seine Stimme klang ein wenig unsicher.

Ich drehte mich zu ihm, hörte das Kreischen der Möwen und das Plätschern der Wellen, spürte den Wind auf meiner Haut und die letzten warmen Strahlen der untergehenden Abendsonne. Ohne nachzudenken, beugte ich mich zu ihm hinüber und küsste ihn. Adam erwiderte meinen Kuss, voller Leidenschaft, unsere Lippen und Zungen spielten miteinander, lösten sich kurz, um dann schnell wieder ihr Spiel fortzusetzen. Mir schwindelte, als wir uns voneinander lösten.

Ich hielt die Augen geschlossen und blieb ihm so nah, dass ich seinen Atem wahrnehmen konnte.

»Du bringst mich ganz schön durcheinander«, flüsterte er.

»Das ist nicht meine Absicht«, erwiderte ich leise.

»Das macht es nicht besser.«

Wir blieben auf dem Felsvorsprung sitzen, und Adam hielt meine Hand. Das Meer rauschte, die Sonne war inzwischen fast untergegangen und ließ den Himmel noch einmal glutrot aufflammen.

»Die Engelsbucht hier vor Nizza und Villefranche ist sicher eine der schönsten der Welt. Weißt du, woher der Name ›Baie des Anges‹ kommt?«, fragte Adam unvermittelt.

»Nein.«

»Möchtest du die Legende hören oder die wahre Geschichte?« Er wartete meine Antwort gar nicht ab, sondern fuhr unmittelbar fort: »Ich erzähl dir beides. Die Legende zuerst.« Er räusperte sich. Ich rutschte ein Stück näher an ihn heran, spürte den körnigen Sand unter meinen Füßen und vergrub meine Zehen noch tiefer darin. »Adam und Eva sollen von wohlmeinenden Engeln hierhergebracht worden sein, nachdem sie aus dem Paradies vertrieben wurden. Die Schönheit dieses Orts sollte ihnen über ihre Strafe hinweghelfen.«

»Hm«, warf ich ein. »Überzeugt mich nicht.«

»Mich ehrlich gesagt auch nicht. In Wahrheit war wohl eher der Glatte Engelhai, der hier vor zweihundert Jahren gefangen wurde, der Namensgeber. Seine Flossen haben Ähnlichkeit mit Flügeln.«

»Marc Chagall hat hier seine ›Engelsbucht‹ gemalt, eine seiner bekanntesten Lithografien«, sagte ich. »Ein seltsames Bild. Sehr rot.«

»Wenn ›sehr rot‹ alles ist, was einer renommierten Kunstwissenschaftlerin zu einem Chagall einfällt …« Adam lachte, und die Abenddämmerung zeichnete sein Gesicht in weichen, sanften Tönen. Er legte den Arm um mich und zog mich zu sich heran.

Ich musste grinsen. »Ich könnte dir auch mehr erzählen. Hast du ein paar Stunden Zeit?«

»Klar. Die Nacht gehört uns.«

»Aber viel spannender wäre es, wenn ich mehr von dir erfahre. Wolltest du schon immer Anwalt werden?«

»Na ja, es war nicht gerade mein Wunsch aus Kindertagen. Da wollte ich Feuerwehrmann werden. Aber je älter ich wurde, desto mehr reizte mich der Gedanke, etwas zu verändern, Menschen zu Gerechtigkeit zu verhelfen.«

»Und warum diese Kanzlei?«, fragte ich geradeheraus. »Du warst an den renommiertesten Unis, wie ich gegoogelt habe, hast mehrere Abschlüsse, sprichst mehrere Sprachen, hast in drei Ländern Anwaltszulassungen … Du könntest doch sicher in einer großen Top-Kanzlei arbeiten.«

Adam zuckte mit den Schultern. »Das war nie mein Ziel. Jeder hat seine eigene Geschichte, und meine hat mich sehr beeinflusst.«

»Und wie habe ich mir deine Geschichte vorzustellen?«

»Meine Eltern waren immer viel unterwegs, weswegen ich viel Zeit bei meinen Großeltern verbracht habe. Die beiden lernten sich unter schlimmen Umständen kennen. Sie waren als Kinder in Auschwitz. Ihre Erfahrungen haben mich sehr geprägt.« Ich wusste nicht, was ich darauf sagen sollte, also drückte ich nur seine Hand. »Es kann keine Wiedergutmachung geben. Aber vielleicht macht das, was wir tun, zumindest einen kleinen Unterschied«, fuhr er fort.

»Dessen bin ich mir gewiss.«

»Was ist dir passiert, Romy? Welche schlimme Sache war es, die dein Leben so verändert hat, dass du dir eine Auszeit genommen hast?«

Ich musste schlucken. »Ich habe meine Schwester verloren. Sie starb bei einem Autounfall vor zwei Jahren. Wir standen uns nah. Sehr nah.« Ich kämpfte mit den Tränen. »Manchmal denke ich, dass das Telefon klingelt und sie mir mitteilt, sie würde gleich mit einer Flasche Wein bei mir vor der Tür stehen. Oder sie versucht, mich zu überreden, mit ihr irgendwo hinzufahren. Oder sie will mit mir Schlittschuhlaufen.« Wehmütig blickte ich in die Ferne. »Sie war so spontan. Und so oft habe ich Nein gesagt. Viel zu oft. Warum habe ich nicht öfter etwas mit ihr unternommen? Ich habe immer so viel gearbeitet. Wenn ich gewusst hätte, dass wir nur so wenig Zeit zusammen haben …«

Adam zog mich noch dichter an sich, küsste mich auf die Stirn. »Ich bin mir sicher, dass sie das verstanden hat. Ihr war bestimmt klar, wie glücklich dich deine Recherchen gemacht haben.«

Es tat gut, getröstet zu werden, und mir wurde bewusst, dass ich es zum ersten Mal seit Laras Tod überhaupt zuließ, dass mich jemand tröstete, der nicht zur Familie gehörte.

Inzwischen war es fast völlig dunkel geworden, der Strand, das Meer, die Felsen, all das war nur noch in verschwommenen Umrissen zu erkennen.

»Wir sollten aufbrechen«, meinte ich. »Es liegt noch viel vor uns.«

Hand in Hand gingen wir zurück in die Pension, und ich fragte mich, wie es sein konnte, dass mein trauriges Herz kleine Freudenhüpfer machte.

Édouard hatte ich bei unserem Besuch im Hotel noch gefragt, ob er mich nach Villefranche zu Madame Renouf begleiten würde, und er hatte zugestimmt. Sie hatte mir eine Nachricht hinterlassen, dass sie etwas gefunden habe, was uns vielleicht interessieren könnte.

»Ich war schon lange nicht mehr in Villefranche-sur-Mer«, sagte Édouard, als wir am nächsten Tag im Auto saßen. Er schien sich auf den Ausflug zu freuen. Trotz des warmen Wetters hatte er sich eine Caban-Jacke angezogen. Der große Reverskragen und der feste Stoff wiesen darauf hin, dass sie einst Teil der Marineuniform gewesen war.

»Es hat sich bestimmt viel für Sie verändert. Da gibt es jetzt jede Menge Touristen und Kreuzfahrtschiffe«, bemerkte ich.

»Das macht nichts. Ich hänge nicht an alten Zeiten.«

»Wann waren Sie das letzte Mal in Ihrem Heimatort?«

»Das ist sicher vierzig, fünfzig Jahre her.« Nachdenklich blickte er aus dem Fenster, und ich hatte wieder dieses Gefühl, dass er etwas sehr Trauriges erlebt hatte. Doch es war noch zu früh, ihn danach zu fragen.

Madame Renouf erwartete uns schon. Sie hatte ein paar Köstlichkeiten auf dem Couchtisch drapiert, weiche Brioches und verführerisch duftende Madeleines.

Édouard war höflich, aber zurückhaltend, als Madame Renouf ihn begrüßte. »Sie kommen mir bekannt vor«, sagte sie in ihrer offenen Art, die mir schon bei unserem ersten Besuch gefallen hatte.

»Also, wir sind ganz gespannt! Was haben Sie gefunden?«, fragte ich, während wir Platz nahmen.

»Ich habe mich endlich dazu durchgerungen, das Zimmer meines Vaters auszuräumen«, erklärte sie bekümmert. »Und da habe ich das hier gefunden.«

Sie reichte uns einen zusammengefalteten Brief, der auf eierschalenfarbenem Büttenpapier geschrieben war. »Ich weiß nicht, ob er irgendetwas mit dem zu tun hat, was Sie suchen, aber ich wollte Ihnen dieses Schreiben zumindest zeigen.«

Hastig faltete ich den Brief auseinander und hielt ihn so, dass Édouard mitlesen konnte. Er war vom 25. April 1944.

Meine liebe Francine!
Ich war soeben bei Dir, doch ich habe Dich nicht zu Hause angetroffen. Bestimmt bist Du schon in aller Herrgottsfrühe losgegangen, um am Hafen den besten Fisch für das Abendessen zu erwischen. Doch wir werden gleich nach Nizza aufbrechen, ins Café, Du weißt ja, warum und wofür. Aber vorher wollte ich Dir noch einen Gruß dalassen, um Dir zu Deinem Geburtstag zu gratulieren! Ich wünsche Dir von Herzen alles Glück dieser Erde.
Gerade in diesen schweren Zeiten braucht es Freunde wie Dich, die füreinander einstehen.
Schon lange gehen mir so viele Gedanken durch den Kopf.

Haben wir die richtige Entscheidung getroffen, den richtigen Weg eingeschlagen? Wir sind unserem Gefühl gefolgt, wir haben das getan, was wir für sinnvoll hielten. Nun müssen wir mit dem leben, was da kommen mag, müssen tapfer und mutig nach vorn schauen.
Erinnerst Du Dich an früher, an unsere Zeiten in Nizza, an das Café, an Aimée, Julie, Madame Roux, Sarah, an die Kunstwerke, an unsere Feste? Ich muss dieser Tage häufiger daran denken, was wir damals hatten.
Und bitte vergiss nicht: Die Bilder von Jean-Paul Girard haben eine Bedeutung. Sie spiegeln all das wider, was wichtig ist.
In ihnen steckt mehr, als man zunächst ahnt. Das dürfen wir nicht vergessen.
Du wirst immer meine geliebte und geschätzte Freundin bleiben, ganz egal, was geschehen wird. Unsere Familien werden stets verbunden bleiben. Und sollte Dir je etwas geschehen, so verspreche ich, dass ich auf Deine Familie achtgeben werde, so wie Du es für meine tun würdest.
Bleib der Mensch, der Du bist!
In tiefer und ewiger Freundschaft,
C.

Ich ließ den Brief sinken.

»Francine war meine Großmutter«, erklärte Madame Renouf.

»Und wer ist ›C‹?«, fragte ich.

»Das weiß ich leider nicht.«

Ich betrachtete die Handschrift genauer. Es war keine typische Frauenhandschrift, wenig schnörkelig, sondern klar und zielstrebig. Es ging in dem Brief um Jean-Paul Girard. Die Person hatte also etwas mit den »Liebenden von Nizza« zu tun. Und ich war mir sicher, dass sie die Frau auf den Bildern war. »C« war

Édouards Mutter! Ich versuchte, mir nichts anmerken zu lassen. Édouard sagte nichts, aber er war offensichtlich bewegt.

»Ich kannte meine Großmutter nicht sehr gut, sie starb, als ich noch jung war«, erzählte Madame Renouf. »Von einer Freundin, deren Name mit einem C beginnt, hat sie mir gegenüber nie gesprochen.«

»Dürfen wir den Brief vorerst behalten?«, fragte ich. »Sie bekommen ihn zurück, sobald wir die Bilder gefunden haben.«

»Natürlich.« Sie sah besorgt zu Édouard. »Geht es Ihnen nicht gut? Sie sehen so blass aus.«

»Es ist alles gut«, sagte er.

»Vielen Dank, dass Sie uns angerufen haben.« Ich stand auf. »Der Brief kann uns weiterhelfen.«

Édouard erhob sich ebenfalls, und Madame Renouf begleitete uns langsam zur Tür. »Ihr Gesicht ist mir nicht unbekannt.« Sie schüttelte den Kopf. »Vielleicht komme ich ja noch drauf.«

Édouard lächelte, sagte aber weiterhin nichts. Das alles schien ihn sehr mitzunehmen, und ich war froh, als wir wieder draußen waren.

Er nahm einen tiefen Atemzug, dann schlug er vor: »Was halten Sie davon, wenn ich Ihnen ein wenig Villefranche zeige? Meine Heimat?«

Ich überlegte kurz, ihn auf das, was bei Madame Renouf passiert war, anzusprechen, verwarf den Gedanken aber wieder. Édouard wirkte im Moment nicht so, als wollte er darüber sprechen. »Sehr gern, Édouard«, erwiderte ich stattdessen.

Wir gingen an seinem Elternhaus vorbei, doch er schien sich dort nicht länger aufhalten zu wollen.

Dann liefen wir durch ein Wirrwarr aus Arkaden, Treppen und verwinkelten Gassen, passierten kleine Kapellen und Häuser mit orangefarbenen Fassaden und halb geschlossenen Fensterläden. Davor standen Keramiktöpfe, die zu bersten schienen von roten und blauen Hortensien und leuchtend gelben Mimosen.

Schließlich erreichten wir den Hafen, in dem Fischerboote sanft im Wind hin und her schaukelten. Ich erkannte den Schriftzug des Welcome Hotels, in dem viele Künstler, auch Girard, übernachtet hatten, um sich vom Zauber des Orts inspirieren zu lassen.

»Als Kind war ich oft hier«, erzählte Édouard. »Hab den Fischern zugesehen, wie sie hinaus aufs Meer fuhren. Irgendwann waren sie nur noch winzige Punkte am Horizont.« Sein Blick war in die Ferne gerichtet, das weiße Haar leicht verweht.

»Ich vermisse es, hier zu leben«, gestand er.

»Das kann ich gut verstehen. Es ist wunderschön hier.«

Das türkisblaue Wasser glitzerte im Sonnenschein, und Seeschwalben zogen ihre Kreise über dem Meer.

»Heimat ist dort, wo die Menschen sind, die man liebt. Das sagt man doch, oder?« Édouard sah mich an, und für einen Augenblick hatte ich das Gefühl, als könne er in meine Seele schauen.

»Ja«, antwortete ich. »So ist es wohl.«

»Kommen Sie, wir gehen weiter.«

Wir wanderten ein Stück am Wasser entlang, begleitet vom leisen Plätschern der Wellen.

»Wussten Sie, dass der Film *Die große Liebe meines Lebens* mit Cary Grant und Deborah Kerr hier gedreht wurde?«, fragte Édouard. »Er kam 1957 in die Kinos.«

»Nein. Aber ich kenne den Film. Mein Großvater liebte Filme.« Ich musste an Enno und unsere gemeinsamen Kinoabende denken.

»Standen Sie sich nahe? Ihr Großvater und Sie?«

»Ja. Er ist der Grund, warum ich Kunstwissenschaftlerin geworden bin. Enno hat selbst viel zur Beutekunst recherchiert, und ich war sozusagen seine Assistentin. Er hat mich mit seiner Leidenschaft angesteckt.«

»Das ist schön, wenn man etwas weitergeben kann.« Édouard blieb erneut stehen. Er atmete schwer, und ich führte ihn zu einer Bank, wo wir uns niederließen. »Kennen Sie Rose Valland?«, fragte er dann unvermittelt. Natürlich kannte ich die französische Kunsthistorikerin, die während der Nazibesatzung die beschlagnahmten Werke registriert und maßgeblich dazu beigetragen hatte, dass diese nach dem Krieg ihren Besitzern zurückgegeben werden konnten. »Sie war eine wahre Heldin, finden Sie nicht auch, Romy?«

»Ja, das war sie. Sie muss sehr mutig gewesen sein. Leider hatten nicht viele das Zeug dazu, sich dem Regime entgegenzustellen.«

»Auch wenige können etwas verändern, können einen Unterschied machen. Jeder Einzelne, der etwas gegen Ungerechtigkeit tut, macht die Welt zu einem besseren Ort. Das hat meine Mutter immer gesagt. Sie war auch sehr mutig.«

Wir schauten eine Weile stumm aufs Meer. Ich musste an Lara denken, an unsere gemeinsamen Abende im Sommer auf meinem schmalen Balkon, mit Wein und Gesprächen bis tief in die Nacht. Ich vermisste sie so sehr, dass es fast körperlich schmerzte.

»Ich bin müde«, erklärte Édouard irgendwann, und ich schlug vor, ihn zurück in sein Hotel zu fahren.

Schweigend fuhren wir Richtung Nizza.

»Das war ein schöner Tag«, sagte er noch, bevor er vor dem Negresco ausstieg. Er lächelte.

KAPITEL X

Villefranche, Dezember 1922

»Es ist wunderbar.« Charlotte strich verträumt mit einer Hand über die Wand mit der lichtgrauen Tapete. Sie blieb vor dem großen Sprossenfenster stehen, von dem aus man einen Blick auf das Meer hatte. Dann drehte sie sich schwungvoll um und fiel Henri freudestrahlend um den Hals. »Dies ist unser Zuhause«, flüsterte sie.

»Meine Frau trifft schnelle Entscheidungen«, erklärte Henri dem kleinen dicken Fischer, der ihnen das Haus verkaufen wollte. »Du bist zu ungestüm«, raunte er dann Charlotte zu, aber sie hörte ihn gar nicht. Sie war zu glücklich, endlich einen Ort gefunden zu haben, an dem sie beide leben konnten.

Seit zwei Monaten waren sie nun schon verheiratet. Henri hatte ihr einen Antrag gemacht, als sie im Morgengrauen auf dem Meer gewesen waren, er hatte ihr das Angeln beibringen wollen, doch bei ihr wollte kein Fisch anbeißen. Als sie erschöpft und enttäuscht am Bug des kleinen Fischerboots saß und der Tag am Horizont begann, war er plötzlich vor ihr auf die Knie gefallen, mit einem Ring in seiner Hand. Ein befreundeter Goldschmied habe ihn für ihn gemacht, hatte er ihr erklärt, er sei nichts Besonderes, nichts Wertvolles. Für sie war es aber der schönste, der kostbarste Ring auf der ganzen Welt. Natürlich hatte sie »Ja« gesagt, und die Hochzeit hatte schon zwei Wochen später stattgefunden, in einer kleinen Kapelle am Rande von Nizza. Es fühlte sich wunderbar an, Henris Frau zu sein, jeden

Tag mit ihm verbringen zu können. Doch die Schatten des Krieges waren weiterhin da, selbst vier Jahre später. Die Angst, die sie um ihn gehabt hatte, verfolgte sie weiterhin, bis in ihre Träume. Sie traute dem Glück noch nicht so, wie sie es sich wünschte.

Doch hier, in dem verwunschenen Dorf Villefranche mit seinem hübschen Hafen, wo die Menschen gemächlich ihren Aufgaben nachgingen, hatte sie das Gefühl, zur Ruhe kommen zu können.

Henri war nie ganz genesen. Sein Bein würde er nicht mehr wie einst benutzen können, ein Humpeln würde ihn bis an sein Lebensende an den Krieg erinnern. Manchmal machte er Scherze darüber, dass die Deutschen es wohl auf seine Beine abgesehen hatten, denn auch seine erste Verwundung war ja ein Beinschuss gewesen. Doch im Gegensatz zu vielen anderen war er noch glimpflich davongekommen. Unzählige Soldaten waren noch in den Monaten nach dem Friedensvertrag an den Folgen ihrer Verletzungen gestorben, nicht wenige hatten ihr Augenlicht verloren, andere konnten sich ohne Hilfe kaum bewegen, geschweige denn einem geregelten Alltag nachgehen. Doch schlimmer als die körperlichen Schmerzen waren die, die sich in ihre Seelen festgeschrieben hatten, die Erinnerungen an die Front, an Tod und Leid, an die Furcht, am nächsten Tag nicht mehr am Leben zu sein.

Einmal war Henri in Francines und Charlottes Apartment zu Besuch gewesen, und Charlotte war eine große Vase heruntergefallen, die mit ohrenbetäubendem Lärm auf den Küchenfliesen in tausend Stücke zerbrach. Henri hatte sich sofort auf den Boden geworfen, die Arme über dem Kopf verschränkt, als wolle er sich schützen. Die Angst, die ihn dazu gebracht hatte, sich hinzuwerfen wie ein wehrloses Tier, erschütterte Charlotte so sehr, dass sie nächtelang nicht schlafen konnte.

»Wir werden uns hier wohlfühlen.« Henri schlang die Arme

um ihre Hüften und küsste ihren Hals. Sie mochte es, dass es ihn nicht scherte, als der jetzige Eigentümer sie missbilligend betrachtete. Es war Henri schon immer gleichgültig gewesen, was andere von ihm hielten. Anfangs hatte Charlotte noch Schwierigkeiten damit gehabt, sich ein wenig geschämt, wenn die elegant gekleideten Spaziergänger auf der Promenade des Anglais ihnen kopfschüttelnd nachsahen, liefen sie singend und tanzend am Strand entlang. Doch inzwischen liebte sie die Freiheit, die sie durch Henris sorglose Art errungen hatte. »Es gibt so viel Schreckliches in der Welt. Deshalb müssen wir jeden Tag unseres Lebens so verbringen, als wäre er der letzte«, pflegte er zu sagen, und nach diesem Motto lebten sie tatsächlich. Immer wieder überraschte er sie mit etwas, schlug Dinge vor, die ihr nie eingefallen wären. Etwa mitten in der Nacht nackt von einer Klippe in die Fluten springen. Auf Bäume klettern, als wären sie Kinder. Sich ein Automobil von Freunden leihen und einfach irgendwohin fahren, in einer Pension nächtigen und erst zwei Tage später zurückkehren. Im Spätsommer durch die blühenden Lavendelfelder toben und Mais von den Feldern stehlen.

Das Haus, das sie nun kaufen wollten, hatte etwas Idyllisches an sich. Es besaß einen Garten und eine Terrasse, ein großes Wohnzimmer, in das ein Sofa mit zwei Sesseln und eine Essecke passten, sowie zwei kleinere Zimmer, die als Schlafräume genutzt werden konnten.

»Ja, wir werden es hier gut haben«, erwiderte sie. »Aber können wir es uns auch leisten?«, flüsterte sie besorgt. Henri hatte in Nizza eine Anstellung als Tischler gefunden, eine Arbeit, die ihm zwar Spaß machte, aber nicht viel Geld einbrachte.

»Ich denke schon«, erwiderte Henri leise und drehte sich dann zu dem Fischer um. »Wir nehmen es. Aber nicht zu dem vereinbarten Preis.«

Der Fischer machte ein perplexes Gesicht. Er hatte einen grauen Rauschebart und müde Gesichtszüge. »Kommt nicht infrage.« Er schüttelte entschieden den Kopf. »Ich habe auch noch andere Interessenten.«

»Das glaube ich nicht«, antwortete Henri gelassen. »Zurzeit will niemand in der Gegend ein Haus kaufen.«

»Woher wollen Sie das wissen?« Das Gesicht des Fischers wurde rot vor Zorn. Er ging einen Schritt auf Henri zu und ballte die Hände zu Fäusten, und Charlotte hatte schon Angst, dass er Henri schlagen würde.

Aber Henri war immer noch die Ruhe in Person. »Ich kenne viele Leute, und ich weiß, dass es zur Zeit zu viele Häuser gibt und kaum Interessenten. Sie können froh sein, wenn Ihnen jemand dieses Haus abkauft.« Er ging in die Hocke und lüftete den weißen Musselinvorhang, sodass eine mit schwarzem Schimmel bedeckte Stelle der Tapete zum Vorschein kam. »So etwas habe ich in fast jedem Zimmer gesehen. Und hier.« Er rüttelte an der morschen Terrassentür, die sich jedoch auch mit starkem Kraftaufwand nicht öffnen ließ. Schließlich hatte Henri den Türknauf in der Hand. »Das Haus ist in keinem guten Zustand«, stellte er fest.

Der Fischer sah zwar immer noch nicht sehr glücklich aus, doch am Ende einigten sie sich auf einen Preis, nachdem Henri versprochen hatte, das Haus zu renovieren.

Ein paar Tage später war es so weit, und Charlotte und Henri zogen in ihr neues Heim. Freunde und Bekannte waren gekommen, um sich das Haus anzusehen, und alle hatten etwas mitgebracht, Brot und Salz, Blumen, Kuchen, Bilder für die Wände.

Als es schließlich Abend war und die letzten Gäste gegangen

waren, lagen Charlotte und Henri in ihrem Bett, erschöpft, aber glücklich.

»Es ist so wunderbar, dass Étienne und Francine nicht weit entfernt wohnen.« Charlotte kuschelte sich an Henris Brust.

»Sie sind wirklich gute Freunde.«

»Und ich habe mich gefreut, dass Julie hier war. Dabei hat sie so viel zu tun.«

»Sie ist eine starke Frau – wie du.« Er nahm liebevoll ihr Gesicht in seine Hände.

»Ach, was tue ich schon?« Sie ließ sich zurück in die Kissen fallen. Sie war stolz auf ihre Freundin, und doch erinnerte Julie sie daran, dass sie seit Kriegsende nichts Sinnvolles mehr tat. Obwohl ihr Leben mit Henri sie erfüllte, obwohl sie sich auf eine gemeinsame Zukunft freute, darauf, eine Familie zu gründen, so gab es doch Momente, in denen sie sich nutzlos fühlte. Nach vielen Jahren als Kriegskrankenschwester war es ihr schwergefallen, nicht mehr täglich einer nützlichen Aufgabe nachzugehen.

»Du hast schon eine Menge getan.« Henri richtete sich auf und strich ihr übers Gesicht. »Du hast mehr getan als viele in ihrem ganzen Leben. Du hast es verdient, Ruhe in dir zu finden.«

Sie ergriff seine Hand und küsste sie. »Ich liebe dich, Henri«, flüsterte sie. Im Schein des Mondes, der durch das offene Fenster fiel, wirkte sein Gesicht geheimnisvoll und doch vertraut, und sie zeichnete mit den Fingern die Konturen seiner Wangenknochen nach, streichelte seinen Hals und seine Brust. Sie liebte ihn, begehrte ihn. Sie wollte nun nichts mehr, als ihm so nah zu sein, wie nur wahre Liebende es vermochten.

Am nächsten Morgen wurde Charlotte von lautem Geschepper wach. Schlaftrunken tastete sie mit ihrer Hand zur anderen Seite des Betts, aber Henri war nicht da. Sie warf die Laken zurück und ging in die Küche. Dort bot sich ihr ein erstaunliches Bild. Überall standen benutzte Pfannen, Töpfe und Schüsseln herum, dazwischen lagen Eierschalen, Kartoffelscheiben und Zwiebelringe. Und mitten in alldem Chaos stand Henri am Herd vor einer Pfanne. Über seinem Schlafanzug trug er eine von ihren Schürzen. Sein Haar war noch zerstrubbelt vom Schlaf.

Sie schlang die Arme um seine Hüften und spähte an ihm vorbei auf den Herd. »Wie ich sehe, hast du unsere Küche schon eingeweiht.«

»Entschuldige. Habe ich dich geweckt?«, fragte er. In der Pfanne brutzelte ein Durcheinander aus angebrannten Eiern, Zwiebeln, Speck und Kartoffeln, das er mit einem Pfannenwender umständlich hin und her schob.

»Es sollte ein Omelett werden«, erklärte Henri, ohne die Enttäuschung in seiner Stimme zu verbergen.

»Das war ein schöner Gedanke.« Charlotte lachte auf. »Aber es sieht scheußlich aus.«

Henri drehte sich zu ihr um und stemmte in gespielter Empörung die Hände in die Hüften. »Was sagst du da? *Scheußlich?*« Sie wich einen Schritt zurück, während er ein Geschirrtuch nach ihr warf. Sie versuchte, sich hinter dem Küchentisch zu verstecken, aber er war schneller als sie und hatte sie bald gefangen. Er kitzelte sie so lange, bis sie um Gnade bettelte.

Als er von ihr abließ, verzog sie das Gesicht. »Was riecht denn hier so?«

»Oh nein! Der Herd!«

Aber es war schon zu spät. Rauch verbreitete sich in der ganzen Küche, und Charlotte riss sämtliche Fenster auf.

Als sich die Schwaden langsam verzogen hatten, machten sie sich gemeinsam ans Aufräumen. Henri sang dabei alte Seemannslieder, und Charlotte summte leise mit. Später musste sie oft an diesen ersten Morgen in ihrem neuen Zuhause denken, an die Unbeschwertheit, an das Glück, an die Freude auf ihr gemeinsames Leben, die jeden Winkel ihres Herzens füllte. Henri war ihr Glück. Betrat er das Haus, war es, als würde er eine Bühne betreten, die nur für ihn erbaut worden war. Mit ihm wollte sie von nun an alles teilen. In guten wie in schlechten Zeiten.

Francine und Étienne lebten nur einen Katzensprung entfernt. Étienne hatte kurz nach dem Krieg eine Anstellung als Stenograf in einer Schreibstube in Cimiez gefunden, Francine arbeitete als Schneiderin. Die beiden hatten auf eine stille Art zueinandergefunden, ihre Liebe war kein großes Feuerwerk wie bei Charlotte und Henri. Sie hatten heimlich geheiratet und waren dann nach Villefranche gezogen. Ein bisschen wehmütig hatten die Freundinnen von dem gemeinsamen Apartment Abschied genommen. Doch Francine und Charlotte waren sich weiterhin sehr nah, und es gab Dinge, die Charlotte nur mit ihr besprach.

Nur um Aimée machten sie sich Sorgen. Seit Luciens Tod lebte sie allein in einer kleinen Wohnung am Rande von Nizza. Sie hatte sich verändert, war kaum noch fröhlich, hatte sich in ihrer Trauer vergraben. Charlotte fuhr oft zu ihr, versuchte, sie zu überreden, ebenfalls nach Villefranche zu ziehen, damit sie sich öfter sehen könnten. Aber Aimée wollte nicht. Sie fühle sich wohl dort, wo sie sei, erklärte sie, und ihre Arbeit in einem Krämerladen in Thiers sei von dort schnell zu erreichen.

»Du kannst sie nicht zwingen«, meinte Henri, als Charlotte von einem Besuch bei Aimée zurückkam. Es war ein kühler Tag, und sie wärmte ihre Hände an dem Ofen, der in der Mitte der Küche stand.

»Ich weiß. Und doch wünsche ich mir so sehr, dass es ihr endlich wieder besser geht. Sie ist ein so liebenswerter Mensch.«

»Aber sie allein muss entscheiden, wann sie bereit ist, ein neues Leben anzufangen.«

»Das ist richtig. Aber du bist doch auch jemand, der ständig anderen hilft. Schon im Lazarett damals.«

»Das war etwas anderes.«

»Das verstehe ich nicht. Wieso war das etwas anderes?«

»Diese Soldaten kamen aus einem schrecklichen Krieg, sie haben Dinge gesehen und getan, die unvorstellbar sind. Und ich habe ihnen lediglich zugehört, habe versucht, sie aufzumuntern.«

»Aber Aimée hat den Menschen verloren, den sie geliebt hat! Auch wir mussten großen Schmerz erleiden, während wir auf eure Rückkehr gewartet haben.« In Charlotte stieg Zorn auf.

Henri lächelte, was ihr überheblich vorkam und sie noch rasender machte.

»Nein, das ist nicht dasselbe«, wiederholte er. »Lass uns nicht darüber streiten, ja?«

»Ich will nicht streiten! Ich möchte nur, dass du begreifst, dass Aimée sich dieses Schicksal nicht ausgesucht hat. Sie wünscht sich ein besseres Leben, sie wünscht sich, wieder glücklich zu sein. So wie jeder Mensch.«

»Aber sie hat doch die Möglichkeit dazu! Sie hat nicht das erlebt, was wir erlebt haben. Sie wird nicht für den Rest ihres Lebens von Albträumen geplagt sein oder bei jedem Lärm zusammenzucken. Sie kann leben. Und wenn sie deine Hilfe nicht annimmt, so ist es ihre Entscheidung. Wir Soldaten haben uns ins Leben zurückgekämpft, so viel steht fest.«

»Willst du damit sagen, dass Aimée nicht kämpft?«

Henri schwieg, doch sein Blick verriet die Antwort. Er hielt Aimée für schwach.

»Auch Frauen können kämpfen.« Mit diesen Worten knallte Charlotte die Tür hinter sich zu.

Den Abend verbrachte sie bei Francine. Sie erzählte ihr von ihrem Streit mit Henri, aber ihre Freundin war weniger verständnisvoll, als sie angenommen hatte.

»Er hat nicht ganz unrecht«, sagte Francine und reichte Charlotte ein Glas Rotwein. Das war ein neues Ritual zwischen ihnen. Ein Glas von einem guten Rotwein der Region und dazu eine Zigarette.

»Wie meinst du das?«, fragte Charlotte und nippte an ihrem Wein.

»Was die Soldaten im Krieg durchgemacht haben, können wir tatsächlich nicht nachvollziehen. Denk nur an das Gas. All die chemischen Kampfstoffe, mit denen die Männer vergiftet wurden.«

Charlotte sah nach draußen, wo es inzwischen stockfinster geworden war. Ganz leise war das Meer in der Ferne zu hören. »Ich weiß das. Aber viel schlimmer ist, dass Henri meint, Aimée sei schwach, weil sie ihr Leben nicht in die Hand nimmt.«

»Wir alle haben Schlimmes erlebt, Charlotte. Aber man muss weitermachen. Aimée hat sich entschieden, nicht zu kämpfen. Da muss ich Henri zustimmen«, erwiderte Francine. Sie hatte in den letzten Monaten etwas zugenommen, was ihr gut stand.

»Vielleicht braucht sie einfach noch Zeit«, erwiderte Charlotte aufgebracht. »Aimée ist unsere Freundin, Francine!«

»Und das wird sie auch immer bleiben. Aber sie muss es allein schaffen. Du kannst niemandem helfen, der keine Unterstützung annehmen will.«

Charlotte vergrub das Gesicht in den Händen. Vielleicht hatten Francine und Henri recht, aber es fiel ihr so unsagbar schwer, Aimée sich selbst zu überlassen. Plötzlich kam ihr ein Gedanke. »Und was ist, wenn sie es nicht schafft?«

Francine antwortete nichts, sondern schaute sie nur traurig an. Doch vielleicht war das Antwort genug.

»Womöglich habe ich einfach nur Angst, dass auch ich schwach bin«, seufzte Charlotte. »Dass ich nie wieder etwas Sinnvolles tun werde. Dass ich nutzlos bin.«

»Das bist du nicht, Charlotte! Du bist der großherzigste, zielstrebigste und neugierigste Mensch, den ich je getroffen habe. Du wirst deinen Weg gehen, das wusste ich schon, als ich dich das erste Mal gesehen habe.«

»Aber manchmal ist es nicht einfach, diesen Weg zu finden.« Charlotte lehnte ihren Kopf an Francines Schulter. »Wenn es für Henri nur leichter wäre, über das zu sprechen, was er erlebt hat.«

»Alle Soldaten haben dieses Problem. Auch Étienne und ich haben schwere Tage. Manchmal sitzt er stundenlang am Fenster und schweigt. Ich spüre, dass er leidet, aber ich weiß, dass ich ihm nicht helfen kann. Das müssen wir akzeptieren.«

»Ich weiß. Aber so ganz will ich das wohl nicht akzeptieren.«

Weihnachten rückte näher, und Henri und Charlotte brachen in die Bretagne auf, um seine Eltern und Geschwister zu besuchen. Charlotte freute sich auf den Besuch, sie mochte Henris große, fröhliche und laute Familie, die so ganz anders war als die ihre. Ihre Eltern waren zwar auf ihrer Hochzeit gewesen, und sie schrieben sich ab und zu, aber sie lebten in unterschiedlichen Welten, waren sich mit den Jahren fremd geworden. Bei den Fauberges wurde immer viel gelacht und gescherzt, viel gegessen und getrunken, und Henris Brüder sangen laut und inbrünstig alte Seemannslieder. Sie wusste, dass Henri alle sehr liebte, aber auch, dass er aus einem bestimmten Grund weggegangen war. Es war nicht nur der Krieg gewesen, der ihn fortgetrieben hatte. Henri war ein Freigeist, und er war der Meinung, dass die Menschen so leben sollten, wie sie es für richtig hielten, egal, welcher Religion sie angehörten oder welche Weltanschauung sie hatten, wen sie liebten und mit wem sie ihr Leben teilten. Seine Eltern waren da ganz anderer Ansicht. Sie waren strenggläubig und hielten es für eine Sünde, wenn Menschen sich nicht an das hielten, was von Gott vorgegeben war. Deshalb geriet er immer wieder mit ihnen aneinander. »Wir vermeiden es, über bestimmte Dinge zu sprechen«, hatte Henri ihr einst erklärt. »Politik zum Beispiel. Wir werden niemals einer Meinung sein, also klammern wir sie einfach aus. Dann fühlt sich niemand gekränkt oder beleidigt.« Und doch war ihr klar, wie sehr er sich in bestimmten Situationen zusammenriss.

Als sie bei Yvette und Bernard ankamen, wurden sie stürmisch begrüßt. Bernard war ein großer und massiger Mann mit dichtem schwarzem Haar und einem Händedruck, bei dem man Angst haben konnte, sich die Finger zu brechen. Er wirkte zunächst etwas mürrisch, aber wenn er lachte, vibrierte sein ganzer Körper, und man konnte nicht anders, als in sein Lachen einzustimmen. Henri hatte eindeutig seine Lebensfreude von ihm. Seine Mutter Yvette war zart und zierlich. Doch auch sie hatte ein wildes Temperament, und wenn sie über etwas schimpfte, konnte sie zu einer Furie werden.

Henris sieben Geschwister brachten zu Weihnachten fast alle ihre Familien mit, sodass das kleine Backsteinhaus voll war.

Charlotte half Yvette und Henris Schwestern in der Küche, während die Männer in der Stube den Weihnachtsbaum aufstellten. Als sie all die bretonischen Delikatessen sah, die Jakobsmuscheln, die Maronen, die Stopfleber Foie gras und den mit Früchten und Sahne verzierten Bûche de Noël, fühlte sie sofort Freude in sich aufsteigen, vielleicht bald selbst eine große Familie zu haben, für die sie ein solches Mahl zubereiten konnte.

Yvette hatte Charlotte gebeten, sich um den Truthahn zu kümmern, also setzte sie sich an den Küchentisch und krempelte die

Ärmel ihrer Bluse nach oben. Sie drehte das Tier vorsichtig auf die Brust und schnitt beherzt Hals und Kopf ab.

»Henri hat immer dabei zugesehen, als er noch ein kleiner Junge war«, erzählte Yvette. »Es hat ihn fasziniert. Er war der klügste und neugierigste unter seinen Geschwistern. Er hat so viele Fragen gestellt, die selbst Bernard und ich ihm nicht beantworten konnten. Aus ihm hätte etwas Großes werden können. Aber dann kam der Krieg.« Sie hielt in ihren eigenen geschäftigen Bewegungen inne. »Bernard blieb zum Glück verschont. Er war wegen eines Lungenleidens nicht kriegstauglich. Aber unsere Söhne, sie wurden alle an die Front geschickt, einer nach dem anderen …« Sie schüttelte den Kopf, wobei ihre kurzen dunklen Löckchen hin und her flogen. »Ich habe jeden Tag gebetet, dass sie unbeschadet zurückkommen.« Yvette bekreuzigte sich. »Aber nun muss der Truthahn gefüllt werden.«

Viele Stunden später saßen sie um den großen Holztisch im Wohnzimmer, draußen stürmte und regnete es, doch die flackernden Kerzen und Öllampen verbreiteten eine gemütliche Atmosphäre. Alle hatten sich zurechtgemacht, trugen Sonntagskleider und die besten Anzüge.

»Charlotte, ich hörte, mein Sohn hat dir endlich ein Haus gekauft?«, rief Bernard, als sie bei der Hauptspeise angelangt waren.

»Oh ja! Es ist wunderschön! Ihr müsst uns bald besuchen kommen!«

»Aber gern! Wenn mein Sohn uns einlädt …« Bernard lachte schallend und legte Henri, der neben ihm saß, seine Pranke auf die Schulter. »Manchmal glaube ich, er will uns nicht bei sich haben. Aber zum Glück haben wir ja dich, Charlotte! Ich wusste vom ersten Moment an, dass ich dich lieber mag als ihn!«

Alle lachten, aber Charlotte merkte am Gesicht ihres Mannes, dass er sich unwohl fühlte. »Villefranche ist jedenfalls zauberhaft«, erzählte sie schnell, um das Thema zu wechseln. »Viel ruhiger als das laute Nizza.«

Yvette winkte ab. »Das wäre nichts für mich! Diese ständige Hitze im Süden! Davon bekomme ich nur Kopfschmerzen. Ich brauch den bretonischen Wind um die Ohren.«

»Das geht mir auch so«, bekräftigte Gabriel, Henris ältester Bruder. Er war seinem Vater wie aus dem Gesicht geschnitten, war ähnlich breit und massig gebaut und arbeitete in einem Stahlwerk. Henri hatte einmal erzählt, dass er als Junge öfter mit ihm aneinandergeraten war, weil Gabriel gern andere Kinder gepiesackt hatte, was Henri nicht guthieß. »Im Süden arbeiten die Menschen auch nicht so hart, die liegen doch nur in der Sonne herum«, ereiferte sich Gabriel weiter.

»Und woher weißt du das so genau?« Charlotte wunderte sich selbst, wie spitz ihre Stimme klang.

Auch Henri schaute sie überrascht an, und Gabriel blieb für einen Moment der Mund offen stehen. »Nun …«, stammelte er. »Das ist bekannt. Außerdem war ich schon mal in Cannes!«

»Dann musst du es ja wissen«, stellte Charlotte fest.

Henri schmunzelte leise, während sich alle über den Nachtisch hermachten und sich anderen Gesprächsthemen zuwandten. Erst als sie beim Kaffee angelangt waren, wagte Gabriel nochmals, das Wort zu ergreifen. Anscheinend wollte er es nicht auf sich sitzen lassen, dass Henris Frau ihn vorgeführt hatte. »Habt ihr übrigens gehört, dass Frauen in Deutschland und Luxemburg inzwischen wählen dürfen?«

»Das ist doch schon seit einigen Jahren so«, mischte sich Yvette ein.

»Das macht es nicht besser!« Gabriel lachte laut.

Nun mischte sich Henri ein. »Ich finde es gut, dass Frauen

wählen dürfen. Wir sollten auch in Frankreich etwas fortschrittlicher werden, was das angeht.«

»Aha. Und warum?«, fragte Gabriel. »Du willst doch nicht ernsthaft behaupten, dass Frauen eine politische Meinung haben?«

»Doch, das tue ich. Charlotte und ich diskutieren viel über Politik.«

»Ich kann mir schon denken, was für eine Ansicht ihr habt«, giftete Gabriel. »Bestimmt gehört ihr zu dieser neuen liberalen Bewegung.«

»Und was wäre schlimm daran?«, fragte Henri.

»Ha! Ich wusste es. Du findest es also gut, wenn Frauen uns die Arbeit wegnehmen?«

»Niemand nimmt dir die Arbeit weg, Gabriel.«

»Keine Gespräche über Politik beim Essen. Wie oft habe ich das schon gesagt«, mahnte Yvette. Sie hatte hektische rote Flecken am Hals.

Gabriel hob abwehrend die Hände. »Schon gut, schon gut. Wir lassen Henri seine Meinung. Jedem das Seine, nicht wahr?« Er grinste spöttisch, und damit war das Gespräch beendet.

»Ich könnte ihn manchmal umbringen«, schimpfte Henri, als er später mit Charlotte durch die Nacht spazierte. Der kleine Ort, in dem seine Eltern lebten, wirkte verlassen und leer, nur in einigen Fenstern brannte hinter den Vorhängen noch Licht. Frost hatte sich wie eine Decke über die Landschaft gelegt, Graupel fiel auf sie hinab.

»Er ist immerhin dein Bruder«, sagte Charlotte beschwichtigend.

»Das heißt noch lange nichts! Er führt sich unmöglich auf, doch meine Eltern verteidigen ihn. Warum auch immer. Wahrscheinlich denken sie ebenso so rückständig wie er. Pah!« Henri stieß verächtlich die Luft aus.

»Viele Leute denken so, Henri. Das kann dir kaum entgangen sein.«

»Aber ich kann es nicht verstehen! Wie kann man anderen Menschen das Recht verweigern, so zu leben, wie sie es wollen! Und wie kann man ernsthaft glauben, dass es Frauen nicht erlaubt sein sollte, zu wählen und bestimmte Berufe auszuüben?«

Charlotte hakte sich bei ihm unter. »Weil die traditionelle Rolle der Frau darin besteht, Kinder großzuziehen und sich um Haus und Hof zu kümmern. Auch das kann kaum neu für dich sein.«

»Aber nur, weil Dinge schon seit jeher so waren, müssen sie nicht für ewig in Stein gemeißelt sein! Stell dir vor, das würden alle so sehen. Dann würden wir noch immer in Hütten hausen, es gäbe keine Häuser, keine Lampen, keine Funkempfänger, keine Automobile, kein Rechtssystem ... Wir Menschen haben uns ständig weiterentwickelt. Wir müssen ab und zu über den Tellerrand schauen und offen bleiben für Neues.« Seine Stimme wurde lauter. »Aber vor allem dürfen wir andere für ihr Anderssein nicht bestrafen. Nicht weil sie anders denken, anders aussehen, eine andere Sprache sprechen, an etwas anderes glauben. Das ist falsch, Charlotte.«

»Schon gut, schon gut.« Charlotte lachte. »Ich hab's verstanden. Vielleicht solltest du Politiker werden, Henri.«

»Gott bewahre. Als würden die wirklich für ein besseres Frankreich kämpfen. Denen geht es doch auch nur um Macht und Profit.«

Sie blieben stehen. Die Wellen brandeten gegen das Ufer, Gischt und Nebelschwaden stiegen auf und verflüchtigten sich in der Finsternis der Nacht.

Charlotte schmiegte sich an ihn. »Ich liebe dich, Henri. Und ich bewundere dich für deine Haltung. Aber manchmal muss man es gut sein lassen. Deine Familie ist, wie sie ist. Lass uns den Rest des Weihnachtsfests in Frieden verbringen. Und dann reisen wir zurück in unser liberales Zuhause.«

»Meine weise Frau«, flüsterte er. »Ich liebe dich so sehr.«

Einige Tage später kehrten sie zurück nach Villefranche. Sie wollten den Jahreswechsel in Ruhe verbringen, nur zu zweit in ihrem neuen Heim. Doch daraus wurde nichts, denn es gab einige Leute, die mit Henri und Charlotte feiern wollten. Allen voran Étienne und Francine, die am Silvesterabend mit einer Schüssel frischer Austern vor der Tür standen. Später kamen ein paar Nachbarn und Arbeitsfreunde von Henri sowie Madame Roux vorbei, die einige ihrer Künstlerfreunde im Schlepptau hatte. Es wurde eine fröhliche Nacht, und als fast alle gegangen waren, setzten sich Francine und Charlotte auf die Terrasse und tranken Tee.

»Schade, dass Aimée nicht gekommen ist. Sie hätte mit uns auf ein besseres Jahr 1923 anstoßen können«, meinte Charlotte.

»Vielleicht ist sie eifersüchtig, weil unsere Männer nicht gefallen sind. Wir leben das Leben, was sie nicht bekommen konnte. Das erträgt sie nicht.«

Charlotte lehnte sich seufzend zurück. Der Mond stand hell am Himmel und die Sterne funkelten. Wieder einmal wurde ihr schmerzhaft bewusst, dass die Zeit, die man auf Erden hatte, begrenzt war. Und diese begrenzte Zeit musste man doch irgendwie mit Sinn erfüllen.

»Madame Roux hat vorhin gesagt, dass sie das Café wahrscheinlich schließen wird«, erzählte Francine nun.

»Wirklich? Aber warum?«

»Sie sagt, sie möchte wieder mehr reisen.«

»Aber das Café du Jardin ist unser zweites Zuhause!«

Francine zuckte mit den Schultern. »Das war es, damals im Krieg. Und jetzt, wo wir in Villefranche leben, gehen wir doch kaum noch hin.«

»Trotzdem. Es darf nicht geschlossen werden!« Charlotte überlegte einen Moment. Dann fasste sie Francine aufgeregt am Arm. »Was, wenn wir es übernehmen?«

»Bist du verrückt geworden? Wir haben keine Ahnung davon, wie man ein Café führt!«

»Das schaffen wir schon! Immerhin wussten wir auch nicht, wie man Verwundete versorgt und haben es schnell gelernt. Wir könnten Aimée fragen. Ihren Eltern hat ein Restaurant in Cannes gehört.«

»Aber ...«

»Kein Aber, Francine! Lass es uns zumindest versuchen. Wir reden gleich morgen mit Madame Roux, in Ordnung?«

»Ich denke darüber nach.«

Étienne und Henri fanden die Idee großartig, als sie davon hörten, und auch Madame Roux war hellauf begeistert. »Ich werde euch in den nächsten Wochen alles Nötige beibringen. Ich weiß, dass ihr das schafft.«

Die nächsten Tage verbrachten Charlotte und Francine damit, sich Gedanken darüber zu machen, wie das Café unter ihrer Leitung aussehen sollte. Das betraf die Einrichtung, die Gestaltung der Wände, die angebotenen Speisen und Getränke, ebenso Veranstaltungen wie Tanzabende und Ausstellungen.

»So, und nun müssen wir unbedingt Aimée einweihen!«, schlug Charlotte schließlich vor. »Sie braucht eine Aufgabe, etwas, wofür sie morgens gerne aufsteht. Wir werden sie schon überzeugen.«

Aimée war gerade dabei, einen Schal zu stricken, als Charlotte und Francine sie besuchten. Sie hatte sich äußerlich sehr verändert in den letzten Jahren. Ihr hübsches Gesicht mit den glänzenden Augen zeigte nun tiefe Falten, die sich auf ihrer Stirn und um ihre Mundwinkel eingegraben hatten.

Als sie ihrer Freundin von ihrem Vorhaben erzählten, sagte Aimée: »Ich wünsche euch viel Glück, denn sicher wird es nicht einfach für euch. Doch …« Sie ließ ihr Strickzeug sinken. »… wenn es jemand schaffen kann, dann ihr. Zusammen könnt ihr aus dem Café bestimmt etwas Wundervolles machen.«

»Aber nicht ohne dich«, warf Charlotte ein. »Ohne dich und deine Erfahrung werden wir nicht weit kommen. Wir brauchen dich, Aimée.«

»Ich möchte ja. Aber ich weiß nicht, wie.«

»Wir helfen dir«, flüsterte Charlotte beschwörend. »Wir haben schon so vieles zusammen geschafft.«

»Ich schäme mich so.« Aimées Lippen zitterten. »So viele Jahre zu trauern … Ich bin zu nichts zu gebrauchen.«

»Dein Trauern war in Ordnung. Aber nun musst du wieder ins Leben zurückkehren.«

Aimée atmete tief durch. »Gut, ich helfe euch. Aber nur, wenn ich die Farbe der Wände aussuchen darf!«

Charlotte und Francine warfen sich einen entsetzten Blick zu. »Schweinchenrosa«, riefen sie dann einhellig.

Charlotte wusste später selbst nicht mehr, wie es zu dem Streit gekommen war. Doch als sie von ihrem Besuch bei Aimée zurückkehrte, war sie so beschwingt gewesen, dass sie Henris schlechte Stimmung nicht wahrgenommen hatte oder auch nicht hatte wahrnehmen wollen. Es gab diese Tage, das wusste sie. Tage, an denen er anders war als sonst. Tage, an denen ihn seine Kriegserlebnisse einholten.

Als sie Henri von ihrem Besuch bei Aimée erzählte, schaute er zunächst nur teilnahmslos aus dem Fenster und zeigte keinerlei Regung. Dann fragte er wie aus dem Nichts: »Hältst du es wirklich für eine gute Idee, Aimée mit in euer Café zu holen?«

Charlotte, die gerade dabei war, Zwiebeln zu schneiden, hielt inne und drehte sich zu ihm um. »Warum denn nicht?«

»Weil auf sie kein Verlass ist. Das hast du selbst oft gesagt.«

Charlotte wandte sich wieder ihrer Tätigkeit zu, was ihr Tränen in die Augen trieb. »Aber wir müssen ihr eine Chance geben. Sie hat Erfahrung, weil ihre Eltern ein Restaurant hatten. Sie wird sicher eine große Hilfe sein.«

»Das glaube ich nicht.«

Charlotte legte das Messer erneut zur Seite. Ihr war heiß geworden. »Ich verstehe dich nicht, Henri! Kannst du dich nicht für mich freuen?«

»Ich kann mich nicht freuen, weil du einen großen Fehler machst.«

»Das kannst du nicht beurteilen.«

»O doch, das kann ich. Glaub mir. Ich kann Menschen besser einschätzen als du. Du bist viel zu gutherzig.«

»Was für ein Unsinn!« Seine anmaßende Art machte sie rasend. »Aimée ist meine Freundin. Sie würde nie etwas tun, das Francine oder mir schadet.«

»Dann sag aber später nicht, ich hätte dich nicht gewarnt!« Seine Stimme hatte plötzlich etwas Böses an sich, das sie nicht von ihm kannte.

»Ich weiß nicht, was in dich gefahren ist, Henri! Ich werde spazieren gehen. In der Zwischenzeit kannst du dich beruhigen.« Sie stellte den Herd aus, nahm Mantel und Hut und verließ das Haus. Ziellos lief sie durch die Straßen, passierte die Kirche und ein paar Kneipen, aus denen laute Gesänge und der Geruch von gebratenem Fisch zu ihr drangen. Sie liebte Henri von ganzem Herzen, aber manchmal war es schwer. Schwerer als sie gedacht hatte, dass eine Ehe es sein könnte. Doch in ihrer Zeit als Kriegskrankenschwester hatte sie gelernt, Schlimmes auszuhalten. Sie mussten einander wieder Halt geben. Aber er musste auch akzeptieren, dass sie ihre Freundin Aimée nicht einfach so aufgeben würde.

Sie wollte sich gerade umdrehen, um nach Hause zu gehen, als sie jemand von hinten heftig packte und mit Wucht herumschleuderte. Dabei stürzte sie auf das harte Kopfsteinpflaster. Sie versuchte, den Angreifer zu erkennen, aber es war zu dunkel, und er trug einen schwarzen Mantel und eine Mütze, die er tief ins Gesicht gezogen hatte. Er beugte sich über sie, und sie konnte seinen Atem spüren. Verzweifelt bemühte sie sich, ihn wegzuschieben, aber er hielt ihre Arme fest umklammert. »Wer sind Sie, was wollen Sie?«, presste sie hervor, doch er keuchte nur und kam ihrem Gesicht immer näher. Charlotte wand sich unter seinem Griff, drehte verzweifelt das Gesicht zur Seite. Doch dann, ganz plötzlich, ließ er sie los und war kurz darauf in der Nacht verschwunden. Für einen Moment blieb sie benommen liegen, rappelte sich schließlich auf, strich ihr Kleid glatt und rannte die Gassen zu ihrem Haus hinauf.

Henri saß am Fenster, als sie eintrat. Nur ein paar Kerzen brannten und tauchten das Zimmer in ein flackerndes Licht. Als er ihre Schritte hörte, stand er auf und kam auf sie zu. Er erkannte sofort, dass etwas passiert war, und nahm sie stumm in den Arm, während sie an seinem Hals weinte. Schließlich setzten sie sich, und sie erzählte ihm von dem Angriff.

»Es war Pierre«, sagte sie. »Er hat mich schon einmal bedrängt, damals, als du an der Front warst.«

»Möglich.«

»Er war es! Da bin ich mir sicher! Und dann hat er plötzlich Angst gekriegt und ist weggelaufen. Das passt doch alles zu ihm!«

Henri legte ihr beschwichtigend die Hand auf den Arm. »Er wird seine Strafe bekommen, Charlotte. Das verspreche ich dir. Überhaupt ist alles meine Schuld. Wenn wir uns nicht gestritten hätten, wärst du nicht fortgegangen …«

»Hör auf.« Sie strich über seine Wange. Seine Gesichtszüge entspannten sich. »Du hast ja schon einen richtigen Bart«, stellte sie schmunzelnd fest. Dann nahm sie seine Hand. »Komm mit.« Sie führte ihn ins Schlafzimmer, wo sie eine Schüssel mit warmem Wasser füllte und mit einem nassen Waschlappen seine Wangen benetzte. Er sagte keinen Ton, sondern beobachtete sie nur bei ihren ruhigen Bewegungen.

Als sie fertig war und das Rasiermesser zur Seite legte, spürte sie, wie er sanft ihren Oberschenkel berührte, sie streichelte. Sie beugte sich zu ihm hinab und küsste ihn. Der Kuss wurde schnell drängender, fordernder. Henri zog sie zu sich heran, schob ihr Kleid nach oben, und seine Hände waren überall auf ihrem Körper, liebkosten ihre Brüste, strichen über ihren Bauch und ihre Schenkel. Ihr Verlangen nach ihm war so groß, dass ein sehnsüchtiges Stöhnen aus ihrem Mund drang.

Endlich waren sie wieder vereint, waren wieder die Liebenden, deren Herzen zusammengehörten.

KAPITEL XI

Nizza, Mai 2019

»Ich glaube, ich hab was gefunden.« Adam schob mir sein Notebook rüber. Wir saßen zusammen im Innenhof unserer Pension und recherchierten. Ich trank inzwischen meinen dritten Kaffee und sah mir an, was er mir zeigen wollte. Die Webseite eines Kunsthändlers in Saint-Paul-de-Vence.

Ich runzelte die Stirn. »Sieht interessant aus, scheint ein Experte für Impressionisten zu sein. Aber ich verstehe den Zusammenhang mit unserem Fall noch nicht.«

»Schau mal auf seinen Namen.«

»Vincent de la Mare-Hervé.« Ich schlug mir die Hand vor den Mund. »Delamare. Nur anders geschrieben. Deshalb habe ich ihn vorher nicht gefunden.«

»Und er ist Kunstsammler! Wenn der nicht mit Frédéric Delamare verwandt ist …«

»Gute Arbeit, Adam.«

»Sollen wir dem Herrn mal einen Besuch abstatten?«

»Unbedingt.«

Kurz darauf waren wir unterwegs zum Künstlerort Saint-Paul-de-Vence. Das Anwesen von Vincent de la Mare-Hervé war weitläufig, mit einer großzügigen Auffahrt und eingebettet in einen wunderschön angelegten Garten. Adam parkte den Wagen in der Nähe eines breiten Portals.

Die Tür wurde von jemandem in einem dunklen Anzug geöffnet, vielleicht der Verwalter. »Monsieur de la Mare-Hervé ist nicht zu Hause. Aber er wird bald zurückerwartet«, erklärte er uns, nachdem wir uns vorgestellt hatten.

»Dürfen wir uns etwas umsehen?«, fragte ich mit unschuldiger Miene. »Ich habe noch nie eine so großartige Sammlung gesehen.«

Der Mann zögerte, ließ sich aber schließlich überzeugen, uns eintreten zu lassen.

Bis zur Decke hingen Gemälde bekannter Künstler, viel zu dicht waren sie gehängt, ihre wahre Wirkung konnten sie so kaum entfalten.

»Das ist ja Wahnsinn«, raunte Adam, der neben mir vor einer Bleistiftzeichnung stand, die die Signatur Picassos trug.

In diesem Moment hörten wir von der Eintrittshalle her leises Gemurmel. Kurz darauf stand eine ältere Dame in einem hellen Kostüm und flachen Pumps vor uns. »Sie haben hier nichts verloren! Ich habe unserem Verwalter schon gesagt, dass er Sie nicht hätte hereinlassen dürfen. Was haben Sie ihm nur erzählt?«, rief sie aufgebracht.

Ich hob beschwichtigend die Hände. »Entschuldigen Sie. Wir sind sehr kunstbegeistert. Sind das alles Originale?«

Die Frau antwortete nicht, sondern versuchte, uns mit strenger Miene nach draußen zu manövrieren. »Sie müssen sofort gehen.« Sie schob uns weiter in Richtung Portal.

»Wieso müssen die Herrschaften gehen?«, rief plötzlich jemand hinter uns.

Wir drehten uns um. Einige Meter entfernt stand ein älterer Herr mit Gehstock. Er hatte ein breites Gesicht und wulstige Lippen und trug einen Morgenmantel aus Seide, der an einen Kimono erinnerte.

Er wedelte mit seinem Gehstock, als wolle er auf mich zeigen.

»Ich kenne Sie, Mademoiselle.« Ich durchforstete in rasendem Tempo mein Gedächtnis, aber es wollte mir nicht einfallen, wo wir uns schon einmal begegnet sein könnten. »Sie sind diese Kunstdetektivin«, fuhr er fort. »Ich habe mal etwas über Sie in der Zeitung gelesen.« Er rollte das »r«, als wäre er Spanier. Dann kam er auf mich zu. »Mein Name ist Frédéric Vincent de la Mare-Hervé. Ich bin der Eigentümer von alldem hier!« Er machte eine ausladende Handbewegung. »Also, wie kann ich Ihnen helfen?«

Die ältere Dame beäugte uns immer noch misstrauisch. Monsieur de la Mare fasste mich an der Schulter, was sich unangenehm und aufdringlich anfühlte. Adam stand etwas perplex daneben und schien nicht recht zu wissen, wie er reagieren sollte.

»Kommen Sie.« Monsieur de la Mare drehte sich um, stützte sich wieder auf seinen Gehstock und ging in Richtung eines langen Flurs.

Wir folgten ihm. Wenig später traten wir in ein lichtdurchflutetes Büro. Ausladende Sessel aus dunklem Leder und ein überdimensionierter Mahagoni-Schreibtisch mit Intarsien verliehen dem Raum eine hochherrschaftliche Atmosphäre. Aus einer großen Fensterfront hatte man einen weiten Blick in den gepflegten Garten.

Monsieur de la Mare ließ sich hinter dem Schreibtisch nieder, Adam und ich setzten uns auf die Sessel, in denen wir fast versanken.

»Wir sind auf der Suche nach Informationen über einen gewissen Frédéric Delamare. Kennen Sie ihn?«, fragte ich geradeheraus.

Er kniff die Augen zusammen und musterte mich ausgiebig. Kurz dachte ich, dass er uns sofort in hohem Bogen rauswerfen würde. Aber dann fing er plötzlich an zu sprechen, seine Stimme war jetzt leise und unsicher und passte überhaupt nicht mehr zu seinem vorherigen Auftreten.

»Das war mein Vater. Stiefvater, um genau zu sein. Er hat die Kunst auch geliebt. Mehr als alles andere. Er starb an Krebs, als ich noch jung war.«

»Das tut uns sehr leid. Wir arbeiten an einem Fall von Beutekunst und wollen herausfinden, was er im Zweiten Weltkrieg getan hat. Ob er etwas mit der unrechtmäßigen Enteignung der ›Liebenden von Nizza‹ zu tun hatte«, erklärte Adam.

Monsieur de la Mares Augen weiteten sich. »Nun«, stieß er dann hervor. »Mein Stiefvater war sicher kein Engel. Aber so etwas hätte er nie getan, da bin ich mir sicher.«

Ich rutschte unruhig auf meinem Stuhl hin und her. »Hören Sie, wir wollen Ihren Vater nicht in Verruf bringen. Vielleicht ist er auch nur auf die Nazis hereingefallen. Damals sind schlimme Dinge geschehen, vielleicht wollte er Sie und Ihre Mutter auch nur beschützen, indem er den Nationalsozialisten geholfen hat …«

»Halten Sie meine Mutter da raus!«

»Entschuldigung. Ich wollte nicht …«

Plötzlich fing Monsieur de la Mare an zu weinen. Es war ein leises, trauriges Weinen, und er sah bemitleidenswert aus, wie er dort in seinem Sessel saß und vor sich hin schluchzte.

Ich fasste mir ein Herz und reichte ihm ein Taschentuch.

Er schnäuzte sich geräuschvoll. »Danke. Das hat gutgetan. Weinen befreit, hat meine Mutter immer gesagt.«

»Hatten Sie ein enges Verhältnis zu Ihrer Mutter?«, fragte ich.

»Ein sehr enges. Sie war die beste Mutter, die man sich vorstellen kann.« Er räusperte sich. »Sie hätte alles für mich getan. Ich war ihr helles Licht im Leben.« Ein Lächeln erschien auf seinem Gesicht, das jedoch sofort wieder verschwand. »Aber sie war eine gebrochene Frau. Irgendetwas Schlimmes hat sie getan, damals im Krieg, das hat sie ständig verfolgt. Die düsterste Zeit, so hat sie es genannt. Mein Stiefvater spielte eine Rolle dabei, sie haben sich oft gestritten deswegen.«

»Und wissen Sie, um was es dabei ging?«, fragte Adam.

Monsieur de la Mare winkte ärgerlich ab. »Nein, das hab ich doch schon gesagt. Sie wollte nicht darüber sprechen. Insbesondere nicht mit mir. Ich glaube, sie wollte mich beschützen.«

»Gibt es vielleicht irgendwelche Aufzeichnungen oder Dokumente von damals? Das würde uns sehr helfen«, hakte ich nach.

Er musterte mich wieder lange, bevor er antwortete. »Also schön.« Er stand umständlich auf und stützte sich auf seinen Gehstock. »Folgen Sie mir.«

Es ging über den dunklen Flur, bis wir schließlich zu einer Eisentür kamen. Monsieur de la Mare kramte einen Schlüsselbund aus der Tasche seines Morgenmantels und schloss die Tür auf. Eine geschwungene Treppe führte hinab in einen schummrigen Gewölbekeller.

»Dort unten ist mein Privatarchiv«, erklärte er und ging voraus. Unten angekommen, holte er einen Ordner aus einem Regal. »Das sind die Unterlagen meines Stiefvaters.« Er zuckte mit den Schultern. »Glaube aber nicht, dass Sie da was finden.«

Adam und ich bedankten uns und setzten uns auf zwei Schemel an einem klapprigen Schreibtisch, wo eine alte Messinglampe schwaches Licht spendete. Monsieur de la Mare nahm auf einem verschlissenen Ohrensessel Platz und ließ uns nicht aus den Augen. Wir durchforsteten den Ordner Seite für Seite. Wir saßen so dicht beieinander, dass ich Adams Wärme spürte, ab und an streifte er wie zufällig meinen Arm. Ich mochte es, ihm so nah zu sein.

Viele Rechnungen waren in dem Ordner, Zertifikate, Notizen,

Listen von Kunstwerken, das meiste aus den Nachkriegsjahren. Erst als wir fast alle Unterlagen durchgesehen hatten, entdeckte ich einen handgeschriebenen Vertrag. »Verkauf eines Gemäldes von Castex«, murmelte Adam, nachdem ich ihm den Vertrag gezeigt hatte. »An einen Pierre Sauvage.«

»Der Name kommt mir bekannt vor. Hatte Olivier Renouf ihn nicht erwähnt?«

»Ja. Aber ob das irgendeine Bedeutung hat?«

Schließlich bedankten wir uns bei Monsieur de la Mare, der uns noch nach draußen geleitete.

Als wir wieder im Auto saßen, sagte Adam: »Es ist alles so vertrackt.«

Ich nickte. »Das Museum blockt, Frédéric de la Mare war bislang auch eine Sackgasse …«

»Bleibt noch Édouard. Er ist zwar sehr verschlossen, aber vielleicht kann er ja doch noch etwas beitragen. Immerhin ist seine Geschichte eng mit dem Kunstwerk verknüpft. Und ich glaube, er mag dich.«

»Ich mag ihn auch. Mal sehen, was ich tun kann.«

Auf den Straßen von Nizza war viel los, als ich die Pension verließ; Touristen bevölkerten die Lokale, Sportwagen fuhren auf der Promenade, und Männer spielten am Strand Pilou, bei dem ein federballähnlicher Ball ins gegnerische Feld musste.

Édouard und ich waren in einem Café verabredet, das er als schönstes von Nizza bezeichnet hatte. Es lag an einem Marktplatz, hatte eine schöne Terrasse, die mit Lampions und Lichterketten geschmückt war. Als ich eintrat, fühlte ich mich an ein Kaffeehaus aus den Zwanzigerjahren erinnert. Hohe, mit Stuck verzierte Decken, überall an den Wänden gerahmte Spiegel und Kunstwerke, gedämpftes Licht und elegant in Schwarz-Weiß gekleidete Kellnerinnen, die in gedämpftem Ton miteinander sprachen. Der Duft von Lilien lag in der Luft, und die verzierte Theke aus dunklem Mahagoni war lang und imposant.

Édouard saß an einem Tisch am Fenster, vor sich einen Teller Suppe. »Setzen Sie sich, Romy. Die Vichyssoise ist hier fantastisch, die müssen Sie probieren!«

Ich ließ mich ihm gegenüber nieder und bestellte mir ebenfalls eine kalte Gemüsesuppe, obwohl ich gar keinen Hunger hatte.

»Das ist wirklich ein bildschönes Café«, sagte ich.

Édouard nahm einen Löffel von seiner Suppe, bevor er antwortete. »Ich bin hier sozusagen aufgewachsen. Meine Mutter war die Inhaberin.«

»Oh! Ich wusste gar nicht, dass Ihre Mutter ein Café geführt hat.«

»Dieser Ort war ein Treffpunkt für viele Einheimische, Touristen und Künstler. Meine Mutter und ihre Freundinnen haben ihr ganzes Herzblut hier hereingesteckt.«

Meine Suppe wurde serviert, und wir schwiegen eine Weile.

»Wie geht es Ihnen, Romy?«, fragte er dann.

»Quid pro quo«, sagte ich. Es war vielleicht eine verrückte Idee, aber manchmal funktionierte es. »Dieser Grundsatz kam auch in einem Film vor, in *Das Schweigen der Lämmer*. In der Szene geht es darum, dass einer etwas erzählt und der andere ebenfalls etwas erzählen muss. Eine Gegenleistung eben.«

»Ich weiß, was dieses Prinzip bedeutet. Aber den Film kenne ich nicht.«

»Ich dachte, ich erzähle etwas von mir, und Sie erzählen etwas von sich.«

»Schön. Aber Sie fangen an, Romy.«

Mir wurde warm, und ich nahm das rote Seidentuch ab, das ich mir um den Hals geschlungen hatte. »In Ordnung.« Ich schaute aus dem Fenster. Es fiel mir leichter, über alles zu sprechen, wenn ich mein Gegenüber nicht ansehen musste.

»Als ich meine Schwester vor zwei Jahren bei einem Unfall verlor, hat das mein ganzes Leben verändert. Ich hatte das Gefühl, dass alles, was ich tat, sinnlos war. Mein beruflicher Erfolg war auf einmal nebensächlich, alles, für das ich jahrelang so hart gearbeitet hatte, spielte keine Rolle mehr.« Ich wagte es, ihn anzuschauen. Aber in seinem Blick entdeckte ich kein Mitleid, sondern nur tiefes Bedauern. Als könnte er genau nachempfinden, wie ich mich fühlte. »Doch langsam spüre ich wieder, warum ich meinen Beruf so liebe«, fuhr ich fort. »Denn eigentlich ging es mir nie um meinen persönlichen Erfolg. Es ging mir um Gerechtigkeit.« Ich hüstelte. »Ich weiß, das ist ein großes Wort.«

»Das, was Sie tun, ist wichtig, Romy. Sehr wichtig. Gerechtigkeit mag ein großes Wort sein, aber sie steckt schon in so vielen kleinen Taten. Gerecht zu sein bedeutet, das Richtige zu tun. Sie bringen Menschen das zurück, was ihnen gehört, womit sie eine Geschichte verbinden, Gefühle, Gedanken. Sie können sich nicht vorstellen, welch enormen Wert das hat.«

Ich atmete tief durch. »Nun sind Sie dran, Édouard. Quid pro quo.«

Er überlegte nur einen Moment. »Ich habe einmal gestohlen.«

Ich zog eine Augenbraue hoch, war aber neugierig, was sich hinter dieser Geschichte verbarg. »Es gab eine Zeit, da war alles sehr schwierig bei uns zu Hause. Meine Eltern haben sich oft gestritten, und ich habe mich allein gefühlt. Wir hatten nur wenig, es war die Zeit der Wirtschaftskrise. Und es gab Menschen, die meinen Eltern das Leben schwer gemacht haben. Menschen wie Pierre Sauvage, dieser elende Hund.«

Ich horchte auf. Schon wieder dieser Name … Ich wollte Édouard aber in seiner Geschichte nicht unterbrechen.

»Als ich einmal in einem Krämerladen war, habe ich zwei Tafeln Schokolade und eine Tüte Karamellbonbons an mich genommen«, fuhr er fort. »Ich dachte, ich könnte damit beweisen, dass ich mutig bin. Das war der einzige Grund. Ich mochte Süßigkeiten nämlich nicht besonders. Danach habe ich mich aber schrecklich geschämt. Ich war eigentlich ein braves Kind, gut in der Schule, ehrgeizig.«

»Ihre Eltern waren bestimmt stolz auf Sie.«

»Ja, ich denke, das waren sie.« Er hielt kurz inne. »Und ich war stolz auf sie. Sehr sogar.«

Wir löffelten für einige Zeit wortlos unsere Suppe. Dann tupfte Édouard sich den Mund mit der Serviette ab. »Sie sind wieder dran, Romy.« Unser kleines Spiel schien ihm zu gefallen.

»Ich glaube, dass ich Adam mag«, sagte ich, bevor ich darüber nachgedacht hatte. Warum in aller Welt erzählte ich einem fast Fremden so persönliche Dinge? Aber gut, nun war es raus, und zurücknehmen konnte ich es nicht mehr.

Édouard lächelte. »Er mag sie auch. Sehr sogar.«

Ich fühlte, wie ich leicht errötete. »Meinen Sie?«

»Ganz bestimmt.« Er nahm einen Schluck Wasser. »Das merkt man. Und wenn ich Ihnen noch etwas sagen darf, Romy: Es ist in Ordnung, glücklich zu sein. Ich selbst habe mir viel zu lange verwehrt, ein glückliches Leben zu leben, weil ich mich bestrafen wollte.« Ich fragte mich, wofür, sagte aber nichts. »Ich war einmal verheiratet. Sie war eine großartige Frau, ich habe sie sehr geliebt. Wir haben uns auf einer Schiffsreise in die Antarktis kennengelernt.«

»Das war sicher spannend.«

»Das kann man sagen. Es war eine aufregende Tour. Aber noch viel aufregender war sie. Sophie! Dabei hatte ich damals die fünfzig schon längst überschritten.«

»Und was ist dann passiert?«

»Nun, sie ist zu mir nach Suffolk gezogen. Sie hat sogar ihre Arbeit als Biologin an einem Institut aufgegeben. Und dann habe ich ihr den Antrag gemacht, an einem Abend am Meer.«

»Klingt perfekt«, stellte ich fest.

»Ja. Aber es hat nicht funktioniert. Ich war kein guter Ehemann. Und am Ende musste ich Sophie gehen lassen.« Wehmut, Traurigkeit und Sehnsucht lagen in seinem Blick.

»Das tut mir sehr leid.«

»Verschwenden Sie nicht ihr Leben, Romy. Das ist der beste Rat, den ich Ihnen geben kann. Leben Sie.«

KAPITEL XII

Villefranche, Juli 1929

Charlotte stand gebückt vor dem Café und goss die blühenden Bougainvilleen in den großen Blumenkübeln. Sie waren durstiger als sonst in diesem heißen Sommer.

Seit sechs Jahren führte sie das Café, das sie in Café de Madame Roux umgetauft hatten, und hatte es noch keine Sekunde bereut. Morgens stand sie beschwingt auf, fuhr nach Nizza und lief durch die belebten Straßen: Hundegebell, Kindergeschrei und das Geklapper von Pferdewagen auf Kopfsteinpflaster – morgens war die Stadt am schönsten, sie mochte den Trubel. Für die zahlreichen Bars und Restaurants wurden Getränke und Lebensmittel angeliefert, Männer in Unterhemden schleppten Kisten mit frischem Fisch, Händler bauten ihre Stände mit Obst und Gemüse auf, Frauen trugen Weidekörbe, die mit Fleisch, Fisch und Gemüse gefüllt waren, nach Hause, um daraus Eintöpfe und Suppen zuzubereiten.

Das Café de Madame Roux lag mittendrin. Sobald es seine Türen öffnete, wurde es hektisch. Die Kellnerinnen liefen zwischen den Tischen umher, balancierten die vollen Tabletts wie Akrobatinnen. Die kleinen Bistrotische bogen sich nur so vor Köstlichkeiten: blättrige Croissants, dick gefüllte Mille-feuilles, aus denen die Sahne herausquoll, schokoladige Eclairs und buttrige Brioches. Kleine Tassen mit starkem Kaffee standen neben halb gefüllten Gläsern mit Absinth und bauchigen Weinkaraffen. Die Gäste diskutierten lautstark oder unterhielten sich angeregt, es wurde geraucht, gelacht und gescherzt. Charlotte liebte das Café und alles, was dazugehörte. Das Geräusch des Zapfhahns, das Scharren von Füßen auf Holzboden, die Rufe der Kellnerinnen, der Geruch von frischem Kaffee und von Zigaretten und die Musik, die aus dem knarzenden Plattenspieler drang.

Nizza war wieder die laute fröhliche Stadt, die sie vor dem Krieg gewesen war. Überall brodelte das Leben, an jeder Ecke warteten die Verlockungen des Sommers, der Duft von Lavendel, Vanille, Thymian, Zitronen und Aprikosen vermischte sich mit dem salzigen, rauen Geruch der französischen Riviera, deren Wellen an das kiesbedeckte Ufer der Baie des Anges schlugen.

»Na, du fleißige Gärtnerin!«, hörte sie plötzlich eine Stimme hinter sich rufen. Sie drehte sich um und legte die Hand zum Schutz gegen die Sonne über die Augen.

»Aimée!«, rief sie. »Wie gut, dass du kommst. Ich kann zwei helfende Hände gebrauchen! Das Unkraut zwischen den Terrassenplatten sprießt wie verrückt!«

Aimée grinste. »Gartenarbeit? Nur über meine Leiche!«

»Na schön. Ich kann auch eine Pause gebrauchen.«

Sie setzten sich an einen der Tische, die unter der schattenspendenden gelb-weiß gestreiften Markise standen, und Charlotte holte zwei Becher Kaffee.

»Geht es dir besser, Aimée?«, fragte Charlotte mitfühlend. Ihrer Freundin war es in den letzten Tagen und Wochen nicht gut gegangen, und sie war nur selten zur Arbeit erschienen. Sie alle hatten sich um sie gesorgt. Aber es wurde unter den Kellnerinnen auch viel getuschelt. So wurde gemunkelt, Aimées Lebensstil sei schuld, sie treibe sich zu viel herum, würde trinken und rauchen, sei in einschlägigen Etablissements gesehen worden. Charlotte kannte die Gerüchte, dass sie sich auch mit Männern einlassen würde, ein »leichtes Mädchen« sei. Aber sie gab darauf nichts. Aimée hatte ein Recht auf ein Privatleben, und wenn es ihr gefiel auszugehen, warum nicht? Sie war eine ungebundene erwachsene Frau, und heutzutage war es einfacher als früher, als solche ein selbstbestimmtes Leben zu führen.

Aimée atmete tief ein. »Ich weiß jetzt, warum mir immer so übel war.«

Charlotte ergriff unwillkürlich ihre Hand. »Ist es etwas Ernstes?«

Aimée zog die Schultern hoch. »Ich bin schwanger«, flüsterte sie.

Charlotte schlug sich erschrocken die Hand vor den Mund. »Aber … Wie kann das sein?«

Aimée konnte sich ein spöttisches Grinsen nicht verkneifen. »Muss ich dir das wirklich erklären? Ich dachte, das weiß man als verheiratete Frau.«

»Ach Aimée.« Charlotte schlang die Hände ineinander. »Wer ist denn der Vater?«

»Ich kenne ihn kaum«, gab Aimée kleinlaut zu. »Er war an einem Abend im Le Figaro.«

»In dieser Spelunke?«

»Es kann dort durchaus nett sein!«, verteidigte sich Aimée.

»Na schön. Und wie heißt der Mann?«

Aimée antwortete nicht, presste nur die Lippen aufeinander und lief rot an.

Charlotte schnappte nach Luft. »Du kennst seinen Namen nicht? Herrje, Aimée!«

»Es war doch nur eine Nacht! Ich habe mir nichts dabei gedacht.« Sie rieb sich über die Stirn. »Wenn ich ausgehe, lenkt mich das ab. Von dem Schmerz, der in mir ist«, sagte sie traurig.

Charlotte seufzte. »Aber dieser Schmerz darf doch nicht dein

Leben bestimmen! Nicht mehr. Lucien ist seit über zehn Jahren tot!«

»Das stimmt«, rief Aimée. »Aber mit ihm hätte ich das schönste Leben haben können. Mit ihm wollte ich eine Familie! Und tagtäglich sehe ich euch vor mir. Dich und Henri, Francine und Étienne mit ihrem Sohn Olivier. Ich hätte all das auch haben können! Es ist so unfair! Warum ist mir dieses Glück nicht vergönnt gewesen?«

»Aber es gibt doch so viele nette Männer hier. Sieh dich doch nur um. Du könntest jemanden kennenlernen ...«

»Dafür bin ich zu alt. Eine Frau, die die dreißig überschritten hat, findet keinen Mann mehr, Charlotte. Das weißt du doch.«

»Unsinn.« Charlotte schüttelte den Kopf, aber sie musste zugeben, dass Aimée nicht ganz unrecht hatte. »Und was hast du jetzt vor?«, fragte sie, um wieder auf die Schwangerschaft zurückzukommen.

»Ich werde das Kind bekommen. Ich pfeif auf das, was die Leute sagen. Dieses kleine Wesen in meinem Bauch wird ein gutes Leben haben.«

»Henri, Francine, Étienne und ich werden dich unterstützen, wo wir können. Mach dir keine Sorgen. Zusammen schaffen wir das.«

»Das ist nett gemeint, aber ich schaffe das auch allein. Francine wird mir sowieso nicht helfen. Sie hat doch schon seit jeher etwas gegen mich.«

»Das stimmt nicht! Sie glaubt nur an andere Dinge und hält deinen Lebensstil für ... nicht gut.«

»Du brauchst sie nicht zu verteidigen, Charlotte. Es ist alles in Ordnung.« Aimée stand auf. »Meine Schicht beginnt gleich. Ich gehe mich umziehen.« Damit war Aimée verschwunden.

Charlotte blieb allein auf der Terrasse zurück. Für einen

Moment sah sie gedankenverloren den Kindern zu, die auf dem Marktplatz ein Hüpfspiel spielten, betrachtete dann das Café. Sie erinnerte sich daran, wie sie es damals gemeinsam renoviert hatten. Als Madame Roux ihnen das Café überließ, hatten sie nicht gedacht, dass so viel zu tun sein würde. Als Gäste war ihnen der teilweise sehr schlechte Zustand der Räumlichkeiten nicht so aufgefallen, aber nachdem sie alles genau inspiziert hatten und die verschimmelten Wände, den abgeblätterten Putz, den gewölbten Dielenboden und die verwitterten Fensterläden sahen, wussten sie, dass eine Menge Arbeit auf sie zukommen würde. Doch sie hatten viele helfende Hände gehabt, die gesamte Nachbarschaft hatte sie mit Feuereifer unterstützt. Étienne kannte einen Glaser, der ihre Fenster erneuerte und dafür nichts weiter forderte als ein paar kostenlose Abendessen. Henris Arbeitskollegen halfen bei der Renovierung der Küche, und sogar Chloé kam mit ihrem Mann, ihren zwei älteren Söhnen und ihren Brüdern, um den Dielenboden abzuschleifen.

Die ersten Jahre waren wundervoll gewesen, magisch. Sie hatte es geliebt, sich in der Morgendämmerung auf ihr klappriges Rad zu setzen und mit Francine zusammen den Mont Boron nach Nizza zu überqueren. Während die Sonne langsam aufging und sich durch die dichten Morgenwolken kämpfte, traten die beiden jungen Frauen in die Pedale, erklommen den Hügel, der Villefranche und Nizza trennte, mit gemeinschaftlicher Kraft. Vor dem Café trafen sie dann auf Aimée, und zusammen schlossen sie die Tür auf. Es war ein Ritual, das sie alle daran erinnerte, dass dies nun ihr gemeinsames Werk war. Sogar Aimée blühte während der ersten Monate auf. Manchmal beobachtete Charlotte sie, wie sie fröhlich pfeifend Hefeteig knetete, Macarons aus dem dampfenden Ofen holte oder lächelnd Schlagsahne schlug. Und das Café lief hervorragend. Viele der früheren Stammgäste kamen, aber auch Leute aus der Nachbarschaft, Kaufleute, Arbeiter, Fischer, Seeleute, Künstler und Reisende, die das gemütliche Café mit den vielen Bildern den unpersönlichen und teuren Lokalen an der Promenade des Anglais vorzogen. Charlotte, Francine und Aimée hatten alle Hände voll zu tun und mussten zwei Kellnerinnen und einen Koch einstellen, weil sie die Arbeit sonst nicht geschafft hätten.

Auch Henri hatte in diesen Jahren viel gearbeitet, doch das hatte ihrer Liebe keinen Abbruch getan. Denn jede gemeinsame Minute erlebten sie als sehr intensiv. Manchmal holte er sie aus dem Café ab, und sie spazierten Hand in Hand über den Mont Boron zurück nach Villefranche, die glitzernden Lichter des Hafens von Nizza im Rücken. In heißen Sommern schwammen sie in der Nacht im Meer, stürzten sich in die angenehm kühlen Fluten und liebten sich danach auf den Felsen hinter den Klippen, erkundeten den Körper des anderen, als wäre er ein kostbarer Schatz.

Erst in der letzten Zeit war alles schwieriger geworden. Francine hatte vor drei Jahren ein Kind bekommen, Olivier, einen aufgeweckten, fröhlichen Jungen, der jedoch viel Aufmerksamkeit brauchte. Immer häufiger fiel sie aus, weil sie sich um ihn kümmern musste. Und dann war da noch Aimée, die häufig zu spät kam oder gar nicht erschien. Manchmal hatte Charlotte das Gefühl, dass sie die Einzige war, die das Café mit all ihrem Herzblut erhalten wollte.

Sie und Henri hatten in den letzten Jahren ebenfalls versucht, ein Kind zu bekommen. Doch bislang hatte es nicht geklappt, und langsam ließ ihre Hoffnung nach. Sie wünschte sich sehnlichst, eine Familie zu gründen, aber aus irgendeinem Grund war ihnen dieses Glück verwehrt. Vielleicht war ihr auch deshalb das Café so wichtig.

Am nächsten Tag beschlossen Charlotte und Henri, mal wieder einen längeren Spaziergang zu machen. Sie brauchten einen Tag der Ruhe, der Ablenkung. Ihr Weg führte sie von den steinigen Felsen des Cap Ferrat über den feinsandigen Plage des Passables, vorbei an exotischen Pflanzen des Jardin Botanique der Villa Les Cèdres. Schließlich ging es zurück zum Plage des Marinières, wo sich einige Damen kreischend ins erfrischende Nass stürzten. Vom Meer wehte ein lauer Wind, der die Spätsommerhitze erträglicher machte, und sie plauderten über dieses und jenes, machten Rast auf einer Bank, schauten aufs Meer, küssten sich. In solchen Momenten vergaßen sie ihre Sorgen, es gab nur sie beide, das glitzernde Wasser und die warmen Sonnenstrahlen auf ihrer Haut.

Als sie die Promenade verlassen wollten, um durch die engen Gassen von Villefranche zu ihrem Haus zu gelangen, trat plötzlich ein Mann auf sie zu. Er war schlank, hatte tiefschwarzes Haar, das unordentlich zu allen Seiten abstand, und trug eine helle Latzhose.

»Guten Tag, mein Name ist Girard. Jean-Paul Girard«, erklärte er, als er vor ihnen stand. Er zog etwas ungelenk einen unsichtbaren Hut.

Charlotte kam er bekannt vor. »Ich kenne Sie!«, rief sie schließlich aus. »Sie waren damals bei Madame Roux im Café, sie hatte eine Vernissage für Sie veranstaltet! Sie sind inzwischen sehr berühmt!«

Er hüstelte verlegen. »Nun ja. Berühmt ist sicher der falsche Ausdruck. Aber nun zu meinem Anliegen. Ich würde Sie gerne malen, wenn ich darf.«

Henri runzelte die Stirn. »Uns?«

»Ja. Sie sind ein wirklich schönes Paar.«

»Das ist etwas … ungewöhnlich«, stellte Henri fest.

Doch Charlotte war neugierig geworden. Sie erinnerte sich daran, dass Madame Roux Girards Arbeiten zwar großartig gefunden hatte, sie hatte aber auch erzählt, dass er viele Schaffenskrisen hätte.

»Wo möchten Sie uns denn malen, Monsieur Girard?«

»Hier.« Er zeigte auf den im Halbdunkel liegenden Platz hinter ihnen, auf dem ein kleiner Brunnen und ein paar Blumentöpfe mit welken Dahlien standen.

»Wirklich? Es gibt sicher hübschere Orte als diesen. Vor dem Meer vielleicht?«

»Nein. Es geht mir darum, Sie beide zu zeigen, nicht irgendeinen schönen Hintergrund.«

»Aber es ist schon fast dunkel! Brauchen Maler nicht ein bestimmtes Licht für ihre Werke?«, mischte sich Henri ein.

»Vertrauen Sie mir. Ich bezahle Sie auch für das Modellstehen!« Man merkte Monsieur Girard an, dass ihm die vielen Fragen nicht behagten.

Charlotte warf Henri einen Blick zu, und sein Gesichtsausdruck verriet ihr, dass er einverstanden war.

Als Monsieur Girard seine Staffelei geholt und die beiden in Position gestellt hatte, flüsterte Henri Charlotte zu: »Wer weiß, vielleicht wird dieses Bild ja eines Tages weltberühmt!«

»Mit uns als Motiv? Na, ich weiß nicht.«

Aus dem einen Bild wurden drei. Monsieur Girard erklärte, er habe eine Vision, und eine Folge von drei Bildern würde dieser am ehesten nahekommen. So trafen sie sich in den nächsten Tagen in aller Frühe erneut. Es war ungewohnt und doch aufregend, Modell zu stehen, und Charlotte konnte es kaum erwarten, die Bilder zu sehen.

Monsieur Girards Finger fegten über die Leinwand, er wirkte hektisch und wirr, als hätte er Angst, etwas zu verpassen, einen

Ausdruck, eine Geste, eine Mimik. Als er endlich fertig war und ihnen das Triptychon zeigte, war Charlotte zutiefst berührt. Es war, als würde sie sich selbst sehen, mit all der Liebe, die sie für Henri empfand, aber auch der Sehnsucht, der Unsicherheit, die mit jeder Liebe einherging, und der Uneinigkeit, die sie so oft voneinander entfernte. Es war, als würde sie in ihr Innerstes schauen, in das von Henri und in das von ihr.

Aber da war noch mehr. Gerade das letzte Bild, jenes, bei dem sie umschlungen vor dem Brunnen standen, zeigte eine tiefe Furcht, einander verlieren zu können. Dieses Gefühl kannte jeder Liebende. Die Angst, allein zurückzubleiben. Ohne die Geborgenheit, das Verständnis des anderen.

Auch Henri brauchte lange, bis er seine Sprache wiederfand. »Wir sollten die Bilder behalten«, flüsterte er dann.

»Das können wir uns nicht leisten«, erwiderte Charlotte. Aber auch sie war noch immer ganz ergriffen. Es fiel ihr schwer, den Blick abzuwenden, sie fühlte sich wie magisch angezogen von dem Triptychon, hatte jedoch zugleich ein mulmiges Gefühl in der Magengegend. »Vielleicht ist es ja letztlich besser so. Wir hätten gar keinen angemessenen Platz, um sie aufzuhängen.«

Doch die Gemälde ließen sie auch in den nächsten Tagen nicht los. Wenn sie im Café stand und Kaffee zubereitete oder Kuchen anschnitt, musste sie an die Konturen und die Mimik ihres Gesichts denken, die Girard auf die Leinwand gebracht hatte, daran, wie genau Henris Hände getroffen waren, wie deutlich ihre Gesichter wiedergaben, was sie wirklich fühlten.

Als sie eines Abends mit ihrem Fahrrad über den Mont Boron fuhr, blieb sie stehen, betrachtete die bauschigen Wellen, die sich durch die Bucht schoben, dachte an das, was die Bilder in ihr ausgelöst hatten. Ihr junges Leben war bislang von vielen Widrigkeiten geprägt gewesen, und doch hatte sie nie den Glauben an das Gute aufgegeben. Vielleicht, weil sie Freunde hatte, Menschen, die für sie einstanden, eine große Liebe. Und sie dachte daran, dass es viele gab, die dieses Glück nicht hatten. Für die niemand einstand. Die allein waren. Sie radelte weiter, fuhr nach Hause und nahm Henri fest in den Arm. »Wir werden etwas Sinnvolles in unserem Leben tun«, flüsterte sie an seinem Hals.

Er schien zu wissen, was sie meinte, obwohl sie sich selbst darüber nicht ganz im Klaren war.

»Ja«, sagte er. »Dessen bin ich mir gewiss.«

Am nächsten Tag kam Julie zu Besuch. Ihr gehörte inzwischen eine Praxis in der Rue Poget. Ihren Traum, Chirurgin zu werden, hatte sie aufgeben müssen, denn für Frauen gab es kaum Möglichkeiten, in diese Männerdomäne einzudringen, das hatte sie schon während des Studiums einsehen müssen. Als dann vor einigen Jahren ein Arzt, der im Lazarett gearbeitet hatte, in den Ruhestand gegangen war, hatte sie nicht lange gezögert und seine Praxis übernommen. Am Anfang hatte sie kaum Patienten gehabt. Man misstraute einer Ärztin, glaubte, dass sie ihre Arbeit nicht so gut machen würde wie ein Mann. Doch irgendwann kam eine junge Frau zu ihr, die schon bei allen anderen Medizinern der Stadt gewesen war. Niemand hatte ihr helfen können. Julie war ihre letzte Hoffnung. Und tatsächlich schaffte diese es, ihren schrecklichen Hautausschlag mit einer speziellen Salbe zu lindern. Die Frau war zufällig die Gattin des Bürgermeisters. Von da an brauchte Julie sich keine Gedanken mehr über neue Patienten zu machen.

Julie trug einen koketten Hut und ein straff geschnürtes hellrosa Kleid, in dem ihre schmale Taille besonders gut zur Geltung kam. Ihre Wangen strahlten rosig, und sie war schick frisiert.

»Du siehst zauberhaft aus«, begrüßte Charlotte sie.

»Es ist schön, dich zu sehen.« Julie legte Handschuhe und Schirm auf die Anrichte im Flur. »Ab und zu muss ich die Praxis verlassen, sonst werde ich noch verrückt.«

Sie setzten sich ins Wohnzimmer, und Charlotte servierte Tee und Gebäck. Sie sprachen einige Zeit über das Wetter und andere alltägliche Dinge, bis Charlotte schließlich fragte: »Hast du von Aimée gehört?«

»Ja. Und ich habe so etwas schon befürchtet.«

»Wieso das?«

»Nun, so etwas passiert, wenn man nicht aufpasst. Hast du eine Vorstellung davon, wie oft junge Frauen in Nizza zu Engelmachern gehen? Das geschieht häufiger, als du denkst.«

»Ich habe ihr gesagt, dass wir ihr beistehen werden. Was immer geschieht.«

»Natürlich. Das ist selbstverständlich«, bestätigte Julie nachdenklich.

Charlotte spürte, dass etwas nicht stimmte. »Was ist los, Julie?«

»Ach nichts. Es ist nur ...« Sie kniff die Augen zusammen. »Ich habe mich auf etwas eingelassen.«

Charlotte erschrak. »Sag jetzt nicht, dass du auch ein Kind erwartest!«

»Nein, nein, das ist es nicht.« Julie winkte ab, fast ein bisschen ärgerlich. »Ich tue in meiner Praxis Dinge, die nicht erlaubt sind.«

»Aber ... Julie! Du hast so hart dafür gearbeitet, Ärztin zu werden. Wie kannst du das aufs Spiel setzen!«

»Aber irgendjemand muss es tun, Charlotte! Diese Frauen gehen zu Männern, die nur Geld verdienen wollen, die keine Skrupel haben und an ihnen herumpfuschen. Viele können danach keine Kinder mehr bekommen! Ich kann diesen Frauen helfen, ohne sie dabei zu verletzen oder zu verstümmeln.«

Charlotte vergrub den Kopf in den Händen. »Ich verstehe das, Julie. Aber du musst vorsichtig sein! Wenn das herauskommt …«

»… werde ich nie mehr als Ärztin arbeiten können. Das brauchst du mir nicht zu sagen.« Sie klang traurig, aber nicht minder entschlossen. »Und trotzdem werde ich weitermachen. Weil ich es muss.«

Charlotte bewunderte Julie für ihre entschiedene Haltung. Ihre Freundin hatte sich verändert in den letzten Jahren. Sie hatte sich bewusst gegen das Leben als Ehefrau und Mutter entschieden, war mit all ihrem Herzblut Ärztin. Nach außen erschien sie wie eine stets elegant gekleidete Dame. Doch in ihrem Inneren war sie eine Kämpferin.

»Wer hat es dir beigebracht?«, fragte Charlotte vorsichtig.

»Niemand, den du kennst«, erwiderte Julie ausweichend. Als sie merkte, dass Charlotte sie weiter abwartend anschaute, fuhr sie fort: »Wir kennen uns vom Studium an der Sorbonne. Eric arbeitet jetzt am Hôpital Cimiez.«

»Eric?« Charlotte zog die Augenbrauen hoch. »Und Eric ist … ein Freund?«

»Ein guter Freund.« Julie nahm sich einen Keks und lehnte sich zurück. »Es ist nicht so, wie du vielleicht denkst. Er ist verheiratet. Wir sind wirklich nur Freunde.«

»Aha.« Charlotte seufzte. »Es ist ja auch deine Sache.«

»Eric kennt interessante Leute, sie sitzen oft abends im Le Lion zusammen, ich war ein paarmal dabei.«

»Ist das nicht die Kneipe der Kommunisten?«

Julie nickte.

»Dieser Eric ist also ein Roter?«, fragte Charlotte weiter.

Ihre Freundin nickte erneut.

»Jetzt lass dir doch nicht jedes Wort aus der Nase ziehen, Julie!«

»Aber was soll ich denn sagen? Ja, er ist Kommunist. Und ich finde seine Ansichten, um ehrlich zu sein, nachvollziehbar. Wir leben in einer viel zu stark vom Geld getriebenen Gesellschaft. Es ist einfach nicht gerecht, dass einige viel haben und andere gar nichts.«

»Natürlich ist das nicht immer gerecht. Aber so ist unsere Welt nun mal. Die Menschen streben nach einem besseren Leben für sich und ihre Lieben.«

»Das meine ich doch gar nicht! Es geht um die Reichen, diejenigen, die sich das Geld in die Tasche scheffeln, das eigentlich der Gemeinschaft gehört. Allen Menschen! Und warum entscheidet deine Geburt darüber, was später aus dir wird? Warum haben nicht alle die gleichen Möglichkeiten? Es ist doch nicht fair, dass ein Junge aus einem Armenviertel niemals die Chance haben wird, ein Industrieller zu werden!«

Charlotte seufzte. »Ich bin nicht die Richtige für solche politischen Themen. Aber ich begreife, was du meinst.« Sie betrachtete ihre Freundin. Julie hatte immer viel Wert auf ihr Äußeres gelegt, sie war eine hübsche und energische Person. Nie im Leben wäre sie auf die Idee gekommen, dass sie kommunistische Ideen propagieren würde. Die Mitglieder der PCF, der Parti communiste français, die sie kannte, waren ganz anders. Laut, wütend, fanatisch. Das passte nicht zu Julie. Aber manchmal kam eben alles anders im Leben, wer wusste das besser als Charlotte.

»Pass auf dich auf, Julie. Du bist eine großartige Ärztin. Mach dir das nicht kaputt. Denk an die Zukunft.«

»Keine Sorge, Charlotte. Ich bin vorsichtig. Aber wenn man nicht selbst für seine Überzeugungen einsteht – wer soll es dann für einen tun?«

KAPITEL XIII

Nizza, Mai 2019

Ich hatte mithilfe meines alten Studienfreunds Valentin, der in den USA lebte und der findigste Hobbydetektiv war, den ich kannte, den Neffen von Jean-Paul Girard ausfindig gemacht. Er wohnte in einem noblen Vorort von New York und war ein erfolgreicher Unternehmer. Nachdem ich ihm eine E-Mail geschrieben hatte, antwortete er umgehend, meinte, dass er sowieso in den nächsten Tagen geschäftlich in Europa zu tun hätte und wir uns in Südfrankreich treffen könnten. Ich war etwas überrascht, dass er so schnell zustimmte, uns zu helfen, freute mich aber auch, dass endlich mal etwas problemlos klappte. Wir tappten schon zu lange im Dunkeln.

Adam wäre gern bei dem Treffen mit Girards Neffen dabei gewesen, aber er hatte anderes zu tun, also suchte ich ihn allein in einem Ferienhaus auf, das einem Freund von ihm gehörte. Ich fragte mich, was das wohl für ein Freund war, denn es befand sich in Saint-Jean-Cap-Ferrat, einem der teuersten Orte der Welt. Das extravagante Anwesen war in einen Hang gebaut und ein architektonisches Meisterwerk: eine strahlend weiße Fassade, riesige Fensterfronten und eine große Terrasse mit Blick auf die steilen Klippen und das Meer.

Claude Girard begrüßte mich an der Pforte. Ich hatte im Internet ein wenig über ihn recherchiert; er war der Sohn von Jean-Paul Girards Schwester Caroline, die um einiges jünger gewesen war als ihr Bruder und ihn sehr verehrt hatte. In den späten Fünfzigern – einige Jahre vor Girards Tod – war sie ihm mit ihrem kleinen Sohn nach New York gefolgt. Claude Girard war um die sechzig, mittelgroß und schlank und trug eine randlose Brille. Hemd, Hose und Schuhe wirkten wie die typische Freizeitkleidung eines wohlhabenden Mannes; dezent, sportlich und doch stilvoll. Um seine Beine wuselten zwei Yorkshire Terrier herum, die schwanzwedelnd an mir hochsprangen, als ich durch die Pforte kam.

»Sie müssen entschuldigen, sie sind schlecht erzogen«, sagte Monsieur Girard, nachdem er mir die Hand geschüttelt hatte. Er sprach Englisch, hatte aber einen feinen französischen Akzent, der ihm etwas Warmes und Freundliches verlieh.

»Das macht nichts. Ich liebe Hunde.« Ich ging in die Hocke, um die beiden hinter den Ohren zu kraulen, was ihnen sehr gefiel.

»Kommen Sie.« Er führte mich über einen schmalen, von leuchtenden Pfingstrosen gesäumten Kiesweg auf die weitläufige Terrasse, die mit Dielen aus Douglasie-Holz ausgelegt war, und wo unter einem roten Schirm ein Tisch eingedeckt war. Es duftete nach Kaffee und frisch Gebackenem, und man hörte das Meer unten am Cap gegen die Felsen schlagen. Eine rundliche Frau mit weißer Schürze stellte eine Platte mit Kuchen auf den Tisch und verließ dann lautlos die Terrasse.

»Herrlich ist es hier.« Ich setzte mich Monsieur Girard gegenüber.

»Ja, Thomas hat sich mit diesem Haus etwas ganz Besonderes geleistet. Zum Glück können auch seine Freunde davon profitieren, weil er es nur selten selbst nutzt. Er arbeitet zu viel.« Er schob die Platte in meine Richtung. »Blaubeerkuchen?«

»Gern.« Ich nahm mir ein Stück, während Monsieur Girard uns Kaffee einschenkte.

»Es ist jedenfalls schön, Sie zu treffen, Frau Dr. Hauser. Das Andenken meines Onkels zu bewahren war mir immer wichtig.«

»Er war einer der größten Künstler überhaupt. Das ist zumindest meine Meinung.«

Mein Gegenüber lehnte sich zurück. Mir fiel auf, dass er die gleichen stechend blauen Augen hatte wie Jean-Paul Girard.

»Wir hatten ein sehr enges Verhältnis, bis zu seinem Tod«, erklärte Claude Girard. »Er hat mir viel erzählt, von seinen Reisen, von Frankreich. Meine Mutter hat immer gesagt, dass das ein wahres Wunder sei, weil er sonst so verschlossen wäre. Er hat seine Gefühle durch das Malen ausgedrückt und nicht durch Worte.«

»Hat er je über die ›Liebenden von Nizza‹ gesprochen?«

»Oft sogar. Es war sein liebstes Werk. Wie sein eigenes Kind, so sagte er immer.«

»Es muss schlimm für ihn gewesen sein, als er davon erfuhr, dass eines der Bilder als verschollen galt.«

»Ja. Es war wirklich schrecklich für ihn, dass es nach dem Krieg nicht mehr aufgetaucht ist, und auch die beiden dazugehörigen Gemälde, die in dem Museum hängen, waren seiner Meinung nach nicht am richtigen Ort. Aber er war sich sicher, dass sie etwas Gutes bewirkt, einen Zweck erfüllt haben.«

»Das verstehe ich nicht.«

»Mein Onkel hatte sich damals entschieden, das Triptychon nicht mit nach New York zu nehmen. Er wollte es dort zurücklassen, wo er es gemalt hatte. Damals wusste er noch nicht, dass auch Südfrankreich kurz darauf in den größten Wahnsinn aller Zeiten hineingezogen werden würde.« Claude Girard hielt inne. Es war offensichtlich, dass es ihm nicht leichtfiel, über seinen Onkel zu sprechen. Immer wieder nahm er seine Brille ab und massierte sich die Nasenwurzel. »Er hat aber nicht nur das

Triptychon, sondern viele seiner Bilder verschenkt. Meist an Menschen, von denen er glaubte, dass sie sie zu schätzen wussten.«

»Und die ›Liebenden von Nizza‹? An wen hat er die drei Bilder verschenkt?«, fragte ich, obwohl ich die Antwort wusste.

»An Charlotte und Henri Fauberge. Denn sie sind das Paar, das dieses Triptychon darstellt, und mein Onkel hat mir gesagt, dass er von Anfang an gespürt hätte, dass die beiden es haben sollten.«

»Das hat er gesagt?«

»Ja.«

»Das heißt, Sie können bezeugen, dass Ihr Onkel Ihnen erzählt hat, dass er die Bilder Henri und Charlotte Fauberge übergeben hat?«

»Das kann ich.« Claude Girards glattes Gesicht wirkte plötzlich müde. »Es wäre mir sogar eine große Ehre. Meine Familie und ich haben oft an das Triptychon gedacht, aber leider nie die Zeit gefunden, nach dem Verbleib des dritten Bildes zu forschen. Doch nach so vielen Jahren sollte endlich wieder Gerechtigkeit hergestellt werden, finden Sie nicht?«

»Ja. Ja, natürlich«, antwortete ich zerstreut. Ich überlegte fieberhaft: Würde eine Aussage des Neffen von Jean-Paul Girard nicht alles ändern? Aber ich vernahm auch Adams Worte: »Das beweist noch lange nicht die Eigentumsverhältnisse.« Ich seufzte. »Wissen Sie, juristisch ist das alles sehr kompliziert«, fügte ich an. »Die Bilder wurden während des Zweiten Weltkriegs beschlagnahmt, und wir wissen leider nicht, was damals genau geschehen ist. Es existieren keine Aufzeichnungen darüber, wie es zu der Enteignung kam, und wir haben bislang auch keine stichhaltigen Beweise dafür, dass die Fauberges zum Zeitpunkt des Diebstahls die rechtmäßigen Eigentümer waren.«

»Aber für mich ist das sonnenklar!«

»Für mich auch! Aber vor Gericht scheint es wohl nicht so zu sein. Es wäre ja möglich, dass die Fauberges die Bilder später verkauft haben. Jedenfalls ist das Museum nicht gewillt, sie herauszugeben. ›Die Liebenden von Nizza‹ ist deren größte Attraktion, die geben sie nicht einfach her.«

»Vielleicht gibt es ja noch etwas, was Ihnen helfen kann!« Monsieur Girard stand auf und kam kurz darauf mit einem Notizbuch zurück. Es war in braunes gegerbtes Leder gebunden und an den Ecken leicht abgestoßen. Er drehte und wendete es, als wolle er es nicht loslassen.

»Eigentlich wollte ich Ihnen das hier nicht geben«, erklärte er. »Es ist zu persönlich. Mein Onkel hat es mir vererbt. Dieses Notizbuch ist sehr wertvoll. Und damit meine ich nicht den finanziellen Wert.«

»Das kann ich sehr gut nachvollziehen.« Ich konnte nichts dagegen tun, es zog mich zu dem Buch. »Darf ich es dennoch mal sehen?«, hörte ich mich fragen.

Zögerlich reichte er es mir, jedoch ohne es aus den Augen zu lassen.

Ich war mir durchaus bewusst, dass ich etwas Kostbares in den Händen hielt. »Darf ich hineinsehen?«

»Ja, aber gehen Sie bitte vorsichtig damit um.«

Behutsam öffnete ich das Notizbuch. Nachdem ich die erste Seite aufgeschlagen hatte, wusste ich, dass es das Schwierigste sein würde, die Schrift des Malers zu entziffern. Enttäuscht gab ich es zurück.

»Ja, die Schrift ist kaum zu entziffern. Ich werde Ihnen die Stelle vorlesen, die für Sie vielleicht wichtig sein kann.« Claude Girard rückte seine Brille zurecht und blätterte darin herum, ungefähr bis zur Hälfte. »Da ist es.«

August 1941. Haben uns nun endgültig entschieden, nach Amerika auszuwandern. Haben hier keine Zukunft, dies sehe auch ich nun ein. Habe mich nach langem Überlegen entschlossen, die »Liebenden von Nizza« zu verschenken. Henri und Charlotte waren meine Inspiration, sie sollen das, was die Bilder vermitteln, die Liebe, die Sehnsucht, aber auch den Zusammenhalt zwischen Menschen, die Hoffnung, dass am Ende alles gut wird, weitertragen in die Welt. Ich weiß, dass die beiden sie in Ehren halten werden. Denn ich kann es nicht mehr, ich laufe davon. Wie ein räudiger Köter. Ich verlasse die Schönheit. Was soll ich in New York malen? Wolkenkratzer? Nein. Ich werde nicht mehr malen. Nie mehr. Aber die Bilder bleiben, und sie sollen in den Händen derer sein, für die ich sie erschaffen habe.

Claude Girard ließ das Notizbuch in seinen Schoß sinken und nahm seine Brille ab. Wir schwiegen, nur das entfernte Rauschen des Meers und das Summen einiger Bienen, die sich von den bunten Verbenen und Wandelröschen Nektar versprachen, war zu hören.

»Es tut mir leid«, sagte ich schließlich in die Stille hinein.

»Es ist, wie es ist. So war es nun mal damals. Mein Onkel musste fortgehen und sein Werk zurücklassen. Es war nicht leicht für ihn. Auch wenn seine Kunst nicht als ›entartet‹ galt, so konnte er in Österreich doch nicht mehr so frei malen, wie er es gewohnt war.« Claude Girard setzte seine Brille wieder auf und reichte mir das Notizbuch erneut. »Denken Sie, diese Notiz könnte bei der Rückbeschaffung der Bilder helfen?«

»Auf jeden Fall ist es ein wichtiges Beweisstück.«

»Es hätte meinen Onkel sicher gefreut, wenn am Ende das Recht siegen würde.« Er stand auf und übergab mir das Notizbuch, und ich merkte, dass es für mich Zeit war zu gehen.

»Es hat mich gefreut, Ihre Bekanntschaft zu machen, Monsieur Girard. Vielen Dank für Ihre Hilfe.« Ich schüttelte ihm zum Abschied die Hand. »Ich weiß, dass so etwas nicht einfach ist. Etwas so Wertvolles aus der Hand zu geben, meine ich. Sie bekommen es so schnell wie möglich zurück, gleich nach dem Prozess.«

»Sorgen Sie dafür, dass die Bilder wieder dorthin kommen, wo sie hingehören.«

»Wir tun, was wir können.«

Ich entschloss mich, nicht in ein Taxi zu steigen und zurück nach Nizza zu fahren, sondern ein Stück zu Fuß zu gehen. Das Wasser in der Bucht von Saint-Jean-Cap-Ferrat glitzerte faszinierend in der Sonne. Ich blieb an einem kleinen Strandabschnitt stehen und betrachtete das weiße Kreuzfahrtschiff, das einige hundert Meter vor dem Hafen vor Anker gegangen war. Einige Personen tummelten sich an Deck, aus der Ferne sahen sie aus wie Spielzeugfiguren. Die Luft war warm und samtig, Vögel zwitscherten. Und obwohl dieser Ort wahrscheinlich einer der schönsten Flecken Erde war, den ich je gesehen hatte, war ich plötzlich von Schmerz erfüllt. Ich musste an Lara denken und an Jean-Paul Girard, der sein Leben aufgeben, der das, was er über alles liebte, zurücklassen musste. Und ich musste an Édouard denken, der so großes Leid mit sich herumtrug, dass sogar seine Ehe daran gescheitert war. Dass die Welt und das Leben nicht immer gerecht waren, war nichts Neues. Aber wie schaffte man es, mit dieser Ungerechtigkeit zu leben und nicht daran zu verzweifeln?

Zurück in der Pension, wartete Adam im Innenhof auf mich. Für uns beide war er zu unserem Arbeitsplatz geworden, wo wir zu den besten Ergebnissen kamen.

»Du siehst etwas mitgenommen aus«, stellte er fest.

»Habe auch einiges in Erfahrung gebracht«, sagte ich, erzählte ihm von Claude Girard und gab ihm das Notizbuch seines Onkels.

»Das ist sehr gut, Romy. Wirklich hervorragend.« Adam nahm das Notizbuch an sich. »Ich werde gut darauf aufpassen.«

»Aber so richtig weiter bringt es uns nicht, oder?«

»Na ja, es ist ein weiteres Indiz. Das kann helfen, aber ein konkreter Beweis ist das leider immer noch nicht. Solange wir nicht wissen, was genau damals passiert ist …« Adam strich sich über die Stirn.

»Aber dann müssen wir weitersuchen!«

»Natürlich werden wir das tun. Hast du eine Idee?«

»Ich versuche, etwas über diesen Pierre Sauvage herauszufinden. Ich meine, es ist doch seltsam, dass wir schon mehrere Male auf diesen Namen gestoßen sind. Erst erwähnt Olivier Renouf ihn, dann Édouard, und mit Frédéric Delamare scheint er auch Geschäfte gemacht zu haben.«

»Hast du schon etwas Konkretes entdeckt?«

»Leider nein. Ich konnte nicht mal herausfinden, wann er gestorben ist. Sehr mysteriös.«

»Haben wir noch eine weitere Alternative?«

»Wir sollten nochmals de la Mare aufsuchen. Mein Bauchgefühl sagt mir, dass er etwas zurückgehalten hat. Diese ganze Familiengeschichte kommt mir höchst seltsam vor; seine Mutter, die irgendein dunkles Geheimnis mit sich herumgetragen hat; der Stiefvater, der Kunstsammler war und mit von Bischoffshofen Geschäfte gemacht hat. Da muss mehr dahinterstecken!«

»Gut möglich.« Adam lehnte sich zurück. »Willst du ihn dir vorknöpfen, oder soll ich das lieber mit meinem bösen Anwaltsgesicht machen?«

»Ich kenne dein böses Anwaltsgesicht gar nicht«, erwiderte ich.

»Gott sei Dank. Es würde dir bestimmt nicht gefallen.« Plötzlich beugte er sich zu mir hinüber und küsste mich zärtlich auf den Mund.

Wir blieben noch eine Weile im Innenhof sitzen und besprachen, wie ich noch einmal Vincent de la Mare in die Mangel nehmen könnte. Adam würde derweil den Prozess vorbereiten.

Zwei Stunden später rief ich von meinem Zimmer aus de la Mare an. Er meldete sich persönlich, was mich wunderte.

»Guten Tag, Monsieur. Hier spricht Dr. Romy Hauser. Wir waren vor ein paar Tagen bei Ihnen, mein Kollege Adam Gold und ich.«

Es war still in der Leitung. Dann räusperte er sich. »Ich erinnere mich. Was kann ich für Sie tun?«

»Ich wollte fragen, ob ich Sie ein weiteres Mal besuchen dürfte. Es gibt noch so viele Ungereimtheiten und Unklarheiten. Wir denken, dass Sie vielleicht doch mehr dazu beitragen könnten, Licht in diesen Fall zu bringen. Ich meine, ein Mann wie Sie, mit all Ihren Verbindungen …«

Er erwiderte nichts, und ich hatte schon Angst, dass er auflegen würde. Doch dann sagte er: »Nun ja … Also schön. Passt Ihnen morgen um elf?«

Vincent de la Mare trug diesmal keinen Morgenmantel, sondern einen roten Anzug aus Samt, in dem er nicht minder merkwürdig wirkte. Aber ich war so froh, dass er mich noch einmal empfing, dass mich seine Aufmachung nicht besonders interessierte.

Er bot mir Kaffee an, und wir setzten uns auf die Terrasse. Das Geräusch eines Rasenmähers war entfernt zu hören, und ein paar Vögel zwitscherten in dem Apfelbaum, der uns Schatten spendete.

Mein Gegenüber wirkte zerknirscht, und ich beschloss, nicht gleich mit der Tür ins Haus zu fallen. Nachdem ich ein wenig über das Wetter geplaudert hatte und die Blumen im Garten, schien er sich etwas zu entspannen.

»Dr. Hauser, ich muss mich entschuldigen«, sagte er plötzlich unvermittelt.

»Warum denn?«

»Ich war nicht ehrlich zu Ihnen. Eigentlich bin ich stets ehrlich, das müssen Sie mir glauben. Aber meine Eltern sind ein schwieriges Thema für mich.« Er schürzte seine schwulstigen Lippen. »Mein Stiefvater war nicht immer gut zu mir. Und auch nicht zu meiner Mutter. Deshalb habe ich meinen Namen geändert, ich wollte nicht ständig an ihn erinnert werden. Hervé war der Mädchenname meiner Mutter, und ich trage ihn mit Stolz. Aber trotz allem hat mein Stiefvater Frédéric uns stets beschützt, und er hat mir nach seinem Tod sein ganzes Vermögen und all seine Kunstwerke vermacht. Vielleicht steckte doch ein guter Kern in ihm. Das habe ich mir zumindest eingeredet.«

»Menschen tun manchmal Dinge, die sie später bereuen. Und manchmal wird einem erst im Nachhinein bewusst, was man den Menschen, die man liebt, angetan hat.«

»Das haben Sie schön gesagt. Ich möchte Ihnen etwas geben, warten Sie bitte einen Moment.« Er stand umständlich auf, ging ins Haus und kam kurz darauf mit einem Aktenordner zurück. »Diese Unterlagen waren nicht in meinem Privatarchiv. Ich hatte sie versteckt, für den Fall, dass …« Er zögerte.

»… Menschen wie ich nach ihnen fragen würden?«

»So ist es wohl.« Er blätterte in dem Ordner, bis er schließlich gefunden zu haben schien, was er suchte. Er reichte mir ein verblichenes Schwarz-Weiß-Foto in einer Klarsichtfolie.

Ich betrachtete es intensiv. Darauf waren zwei Männer zu sehen, die vor einem Haus standen. Es kam mir auffallend bekannt vor. Dann stutzte ich. Das war Édouards Elternhaus! Die

Männer hielten zwei Bilder in den Händen. Und hier brauchte ich nicht genauer hinzusehen, um zu erkennen, dass es sich um »Die Liebenden von Nizza« handelte. Ich schnappte nach Luft und drehte das Foto um. »Beschlagnahme der ›Liebenden von Nizza‹ von Jean-Paul Girard, 25. April 1944.« Ich spürte mein Herz schneller in meiner Brust klopfen.

Mit offenem Mund sah ich Monsieur de la Mare an. Dieser seufzte und tippte auf den Mann, der rechts auf der Aufnahme zu sehen war und einen Frack und eleganten Zylinder trug. »Das ist mein Stiefvater, Frédéric Delamare.«

»Er hat die Bilder gestohlen ...«, wisperte ich. »Und der andere Mann?«

»Das ist Gerhard von Bischoffshofen.«

»Warum besaß Ihr Stiefvater dieses Foto?«

»Das weiß ich nicht genau. Ich glaube, dass er etwas in der Hand haben wollte. Auch wenn das Foto ihn selbst belastete, so konnte er damit zeigen, dass er nicht allein an dem Raub beteiligt war.« Monsieur de la Mare blickte mich auf einmal misstrauisch an. »Was haben Sie jetzt vor?«

»Ich brauche das Foto natürlich.«

»Ich weiß.« Seine Stimme war so leise, dass ich ihn kaum verstehen konnte. Müde rieb er sich über die Stirn.

»Es ist eines der wichtigsten Beweisstücke überhaupt«, erklärte ich vorsichtig. »Damit können wir endlich darlegen, von wem die Bilder geraubt wurden.« Mir war bewusst, dass es ein großer Schritt für diesen Mann war, dieses Bild herauszugeben. »Sie wollen doch auch, dass schlussendlich Gerechtigkeit herrscht, nicht wahr?«

Er wand sich. »Sie verstehen das nicht. Eigentlich wollte ich Ihnen das Foto gar nicht zeigen. Ich hatte den Ordner nicht ohne Grund versteckt. Ich wusste, dass diese verdammte Aufnahme nur Unglück bringt. Aber nachdem Sie hier waren, habe ich noch einmal den Brief gelesen, den meine Mutter mir kurz vor ihrem Tod geschrieben hat. Sie war eine so gute Seele, und sie wollte Wiedergutmachung.«

»Sehen Sie. Womöglich hätte sie gewollt, dass Édouard die Bilder seiner Eltern zurückbekommt. Denken Sie das nicht?«

Er ließ die Schultern hängen. »Vielleicht«, wisperte er. »Aber versprechen Sie mir, dass Sie meine Mutter da raushalten! Sie kann nichts dafür. Es war nicht ihre Schuld.«

»Natürlich. Wir wollen nur den damaligen Tathergang beweisen. Mehr nicht.«

Ich fuhr zurück zur Pension, aber Adam war nicht da. Er hätte irgendetwas in der Stadt zu erledigen, sagte Camille, die Inhaberin, als ich nach ihm fragte.

Ich setzte mich in den Innenhof, um auf ihn zu warten. Das Foto, das ich von Vincent de la Mare bekommen hatte, würde viel ändern. Doch das war nicht alles, was mich beschäftigte. Welche Geschichte mochte dahinterstecken? Welches Geheimnis verbarg sich in dieser Familie, und welche Verbindung gab es zwischen Édouard und seinen Eltern und alldem?

Ich musste ziemlich in Gedanken gewesen sein, denn ich erschrak, als Camille neben mir stand und einen Kaffee brachte.

Sie lächelte freundlich. »Darf ich mich zu Ihnen setzen?«

Ich zögerte kurz, stimmte dann aber zu.

»Sie arbeiten immer so viel. Sie und Ihr Freund müssen sich auch mal eine Pause gönnen.«

Ich wollte gerade erklären, dass Adam nicht mein Freund sei, hielt dann aber inne. Schließlich hatten wir uns hier im Innenhof am Tag zuvor geküsst, also musste es wohl so aussehen. Und eigentlich war es ja auch egal.

»Wir sind mit einem wichtigen Fall beschäftigt«, sagte ich stattdessen.

»Ich weiß. Sie sind Kunstwissenschaftlerin. Und Ihr Freund ist Anwalt. Das klingt spannend.«

»Ist aber manchmal auch frustrierend«, gab ich zu.

»Sie sehen aber nicht so aus, als würden Sie aufgeben.« Camille lachte, wobei ihre Nase sich kräuselte. Dann wurde sie ernst. »Es geht um den Zweiten Weltkrieg, nicht wahr?«

»Richtig.«

»Es tut mir leid. Ich wollte nicht lauschen, hab nur mal etwas aufgeschnappt. Wissen Sie …« Sie nestelte an der Serviette herum, die vor ihr auf dem Tisch lag. »Nizza war in der Zeit eine Hochburg der Résistance. Wir haben uns nicht kleinkriegen lassen. Nicht von den Italienern, nicht von den Nazis.«

»Es ist damals großes Unrecht geschehen. Wir versuchen, etwas wiedergutzumachen. Aber es ist auch klar, dass dies nie vollständig gelingen kann.«

»Sie tragen Ihren Teil dazu bei, und das ist wichtig. Verwandte von mir waren in der Résistance, und sie haben viel aufs Spiel gesetzt. Meine Großcousine war Ärztin, die in ihrer Praxis britische Piloten und Fallschirmspringer behandelt hat. Später wurden sie nach Spanien geschleust. Sie hat viel riskiert. Für die Freiheit.«

»Ich habe Menschen wie Ihre Großcousine immer bewundert und mich oft gefragt: Was hätte ich in einer solchen Situation getan? Wäre ich auch so mutig gewesen? Oder hätte ich nur versucht, mich und meine Lieben irgendwie zu schützen?«

»Das habe ich mir ebenfalls schon häufiger überlegt. Aber wir sollten froh sein, dass wir nicht in solchen Zeiten leben.« Sie stand auf. »Ich muss zurück zu meiner Pissaladière, die ich im Ofen habe. Es war schön, mit Ihnen zu sprechen.«

Ich trank meinen Kaffee aus und beschloss dann, Édouard

einen Besuch abzustatten. Ich hatte ihm versprochen, ihn auf dem Laufenden zu halten, was unsere Arbeit anging, und da Adam noch nicht zurück war und nichts Dringendes anlag, konnte ich ebenso gut bei ihm vorbeischauen.

Als ich an Édouards Zimmertür klopfte und er mit heiserer Stimme »Herein!« rief, erschrak ich. Er lag krank und leichenblass in seinem Bett.

»Ich rufe einen Arzt«, erklärte ich sofort.

Die Rezeptionistin am Empfang war so freundlich, sich darum zu kümmern, und so stand eine Stunde später ein dünner Mann mit Brille vor der Tür, der sich als Doktor Bremond vorstellte.

Lange wartete ich auf dem Flur, bis er schließlich heraustrat.

»Wie geht es ihm?«, fragte ich besorgt.

»Sind Sie seine Tochter?« Doktor Bremond beäugte mich misstrauisch. »Oder sonst irgendwie verwandt?«

»Ich bin nur eine … Freundin.«

»Dann darf ich Ihnen leider nichts sagen. Aber achten Sie darauf, dass er seine Medikamente nimmt. Das ist wirklich sehr wichtig.« Er tippte sich kurz an die Stirn und ging mit schnellen Schritten den Korridor entlang.

Édouard sah schon etwas besser aus, als ich ins Zimmer kam. Er hatte sich aufgesetzt, ein Kissen im Rücken, und nippte an einem Glas Wasser. Auf seinem Nachttisch entdeckte ich allerlei Fläschchen, Pillendosen und Tablettenverpackungen. Einige der Medikamente kamen mir beängstigend bekannt vor. Mein Großvater Enno war vor einigen Jahren an Bauchspeicheldrüsenkrebs gestorben, und er hatte die gleichen Tabletten bekommen.

»Wie lange wissen Sie es?«

»Schon länger.« Er lehnte sich zurück, und es schien, als würde er mit großen Schmerzen kämpfen.

»Aber es gibt doch Hoffnung?«

»Nein, Romy. Ich bin achtundachtzig. Ich habe mein Leben gelebt.«

»Deshalb wollen Sie die Bilder genau jetzt zurück, nicht wahr? Sie wissen, dass Ihnen nicht mehr viel Zeit bleibt.«

»Ja«, antwortete er schlicht. »Manchmal braucht der Geist einen Anstoß, um endlich das zu tun, was schon lange in einem schlummert.«

Wut und Trauer zugleich stiegen in mir hoch, aber ich ließ mir nichts anmerken.

»Ich bin erschöpft.« Édouard atmete schwer, ein Keuchen drang aus seiner Lunge.

Ich holte einen Waschlappen aus dem Bad und tupfte ihm behutsam die Schweißtropfen von der Stirn. »Sie sollten sich ausruhen.«

Er ergriff meine Hand mit seinen kalten, klammen Fingern. »Es muss sich am Ende alles zum Guten wenden, Romy. Das alles muss einen Sinn haben, verstehen Sie? All das Leid muss für irgendetwas gut gewesen sein.«

»Ja«, flüsterte ich, und dann tat ich etwas für mich Ungewöhnliches: Ich küsste ihn auf die Stirn.

Édouard schloss die Augen und war kurz darauf eingeschlafen.

Ich saß noch eine Weile an seinem Bett und beobachtete, wie sein Brustkorb sich hob und senkte.

KAPITEL XIV

Villefranche, September 1935

»Es reicht nicht«, stellte Francine fest, als sie das Geld in der Kasse zählte. Es war der letzte Tag des Monats September, und sie hatten das Café früh geschlossen, weil die Gäste ausgeblieben waren. »Wir haben keine Wahl, wir müssen die Kellnerinnen entlassen.«

Charlotte presste die Lippen zusammen. »Und was sollen die Mädchen dann machen?«

»Das weiß ich nicht. Aber wenn wir es nicht tun, haben wir bald überhaupt kein Geld mehr. Und wie willst du dann deinen Sohn satt bekommen? Wir haben kaum Gäste, also brauchen wir auch keine Kellnerinnen. So einfach ist das.«

Charlotte ließ sich auf einen der Hocker an der Theke fallen. »Es ist schrecklich. Ich verstehe nicht, wie es so weit kommen konnte.«

»Wir leben eben in turbulenten Zeiten.«

»Ich hatte gehofft, dass sich nach diesem schrecklichen Krieg alles zum Guten wenden würde. Aber jetzt stehen wir erneut am Abgrund.«

»Ach, so schlimm ist es nun auch nicht. Immerhin haben wir keinen Krieg. Und die Wirtschaft wird sich schon wieder erholen.«

»Aber was, wenn wir das Café aufgeben müssen?«

»Das werden wir nicht, Charlotte. So weit wird es nicht kommen.«

Charlotte seufzte. Sie dachte daran, was ihr Vater immer gesagt hatte: Herausforderungen sind dazu da, sie anzunehmen.

Es würde sich nicht vermeiden lassen, die Kellnerinnen zu entlassen, aber sie wollte sie sofort wiedereinstellen, wenn sich die Situation verbessert hatte. Sie fragte sich, wann alles in eine solche Schieflage geraten war. Die Wirtschaftskrise, die vor einigen Jahren aus Amerika nach Europa und auch zu ihnen nach Frankreich geschwappt war, hatte vieles verändert. Die Menschen gingen nicht mehr so viel aus wie früher, man zählte das Geld, sparte es lieber, um für noch schlechtere Zeiten gewappnet zu sein.

Henri und sie versuchten, irgendwie über die Runden zu kommen. Henri hatte seine Arbeit als Tischler vor zwei Jahren verloren und war nun beim hiesigen Eisenbahnunternehmen angestellt. Doch sie waren nicht mehr zu zweit, denn vor fünf Jahren war ihnen das größte Geschenk auf Erden gemacht worden. Zu einem Zeitpunkt, als sie gar nicht mehr damit gerechnet hatten, war sie schwanger geworden. Édouard war das strahlende Leuchten in ihrem Leben, ein liebes, stilles Kind mit großen Augen und dichtem Haar und einem ansteckenden Lachen. Sie liebten ihren Sohn über alles.

Édouard trug die Hemden und Hosen von Olivier auf, dem Sohn von Francine und Étienne, der einige Jahre älter war als er selbst. Er war zufrieden mit einfachen, oft selbst gebastelten Spielsachen, war zurückhaltend und empfindsam, das hatte Charlotte schnell bemerkt. Wenn Henri und sie sich stritten, saß er ängstlich und verstört auf seinem Stuhl, zuckte zusammen, wenn es lauter wurde. Manchmal schickte sie ihn schon vorher in sein Zimmer, wenn sie wusste, dass Henri und sie ein Wörtchen miteinander zu wechseln hatten. Die Streitigkeiten wurden mehr, je weniger Geld sie hatten, und Charlotte fühlte sich immer häufiger, als wäre sie gescheitert.

»Ich bin so erschöpft, Francine.« Charlotte goss für sich und ihre Freundin Absinth in ein Glas. »Es erscheint mir, als würde ich gegen Windmühlen ankämpfen. Jeden Tag ackern wir wie wahnsinnig, und doch reicht es nicht.«

Sie kippten beide den Schnaps hinunter.

»Wir dürfen nicht aufgeben«, sagte Francine. »Wir müssen unseren Söhnen als gutes Beispiel vorangehen. Sie sind unsere Zukunft.«

»Woher nimmst du nur deinen Optimismus?«

Francine lächelte. »Das liegt in meiner Natur.«

»Ich wünschte, ich könnte auch so positiv sein. Aber mir wächst gerade alles über den Kopf.«

»Dann nimm dir doch ein paar Tage frei. Ich komme hier auch allein zurecht.«

»Unsinn. Ich würde dich niemals im Stich lassen. So wie …« Die Worte blieben in der Luft hängen.

»Sprich es ruhig aus. So wie Aimée. Sie hat uns im Stich gelassen.«

»Hat sie das?«

»Natürlich hat sie das!« Francines Stimme wurde lauter. »Heiratet einfach diesen … Stiesel!«

Charlotte konnte sich ein Lachen nicht verkneifen. »Ich verstehe ja auch nicht, was sie an ihm findet. Frédéric Delamare! Dieser dubiose Mann, der ständig Zylinder trägt und mit einem goldenen Gehstock herumspaziert!«

»Ich glaube, es ging dabei allein um ihren Sohn. Vincent, diesen verzogenen Bengel. Frédéric hat das Kind wie sein eigenes angenommen. Das ist viel wert für eine Frau in ihrer … Lage.«

»Trotzdem, sie kann sich doch von ihrem Ehemann nicht das Arbeiten verbieten lassen. Na ja. Hast du sie in letzter Zeit gesehen?«

»Nein. Sie hat sich auf dem Anwesen ihres Mannes in Saint-Paul-de-Vence verschanzt und will niemanden sehen. Ich befürchte, er betrachtet sie als seine Trophäe.« Francines Stimme hatte einen verächtlichen Tonfall angenommen. »Dabei glaube ich noch nicht mal, dass sie ihn liebt. Es war eine reine Vernunftheirat.«

»Aber vielleicht tut ihr die Ehe gut. Sie war ja vorher auch nicht glücklich. Und ihr Sohn braucht ein stabiles Zuhause.«

»Vielleicht.« Francine stand seufzend auf. »Wir sollten anfangen, die Küche aufzuräumen. Morgen ist ein neuer Tag.«

Schließlich waren sie fertig und gerade dabei, in ihre Mäntel zu schlüpfen und nach Hause zu radeln, als die Tür aufging. Es war kurz nach zehn, und normalerweise verirrte sich um diese Zeit niemand mehr in das Café, weshalb sie noch nicht einmal daran gedacht hatten, die Tür abzuschließen.

Doch nun stand plötzlich Pierre vor ihnen.

Charlotte ließ vor Schreck fast ihre Handtasche fallen. »Was … machst du denn hier?«, stammelte sie. Sie hatte ihn einige Jahre nicht gesehen. Er hatte Nizza verlassen, um im Norden sein Glück als Geschäftsmann zu versuchen. Doch das war wohl nicht von Erfolg gekrönt gewesen, denn vor ein paar Monaten war er zurückgekehrt und hatte ein Antiquitätengeschäft am Rande von Nizza eröffnet.

»Das ist aber keine freundliche Begrüßung!«, schimpfte er. »Hast du mich gar nicht vermisst, Charlotte?«

Angeekelt verzog sie das Gesicht. »Nein, Pierre, das habe ich nicht. Was willst du hier?«

»Dich besuchen.« Er trat ein paar Schritte auf sie zu. »Du bist noch schöner geworden. Ich hab in der letzten Zeit viel an dich gedacht.«

Charlotte war mulmig zumute. Sie wusste, wozu Pierre fähig

war. »Wir wollten gerade schließen«, erklärte sie hastig. »Komm ein anderes Mal wieder, ja?«

»Aber die Nacht ist noch jung!« Seine Augen glänzten gierig. »Wie wäre es mit einem kühlen Getränk für einen alten Freund? Wir haben uns sicher viel zu erzählen.«

»Ja, sicher. Vielleicht ein Glas Absinth?«, mischte Francine sich ein und war schon dabei, ein Glas aus dem Regal zu holen.

Charlotte warf ihr einen bösen Blick zu, ahnte aber, dass ihre Freundin die Situation nur retten wollte. Pierre zu verärgern, konnte unangenehme Folgen haben.

Schnell trank er sein Glas aus, machte aber keine Anstalten zu verschwinden. Ganz im Gegenteil, er schien sich im Café immer wohler zu fühlen. Er kam Charlotte näher und berührte ihre Schulter, sie wich ein Stück zurück.

»Bitte, Pierre, geh einfach.«

Seine fleischige, schweißnasse Hand legte sich nun um ihren Hals. Sie versuchte, sich zu befreien, aber sein Griff war fest.

Sie hörte, wie Francine rief: »Hör auf, Pierre! Du tust ihr weh!«, aber seine Pranke bohrte sich nur tiefer in ihre Haut.

Sie betete, dass er endlich von ihr ablassen würde, als sie hörte, wie sich die Tür des Cafés öffnete. Sie war noch nie so froh gewesen, dieses Geräusch zu hören. Egal, wer es sein mochte, schlimmer als Pierre konnte es nicht kommen.

Kurz darauf stand Julie mitten im Raum. Sie stemmte die Hände in die Hüften, und schrie: »Was ist denn hier los? Pierre, lass Charlotte sofort los!«

Aber Pierre dachte gar nicht daran. Speichel floss aus seinem Mund, und er flüsterte: »Henri ist ein Krüppel! Und du bist ein flotter Käfer, Charlotte! Er kann dich nicht glücklich machen!«

Charlotte bekam langsam keine Luft mehr, ihr wurde schwindlig. Aus den Augenwinkeln sah sie, wie Julie plötzlich nach der Flasche Absinth griff, die auf dem Tresen gestanden hatte. Sie nahm diese in beide Hände und schlug Pierre dann von der Seite damit gegen den Kopf. Die Flasche zersprang in tausend Stücke, Glassplitter flogen umher, der Geruch von Anis und Wermut verbreitete sich im Café. Pierre ließ von Charlotte ab, taumelte. Blut tropfte von seiner Schläfe.

Charlotte war noch immer ganz benommen, und ihr Hals schmerzte. Wie durch einen Schleier nahm sie die erschrockenen Gesichter von Julie und Francine wahr, sah, wie Pierre sich schwankend in Richtung Tür bewegte. Er fasste sich immer wieder ungläubig an den Kopf, betrachtete dann das Blut an seinen Fingern. Er drehte sich noch einmal um und sah jede von ihnen voller Abscheu an. Dann war er zur Tür hinaus.

Die Frauen brauchten einen Moment, um wieder ruhig atmen zu können. Charlotte tastete nach einem Stuhl und ließ sich darauf fallen. Kurz darauf war Francine bei ihr und reichte ihr ein Glas Wasser, das sie hastig austrank.

Julie nahm derweil den Schlüsselbund vom Tresen und schloss schnell die Tür ab. »Ich glaube zwar nicht, dass er zurückkommt, aber sicher ist sicher …«, murmelte sie vor sich hin.

Francine setzte sich neben Charlotte und strich ihr über die verschwitzte Stirn.

»Ich hab gedacht, er bringt mich um«, krächzte Charlotte, erschrocken über den fremden Klang ihrer Stimme.

»Er ist besessen von dir«, stellte Julie ungerührt fest. »Er würde dich niemals umbringen.«

»Liebe und Hass liegen manchmal dicht beieinander«, meinte Francine.

Charlotte schloss die Augen. Noch immer sah sie Pierres Gesicht vor sich, verzogen zu einer hässlichen Fratze.

Plötzlich klopfte es. Erschrocken sprang Charlotte auf. »Er kommt zurück!«, rief sie ängstlich.

»Ich seh nach.« Julie ging zum Fenster und spähte hinaus. »Es sind Henri und Étienne!«, verkündete sie dann, und Charlotte atmete auf.

Wenig später lag sie in den geborgenen Armen ihres Mannes.

»So kann das nicht weitergehen«, schimpfte Henri, als Charlotte alles erzählt hatte. »Er schikaniert dich schon viel zu lange. Ich muss dem ein Ende bereiten.« Er ballte die Fäuste.

»Das wäre nicht schlau, Henri. Pierre ist ein fieser Kerl, er würde sich rächen, auf welche Weise auch immer. Und dann hört das alles nie auf«, stellte Julie nüchtern fest. »Wir haben ihn vorerst in die Flucht geschlagen. Vielleicht ist ihm das eine Lehre.«

»Ich hab keine Angst vor ihm«, blaffte Henri.

»Lass es gut sein, Henri«, mischte Étienne sich ein. »Pierre hat Verbindungen, so wie man hört. Verkehrt gerne mit einflussreichen Leuten. Fühlt sich wohl sehr wichtig dabei.«

»Ich hole uns etwas zu trinken.« Auch Francine versuchte, die Wogen zu glätten. Sie goss großzügig Rotwein in fünf Gläser, und sie setzten sich an einen der größeren Tische am Fenster. »Egal, was Pierre tun wird, wir werden schon mit ihm fertig. Gemeinsam«, sagte sie dann. »Habt ihr eigentlich von Chloé gehört?«

»Nein, was ist mit ihr?«, fragte Charlotte, die langsam ruhiger wurde. Henri bei sich zu wissen entspannte sie. Außerdem war es gut, das Thema zu wechseln.

»Verwandte von ihr leben in Deutschland. Sie sind umgesiedelt worden, weil sie Juden sind. Chloé will hinfahren, aber ihr fehlt das Geld. Sie ist ganz verzweifelt.«

»Die Juden werden dort schon seit Jahren diskriminiert. Es gibt sogar Gesetze, die ihnen viele Dinge verbieten. Bestimmte Berufe auszuüben, zum Beispiel«, erwiderte Julie.

»Ach, das wird nicht mehr lange so gehen.« Étienne winkte ab. »Die Deutschen werden bald begreifen, dass das der falsche Weg ist.«

»Da bin ich mir nicht so sicher«, meinte Henri. »Die Deutschen sind begeistert von Hitler und seiner Partei. Da lehnt sich niemand auf.«

»Das stimmt wohl«, bestätigte Charlotte. Sie hatte viel darüber in der Zeitung gelesen, und die Lage für die Juden schien dort gar nicht besser zu werden. Ganz im Gegenteil. Auch viele Künstler wurden inzwischen schikaniert. »Kaum zu glauben, was dort passiert. Und die ganze Welt schaut zu.«

»Aber was soll die Welt denn tun?«, fragte Francine, die blass geworden war. »Einen erneuten Krieg riskieren?«

Julie, die bislang nur zugehört hatte, wurde plötzlich zornig. »Wir müssen eingreifen! Wir haben eine Verpflichtung dazu, den Menschen gegenüber.«

Charlotte betrachtete ihre Freundin. Sie war schon lange nicht mehr die elegant gekleidete Dame mit dem blassen Teint. Inzwischen trug sie nur noch derbe Männerhemden, hatte sich das Haar kurz geschnitten und verzichtete auf Lippenstift und Schmuck. Alle wussten, dass sie mit Eric, dem Führer der kommunistischen Partei in Südfrankreich, schon seit Jahren eine Liebschaft hatte und dass die beiden radikale Ansichten vertraten.

»Julie hat recht«, pflichtete Henri ihr bei. »Was für eine Nation sind wir, wenn wir einfach zusehen, was in unserem Nachbarland geschieht?«

Auch wenn er nicht so extrem dachte wie Julie, so hatte er doch eine klare Haltung, wenn Menschen ungerecht behandelt wurden. Charlotte respektierte das, bewunderte es sogar.

»Die Deutschen waren und sind unsere Feinde. Das wird sich

auch nicht ändern. Aber sie anzugreifen, ist doch Wahnsinn!«, warf Francine ein.

»Wer redet denn von angreifen?«, fauchte Julie. »Es würde reichen, Hitler in seine Schranken zu weisen, ihm zu zeigen, wie stark wir sind.«

»Julie, du verrennst dich da in etwas. Du tust geradezu so, als würden die Juden ermordet werden«, bemerkte Francine kopfschüttelnd.

»Wenigstens lebe ich für meine Überzeugungen«, stieß Julie hervor. »Das ist mehr als die meisten von euch tun.«

»Das stimmt«, sagte Charlotte leise und erntete dafür einen strafenden Blick von Francine.

»Aber was, wenn diese Überzeugungen gefährlich sind?«, fragte Étienne. »Man bringt sich und seine Familie in Gefahr, wenn man Kriege anzettelt oder sich auflehnt. Nicht wahr, Francine?«

Francine schien verstört. »Ich hätte nie gedacht, dass du so denkst, Charlotte«, murmelte sie und stand auf. »Komm Étienne, wir gehen nach Hause, zu unserem Sohn.«

Charlotte dachte viele Tage lang über das Gespräch im Café nach. Sie war hin- und hergerissen zwischen den Ansichten ihrer beiden Freundinnen. Die eine, Francine, sorgte sich um ihre Familie, und die andere, Julie, brannte für ihre Überzeugungen.

Henri bemerkte ihre gedrückte Stimmung. Er hatte mit Édouard auf dem Boden im Wohnzimmer gesessen, zusammen hatten sie mit der Holzeisenbahn gespielt, während Charlotte gedankenverloren aus dem Fenster sah und Zucker in ihren Kaffee rührte.

Es war Herbst an der Côte d'Azur. Die üppigen Stechpalmen bogen sich im Wind, Regen plätscherte auf die Terrasse und floss in kleinen Rinnsalen an der Fensterscheibe hinab.

Henri erhob sich und stellte sich hinter sie, legte ihr die Hand auf die Schulter. »Wo bist du mit deinen Gedanken?«

Sie starrte weiter nach draußen. »Ach, es ist nichts. Ich habe mich nur gefragt, ob ich mich bei Francine entschuldigen sollte.«

»Wofür? Du hast deine Meinung vertreten. Dafür brauchst du dich doch nicht zu entschuldigen.«

Sie drehte sich zu ihm um. »Es war mehr als das. Ich hatte das Gefühl, als würde ich sie verraten.«

»Das ist Unsinn! Francine und Étienne sind anders als wir. Sie sind unsere Freunde, und wir lieben sie, aber sie sind anders. Ruhiger, zurückhaltender. Sie würden sich niemals auflehnen. Das liegt nicht in ihrer Natur.«

»Aber ich weiß doch gar nicht, ob es in meiner Natur liegt, Henri! Eigentlich dachte ich immer, ich sei wie Francine. Dass ich meine Familie und ihre Sicherheit, ihr Wohlbefinden über alles andere stelle. Es verwirrt mich, dass ich manchmal …« Sie stockte. »Dass ich die Ungerechtigkeiten in dieser Welt nicht hinnehmen möchte.« Ihre Stimme wurde leiser. »Es macht mir Angst.«

Er beugte sich zu ihr hinab und küsste sie auf die Wange. »Vielleicht ist das meine Schuld. Ich wollte dich nie beeinflussen. Du bist deine eigene Herrin, verstanden? Du beschließt, was richtig und was gut für dich ist.«

Sie nickte und lächelte. Sie hörte Édouard lachen, während er weiter mit seiner Eisenbahn spielte, und sie wusste, mit Henri an ihrer Seite würde sie die richtigen Entscheidungen treffen.

Als Charlotte nach dem Abendessen das Geschirr spülte, klopfte es an der Tür. Henri war noch zu Étienne gegangen, um sich Handwerkszeug auszuleihen, und sie erwartete eigentlich auch niemanden.

Vor der Tür stand Manon. Manon gehörte der Krämerladen

an der Promenade in Villefranche. Sie war eine stattliche Erscheinung mit kräftigen Armen und einem herben Gesicht, in das sich nur selten ein Lächeln verirrte.

»Manon? Was für eine Überraschung!« Charlotte war verwundert.

»Dein Sohn hat mich bestohlen!«, blaffte Manon.

»Wie bitte?« Charlotte sah sie entgeistert an. »Das muss ein Missverständnis sein.«

»Ein Missverständnis? Pah! Ich habe ihn auf frischer Tat ertappt.«

»Und was soll er gestohlen haben?«

»Zwei Tafeln Schokolade und eine Tüte meiner besten Karamellbonbons.«

»Das ist unmöglich. Édouard mag keine Süßigkeiten. Und er war auch gar nicht bei dir im Laden! Das wüsste ich.«

»Dann fragen wir ihn doch selbst.« Manons üppiger Busen bebte vor Empörung.

»In Ordnung.« Charlotte ließ Manon auf der Türschwelle stehen. Édouard war nicht in seinem Zimmer und auch nicht in der Stube, also vermutete sie ihn im Bad. Er hatte sich eingesperrt, was er noch nie getan hatte. »Édouard! Mach auf!« Sie rüttelte an der Tür. »Ich bin dir nicht böse, ganz egal, was passiert ist!«

Sie hörte die Schritte seiner Füße auf den Fliesen, und kurz darauf öffnete sich die Tür. Sein Gesicht war nass vor Tränen. Sie zog ihn zu sich heran, bedeckte seine Wangen und seine Stirn mit Küssen, wiegte ihn wie ein Baby. Dann nahm sie ihn an der Hand, und gemeinsam gingen sie zur Haustür, wo Manon noch immer wartete.

»Da ist er ja, der kleine Dieb!« Sie drohte ihm mit dem Zeigefinger.

»Manon, bitte, beruhige dich«, beschwichtigte Charlotte sie.

»Ich bezahle dir die Schokolade und die Bonbons.« Sie nahm ihre Geldbörse von der Anrichte und kramte ein paar Münzen heraus. »Hier. Damit ist wohl alles erledigt, nicht wahr?«

»Na schön. Aber ich hoffe, er kommt nicht so einfach davon. Kinder brauchen manchmal eine harte Hand.« Manon ließ die Münzen, die für mindestens fünf Tafeln Schokolade und ebenso viele Tüten Karamellbonbons gereicht hätten, in die Vordertasche ihrer Schürze gleiten und machte sich auf den Rückweg.

»Wir werden wohl erst mal woanders einkaufen müssen«, seufzte Charlotte, während sie die Tür schloss. Dann ging sie in die Hocke und suchte Édouards Blick. »Warum hast du das getan?«

Seine Augen weiteten sich. »Es tut mir leid, Maman.«

Sie strich ihm über den Kopf. Es war immer wieder verblüffend, wie ähnlich er seinem Vater sah. Die gleichen blauen Augen, die gleichen ausgeprägten Wangenknochen, das gleiche tiefe Grübchen im Kinn, das gleiche Lächeln, das Menschen vom einen auf den anderen Moment verzaubern konnte. Doch waren seine Gesichtszüge weicher, fast wie die ihren. Und er war ganz anders als Henri. Stiller, in sich gekehrter, besonnener, nicht so aufbrausend. Er war ein Junge, den vieles, was um ihn herum passierte, sehr mitnahm. Charlotte wünschte, sie könnte ihn vor allem Bösen beschützen, vor Trauer und Enttäuschung bewahren, aber sie wusste, dass das nicht möglich war. Es würde der Tag kommen, an dem er seine eigenen Erfahrungen machen musste. Alles, was sie tun konnte, war, ihn dafür zu wappnen und ihn zu einem starken, selbstständig denkenden Mann zu erziehen.

Sie drückte ihn erneut an sich. »Es muss dir nicht leidtun. Ich möchte nur wissen, warum du es getan hast.«

Er schniefte. »Die Jungs aus Beaulieu haben sich über mich lustig gemacht. Sie haben gesagt, ich sei ein Feigling.«

»Was für ein Unsinn! Du bist kein Feigling! Du bist sogar sehr mutig. Weißt du noch, wie du neulich diesen riesigen Krebs in die Hand genommen hast? Sogar dein Vater und ich hatten Angst vor ihm! Aber du hast dich getraut. Also, lass dir von niemandem einreden, du seist ein Feigling!«

Édouard wischte sich mit dem Handrücken über die Nase. Seine Tränen waren versiegt. »In Ordnung.« Dann umschlang er sie mit seinen weichen Kinderarmen. »Ich hab dich lieb, Maman.«

»Ich hab dich auch lieb, Édouard.«

Charlotte besuchte Aimée nicht oft, denn sie hatte sich verändert in all den Jahren, vor allem, seit sie mit Frédéric verheiratet war. Sie wirkte starr und lustlos, ihre Fröhlichkeit, ihre Begeisterung für die kleinen Dinge des Lebens waren nicht mehr da. Und Charlotte hatte irgendwann nicht mehr die Kraft aufbringen können, ihrer Freundin zu helfen, wieder glücklich zu werden. Doch ab und an ging sie zu ihr, um der alten Zeiten willen. Sie wohnte mit Frédéric und ihrem Sohn Vincent in einem imposanten Anwesen in Saint-Paul-de-Vence, umgeben von einem parkähnlichen Garten.

Aimée saß in einem Pavillon, sie trug ein fliederfarbenes Kleid mit pompösen Puffärmeln, und ihre Haare waren zu Korkenzieherlocken gedreht. Sie sah aus wie eine der Damen auf den Empfängen, zu denen Charlottes Eltern sie als Kind manchmal mitgenommen hatten. Nun wirkte diese Mode wie aus der Zeit gefallen. Charlotte selbst war dazu übergegangen, fast nur noch Hosen zu tragen, sie waren praktischer und bequemer als die engen Kleider, die sie früher angezogen hatte. Heute hatte sie sich für eine weite Hose und flache Schuhe entschieden.

»Wie schön, dich zu sehen!« Aimée stand auf und hauchte Charlotte ein Küsschen auf die rechte Wange.

»Hallo, kleiner Mann«, begrüßte sie dann Édouard. »Vincent spielt da hinten mit seinen Zinnsoldaten.« Sie zeigte in Richtung Haus. »Möchtest du ihm Gesellschaft leisten?«

Édouard sah zögernd zu Charlotte. Vincent gehörte nicht zu den Kindern, mit denen er gern spielte. Er galt als verzogen, ärgerte und demütigte andere Kinder gern.

»Ich glaube, er bleibt lieber hier bei mir«, erklärte Charlotte und zog Édouards Holzlokomotive aus ihrer Umhängetasche.

Édouard nahm die Eisenbahn an sich und setzte sich auf die Dielen des Pavillons. Sofort war er in seiner eigenen Welt versunken.

»Na schön. Wenn mein Junge nicht gut genug ist«, schnappte Aimée.

»Ach, Aimée! So war das doch nicht gemeint«, verteidigte sich Charlotte, aber Aimée winkte schon ab. »Du hast es ja herrlich hier! Ein wahres Paradies!«, erklärte Charlotte dann, während sie sich setzte.

»Ja, nicht wahr? Frédéric will demnächst sogar einen Pferdestall bauen lassen. Dann kann ich Reitunterricht nehmen. Er hat mir schon eine Lehrerin gesucht.«

»Du willst reiten?« Charlotte runzelte die Stirn. »Du hast doch Angst vor Pferden.«

»Frédéric sagt, man müsse seine Ängste überwinden.«

Charlotte antwortete nichts. Es brach ihr das Herz, wie ihre Freundin ihr gegenübersaß, angezogen wie eine Puppe, eingesperrt in einem goldenen Käfig. Was sie erzählte, klang wie auswendig gelernt. Ihr Glück war nur gespielt, das merkte man sofort, wenn man Aimée kannte.

»Möchtest du Tee?« Aimée goss aus einer mit Blumen bemalten Porzellankanne Karamelltee in zwei Tassen und reichte Charlotte eine von ihnen.

»Wo ist Frédéric? Ist er zu Hause?«

»Nein.« Aimée wurde nervös. »Er ist auf Reisen. Falls du ihm mal begegnen solltest: Du darfst ihm nichts von unserem Treffen sagen, ja? Er mag es nicht, wenn fremde Menschen mich hier besuchen.«

»Édouard und ich sind doch keine Fremden!« Charlotte fühlte sich verletzt, Aimée hatte anscheinend überhaupt kein Rückgrat.

»Verzeih. Er wird nur oft so ärgerlich, weißt du.«

»Aimée.« Charlotte nahm ihre Hand. »Wenn du nicht glücklich bist, musst du etwas ändern. Es gibt immer einen Ausweg.«

»Aber ich bin glücklich! Ich führe ein wunderbares Leben!«

»Das redest du dir ein, aber ich kenne dich. Du warst früher so fröhlich.«

»Früher! Ja, als ich Lucien hatte, euch, das Café, da war ich vielleicht ein bisschen ausgelassener. Aber man kann nicht alles haben im Leben, Charlotte. Auch wenn du das vielleicht denkst, weil bei dir alles so perfekt ist mit Henri und Édouard, dem Café, deinem tollen Haus und deinen vielen Freunden und Bekannten. So einfach ist es nicht für alle von uns.«

»Du denkst wirklich, mein Leben wäre ohne Probleme?« Wütend stellte Charlotte ihre Teetasse auf dem Tisch ab. »Ich arbeite Tag und Nacht, und doch reicht das Geld nicht. Henri muss ebenfalls hart schuften, und Édouard braucht viel Aufmerksamkeit, weil er so schüchtern ist. Mein Leben ist nicht leicht, Aimée. Auch wenn du das vielleicht nicht sehen willst.«

Sie schwiegen eine Weile, und Charlotte versuchte, sich zu beruhigen.

»Frédéric kann auch sehr zärtlich sein«, flüsterte Aimée plötzlich. Sie machte ein so bedrücktes Gesicht, dass Charlotte sofort wieder vergaß, dass sie schon kurz davor gewesen war zu gehen. »Dann ist alles ganz wunderbar, und ich fühle mich sehr geliebt.

Aber …« Sie holte tief Luft. »Er kann auch sehr zornig werden, manchmal wegen einer Kleinigkeit. Ich fühle mich in solchen Momenten so hilflos.« Sie begann zu schluchzen, doch als Charlotte sie trösten wollte, wehrte sie ihre Hand ab. Nachdem sie sich etwas gefasst hatte, fuhr sie fort: »Ich glaube, er ist in Dinge verstrickt, die nicht in Ordnung sind.«

»Wie meinst du das?«

»Nun ja, manchmal ist er tagelang fort und kommt mitten in der Nacht mit Gemälden zurück, die unter einer Plane auf einem Lastwagen versteckt sind. Er denkt, ich würde schlafen, aber ich stand schon oft am Fenster und habe zugesehen, wie die Bilder in den Schuppen gebracht wurden.«

»Meinst du, die Kunstwerke sind gestohlen?«

»Ich weiß es nicht. Aber er hat oft Besuch von zwielichtigen Gestalten. Ich glaube, dass die die Sachen kaufen.«

»Ach, Aimée. Versprich mir, dass du vorsichtig bist. Ich möchte nicht, dass du in irgendetwas hineingezogen wirst, aus dem du dich später nicht mehr befreien kannst.«

»Ich passe schon auf, keine Sorge.« Doch in Gedanken schien Aimée weit weg zu sein.

KAPITEL XV

Nizza, Mai 2019

»Es geht ihm nicht besser.«

Adam stand vor meiner Zimmertür. Er trug einen graublauen Anzug, braune Schuhe und eine pinkfarbene Krawatte.

»Komm rein«, sagte ich, und er folgte mir in den Raum.

Wir setzten uns in die beiden gelben Sessel am Fenster, die mich ein bisschen an die Siebzigerjahre-Einrichtung meiner Eltern erinnerten. Adam starrte kurz nachdenklich vor sich hin, bevor er zu sprechen begann. »Wenn sich sein Zustand nicht bald stabilisiert, muss er ins Krankenhaus, auch wenn er sich noch dagegen sträubt. Doch der Arzt sagt, wenn er seine Medikamente nimmt und sich ausruht, kann er es auch so schaffen. Aber er sollte in zwei Tagen wieder auf den Beinen sein, sonst …«

»Vielleicht hat er Angst vor dem Krankenhaus. Viele ältere Leute kommen da nie wieder raus, wenn sie einmal drin sind.«

Adam zuckte müde mit den Schultern.

Ich seufzte. »Leider habe ich auch nichts Positives zu vermelden. Mir fällt nichts ein, wo wir noch ansetzen könnten …«

»Geht mir ähnlich.« Adam sah betreten vor sich hin. »Aber eine gute Nachricht habe ich: Wir haben gleich einen Termin beim Polizeipräsidenten.«

»Oh! Das ist aber spontan.«

»Ja, sein Büro hat angerufen. Er hat gerade einen freien Termin«, meinte Adam. »Ob er uns helfen kann, weiß ich allerdings nicht. Aber einen Versuch ist es wert.«

Das Hauptgebäude der Police Nationale, das Commissariat Central, lag in der Avenue de Marechal Foch mitten in Nizza und war ein marodes Gebäude, das wohl einst weiß gewesen war und mal wieder einen frischen Anstrich vertragen konnte. Ich hatte mich für diesen Besuch in Schale geworfen und ein graues Kostüm angezogen, das aus einem knielangen Bleistiftrock und einem taillierten Blazer bestand, dazu schwarze Pumps.

Der Polizeipräsident empfing uns in seinem geräumigen Büro. An den Wänden hingen gerahmte Dokumente, Auszeichnungen, Zertifikate und Polizeiwappen.

»So ähnlich stell ich mir das Oval Office vor«, raunte ich Adam zu, aber er machte nur »Sschh«, denn in diesem Moment ging die Tür auf, und Directeur général Marceau trat ein. Er war ziemlich schmächtig, und sein Gesicht erinnerte mich an das eines Otters, die Nase spitz wie ein Messer. Seine Polizeimütze war viel zu groß für seinen kleinen Kopf.

Monsieur Marceau schüttelte uns die Hand und bedeutete uns, auf den beiden Ledersesseln Platz zu nehmen, während er sich auf den Stuhl hinter seinem Schreibtisch setzte. Er nahm seine Mütze ab, und zum Vorschein kam ein schütterer Haarkranz, der eine spiegelnde Glatze umrahmte.

»Nun, was kann ich für Sie tun?« Seine Stimme klang quäkend.

Adam erläuterte, worum es ging, und Marceau hörte aufmerksam zu. Aus irgendeinem Grund hatte ich angenommen, dass er uns nicht wohlgesonnen sein würde – vielleicht, weil ich bei meinen Recherchen das eine oder andere Mal schlechte Erfahrungen mit Vertretern der Polizei gemacht hatte –, aber in seinem Gesicht waren weder Ablehnung noch Nervosität erkennbar. Im Gegenteil, er machte sich sogar ein paar Notizen.

Nachdem Adam geendet hatte, faltete der Polizeipräsident die

Hände wie zu einer Fernsehansprache. »Sie wissen sicher, dass dies kein einfaches Thema ist. Die französische Polizei hat sich während des Zweiten Weltkriegs nicht gerade mit Ruhm bekleckert.« Er räusperte sich. »Wir sind nicht nur eine Nation des Widerstands gewesen, so wie wir es gern darstellen. Unter dem Vichy-Regime haben wir uns mit den Deutschen eingelassen, und die Polizei hat dabei mitgespielt. Die Juden wurden unter Pétain genauso verfolgt wie in Nazi-Deutschland. Und das Eigentum von Juden wurde rücksichtslos arisiert. Wir haben dadurch unglaubliche Kunstschätze verloren. Es gab nur wenige, die sich dagegen aufgelehnt haben.«

»Wir würden gern etwas über die Familie Fauberge erfahren. Sie war in Villefranche ansässig«, erklärte ich.

Monsieur Marceau gab etwas in seinen Computer ein, sah einige Zeit auf seinen Bildschirm und sagte dann: »Ich habe etwas zu einer Charlotte Fauberge. Sie wurde 1943 verhaftet.« Er runzelte die Stirn. »Wegen tätlichen Angriffs auf einen Polizeibeamten.«

»Und in welchem Zusammenhang?«, fragte Adam.

»Bedaure. Mehr steht hier nicht.«

»Gibt es noch weitere Einträge?«, hakte ich nach.

Der Polizeipräsident sah nochmals auf seinen Bildschirm. »Nein. Zu einer Familie Fauberge habe ich sonst leider nichts.«

Adam zählte ein paar weitere Namen auf, Delamare, von Bischoffshofen. Schließlich nannte er noch Pierre Sauvage. Da nickte Monsieur Marceau plötzlich. »Sauvage ist als Informant verzeichnet.«

»Als Informant?« Mich erstaunte die Information.

»Ja. Er soll Résistance-Mitglieder verraten haben. Hier steht, dass er wohl einmal sehr betrunken war und man ihm zunächst nicht geglaubt hat. Das war im Frühjahr 1944.«

»Hm«, sagte Adam. »Können wir dies schriftlich haben?«

»Ich kann ihnen diese Auskünfte nicht einfach herausgeben. Aber sollte es zu einem Prozess kommen, würde ich aussagen.«

»Das ist großartig. Vielen Dank«, sagte ich.

»Ich habe noch etwas.« Er griff unter seinen Schreibtisch, zog eine Schublade auf und holte eine zitronengelbe Mappe heraus. »Nach Ihrem Anruf vor ein paar Tagen habe ich mit einigen Leuten in unserer Leitstelle gesprochen, die sich schon länger mit dem Thema beschäftigen. Und ich habe das hier erhalten.« Er reichte uns die Mappe.

Adam öffnete sie, und zum Vorschein kam ein leicht vergilbtes Schriftstück in einer Klarsichtfolie: ein mit Schreibmaschine geschriebenes Dokument, oben rechts stand das Datum: »24.01.1944«.

»Dies ist eine Notiz, die ein französischer Polizist geschrieben hat«, erklärte Monsieur Marceau. »Sie ist wohl an den ERR gegangen. Es handelt sich hierbei um einen Hinweis, dass sich in einigen Häusern in Villefranche wertvolle Kunstschätze befinden.«

Ich begutachtete das Dokument, und Adam nickte zufrieden. »Das ist ein weiteres Beweisstück«, bestätigte er.

Der Polizeipräsident faltete erneut die Hände. »Es tut mir leid, dass ich nicht mehr für Sie tun kann. Wir versuchen alles, um die damaligen Geschehnisse aufzuklären. Aber leider gibt es auch Leute, die das verhindern möchten.«

»Zum Beispiel die Museen«, murmelte ich.

Monsieur Marceau warf mir einen Blick zu, der wie eine stumme Bestätigung wirkte.

»Vielen Dank noch einmal.« Adam stand auf.

»Wir melden uns«, ergänzte ich, bevor wir uns verabschiedeten.

»Das sind brisante Informationen«, sagte ich, als wir wieder im Auto saßen. »Lass uns irgendwo etwas trinken gehen, ja? Dann können wir alles noch einmal in Ruhe durchgehen.«

Kurz darauf saßen wir im Café de Madame Roux, in dem ich ein paar Tage zuvor mit Édouard gewesen war. Er hatte mir so viel über diesen Ort berichtet, Adam musste ihn unbedingt kennenlernen.

Als unser Kaffee serviert wurde, erzählte Adam: »Meinen Großeltern gehörte auch ein Café. Mitten in Zürich. Als kleiner Junge habe ich viel Zeit dort verbracht, an den Bistrotischen hab ich sogar meine Hausaufgaben gemacht.«

»Wie Édouard.«

»Wie Édouard«, bestätigte Adam. »Es war ein jüdisches Café, und es gab all diese Köstlichkeiten, Rugelach, Hamantaschen, Zopfbrot, Zimtgebäck ... Und zum Zeitvertreib habe ich oft ein Spiel gespielt. Bei jedem Gast, der reinkam, habe ich mir überlegt, was dieser wohl bestellen wird. Ob Kaffee oder Tee, ob ein süßes Teilchen oder ein herzhaftes Sandwich. Am Anfang lag ich oft daneben, aber mit der Zeit wurde ich besser. Vielleicht habe ich so gelernt, Menschen einzuschätzen.«

Ich lachte. »Das kann sein. Du bist wirklich ein guter Anwalt, Adam.«

»Danke. Und du eine hervorragende Kunstdetektivin.«

»Genug der Schmeicheleien.« Ich schmunzelte. »Wir sollten besser überlegen: Wo stehen wir?«

Adam neigte den Kopf zur Seite. »Schwer zu sagen. Aus meiner Sicht befinden wir uns, was den genauen Tathergang angeht, immer noch in einer Sackgasse. Frédéric Delamare und Gerhard von Bischoffshofen sind die Täter – aber wie sind sie vorgegangen? Es fehlt uns noch ein wichtiges Puzzlestück.«

»Vielleicht auch mehr als eines«, mutmaßte ich.

»Immerhin haben wir das Foto von Delamares Stiefsohn, das beweist, wer die beiden Gemälde damals beschlagnahmt hat.«

»Aber was ist mit dem dritten Bild? Warum ist es nicht auf dem Foto? Offenbar muss es schon vorher gestohlen worden sein.« Ich seufzte. »Ich kenne einige Leute in Paris, die die Strecken der Raubkunst-Züge rekonstruiert haben – ich werde die mal fragen. Vielleicht befand sich ja das dritte Bild auf einem dieser Transporte von Frankreich nach Deutschland.«

»Möglich. Aber mein Bauchgefühl sagt mir, dass es noch hier ist. Ich glaube, es hat Südfrankreich nie verlassen.«

Ich zog eine Augenbraue hoch. »Dein Bauchgefühl, Adam? Von dem hast du noch nie gesprochen!«

Er grinste. »Und doch ist es da. Mal mehr, mal weniger. Aber im Ernst: Ich denke, wir sollten uns weiter auf Frédéric Delamare und von Bischoffshofen konzentrieren. Müssen uns deren Umfeld genauer ansehen, weitere Kontakte ausfindig machen.«

»Und dieser Pierre Sauvage … war also ein Informant? Dann muss es doch eine Verbindung geben zwischen Édouards Eltern und ihm …«

»Und der Résistance«, vervollständigte Adam meinen Gedanken.

»Genau!«

»Hm«, sagte Adam. »Aber nur weil er ein Verräter war, heißt das noch nicht, dass er in einen Kunstraub verwickelt war, oder?«

»Auch wieder wahr. Trotzdem müssen wir da dranbleiben, mehr über ihn herausfinden.«

»Du hast recht, Romy.«

Wir schwiegen einen Moment, bis mich Adam intensiv betrachtete.

»Und wo stehen wir? Ich meine … wir beide?«, fragte er.

Ich wich seinem Blick aus. Mit einer solchen Frage hatte ich nicht gerechnet. Ich atmete tief durch. Draußen vor dem Fenster fuhren ein paar Kinder auf ihren Rädern, und eine Mutter schimpfte mit einem Jungen, der keinen Helm trug.

»Ich weiß es nicht, Adam. Es ist alles etwas … verwirrend.« Ich wagte es nun doch, ihn anzuschauen. Sein Gesichtsausdruck wirkte irritiert.

»Verwirrend?«

»Es ist alles sehr viel gerade …«, stammelte ich. »Der Fall ist wirklich verzwickt. Und … wir sollten uns wirklich darauf konzentrieren.«

»Aha.« Adam zückte seine Brieftasche und winkte der Kellnerin. Er würdigte mich keines Blickes mehr.

»Du bist wütend«, stellte ich fest.

»Wütend? Nein, ich bin nicht wütend, Romy. Vielleicht hab ich dich falsch eingeschätzt. Ich dachte, du wärst eine ehrliche Haut.« Sein Tonfall hatte etwas Verächtliches. »Du bist eigensinnig, verkopft und ein bisschen streng. Aber ehrlich. Doch das, was du gerade gesagt hast, war nicht ehrlich. Das waren Ausreden. Ausreden, damit du nicht über das sprechen musst, was wirklich mit dir los ist.«

»Was ist denn deiner Meinung nach mit mir los?«, fauchte ich.

»Ich glaube, das weißt du ganz genau. Du läufst vor dir und deinen Gefühlen davon.«

Die Kellnerin kam mit der Rechnung, drehte aber gleich wieder ab, als sie merkte, dass wir stritten.

»Du spinnst doch«, zischte ich. »Ich wollte dir gerade erklären, was mich bewegt, aber das scheint dich ja nicht im Geringsten zu interessieren. Du hast dir anscheinend schon eine Meinung von mir gebildet.«

Adam winkte erneut der Kellnerin, die aber immer noch Abstand hielt. »Das war alles ein großer Fehler. Wie konnte ich nur so unprofessionell sein.«

Ich verschränkte die Arme vor der Brust. »Danke gleichfalls.«

»Ist auch egal. Ich muss los.« Er knallte ein paar Scheine auf den Tisch, nahm seine Jacke und verschwand.

Ich blieb allein zurück. Was war nur mit mir los? Ich mochte Adam, das konnte ich nicht bestreiten. Vielleicht war ich sogar verliebt in ihn. Doch sich so schnell auf etwas einzulassen? Das war mir fremd.

Die Kellnerin traute sich nun vorsichtig an meinen Tisch und legte mir die Rechnung hin. Sie sah mich mitleidig an.

Nachdem ich bezahlt hatte, schob sie mir noch einen Flyer zu, der eine Ausstellungseröffnung im Café de Madame Roux ankündigte. »Über die Résistance?«, fragte ich.

»Ja, dieser Ort war ein Treffpunkt der Résistance während der italienischen und später der deutschen Besatzung. Es fing klein an, aber nach und nach hat sich hier der gesamte Widerstand der Côte d'Azur getroffen. Komisch, ich dachte, dass Sie deshalb hier wären. Sie wirkten auf mich wie Journalisten, die darüber berichten wollten.«

»Wir sind so etwas Ähnliches«, antwortete ich nachdenklich. »Wissen Sie, ob das Café damals noch Madame Fauberge gehörte?«

»Das kann ich Ihnen nicht sagen. Aber Sie sollten zu der Ausstellung kommen. Sie ist interessant.«

»Das mache ich.« Ich nahm den Flyer an mich.

Zu Fuß ging ich zurück in die Pension. Ich musste einen klaren Kopf bekommen, nachdenken.

Es war ungewöhnlich windig, und ein paar dicke Regentropfen lösten sich ab und zu aus der grauen Wolkendecke und tropften auf das Kopfsteinpflaster. Die Straßen in diesem Viertel von

Nizza wirkten trist ohne den sonst so allgegenwärtigen Sonnenschein. Der abgeblätterte Putz der Fassaden wurde sichtbar, die Armut, die sich hinter den dünnen, teilweise kaputten Glasscheiben versteckte. Es roch hier nicht nach Vanille und Kirschblüten, sondern nach nassem Holz, Schimmel und Katzenurin.

Was hätte Lara mir in diesem Moment geraten? Sie hatte nie mit ihrer Meinung hinter dem Berg gehalten, egal ob es um meine neuen Cowboystiefel ging, die sie umwerfend fand, oder um meine Absicht, meinen Urlaub in Georgien zu verbringen, was sie absolut nicht nachvollziehen konnte. Auf Laras Offenheit war Verlass gewesen. Ich vermisste es, ihr alles erzählen zu können. Einfach den Telefonhörer abzuheben und ihre fröhliche Stimme zu hören.

Ich blieb stehen und schaute auf das azurblaue Meer. Sanfte Wellen schlugen ans Ufer, sogar bei schlechtem Wetter war dies hier kein wilder Ozean, nicht vergleichbar mit der stürmischen Nordsee. Ich spürte, wie eine Träne über meine Wange lief.

Weil ich jetzt nicht allein sein wollte, beschloss ich, Édouard zu besuchen. Ich wollte wissen, wie es ihm ging, und ihm gleichzeitig von unseren neuesten Erkenntnissen berichten.

»Sie sehen viel besser aus«, rief ich erleichtert, nachdem Édouard »Herein« gerufen hatte und ich eingetreten war.

Édouard saß aufrecht im Bett, er hatte ein aufgeschlagenes Buch in der Hand, und auf seinem Nachttisch stand ein Teller mit einem angebissenen Croissant, das dick mit Erdbeermarmelade bestrichen war. Er wirkte aufgeräumt und fröhlich, sein Gesicht hatte eine gesunde Farbe.

»Es geht mir auch viel besser.« Er legte sein Buch zur Seite und bedeutete mir näher zu kommen. »Doktor Bremond war eben noch mal hier. Er meint, in ein, zwei Tagen sei ich wieder auf den

Beinen.« Ich registrierte, dass die Pillendöschen und Tablettenblister von seinem Nachttisch verschwunden waren. »In einem Hotelzimmer krank zu sein hat auch seine Vorteile. Es gibt Zimmerservice«, witzelte nun Édouard und deutete auf das Croissant. »Haben Sie Neuigkeiten für mich?«

Ich legte ihm kurz den neuesten Stand der Dinge dar.

»Hm.« Mit seiner knochigen Hand fuhr er sich über die Stirn. »Wissen Sie, manchmal denke ich, dass ich viel zu spät mit allem bin. Ich hätte die Bilder schon längst zurückfordern müssen. Dann wären vielleicht mehr Zeugen am Leben, Olivier wäre noch gesund, es gäbe mehr Beweismaterial ... Aber ich war all die Jahre lang zu schwach, zu ängstlich. Womöglich wollte ich mich auch nicht erinnern. An das, was uns widerfahren ist.«

»Das kann ich verstehen«, erwiderte ich. »Manchmal möchte ich auch alles vergessen.«

Édouard betrachtete mich eingehend. »Ich würde gern Olivier Renouf besuchen. Er ist ein alter Freund.«

»Das würde ihn sicher freuen«, erwiderte ich.

»Ich habe mich gefragt, ob Sie mich begleiten.«

»Gern.«

»Zu lange habe ich im Dunkeln gelebt. Es ist an der Zeit, wieder ins Licht zu gehen und denen zu danken, die immer da waren. Und nicht ewig um etwas zu trauern, was nie zurückkehrt.« Er hatte den Blick nach draußen gerichtet, dorthin, wo graue, düstere Wolken über dem Meer hingen. »Ich habe zu lange getrauert. Und darüber habe ich die Menschen vergessen, die am Leben sind.«

»Ich werde in dem Pflegeheim anrufen und uns ankündigen«, sagte ich. Dann fiel mir wieder das Café de Madame Roux ein. »Édouard, wussten Sie eigentlich, dass das Café Ihrer Mutter ein Treffpunkt der Résistance war?«

Édouards Gesicht verriet nicht, was in seinem Kopf vor sich ging, dann aber nickte er. »Ja, das wusste ich.«

Sein Blick wanderte wieder zum Fenster. Das Mittelmeer hatte ein unheimliches Grau angenommen, schaumige Wellen schlugen an den kiesbedeckten Strand.

»Wenn wir fallen, fallen wir tief«, sagte er schließlich in die Stille hinein. Ich musste schlucken. »Aber wir können wieder aufstehen. Das ist das Wichtigste, nicht wahr?«, fügte er hinzu.

Ich erhob mich. »Ich gebe Ihnen Bescheid, wenn ich weiß, wann wir Olivier besuchen können.« Ich reichte ihm zum Abschied die Hand. »Erholen Sie sich, Édouard.«

»Danke, Romy. Vielen Dank. Für alles.«

Den Rest des Tages verbrachte ich allein. Adam wollte sicher sowieso nicht mit mir sprechen, also konnte ich am Abend auch arbeiten. Ich zog das unbequeme Kostüm aus, gönnte mir eine heiße Dusche und schlüpfte anschließend in meinen gemütlichen Jogginganzug. Dann nahm ich mein Notizbuch, den Laptop und mein Handy und verteilte alles auf dem großen Bett. Im Internet ergab die Suche nach den Namen von Édouards Eltern und »Résistance« keine Treffer. Auch das Café wurde in keinem Zusammenhang mit dem französischen Widerstand genannt. Aber schließlich stieß ich doch auf etwas. Ein kleiner Artikel über ein Ehepaar aus Villefranche, das zwar nicht namentlich genannt wurde, aber das im Widerstand aktiv gewesen war. Ein Mann und eine Frau, die einen Sohn hatten. Sie sollten an zahlreichen Aktionen beteiligt gewesen sein. Ich las den Artikel mehrmals. Die Beschreibung passte auf Édouards Familie, aber wenn ich es mir genau überlegte, könnte es auch jede andere gewesen sein. Zum Beispiel die Renoufs. Sie hatten ebenfalls einen Sohn gehabt, Olivier. Und in Nizza und Umgebung hatte es viele Menschen im Widerstand gegeben. Und überhaupt … Selbst wenn Édouards Eltern im Widerstand gewesen waren, welche Bedeutung hatte das für die Auflösung des Falls?

Ich stand auf und ließ im Bad Wasser in den winzigen Wasserkocher laufen, um mir einen Tee zuzubereiten. Dann schaltete ich den Fernseher ein. Manchmal halfen mir Bilder dabei nachzudenken. Ich schrieb ein paar Stichworte in mein Notizbuch, und suchte im Netz nach weiteren Hinweisen. Irgendwann spürte ich, wie mir die Augen zufielen. Als ich erwachte, war es stockdunkel, nur der Fernseher warf grelle Schatten an die Zimmerwände. Ich fühlte den Abdruck meines Notizbuchs auf meiner Wange, als ich mir über das Gesicht rieb, und schaltete den Fernseher aus. Kurz bevor ich wieder einschlief, musste ich an Édouard denken. Und an etwas, das ich einmal gelesen hatte, einen Satz von einem Mann, der im Krieg seine ganze Familie verloren hatte. »Manches im Leben ernüchtert die Seele. So sehr, dass sie nie wieder mit Freude aufgefüllt werden kann.«

Zwei Tage später rief ich gleich morgens in dem Pflegeheim an, in dem Olivier Renouf untergebracht war, und erfuhr, dass Édouard und ich ihn am Nachmittag besuchen könnten. Dann wählte ich die Nummer meiner Freundin Pascale, die in einem kleinen Ort im Norden Belgiens lebte. Pascale war Psychologin und beschäftigte sich seit Jahren mit Widerstandskämpfern und ihren Traumata. Sie war hervorragend darin, Zusammenhänge zu erkennen und die richtigen Fragen zu stellen.

»Hörten die Deutschen, dass jemand in der Résistance aktiv war, konnten sie ohne weitere Beweise gegen diese Person vorgehen, sie einsperren und foltern«, erklärte sie mir nun mit ihrer tiefen Stimme. »Und sofern diese Person Eigentümer von Kunstschätzen war, konnten sie diese rauben!«

»Und wenn sie wussten, dass sich ein überaus wertvolles Gemälde in deren Besitz befand, hatten sie einen Grund mehr, schnell zu handeln«, schlussfolgerte ich.

»So ist es. Da wurde nicht lange gefackelt.«

»Meinst du, ich könnte mit Édouard darüber sprechen? Ihn fragen, was es mit der Verhaftung seiner Mutter und vielleicht auch seines Vaters auf sich hatte? Ich meine, dass sie in der Résistance waren, ist ja bislang nur eine Vermutung.«

Pascale hüstelte. »Deinen Erzählungen nach, befürchte ich, dass er traumatisiert ist. Du musst behutsam mit ihm umgehen.«

»Wovon könnte er denn traumatisiert sein?«

»Na ja, ich vermute, es wird schon um seine Eltern gehen. Schließlich konntet ihr ja bislang nicht herausfinden, was aus ihnen geworden ist, oder?«

»Das stimmt. Man merkt Édouard jedenfalls an, dass er etwas Schweres mit sich herumschleppt. Es geht dabei nicht nur um die Bilder, da bin ich mir sicher.«

»Vielen Nachfahren von damals Verfolgten geht es um Gerechtigkeit. Aber andererseits leben sie mit einem tiefen Gefühl der Schuld.«

»Schuld?«, fragte ich. »Aber sie haben doch keine Schuld. Sie können nichts dafür, was ihren Eltern angetan wurde.«

»Richtig«, erwiderte Pascale. »Aber viele wurden von ihnen geschützt und konnten so der Verfolgung entkommen. Sie haben das Gefühl, ihre Eltern im Stich gelassen zu haben. Sich schuldig zu fühlen ist ja keine rationale Handlung. Gefühle sind nicht rational, Romy. Sonst wären es ja keine Gefühle, sondern Gedanken. Das weißt du doch.« Ich schwieg. Pascale kannte meine Geschichte. Auch ich fühlte mich schuldig. Schuldig, dass ich am Leben war. Und Lara nicht.

»Schuld verbietet einem das Leben«, fuhr Pascale fort.

»Édouard wird es sicher genauso ergangen sein. Ganz egal, was ihm geschehen ist. Er wird diesem Gefühl viel Raum in seinem Leben gegeben haben.«

Ich hörte im Hintergrund ein Kind weinen und Pascale etwas rufen.

»Romy, ich muss aufhören. Aber halt mich auf dem Laufenden, ja?«

»Natürlich. Danke für alles.«

»Keine Ursache. Viel Erfolg.«

Ich legte auf und dachte über das nach, was Pascale gesagt hatte. Vielleicht hing Édouards Geschichte und die seiner Eltern doch mehr mit dem Kunstraub zusammen, als wir vorher angenommen hatten. Aber ob es Sinn machte, ihn danach zu fragen, konnte ich nicht beurteilen.

KAPITEL XVI

Villefranche, Dezember 1942

Charlotte stand am Fenster. Sie wartete auf Édouard, er war seit zwei Stunden mit Olivier am Pier, und langsam machte sie sich Sorgen. Ständig waren die beiden unterwegs, was einerseits gut war, weil sie sich gegenseitig unterstützten in diesen schweren Zeiten. Andererseits war Olivier einige Jahre älter und damit auch mutiger als Édouard, und Charlotte hatte Angst, dass er ihn zu irgendwelchem Unsinn anstiften könnte.

Sie zog den Vorhang zu. Sollte Édouard in einer halben Stunde nicht zurück sein, würde sie sich auf die Suche begeben. Henri war noch nicht von seinem Dienst bei der Eisenbahn zurück, er arbeitete mehr als jemals zuvor. Sie würden diesen Krieg überstehen, so wie sie auch den letzten Krieg überstanden hatten, aber es war schwer, sodass sie sich in manchen Nächten in den Schlaf weinte.

Als sie sich gerade daranmachen wollte, das Abendessen zuzubereiten, klopfte es an der Tür. Sie öffnete – und traute ihren Augen kaum. Vor ihr stand Jean-Paul Girard, der Künstler, der vor vielen Jahren das dreiteilige Bild von ihnen gemalt hatte. Inzwischen war es ein sehr bekanntes Kunstwerk, und auch der Künstler war in ganz Frankreich, nein, auf der ganzen Welt berühmt. Er sah erschöpfter aus als damals. Das Leuchten in seinen Augen war verschwunden.

Sie bat ihn herein und wischte sich rasch die Hände an ihrer Schürze ab. »Entschuldigen Sie bitte.« Sie räumte ein paar ausgelesene Zeitungen vom Esstisch. »Ich habe wirklich nicht mit Besuch gerechnet.«

»Das macht doch nichts.«

»Kann ich Ihnen etwas anbieten?«

Er setzte sich an den Tisch. »Nein. Ich möchte Sie nicht lange aufhalten, Madame.«

»Bitte nennen Sie mich Charlotte.«

»Na gut. Charlotte.« Er schaute sich um. »Ist Ihr Ehemann nicht zu Hause?«

»Nein, er arbeitet noch.«

»Oh. Na ja.« Er schien nervös, immer wieder strich er sich fahrig mit der Hand über die Stirn, als wolle er sich Schweiß fortwischen.

»Ich wusste gar nicht, dass Sie wieder in Villefranche sind, Monsieur Girard.«

»Das bin ich auch nicht, ich bin auf der Durchreise. Ich lebe seit vielen Jahren in Wien, zusammen mit …« Er machte eine kurze Pause. Charlotte erinnerte sich, dass Madame Roux ihr erzählt hatte, dass Monsieur Girard mit einem Mann zusammenlebte. In Südfrankreich war dies nichts Ungewöhnliches, gerade in Künstlerkreisen, aber Österreich gehörte schon seit Jahren zum Deutschen Reich, und mit einem anderen Mann zusammenzuleben musste dort ein großer Skandal sein. Und nicht nur das. Es war sogar verboten und wurde bestraft.

»Wir werden nach Amerika gehen. Wir hätten dies schon viel früher tun sollen. Europa ist ein Schlachtfeld. Als Künstler hat man hier keine Zukunft. Jedes freie Denken wird unterbunden, jede eigene Meinung ist verboten.«

Sie musterte ihn. Zu emigrieren war ein großer Schritt, aber sie wusste, dass viele ihn schon gemacht hatten, Juden und auch Künstler, aus allen Teilen Europas. Auch aus Frankreich waren viele fortgegangen, insbesondere seit 1940 die Vichy-Regierung an die Macht gekommen war.

»Aber vorher möchte ich Ihnen noch etwas geben.« Er hielt inne. »Die Bilder, die ich damals von Ihnen gemalt habe.«

»Aber … wir können Ihnen die Bilder nicht abkaufen.«

»Sie verstehen mich falsch. Ich möchte sie Ihnen nicht verkaufen, sondern sie Ihnen schenken. Und ich bestehe darauf, dass Sie sie annehmen. Ich kann ohnehin nicht alle meine Werke mitnehmen.«

»Aber die Bilder sind unglaublich wertvoll! Sie hingen als Leihgabe schon im Louvre! Sie könnten sie veräußern und damit …«

»Nein«, unterbrach er sie. »Ich werde sie nicht an irgendjemanden losschlagen, der womöglich damit Schindluder treiben wird. Mein Gefühl sagt mir, dass Sie die Richtigen sind, um auf die Bilder aufzupassen. Sie und Ihr Mann haben mich zu dem Triptychon inspiriert, Sie sind die Verkörperung der ›Liebenden von Nizza‹. Sie sind die Hoffnung. Verschenken Sie diese nicht. Verschenken Sie nicht die Möglichkeiten, die Sie haben, Charlotte.«

»Ich weiß nicht, was Sie damit meinen …«

»Das müssen Sie auch nicht. Tun Sie einfach alles, um die Bilder zu beschützen. Versprechen Sie es mir.«

Ihr war plötzlich schummrig. »Ich verspreche es«, stieß sie dann hervor.

Jean-Paul Girard holte die drei Bilder aus seinem Automobil, befreite sie von ihrer Verpackung aus braunem Packpapier und ließ sie im Flur des Hauses stehen. Er vermied es, sie noch einmal anzusehen. »Ich muss weiter. Passen Sie auf sich auf, Charlotte.«

Dann fuhr er in seinem alten klapprigen Wagen davon.

Als Henri nach Hause kam, erzählte sie ihm, was passiert war, und er war genauso überrascht wie sie.

»Weißt du, was diese Bilder wert sind?« Ungläubig strich er über die hölzernen Rahmen.

»Ich weiß es nicht. Ein kleines Vermögen vermutlich«, erwiderte sie.

»Würden wir sie verkaufen, bräuchten wir wahrscheinlich nie mehr zu arbeiten.«

»Wahrscheinlich.« Charlotte betrachtete wieder und wieder die Gemälde. Immer fiel ihr etwas Neues auf, winzige Details, der geschwungene Bogen ihrer Augenbraue, die unterschiedlichen Rottöne, die Girard für ihr Kleid benutzt hatte, wie er Henris verschmitzten Blick eingefangen hatte, nur mit einem Pinselstrich. Alles war so deutlich wiedergegeben, und doch blieb viel Raum für die eigene Vorstellung.

»Ich habe Monsieur Girard versprochen, dass wir sie behalten und in Ehren halten. Und ich werde dieses Versprechen nicht brechen.«

»Du hast recht. Die Bilder sind mehr wert als Geld. Wir behalten sie.«

Kurz darauf kehrte auch endlich Édouard heim, viel später als verabredet, aber Charlotte war zu sehr in Gedanken, um mit ihm zu schimpfen. Sie sah ständig Monsieur Girard vor sich, die Leere in seinen Augen. Er gibt das auf, was er am meisten liebt, schoss es ihr durch den Kopf. Seine Heimat, seine Leidenschaft. Er geht fort und lässt alles zurück. Sie beobachtete Henri und Édouard beim Essen und dachte an die letzten Jahre zurück, an die Zeit vor Beginn des Krieges. Wie sehr hatten sie alle gehofft, dass es nicht so weit kommen würde, doch Deutschland hatte am 1. September 1939 Polen überfallen, und wenig später erklärten Frankreich und Großbritannien den Deutschen den Krieg. Sie hatten damals im Haus von Francine und Étienne vor dem Rundfunkgerät gesessen, als es verkündet wurde. Im Mai 1940 hatten die Deutschen Belgien, die Niederlande und Luxemburg überfallen, und es geschah so rasch, dass es fast schien, als wären sie selbst überrascht über ihren schnellen Sieg. Im Juni war Paris besetzt. Und Frankreich war nun geteilt. Der Norden wurde von den Deutschen eingenommen, der Süden blieb – zumindest auf dem Papier – frei.

»Der französische Staat im Süden ist doch nichts anderes als ein Witz!«, ereiferte sich Henri am darauffolgenden Tag, als sie bei Francine und Étienne saßen und zusammen mit Julie Karten spielten. Henri und Étienne waren nicht mehr als kriegstauglich eingestuft und deshalb nicht eingezogen worden, was Charlotte als großes Glück empfand. Noch einmal um ihn zu bangen so wie damals, hätte sie nicht ein zweites Mal ausgehalten.

»Philippe Pétain, unser *Staatschef*, ist nichts weiter als eine Marionette der Deutschen, das zeigt sich immer deutlicher!«, fuhr Henri fort. »Sitzt da in Vichy mit seinem Gefolge und glaubt, er ist der neue Kaiser! Und dann erlässt er dieses Judenstatut. Alle Juden sind aus den öffentlichen Ämtern zu entlassen. Keine jüdischen Lehrer mehr, keine Polizeibeamten, Offiziere.«

»Pétain hält sich für einen Staatschef, aber er ist keiner! Und zu kapitulieren war damals ein großer Fehler. Ein Waffenstillstand! Mit den Deutschen!«, ergänzte Charlotte. »Wir hätten kämpfen müssen, so wie es Julie mal gesagt hat. Jetzt sitzen wir hier in einem gespaltenen Land. Im Norden die Deutschen, im Süden Pétain und bei uns, im äußersten Zipfel Frankreichs, Mussolinis Italiener. Was für eine Farce!«

»Das ist es, in der Tat«, sagte Francine nachdenklich. »Aber wir sollten trotzdem froh sein, dass wir hier leben und nicht im Norden.«

»Francine hat recht. Wir haben es hier noch gut getroffen. In Paris wehen statt der Trikolore schon lange Hakenkreuzfahnen. Alles, was wir tun können, ist, darauf zu hoffen, dass dieser Wahnsinn bald ein Ende hat«, pflichtete Étienne seiner Frau bei.

»Wir brauchen Verbündete. Die Engländer hätten uns beistehen können«, warf Charlotte ein. »Aber nun, da wir mit den Deutschen einen Pakt eingegangen sind, sind sie Feinde. Sie werden uns nicht verschonen.«

»Sprich nicht so«, entgegnete Francine gereizt. »Ich will in diesem Haus nichts mehr vom Kämpfen hören.«

»Unsere Freiheit steht auf dem Spiel! Und was bleibt uns da? Wir können nur noch kämpfen«, mischte sich Henri wieder ein, sehr zum Unmut von Francine.

»Mein Cousin will dem Aufruf von de Gaulle folgen.« Das war Julie. Sie war ungewöhnlich still gewesen, hatte in einer Ecke gesessen und eine Zigarette nach der anderen geraucht. Sie wirkte wütend, als würde etwas in ihr brodeln.

Sie alle erinnerten sich an die Worte des früheren französischen Staatssekretärs de Gaulle, der inzwischen in London war und über die BBC zum französischen Widerstand aufgerufen hatte.

»Was wird dein Cousin tun?«, fragte Charlotte.

»Er schließt sich den Partisanen in Paris an. Er geht in den Untergrund.«

Es war plötzlich ruhig geworden. Sie alle schienen für einen Moment darüber nachzudenken, was dies für Julies Cousin bedeutete. Und was es für jeden Menschen bedeutete, eine solche Entscheidung zu treffen.

»Er möchte nicht hinnehmen, was passiert«, fuhr Julie schließlich fort. »Er sagt, er würde lieber sterben, als sich den Deutschen zu unterwerfen.«

»Und was meint seine Familie dazu?«

»Sie ist sehr stolz auf ihn.«

»Ich wäre auch stolz auf ihn«, erklärte Henri, und Charlotte warf ihm einen erschrockenen Blick zu.

»Er ist nicht der Einzige. Ich kenne inzwischen einige, die in den Widerstand gehen wollen. Eric sagt, wir müssen uns auflehnen. Zusammen können wir es schaffen, die Deutschen zu besiegen.« Wie Julie dort in ihrem derben Hemd und den Arbeiterhosen saß, mit der Schiebermütze auf dem Kopf, hätte sie glatt als Mann durchgehen können.

»Ich sagte, dass ich so etwas in meinem Haus nicht hören will.« Francine stand auf, ihr Gesicht hochrot.

»Wir reden doch nur«, versuchte Étienne, seine Frau zu beschwichtigen, aber diese schüttelte nur den Kopf und ging aus dem Zimmer.

Étienne ging ihr nach, und die anderen blieben schweigend zurück. Irgendwann war es Julie, die leise flüsterte: »Ich weiß nicht, wie lange ich das alles noch aushalten kann. Ich muss etwas tun.«

»Aber Julie! Das ist gefährlich«, wisperte Charlotte. »Sehr gefährlich.«

»Na und? Wir leben in gefährlichen Zeiten. Willst du wirklich hier sitzen und warten, bis die Deutschen kommen und dir dein Zuhause wegnehmen, unser Land, unsere Heimat?«

Charlotte atmete tief durch. Sie schaute zu Henri und glaubte, in seinen Augen das gleiche Glitzern zu sehen, das auch in Julies Augen blitzte.

»Was für ein Leben wünschst du dir? Ein unterdrücktes Leben? Oder ein freies Leben? Und was für ein Leben wünschst du dir für deinen Sohn?«, fragte Julie.

»Lass Édouard da raus. Er hat damit nichts zu tun«, zischte Charlotte.

Julie lehnte sich zurück, zog an ihrer Zigarette und betrachtete Charlotte abschätzig. »Ich weiß, dass du genauso denkst.« Ihr Blick wanderte zu Henri. »Ihr beide. Ihr seid Kämpfer, so wie ich. Ihr habt nur noch nicht den Mut gefunden, es zuzugeben.«

»So ein Unsinn! Hör endlich auf, Julie! Du könntest allein schon für solche Worte verhaftet werden. Und Eric ebenso«, rief Charlotte. »Henri! Sag auch mal etwas! Es ist doch gefährlich, was Julie da äußert, oder?«

»Vielleicht ist es das. Aber …« Er zögerte, kratzte sich am Kopf. »Sie hat auch recht, Charlotte. Wir dürfen nicht tatenlos zusehen, was in der Welt gerade geschieht. Und wenn unsere Politiker nichts tun, müssen wir uns eben selbst organisieren.«

»Organisieren? Wovon sprichst du, Henri? Wir haben ein Kind! Wir sind eine Familie. Damit setzen wir alles aufs Spiel. Du musst verrückt sein!« Charlotte atmete schwer. Ihr war plötzlich schrecklich heiß, sie hatte das Gefühl, keine Luft zu bekommen.

»Ich weiß.« Henri sah traurig vor sich hin. »Und mir ist bewusst, wie schwer es ist, eine solche Entscheidung zu treffen. Aber was, wenn wir es nicht tun? Was sagen wir unserem Sohn, wenn er uns irgendwann fragt, was wir gegen all dieses Unrecht getan haben?«

Charlotte erwiderte nichts. Sie dachte an Girard und sein eingefallenes Gesicht, an das Feuer in seinen Augen, das ihn einst ausgemacht hatte und nun erloschen war, dachte an die vielen Menschen, die in diesem Krieg schon gestorben waren, die ihr Zuhause verloren hatten, die man vertrieben hatte und die gedemütigt wurden. Natürlich schmerzte ihr Herz bei alldem, natürlich brannte es ein tiefes Loch in ihre Seele. Und doch … Musste sie nicht das beschützen, was ihre Familie war? Musste sie diese nicht über alles andere stellen?

In dieser Nacht saß Charlotte viele Stunden am Bett ihres Sohns, strich über sein zartes Gesicht und durch sein dichtes Haar. Er war ihr Ein und Alles. Für ihn, für seine Freiheit würde sie alles tun, alles riskieren. Sogar ihr eigenes Leben. Hatte Henri recht? Mussten sie ihrem Sohn nicht beibringen, dass man gegen das Böse in der Welt aufstehen musste, sich auflehnen gegen Unrecht, das eigene Land beschützen? War es nicht das, worauf es im Leben ankam?

Nizza und Villefranche hatten sich durch den Krieg anfangs nicht so sehr verändert wie andere Teile des Landes. Offiziell standen sie zwar unter italienischer Verwaltung, aber davon merkte man im täglichen Leben nicht viel. Die Italiener waren freundliche Besatzer, die Soldaten saßen mit ihnen zusammen, spielten mit ihnen Karten, tranken mit ihnen. Nizza war noch immer laut und bunt, die Gassen waren voller Menschen, auf den Märkten wurden frische Waren angeboten, es duftete nach Thymian, Lavendel und Rosmarin. Doch durch die schwierigere Versorgung waren Lebensmittel nach und nach knapper geworden, und schließlich kamen auch keine Besucher mehr, denn der Krieg hatte das Reisen fast unmöglich gemacht. Stattdessen hatte die Provinz auf einmal viele neue Einwohner. Flüchtlinge. Sie kamen aus dem Norden zu ihnen, wollten hier Zuflucht finden. Unter ihnen auch viele Juden.

Henri arbeitete noch immer bei der Eisenbahn. Er hatte einen neuen Kollegen, Samuel, der mit seiner Familie aus dem besetzten Belgien geflohen war. Er war Jude und erzählte Henri, wie schlecht es ihnen unter der deutschen Besatzung ergangen war, wie grausam sie behandelt wurden. Hier, in dem kleinen, von den Italienern besetzten Teil Südfrankreichs fühlten sie sich sicher, denn die Italiener lieferten sie nicht an die Deutschen aus.

Sie beschützten sie sogar. Der Zipfel im äußersten Südosten Frankreichs wurde zu einem Refugium für die Gestrandeten Europas. In den kleinen Fischer- und Bauerndörfern oberhalb Nizzas wohnten inzwischen viele jüdische Bürger.

Auch das Café de Madame Roux hatte sich verändert. Francine und Charlotte hatten es geschafft, es am Leben zu erhalten, auch wenn das ein schwieriges Unterfangen gewesen war. Schon während der Wirtschaftskrise hatten sie kämpfen müssen, nun war es noch härter geworden.

Als Charlotte an diesem Wintermorgen in das Café kam, war Francine schon dort. Sie hatten seit dem Treffen zwei Tage zuvor nicht mehr miteinander gesprochen, und auch jetzt schien Francine kein Interesse an einem Gespräch zu haben. Stumm spülte sie die Gläser und wischte die Tische ab, würdigte Charlotte keines Blickes. Irgendwann legte Charlotte das Messer zur Seite, mit dem sie gerade Käse schnitt. »Ich weiß, du bist wütend auf mich, Francine. Aber das kann doch nicht so weitergehen!«

»Ich bin nicht wütend«, entgegnete Francine, ohne in ihrer Arbeit innezuhalten. »Du musst tun, was du tun musst.«

»Was soll das denn heißen?«

»Dass du ein freier Mensch bist. Ich dachte nur, dass wir ähnlich denken. Und dass du deine Familie und deine Freunde nie in Gefahr bringen würdest.«

»Das tue ich doch auch nicht! Nichts dergleichen habe ich gesagt.«

Francine schüttelte nur den Kopf.

»Was soll denn das, Francine?«

Endlich legte sie den Lappen zur Seite und trat auf Charlotte zu, die hinter dem Tresen stand. »Ich kenne dich seit fast dreißig Jahren, Charlotte! Vielleicht kenne ich dich besser als du dich selbst.« Ihr Tonfall wurde versöhnlicher. »Ich weiß, dass du innerlich mit dir ringst. Und vielleicht …« Sie zögerte. »Vielleicht beneide ich dich sogar um deinen Mut. Denn ich glaube, ich weiß, welche Entscheidung du am Ende treffen wirst.«

»Wovon redest du nur? Ich bin überhaupt nicht mutig, und ich habe gar nicht vor …«

»Du musst nichts weiter sagen«, unterbrach Francine sie. »Es tut mir leid, dass ich aufgebracht war. Ich schätze, ich habe einfach Angst. Angst um dich, um Henri und Édouard, um Julie. Angst vor dem, was auf uns zukommen mag.«

Charlotte ging auf ihre Freundin zu und nahm sie fest in den Arm. »Hab keine Angst, Francine«, flüsterte sie. »Wir stehen einander bei. So wie wir es immer getan haben.«

Am nächsten Tag traf sich Charlotte mit Madame Roux. Die rüstige alte Dame war kurz vor Ausbruch des Krieges von ihren Reisen zurückgekehrt und wohnte wieder in ihrem großen Haus in Saint-Paul-de-Vence. Auch sie hatte einige Flüchtlinge aufgenommen.

»Ich hab ja genug Platz«, erklärte sie, als sie an diesem sonnigen Morgen mit Charlotte durch die Gassen von Nizza schlenderte. »Und diese armen Menschen haben doch sonst keinen Ort, wo sie hingehen könnten.«

»Das ist sehr großzügig von Ihnen.« Charlotte bewunderte Madame Roux, die ihr Leben damit verbracht hatte, andere Menschen zu unterstützen, ohne je eine Gegenleistung zu verlangen.

»Nun, so ganz uneigennützig ist es nicht. Ich habe gern Leben im Haus. Sonst vereinsame ich noch oder fange an, mit den Katzen zu sprechen.« Sie warf den Kopf in den Nacken und lachte.

»Ich hoffe nur, dass das alles bald ein Ende hat. Drei Jahre geht dieser Krieg nun schon.«

Sie schlenderten über den Marché aux Fleurs Cours Saleya, den großen Blumenmarkt, der von ockergelben Häusern gesäumt war. Ein Mann spielte auf einer Mandoline eine fröhliche Melodie.

»Ich befürchte, dass das Hoffen nicht viel bringen wird. Das Böse, Charlotte, lebt nicht in der Welt der Dinge, es lebt im Menschen. Und diese Deutschen …« Madame Roux schnaufte, blieb stehen und hielt sich an Charlottes Arm fest.

»Geht es Ihnen nicht gut?«

»Doch, doch. Ich muss mich bloß kurz setzen.« Sie ließ sich auf einer Bank am Rand des Marktplatzes nieder, und Charlotte nahm neben ihr Platz.

»Du solltest zu uns kommen und einige meiner Besucher kennenlernen. Vor allem Sarah und ihre Familie«, schlug Madame Roux vor, nachdem sie sich erholt hatte.

Charlotte schwieg. Natürlich würde sie gern die Menschen kennenlernen, die Madame Roux bei sich aufgenommen hatte. Und doch fürchtete sie sich davor, dass die Schicksale, von denen sie dort hören würde, ihr zu nahegehen könnten.

»Sarah ist Künstlerin gewesen, in Berlin«, fuhr Madame Roux fort. »Du würdest sie sehr mögen.«

»Ganz bestimmt«, erwiderte Charlotte leise, vermied es aber, sie anzusehen.

»Du brauchst dich nicht zu ängstigen, Charlotte. Du bist stärker, als du denkst, das hast du schon oft bewiesen. Es ist wichtig hinzuschauen. Das Schicksal hat einen Weg für dich vorgesehen, und diesen Weg kannst du nicht in eine andere Richtung lenken, indem du dich davor versteckst. Das weißt du doch, oder?«

»Ja«, presste Charlotte hervor. War sie tatsächlich diese starke Frau, für die alle sie hielten? Sehnte sie sich wie Francine nicht nur nach Ruhe, Frieden und Geborgenheit?

Beim Abendessen erzählte sie Henri von ihrem Spaziergang mit Madame Roux.

»Sie hat recht, Charlotte. Du solltest diese Menschen kennenlernen«, meinte Henri. »Du bist sehr gut darin zuzuhören.«

»Ich weiß nicht«, erwiderte Charlotte, dann ermahnte sie ihren Sohn: »Édouard, bitte nimm dir nur so viele Kartoffeln, wie du essen kannst.« Seit einiger Zeit hatte sie Sorge, nicht genug zu essen auf den Tisch zu bringen.

»Ich glaube, ich kann diesen Menschen nicht helfen«, sagte sie, nun wieder zu Henri gewandt. »Ja, ich war Krankenschwester im Großen Krieg, aber das war meine Arbeit. Das hier ist etwas anderes.«

»Du warst eine der besten Krankenschwestern in Nizza, Charlotte. Weil du für das, was du getan hast, gebrannt hast. Du hast die Ungerechtigkeit des Krieges gehasst. Und mit deiner Hilfe konnten Hunderte von Soldaten wieder nach Hause und den Schrecken hinter sich lassen.«

»Mir ist auch nicht ganz klar, wovor ich mich eigentlich fürchte.« Sie sah zu Édouard, der ihnen nicht zuhörte, sondern gedankenverloren in seinen Kartoffeln herumstocherte.

»Du hast Angst davor, dich zu involvieren«, antwortete Henri und aß ein Stück Roulade. »Du hast Angst, dass dich das Unrecht nicht mehr loslässt und dass du nicht mehr wegschauen kannst.«

»Lass uns später darüber sprechen, ja?«, bat sie mit Blick auf Édouard.

Henri schwieg. Doch den ganzen Abend über spürte sie seinen durchdringenden Blick auf ihr ruhen.

Und so fand sie sich zwei Tage später vor dem Haus von Madame Roux wieder. Sie war erst einmal, vor vielen Jahren, bei ihr gewesen. Innen hatte sich die Einrichtung sehr verändert. All die Plastiken und Gemälde, die sonst den Wohnbereich geschmückt hatten, waren verschwunden. Stattdessen waren die Räume zweckmäßig eingerichtet, überall standen praktische Metalltische herum, Stühle mit Geflecht und gemütliche Polstersofas sowie Holzschränke mit Schnitzereien und deckenhohe Regale. Lampen aus Porzellan ließen die Zimmer in angenehm warmem Licht erstrahlen.

Und es war trubelig. Tobende Kinder liefen durch den Saal, den Madame Roux einst für ihre Empfänge genutzt hatte, Männer und Frauen saßen an den Tischen und unterhielten sich, einige aßen oder tranken, andere rauchten. Aus der Küche drang der Geruch von Kartoffeln und gekochtem Huhn.

»Charlotte!« Madame Roux trat auf sie zu. Sie trug ein schlichtes dunkles Hauskleid, eine Schürze und keinen Schmuck, was sehr ungewöhnlich war, denn sie war bekannt für ihre Extravaganz, ihre bunten Kleider und goldenen Armreifen. »Wie schön, dass du gekommen bist! Möchtest du etwas essen?«

»Nein danke. Aber einen Kaffee würde ich nehmen.«

»Natürlich. Lass uns hierbleiben, ja? Hier sind auch Sarah und ihre Kinder.«

Sie wusste gleich, wer Sarah war, ohne dass Madame Roux etwas sagen musste. Die Frau, die dort auf einer Couch saß, während ihre Kinder auf dem Teppich spielten, hatte langes schwarzes Haar, das ihr fast bis zu den Hüften reichte. Sie war schlank, und die Bewegungen ihrer Arme waren fließend und zurückhaltend. Sie erinnerte Charlotte an die melancholischen Frauen auf den Bildern des holländischen Malers Jan Vermeer.

Sarah stand auf, als Madame Roux und Charlotte sich ihr näherten. Von Nahem wurde ihre Schönheit noch deutlicher, ihr stolzes Kinn, die leicht geschwungene Nase, die mandelförmigen, ausdrucksstarken Augen. Trotz ihrer schmalen Gestalt und ihrer ruhigen Art hatte sie etwas an sich, das einen in den Bann zog.

Ein schüchternes Lächeln umspielte ihre Mundwinkel, während sie Charlotte begrüßte. »Entschuldigen Sie, mein Französisch ist schlecht«, erklärte sie mit starkem Akzent.

»Es hört sich aber sehr gut an«, erwiderte Charlotte.

Ein Mädchen mit weißer Schürze brachte Kaffee und Gebäck.

»Es ist hier so herrlich.« Sarah griff nach ihrer Tasse. »Madame Roux hat uns gerettet und in ein Paradies gebracht.« Sie warf der älteren Dame einen dankbaren Blick zu.

Madame Roux winkte ab. »Was ich tue, ist selbstverständlich. Wer viel hat, kann auch viel geben. So habe ich es schon immer gehalten.«

»Leider gibt es eine Menge Menschen, die viel haben und ganz anders denken.« Charlotte konnte ein Seufzen nicht unterdrücken.

»Wir sind Ihnen jedenfalls auf ewig dankbar«, fuhr Sarah fort. Sie hatte eine warme, samtene Stimme. »Die Kinder lieben es hier.« Sie deutete auf den kleinen Jungen und das Mädchen, die mit zwei aus Holz geschnitzten Pferden spielten. Sie hatten das rabenschwarze Haar und den Porzellanteint ihrer Mutter. »Es war schlimm für sie, Berlin zu verlassen, viel schlimmer noch als für uns. Wir haben dort ein wunderbares Leben geführt, hatten viele Freunde und Bekannte, mein Mann Leon war ein angesehener Anwalt. Was haben wir nur verbrochen, dass man uns seit einigen Jahren drangsaliert, demütigt und uns unser Zuhause wegnimmt?« Sarahs Stimme war voller Zorn. »Was haben wir nur verbrochen?«, wiederholte sie.

»Nichts. Sie haben nichts verbrochen. Überhaupt nichts. Die Nazis sind diejenigen, die etwas verbrochen haben. Die ihnen das alles angetan haben.« Charlotte ergriff Sarahs Hand. Obwohl sie

sie kaum kannte, war nichts Unangenehmes dabei, und Sarah schien genauso zu empfinden.

»Lassen Sie uns von etwas anderem sprechen. Madame Roux hat mir erzählt, dass Sie ein Café besitzen? Das würde ich gern einmal sehen«, sagte Sarah.

»Aber gern. Es wird Ihnen bestimmt gefallen. Früher haben wir viele Künstler als Gäste gehabt, und einige von ihnen haben sogar ihre Werke bei uns ausgestellt. Sie malen doch auch, nicht wahr?«

Sarah errötete leicht. »Ähm, ja, aber … Wirklich nur sehr selten, und auch nicht sehr gut.«

»Unsinn! Ihre Bilder sind pittoresk«, mischte Madame Roux sich ein. »Neulich hat sie den Ausblick auf die Bucht gemalt. Ein herrliches Bild!«

»Nun ja, ich liebe die Kunst«, erklärte Sarah verlegen. »In einem schönen Gemälde kann man sich verlieren, finden Sie nicht?«

»In der Tat! Sie sollten uns einmal besuchen, in Villefranche. Wir besitzen einen echten Girard!«

Sarah war erstaunt. »Das glaube ich nicht!«

»Doch.« Charlotte grinste. »Es ist wahr. Kommen Sie und überzeugen Sie sich selbst! Mein Mann Henri kocht ein köstliches Bœuf Bourguignon.«

»Ihr Mann kann kochen?« Sarah machte erneut ein ungläubiges Gesicht. »Bei Leon bin ich froh, wenn er eine Dose öffnen kann!«

»Dann kann Henri ihm ja vielleicht noch etwas beibringen.«

»Dessen bin ich mir gewiss. Wir kommen sehr gern, Charlotte. Vielen Dank für die Einladung.«

Schon zwei Tage später setzten sie ihr Vorhaben in die Tat um.

Als die Familie Hirschbaum eintraf, war Charlotte gerade damit fertig geworden, den Tisch zu decken. Aus der Küche roch es göttlich, das Rindfleisch schmorte vor sich hin, und Henri war dabei, Zwiebeln und Champignons zu schneiden. Sie konnte sich nicht daran erinnern, wann er angefangen hatte zu kochen, aber er ging darin auf. Vielleicht war es ein Ventil, vielleicht konnte er dabei Zerstreuung finden.

Nachdem sich alle begrüßt hatten und die Kinder zum Spielen in Édouards Zimmer gegangen waren, setzten sie sich an den Tisch, und Charlotte servierte als Aperitif Lillet Blanc, den die Hirschbaums als Gastgeschenk mitgebracht hatten.

»Sie haben ein außerordentlich schönes Haus«, erklärte Leon Hirschbaum, ein korpulenter Mann mit einer dröhnenden Stimme und einem tiefschwarzen Vollbart. Ein bisschen erinnerte er Charlotte an einen Opernsänger.

»Danke. Haben Sie den Weg gut gefunden?«, erkundigte sich Henri.

»Ja, Madame Roux hat uns geholfen. Sie hat uns sogar ihr Automobil geliehen. Sie ist eine bemerkenswerte Dame«, erklärte Sarah. Sie trug eine zarte Kette um den Hals, die sie immer wieder berührte, als wolle sie sich versichern, dass sie noch da war.

»Oh ja, das ist sie«, bestätigte Charlotte. »Aber nun zu Ihnen: Können wir Ihnen irgendwie behilflich sein, sich in der Gegend einzuleben?«

Leon und Sarah warfen sich einen Blick zu. »Das ist sehr freundlich, aber wir sind einfach nur dankbar, hier zu sein. Der Rest unserer Familie hat nicht so viel Glück gehabt.« Sarah nahm einen Schluck von dem Aperitif und musste husten.

»Ist ein Teil Ihrer Familie noch in Berlin?«, fragte Henri.

»Ja, einige sind noch dort, andere Verwandte konnten ebenfalls fliehen und sind nun über ganz Europa verstreut. Aber wo man noch wirklich sicher ist, weiß niemand.« Abscheu breitete sich in ihrem Gesicht aus. »Seit Jahren werden wir Juden in Deutschland wie Dreck behandelt. Wir dürfen uns nicht mehr frei bewegen, nicht mehr arbeiten, nicht dort einkaufen, wo wir wollen, nicht mehr wohnen, wo wir wollen. Als der Krieg vor drei Jahren begann, wussten wir, dass wir gehen mussten, weil es sonst zu spät sein würde.« Sarah stockte. »Wir haben einen langen Weg hinter uns. Auf der Flucht haben uns viele Menschen geholfen. Im Norden Frankreichs gibt es Netzwerke, die Juden in den Süden schleusen. An der Demarkationslinie sind wir einfach an der Gendarmerie nationale vorbeispaziert. Obwohl wir keine Ausweise hatten.«

»Ja, sie bewachen die andere Seite der Grenze seltsamerweise viel besser. In den Norden kommt man schwerer hinein. Absurd eigentlich«, erklärte Henri.

»Wie dem auch sei«, fuhr Sarah fort. »Nun sind wir in Sicherheit. Zumindest vorerst. Doch was jetzt im Deutschen Reich geschieht, das ist schlimmer als alles, was wir uns vorstellen können.« Ihr Mann griff nach ihrer Hand. Es gab diese Blicke zwischen zwei Menschen, die so viel zusammen erlebt hatten, dass Worte nicht ausreichten, um es zu beschreiben. »Wir sterben. Unser Volk stirbt. Und die Welt schaut zu.«

Alle schwiegen. Leise drang aus Édouards Zimmer das fröhliche Gemurmel der Kinder zu ihnen.

Charlotte war noch nie so dankbar wie in diesem Moment, dass ihr Sohn sein junges Leben bislang in Sicherheit verbracht hatte, dass er aufwachsen konnte, ohne zu wissen, was wirkliche Furcht, was Angst vor Hunger und Vertreibung bedeuteten. Diese Kinder hatten es erlebt, und ihre Eltern hatten hilflos zusehen müssen. Charlotte spürte, wie eine unbändige Wut in ihr aufstieg, wie der Zorn darüber ihr die Kehle zuschnürte. Sie rang nach Atem. Henri bemerkte, was in ihr vorging, er berührte unter dem Tisch leicht ihre Hand.

»Ich hole die Suppe«, presste sie hervor und erhob sich vom Stuhl, spürte, wie ihre Beine zitterten.

In der Küche kam sie langsam wieder zur Besinnung. Sie lehnte sich für einen Augenblick an die kühle Schrankwand.

»Ist alles in Ordnung, Charlotte?«

Sarah stand vor ihr, sie hatte sie gar nicht kommen hören. »Ja, alles in Ordnung.«

»Es tut mir leid. Ich wollte mit meinen Worten nicht die Stimmung verderben.«

»O Sarah! Das haben Sie nicht! Ganz im Gegenteil! Es ist so wichtig, dass Sie es erzählen. Die Welt muss erfahren, was Ihnen und Ihrem Volk angetan wird.«

»Ich wünschte, alle Menschen würden so denken. Aber die meisten verschließen lieber die Augen.«

»Ich weiß.« Charlotte drehte sich um und begann, die Zwiebelsuppe in kleine Schälchen zu füllen.

Während Charlotte und Sarah diese ins Wohnzimmer brachten, holte Leon die Kinder, und so löffelten sie alle ihre Suppe. Édouard war für seine Verhältnisse ganz aufgedreht, er berichtete, dass er Daria und Ari – die Kinder von Sarah und Leon – einige französische Begriffe beigebracht hätte, und die beiden demonstrierten es, indem sie die Wörter *chemin de fer* – Eisenbahn – und *balancer* – Schaukel – aufsagten. Leon wiederholte die Begriffe, weil, wie er meinte, sein Französisch noch ausbaufähig sei, stellte sich dabei aber weitaus ungeschickter an als seine Kinder. »Ich bin alt«, seufzte er, und seine Frau tätschelte seine Hand. »Kinder lernen nun mal einfach schneller, Leon, *mon âme*.«

Charlotte lächelte. *Mon âme*, meine Seele, welch schöner Kosename für den Menschen, den man liebte.

»Kinder, helft ihr mir abzuräumen?«, fragte Charlotte. »Dann gibt es auch Nachtisch!«

Das ließen Édouard, Daria und Ari sich nicht zweimal sagen. Rasch schnappten sie sich die Schälchen und brachten sie in die Küche. »Das war ja flinker, als ich gucken kann«, lobte Charlotte.

»Ich kümmere mich um den Hauptgang.« Henri stand auf. »Du kannst unseren Gästen ja derweil unseren Girard zeigen.«

»Die Liebenden von Nizza« hingen noch immer über dem Sofa, obwohl Charlotte und Henri schon häufiger überlegt hatten, einen würdigeren Platz dafür zu suchen.

»Es ist traumhaft.« Sarah näherte sich den Bildern, ihr Gesicht verriet, dass sie in diesem Augenblick alles um sich herum vergaß. »Er hat Sie genauso gemalt, wie Sie sind«, flüsterte sie ehrfürchtig. »Und doch steckt viel mehr in diesen Bildern als nur ein Porträt.«

Sie drehte sich um und sah Charlotte an. »Woher haben Sie das Triptychon?«

»Der Maler hat es uns geschenkt.«

»Tatsächlich? Wie großzügig von ihm.«

»Sehr großzügig.« Charlotte wurde traurig. »Er ist ins Exil gegangen. Nach Amerika.«

»Oh«, sagte Sarah, und sofort kehrte die Melancholie in ihre Augen zurück. Leon trat zu ihr, legte beschützend den Arm um sie. »Wir hätten auch viel früher gehen sollen«, erklärte er zu Charlotte gewandt.

Sarah tätschelte seine Hand. »Ja, das hätten wir. Viele Freunde von uns sind vorher fortgegangen, wir haben zu lange gezögert.«

»Bei uns sind Sie in Sicherheit«, sagte Charlotte.

»Vorerst«, ergänzte Sarah, und all der Schmerz, der dabei in ihrem Blick lag, ließ Charlotte frösteln.

»Meine Frau kann auch malen«, erzählte Leon.

Sarah errötete leicht. »Leon, hör auf. Im Angesicht eines Girard kann man bei mir wohl kaum davon sprechen.«

»Aber deine Bilder sind sehr schön!«, beharrte Leon.

»Ich würde sie gern einmal sehen«, erklärte Charlotte. »Wirklich.«

Sie gingen zum Tisch zurück, und Henri brachte das Bœuf Bourguignon, das auf der Zunge zerging wie Butter.

»Sie sind wirklich ein hervorragender Koch, Henri!«, bemerkte Sarah zwischen zwei Bissen. »Leon kann nicht mal ein Spiegelei braten.«

»Das habe ich gehört«, warf Leon ein und drohte seiner Frau liebevoll mit seiner Gabel.

Alle lachten.

»Leider ging es uns in den vergangenen Jahren nicht immer so gut«, erklärte Henri. »Aber seit einigen Monaten bekommen wir mehr Lebensmittel aus dem besetzten Norden. Aber trotzdem ...« Er nahm einen Schluck Wasser. »... essen wir nicht jeden Tag so etwas. Das Fleisch bekamen wir von befreundeten Bauern, die oben in den Bergen leben.«

»Es ist wichtig, Freunde zu haben in diesen Zeiten.« Sarah strich sich nachdenklich eine Haarsträhne hinters Ohr. »Sagen Sie, Henri, Leon sucht Arbeit. Meinen Sie, er wird hier irgendwo etwas finden?«

»Nun.« Henri schluckte den Bissen Rindfleisch hinunter, den er gerade im Mund hatte, und tupfte sich mit einer Serviette den Mund sauber. »Das wird schwierig werden, sogar für mich war es nicht einfach, Arbeit zu finden.«

»Und wo sind Sie tätig?« Das war Leon.

»Bei der Eisenbahn. Ich arbeite an den Schienen, als Installateur. Es ist eine gute, aber ziemlich anstrengende Arbeit.«

»Vielleicht kannst du ja fragen, ob Sie noch jemanden suchen«, schlug Charlotte vor und erntete dafür einen vorwurfsvollen Blick ihres Mannes. Sie wusste, dass er es nicht mochte, wenn man Leuten Dinge versprach, die man vielleicht nicht einhalten konnte.

»Ja, das kann ich machen«, bestätigte er dann aber.

»Das wäre wunderbar! Nicht wahr, Leon?«, sagte Sarah.

Ihr Mann nickte, wirkte aber wenig glücklich. Als Rechtsanwalt konnte er es sich sicher kaum vorstellen, eine derart schwere körperliche Arbeit zu verrichten.

Charlotte stand auf, um abzuräumen, und Sarah half ihr.

»Sie haben eine wunderbare Familie. Sie müssen sehr glücklich sein«, sagte Sarah, als sie in der Küche waren.

»Ja, das bin ich auch.« Ihre Probleme kamen ihr angesichts dessen, was die Hirschbaums erlebt hatten, plötzlich ganz unwichtig vor.

»Woher sprechen Sie eigentlich so gut Französisch, Sarah?«

»Ich hatte eine französische Großmutter. Sie hat es mir beigebracht. Für mich ist es daher viel leichter als für Leon. Er musste alles zurücklassen, was er sich über viele Jahre aufgebaut hatte.«

»Für die Männer ist es immer schwerer. Sie wollen stark sein, während wir Frauen Schwäche zulassen können. Vielleicht ist gerade das manchmal unsere Stärke.«

»So habe ich das noch nie gesehen«, erwiderte Sarah.

Die Frauen brachten den Nachtisch, eine Schokoladenmousse, und die Kinder freuten sich wahnsinnig.

Nachdem sie noch einen Kaffee getrunken hatten, verabschiedeten sich die Hirschbaums. Sarah küsste Charlotte auf beide Wangen, Tränen standen in ihren Augen. »Es war ein herrlicher Abend. Vielen Dank, Charlotte. Vielen Dank.«

Charlotte kämpfte nun ebenfalls mit den Tränen. »Wir feiern

in einigen Wochen Henris Geburtstag. Kein großes Fest, nur ein paar Freunde. Sie sind herzlich eingeladen.«

Nachdem sie die Küche aufgeräumt und Édouard ins Bett gebracht hatten, legten sich Henri und Charlotte schlafen. Sie tastete im Dunkeln nach seiner Hand. Sie kannte jede kleine Furche, jede Narbe, jede Ader, kannte sie besser als ihre eigene.

»Mein Vorschlag, dass du nach Arbeit für Leon fragen könntest, tut mir leid. Ich hätte nicht über deinen Kopf hinweg so etwas sagen sollen.«

»Darum geht es nicht.« Henri atmete gleichmäßig. »Aber diese Menschen haben genug Enttäuschungen erlebt. Wir müssen nicht noch mehr hinzufügen.«

»Ich will ihnen so gern helfen. Aber ich habe keine Ahnung, wie.«

»Du bist schon jetzt eine gute Freundin für Sarah. Das ist wichtig, Charlotte.«

»Aber wir müssen mehr tun, Henri.«

»Das ist mir bewusst.« Er holte tief Luft. »Ich muss dir etwas sagen.« Sie hörte die Entschlossenheit in seiner Stimme und drehte sich zu ihm. Im schwachen Licht des Mondes, der durch das Schlafzimmerfenster schien, konnte sie die Umrisse seines Gesichts erkennen, und sie spürte die Liebe zu ihm plötzlich so stark wie nie zuvor, vielleicht weil sie ahnte, was er ihr sagen würde.

»Einige Männer, Eisenbahner, mit denen ich arbeite, haben sich zusammengetan, sie treffen sich jede Woche und schreiben Flugblätter. Gegen das Pétain-Regime und gegen die Italiener. Dann verteilen sie sie überall in der Gegend. In Marseille gibt es inzwischen mehrere Partisanen-Zirkel. Und in Paris werden es auch immer mehr.«

Charlotte schaute zur Decke, zu dem langen Riss, der sich neben der Lampe abzeichnete.

»Ich werde zu einem dieser Treffen gehen. Es ist an der Zeit.«

Sie blieb stumm. Ihr Puls ging schneller. Sie hatte geahnt, dass dies passieren würde, und obwohl ihr Herz voller Angst war, bewunderte sie Henri für seine Entscheidung.

»Aber was ist mit uns? Mit Édouard und mir?«, fragte sie vorsichtig.

»Ich liebe euch, Charlotte. Mehr als mein eigenes Leben. Aber ich kann nicht mehr wegschauen.«

»Ich weiß. Aber du musst vorsichtig sein. Versprich es mir.«

»Das werde ich. Es ist einfach zu schrecklich, was im Moment geschieht, in unserer unmittelbaren Umgebung! Menschen werden verfolgt, weil sie einen anderen Glauben oder eine andere politische Einstellung haben als die Deutschen. Einige wenige erlauben sich, über andere zu richten. Vor einigen Tagen gab es in Paris den Befehl, alle Juden, die keine französische Staatsbürgerschaft besitzen, zu verhaften! Das ist die grausame Wahrheit.«

Sie legte ihren Kopf auf seine Brust, hörte seinem Herzschlag zu, spürte, wie sein Brustkorb sich hob und senkte. So schliefen sie ein.

Als Charlotte Édouard am nächsten Morgen zur Schule gebracht hatte und auf der Avenue Léopold II nach Hause lief, traf sie auf einen alten Bekannten, auf dessen Gesellschaft sie gut und gerne verzichten konnte. Pierre Sauvage. Sie war ihm seit seinem Erscheinen im Café nicht mehr über den Weg gelaufen. Étienne hatte erzählt, dass er ihn ein paarmal am Hafen gesehen hatte, er hatte mit einigen Fischern kleine Beutel und Zettel ausgetauscht. Sie würden bestimmt etwas schmuggeln, meinte er, aber was genau dort abliefe, wolle er lieber nicht wissen.

»Charlotte!« Pierre sprach ihren Namen noch immer auf diese anzügliche Art aus.

»Pierre.« Sie nickte ihm kurz zu und ging einfach weiter.

»Charlotte«, säuselte er. »Bitte! So bleib doch stehen! Wir sind uns so lange nicht begegnet.«

Und das ist auch gut so, fügte sie stumm hinzu und beschleunigte ihren Schritt.

»Ich bin jetzt ein erfolgreicher Geschäftsmann, Charlotte. Ich besitze eine Villa in Antibes! Du solltest mich einmal besuchen kommen. Das ist etwas anderes als die winzige Fischerhütte, die dir dein Mann gekauft hat. Ich kann dir was bieten!«

Charlotte lief ein Schauer über den Rücken. Nach all den Jahren versuchte er weiterhin, sie für sich zu gewinnen. Warum ließ er nicht von ihr ab?

Sie blieb abrupt stehen, drehte sich zu ihm um. Er zuckte kurz zurück, damit schien er nicht gerechnet zu haben. »Pierre«, sagte sie. »Du bist doch ein kluger Mann.«

Ein entrücktes Lächeln erschien auf seinem Gesicht. »Ja, das kann man so sagen.«

»Und ich wette, du hast viele Verehrerinnen.«

»Nun ja.« Man könnte förmlich sehen, wie seine Brust vor Stolz anschwoll. »Auch das ist richtig. Aber ich habe hohe Ansprüche!«

»Sicher hast du das.« Charlotte holte tief Luft. »Trotzdem muss man sich doch irgendwann an jemanden binden. Und du wärst bestimmt ein guter Ehemann.« Sie hätte sich fast die Zunge abgebissen. Die Frau, die mit Pierre ihr Leben teilen würde, tat ihr jetzt schon leid.

»Aber das sage ich doch die ganze Zeit! Ich könnte dir so viel bieten …«

»Nicht mir, Pierre«, unterbrach sie ihn unwirsch. »Ich bin verheiratet.« Sie hielt ihren Ringfinger mit dem goldenen Ehering in die Höhe. »Ich habe einen Sohn. Ich bin nicht zu haben.«

Pierre wich ein Stück zurück. »Aber …«

»Nichts aber!« Sie hatte versucht, vernünftig mit ihm zu reden, sie hatte es wirklich versucht. Doch jetzt wurde sie wütend. »Wir werden kein Paar, Pierre. Niemals. Eher würde ich mich umbringen! Lass mich und meine Familie endlich in Ruhe.«

Mit diesen Worten ließ sie ihn einfach stehen. Es war sicher nicht klug gewesen, so etwas zu sagen, denn Pierre würde sich ganz bestimmt rächen, aber sie wollte sich nicht länger mit diesem Ekel auseinandersetzen. Er sollte verschwinden und nie mehr wiederkehren.

Aufgewühlt,wie sie war, beschloss sie, bei Francine vorbeizugehen.

Sie fand ihre Freundin in einem Beet vor, bewaffnet mit einer Harke, neben ihr lagen Spaten und Schaufel. Ihr flammend roter Haarschopf hatte sich aus ihrem Kopftuch gelöst und bedeckte ihre Schultern. Charlotte beobachtete sie für einen Moment, bevor sie ihren Namen rief.

»Komm rein, Charlotte.« Francine deutete auf die Pforte und zog die Gartenhandschuhe aus, die ihr viel zu groß waren. »Du siehst aus, als wäre dir ein Geist begegnet. Was ist passiert?«

Charlotte ließ sich neben Francine auf der Veranda nieder und erzählte ihr von ihrer unangenehmen Begegnung mit Pierre.

»Ich brauch dir wohl nicht zu sagen, dass das dumm war. Pierre ist ein hinterlistiger, gemeiner Kerl, der jetzt erst recht nicht von dir ablassen wird«, schimpfte Francine.

»Ja, ich weiß. Doch was hättest du an meiner Stelle getan?«

Francine zuckte mit den Schultern. »Einfach nichts sagen. Ihn ignorieren.«

»Aber das tue ich seit Jahren. Und es hilft nichts! Es ist, als wäre er besessen davon, dass ich seine Ehefrau werde. Er ist vollkommen wahnsinnig.«

»Das ist er. Aber dir brennt doch noch etwas anderes auf der Seele, oder?«

Charlotte seufzte. »Es ist … Henri.« Sie knetete ihre Finger im Schoß. »Er wird sich den Partisanen anschließen. Was soll ich nur tun?« Ihre Stimme war nur noch ein leises Wispern.

»Diese Frage kann ich dir nicht beantworten. Das musst du selbst herausfinden. Aber ganz egal, wie du dich entscheidest, Charlotte, ich werde da sein.« Sie drückte ihre Hand.

»Danke.« Charlotte umarmte ihre Freundin. Sie wusste, sie konnte auf sie zählen.

Henri erzählte ihr zunächst nichts von den Treffen. »Ich möchte dich nicht in diese Sache mit hineinziehen. Je weniger du weißt, desto besser.«

Aber Charlotte beruhigte das kein bisschen. Nächtelang lag sie wach, grübelte. Sie wollte wissen, was die Partisanen planten, wollte Henri beistehen. Und vielleicht … vielleicht wollte sie sogar an seiner Seite kämpfen.

Während Charlotte am Fenster stand und ihren Sohn beobachtete, der draußen spielte, trat Henri hinter sie. »Er wird ein gutes Leben haben, egal, was geschieht. Darüber hast du doch gerade nachgegrübelt, nicht wahr?«

»Du kannst anscheinend Gedanken lesen.«

Er drehte sie zu sich herum, nahm ihr Gesicht in beide Hände und küsste sie auf den Mund. »Du bist wunderschön.«

Sie holte tief Luft. »Ich möchte die Leute kennenlernen. Ich möchte dabei sein. Ich möchte wissen, was ihr dort tut.«

»Ich habe befürchtet, dass du das einmal sagen würdest. Aber momentan ist es schwierig. Auch wenn die Italiener uns nicht so sehr drangsalieren, wie die Deutschen es mit unseren Freunden im Norden tun, so sind sie immer noch Faschisten. Wir müssen auf der Hut sein.«

»Das ist mir bewusst.«

»Dabei haben wir keine Zeit zu verlieren. Die Boches erobern immer mehr Länder.« Zornesfalten bildeten sich auf Henris Stirn. »Hitler will die ganze Welt einnehmen. Die ganze verdammte Welt.«

Charlotte setzte sich an den Küchentisch. Ihr war plötzlich hundeelend zumute. »Erzählst du mir von den Dingen, die ihr plant?«, bat sie. »Ich muss es wissen.«

Henris Gesicht wirkte auf einmal müde, während er sich zu ihr setzte. »Willst du es wirklich hören?«

Sie nickte nachdrücklich.

»Na schön. Es fing mit den Flugblättern an. Wir haben sie überall verteilt, in Cafés, Restaurants, Geschäften. Doch wir haben schnell gemerkt, dass wir damit allein nicht weiterkommen.« Er hielt inne. Es fiel ihm schwer, davon zu erzählen. »Nun werden von uns Akten angelegt. Jeder Eisenbahntunnel, jede Stelle, wo ein Zug langsamer fahren muss, jede Fabrik, jede Werkstatt, jede Werft ist dort vermerkt. Wir müssen auf alles vorbereitet sein. Manchmal werden uns durch Kuriere Nachrichten von anderen Gruppen aus der besetzten Zone übermittelt. Sie bringen uns Informationen darüber, wie die deutschen Truppen sich bewegen. Und diese Nachrichten geben wir an die Briten weiter.« Er strich über ihre Wange. »Du musst dich nicht sorgen, Charlotte. Es ist hier nicht so gefährlich wie im Norden. Der Pariser Widerstand, die Männer und Frauen, die dort tagtäglich gegen die Nazis kämpfen, das sind die wahren Helden.«

Doch Charlotte sorgte sich nicht nur, es hatte sie zudem noch eine schreckliche innere Unruhe ergriffen, die von Tag zu Tag stärker wurde. Lange würde sie dieses Gefühl nicht mehr aushalten können, das spürte sie.

Henris Geburtstag sollte ein schönes Fest werden, gerade weil es so schwere Zeiten waren. Charlotte hatte Mehl, Butter und Eier erstanden und einen saftigen Kuchen gebacken. Außerdem brachte jeder Gast etwas mit; Francine und Étienne eine frisch gefangene Dorade, Aimée hatte eine Pastete dabei, Julie brachte feine Zartbitterschokolade mit, die sie von befreundeten Ärzten aus Italien bekommen hatte. Madame Roux hatte von ihren Nachbarn, die Ziegenbauern waren, zwei große Stücke Ziegenkäse erhalten, die sie mit Thymian und Estragon verfeinert hatte. Besonders freute sich Charlotte, dass die Hirschbaums gekommen waren. Auch Henris Kollege Samuel war erschienen, er hatte seine Familie mitgebracht, seine Frau Leila und die drei Kinder. Er war klein, drahtig und hatte ein flinkes Mundwerk, Leila groß und kräftig, ruhig und ausgleichend. Samuel redete ununterbrochen, machte Witze, über die er am lautesten lachte, und gestikulierte dabei so wild herum, dass Charlotte Angst hatte, dass er eines der Gläser vom Tisch fegen würde.

Aimée war ohne Frédéric gekommen, was Charlotte nicht sehr überraschte.

»Er hatte etwas vor«, erklärte sie, als Charlotte sich zu ihr setzte und nach ihm fragte. Aimée wirkte müde, ihr glanzloses Haar hing strähnig herab. Geistesabwesend rührte sie in ihrem Tee herum, das Stück Kuchen, das vor ihr stand, hatte sie kaum angerührt.

»Und was ist mit Vincent? Wo ist er?«

»Frédéric hat eine Dame engagiert.«

»Eine Dame?«

»Eine Dame, die für Vincents Erziehung sorgen soll.«

»Aber … du bist seine Mutter, du sorgst für seine Erziehung«, bemerkte Charlotte.

»Offensichtlich nicht«, zischte Aimée. Sie war hochrot im

Gesicht. »Offensichtlich bin ich keine gute Mutter. Vincent stellt nur Unsinn an. Er hat keine Freunde, und in der Schule tut er nichts anderes, als andere Kinder zu drangsalieren.«

»Aber das ist nicht deine Schuld! Er hat keinen Vater, das macht ihm zu schaffen. Wenn Frédéric und du, wenn ihr euch zusammentut, könnt ihr Vincent sicher helfen. Er braucht nur Liebe und ein sicheres Heim.«

Aimée lachte verächtlich auf. »Du hast keine Ahnung, wovon du sprichst, Charlotte. Mein Sohn ist ein verzogenes Gör, und das hat er allein mir zu verdanken. Ich war und bin keine gute Mutter, das wissen wir beide. Und doch liebe ich Vincent mehr als mein eigenes Leben! Aber Frédéric ist so gut wie nie daheim. Ihm ist Vincent sowieso herzlich egal. Er wäre froh, wenn er fort wäre.«

Die Härte in Aimées Gesicht, in ihrem Tonfall, ihrer ganzen Art war für Charlotte nur schwer zu ertragen.

»Ach herrje!«, hörten sie plötzlich jemanden im Garten rufen. Charlotte erhob sich und ging zum Fenster. Als sie nach draußen sah, schlug sie erschrocken die Hand vor den Mund.

Hastig lief sie in den Garten. »Édouard! Was habt ihr nur gemacht?«

Ihr Sohn, Olivier und die anderen Kinder waren allesamt patschnass. Sämtliche Gäste hatten sich um sie versammelt.

»Entschuldige, Maman«, stammelte Édouard. »Wir … wir wollten nur ein bisschen angeln.«

»Angeln?« Charlotte packte ihren Sohn am Arm. »Und wieso seid ihr dann alle nass?«

»Wir hatten keine Angeln«, erklärte Olivier. »Da sind wir ein Stück ins Wasser gegangen, um die Fische mit den Händen zu fangen. Das hatte ich mal bei Papa gesehen.« Francine und Étienne hatten sich inzwischen neben Charlotte gestellt und schauten ihren Sohn streng an. »Entschuldigung.« Er senkte den Blick. »Es war meine Idee.«

»Nein, es war meine Idee!«, widersprach Édouard. »Ich hab die anderen überredet. Sie wollten zunächst nicht mit, aber ich wollte Maman unbedingt einen Thunfisch fangen.«

»Und dann haben wir tatsächlich einen Fisch gesehen«, fügte Olivier hinzu. »Aber er war so schnell, wir kamen nicht hinterher. Und dann waren wir plötzlich alle nass.«

Charlotte wurde ärgerlich. Édouard und Olivier waren unzertrennlich, sie würden füreinander alles tun. Offensichtlich auch ihre Eltern anlügen. »Nun, es spielt keine Rolle, wessen Idee es war. Ihr müsst aus diesen nassen Sachen raus.« Sie scheuchte die Kinder vor sich her ins Haus. Francine, Sarah und Leila folgten ihr, um den Kindern im Badezimmer die nassen Sachen auszuziehen und sie mit Handtüchern trocken zu rubbeln.

»Du hättest dir den Tod holen können«, schimpfte Charlotte, während sie ihrem Sohn ein frisches Hemd überzog. »Vor einer Woche lagst du noch mit Fieber im Bett. Ich hätte dich für klüger gehalten.«

»Es tut mir leid, Maman. Ehrlich.«

»Zur Strafe musst du den anderen Kindern jetzt deine Kleidung stiften. Sie haben ja nichts anzuziehen.« Sie holte einige Sachen aus Édouards Zimmer, und kurz darauf hatten die Frauen ihre Kinder in teilweise viel zu große oder auch viel zu kleine Hemden, Hosen und Schuhe gesteckt – sie wirkten wie eine Jahrmarktstruppe. Als sie zurück ins Wohnzimmer kamen, sorgte ihre Aufmachung für große Erheiterung bei den Anwesenden.

»Herrlich!«, rief Madame Roux, und ihr Busen wogte vor Belustigung. »Ihr seht bezaubernd aus!«

Francine und Charlotte begaben sich in die Küche, um den Kindern eine heiße Brühe zuzubereiten.

»Ich glaube ja nicht, dass es Édouards Idee war. Das ist sicher unser Sohn gewesen. Er macht ständig solchen Unsinn«, meinte Francine, während sie ein Streichholz anriss, die Gasflamme entzündete und den Topf mit der Brühe auf den Herd stellte. Sie war so hübsch in ihrem blassgrünen Kleid, das gut zu ihrer roten Mähne passte, und den goldenen Riemchenballerinas. Außerdem trug sie die edle rhodinierte Brosche in Form einer Feder über dem Herzen, ein uraltes Erbstück der Familie, das sie nur zu ganz besonderen Anlässen aus ihrer Schmuckschatulle holte.

»Ach, es spielt keine Rolle, wessen Einfall es war. Die Jungs halten sowieso zusammen wie Pech und Schwefel. Keiner würde den anderen verraten.« Charlotte hob den Deckel des Topfs an, um ein paar gehackte Kräuter hineinzugeben. »So wie wir«, fügte sie dann hinzu.

Ein leises Lächeln erschien auf Francines Gesicht. »Ja, so wie wir«, bestätigte sie. »Nur bin ich nicht so mutig wie du.«

»Mutig? Pah! Ich bin überhaupt nicht so mutig, wie ihr denkt. Ich fürchte mich. Sehr sogar. Und doch bin ich überzeugt davon, dass es richtig ist, etwas zu tun. Dass es sogar unsere Pflicht ist.«

»Vielleicht ist es das tatsächlich.« Francine drehte sich zu ihr um. »Was auch geschehen mag, wir müssen so fest zusammenstehen wie unsere Söhne.«

Charlotte nickte.

Als sie mit der Brühe ins Wohnzimmer traten, hatten sich alle Gäste dort versammelt. Henri setzte sich gerade auf einen Stuhl in der Mitte des Raums, in der Hand seine Gitarre, und begann zu singen. Es war die Marseillaise, und kurz darauf stimmte Sarah mit ein. Sie hatte eine umwerfende Stimme, und als schließlich alle Gäste mitsangen, fühlte sich Charlotte ihren Freunden aufs Engste verbunden.

Es war schon spät, als sich die Gäste wieder auf den Weg machten. Julie war eine der letzten.

»Charlotte? Können wir noch kurz reden?«

»Ja, natürlich.«

Sie zogen sich ins Wohnzimmer zurück. Julie wirkte müde, dunkle Ringe umrandeten ihre Augen, vom vielen Nikotin waren ihre Fingerkuppen gelb.

»Es hat sich einiges verändert«, sagte sie leise.

»So ist es«, bestätigte Charlotte.

»Ich wollte nur, dass du weißt, dass ich auf Henri aufpassen werde. So gut ich es eben kann.«

»Das brauchst du nicht, Julie. Er hat ganz allein entschieden, diesen Weg zu gehen. Du musst vor allem auf dich selbst aufpassen. Schwer genug als Ärztin, die britische Soldaten über die Pyrenäen schleust.« Julie und Eric waren ein wichtiger Teil der Résistance geworden. Eric hatte seine Frau vor einigen Jahren verlassen, hatte sich ganz dem Widerstand gegen die Besatzer verschrieben. Und ein Arzt und eine Ärztin waren mehr als willkommen gewesen in den Reihen der Männer und Frauen, die für ein freies Frankreich eintraten.

»Aber ich habe nichts zu verlieren, keine Kinder, keinen Partner.«

»Nun, du hast Eric. Ihr habt eine Verbindung. Auch wenn sie anders sein mag als die von Henri und mir oder die von Francine und Étienne.«

»Eric und ich kämpfen zusammen. Und wir würden auch zusammen sterben. Für die Freiheit. Denn soll ich in einem Land praktizieren, das unfrei ist? Mir vielleicht noch Vorschriften machen lassen, wen ich behandele und mit welchen Methoden?« Sie warf den Kopf in den Nacken. »Nein, Charlotte. Das kann ich nicht.« Sie schüttelte sich. »Und noch etwas: Meine Mutter …«

Sie wurde traurig. »Du weißt ja, dass sie seit jeher diese Melancholie hat.«

Charlotte nickte. Julies Mutter litt an Schwermut, und in den letzten Jahren war es noch schlimmer geworden. Sie hatte mehrfach versucht, sich das Leben zu nehmen.

»Die Deutschen bezeichnen Menschen wie meine Mutter als ›unwertes Leben‹. Die Anstalten, in denen sie untergebracht werden, sind Baracken, und es gibt keine Pfleger und keine Medikamente. Unter den Ärzten kursieren Gerüchte, dass diese Menschen in einigen Anstalten einfach verschwinden.«

»Was soll das bedeuten?«

»So genau weiß ich das nicht. Aber ich kenne einen Arzt, der vor einigen Monaten aus Deutschland geflohen ist, weil er es nicht mehr ausgehalten hat. Er erzählt grausame Dinge. Von Versuchen an Menschen, von Experimenten, und von Mord.«

Charlotte schlug sich die Hand vors Gesicht. »Das glaube ich nicht«, flüsterte sie.

»Es ist wahr. Wenn ich mir vorstelle, dass die Deutschen bei uns einmarschieren, dass sie meiner Mutter so etwas antun könnten …« Julie weinte nie, aber für einen kurzen Augenblick rang sie mit sich. »Ich habe keine Wahl, Charlotte«, stieß sie schließlich hervor.

Charlotte kannte dieses Gefühl. Und es wurde stärker.

Es vergingen einige Wochen, in denen Henri immer häufiger fort war.

Der Krieg wütete weiter, im Westen wie im Osten, unzählige Soldaten fielen, ebenso viele Zivilisten in den Kampfzonen. Frankreich war noch immer zweigeteilt, und seit einem Jahr verwandelten die Deutschen die Küsten der Normandie in eine Festung, den Atlantikwall. Die Bevölkerung wurde zu Zwangsarbeit verpflichtet, jeder Franzose in den betroffenen Gebieten, der noch halbwegs stehen konnte, musste nun helfen, einen Wall gegen die Invasion der Alliierten zu errichten. Dabei wünschte sich ein Großteil der Franzosen das genaue Gegenteil: die Deutschen zu verjagen und die Alliierten willkommen zu heißen. Auch Charlotte wollte nur noch, dass der Krieg bald vorbei sein und ihre innere Zerrissenheit damit aufhören möge.

An einem Morgen Ende Februar fand sie beim Waschen in Henris Hose eines der Flugblätter, die er verteilte: *»Á Mort l'infecte Italie – Á Mort les puants Japonais et MERDE à votre Führer et à vous tous, bande d'assassins* – Scheußliches Italien, stinkendes Japan, SCHEISS auf den Führer und auf die ganze Bande der Mörder.«

Sie wusste, was es bedeutete, würde eine falsche Person diesen Zettel hier finden, und am Abend stellte sie Henri zur Rede.

»Du musst vorsichtiger sein, verdammt noch mal! Wie kannst du so etwas in deiner Hosentasche mit dir herumtragen?«

»Es tut mir leid. Es war ein dummes Versehen.« Traurig sah er sie an. »Es wird nicht wieder vorkommen. Ich werde aufpassen.«

»Lass Édouard und mich nicht allein, Henri. Wir brauchen dich.«

Sie verstand, warum Henri tat, was er tat. Und dass sein Tun Opfer forderte. Aber für Édouard war es schwer. Sie hatten ihm zu erklären versucht, dass sein Vater lediglich ein paar Freunden helfen würde, dass er aber nichts Gefährliches machen würde. Doch Édouard ahnte, was vor sich ging, denn obwohl er erst zwölf war, konnte er die Dinge, die um ihn herum geschahen, sehr gut einschätzen.

Sie selbst fühlte sich, was Henri betraf, hin- und hergerissen. Es gab Tage, an denen sie ihn am liebsten begleitet hätte, an denen sie die Untätigkeit, dieses lähmende Gefühl, nicht mehr ertrug. Und es gab Nächte, in denen sie sich vor Angst in den Schlaf weinte und betete, dass Henri nichts geschehen möge.

In einer dieser Nächte erwachte Charlotte von einem Knarren. Es schien von der Terrassentür zu kommen. Erschrocken setzte sie sich auf und wollte Henri wecken, aber seine Seite des Betts war leer, die Decke zurückgeschlagen. Hastig warf sie sich ihren Morgenmantel über und lief ins Wohnzimmer. Die Terrassentür war tatsächlich geöffnet, kalter Wind zog durch den Raum, die Vorhänge flatterten leicht. Sie trat ans Fenster, der Wintermond stand hoch am Himmel und erhellte den Garten.

Henri saß auf der Bank neben den Hortensien, schaute Richtung Meer und rauchte. Er trug seinen Schlafanzug und seine dunkle Seemannsjacke, an den Füßen dicke Socken. Sie betrachtete ihn für einen Moment, dann schlüpfte sie in ihre abgewetzten Stiefel.

Er wirkte nicht überrascht, als sie sich neben ihn setzte. »Entschuldige, ich wollte dich nicht wecken.«

»Das macht nichts. Ich habe ohnehin schlecht geschlafen, nur Unsinn geträumt. Wir waren mit Édouard auf einem Vergnügungsdampfer und haben Eis gegessen. Da waren Clowns und Sänger und Artisten. Ein richtiger Jahrmarkt. Und wir haben getanzt. Doch dann ist der Dampfer plötzlich stehen geblieben, mitten auf dem Meer, und die Clowns, Artisten und Sänger haben sich in wilde Tiere verwandelt, die alle Passagiere über das Schiff gejagt haben. Wir sind ins Wasser gesprungen – da bin ich aufgewacht.«

»Was für ein grässlicher Traum.«

»Ja. Grässlich.«

Charlotte griff nach Henris Hand, und so blickten sie zusammen stumm aufs Meer.

»Es ist jemand verhaftet worden beim Verteilen der Flugblätter. Wir wissen nicht, was aus ihm geworden ist«, erzählte Henri dann plötzlich.

Charlotte wurde unruhig. »Kann er euch verraten?«

»Er könnte, aber er wird es nicht. Niemals.«

»Bist du dir sicher?«

»Natürlich bin ich das!« Er entzog ihr seine Hand. »Wir verraten uns nicht. Ganz egal, was kommt, wir verraten uns niemals!«

»Aber ...«

»Nichts aber, Charlotte!« Er drehte sich zu ihr, hielt ihr Kinn so fest, dass es fast wehtat. »Es darf kein Aber geben. Ich kann mit keinem Aber leben. Ich muss Vertrauen haben.«

Sie schwieg. Es gab so viele Dinge, die sie sagen wollte. Ob es nicht besser sei unterzutauchen, sich zu verstecken, ob Édouard und sie in Gefahr wären ...

»Es kommt noch schlimmer. Wir waren vorgestern in Béziers.«

»So weit weg?« Die Stadt lag hinter Marseille und Montpellier, nicht weit von der spanischen Grenze entfernt.

»In der Nähe gibt es einen Güterbahnhof. Eisenbahnwaggons mit Fahrzeugen, Lebensmitteln und Maschinen für die Wehrmacht passieren ihn regelmäßig. Wir wussten, dass es an diesem Tag über vierhundert Waggons sein würden.«

»Ihr habt dort einen Zug gesprengt, nicht wahr?« Charlotte lief ein Schauer über den Rücken. Sie hatte davon in der Zeitung gelesen und geahnt, dass Henri damit zu tun gehabt hatte.

»Ja. Und zwei deutsche Soldaten sind dabei getötet worden.« Henri strich sich über die Stirn. »Es war so nicht geplant. Wir wollten das nicht. Es war zu viel Sprengstoff.« Er zog an seiner Zigarette, und der Wind trieb die Rauchwolke in Richtung Himmel. »Die überlebenden Wehrmachtssoldaten haben uns stundenlang verfolgt. Sie haben uns nicht erwischt, aber damit ist es nicht vorbei. Von jetzt an werden sie gnadenlos Jagd auf uns machen.«

Sie strich sich über ihre Arme. »Ich hab Angst, Henri.«

»Ich auch.« Er drückte die Zigarette auf dem Boden aus, legte den Arm um sie und zog sie an sich heran. »Aber wir müssen die Angst besiegen. Sie darf uns nicht lähmen, verstehst du?«

Sie konnte nichts erwidern, ihre Kehle war wie zugeschnürt. Sie stand an Henris Seite, und doch vermochte sie in diesem Moment vor Furcht kaum zu atmen.

In dieser Nacht war es schwer, wieder in den Schlaf zu finden, und irgendwann, es dämmerte schon, beschloss Charlotte aufzustehen. Sie bereitete für Édouard einen dünnen Haferbrei zu und setzte Wasser für Kaffee auf.

Als die Kirchturmuhr im Dorf acht schlug, ging sie in das Zimmer ihres Sohns, um ihn zu wecken. Sie erschrak. Sein Bett war leer. Panisch lief sie ins Bad, rief nach ihm, rannte in die Küche, suchte schließlich den Garten nach ihm ab. Aber sie konnte ihn nirgends finden.

Henri war von ihren Rufen wach geworden und kam zu ihr.

»Er ist fort!«, rief sie aufgebracht. Tausend schreckliche Szenen spielten sich in ihrem Kopf ab.

Henri packte sie bei den Schultern. »Du musst ruhig bleiben. Er ist kein kleines Kind mehr. Es wird ihm nichts passiert sein. Als Erstes gehen wir zu Francine und Étienne. Ganz bestimmt ist er bei Olivier, sicher haben sich die beiden schon in aller Frühe davongestohlen.«

Francine, Étienne und Olivier waren gerade beim Frühstück, als Henri und Charlotte eintrafen.

»Nein, Édouard war nicht hier«, sagte Étienne, und Olivier bestätigte das mit einem Nicken.

Charlotte wurde schwarz vor Augen. »Aber wo kann er dann sein?«

»Beruhige dich.« Francine war aufgestanden und legte ihrer Freundin den Arm um die Schulter. Dann wandte sie sich an ihren Sohn. »Olivier, hat Édouard gestern etwas gesagt oder getan, was auffällig war? Hat er sich komisch benommen?«

»Nein, Maman. Er war wie immer.«

Da kam Charlotte plötzlich ein Gedanke. Sie griff nach Henris Hand, die genauso kalt war wie ihre. »Was, wenn er alles mit angehört hat? Letzte Nacht, meine ich.«

Henri runzelte die Stirn. »Möglich ist es.«

Francine und Étienne begriffen sofort, was los war.

»Wir müssen ihn suchen. Ich werde allen Bescheid sagen, die wir kennen.« Francine klatschte in die Hände. »Henri und Charlotte, ihr solltet in der Bucht anfangen. Dort klettert ihr doch ständig auf den Felsen herum, nicht wahr, Olivier?«

»Ja. Kann ich auch helfen?«

»Sicher. Wir gehen zum Mont Boron und schauen uns dort um.«

Henri und Charlotte fuhren mit ihren Rädern zum Strand und zu den Klippen des Cap Ferrat. Aber auch dort war Édouard nicht. Verzweifelt riefen sie immer wieder seinen Namen, liefen zurück ins Dorf, fragten alle Nachbarn, fragten in jedem Geschäft nach. Doch niemand hatte ihn gesehen.

»Wir müssen zur Polizei«, stellte Charlotte schließlich fest.

»Ich weiß nicht, ob das eine gute Idee ist.«

»Aber es geht um unseren Sohn!«

»Und wie soll uns die Polizei helfen? Die werden nur sagen, dass Kinder häufig weglaufen und nach ein paar Stunden wieder da sind.«

Charlotte rieb sich die tränenverschmierten Augen. »Aber was sollen wir dann machen?«

»Weitersuchen. Und hoffen, dass er von allein wieder heimkommt.«

So schauten sie in Hauseingänge, in Hinterhöfe und Gärten. Sie radelten zur Promenade des Anglais, der breite Strand war gähnend leer an diesem Wintermorgen.

»Wir können nicht ganz Nizza nach ihm absuchen«, sagte Charlotte irgendwann verzweifelt. Sie zermarterte sich den Kopf, wo er hingegangen sein könnte. »Vielleicht ist er im Café?«, rief sie.

Sie fuhren los. Menschen waren unterwegs, um Einkäufe zu erledigen. Ein Pferdewagen klapperte vor ihnen über das Kopfsteinpflaster. Doch Charlotte nahm nichts von dem wahr. Sie musste ihren Sohn finden, der mutterseelenallein war. Und der sie sicher brauchte.

Doch auch im Café de Madame Roux war Édouard nicht.

»Mir fällt nichts mehr ein, wo wir noch nach ihm suchen könnten«, schluchzte sie.

»Lass uns nach Hause fahren. Vielleicht ist er dort«, schlug Henri vor.

So machten sie sich auf den Weg zurück nach Villefranche, doch Édouard war nicht daheim.

Es blieb ihnen nichts anderes übrig, als sich an den Küchentisch zu setzen und zu warten. Es wurde Mittag, es wurde Nachmittag, und es wurde Abend. Und ihr Sohn blieb verschwunden.

Charlotte stand immer wieder auf, lief im Zimmer auf und ab, ging zur Tür, öffnete sie, um zu sehen, ob er vielleicht den Weg hochgerannt kam, ihr Édouard, mit seinem verwuschelten Haar und dem verträumten Blick.

Doch er tauchte nicht auf. Als es dunkel war, lief Henri hinüber zu Francine und Étienne, um zu fragen, ob sie in der Zwischenzeit etwas gehört hätten, aber er kehrte ohne gute Nachrichten zurück. Francine hatte zwar gesagt, dass ganz Villefranche auf den Beinen gewesen sei, um Édouard zu suchen, aber man sei erfolglos geblieben. Niemand hätte ihn gesehen.

»Ich werde noch einmal in die Bergdörfer fahren«, erklärte Henri, als er wieder zu Hause war. »Du bleibst hier, falls er zurückkommt.«

Charlotte war einverstanden mit dem Vorschlag und öffnete die Tür, um zu sehen, wie Henri sich auf den Weg machte, und um noch einmal nach ihrem Sohn Ausschau zu halten.

Und da war er. Édouard ging gerade durch die Gartenpforte, begleitet von Sarah und Leon. Charlotte lief auf ihn zu, umschlang ihn, erdrückte ihn fast, küsste seine Wangen, seine Stirn, seinen Scheitel. »Da bist du ja. Herrgott, da bist du ja«, flüsterte sie immer wieder. Auch Henri umarmte seinen Sohn, ebenso glücklich.

Irgendwann lösten sie sich alle voneinander, und Charlotte legte ihre Hände an Édouards Wangen. »Wo warst du?«, fragte sie. Sie war nicht zornig, sondern nur unsagbar froh, ihn endlich wieder bei sich zu haben.

Édouard antwortete nicht, ließ nur die Schultern hängen.

»Er war in Beaulieu«, erklärte Sarah an seiner Stelle.

Charlotte hatte zwar registriert, dass Sarah und Leon ihn hergebracht hatten, hatte deren Anwesenheit dann aber ganz vergessen. Erst jetzt wandte sie sich den beiden zu. Sarah war in eine Stola gehüllt, deren bunte Farben darauf schließen ließen, dass sie Madame Roux gehörte, und Leon trug einen etwas zu langen schwarzen Mantel.

»Kommt herein.« Sie manövrierte Sarah, Leon, Édouard und Henri ins Haus und schloss die Tür hinter ihnen.

»Als Francine uns bat, bei der Suche zu helfen, sind wir sofort losgefahren«, erzählte Sarah, als alle auf dem Sofa saßen. Im Licht der Öllampe, die Henri angezündet hatte, war zu erkennen, wie müde sie war. »Wir haben uns gefragt, wo wir anfangen sollten. Wir wussten ja von euch, dass er gern am Wasser ist und darauf schaut.« Sie warf Édouard einen liebevollen Blick zu. »So wie unsere Daria. Sie ist auch ein bisschen verträumt.«

»Aber an den Stränden von Nizza und Villefranche war er nicht«, ergänzte Leon. »Wir sind also ein ganzes Stück weitergefahren. Madame Roux hat uns ihr Automobil geliehen.«

Charlotte nahm sich vor, Madame Roux gleich morgen einen Besuch abzustatten und sich bei ihr zu bedanken.

»Wir wollten eigentlich schon umkehren, als wir ihn entdeckten«, fuhr Sarah fort. »Er saß auf den Klippen, von Weitem konnte man nur den Rücken eines Jungen erkennen. Aber als wir näher kamen, wussten wir, dass er es ist.«

»Was hast du denn dort gemacht?«, fragte Henri.

Édouard hob zum ersten Mal den Kopf. »Ich wollte schreiben. Gedichte«, erklärte er heiser.

»Aber das kannst du doch auch hier machen. Hier bei uns!«, rief Charlotte.

Édouard sagte noch immer nichts. Henri legte seinem Sohn die Hand auf die Schulter. »Lasst uns morgen darüber sprechen. Édouard hat sicher Hunger. Und es war ein langer Tag.«

»Ja, wir müssen auch aufbrechen.« Sarah und Leon erhoben sich.

»Wir danken euch so sehr.« Charlotte stand ebenfalls auf und umarmte ihre neue Freundin.

»Nichts zu danken. Es war pures Glück, dass wir ihn gefunden haben.«

»Nein, das war kein Glück. Ihr habt nicht aufgegeben.«

»Ihr würdet für uns das Gleiche tun.«

Édouard saß immer noch geknickt auf dem Sofa. »Mach's gut, Édouard«, rief Sarah, und er hob den Kopf und winkte ihr zu. Er mochte sie, das merkte man. Und Charlotte war einmal mehr froh, so gute Freunde zu haben.

Am nächsten Morgen erwachte sie von leisem Gemurmel. Henri lag nicht mehr neben ihr, und so stand sie auf und schlüpfte in ihren Morgenmantel. Als sie in den Flur kam, hörte sie die Stimmen von Henri und Édouard deutlicher. Sie blieb stehen und lugte durch den Türspalt ins Wohnzimmer, wo die beiden auf der Couch saßen. Henri sprach derart eindringlich auf Édouard ein, dass sie nicht stören wollte. Sie blieb stehen, wo sie war, und hörte zu.

»Ich habe Angst, niemals so mutig zu sein wie du, Papa.«

»Aber du bist mutig, Édouard. Sehr mutig sogar.«

»Nein.« Ihr Sohn klang sehr betrübt, am liebsten wäre Charlotte ins Zimmer gegangen, um ihn zu trösten. Henri war für seinen Sohn der wichtigste Mensch auf der Welt, er bewunderte und liebte ihn, und ihn zu verlieren wäre für ihn das Schlimmste. Obwohl er nicht so genau wusste, was sein Vater tat, so spürte er instinktiv, dass es etwas war, vor dem er Ehrfurcht hatte. »Ich habe eher Angst.«

»Jeder Mensch hat Angst, Édouard. Das ist sogar wichtig, damit wir überleben.« Henri hielt kurz inne. »Ich möchte dir eine Geschichte erzählen. Sie stammt von meinem Kameraden Guy, wir waren beide Soldaten im Großen Krieg. Zusammen lagen wir im Schlamm vor Verdun, tagelang hatte es geregnet, alles war nass und klamm. Wir harrten dort aus und warteten. Doch worauf warteten wir? Auf den Tod? Auf Erlösung? Wir wussten es nicht. Und da erzählte Guy mir diese Geschichte. Ich habe in den letzten Jahren oft an sie gedacht, denn in ihr steckt sehr viel. Möchtest du sie hören?«

»Ja«, sagte Édouard, und Henri begann zu erzählen: »Es war einmal ein armer Bauer, der einen Esel hatte. Dieser Esel fiel eines Tages in einen ausgetrockneten Brunnen. Er schrie und schrie, und der Bauer und seine Freunde versuchten, das arme Tier herauszuziehen, aber es gelang ihnen nicht. Schließlich beschloss der Bauer, den Esel sterben zu lassen, obwohl es ihm schwerfiel. Der Schacht sollte ohnehin zugeschüttet werden, und so schaufelten der Bauer und ein paar Männer Sand und Schutt in den Brunnen. Als der Esel merkte, was passierte, schrie er noch lauter als zuvor. Doch dann wurde es plötzlich still im Brunnen. Die Männer schaufelten weiter. Schließlich sah der Bauer in den Schacht hinab. Und da staunte er nicht schlecht. Der Esel hatte etwas Erstaunliches getan. Jede Schaufel voll Schutt und Erde, die auf seinem Fell gelandet war, hatte er abgeschüttelt und festgetrampelt. Auf diese Weise war das Tier höher und höher gekommen. Als die Männer weiterschaufelten, war der Boden im Brunnen nach kurzer Zeit hoch genug, sodass der Esel aus eigener Kraft den Brunnen verlassen und davontrotten konnte.«

Es war für eine Weile still, so still, dass Charlotte ihren eigenen Atem vernahm. Sie kannte die Geschichte nicht. Aber sie wusste, dass Henris Freund Guy vor Verdun gefallen war und dass er ihn sehr gemocht hatte.

»Der arme Esel«, brachte Édouard hervor. »Aber was für ein Glück, dass er so schlau war und sich aus eigener Kraft befreien konnte.«

»Ja, das ist ein großes Glück, nicht wahr?« Charlotte wusste, ohne ihn sehen zu können, dass Henri lächelte.

»Ich hoffe, dass der Esel noch ein langes, zufriedenes Leben hatte. Aber …« Édouard machte eine kurze Pause. »Wenn er so schlau war, aus dem Dreck, der auf ihn geschaufelt wurde, etwas Gutes zu machen, dann hatte er bestimmt ein gutes Leben, oder, Papa?«

Es war wieder still, und Charlotte stellte sich vor, wie Henri seinen Sohn an sich zog und ihn auf den Scheitel küsste, so wie er es oft tat.

KAPITEL XVII

Nizza, Mai 2019

Ich holte Édouard kurz nach dem Mittagessen ab. Morgens hatte ich ihn zweimal angerufen und mehrfach gefragt, ob er sich wirklich schon fit genug fühlen würde, aber er versicherte mir immer wieder, dass es ihm ausgezeichnet gehe und er es kaum erwarten könne, Olivier zu sehen.

Im Pflegeheim wurden wir diesmal von einer anderen Pflegerin empfangen. Sie war um die fünfzig, hatte ein längliches Gesicht, trug eine weiße Hose, einen weißen Kittel sowie Clogs.

»Sie haben Glück. Monsieur Renouf hat heute einen sehr guten Tag«, erklärte sie, während wir die Treppe zu seinem Zimmer hinaufgingen. Die Flure waren mit flauschigem Teppich ausgelegt, und es roch nach Kamillentee.

Olivier saß erneut in dem großen Ledersessel am Fenster, der seinen schmalen Körper fast verschluckte.

Édouard wirkte ergriffen, blieb aber gefasst, als wir eintraten. Was auch immer die beiden Männer verband, es ging über eine einfache Freundschaft aus Kindertagen hinaus.

»Ich lasse Sie jetzt mal allein. Denken Sie daran, ihn nicht aufzuregen«, warnte die Pflegerin, bevor sie verschwand.

»Hallo, Olivier«, begrüßte Édouard ihn.

Olivier tastete nach einem Schalter, der sich an der Armlehne seines Sessels befand. Es surrte kurz, dann drehte sich der Stuhl, sodass Olivier in unsere Richtung schaute. Es schien, als würde er angestrengt überlegen. Und dann riss er auf einmal die Augen auf, als wäre er gerade aus einem tiefen Schlaf erwacht. Sein Atem wurde schneller, sein Brustkorb hob und senkte sich. Édouard ging auf ihn zu, hockte sich neben seinen Sessel und nahm seine Hand. »Ja, Olivier, ich bin es. Ich bin es wirklich.«

»Édouard?« Olivier wirkte noch immer überwältigt. Eine Träne lief über seine Wange, und mit den Fingern strich er über Édouards Gesicht. »Es ist so lange her«, flüsterte er.

Édouard nickte. »Viel zu lange. Es tut mir alles sehr leid. Es war dumm.«

Und dann, so plötzlich wie Oliviers Erinnerungen gekommen waren, waren sie auch wieder verschwunden. Ein Schatten legte sich über sein Gesicht, ein grauer Schleier.

»Wer sind Sie?«, fragte er und zog seine Hände zurück. »Was machen Sie hier, was wollen Sie von mir?«

Erschrocken und unstet wanderte sein Blick von Édouard zu mir und dann wieder zu Édouard. »Gehen Sie weg! Lassen Sie mich in Ruhe!« Oliviers Hand griff zitternd nach einem roten Alarmknopf, der mit einer Schnur an seinem Sessel befestigt war.

»Wir wollen Ihnen nichts tun«, rief ich rasch, aber es war schon zu spät.

Der Alarmknopf blinkte hastig, und Sekunden später stand die Pflegerin im Raum. »Ich hatte doch gesagt, Sie dürfen ihn nicht aufregen!«, schimpfte sie. Sie ging auf Olivier zu, tastete nach seinem Puls. Dann drehte sie sich zu uns um. »Sie sollten gehen. Es wird schnell alles zu viel für ihn.«

»Aber er hat sich erinnert«, bemerkte ich – und wusste im gleichen Moment, dass es keine Rolle spielte.

»Ja, ab und zu erinnert er sich. Meist jedoch nur sehr kurz.«

Olivier hatte sich ermattet in seinen Sessel zurückfallen lassen, saß mit hängenden Schultern da und wirkte verwirrt und verzweifelt.

Édouard stand inzwischen wieder neben mir. Nur ein leichtes Flackern in seinen Augen verriet, dass ihn der kurze Moment mit Olivier mitgenommen hatte.

»Ich möchte noch nicht zurück ins Hotel«, verkündete er, als wir wieder im Auto saßen und ich gerade versuchte, uns aus der kleinen Parklücke zu manövrieren.

Ich warf ihm einen prüfenden Blick zu. »Und wohin soll es dann gehen?«

»Hier in Cassis gibt es ein sehr hübsch gelegenes und zudem ausgezeichnetes Weingut. Clos Sainte Pinot. Wir können dorthin laufen.«

»Gern«, sagte ich, fuhr erneut in die kleine Parklücke und hoffte, dass der rostige Citroën, der mich zugeparkt hatte, bei unserer Rückkehr verschwunden sein würde.

Der Weg war tatsächlich nicht weit. Wir spazierten durch einen herrlichen Zedernwald und durchquerten anschließend einen Park, in dem viele duftende Rosen ein Zuhause hatten. Vom Meer wehte eine leichte Brise herauf.

Als wir einen kleinen Hügel erklommen hatten, lag es plötzlich vor uns: das Weingut Clos Sainte Pinot. Édouard hatte nicht übertrieben. Es war umwerfend schön. Die Rebflächen reichten bis hinab zum glitzernden Meer und erstreckten sich über eine terrassierte Fläche bis hinauf zur Straße. Das Anwesen war eine sonnengelbe Gründerzeitvilla mit einem von stuckverzierten Säulen flankierten Eingang.

»Bereit für eine Weinverkostung, Romy?«, fragte Édouard.

»Aber sicher.«

Im Eingangsbereich wurden wir von einem jüngeren Mann empfangen.

»Wir würden uns gerne ihr Gut ansehen und anschließend

den Cassis Rosé verkosten«, verkündete Édouard ohne weitere Umschweife.

Der Angesprochene, der sich als Monsieur Koiran vorgestellt hatte, besaß ein breites Gesicht und einen kleinen Bauchansatz. »Sie wissen sicher, dass wir diesen Wein nicht mehr anbauen.« Er klang höflich, aber bestimmt.

»Aber es gibt doch sicher noch einige Flaschen in Ihrem Vorrat?«

»Ähm … ja, schon … Aber sie bleiben besonderen Gästen vorbehalten.« Monsieur Koiran wirkte auf einmal unsicher.

»Aha. Das ist aber schade. Vielleicht wird Sie dies hier überzeugen.« Édouard kramte in seiner Hosentasche und holte eine Münze hervor. Ich konnte nicht sehen, was für eine es war, aber sie war größer als ein Eurostück.

Der Mitarbeiter begutachtete die Münze und wurde blass. »Oh«, stammelte er. »Natürlich, Monsieur. Bitte, hier entlang.«

Zufrieden ließ Édouard die Münze wieder in seiner Hosentasche verschwinden.

Wir kamen in einen Raum, dessen Wände aus Backsteinen bestanden und in dem in hohen Regalen unzählige Weinflaschen lagerten. Tische, Stühle und eine Theke aus dunklem Holz verliehen ihm eine elegante, aber gemütliche Atmosphäre.

Monsieur Koiran verschwand kurz in einem Hinterzimmer und kam dann mit einer Flasche Rosé zurück. Mit gekonntem Schwung nahm er zwei bauchige Weingläser aus einem der Regale, stellte sie auf der Theke ab und öffnete die Flasche. Er goss zunächst nur einen winzigen Schluck in eines der Gläser, und Édouard steckte seine Nase in das Glas. Tief sog er den Geruch des rotgoldenen Getränks ein. Dann nahm er einen winzigen Schluck und schwenkte die Flüssigkeit im Mund hin und her. Schließlich stellte er das Glas ab.

»Wir trinken ihn draußen«, erklärte er, und der junge Mann stellte Flasche und Gläser sofort auf ein Tablett. Seit Édouard seine Münze gezeigt hatte, behandelte er ihn mit einer solchen Ehrfurcht, dass ich Gänsehaut bekam. Zu gern hätte ich einen Blick auf die Münze geworfen.

Im Innenhof des Weinguts luden mediterrane Eisenstühle unter einem Baldachin zum Verweilen ein. Wir ließen uns an einem Tisch in einer verwunschenen mit Rosenranken und Efeu bewachsenen Ecke nieder. Von dort hatte man eine prächtige Aussicht auf den Garten und die Rebstöcke.

Stumm tranken wir den Rosé und genossen die Ruhe, bis ich fragte: »Was war das für eine Münze?«

»Sie hat hier in der Gegend eine besondere Bedeutung. Ihre Besitzer haben bestimmte … Privilegien.«

»Aha.« Ich wartete darauf, dass er weitersprach, was jedoch nicht geschah.

Ich leerte mein Glas.

»Ist das nicht der beste Wein der Welt?«, meinte Édouard. »Schauen Sie nur, diese Farbe! Es ist, als würde er lebendig sein. Ein Jammer, dass sie ihn nicht mehr anbauen.«

»Ja, er schmeckt sehr gut«, bestätigte ich. Ein Zaunkönig mit seinem hochgestellten Schwanz hatte sich auf einem gelben Akazienstrauch niedergelassen und schaute aufmerksam in unsere Richtung. Ich betrachtete ihn eine Weile und drehte mich dann zu Édouard um.

»Olivier hat sich also an Sie erinnert«, stellte ich fest.

»Ja, das hat er. Es war schön, auch wenn es nur ein kurzer Moment war.« Édouard nippte an seinem Wein. Die Sonnenstrahlen ließen sein Gesicht weich erscheinen. »Olivier war mein bester Freund. Wir sind zusammen aufgewachsen und waren als Kinder unzertrennlich.«

»Und was hat Sie entzweit?«

»Es war allein meine Schuld. Ich hatte als Heranwachsender große Probleme mit mir und der Welt. Das hatte unterschiedliche Gründe. Ich habe mich unmöglich benommen. Dabei hat Olivier immer zu mir gestanden. Ich musste fast neunzig werden, um zu erkennen, dass man manchmal über seinen eigenen Schatten springen muss. Sonst ist es irgendwann zu spät.« Er strich sich über die Stirn. »Wissen Sie, Romy, jetzt, im Alter, bereue ich es, keine Kinder zu haben. Aber mein Leben war zu unstet, nie gab es den richtigen Zeitpunkt. Und irgendwann war es auch dafür zu spät.«

Ich wehrte ab, als Édouard mir nachschenken wollte. »Besser nicht. Ich muss noch fahren.«

Wir schwiegen eine Weile und genossen den üppig bepflanzten Garten mit seinen weißen Magnolien, den zartrosa blühenden Oleandern, den orangefarbenen Strelitzien und dem Rosmarin. Im Schatten einer Korkeiche lag ein Golden Retriever und schlief.

»Ich kann mich gut daran erinnern, wie sehr sich meine Eltern gefreut haben, als Monsieur Girard ihnen ›Die Liebenden von Nizza‹ geschenkt hat«, erzählte Édouard plötzlich. »Es ging ihnen nicht um den materiellen Wert, nein, die Bilder hatten eine tiefere Bedeutung für sie. Und sie hatten Monsieur Girard versprochen, gut auf sie achtzugeben und sie in Ehren zu halten. Sie haben immer wieder betont, wie wichtig die Gemälde für sie seien. Obwohl ich noch ein Kind war, habe ich gespürt, dass sie für etwas standen, ein Symbol waren für die Liebe zwischen Menschen und für die Kraft, die diese Liebe entstehen lassen kann.« Édouard räusperte sich. Es nahm ihn merklich mit, über seine Eltern zu sprechen. »Ich erinnere mich, dass sie einst ein Angebot für die Bilder erhielten.« Er suchte meinen Blick. »Aber sie schlugen es aus. ›Die Liebenden von Nizza‹ waren nicht zu verkaufen. Für kein Geld der Welt, das waren die Worte meiner Mutter.«

Ich musterte ihn und musste an Pascales Worte denken. *Geh behutsam mit ihm um.*

»Ihre Eltern scheinen gute Menschen gewesen zu sein.«

»Das waren sie. Aufrechte Menschen.«

»Wie meinen Sie das?«

»Nun, sie haben sich immer für die Schwächeren eingesetzt, und sie haben gegen begangenes Unrecht gekämpft. Das fing schon bei kleinen Dingen an.«

»Und …« Ich zögerte. »Auch bei größeren Dingen?«

Édouard sah mich an. »Ja«, antwortete er dann schlicht. »Aber mehr möchte ich dazu nicht sagen. Verstehen Sie das, Romy?«

»Ja, schon. Aber um den Fall aufzuklären, ist jedes Detail wichtig. Und Ihre Eltern spielen nun einmal eine immens wichtige Rolle. Bitte, sagen Sie mir, was damals geschehen ist, Édouard.«

»Ich wünschte, ich könnte.« Seine Stimme war so leise, dass ich ihn kaum verstehen konnte. »Aber es geht nicht. Es tut mir leid.«

Wir schwiegen wieder, bis Édouard irgendwann sagte: »Wir sollten langsam aufbrechen.«

»Es war sehr schön hier. Danke, dass Sie mir diesen Ort gezeigt haben.«

Nachdem ich Édouard vor dem Hotel Negresco abgesetzt hatte, fuhr ich in meine Pension und machte mich frisch. Danach schrieb ich Ferdinand, einem Bekannten, eine E-Mail und erzählte ihm von Édouards Münze. Ferdinand hatte sich während seines Studiums mit ritualisierten Handlungen und historischen Symbolen beschäftigt und war ziemlich einfallsreich, wenn es darum ging, etwas über die Herkunft und Bedeutung bestimmter Gegenstände herauszufinden.

Anschließend beschloss ich, Adam einen Besuch abzustatten. Ich musste mit ihm über unser weiteres Vorgehen sprechen. Wir durften nicht zulassen, dass unsere privaten Probleme unsere Arbeit behinderten.

Ich musste ein paarmal klopfen, bis er öffnete.

Er trug einen Jogginganzug und machte ein ziemlich überraschtes Gesicht, als er mich erblickte.

»Bist du beschäftigt? Soll ich besser später wiederkommen?«, fragte ich, denn irgendwie hatte ich das Gefühl zu stören.

Er zuckte mit den Schultern. »Nein, nein, ist schon gut.«

Adams Zimmer sah leicht verwüstet aus. Der akkurate Anwalt Adam Gold war anscheinend doch nicht so ordentlich, wie ich gedacht hatte. Überall lagen Zettel mit handschriftlichen Notizen, Aktenmappen und Ordner herum, und sein Bett war auch noch nicht gemacht. Die bunte Tagesdecke war nur flüchtig übergeworfen.

»Es ist seltsam, in einem Pensionszimmer zu leben, findest du nicht?« Er nahm seine Anzughose von der Stuhllehne, warf sie achtlos in den Kleiderschrank und schob mir den Stuhl hin.

»Man gewöhnt sich dran.«

»Ich weiß gar nicht, ob ich das will. Mich dran gewöhnen, meine ich.« Er schürzte die Lippen.

»Vielleicht ist es ja nicht mehr für lange. Vielleicht haben wir bald unseren Durchbruch.«

»Vielleicht.«

»Adam ...«, fing ich an, aber er hob sofort abwehrend die Hände.

»Bitte, Romy, nicht! Alles, was wir jetzt sagen, macht es nur schlimmer. Lass uns professionell sein und es abhaken.«

Aber ich wollte es nicht abhaken, ich wollte reden. Zum ersten Mal seit langer Zeit hatte ich das Bedürfnis, mich jemandem zu öffnen. Ich wollte Adam von meinen Ängsten erzählen, von meiner Trauer, von dem Gefühl, nicht glücklich sein zu dürfen, weil meine Schwester es auch nicht mehr sein konnte. All das wollte ich ihm sagen. Aber ich musste seine Entscheidung akzeptieren.

»Ich habe einen Vorschlag«, fuhr er fort. »Du kümmerst dich um das verschwundene Gemälde und ich um die beiden Bilder in dem Museum. So sind wir am effektivsten.«

»Okay«, erwiderte ich und merkte, wie enttäuscht ich war.

Ein paar Tage später wurde die Résistance-Ausstellung im Café de Madame Roux eröffnet. Kurz hatte ich darüber nachgedacht, Édouard zu bitten, mich zur Ausstellung zu begleiten, aber es dann doch gelassen. Ich befürchtete, dass er noch nicht so weit war.

Es war ein herrlicher Tag, und auf der Terrasse des Cafés standen Blumenkübel mit leuchtend rosafarbenen Bougainvilleen. An dem Efeu, das sich an der Hauswand entlangschlängelte und um das Schild mit der Aufschrift »Café de Madame Roux« rankte, waren Girlanden in den Farben der Trikolore befestigt worden, und auf den Tischen standen kleine Fähnchen – ebenfalls in Blau-Weiß-Rot –, die im Wind flatterten.

Ich betrat das Café. An den Wänden hingen große eindrucksvolle Schwarz-Weiß-Fotos und gerahmte Dokumente, und überall waren Tafeln angebracht, auf denen die Geschichte der Résistance in Nizza anhand von Grafiken, Zeittafeln und Zeitzeugenberichten nachzulesen war. Neben der Theke war ein Fernseher aufgebaut worden, es lief ein Film über den Widerstand.

Die Kellnerin, die mir ein paar Tage zuvor den Flyer gegeben hatte, kam auf mich zu. Sie trug heute keine Schürze, sondern ein blaues Hemdblusenkleid. »Wie schön, dass Sie gekommen sind! Darf ich Ihnen etwas anbieten?«

»Nein, vielen Dank. Ich möchte mich erst mal umsehen. Wer hat das alles organisiert?«, fragte ich neugierig.

»Historiker und Studenten, aber auch Nachfahren der Widerstandskämpfer. Ich selbst hatte eine Großtante, die Juden bei sich versteckt hielt. Hier, das ist sie.« Die Kellnerin zeigte auf eines der Bilder an der Wand, das eine Frau in einer Art Kaftan zeigte, um den Kopf hatte sie einen roten Turban geschlungen. »Ihr Name war Madame Roux. Einst gehörte ihr das Café, deshalb ist es nach ihr benannt. Sie war eine tolle Frau, engagiert und stark.«

Ich überlegte nicht lange und erzählte der Kellnerin, was ich tat, warum ich hier war und nach was ich suchte.

»Das ist spannend!«, erwiderte sie, nachdem ich geendet hatte. »Wir alle hier kennen die Geschichte der ›Liebenden von Nizza‹. Ein Jammer, was mit den Bildern geschehen ist. Charlotte Fauberge hat dieses Café lange Zeit geführt, meine Großtante hat es damals an sie übergeben, aber das wissen Sie sicher.« Sie lächelte warmherzig. »Sehen Sie sich um. Vielleicht finden Sie in der Ausstellung Antworten auf Ihre Fragen.«

»Danke.«

Ich tauchte ein in eine Welt voller Geheimnisse, voller Tatendrang und vor allem voller Mut. Viele der Widerstandskämpfer waren Arbeiter gewesen, Eisenbahner, Fischer, Tischler. Sie hatten gemeinsam gekämpft, doch ihre Motive waren unterschiedlich gewesen. Einige wollten ihr Land befreien, andere ertrugen das Unrecht nicht, das um sie herum geschah. Viele der Lebensgeschichten, von denen ich las und von denen die Bilder erzählten, waren extrem tragisch. Familien wurden auseinandergerissen, weil der Vater wegen Hochverrats angeklagt wurde, Kinder verloren ihre Eltern, weil diese Flugblätter verteilt hatten. Mitglieder der Résistance kamen in Konzentrationslager oder wurden hingerichtet. Am Ende hatten sie dennoch obsiegt.

Und schließlich entdeckte ich sie. Die gleichen Gesichter wie auf dem Foto in Édouards Elternhaus. Seine Mutter trug ein kariertes Baumwollkleid und hatte die Haare im Nacken zusammengebunden. Sie war blond und hatte große blaue Augen, wild und unabhängig wirkte sie und gleichzeitig feminin und zart. Édouards Vater steckte in einem Anzug, der ihn wie ein Dandy erscheinen ließ, mit weiter Hose und Zigarette im Mundwinkel. Sein Gesicht erinnerte mich an das von Ernest Hemingway in jungen Jahren, die kantigen Züge, dieser eindringliche, rastlose Blick. Die beiden waren ein schönes Paar und machten den Eindruck, als wären sie glücklich, als wären sie genau dort, wo sie sein wollten, als würden sie das tun, was sie tun wollten. Sie standen vor ihrem Haus in Villefranche, das schon damals beeindruckend und einzigartig gewesen war, und posierten für die Kamera. Unter dem Foto las ich: »Charlotte und Henri Fauberge aus Villefranche. Sie waren Teil der Résistance in Nizza. Im April 1944 verhaftet, beide verschleppt in verschiedene Konzentrationslager in Deutschland. Dort wohl umgekommen.«

Ich schnappte nach Luft. Hastig drehte ich mich um und suchte nach der Kellnerin. Sie wusste sicher, wer diese Zeilen verfasst hatte. Meine Augen flogen suchend über die Besucherschar, aber ich konnte sie nirgendwo entdecken.

Stattdessen trat ein Mann neben mich. Er trug einen etwas zu großen Anzug, auffällige Schuhe in einem stechenden Indigoblau und einen Schal in gleicher Farbe. Dringend hatte er einen Friseurbesuch nötig, sein wuscheliges Haar erinnerte an einen Wischmopp.

»Sie sind keine Französin, nicht wahr?«

Ich bemerkte, dass er einen amerikanischen Akzent hatte. Dann nickte ich.

»Ich bin auch kein Franzose, ich komme aus Chicago. Ich bin nur für einige Zeit in der Stadt«, fuhr der Mann fort.

»Aha.«

»Sie sind aber Europäerin, hab ich recht?«

»Was macht denn eine Europäerin Ihrer Meinung nach aus?«

»Eleganz, Verve und Klugheit«, antwortete er prompt, und die Nachdrücklichkeit, mit der er die Worte aussprach, ließ mich unwillkürlich lächeln.

»Und was machen Sie hier?«, fragte ich.

»Ich habe an der Ausstellung mitgearbeitet, habe die Fotos zusammengestellt und mit einigen Zeitzeugen gesprochen.«

Mein Herz schlug schneller. »Wissen Sie vielleicht etwas über diese beiden Personen?« Ich deutete auf das Foto von Édouards Eltern.

»Ja«, antwortete er schlicht.

»Sind sie wirklich umgekommen?«

Er zögerte ein wenig. »Genau weiß man es nur von ihm, Henri Fauberge. Er ist in einem Lager in Deutschland gestorben, im heutigen Thüringen.«

Ich atmete tief ein. Irgendwie hatte ich geahnt, dass Édouards Eltern etwas Schlimmes passiert war. Trotzdem hoffte ich, dass der Mann sich irrte. »Sind Sie sich sicher? Woher haben Sie diese Information?«

Der Mann musterte mich. »Warum wollen Sie das wissen?«, fragte er.

»Ich arbeite an einem Fall, bei dem es um Kunstraub geht. Doktor Romy Hauser ist mein Name.«

»Ich bin Jeremy Smith.« Er reichte mir die Hand. »Wollen wir uns für einen Moment setzen?«

Sofort stimmte ich zu. Wir nahmen an einem Tisch am Fenster Platz, und ich erzählte ihm, wonach Adam Gold und ich suchten und welche Hürden wir schon hatten nehmen müssen. Jeremy hörte mir aufmerksam zu.

»Das alles kommt mir sehr bekannt vor«, erklärte er, als ich mit meinem Bericht fertig war. »Mich verbindet mit alldem eine persönliche Geschichte. Meine Eltern kommen aus der Gegend, sie waren im Widerstand, haben sogar zeitweise in den Wäldern gelebt mit den Maquisards, den Partisanen. Nach dem Zweiten Weltkrieg sind sie in die USA gegangen.« Er räusperte sich. »Ich bin Professor für Geschichte an der University of Chicago und habe mich seit Langem mit der Résistance und dem Kunstraub beschäftigt.« Er faltete die Hände vor sich auf dem Tisch. »Was die Menschen damals geleistet und durchgestanden haben, können wir uns heute nicht mehr wirklich vorstellen. Zum Ende des Krieges hin agierten die Deutschen immer brutaler gegen die Widerstandskämpfer. Die französische Résistance war ein ernst zu nehmender Gegner, den man mit aller Kraft zerschlagen wollte. Dabei wurde auch nicht davor haltgemacht, Anwohner zu erschießen, die sich verdächtig verhalten haben. Ich habe mich immer gefragt, welche Tragödien sich dabei abgespielt haben. Wollte wissen, was es zur Folge hatte, wenn in einer Familie nur eine Person im Widerstand war. Was hatte das für Auswirkungen auf diesen Menschen, auf die Familie? Nahm man den Familien ihr Hab und Gut? Diese Fragen haben mich umgetrieben, und ich habe mich auf die Suche begeben und viele Menschen getroffen. Zeitzeugen, Nachfahren, Freunde, Bekannte.«

»Wenn Sie sich so intensiv damit beschäftigen, ist es fast seltsam, dass ich noch nie von Ihnen gehört habe.« Auch wenn es viele Experten zu diesem Thema gab, so war ich doch so gut vernetzt, dass ich die meisten zumindest vom Namen her kannte.

»Nun.« Jeremy lächelte. »Ich habe mich in den letzten Jahren tatsächlich mehr auf die Lebensgeschichten der Menschen fokussiert, die sich gegen die Besatzer auflehnten, weniger auf das, was die Nazis erbeuteten.«

Noch eine ganze Weile sprachen wir über Restitutionsfälle und die Provenienzforschung, die über die Herkunft von Kunstwerken entscheidet. Weiterhin über die sogenannte Washingtoner Erklärung, in der für das Auffinden von Raubkunst internationale Regelungen erlassen wurden, über die diffamierte Moderne Kunst, die »Entartete Kunst«, und das zwangsarisierte Kulturgut.

Dann fragte ich: »Wer hat Ihnen die Geschichte der Fauberges erzählt?«

»Ihr Sohn. Édouard.«

»Oh.« Meine Kehle war plötzlich wie zugeschnürt. Ich musste an Édouard denken, an den Jungen, dessen Eltern inhaftiert worden waren und der sein ganzes Leben darunter gelitten hatte. Und doch fehlte ein Puzzleteil, und irgendetwas sagte mir, dass nur er dieses letzte Teil liefern konnte.

Jeremy sah mich mitfühlend an. »Es hat Jahre gedauert, bis er sich mir geöffnet hat. Aber er wird auch Ihnen seine Geschichte erzählen. Wenn er so weit ist.«

Ich bedankte mich bei Jeremy und bat ihn um seine Telefonnummer für den Fall, dass ich noch weitere Fragen hätte.

Bevor ich mich aufmachte, warf ich noch eine großzügige Summe in den aufgestellten Spendentopf. Danach hastete ich nach draußen, denn mir war plötzlich furchtbar heiß. Mir war, als würde mich etwas erdrücken. Erst als ich die frische Luft einatmete, hörte der Schmerz in meiner Brust auf.

Zurück in meinem Zimmer checkte ich meine E-Mails. Ferdinand hatte geschrieben und herausgefunden, was es mit Édouards Münze auf sich hatte. »Es gibt nur wenige dieser Münzen in Frankreich«, schrieb er. »Sie wurden von Generation zu Generation weitergegeben als Zeichen des Gedenkens an die Helden des Widerstands. Häufig benutzt werden sie von ihren Besitzern nicht, aber wenn, erhalten sie das, was sie wünschen. Die Münze ist so etwas wie ein geheimer Kodex.«

Ich las die Zeilen ein zweites Mal. Ich hatte mir so etwas schon gedacht, aber es nun schwarz auf weiß zu lesen, änderte alles. Zumal vor dem Hintergrund von Jeremys Erzählungen.

Ich musste dringend mit Édouard sprechen.

KAPITEL XVIII

Villefranche, September 1943

»Die Italiener haben kapituliert. Die Deutschen werden Nizza und die anderen Grenzdépartements besetzen.« Henri ließ sich neben Charlotte am Küchentisch nieder. Sein Haar war an den Schläfen grau geworden, und sie fragte sich, warum ihr das gerade jetzt auffiel.

»Das kann nicht sein.« Sie hatte sich angewöhnt, schlechte Nachrichten zuerst fortzuschieben, damit ihr Verstand sich daran gewöhnen konnte.

»Doch. Ich habe es gerade gehört.« Henri stand wieder auf und lief in der Küche unruhig auf und ab. »Wir hätten es kommen sehen müssen. Seit der Verhaftung Mussolinis im Sommer war klar, dass das passieren würde.« Er strich sich über die Hosenbeine, als wollte er seine schweißnassen Hände trocknen. Die Alliierten waren vor knapp einem Jahr in Nordafrika gelandet, und die Besetzung von Frankreichs Süden war Hitlers Antwort gewesen. Nur Nizza und einige andere Départements nahe der Grenze hatten weiter unter italienischer Verwaltung gestanden. Und sie hatten gehofft, dass dies so bleiben würde, aber damit war es offenbar vorbei.

Henri arbeitete inzwischen auch mit einigen Résistance-Mitgliedern aus Marseille zusammen, und er erzählte immer häufiger, was in der Hafenstadt vor sich ging. Der Widerstand gegen die Deutschen war dort sehr stark, es gab viele unterschiedliche Gruppen, die mit kleinen, aber gut geplanten Aktionen gegen die

Besatzer vorgingen. Wenn Henri davon sprach, änderte sich seine Sprache, er benutzte Wörter, die nur im inneren Zirkel verwendet wurden, und es war, als würde er von innen glühen. Es machte Charlotte glücklich, ihn so zu sehen, und gleichermaßen tieftraurig. Denn das, was ihn so strahlen ließ, konnte im nächsten Augenblick seinen Untergang bedeuten.

»Aber …« Charlotte vermochte die neueste Entwicklung noch immer nicht ganz fassen. »Was ist mit Pétain? Das kann er nicht einfach zulassen!«

»Ha!« Henri stieß verächtlich die Luft aus. »Pétain! Diese Marionette! Der schert sich nicht um das französische Volk, sondern einzig und allein um seine eigene Macht. Er sieht dabei zu, wie die Deutschen alles an sich reißen. Ich fühle nichts als Abscheu für diesen Mann, der sich Franzose nennt und doch ein Verräter ist und sein eigenes Land verkauft hat.«

Charlotte erhob sich ebenfalls. »Aber das bedeutet, dass wir alle in großer Gefahr sind. Und nicht nur wir …« Sie stockte. »Auch Sarah und ihre Familie! Was wird aus ihnen?«

»Wenn die Deutschen erst hier sind, werden sie verhaftet und deportiert. Wir müssen sie vorher verstecken. Ich kenne ein paar Bauern, oben in Èze. Bei ihnen können wir nachfragen.«

»Meinst du, dass sie dort sicher sind?«

»Sicher?« Henri lachte auf. Es klang herablassend, und das störte sie.

»Du musst mich nicht auslachen, Henri! Es ist auch so schon alles schlimm genug.«

Henri trat auf sie zu, strich ihr sanft eine Haarsträhne hinter das Ohr. Seine Berührungen waren zart und fordernd zugleich, und sie träumte sich zurück in eine Zeit, als alles noch unbeschwert war, unbeschwert und glücklich.

»Entschuldige«, flüsterte er. »Es tut mir leid, mein Engel.«

Und als ihre Lippen sich fanden, versank Charlotte in dem Kuss, vergaß für diese wenigen Sekunden alles um sich herum.

Schließlich lösten sie sich voneinander, blieben dicht beieinanderstehen, hielten sich an den Händen. Sie legte den Kopf an seine Brust, hörte seinen Herzschlag.

Sie musste an ihre Freundin Sarah denken, daran, wie sie noch vor einigen Tagen bei ihr gewesen war, wie sie zusammen Tee getrunken und Charlotte die wunderschönen Bilder, die Sarah gemalt hatte, bewundert hatte.

»Wir müssen Sarah beschützen«, flüsterte sie.

»Das werden wir. Aber du musst verstehen …« Er trat einen Schritt zurück, sah sie an. »Nichts ist mehr sicher in diesen Tagen. Unser Überleben wird immer mehr von unserem Glück abhängen, ebenso, wie wir andere noch schützen können. Aber ich werde alles in meiner Macht Stehende tun, um Sarah und ihrer Familie zu helfen. In Ordnung?«

»Ja. Natürlich, Henri. Aber ich möchte dich dabei unterstützen. Bitte. Es ist mir wichtig.«

Er zog sie wieder zu sich heran. »Wir werden sehen.«

Viel Zeit blieb ihnen nicht, um Sarah und ihre Familie zu verstecken. Es hieß, dass es durch die Deutschen in und um Nizza schon bald eine Großrazzia gegen Juden geben würde.

Die Hirschbaums saßen auf gepackten Koffern vor Madame Roux' Haus, als Henri und Charlotte eintrafen. Henri hatte vor einigen Monaten ein Automobil von einem Freund gekauft, einen zehn Jahre alten Kastenwagen, der mehr vor sich hin tuckerte, als dass er fuhr. Aber immerhin konnte man sich in ihm fortbewegen, und das war es, was zählte.

Sie hielten in der Auffahrt, und Charlotte sprang aus dem Wagen. »Entschuldigt!«, rief sie. »Es hat länger gedauert als gedacht.«

Sarah umarmte ihre Freundin. Sie trug einen langen Mantel, die Haare ordentlich frisiert. Einzig das Zittern ihrer Hände verriet ihre Nervosität.

»Wir bringen euch an einen Ort, wo ihr euch besser verstecken könnt«, flüsterte Charlotte.

»Ich danke euch. Wir danken euch.« Sarah drückte Charlottes Hand. Dann räumten sie das Gepäck in den Kastenwagen.

Charlotte bemerkte, dass Madame Roux am großen Wohnzimmerfenster stand und ihnen zuschaute, ein Taschentuch an die Brust gedrückt. Es musste ihr schwerfallen, die Familie, die bei ihr Unterschlupf gefunden hatte, ziehen zu lassen. Und doch gab es keine andere Wahl. Charlotte hob die Hand zum Gruß, aber Madame Roux trat einen Schritt zurück, verschwand aus Charlottes Sichtfeld.

»Charlotte?« Henri stand neben ihr. »Schnell, steig ein. Wir müssen uns beeilen.«

Sie quetschten sich alle in den engen Wagen. Henri manövrierte das Fahrzeug über das holprige Kopfsteinpflaster, erst fuhren sie eine Allee entlang, dann passierten sie die Ortschaft und ließen einen Zedernwald und Lavendelfelder an sich vorbeiziehen. Sie atmeten auf, als sie die größeren Straßen hinter sich gelassen hatten und keine Straßensperre sie aufgehalten hatte. Schließlich schlängelten sie sich in die Bergdörfer hinauf, und Charlotte fühlte sich hier, wo es einsamer wurde, gleich wohler.

Sie erreichten einen Hof mit einer angrenzenden baufälligen Scheune nahe Saint-Martin-Vésubie. Henri stoppte das Gefährt und ließ alle aussteigen.

Ein Bauer kam aus der Scheune in abgewetzten hohen Stiefeln, einer Cordhose mit Hosenträgern und einem schmutzigen Unterhemd. Sein Gesichtsausdruck war grimmig. Mürrisch stützte er sich auf seinen Spaten und beäugte die Ankömmlinge aus sicherer Entfernung.

»Der soll Sarah und ihre Familie beschützen?«, raunte Charlotte Henri zu und zog ihn ein Stück zur Seite.

»Er wird dafür entlohnt«, erwiderte Henri.

»Er wird dafür bezahlt, Menschenleben zu retten?«

Henri lachte rau. »So ist es.«

»Aber woher habt ihr das Geld?«

»Wir haben großzügige Spender. Menschen, denen das Schicksal anderer nicht egal ist. Zum Glück.«

Charlotte schnappte nach Luft. »Aber wenn er das nur des Geldes wegen tut, wer sagt dir dann, dass er sie nicht bei der erstbesten Gelegenheit vor die Tür setzt?«

Henri packte sie am Arm, sein Griff war grob. »Hör auf, Charlotte!«, zischte er. »Es ist unsere einzige Chance. Du kannst gerne versuchen, mit Sarah, Leon und ihren Kindern über die Pyrenäen nach Spanien zu laufen. Denn das wäre die andere Option.«

Charlotte schüttelte seine Hand ab. »Ich verstehe.« Sie schaute zu Sarah, die gerade einen Koffer aus dem Auto hievte. Sie fing Charlottes Blick auf, lächelte ihr erneut dankbar zu.

»Ich habe Angst«, wisperte sie.

»Das darfst du nicht, Charlotte. Nicht jetzt.« Henri ließ sie einfach stehen.

Sie deponierten das Gepäck vor dem Haus, und der Bauer trat langsam auf sie zu.

»Ich bin Yves«, stellte er sich vor. »Ihr werdet dort schlafen.« Er zeigte auf den heruntergekommenen Schuppen hinter sich, der wirkte, als würde er jede Minute in sich zusammenstürzen.

»Das ist inakzeptabel«, begehrte Charlotte auf. »Sie brauchen ein Bett und ein festes Dach über dem Kopf!«

Yves antwortete nicht, starrte sie nur abschätzig an.

»Das ist schon in Ordnung«, erklärte Leon. »Wir können überall schlafen.« Er lächelte schief. Sein Gesicht wirkte eingefallen und müde.

Sarah ergriff die Hand ihres Mannes. »Ja«, bestätigte sie. »Wir werden uns schon zurechtfinden.«

Sie warf Charlotte einen Blick zu, der wohl bedeutete, dass sie nicht weitersprechen sollte. »Hauptsache, wir sind erst mal in Sicherheit«, fügte sie dann schnell hinzu.

Yves zuckte mit den Schultern. »Ihr bekommt Frühstück und Abendessen, wenn ihr mir auf dem Feld helft. Die Kinder müssen meinetwegen nicht so hart arbeiten.«

Charlotte schnappte nach Luft. Sie wollte schon ansetzen, ihm abermals zu widersprechen – am liebsten hätte sie diesen unverschämten Mann angeschrien –, aber Henri schaute sie unmissverständlich an.

Sarah drehte sich zu Charlotte. »Wir schaffen das schon.« Sie umarmte ihre Freundin, sie roch nach Vanille und Hibiskus, und Charlotte musste die Tränen unterdrücken. »Grüß Édouard von mir. Er ist ein guter Junge. Kinder sind viel stärker, als man glaubt.«

»Das mache ich. Passt auf euch auf.« Charlotte spürte, wie ihre Stimme versagte.

»Wir haben so viel durchgestanden. Das hier bekommen wir auch noch hin«, versicherte Sarah, und man merkte ihr an, wie sehr sie versuchte, fest und stark zu klingen.

»Alles wird bald ein Ende haben. Dessen bin ich mir gewiss. Und dann sehen wir uns wieder, werden zusammen singen, Kunst bewundern, feiern und das Leben genießen.« Charlotte wischte sich eine Träne fort, gab Sarah einen Abschiedskuss auf die Wange und beugte sich zu Ari und Daria hinab. Die beiden sahen nicht verängstigt aus, sondern bloß etwas erschöpft. »Passt auf eure Eltern auf«, flüsterte Charlotte verschwörerisch. »Sie brauchen euch.«

»Das werden wir tun«, sagte Daria ernst und drückte ihren Stoffbären, den sie von Madame Roux bekommen hatte, an sich. »Mama sagt immer, dass wir gemeinsam stark sind. Wir müssen nur zusammenhalten.«

»Da hat sie ohne Zweifel recht. Und Henri und ich werden euch auch immer helfen. Das verspreche ich euch.«

Daria und Ari nickten einträchtig.

»Wir müssen los, Charlotte«, mahnte Henri. »Wir sind schon viel zu lange hier.«

Es fiel ihr schwer, sich loszureißen, aber sie wusste, dass Henri recht hatte. Je länger sie auf diesem Hof waren, desto mehr brachten sie die Hirschbaums in Gefahr. Schnell verabschiedete sie sich von Leon und warf Yves noch einen warnenden Blick zu. Er sollte wissen, dass sie ihn im Auge behalten würde. Sollte Sarah und ihrer Familie etwas passieren, würde sie ihn persönlich zur Verantwortung ziehen.

Als sie mit knatterndem Motor zurück nach Villefranche fuhren, fühlte sie sich wie gelähmt.

»Mach dir nicht zu viele Gedanken. Hab Vertrauen«, sagte Henri.

»Vertrauen? In diesen knochigen alten Bauern, der das alles nur macht, weil er Geld dafür bekommt?«

»Ich sagte schon, wir haben gerade keine bessere Alternative.«

»Ich weiß.« Sie wollte nicht mehr streiten. Außerdem sollte sie froh sein, dass es Henri überhaupt gelungen war, ein Versteck für Sarah und ihre Familie zu finden. Viele andere würden ein solches Glück nicht haben.

Wenige Hundert Meter vor ihrem Haus standen zwei Fahrzeuge der französischen Polizei auf der Straße und versperrten die Durchfahrt.

»Verdammt«, murmelte Henri und hielt den Kastenwagen an.

Ein Polizist, klein und mager, näherte sich ihnen, und Henri kurbelte das Fenster herunter. Charlotte spürte ihr Herz schneller schlagen. Wir haben nichts Unrechtes getan, versuchte sie, sich selbst zu beruhigen, sie können unmöglich wissen, wo wir waren.

»Könnten Sie sich bitte ausweisen?« Der Polizist beugte sich ein Stück hinab, um durch das Fenster ins Innere des Wagens zu spähen. Er musterte Charlotte abfällig.

Henri kramte ihre Ausweise hervor und reichte sie ihm.

»So, so«, murmelte er, während er sie begutachtete. »Sie wohnen hier in der Gegend?« Es war mehr eine Feststellung als eine Frage.

Henri nickte.

»Es gab einen Sprengstoffanschlag, nicht weit von hier«, erklärte der Polizist. »Wir müssen jeden auf dieser Strecke überprüfen.«

Charlotte atmete innerlich auf. Es ging also nicht um Sarah und ihr neues Versteck. Aber um einen Sprengstoffanschlag, fuhr es ihr im nächsten Moment durch den Kopf. War Henri daran beteiligt gewesen? Hatte er den Anschlag mit vorbereitet?

»Entschuldigen Sie, Monsieur …« Der Polizist schaute auf den Ausweis. »… Fauberge. Wir müssen Ihren Wagen durchsuchen. Öffnen Sie bitte die Türen.«

Henri zischte Charlotte zu: »Du bleibst hier, egal, was passiert.« Dann stieg er aus und ging zur Rückseite des Autos, der Polizist folgte ihm. Charlotte versuchte derweil, ihren Atem unter Kontrolle zu bringen. Sie würde mit ihrer Schnauferei noch auf sich aufmerksam machen, und das durfte nicht passieren!

Sie hörte, wie die hinteren Türen geöffnet wurden, wagte es, sich vorsichtig umzudrehen. Henri stand neben dem Wagen, und der Polizist begann nun, alles zu durchsuchen. Henri wirkte ruhig, kein bisschen nervös, aber das konnte auch Fassade sein. Er wusste, wie man sich in solchen Situationen verhalten musste, es war sicher nicht das erste Mal, dass er kontrolliert wurde.

Nach einigen Minuten schien der Polizist endlich fertig zu sein. Doch dann hielt er plötzlich inne und runzelte die Stirn. »Was ist denn das?« Er zeigte auf etwas.

Henri zuckte mit den Schultern und machte ein ahnungsloses Gesicht. Der Polizist bückte sich und zog ein Lederband hervor, das in einer Ritze gelegen hatte. Von ihrem Platz aus konnte Charlotte sehen, dass an dem Band ein silberner Anhänger war. Sie hielt die Luft an. Sie wusste, was der Polizist in Händen hielt. Darias Halskette. Sie hatte sie getragen, seit Charlotte die Hirschbaums kannte. Ein Lederband mit einem Anhänger, auf dem zwei hebräische Buchstaben eingraviert waren. Sie standen für *chai*, was »Leben« bedeutete. Sarah hatte ihr einmal erzählt, dass Daria die Kette von ihrer Großmutter bekommen hatte und sie ihr viel bedeutete.

»Das ist doch jüdisch«, stellte der Polizist fest.

Henri zog die Schultern hoch. »Das weiß ich nicht. Manchmal verleihen wir unseren Wagen.« Er zögerte. »Sie wissen ja, es gibt nicht viele Automobile in der Gegend.«

Der Polizist begutachtete weiter skeptisch das Schmuckstück und ging dann zu seinem Fahrzeug, vor dem ein zweiter Polizist wartete. Er zeigte diesem die Kette, dann redeten sie, aber Charlotte konnte nicht verstehen, was sie sagten. Schließlich kehrte der kleine Polizist zurück.

»Sie wissen ja, dass wir jüdische Bürger verhaften müssen«, erklärte er.

Henri rümpfte die Nase, und sie betete, dass er nichts erwiderte. Dabei könnte er so viel sagen. Dass die Wehrmacht noch nicht einmal da sei, dass die französische Polizei nicht kollaborieren müsse, dass es hier in Nizza, in Villefranche anders laufen könne als sonst in Frankreich, wo es Razzien und Aktionen gegen Juden gegeben hatte. Wie etwa in Marseille, wo im Januar die französische Polizei, die Gestapo und der SD, der Sicherheitsdienst des Reichsführers, Tausende Juden im alten Hafenviertel umgesiedelt und deportiert hatten. Es war jedoch hinlänglich bekannt, dass man der Polizei nicht trauen konnte. Viele Beamte wären wie ein Fähnchen im Wind, sagte Henri immer. Sie würden willfährig denen gehorchen, die die Macht besaßen. Und das würden in Zukunft die Deutschen sein.

»Ich weiß nicht, wem das Schmuckstück gehört«, erklärte Henri nochmals.

»Schmuckstück …« Der Polizist lachte spöttisch. »Wohl eher ein billiges Kinderhalsband.«

Charlotte wollte am liebsten aussteigen und Henri zu Hilfe eilen, befürchtete aber, dass sie die Situation damit nur noch verschlimmerte.

»Sie wollen mir also weismachen, dass irgendwer Ihren Wagen geliehen und damit Juden befördert hat?«

»Mag sein, ich habe aber keine Ahnung, wer das war.«

»Das sollten Sie aber! Für uns wäre interessant, welchen Leuten Sie Ihr Auto leihen?« Der Polizist gierte förmlich danach, Henri einer Lüge zu überführen. »Sonst müssen wir Sie leider mitnehmen, Monsieur.«

Charlotte hielt die Luft an. Sag jetzt nichts Falsches, Henri, beschwor sie ihn innerlich. Bleib ruhig und besonnen. Wenn sie dich festnehmen, ist alles vorbei.

»Ich kann Ihnen nichts dazu sagen.« Henris Stimme klang

weiterhin fest und ruhig. Er würde Sarah nicht verraten, das wusste Charlotte. Aber was sie ihm antun konnten, um es aus ihm herauszukriegen, wollte sie sich lieber nicht ausmalen.

»Menschen, die Juden aus dem Land schleusen, sind Verbrecher, das ist Ihnen doch sicher bewusst, oder? Deshalb fordert die Regierung ja auch die Deportation von tausend Juden für jedes Attentat!«

Die Regierung fordert dies wohl kaum, dachte Charlotte, eher die deutschen Befehlshaber!

»Aber wie ich sehe, schweigen Sie lieber, als Ihrer Bürgerpflicht nachzukommen«, fuhr der Polizist fort.

Und da kam ihr ein Einfall. Sie öffnete die Beifahrertür und stieg langsam aus.

»Es tut mir leid, Monsieur, aber ich habe mit angehört, was Sie besprochen haben. Es ist alles meine Schuld!«

Der Polizist war drauf und dran, nach seiner Waffe zu greifen, hielt dann aber inne. Jetzt, von Nahem betrachtet, kam er ihr noch schmächtiger vor.

»Was haben Sie mit der Sache zu tun, Madame?«, stieß er hervor.

»Ich …« Sie zögerte. »Ich habe eine Freundin, sie trägt gern ausgefallenen Schmuck.« Charlotte machte eine entschuldigende Geste. »Wir haben einen Ausflug gemacht. Mein Mann sollte nichts davon erfahren, wenn Sie verstehen …«

»Wollen Sie damit sagen, dass das Halsband Ihrer Freundin gehört? Und sie ist keine Jüdin?«

»Nein, sie ist Französin. Hat eben nur einen ungewöhnlichen Geschmack.«

»Hm.« Der Polizist betrachtete noch einmal das Schmuckstück in seiner Hand. »Muss einen schmalen Hals haben, Ihre Freundin. Sieht eher aus wie für einen Kinderhals gemacht.«

»Oh, sie trägt es um das Handgelenk«, log Charlotte.

Henri stand nur daneben und presste die Lippen aufeinander. Sie konnte nicht ausmachen, ob er guthieß, was sie tat, oder innerlich aufgebracht war, dass sie sich eingemischt hatte.

»Nun, Madame …« Der Polizist schien verunsichert, seit Charlotte ausgestiegen war. Aber ob er ihr die Geschichte abkaufte, war eine andere Frage.

»Ich glaube nicht …«, begann er, wurde aber von seinem Kollegen unterbrochen, der plötzlich angerannt kam. »Laurent, es hat einen weiteren Anschlag gegeben! Schnell!«

Der schmächtige Polizist musterte Charlotte und Henri noch einmal. »Ich komme«, erklärte er dann seinem Kollegen und drückte Charlotte die Kette in die Hand. »Für Ihre Freundin.« In seinen Augen blitzte es. Charlotte nahm das Lederband mit dem Anhänger an sich. »Danke, Monsieur.«

Kurz darauf fuhren beide Polizeifahrzeuge in die andere Richtung davon.

»Das war knapp.« Charlotte war erleichtert und drehte sich zu Henri um. Doch sein Gesicht war noch immer versteinert. Dann packte er sie am Arm und zerrte sie zurück in den Wagen.

»Ich sagte, du sollst im Auto bleiben!«

»Aber es hat doch funktioniert!«

»Darum geht es nicht! Du hast dich in Gefahr gebracht! Und das war unnötig!«

»Das sehe ich aber anders«, begehrte sie auf. »Ohne mich hätte er dich womöglich verhaftet!«

Er startete den Wagen. »Ich kann mich nicht auch noch um dich sorgen, Charlotte!«

»Aber das musst du doch nicht. Ich bin schlauer, als du denkst.«

»Wohl eher verrückter.«

Sie verschränkte trotzig die Arme vor der Brust. »Du musst Vertrauen haben, Henri.« Sie lächelte verschwörerisch. »Hab einfach Vertrauen.«

Nach dem Abendessen, das wie so oft in der letzten Zeit aus einem trockenen Laib Brot, eingelegten Gurken und Kürbispüree bestand, saßen sie noch lange zusammen und unterhielten sich, bis Édouard ins Bett musste. Danach begaben sich Henri und Charlotte in den Schuppen hinter dem Haus, dort, wo sie ihre Schaufeln, Spaten, Hacken und Rechen für die Gartenarbeit aufbewahrten. Henri hatte dort ein Radiogerät aufgestellt, hier hörten sie oft die BBC. Ein Flugblatt der Widerstandsgruppe »Freies Frankreich« hatte die Frequenzen bekannt gegeben für all diejenigen, die »anders als durch die unvollständigen oder tendenziösen Nachrichten der sogenannten neutralen, aber in Wirklichkeit dem Druck der totalen Mächte unterworfenen Presse unterrichtet« werden wollten.

»In Marseille kämpfen alle Schichten gegen die Boches; sogar einige niedere Dienstgrade der Gendarmerie sind dabei«, wusste Henri zu erzählen. »Niemand hält sich an das Verbot der Deutschen, keine ausländischen Sender zu hören. Und wenn die Engländer Aktionen gegen die Besatzer anregen, sind die Gruppen in Marseille sofort dabei.« Er grinste. »Vor einiger Zeit gab es in der Stadt einen Protest. Am Nationalfeiertag. Auf dem Canebière, dem großen Boulevard, demonstrierten Tausende. Sie waren getarnt als einfache Spaziergänger, festlich gekleidet, mit Kindern an den Händen. Friedlich und idyllisch. Ein stummer Protest, gegen den die Boches nichts tun konnten! Und die ›Spaziergänger‹ hatten Sicherheitsnadeln, *épingles anglaises*, am Revers. Wir alle wissen, was das bedeutet: Solidarität mit England!«

»Das ist gut.« Charlotte fröstelte plötzlich.

Der italienisch-alliierte Waffenstillstand ist mit der Unterschrift vom 3. September in Cassibile bei Syrakus besiegelt, verkündete gerade die leicht verzerrte Stimme im Radio.

»Deutsche Truppen, die Gestapo und SS werden einmarschieren«, mutmaßte Henri und schaltete das Radiogerät ab. »Und das schneller, als wir gedacht haben. Die Italiener ziehen schon ab.«

Charlotte musste schlucken. »Was wirst du tun?«, flüsterte sie. »Was werdet ihr tun?«

»Das, was wir vorher auch getan haben. Widerstand leisten. Und die Bevölkerung aufrütteln, sie auffordern, das Gleiche zu tun. Manchmal reichen schon kleine Dinge, um sich aufzulehnen. Ich wette, dass die Deutschen sich hier sofort breitmachen, sich in die Hotels einquartieren, in Privathäuser. Wir müssen wissen, was sie planen. De Gaulle unterstützt uns weiterhin aus dem Exil.« Er ergriff Charlottes Hand. »Wir geben nicht auf. Die ganze Welt ist gegen Hitler, und es kann nicht mehr lange dauern, bis wir befreit werden. Dessen bin ich mir gewiss. Aber bis dahin müssen wir stark sein. Und kämpfen.«

»Ich weiß.« Sie atmete tief durch. »Henri? Darf ich dir etwas erzählen?«

»Aber sicher! Alles!«

»Vorhin, auf der Straße, mit dem Polizisten … Ich kann es mir auch nicht erklären …«

»Was denn?«

»Auf eine unerklärliche Weise gefiel es mir. Es war, als würde ich das Risiko mögen, als würde etwas in mir anfangen zu brennen. Das ist doch verrückt, nicht wahr?«

»Nein, ist es nicht. Manchmal lernt man in besonderen Situationen ungewöhnliche Dinge über sich. In dir schlummern Eigenschaften, die du möglicherweise selbst nicht kennst.«

»Aber ich bin nicht so ein Mensch, Henri! Ich verstehe deine

Überzeugungen, und vielleicht teile ich sie auch. Und ganz sicher denke ich oft darüber nach, dass wir etwas gegen diese schreckliche Besatzungsmacht tun müssen. Aber ich bin nicht jemand, der gerne Risiken eingeht.«

Henri schürzte die Lippen. »Ich habe dich anders kennengelernt. Ich glaube, dass du schon oft Risiken eingegangen bist. Früher als Krankenschwester oder als Inhaberin des Cafés. Du bist mutig. Du gehst einem Kampf nicht aus dem Weg. Das weiß ich, und dafür liebe ich dich.« Er zog sie zu sich heran. »Und es heißt nicht, dass du uns, Édouard und mich, weniger liebst. Ganz im Gegenteil. Du stehst für uns ein. Das ist wahre Liebe.«

Sie umarmte ihn, küsste seine Stirn, seine Augenlider. Sie glitt auf seinen Schoß, spürte sein Verlangen, fühlte ihr eigenes. Ungeduldig entledigte sie sich ihrer Bluse, öffnete seine Hose. Er berührte sie überall, seine Finger glitten unter ihren Rock, strichen über ihre Schenkel, ihren Bauch, ihre Brüste. Als sie mit ihm vereint war, schlugen ihre Herzen im gleichen Rhythmus.

In den nächsten Tagen marschierten die Deutschen in Nizza ein, und das farbenfrohe Bild der Stadt verwandelte sich in rasender Geschwindigkeit in eines, das Düsternis verbreitete. Der Duft von Vanille, Zitronen und Orangen wich dem Geruch von Zigarettenqualm, Blei und Schwefel. Das sanfte Rauschen des Meeres, das Zwitschern der Vögel, der Singsang der französischen Sprache wurde übertönt von patrouillierenden Soldaten, von Gewehrsalven bei Schießübungen, von durch die Straßen rollenden Panzern und Militärwagen. In den Cafés und Lokalen, deren Terrassen im Spätsommer sonst mit lachenden, fröhlichen Menschen bevölkert waren, saßen nun Soldaten in Wehrmachtsuniform, die zu viel Bier, Champagner und Pastis tranken und die Kellnerinnen nicht gerade höflich behandelten. Charlotte und Francine hatten ihr Café inzwischen schließen müssen, denn es waren irgendwann kaum noch Gäste gekommen. Es war ihnen schwergefallen, diesen Schritt zu gehen, aber es blieb ihnen nichts anderes übrig, einzig die Hoffnung, dass das Café irgendwann zu seinen alten Glanzzeiten zurückkehren würde.

Mit gesenktem Kopf bewegte sich Charlotte durch die Straßen, sie wollte nicht mit einem betrunkenen Fridolin zusammenstoßen, wie Henri und die anderen Männer die deutschen Besatzer inzwischen nannten. Sie war auf dem Weg in die Stadt, Julie hatte sie gebeten, ihr in der Praxis auszuhelfen. Auch wenn ihre Arbeit als Krankenschwester schon viele Jahre zurücklag, so hatte sie doch nichts vergessen, nichts verlernt. Fast freute sie sich darauf, wieder etwas Nützliches tun zu können.

Als sie in der Rue Poget ankam, erwartete sie ein heilloses Durcheinander. Der kleine Warteraum mit den grünen Polstersesseln war völlig überfüllt. Dicht gedrängt standen die Menschen beieinander, ein Durchkommen war kaum möglich. Charlotte öffnete vorsichtig die Tür zum Behandlungsraum. Julie beugte sich gerade über einen jungen Mann, tastete seine Brust ab.

Charlotte schloss die Tür hinter sich, und ihre Freundin nickte ihr kurz zu.

»Es ist eindeutig ein Herzfehler«, stellte sie dann fest und machte sich eine Notiz in ein Heft, das neben der Behandlungsliege lag.

Der junge Mann schien sich über diese Feststellung zu freuen. Julie kritzelte etwas auf einen blauen Zettel und reichte ihm diesen.

Er bedankte sich überschwänglich, zog sein Hemd an und war auch schon zur Tür hinaus.

»Was war denn das?« Charlotte sah Julie irritiert an. »Seit wann freut man sich denn über einen Herzfehler?«

Julie machte sich weiter Notizen und schien Charlotte gar nicht zu bemerken.

»Julie? Was ist hier los?«

Ihre Freundin ließ den Stift sinken. »Schön, dass du da bist. Ich kann jede helfende Hand gebrauchen.«

»Aber zuerst musst du mir sagen, was du hier tust!«

»Ist das so schwer zu erraten?«

»Für mich sieht es so aus, als würdest du falsche Atteste ausstellen.«

»Richtig!«

»Aber ...«

»Nun sei doch nicht so begriffsstutzig, Charlotte! Jeder, der halbwegs aufrecht stehen kann, wird in den Zwangsarbeitsdienst geschickt. Und nun, wo die Deutschen hier sind, werden sie niemanden verschonen. Also müssen wir dafür sorgen, dass so wenig Menschen wie möglich in diesen Wahnsinn geschickt werden. Sie müssen die Atteste anerkennen, und so können wir vielleicht zumindest einige schützen.« Sie klatschte in die Hände. »Also los! An die Arbeit!« Sie warf Charlotte einen Block mit blauen Zetteln zu, auf denen »Certificat médical« stand.

»Ich soll ...« Charlotte schaute ihre Freundin ratlos an. »Aber ich bin doch keine Ärztin!«

Julie rollte mit den Augen. »Ich unterschreibe natürlich. Aber du musst mir beim Ausstellen der Atteste helfen, sonst komme ich nicht hinterher. Du hast ja gesehen, was im Wartezimmer los ist.«

Charlotte holte tief Luft. »In Ordnung, ich helfe dir. Aber nächstes Mal kannst du mir auch gleich sagen, worum es geht. Ich dachte, du brauchst ernsthaft Hilfe.«

Julie sah sie einen Moment lang an, bevor sie antwortete. »Das hier ist ernst, Charlotte. Ernster, als du denkst. Im Zwangsarbeitsdienst sterben jeden Tag Hunderte Menschen. Denkst du, dass das ein Spiel ist, ein Spaß? Dass ich das hier mit Freude mache?«

»Aber hast du denn keine Angst aufzufliegen? Ich meine … Das sind eine Menge Atteste mit deinem Namen darauf!«

»Ich lasse keine Angst zu, Charlotte. Niemals. Ich habe keine Wahl. Ich muss handeln. Sonst könnte ich nie wieder in den Spiegel schauen.«

Charlotte nickte. »Ich helfe dir, Julie.«

»Gut. Du nimmst das Hinterzimmer«, sagte Julie zerstreut, sie war schon wieder mit etwas anderem beschäftigt.

Charlotte ging hinaus. Im Wartezimmer saßen und standen noch immer viele Menschen, nervöse, traurig aussehende Männer und Frauen.

Sie lief über den Flur und öffnete die Tür zum Hinterzimmer, das eher eine Art Abstellkammer ohne Fenster war. Im schummrigen Licht konnte sie nur die Umrisse einer schmalen Pritsche, eines klapprigen Tischs und eines dunklen Schranks erkennen. Dann hörte sie ein raschelndes Geräusch, als würde sich ein Tier hinter dem Schrank verstecken. Sie machte einen Schritt in den Raum. *»Non!«*, hörte sie auf einmal eine männliche Stimme. Sie erschrak und wich zurück, schloss schnell die Tür hinter sich und lief zurück zu Julie, die gerade einer älteren Dame ein Attest ausstellte. Julie sah auf, als Charlotte hereingestürmt kam, und schickte die Dame nach draußen.

»Da versteckt sich jemand in deinem Hinterzimmer!«, rief Charlotte aufgebracht.

Julie wirkte verwirrt, dann schien es ihr einzufallen. »Das ist doch nur Freddy.«

»Freddy?«

»Ein britischer Pilot. Er ist über Montpellier abgestürzt.«

»Aha. Dann habe ich mich ja umsonst aufgeregt.« Charlotte konnte sich einen ironischen Unterton nicht verkneifen. Wie konnte Julie vergessen haben, dass sie im Hinterzimmer ihrer Praxis einen britischen Piloten versteckte?

»Aber dir ist doch nicht fremd, dass britische Piloten hier darauf warten, zurück in ihre Heimat geschleust zu werden.«

»Ja, schon. Aber doch nicht am helllichten Tag, während dein Wartezimmer voll mit Menschen ist. Was, wenn einer von ihnen dich verrät?«

»Nun, ein Pilot kann sich leider nicht aussuchen, wann er abgeschossen wird.« Nun war es an Julie, ironisch zu antworten. »Und meine Patienten sind viel zu beschäftigt mit sich selbst, um jemanden zu verraten. Außerdem spazieren sie nicht einfach so in mein Hinterzimmer.«

»Ich finde es trotzdem leichtsinnig«, meinte Charlotte und wandte sich zum Gehen.

»Wenn du schon da bist, kannst du dich auch um ihn kümmern«, rief Julie ihr hinterher. »Er hat eine Verletzung am Oberarm, der Verband muss erneuert werden. Du findest alles, was du brauchst, im Schrank.«

Charlotte seufzte und ging über den langen Flur zurück ins Hinterzimmer. Wenn sie gewusst hätte, dass Julie sie in ihre Aktivitäten hineinziehen würde …

Der Pilot war bei ihrem Eintreten nicht zu sehen, vermutlich hatte er sich abermals hinter dem Schrank versteckt.

»Sie können herauskommen, ich tue Ihnen nichts«, sagte sie auf Englisch. Mit einem Streichholz entzündete sie die zwei Kerzen, die auf dem wackeligen Tisch standen. Vorsichtig lugte der Mann hinter dem Schrank hervor, wagte dann auch einen Schritt in ihre Richtung. Er trug einen dunklen, langen Mantel, unter dem die graublaue Uniform der Royal Air Force aufblitzte, auf dem Kopf saß eine Baskenmütze.

»Kommen Sie, ich möchte mir Ihre Wunde ansehen«, forderte Charlotte ihn auf und winkte ihn zu sich. Er war noch sehr jung, höchstens Anfang zwanzig. Sie musste an ihre Zeit als Krankenschwester denken, an den Großen Krieg, in dem so viele junge Männer auf dem Schlachtfeld gefallen waren. In diesem Krieg war es nicht anders, aber es war das erste Mal, dass sie seitdem wieder so hautnah damit in Berührung kam.

Der Pilot entledigte sich seines Mantels und krempelte den Ärmel seines Hemds hoch, sodass sie die Verletzung begutachten konnte. Sie entfernte den alten Verband, durch den schon Eiter und Blut sickerte. Die Wunde war leicht entzündet, und er verzog das Gesicht, als sie diese vorsichtig sauber tupfte.

»*Merci.*« Er sprach Französisch, wechselte dann aber wieder ins Englische. »Vielen Dank, dass Sie uns helfen.«

»Wir tun, was wir können.«

»Mein Name ist Freddy Jones.«

»Ich heiße Charlotte.«

»Arbeiten Sie auch hier, Charlotte?«

»Nein. Ich helfe Julie ab und zu. Sie ist eine gute Freundin.«

»Sie machen das sehr gut.« Er sah zu, wie sie einen neuen Verband anlegte.

Sie lächelte. »Ich war früher mal Krankenschwester. Als ich noch jung war. So jung wie Sie.«

»Wissen Sie, wie lange es noch dauert, bis ich abgeholt werde?«

Charlotte vermied es, ihn anzusehen. »Das kann ich nicht sagen. Ich gehöre nicht dazu … Ich meine, ich weiß nichts über …« Sie hielt inne, alles, was sie von sich gab, klang falsch.

»Sie sind nicht Teil der Résistance?«

»So ist es.«

»Aber Sie sind hier, Sie helfen mir. Sind Sie dann nicht schon mittendrin?« Der Tonfall seiner Stimme hatte etwas zutiefst Aufrichtiges.

Auch wenn sie am liebsten aufgesprungen und davongelaufen wäre, musste sie zugeben, dass er recht hatte. Vielleicht war sie wirklich schon mittendrin.

Nachdem der Pilot versorgt war und sie ihn angewiesen hatte, sich wieder zu verstecken, nahm sich Charlotte den Tisch und zwei Stühle und richtete sich ihr Büro auf dem Flur ein. Sie legte den Block mit den blauen Attesten auf den Tisch und ging ins Wartezimmer. Offensichtlich waren noch neue Patienten dazugekommen.

»*Au suivant, s'il vous plaît*, der Nächste bitte«, rief sie, und sofort sprangen mehrere Menschen auf.

»Nur einer zurzeit! Bitte, Sie werden alle drankommen.«

Die wartenden Patienten ließen einer jungen Frau mit Baby auf dem Arm den Vortritt. Sie hatte eine aschfahle Haut und schlechte Zähne. Ihre Kleidungsstücke, die voller Löcher waren und eher Lumpen glichen, ließen darauf schließen, dass sie aus einem der ärmeren Viertel Nizzas stammte.

»Wie ist Ihr Name?«, fragte Charlotte, als die junge Mutter vor ihr saß. Das Baby schrie ohrenbetäubend laut.

»Geraldine«, antwortete sie mit piepsiger Stimme. »Entschuldigen Sie bitte, dass er so schreit. Ich habe keine Milch für ihn.«

»Das tut mir leid. Wie kann ich Ihnen helfen?«

»Ich bin nicht wegen der Bescheinigungen hier, so wie die anderen. Ich bin wirklich krank. Und ich werde nicht mehr lange für ihn sorgen können.« Sie deutete mit dem Kopf auf das Baby, das inzwischen eingeschlafen war. »Mein Mann ist gefallen, vor einigen Monaten. Ich hab niemanden mehr.« Sie schniefte und strich sich mit dem Handrücken über die Nase.

»Wir werden Ihnen helfen.« Charlotte stand auf und klopfte an Julies Tür, die gerade einer Frau ein Attest reichte.

»Hast du kurz Zeit?«

Julie nickte, und nachdem die Frau gegangen war, bat Charlotte die junge Mutter mit dem Baby herein.

Charlotte nahm ihr den Säugling ab, und die Patientin legte sich auf die Pritsche. »Ich huste Blut«, erklärte sie. »Und ich habe Schmerzen in der Brust.«

Julie untersuchte sie eingehend, und Charlotte dachte, dass sie noch nie einen Menschen erlebt hatte, der bei der Diagnose mit einer solchen Sorgfalt vorging wie ihre Freundin. Sie schien alles um sich herum auszublenden.

Als sie fertig war, machte sie ein besorgtes Gesicht. »Ich befürchte, ich habe keine guten Nachrichten.« Ihre Stimme klang belegt.

»Ich werde sterben, nicht wahr?«, sagte die Patientin.

»Ja. Es ist Ihre Lunge. Es tut mir sehr leid.«

»Wie viel Zeit habe ich? Ich muss jemanden für meinen Sohn finden.«

»Vielleicht ein, zwei Monate. Ich kann Ihnen Medikamente geben, das macht es leichter.«

Die Frau sah zu Charlotte, die immer noch das Baby auf dem Arm hielt. »Können Sie meinen Sohn zu den Ordensschwestern bringen? Ins Franziskanerkloster?« Ihr Blick war flehentlich.

»Sie wollen ihn nicht mehr bei sich haben?«

»Nein. Es geht mir von Tag zu Tag schlechter. Ich kann kaum noch für ihn sorgen. Er wird es dort besser haben.«

Charlotte und Julie sahen sich an, dann nickte Charlotte langsam. »Natürlich. Ich kümmere mich darum. Wie heißt der Kleine?«

»Marcel.« Als die junge Frau ihr Baby ein letztes Mal auf den

Arm nahm, ihm über die Wange strich und den kahlen Kopf küsste, da musste Charlotte an ihren eigenen Sohn denken. Die aufrichtige Liebe, mit der die Mutter ihr Kind zu beschützen versuchte, nahm ihr für einen Moment den Atem.

Als die Patientin die Praxis verließ, wachte das Baby auf und fing zu schreien an.

»Du musst es zu den Schwestern bringen, so schnell es geht. Wir haben hier nichts, womit wir den Jungen versorgen könnten.« Wie immer schien Julie ungerührt, aber Charlotte wusste, dass das nur Fassade war.

»Du hast recht. Aber du hast noch so viele Patienten, du brauchst meine Hilfe.«

»Ich komme schon zurecht. Das hier ist wichtiger.« Sie deutete auf den Säugling. »Komm wieder, sobald du kannst.«

Also machte Charlotte sich auf den Weg.

Die Straßen waren leer, in den Gassen herrschte eine gespenstische Ruhe. Sie drückte den Jungen an ihre Brust, hastete über den Gehweg, auf keinen Fall wollte sie einem Deutschen in die Arme laufen, egal, ob SS, Gestapo oder Wehrmacht. Sie waren alle gleich mit ihren glänzenden Schaftstiefeln aus Leder und den gepflegten Uniformen, den schimmernden Waffen, den glatt rasierten Gesichtern, die kaum eine Regung zeigten. Ihre Brutalität schien alles niederzudrücken, im Keim zu ersticken. Ihr seid schuld an alledem hier, dachte sie, als sie an einem Wehrmachtsfahrzeug vorbeikam, das neben der Villa Lynwood, einem sandfarbenen Gebäude mit Stuckverzierungen, parkte. Die Italiener hatten es beschlagnahmt, die Nazis hatten dort nun begonnen, im Keller Mitglieder der Résistance zu foltern. Ihr seid schuld daran, dass die Hirschbaums in einer Scheune schlafen müssen, ständig in Angst vor Entdeckung. Ihr seid schuld daran, dass dieses Baby keine Eltern mehr hat, dass Julie als Ärztin keine Operationen mehr durchführt oder an neuen Behandlungsmethoden forscht, sondern nur noch Atteste ausstellt. Und ihr seid schuld, dass mein Mann sich gezwungen fühlt, gegen euch zu kämpfen, sodass er sich jeden Tag aufs Neue in Gefahr bringt.

Ihr Zorn war auf einmal so groß, dass sie am liebsten gegen den Wagen getreten, die Fensterscheibe eingeschlagen oder die Reifen zerstochen hätte. Aber sie beherrschte sich, zügelte ihre Wut, lief weiter, bog schließlich in die Rue Hancy ein und erreichte wenig später das Kloster. Sie klopfte an das große schmiedeeiserne Tor und hoffte, dass sie jemand hörte. Es blieb einige Minuten still, dann trat eine Ordensschwester aus dem Kloster und eilte auf Charlotte zu. Sie nahm ein rasselndes Schlüsselbund aus ihrer Tasche und öffnete das Tor. Es quietschte und knarrte, als sie es immer weiter aufzog, und Charlotte sah sich ängstlich um. Aus irgendeinem Grund hatte sie ständig Angst, dass jemand sie bei etwas erwischen könnte, dabei tat sie nicht Verbotenes.

Die Ordensfrau war schon älter, sie hatte ein von Falten zerfurchtes Gesicht, nur ihre Augen wirkten jung und waren von einem stechenden Blau.

»Schnell, kommen Sie. Sie sind wegen des Babys hier?«

»Ja. Jemand muss sich um das Kind kümmern.«

Die Schwester schloss das Tor hinter ihnen, und Charlotte folgte ihr ins Innere des Klosters. Dort war es kühl, und es roch nach Weihrauch und Myrrhe. Der altgotische Altar und ein Portal mit aus Nussbaumholz geschnitzten Türflügeln erinnerten sie für einen kurzen Moment an ihre Kindheit, an ihre Besuche in der Kathedrale von Saint-Sauveur in Aix-en-Provence mit ihrer Großmutter.

Die Ordensfrau lief rasch durch die hallenden Gänge, ihr Habit flatterte im Wind. Charlotte hatte Mühe, mit ihr Schritt zu halten. Als sie den Kreuzgang passierten, blitzte zwischen den von marmornen Säulen getragenen Arkaden immer wieder das Sonnenlicht hervor, warf Lichtkegel auf den Weg.

Erneut holte die Schwester ihr Schlüsselbund hervor und öffnete eine schwere Holztür. Über einen langen Gang erreichten sie eine schmale Pforte und betraten danach einen Raum, in dem einige schmale Pritschen standen. Zwei altmodische Wiegen befanden sich neben der Tür, in denen zwei Babys schliefen. Durch das Fenster konnte man in einen winzigen Innenhof sehen, in dem eine Gruppe von Kindern auf dem Rasen Ball spielte.

»Es ist die Stunde, in der sie nach draußen dürfen«, erklärte die Ordensfrau. Sie hatte eine tiefe, angenehme Stimme.

»Warum dürfen sie nur eine Stunde am Tag hinaus?«, fragte Charlotte und spürte den gleichmäßigen Atem des Babys an ihrer Brust. Sie erwartete eine profane Antwort, vielleicht, weil es im Kloster nicht erlaubt war, länger laut zu sein.

Aber die Schwester schien ihre Frage seltsam zu finden, denn sie kräuselte die Stirn. »Weil es zu gefährlich ist. Wir gewähren ihnen diese eine Stunde, weil wir hier hinten weitestgehend abgeschieden sind von der Außenwelt. Aber trotzdem … Sollte jemand etwas mitbekommen … Verräter lauern überall.«

»Verräter?«

Die Ordensfrau machte ein Gesicht, als wäre Charlotte nicht ganz bei Verstand. »Dies sind jüdische Kinder, und die beiden Mädchen hier …«, sie zeigte auf die Wiegen, »… leiden an Mongolismus.«

Charlotte starrte die Schwester an. »Sie verstecken hier Kinder?«

Die Ordensfrau wirkte verwirrt, dann erschrocken, als hätte sie plötzlich Sorge, zu viel preisgegeben zu haben. »Aber … Ich dachte, deshalb sind Sie hier.« Sie zeigte auf das Baby in Charlottes Arm.

»Nein, es ist nicht …« Charlotte spürte, wie ihr schwindlig wurde. »Ich muss mich setzen.« Sie ließ sich auf eines der Betten fallen und atmete tief durch. »Das Kind ist nicht jüdisch. Sie nehmen doch Waisen auf, oder nicht?«

»Nein, nicht mehr. Das tun nur noch die Dominikanerinnen, drüben im Abbaye Saint-Martin.« Die Ordensfrau setzte sich zu ihr und musterte sie skeptisch.

»Sie können mir vertrauen«, sagte Charlotte. »Ich verrate nichts.«

Die Schwester seufzte. »Nun, als die Italiener kapitulierten, tauchten immer mehr jüdische Frauen bei uns auf, baten uns um Hilfe. Sie hatten Angst um ihre Kinder, denn wenn die Deutschen sie in die Finger bekommen … Schließlich haben wir uns bereit erklärt, sie aufzunehmen, sie hier zu verstecken. Es ist doch unsere Menschenpflicht, nicht wahr?«

»Ja«, flüsterte Charlotte schwach. Ihr ganzer Körper fühlte sich plötzlich schwach an.

»Ich muss die Kinder hereinholen, gleich ist es Zeit, zu Mittag zu essen.« Sie sah zu dem Baby, das weiterhin an Charlottes Brust schlief. »Sie können es bei uns lassen. Ich werde es nach Saint-Martin bringen. Keine Sorge.«

Charlotte lächelte müde. »Danke für alles.«

Die Schwester stand auf, in ihrem Blick lagen Güte und Wärme, als sie Charlottes Hände in die ihren nahm. »Wer ein einziges Menschenleben rettet, rettet die ganze Welt.«

Eine halbe Stunde später war Charlotte zurück in Julies Praxis. Sie war benommen von dem, was sie im Kloster erlebt hatte, versuchte aber, sich nichts anmerken zu lassen. Julie fragte zum Glück nicht, wie es ihr ergangen war, zu sehr war sie beschäftigt.

Noch immer saßen unzählige Patienten im Wartezimmer, und Charlotte bemühte sich, ihrer Freundin so viele wie möglich abzunehmen. Einige von ihnen kannte sie vom Sehen, auch waren ein paar Stammgäste aus dem Café dabei. Als einer der Letzten kam ein älterer Herr zu ihr an den Tisch, er roch nach Alkohol und Zigaretten, hatte eine Glatze, schiefe, verfaulte Zähne und eine krumme Nase. Sie fragte ihn nach seinem Namen, und als er »Philippe Noirot« antwortete, hielt sie inne.

»Sie sind der Vater von Lucien«, entfuhr es ihr schließlich.

Er runzelte die Stirn. »Sie kannten meinen Sohn?«

»Ja. Aimée ist eine Freundin von mir.«

Er hustete. »Ist ein feines Mädchen. Lucien hat sie sehr geliebt.« Sein Gesicht wirkte so zerfallen wie eine Ruine.

»Ihr Verlust tut mir sehr leid.«

»Der Schmerz hört nie auf. Auch nach über zwanzig Jahren nicht. Keineswegs werde ich für diese verdammten Deutschen in den Arbeitsdienst gehen. Eher sterbe ich.«

»Das verstehe ich.« Sie schrieb seinen Namen auf das Attest, füllte die Felder aus, die notwendig waren, und reichte es ihm. »Doktor Dubois muss noch unterzeichnen.« Sie sah ihn eindringlich an. »Sie werden in keinen Arbeitsdienst gehen, Monsieur. Niemals.«

Er dankte ihr, dann stand er langsam auf. Bevor er sich zum Gehen wandte, drehte er sich noch einmal zu ihr um. »Grüßen Sie Aimée von mir. Sie hat Lucien glücklich gemacht. Ich stelle mir vor, dass er mit einem Lächeln auf den Lippen gestorben ist. Dafür bin ich ihr dankbar.«

»Das mache ich. Passen Sie auf sich auf, Monsieur Noirot.«

Schließlich war auch der letzte Patient fort, und Julie schloss erschöpft die Tür. »Was für ein Tag.« Sie ließ sich im Wartezimmer in einen der Sessel fallen, und Charlotte tat es ihr nach.

»Ist es nicht ein gutes Gefühl, so vielen Menschen geholfen zu haben?«

Charlotte seufzte. »Ja. Hoffentlich zeigen die Atteste auch Wirkung. Nicht dass die Deutschen sie nicht anerkennen.«

»Keine Schwarzmalerei, Charlotte! Wir befürchten das Schlimmste und hoffen das Beste, das weißt du doch.« Sie stupste Charlotte in die Seite.

»Du hast ja recht. Hast du gesehen, wer der letzte Patient war?«

»Luciens Vater, ich weiß. Ein trauriger Mann.«

»Er wollte, dass ich Aimée von ihm grüße. Es ist so grausam. Was hätten die beiden nur für ein schönes Leben haben können! Und jetzt sitzt sie in dieser vermaledeiten Villa mit diesem Frédéric, der mit den Deutschen gemeinsame Sache macht.«

»Tut er das?«, fragte Julie neugierig.

»Jedenfalls soll er einen deutschen Offizier bei sich einquartiert haben. Und SS-Leute halten bei ihm Besprechungen ab.«

»Soso.« Julie schnalzte mit der Zunge.

»Was hast du?«

»Vielleicht können wir Aimée für unsere Zwecke gewinnen. Sie könnte ein bisschen spionieren.«

Charlotte lachte auf. »Wohl kaum. Du hast sie in der letzten Zeit nicht gesehen. Sie hat sich sehr verändert. Niemals würde sie sich gegen Frédéric stellen. Er hat ihren Sohn aufgenommen und gibt ihr ein Zuhause.«

»Pah.« Julie schnaubte. »Deswegen muss man noch lange nicht seine Heimat verraten.«

»Du hast eben keine Kinder«, platzte es aus Charlotte heraus. Sie hatte immer noch das Gefühl, Aimée verteidigen zu müssen, auch wenn sie selbst kaum noch eine Nähe zu ihrer Freundin spürte.

»Stimmt, die habe ich nicht. Ich habe keine Zeit dafür.« Julie kniff die Augen zusammen. »Weißt du, vor einigen Jahren, als der Krieg noch weit entfernt war, wir von alledem hier nichts ahnten, damals an der Sorbonne, da hatte ich einen großartigen Professor. Alle haben ihn für verrückt gehalten, aber er hat sich mit spannenden Dingen beschäftigt. Aus Pilzen stellte er antibakterielle Chemotherapeutika her! Was für ein grandioser Durchbruch! Vorbei die Zeiten, wo man dem grausamen und tödlichen Treiben der Mikroben hilflos zusehen musste. Doch alle hielten diese Art von Therapie zunächst für gefährlichen Humbug. Mit Pilzgiften Menschen zu heilen klang für sie vollkommen wahnwitzig. Und nun ist er einer der bekanntesten Wissenschaftler Frankreichs.« Sie wirkte plötzlich traurig. »Ich hätte auch so etwas schaffen können, Charlotte. Ich wäre auch grandios gewesen als Ärztin.«

»Aber du kannst noch forschen, Julie! Wenn dieser Krieg vorbei ist, wirst du eine grandiose Karriere haben, da bin ich mir sicher.«

Julie rang sich ein Lächeln ab. »Nein. Ich glaube, meine Bestimmung ist eine andere. Das habe ich jetzt begriffen.«

In diesem Moment ging die Tür auf, und Eric stand vor ihnen. Charlotte hatte Julies Freund noch nicht oft getroffen, doch er war vor einigen Monaten mit ihr im Café gewesen, hatte zu viel getrunken und laut antideutsche Parolen gerufen. Sie hatten ihn gemeinschaftlich nach draußen befördern müssen.

Heute sah er anders aus, schlanker. Er hatte etwas Schlaksiges an sich, sein strähniges Haar fiel ihm über die Stirn, fast bis über die Augen, und seine zerbeulte Cordhose schlackerte um die Beine. Das dunkle Hemd war nur lose in den Hosenbund gesteckt. Allein sein exzentrischer Blick war noch immer der gleiche.

Julie sprang auf und fiel ihm um den Hals. Sie küssten sich leidenschaftlich, und Charlotte wandte sich etwas peinlich berührt ab.

Nachdem sie ihre stürmische Begrüßungszeremonie beendet hatten, setzten sie sich zu Charlotte.

»Habt ihr es schon gehört?«, fragte Eric.

»Was denn?«, wollte Julie wissen.

»Sie haben Martin verhaftet. Heute Morgen.«

Julie schlug sich die Hand vor den Mund. »Oh nein!«

»Ich befürchte, er ist in der Villa Lynwood, wo sie ihn dazu bringen wollen, dass er auspackt. Aber das wird er nicht.« Eric sprach schnell, verschluckte die Silben, Spucke flog aus seinem Mund. »Wisst ihr, was dort über der Tür eingraviert ist?« Er wartete eine Antwort erst gar nicht ab, sondern fuhr fort: »Ein Zitat aus Dantes *Göttlicher Komödie*: ›Lasst, die ihr eintretet, alle Hoffnung fahren!‹«

»Aber das tun wir nicht! Wir behalten unsere Hoffnung«, rief Julie.

Eric erwiderte nichts, küsste sie nur erneut.

Charlotte fühlte sich unbehaglich. Sie wollte von alldem nichts wissen, wollte nicht mit hineingezogen werden. Und war doch gleichzeitig fasziniert von Eric und Julie und ihrem glühenden Kampf gegen die Ungerechtigkeit.

»Ich habe mich mit Grant getroffen«, erzählte Eric unbeirrt weiter.

»Er ist ein britischer Hauptmann«, erklärte Julie schnell, als sie Charlottes Verwirrung bemerkte. »Er organisiert die Flucht der Piloten und Fallschirmspringer über die Pyrenäen.«

»Ich bringe Freddy gleich nach Perpignan«, sagte Eric. »Es wäre eigentlich Martins Aufgabe gewesen, aber nun …«

»Ich begleite dich. Keine Widerrede. Ich möchte es.«

Eric lächelte. »Ich wusste, dass du das sagen würdest. Natürlich begleitest du mich. Ohne dich gehe ich nirgendwohin.«

Charlotte fand an diesem Abend erst spät in den Schlaf. Sie war so aufgewühlt von den Erlebnissen des Tages, dass sie immer wieder aufstand, im Wohnzimmer herumlief und nachdachte. Sie musste an die Kinder in dem Kloster denken, an die Ordensschwester, die mit einer solchen Selbstverständlichkeit jüdische Kinder versteckte und dabei ihr eigenes Leben aufs Spiel setzte. Und an Julie und Eric, die sich einem Kampf verschrieben hatten und jede Schlacht gemeinsam schlugen. Wenn es ihnen gelang, sich aufzulehnen, wenn auch ihr eigener Mann jeden Tag aufs Neue gegen die Ungerechtigkeit dieser Welt vorging, warum zauderte sie? Warum traute sie sich nicht, diesen Schritt zu gehen? War es nicht sogar ihre Pflicht? Und die viel wichtigere Frage war: Befand sie sich nicht vielleicht sogar schon mittendrin?

Als Henri nach Hause kam, war es schon weit nach Mitternacht. »Wo bist du so lange gewesen?«, fragte sie, während er sich neben sie ins Bett legte.

»Lagebesprechung«, antwortete er knapp. »Wir verlieren immer mehr von unseren Leuten.«

»Ich weiß.«

»Woher das?«

Sie erzählte ihm kurz von ihrer Begegnung mit Eric und der Verhaftung seines Mitstreiters Martin.

»Eric ist leichtsinnig. Das war er schon seit jeher. Er hat Martin in eine Mission geschickt, die viel zu gefährlich war. Eric galt als der Anführer unserer Gruppe, aber inzwischen haben mehr und mehr von uns Bedenken, ob er noch der Richtige ist. Er trifft Entscheidungen aus dem Bauch heraus, und auch wenn ich seine Wut verstehen kann, so dürfen wir die Deutschen nicht unterschätzen. Sie werden hier ihre Spione haben, so wie in anderen Teilen des Landes auch.«

»Ich bin deiner Meinung. Aber Eric und Julie hält einfach nichts auf.«

»Du klingst, als würdest du sie beneiden.«

»Neid ist wohl nicht der richtige Ausdruck. Aber sie gehen mir nicht mehr aus dem Kopf. Ja, das kann man wohl so sagen.«

Henri erwiderte nichts, sie vernahm nur ein leises Seufzen. »Ich möchte Sarah besuchen«, fuhr Charlotte fort. »Ich muss sehen, wie es ihr geht, ob der Bauer sie nicht für seine Zwecke benutzt.«

»Das halte ich für keine gute Idee. Du bringst damit nicht nur dich, sondern auch Sarah und ihre Familie in Gefahr. Sollte dir jemand folgen, ist alles vorbei.«

»Das ist mir bewusst. Ich werde vorsichtig sein. Aber ich muss es tun.«

»Du bist ein störrisches Weib.« Sie hörte förmlich sein Grinsen. Dann sagte er: »Im Widerstand haben wir alle Decknamen. Mein Name ist Renard.«

»Der Fuchs? Ja, das passt zu dir. Schlau, wachsam und wendig.« Sie lachte rau.

Henri sagte nichts mehr, er nahm nur ihre Hand und legte sie auf seine Brust, wie er es so oft tat, wenn sie im Bett lagen. Wenige Sekunden später verriet ihr sein gleichmäßiger Atem, dass er eingeschlafen war.

Charlotte hatte mit Henri verabredet, dass sie Sarah erst in zwei Tagen besuchen würde, denn ihm war zu Ohren gekommen, dass die Deutschen einige Aktionen planten und vermehrt Kontrollen durchführen wollten. Sie sollte den ersten Sturm abwarten, dann würde es leichter werden. Er hieß ihr Vorhaben zwar immer noch nicht gut, aber er konnte davon ausgehen, dass er es nicht schaffen würde, sie umzustimmen. Also unterstützte er sie. Und dafür war sie ihm dankbar.

Für eine Weile vergaß sie die Hirschbaums, denn sie musste sich mit alltäglicheren Dingen beschäftigen. Die Nahrungsmittel wurden knapp, da die Deutschen alles an sich nahmen. Nur mühsam gelang es den Bewohnern der Küstenorte, sich von dem eingelegten Gemüse aus dem eigenen Garten, das noch von der letzten Ernte stammte, und den Rationen über die Lebensmittelmarken zu ernähren.

So kochte Charlotte an diesem Morgen wie an den vorherigen dünnen Haferbrei und bitteren Eichelkaffee. Beides war ihr zuwider. Wenn sie im Café je so etwas serviert hätte, die Gäste hätten schreiend Reißaus genommen.

Sie setzte sich an den Tisch. Henri und Édouard sollten noch etwas schlafen. Es war ein Montag, und die ersten Vorboten des Herbsts hatten die Côte d'Azur erreicht: das goldene feierliche Licht über dem Meer, das sich in den Wellen brach, das stürmische Auf und Ab der See, die samtige Luft. Sanfte Herbstwinde zogen auf, fegten den Himmel blank und zerrten am Gras; buntes Laub bedeckte den Boden vor ihrem Haus.

Früher hätte sie mit Francine das Café aufgemacht, hätte mit Henri und Édouard einen Spaziergang durch den Ort gemacht, einen Plausch mit Freunden und Bekannten gehalten. Sie schaute wehmütig zu den »Liebenden von Nizza« und erinnerte sich an den Tag, an dem die Bilder entstanden waren, an all die Hoffnung, die sie damals gehabt hatten. Hoffnung auf ein erfülltes Leben in einer freien Welt. Wie naiv sie doch gewesen waren.

Ein Türklopfen riss sie aus ihren Gedanken.

Es war Francine. Sie trug ein altes Leinenkleid und eine Strickjacke, die einst von einem strahlenden Weiß gewesen war. Nun war es eher ein aschfahles Grau.

Es war nicht ungewöhnlich, dass die beiden Frauen den Morgen zusammen verbrachten. Seit sie das Café hatten schließen müssen, fehlte ihnen die Aufgabe, die sie verbunden hatte. Das spürten beide, ohne dass eine von ihnen es aussprechen musste.

Heute war Waschtag. Schon seit einiger Zeit wuschen sie ihre Wäsche einmal in der Woche gemeinsam – das sparte Wasser, und sie konnten sich während der Arbeit unterhalten.

Francine stellte einen großen Korb mit schmutzigen Sachen neben der Tür ab, dann ließ sie sich am Küchentisch nieder, während Charlotte ihr etwas von dem bitteren, schalen Kaffee einschenkte.

»Ich habe Nachricht von Freunden aus Paris, einige sind im Untergrund«, erzählte Francine. Der Klang ihrer Stimme verhieß nichts Gutes, und Charlotte griff unwillkürlich nach der Hand ihrer Freundin. »Einer von ihnen ist verschwunden. Über Nacht. Und einige seiner Kameraden auch. In ganz Paris sind Mitglieder der Résistance einfach verschollen.«

»Vielleicht mussten sie sich verstecken und sind untergetaucht.«

»Nein, das kann nicht sein. Davon wüssten wir. Étienne sagt, er habe gehört, dass die Deutschen mit noch größerer Härte vorgehen würden. Sie verschonen niemanden. Es ist so unsagbar gefährlich, Charlotte. Das, was Henri und seine Freunde tun. Ich hoffe, ihr seid vorsichtig.«

»Sie tun das Richtige, Francine. Ich denke, tief in deinem Herzen weißt du das.«

»Aber die Deutschen setzen ein hohes Kopfgeld aus, damit die Bevölkerung Hinweise auf Verstecke von britischen Soldaten verrät. Zuletzt waren es eine Million Francs, und es kann noch höher ausfallen.«

Charlotte erwiderte nichts. Sie ließ die Hand ihrer Freundin los. Sie durfte die Angst nicht zulassen, denn die würde es ihr nicht erlauben, klar zu denken.

Sie gingen in den Schuppen und begannen, die schmutzige Wäsche in Seifenlauge einzuweichen. Charlotte wälzte und drückte sie mit der Wäscheglocke im Wasser und brachte sie dann in den alten holzbeheizten Waschkessel ein, danach schrubbte Francine sie auf dem Waschbrett. Kleidung zu kaufen war kaum noch möglich, also nähten beide Frauen Aufnäher auf die Hosen ihrer Jungs, die an den Knien aufgerissen waren, stopften Socken, besserten Schuhe mit Stoffflicken aus. Es war eine mühsame, trostlose Arbeit, und es kam ihnen vor, als würden sie gegen Windmühlen kämpfen, wenn Édouard und Olivier zwei Tage später wieder mit kaputten Hosen nach Hause zurückkehrten. Doch sie machten weiter, bemühten sich, auch wenn es ihnen sinnlos erschien.

Schweigend verrichteten sie ihre Arbeit, bis Charlotte schließlich die Stille brach: »Erinnerst du dich daran, was unsere frühere Oberschwester Babette immer gesagt hat? ›Niemand ist eine Insel. Wir sind Teil eines Ganzen, einer Welt, einer Gemeinschaft. Und diese gilt es zu beschützen.‹«

»Ich weiß, dass du das so siehst«, erwiderte Francine. »Aber für mich ist es am wichtigsten, und das ist dir bekannt, für meine Familie Sorge zu tragen. Und daran solltest du auch denken. Denn wofür sollte man sonst leben?«

Für die Freiheit, dachte Charlotte, aber sie sprach es nicht aus. Stattdessen konzentrierte sie sich wieder auf die Wäsche. »Henri meint, dass immer mehr Männer und Frauen in die Wälder gehen und sich dem bewaffneten Widerstand anschließen.«

»Ich habe davon gehört. Seit es das Gesetz über die Zwangsverschickung von Arbeitskräften ins Deutsche Reich gibt, entziehen sich immer mehr diesem Service du travail obligatoire. Doch wer das tut, bekommt keine Lebensmittelkarten mehr, kann sich nicht frei bewegen, noch nicht einmal Briefe von der Post abholen. Also fliehen sie vor diesem Wahnsinn und gehen in den Untergrund, werden zu Maquisards.«

»Und Julie erstellt falsche ärztliche Gutachten, um Männer und Frauen vor der Verschickung zu bewahren«, fügte Charlotte hinzu. »Diese verdammten Boches. Erst besetzen sie unser Land, und dann schicken sie uns auch noch zum Arbeitsdienst in ihr schreckliches Reich, zwingen uns, für ihren irrsinnigen Krieg zu schuften! Aufhängen sollte man sie, allesamt.«

»Ach, Charlotte. Bisweilen erscheint es aussichtslos, aber vielleicht müssen wir einfach nur durchhalten. Es kann ja nicht immer so weitergehen. Irgendwann muss dieser Wahnsinn ein Ende haben. Und dann haben wir genug Kriege erlebt. Mir reicht's auch.«

»Womöglich liegt es nicht in meiner Natur durchzuhalten. Ich fühle mich wie ein Rennpferd in der Box, ich möchte loslaufen und meiner Wut Luft machen. Und weiß doch, dass ich damit alles aufs Spiel setze.«

Francine schüttelte den Kopf, als wollte sie Charlottes Worte nicht hören. »Wie geht es Sarah?«, fragte sie dann unvermittelt.

Charlotte seufzte. »Ich weiß es nicht.« Obwohl sie ihr sonst immer alles anvertraute, konnte sie ihrer Freundin nicht sagen, dass sie plante, Sarah zu besuchen. Es würde Francinc in Gefahr bringen.

»Es werden grausame Geschichten erzählt über das, was sie mit den Juden in den Lagern im Norden anstellen«, fuhr Francine fort. Sie schien Charlottes Antwort nicht befremdlich zu finden.

»Das ist mir auch schon zu Ohren gekommen.« Charlotte spürte, wie sich eine unsichtbare Schlinge um ihren Hals legte und sich langsam zusammenzog. Natürlich kannte sie die Geschichten. Die Juden wurden in Lager gepfercht, wurden gedemütigt und misshandelt, erhielten kaum zu essen, wurden krank, starben an ihren Wunden, an Typhus oder verhungerten. Die französischen Wärter standen den Deutschen in der Brutalität, mit der sie vorgingen, in nichts nach. Die eigenen Landsleute so zu behandeln! Eine Schande war das. Und wenn sie an Sarah und ihre Familie dachte, machte sich tiefe Verzweiflung in ihr breit. Sich verstecken zu müssen, ständig mit der Angst zu leben aufzufliegen, war das eine. Doch was eine Entdeckung für sie und diejenigen, die ihnen geholfen hatten, tatsächlich bedeutete, daran mochte Charlotte nicht denken. Aber was für eine Wahl hatten sie?

»Sarah ist eine starke Frau.« Francine hatte Charlottes Nervosität bemerkt. »Sie werden es schaffen. Wenn der Krieg vorbei ist …«

»Wenn …«, wiederholte Charlotte leise. »Wenn …« Sie reichte Francine ein paar eingeweichte Wäschestücke. »Ich habe übrigens gestern den Vater von Lucien getroffen. Er wollte, dass ich Aimée von ihm grüße.«

Francine zog die Stirn in Falten. »Tatsächlich? Ich kann mich gar nicht an ihn erinnern. Wo hast du ihn denn getroffen?«

»Beim Einkaufen«, log Charlotte. Es tat ihr weh, schon wieder nicht die Wahrheit sagen zu können.

»Aimée hat sich entschlossen, uns aus ihrem Leben zu streichen. Sie führt nun ein anderes Dasein. Und wenn sich ihr Ehemann sogar mit dem Feind einlässt …«

Charlotte seufzte. »Du hast recht. Aber ich kann sie nicht einfach ziehen lassen. Wir waren gute Freundinnen, wir drei, wir haben so viel zusammen durchgestanden. Und als ich sie neulich traf, wirkte sie so traurig …«

Francine musterte Charlotte prüfend. »Du hast ihr doch nichts erzählt, oder? Von dem, was Henri tut?«

»Natürlich nicht. Aber vielleicht ahnt sie etwas. Sie hat ein paar Andeutungen gemacht. Und sie weiß von Julie und ihrer Praxis. Dass sie der Résistance hilft.«

»Hoffentlich weiß sie nicht noch mehr. Aimées Ehemann würde uns alle sofort ans Messer liefern, wenn er könnte. Wenn sie ihm auch nur ein Wort sagt ...« Ärgerlich wrang Francine das letzte Wäschestück aus.

»Das wird sie nicht. Sie ist trotz allem noch unsere Freundin.«

»Ha!« Francine schnaubte verächtlich. »Was zählt heutzutage noch Freundschaft!«

»Unsere zählt«, sagte Charlotte ernst. »Sie wird immer zählen.«

Nachdem sie die Wäsche hinter Charlottes Schuppen aufgehängt hatten, fuhren sie zusammen nach Nizza, um Besorgungen zu erledigen. Inzwischen gab es den *marché rose*, den rosa Markt, der den Tausch von Gütern zwischen Freunden und Bekannten ermöglichte. Charlotte hatte schon das eine oder andere Schmuckstück an Bauern aus dem Umland gegen Kartoffeln oder Milch eingetauscht. Auch Madame Roux ließ ihnen ab und an frische Milch oder Ziegenkäse zukommen, Aimée schickte manchmal mit einem Kurier kleine Päckchen, Schokolade für Édouard und Olivier, ein Paar neue Schuhe für Henri, Nylonstrümpfe für Charlotte und Francine.

»Sie will sich damit unsere Freundschaft erkaufen«, giftete Francine, und auch Charlotte überlegte jedes Mal lange, ob sie die Geschenke annehmen sollte. Immerhin kamen sie von jemandem, der mit den Deutschen kollaborierte. Ihr war dabei unbehaglich zumute, aber dann dachte sie an Édouard und daran, welche Opfer der Junge bislang hatte bringen müssen, und sie überwand ihren Stolz.

Es war schrecklich, durch die einst so belebten Straßen zu gehen.

Hotels wie das Hermitage oder das Negresco waren besetzt, ebenso die Villa Trianon in der Rue Paradis. Das Excelsior in der Avenue Durante mit seiner Barockfassade und den verzierten Giebeln war nun das Gestapo-Hauptquartier, ein Vorhof der Hölle, wie Henri zu sagen pflegte. Dort wütete SS-Obersturmbannführer Alois Brunner. Henri hatte ihr diesen grausamen Mann gezeigt, als er einmal mit seiner Eskorte über die Promenade des Anglais geschritten war; ein kleiner, krummbeiniger Mann mit listigen Augen und wulstigen Lippen.

Sie gingen zu der Metzgerei am Boulevard Gambetta. Vor der Tür des Ladens stand eine lange Schlange von Frauen. Schon vor ein paar Tagen hatte Charlotte hier fast zwei Stunden gewartet, um am Ende ein schmales Stück Schweinefleisch zu bekommen, das nur aus Fett und Knorpel bestand.

Die beiden Frauen stellten sich in die Schlange. Eine rundliche Kundin mit breitem Gesicht befand sich hinter ihnen und schimpfte vor sich hin, und ein paar Reihen vor ihnen schäkerten ein paar junge Frauen mit zwei deutschen Soldaten.

»Widerlich«, zischte die Dicke. »Widerliche Weibsbilder. Kollaborateurinnen. Wenn das alles hier vorbei ist, reiß ich ihnen die Haare aus.«

»Sie versuchen nur zu überleben«, meinte Francine. »So wie wir alle.«

»Überleben?« Die korpulente Frau spuckte aus. »Dass ich nicht lache! Die tun etwas mehr als das, wenn ihr mich fragt.« Sie musterte Francine und Charlotte. »Oder seid ihr auch solch leichte Mädchen? Steigt mit dem Feind ins Bett?«

Charlotte wollte etwas sagen, aber Francine legte ihr die Hand auf den Arm. »Lass es gut sein. Es lohnt sich nicht.«

Sie warteten, bis sie schließlich ihre kleinen Fleischstücke bekamen. Als sie sich auf den Heimweg machten, kreuzten sie einen Marktplatz. Ein paar französische Polizisten drängten dort gerade eine Gruppe Menschen zusammen, Männer und Frauen, ein paar Kinder, einige ältere Menschen. Sie alle trugen einen gelben Stern an ihrer Kleidung.

»Was tun sie da?« Charlotte blieb stehen.

»Komm, lass uns weitergehen. Das geht uns nichts an.« Francine zog sie am Ärmel, aber Charlotte riss sich los, ging ein paar Schritte auf die Gruppe zu.

»Was machen Sie da?«, fragte sie einen der Polizisten.

»Das sind Juden. Wir bringen sie zum Bahnhof. Sie hatten sich versteckt.«

Charlotte musste schlucken. Ihr war plötzlich schrecklich heiß. »Und von dort? Wo kommen sie dann hin?«

»Nach Drancy, in der Nähe von Paris. Ins Lager«, erwiderte der Polizist ungerührt. Er beäugte sie. »Warum wollen Sie das alles wissen? Sind Sie auch so ein Judenflittchen?« Er grinste anzüglich.

Im gleichen Augenblick versuchte ein kleiner Junge, aus der Gruppe auszubrechen, er duckte sich unter einem der Polizisten durch und verschwand hinter einer Hecke, flink wie ein Wiesel. Der Polizist, der eben noch mit Charlotte gesprochen hatte, lief ihm hinterher, hatte ihn kurz darauf eingeholt und zerrte ihn mit sich. Bevor er ihn wieder zu den anderen beförderte, schlug er ihm mit einem Knüppel in den Bauch, sodass sich der Junge vor Schmerzen zusammenkrümmte. Der Polizist trat noch einmal mit seinem Lederstiefel nach.

Nun hielt Charlotte nichts mehr. Sie ließ ihren Korb mit den Einkäufen fallen, rannte auf den Polizisten zu, zerrte an ihm, trommelte mit Fäusten auf ihn ein. Sie war wie von Sinnen, ihr Zorn war unbändig, und sie kam erst langsam zur Besinnung, als der Malträtierte sie packte und ihre Hände auf den Rücken drehte und zusammenband.

»Sie sind verhaftet, Fräulein«, sagte der Polizist barsch.

Sie versuchte, sich aus seinem festen Griff zu befreien, sah zu Francine, die hilflos zusah, wie Charlotte abgeführt wurde. Man brachte sie zu einem Polizeiwagen, und erst als sie auf dem Rücksitz saß, die Hände noch immer auf dem Rücken, wurde ihr bewusst, welche Dummheit sie begangen hatte. Henris Worte fielen ihr ein: *Eric ist leichtsinnig.*

Wie leichtsinnig war sie nur gewesen! Aber sie hatte es nicht ertragen können, diese Niedertracht, dieses bestialische Verhalten. Was für ein Mensch war sie, wenn sie tatenlos zusah, wenn so etwas passierte?

Sie wurde in das Polizeiquartier in der Rue Dabray gebracht, wo man sie sofort in eine Zelle verfrachtete. Ein paar barbusige Damen mit zu viel Lippenstift saßen schon dort und betrachteten sie abschätzig. »Schaust nicht aus wie eine von uns«, stellte eine der Frauen fest. Sie sog etwas Schnupftabak durch die Nase ein.

Charlotte ignorierte die Frauen und lehnte sich erschöpft an die Gitterstäbe. Henri würde sie für ihre Unbedachtheit verfluchen! Jetzt hatte sie die Polizei auf ihre Fährte gebracht. Wenn sie nun Nachforschungen anstellten, wenn jemand erführe, was Henri tat … Es war nicht auszudenken!

Die ganze Nacht saß sie in der Zelle, ohne dass etwas passierte. Erst am nächsten Morgen tauchte der Polizist auf, den sie angegriffen hatte, schloss die Tür auf und forderte sie auf, die Zelle zu verlassen. »Scheinst ein paar mächtige Freunde zu haben«, sagte er, als er sie nach draußen brachte. »Ich hätte mit dir noch so einiges anstellen können. Aber nun bist du frei. Schade eigentlich.« Er gab ihr einen Stoß, sodass sie unsanft auf dem Kopfsteinpflaster landete. Das Tageslicht war grell und blendete sie. Schnell rappelte sie sich auf, strich ihr Kleid glatt und wollte nach Hause gehen, als sie jemanden einige Meter entfernt auf dem Gehweg stehen sah.

»Aimée?«, rief sie und eilte auf ihre Freundin zu. »Was tust du hier?«

Aimée, die in ihrem eleganten Kleid und den Lackschuhen wie verkleidet wirkte, zerrte sie zur Seite. »Mach so etwas nie wieder.«

»Hast du mir geholfen?«

»Wer denn sonst? Francine kam zu mir und hat mir alles erzählt. Wer weiß, warum sie das getan hat, sie besucht mich ja sonst auch nie. Aber sie war ganz außer sich. Ich hab Frédéric gebeten, seine Kontakte spielen zu lassen. Ich schulde ihm jetzt etwas. Und das hab ich allein dir zu verdanken.«

»Er ist dein Ehemann. Du solltest ihm gar nichts schuldig sein«, blaffte Charlotte. Dann wurde sie ruhiger. »Dennoch danke ich dir, Aimée. Ich weiß, welche Überwindung es dich gekostet haben muss.« Sie ergriff die Hände ihrer Freundin.

»Sei vorsichtig, Charlotte. Bitte. Ich weiß nicht, ob ich so etwas noch einmal schaffe. Niemand kann euch dauerhaft schützen.« Tränen standen ihr in den Augen. Sie wischte sie fort, und für einen Moment kam wieder die alte Aimée zutage.

»Ich habe Luciens Vater getroffen«, erzählte Charlotte, um das Thema zu wechseln. »Ich soll dich von ihm grüßen.«

»Das ist nett. Ich wollte ihn schon so oft besuchen, aber seit Frédéric …«

»Schon gut, du musst mir nichts erklären. Pass aber auch auf dich auf, ja?«

Zum Abschied umarmten sie sich.

Bei Charlottes Heimkehr frühstückten Henri und Édouard. Henri hatte pochierte Eier gemacht, die Édouard mit großer Begeisterung in sich hineinschaufelte. Charlotte setzte sich zu ihnen und sah den beiden schweigend beim Essen zu.

»Wie war es bei Tante Julie?«, fragte irgendwann Édouard. »Papa sagt, sie ist krank.«

Charlotte warf Henri einen Blick zu, aber der konzentrierte sich auf seine Eier.

»Es geht ihr schon besser«, erklärte Charlotte schnell. »Nichts Ernstes. Aber ich wollte lieber über Nacht bei ihr bleiben.«

Édouard gab sich mit der Antwort zufrieden. Er schob sich einen Löffel goldgelben Eigelbs in den Mund und begann dann von einem Lehrer zu erzählen, der plötzlich nicht mehr unterrichtete. Charlotte konnte sich denken, was mit ihm geschehen war.

Als Édouard zur Schule aufgebrochen war, half Charlotte ihrem Mann, die Küche aufzuräumen. Die Stille zwischen ihnen war unerträglich.

»Ich weiß, was du sagen willst. Ich habe die ganze Nacht in dieser verdammten Zelle darüber nachgedacht, wie ich nur so dumm sein konnte.« Sie stützte sich auf die Arbeitsplatte, sie war so unsagbar müde, dass sie kaum aufrecht stehen konnte.

Er erwiderte nichts, doch als er sich zu ihr umdrehte, war sein Gesicht wutverzerrt.

»Tag und Nacht gebe ich alles, um unser Land zu befreien für ein sicheres Zuhause. Und du hättest mit deiner Aktion alles zunichtemachen können!« Die Adern an seinem Hals traten hervor, sein Gesicht war rot vor Zorn. Seine Faust donnerte auf den Tisch, und in diesem Moment brach alles in ihr zusammen. Sie ließ sich auf den kalten Küchenboden fallen, fing hemmungslos an zu schluchzen. Es dauerte nur wenige Sekunden, bis er bei ihr war, sie auffing.

»Es tut mir leid«, wiederholte sie immer wieder, und er bedeckte ihr Gesicht mit Küssen.

Später setzten sie sich wieder an den Tisch, und Henri erzählte, dass Francine am Abend zuvor zu ihm gekommen sei und ihm von der Verhaftung berichtet hätte. Er hätte es zunächst nicht glauben können. Natürlich wäre er am liebsten zum Polizeiquartier gegangen, aber es sei ihm klar gewesen, dass es nichts geändert hätte. Also blieb er bei Édouard und erklärte ihm, dass seine Mutter bei Julie sei.

»Ich hoffe so sehr, dass es kein Nachspiel hat.« Charlotte vergrub den Kopf in den Händen. »Dass sie uns nicht im Auge behalten, etwas erfahren von dem, was du tust.«

»Es wird schon keine Folgen haben. Eigentlich war das, was du getan hast, sehr mutig.«

»Mutig? Es war dämlich. Ich habe nicht eine Sekunde nachgedacht.«

»Manchmal ist das das einzig Richtige.« Henri strich ihr zärtlich über die Wange. »Du musst schrecklich erschöpft sein, du solltest dich ausruhen. Leg dich für einige Stunden hin. Ich kümmere mich um alles.«

»Nein, ich kann mich nicht ausruhen. Ich muss Sarah besuchen, so wie geplant.«

Er seufzte und stand auf. »Du störrisches Weib«, murmelte er.

Charlotte erreichte den Bauernhof in Èze mit ihrem Wagen am späten Nachmittag. Das Gehöft wirkte verlassen, zögernd betrat Charlotte den Schuppen. Sie fand Daria und Ari in ihm vor, die neben einem Heuballen saßen und Karten spielten. Charlotte zerriss es fast das Herz, als sie sie sah. Sie waren so dünn geworden, und am Körper trugen sie nur Lumpen. Zorn stieg in ihr auf. Sie wusste, dass die Bauern in dieser Gegend genug hatten – warum gab man ihnen nichts Vernünftiges zu essen? Sie nahm ihre Umhängetasche ab, in der sie Wurst, Käse und Brot verstaut hatte, alles von Madame Roux, die sie am Vormittag besucht hatte.

Die Kinder freuten sich über das Essen, und nachdem sie zwei dick belegte Scheiben Brot vertilgt hatten, erzählten sie Charlotte, dass ihre Eltern auf dem Feld arbeiteten. »Fast immer. Jeden Tag«, erzählte Daria. Sie hatte ein so liebliches Gesicht wie ihre Mutter, und sie war genauso sanft wie sie.

»Wo genau ist das? Könnt ihr es mir beschreiben?«

Ari nickte und zog sie mit seiner kleinen Hand mit sich, aus dem Schuppen heraus. Er zeigte auf einen schmalen Kiesweg, der sich am Haus vorbeischlängelte und schließlich in einem Acker verlor. »Du musst über das Feld laufen, dann weiter geradeaus, irgendwann kommst du zu einem Hochsitz, bei dem musst du nach links. Dann bist du da.« Er grinste stolz, weil er es so gut erklärt hatte.

»Das hast du sehr gut gemacht.« Sie ging in die Hocke. »Ich bin bald zurück. Du achtest auf deine Schwester, ja?«

»Aber sicher. Wie immer.«

Charlotte wartete kurz, bis Ari wieder im Schuppen verschwunden war. Dann machte sie sich auf den Weg. Sie erkannte die beiden schon von Weitem, sowohl Sarah als auch Leon hatten einen Spaten in der Hand. Charlotte konnte erkennen, dass sie entsetzlich dürr geworden waren. Als Sarah sie entdeckte, ließ sie ihren Spaten fallen und lief hastig auf sie zu.

Charlotte beschleunigte ebenso ihren Schritt, und schließlich konnten sie sich umarmen.

»Lass dich ansehen«, sagte Charlotte, als sie sich voneinander gelöst hatten. Sarahs Augen lagen tief in den Höhlen, ihre Haut war leicht gebräunt, aber zerfurcht, ihre Wangen waren eingefallen.

»Der Bauer behandelt euch schlecht«, stellte Charlotte fest. »Gibt er euch überhaupt etwas zu essen?«

Sarah nahm ihren zerbeulten Strohhut ab und ließ sich erschöpft auf den Acker fallen. Charlotte tat es ihr nach. Auch Leon hatte die beiden nun erreicht und setzte sich zu ihnen. Die Sonne schien auf sie herab, und Charlotte fragte sich, wie viele Stunden sie schon auf diesem Feld hatten verbringen müssen.

»Wenigstens ist es bislang gut gegangen«, sagte Leon matt. Auch er hatte seine stattliche Statur gänzlich verloren, war schmal geworden und sah ausgemergelt aus.

»Aber der Bauer kann euch doch nicht wie Sklaven behandeln!«, begehrte Charlotte auf. »Und er muss auch ausreichend für euch sorgen!«

»Wir geben das meiste den Kindern. Sie müssen durchhalten.«

»Aber ihr müsst es auch! Herrgott.« Charlotte war erzürnt, aber sie spürte, dass Sarah und Leon keine Energie mehr hatten, um erbittert zu sein. Sie wollten nur noch, dass sie wieder in Frieden leben konnten.

»Wir würden gern nach Palästina gehen«, sagte Sarah plötzlich. »Wenn das hier vorbei ist, wollen wir uns dort ein neues Leben aufbauen. Wir sprechen viel darüber. Freunde von Leon sind schon vor einigen Jahren dorthin aufgebrochen.« Sarah nahm die Hand ihres Mannes.

»Wir sind schon viel zu lange auf der Flucht. Haben viel zu viel Leid und Barbarei erfahren«, bestätigte er. »Aber manchmal haben wir das Gefühl, es nicht zu schaffen.«

»Ihr wollt zur Ruhe kommen, und das verstehe ich.« Charlotte zögerte. »Doch wenn euer Traum in Erfüllung gehen soll, dürft ihr nicht aufgeben.«

»Das ist nicht so einfach.« Sarah lachte spöttisch auf. Diese Art kannte Charlotte gar nicht an ihr.

»Henri und ich hören regelmäßig die BBC. Der bewaffnete Widerstand wird immer stärker, wir werden immer stärker! Und die Engländer, die Amerikaner, sie kämpfen für uns, für unsere Freiheit. Sie werden uns erlösen. Es ist nur eine Frage der Zeit.«

»Zeit? Wir haben keine Zeit«, murmelte Leon. »Unsere Kräfte schwinden von Tag zu Tag.« Sein Blick war leer, trostlos.

»Denkt daran, mehr und mehr Menschen lehnen sich auf. Ich war vor einigen Tagen in einem Kloster, die Ordensschwestern verstecken dort jüdische Kinder. Sie sind tapfer. Und ihr müsst es auch sein.« Charlottes Stimme war drängend.

Sarah schien jedoch etwas anderes zu interessieren. »Nonnen verstecken in ihrem Kloster jüdische Kinder?«

Charlotte nickte zerstreut. »Ja, das tun sie.«

Sarah packte sie auf einmal am Arm, ihr Griff war fest. »Kannst du Daria und Ari zu ihnen bringen? Bitte.«

Charlotte sah sie irritiert an. »Wie meinst du das?«

»Es geht ihnen hier nicht gut. Und wirklich sicher sind sie hier auch nicht. Ich habe Angst um sie.«

Leon sagte etwas auf Hebräisch zu Sarah, es klang aufgebracht. Anscheinend war er nicht glücklich darüber, dass sie nicht vorher mit ihm besprochen hatte, was die Kinder betraf.

Aber Sarah ließ sich nicht beirren. »In einem Kloster sind sie bestimmt viel besser aufgehoben als in dieser Scheune. Dort werden sie beschützt. Bitte, Charlotte. Daria und Ari müssen am Leben bleiben.«

»Aber ihr werdet das auch! Es hört sich an, als hättest du dich aufgegeben, Sarah.«

»Darum geht es nicht. Es geht um unsere Kinder. Ich würde alles für sie tun. Auch mein eigenes Leben für sie hergeben. Du würdest für Édouard das Gleiche tun, nicht wahr?«

»Ja. Und doch: Ihr seid eine Familie, ihr müsst zusammenbleiben.«

»Und wenn wir gefunden werden? Die Deutschen sind jetzt überall. Irgendwann werden sie uns auf die Schliche kommen.«

»Dann verstecken wir euch woanders!«

»Ach, Charlotte. Ich weiß, dass du es gut meinst. Dass du helfen willst. Aber du hast nicht das durchgemacht, was wir erlebt haben. Du wirst nicht seit Jahren gedemütigt, verfolgt, musstest nicht aus deinem eigenen Land fliehen.« Sarah weinte, ihr Gesicht war nass von Tränen, und sie machte keine Anstalten, sie fortzuwischen. »Bitte, rette meine Kinder«, flehte sie. Sie schaute zu Leon, der nun auch keine Gegenwehr mehr zeigte, sondern nur stumm ihre Hand nahm und Charlotte ebenso flehentlich ansah.

Charlotte zitterte. »Ja. Ich werde es tun. Aber nur, wenn ihr mir versprecht, dass ihr nicht aufgebt. Eure Kinder brauchen euch.«

Charlotte holte Daria und Ari ganz früh am nächsten Morgen, es war noch dunkel und neblig, als sie den Schuppen betrat. Sie hatte erwartet, dass die Kinder sich an ihre Eltern klammern, weinen, sich weigern würden, mit ihr zu gehen. Aber nichts von alledem geschah. Sie waren gefasst und ruhig, als Sarah sie leise weckte.

Charlotte wartete an dem offenen Scheunentor und sah immer wieder zum Haupthaus. Den Bauern würde es zwar wahrscheinlich kaum kümmern, ob die Kinder da wären oder nicht, denn als Arbeitskräfte konnte er sie ohnehin kaum gebrauchen. Trotzdem wollte sie ihm nicht in die Arme laufen.

Sarah und Leon umarmten Daria und Ari fest, küssten sie, flüsterten ihnen Dinge ins Ohr. Aus der Scheune roch es nach frischem Heu, und Charlotte dachte, dass die beiden diesen Geruch von nun an für immer mit Abschied und Schmerz verbinden werden.

»Nun geht«, hörte sie Sarah leise sagen, und Daria und Ari kamen auf Charlotte zu, sie trugen kleine Rucksäcke und am Leib vermutlich alle Kleidungsstücke, die sie besaßen.

Sie machte einen Schritt auf Sarah zu, erkannte schemenhaft, wie sie auf dem Boden kniete, die Hände vor das Gesicht geschlagen. Sie wollte sie trösten und wusste doch, dass es keinen Trost gab. Leon nahm seine Frau in den Arm, und das Leid, das beide erfüllte, war so spürbar, so nah, dass sie nach Luft ringen musste.

Schnell schob sie die Kinder den schmalen Weg hinunter zu der Ecke, wo sie das Auto abgestellt hatte. Es dämmerte schon, und sie setzte die beiden in den Wagen und fuhr rasch davon. Ohne Zwischenfälle erreichten sie Nizza, und Charlotte betete, dass sie nicht auf irgendeiner Straße kontrolliert werden würden. Im Rückspiegel beobachtete sie immer wieder Daria und Ari, die aufmerksam aus dem Fenster schauten. Die Geschwister waren so erstaunlich ruhig, dass Charlotte sich fragte, ob sie die Tragweite dessen, was gerade geschah, begriffen, oder ob Sarah und Leon ihnen etwas anderes erzählt hatten.

Schließlich erreichten sie das Kloster, und die von Charlotte zuvor informierte Ordensfrau erwartete sie schon.

»Ich komme euch bald besuchen«, sagte Charlotte zu Daria und Ari. »Ihr werdet es gut hier haben.«

Sie nickte der Schwester noch einmal dankbar zu, hastete dann nach draußen, denn niemand sollte ihre Verzweiflung bemerken. Erst als sie allein war, presste sie die Hände vor den Mund, um nicht laut zu schreien, sank an einer kalten Steinmauer zusammen. Sie konnte nicht begreifen, dass das Leben so etwas Furchtbares von einer Familie abverlangte. Dass sie auseinandergerissen, entzweit wurde. In welcher Welt war dies nur möglich?

Der Oktober hatte kalte Fallwinde aus dem Norden gebracht, sie waren heftig über das Hinterland gefegt, hatten die Wolken bis an den Horizont getrieben, wo sie sich zu Bergen aufgetürmt hatten. Auch hatten die Winde die Äste der Bäume niedergedrückt, als wollten sie sich vor dem Sturm wegducken. Charlotte saß am Fenster, sie war dabei, einen ihrer aufgetragenen Wollpullover an den Nähten aufzutrennen, sodass er noch einen Schal für Édouard ergab. Sie bemerkte nur am Rande, wie Henri ins Wohnzimmer trat, er ging auf leisen Sohlen, behutsam und vorsichtig.

Als sie sich umdrehte, brauchte er nichts zu sagen, denn sie wusste sofort, was passiert war. Sie wusste es, weil Sarah es auch gewusst hatte, es tief in ihrem Inneren gefühlt hatte. Nur Charlotte hatte es nicht wahrhaben wollen, hatte ihre Augen vor dem Grässlichen verschließen wollen.

»Was ist geschehen?«, wisperte sie.

Henri nahm sich einen Stuhl und setzte sich zu ihr. Er war dünn geworden, sein Gesicht grau, die Augen lagen tief in ihren Höhlen. Nur sein Blick war noch der gleiche, forsch und durchdringend. Sollte je dieses Feuer verschwinden, dachte sie, hat mein Mann aufgegeben.

»Es geht um Sarah und Leon. Die Gestapo hat ihr Versteck gefunden.« Er verstummte. Sie hielt den Atem an, wünschte, dass es nicht wahr wäre, dass er nicht weitersprechen, dass die Welt einfach stillstehen würde. »Wir hätten sie woanders hinbringen sollen. Dieser Bauer war ohnehin nicht gut zu ihnen«, fuhr Henri fort. »Du hattest wie immer recht, Charlotte.«

»Aber nun ist es zu spät«, flüsterte sie. Sie erschrak darüber, wie deprimiert ihre Stimme klang.

Henri sprang auf. »Sie haben sie auf dem Heuschober gefunden. Ich weiß nicht, wie sie davon erfahren haben. Die Gestapo hat sie mitgenommen. Und den Bauern haben sie ebenfalls verhaftet.«

»Wenigstens sind die Kinder in Sicherheit.« Der Schmerz war tief in ihrem Inneren, sie konnte noch nicht einmal weinen oder schreien.

Henri nahm wieder Platz und ihre Hand. »Wir wissen noch nicht mal, wo sie sind. Vielleicht sind sie in dem Sammellager in Drancy. Ich wünschte, ich könnte etwas tun, aber wir haben da keine Möglichkeiten.«

Sie entzog ihm ihre Hand. »Ich bin müde.« Sie sah ihre schöne tapfere Freundin Sarah vor sich, ihren Mann Leon. Sie hätte sie beschützen müssen. Ihr fiel ein, wie Sarah und Leon damals Édouard gefunden hatten, nachdem er weggelaufen war. »Ihr würdet für uns das Gleiche tun«, hatte Sarah gesagt. Doch das hatte Charlotte nicht. Sie hatte ihre Freundin im Stich gelassen.

»Ich möchte dich begleiten, Henri.«

Es war früher Morgen, dichter Nebel lag über dem Meer und der Küste, Regentropfen rannen in dicken Rinnsalen am Fenster hinab, und in der Küche war es klamm. Henri saß vor einer Tasse mit abgebrochenem Henkel, gefüllt mit Eichelkaffee. Er hatte darauf verzichtet, eine Öllampe anzuzünden, sodass sie ihn im Halbdunkel kaum sehen konnte. Sein Gesicht, das ihr hätte verraten können, was er von ihrer Bitte hielt, blieb ihr nahezu verborgen.

»Bitte, sag doch etwas, Henri.«

»Nein.« Er nahm einen Schluck von seinem Kaffee.

»Das ist nicht die Antwort, die ich mir erhofft habe.« Sie zog den Morgenmantel enger um ihre schmale Taille und wünschte, sie hätte warme Socken angezogen. Ihre Füße froren auf dem kühlen Holzfußboden.

»Aber es ist die einzige Antwort, die ich dir geben kann. Es ist zu gefährlich.«

»Das ist mir egal.«

»Aber warum jetzt?«

»Weil ich etwas tun muss, Henri! Ich kann nicht zulassen, dass dies alles um uns herum geschieht. Sarah …« Ihre Stimme versagte. »Ich kann es nicht ertragen, hier nur herumzusitzen und zu warten.«

Henri stand auf und packte sie an den Schultern. »Und Édouard? Denkst du auch an ihn? Was, wenn uns beiden etwas geschieht?«

Sie wand sich unter seinem festen Griff. »Ich würde es doch auch für ihn tun! Er soll mit dem Gefühl aufwachsen, dass seine Eltern alles für die Freiheit und die Gerechtigkeit getan haben. Wir müssen das machen! Wir müssen zusammen kämpfen. Und im Zweifel gemeinsam untergehen.« Ihre Stimme klang trotzig. »Und ich bin sowieso schon mittendrin! Verstecke Kinder, helfe Julie …«

»Aber was wird dann aus unserem Sohn, wenn wir erwischt werden?«

»Dann werden Étienne und Francine für ihn sorgen. Mein Entschluss steht fest. Wenn du mich nicht mitnimmst, werde ich mir was Eigenes suchen.«

Henri ließ sie los, kraftlos stand er plötzlich da, mit hängenden Schultern.

»Ich kann es dir nicht ausreden, nicht wahr?«

»Erfasst.«

»Aber du kannst mich heute nicht begleiten, beim besten Willen nicht. Doch es gibt etwas anderes, das du tun kannst.«

»Und was? Ich werde mich nicht mit irgendwelchem Kleinkram abspeisen lassen, damit das klar ist.«

Sie hörte sein kehliges Lachen, das sie so gut kannte. »So ist sie, meine Frau.« Er zog sie zu sich heran und küsste sie.

Henri hielt Wort. Zwei Tage später, nach zwei schlaflosen Nächten, in denen Charlotte an nichts anderes hatte denken können als an Sarah und wie sie an Henris Geburtstag die Marseillaise gesungen hatte, war es so weit.

»Du fährst morgen früh nach Nizza«, sagte Henri, als sie im Bett lagen. »Nimm den Bus um kurz nach sechs, nicht das Fahrrad, denn du wirst etwas transportieren müssen. Wenn du an dem Haus angekommen bist, klopfst du dreimal kurz, dreimal lang.«

»Welches Haus?«, fragte Charlotte.

»Die Adresse steht auf einem Stück Reispapier, das hinter dem dritten Bild der ›Liebenden von Nizza‹ versteckt ist. Wirst du erwischt, schluckst du es herunter. Verstanden?«

»Ja.« Ihr wurde plötzlich übel vor Angst. Und gleichzeitig breitete sich eine seltsame Ruhe in ihr aus.

»Wo wirst du sein, Henri?«

»Das musst du nicht wissen.« Er beugte sich zu ihr hinüber, sein Gesicht war ganz dicht über dem ihren. Sie drängte sich an ihn, spürte die Hitze seines Körpers, spürte sein Verlangen, und sie liebten sich so wie am ersten Tag, verzweifelt, hingebungsvoll und glücklich, in dem Wissen, dass sie zusammen sein würden, immer und überall, auch in der schwärzesten Nacht und in der größten Einsamkeit.

Charlotte stand um kurz nach fünf auf und schlich leise ins Wohnzimmer, um Henri und Édouard nicht zu wecken. Vorsichtig griff sie hinter das dritte Bild der »Liebenden von Nizza«. In der Holzleiste, in dem schmalen Spalt zwischen Rahmen und Verglasung, steckte ein Stück Papier aus durchscheinendem Material. Sie zog es heraus.

»Chemin de Rosemont 64« stand dort. Es war nicht Henris Handschrift, sondern wirkte eher, wie von einer Frau geschrieben. Sie nahm den Stadtplan von Nizza zur Hand und studierte ihn genau. Danach ging sie zurück ins Schlafzimmer, zog sich eine warme Stoffhose und einen Strickpullover über und steckte das Papier vorne in ihren Büstenhalter. Anschließend gab sie ihrem weiterhin schlafenden Mann einen Kuss auf die Stirn, und bevor sie das Haus verließ, warf sie einen Blick in Édouards Zimmer. Ihr Sohn schlief ebenfalls noch.

Die Straßen waren wie leer gefegt an diesem dunkelgrauen Morgen, trotzdem zog sie ihre Baskenmütze tief ins Gesicht und schlug den Kragen ihrer Jacke hoch, um nicht erkannt zu werden. In ihren Hosen und der derben Arbeiterjacke, die sie sich von Henri ausgeliehen hatte, konnte sie glatt als Mann durchgehen.

Der Bus, der dreimal am Tag über die Dörfer nach Nizza fuhr, war um diese Zeit fast so leer wie die Straßen. Nur einige Arbeiter saßen auf den klapprigen Sitzen, nahmen aber kaum Notiz von ihr.

Als der Bus die Endhaltestelle im Stadtzentrum erreichte, lief sie zu Fuß zum Chemin de Rosemont, der im Norden von Nizza, in Gairaut, lag. Die Straße, die eher ein schmaler Kieselpfad war, schlängelte sich in Serpentinen einen Hügel hinauf, und Charlotte begegnete niemandem außer einem Bauern mit einem Pferdewagen, der kurz grüßend die Hand hob. Es war noch immer dunkel und neblig, und je höher sie kam, desto mehr hatte sie das Gefühl, in die Wolken hinaufzusteigen.

Nach einer besonders steilen Kurve endete der Weg abrupt.

Charlotte stand vor dem letzten Haus der Straße, das etwas schief und krumm in die Landschaft gebaut war. Jemand hatte mit weißer Kreide eine »64« an die marode dunkle Hauswand gemalt, wie ein Mahnmal stachen die Zahlen durch den grauen Nebel. Das muss es sein, dachte sie atemlos. Sie verschnaufte kurz, bevor sie näher trat. Unkraut hatte den Vorgarten verwildert, der Zaun war moosbedeckt und verwittert. Sie öffnete die Pforte, die mit einem Knarren aufging, und bahnte sich einen Weg durch das Unkraut bis zur Haustür.

Sie klopfte dreimal kurz, dreimal lang, so wie Henri es ihr gesagt hatte. Zunächst regte sich nichts im Innern des Hauses, dann hörte sie ein schwerfälliges Schlurfen. Es kratzte an der Tür, und anschließend war dumpf die krächzende Stimme eines alten Mannes zu hören: »Ist ja schon gut, Lionel.«

Kurz darauf öffnete sich die Tür, und eine schwarze Katze huschte an ihr vorbei. Der Mann, der vor ihr stand, war ungefähr achtzig oder sogar älter. Er hatte ein schiefes Gesicht, als hätte jemand an der einen Seite gezogen, und seine Wangen hingen schlaff und runzelig herab.

»Kommen Sie, Charlotte, kommen Sie«, forderte er sie auf und winkte sie mit knochigen Fingern herein.

Sie trat über die Türschwelle, ein wenig verwundert, dass er ihren Namen kannte. Der Geruch von verbrannter Kohle und Zigarettenqualm stieg ihr in die Nase. Das Zimmer, in dem sie sich nun befand, war spartanisch eingerichtet, einzig mit einem alten Ofen, einem Holztisch mit zwei Stühlen sowie einem Bett ausgestattet.

Der alte Mann ging weiter, in ein Hinterzimmer, und Charlotte folgte ihm. Dort traute sie ihren Augen kaum. Eine große Druckerpresse aus Metall stand mitten im Raum, daneben lagen mehrere Stapel säuberlich zusammengelegter Zettel. Über der

Presse hing an einer Wäscheleine Papier, die Druckerschwärze glänzte noch feucht.

»Was ist das?«, fragte sie und versuchte, die Schrift auf dem Papier zu erkennen.

»Flugblätter«, antwortete er.

»Ich verstehe.«

»Normalerweise werden sie von unseren Freunden in Paris gedruckt, aber wir wollen auch unseren Beitrag leisten. Die Presse hat ein reicher Mann aus Marseille hierherbringen lassen, vor einigen Jahren schon. Er war mein Mittelsmann und hat die Flugblätter einmal im Monat abgeholt. Er war auf unserer Seite.« Der alte Mann hielt sich am Türrahmen fest. »Doch sie sind ihm auf die Schliche gekommen. Vergangene Woche haben sie ihn hingerichtet.«

»Oh.« Charlotte erschrak. »Das tut mir leid.«

»So ist das Leben.« Er zündete sich mit tabakgelben Fingern eine Zigarette an. »Ich bin übrigens Alain. Aber alle nennen mich Corbeau, die Krähe, wegen meiner krächzenden Stimme.« Er hustete. »Sie werden meinen Mittelsmann ersetzen, Charlotte. Sie bringen diese Flugblätter in die Rue des Ponchettes.«

»In den belebtesten Teil von Nizza? Ist das nicht gefährlich? Dort wimmelt es doch nur so von Fridolins.«

Alain oder Corbeau hustete wieder und stieß dabei so viel Zigarettenqualm aus, dass sein Gesicht für einen Moment hinter Nebelschwaden verschwand. »Fridolins … Ich merke, Sie sprechen schon unsere Sprache, nennen die Deutschen Fridolins … Machen Sie sich keine Sorgen. Wenn Sie jemand fragt, sagen Sie einfach, dass Sie Zeitungen austragen.«

»Das klingt nicht schwer«, erwiderte sie leichthin, aber bei dem Gedanken, mit Stapeln von Flugblättern über die Promenade des Anglais zu laufen, wurde ihr flau im Magen.

Er schien ihre Unsicherheit zu bemerken. »Hören Sie, Henri hat gesagt, wir können auf Sie zählen. Können wir das wirklich?«

»Natürlich. Ja. Natürlich.«

Ihre Antwort schien ihm zu genügen. »Die letzten Blätter müssen noch trocknen«, erklärte er. »Möchten Sie einen Tee?«

»Gern.« Sie kehrten zurück in das erste Zimmer, und Corbeau machte sich daran, über dem Ofen einen Kessel mit Wasser zu erhitzen. Dann reichte er Charlotte einen weiß-blauen Emaillebecher mit dampfender Flüssigkeit, und sie setzten sich an den Tisch. Die schwarze Katze, Lionel, war durch das geöffnete Fenster zurück ins Haus geschlüpft und rollte sich unter dem Tisch zusammen.

»Sie sind nicht aus der Gegend, nicht wahr?«

»Ich wohne in Villefranche«, antwortete sie zögerlich.

»Nein, nein.« Er machte eine ärgerliche Handbewegung. »Das meine ich nicht. Sie sind woanders geboren.«

»Ursprünglich stamme ich aus La Garde. Woher wussten Sie das?«

Corbeau griente. »Instinkt.« Er zog an seiner Zigarette. »Ich bin aus Straßburg. 1939 wurde die ganze Stadt evakuiert, zehn Monate lang durften wir nicht in unsere Wohnungen und Häuser. Wir sind bei Verwandten im Umland untergekommen. Und dann, nachdem die Deutschen Straßburg eingenommen hatten, durften nur noch Nichtjuden zurück. Wir Juden hatten plötzlich keine Heimat mehr.«

»Und was haben Sie dann gemacht?« Sie nahm einen Schluck von dem Tee und war überrascht, wie gut er schmeckte.

»Bei unseren Verwandten war kein Platz mehr für uns, die hatten selbst kaum etwas. Also sind meine Frau und ich zunächst nach Limoges gegangen, aber dort fanden wir weder Wohnung noch Arbeit. So sind wir weitergezogen, zusammen mit anderen

Flüchtlingen, mit nichts als unserer Kleidung, die wir am Leib trugen, und einigen wenigen Habseligkeiten. Aber nirgendwo wollte man uns. Meine Frau hat die Strapazen nicht ertragen, sie wurde krank und ist schließlich gestorben.« Er kräuselte die Stirn, als wolle er die Erinnerung daran nicht zulassen. »Hätte sie nur ein bisschen länger durchgehalten, hätte sie es mit mir bis nach Nizza geschafft. Hier habe ich Unterschlupf gefunden und mich dem Widerstand angeschlossen. Was hätte ich sonst tun sollen?«

»Es tut mir leid, dass Ihre Frau gestorben ist.«

»Und Sie, Charlotte? Sie haben einen Sohn, nicht wahr? Warum tun Sie das hier?«

»Weil es das Richtige ist«, antwortete sie, ohne zu zögern. »Weil es keinen anderen Weg gibt.«

»Soso.« Corbeau betrachtete sie misstrauisch, aber sie hielt seinem Blick stand.

»Die Blätter sollten gleich getrocknet sein.« Er stand auf. »Sie nehmen diesen Wagen.« Er deutete auf einen Handwagen aus Holz mit großen Rädern, auf dem eine löchrige graue Wolldecke lag. »Und hier sind ein paar Zeitungen vom heutigen Tag, mit denen die Flugblätter getarnt werden.« Er legte einen Packen frisch gedruckter Zeitungen auf die Decke.

Charlotte spürte, wie kalter Schweiß auf ihre Stirn trat. Sie hatte noch nie etwas derart Waghalsiges getan, und sie fragte sich, ob sie wirklich bereit dafür war. Aber es gab kein Zurück mehr.

»Hören Sie, Charlotte, es ist gefährlich, doch denken Sie immer daran, was Sie mir eben gesagt haben. Es ist das Richtige. Aber es ist ein Tanz auf dem Drahtseil, wenn Sie verstehen, was ich meine.«

»Ich weiß, was ich tue.«

Der Nebel hatte sich verzogen, und es war ein kühler, aber

sonniger Herbstmorgen geworden, als sie mit ihrem Wägelchen die Straße herunterlief. Sie war sich inzwischen darüber im Klaren, was von ihr verlangt wurde, und ihre Angst war verflogen. Sie konzentrierte sich auf ihre Aufgabe und versuchte, nicht an eine mögliche Entdeckung, sondern nur an die nächsten Schritte zu denken. Zunächst war das nicht schwer, denn sie lief durch immer noch verlassene Straßen, kaum jemand begegnete ihr. Doch dann, als sie sich der Innenstadt näherte, wurde es in den Straßen lebhafter.

Als sie auf die Promenade des Anglais bog, schauten einige junge Fischer nach ihr, einer zeigte auf sie und rief etwas, aber sie ging weiter geradeaus, ließ sich nicht beirren.

Es waren nur noch wenige Hundert Meter bis zu der Adresse in der Rue des Ponchettes, wo sie die Flugblätter abliefern sollte. Doch als sie das Straßenschild gerade passiert hatte und erleichtert aufatmen wollte, kam eine Gruppe Wehrmachtssoldaten aus einem der zahlreichen Lokale in dieser Gegend geschwankt und versperrte ihr den Weg. Drei große Männer, kräftig gebaut, mit roten Gesichtern und heller Haut. Auch ohne ihre feldgraue Uniform hätte man sie als Boches erkannt. Sie wollte sich an ihnen vorbeischlängeln, das war mit ihrem Wagen jedoch gar nicht so einfach, denn der Gehweg war an dieser Stelle schmal und bot höchstens Platz für zwei nebeneinandergehende Personen.

»Wo wollen Sie denn so schnell hin, Madame?«, rief einer der Männer in miserablem Französisch. Er stellte sich direkt vor sie, sodass sie nicht ausweichen konnte. Sie konnte seinen unangenehmen Alkoholatem riechen. Bier. Kurz sah sie zu ihm empor, um ihn zu betrachten. Der Mann unterschied sich nur durch seine auffällige breite Nase von den anderen, sonst hätten die drei auch Brüder sein können, so sehr ähnelten sie sich.

»Ich trage Zeitungen aus«, erklärte Charlotte schnell. Sie hatte den Blick wieder gesenkt, aus Furcht, dass auch nur das kleinste Zucken ihrer Wimpern sie verraten könnte.

Der breitnasige Soldat lachte und sagte etwas auf Deutsch zu seinen Kameraden, die daraufhin ebenfalls losbrüllten.

»Zeitungen?«, fragte er. »Hoffentlich nicht diesen französischen Schund, sondern gute deutsche Schriften.« Er hielt inne. »Oder vielleicht etwas Unanständiges?«

Die anderen beiden wieherten erneut.

»Also?« Der Breitnasige starrte Charlotte lauernd an.

»Es ist die *Pariser Zeitung*.«

»Dieses Drecksblatt?« Er schnaubte empört. Obwohl die *Pariser Zeitung* eine überregionale deutsche Besatzungszeitung war und ihr Inhalt kontrolliert wurde, mochten viele Deutsche sie nicht. Zu viel französischer Text – und dann auch noch dieser Kulturteil, in dem die französischen Künste bewundert wurden. Abscheulich.

Einer von den Kameraden rief etwas, das Charlotte so interpretierte, dass sie weitermüssten. Aber der Breitnasige war noch nicht fertig. Aus irgendeinem Grund schien er Gefallen an der Situation gefunden zu haben. »Vielleicht nehme ich mir eine der Zeitungen mit. Für unseren Obersturmbannführer. Als Wegezoll sozusagen. Dann dürfen Sie auch passieren, Madame.«

Charlotte spürte, dass sie zu zittern anfing. Sie musste ihren Körper wieder unter Kontrolle bringen, musste irgendetwas tun, etwas sagen, was ihn davon abhalten würde, in ihren Wagen zu schauen. Aber es wollte ihr so schnell nichts einfallen.

Plötzlich kam jemand auf sie zu. Er drängelte sich an den Deutschen vorbei und hielt dann unmittelbar vor ihr. Pierre Sauvage. Das hatte ihr gerade noch gefehlt. Er zwinkerte ihr verschwörerisch zu.

»*Mon chéri!*«, rief er dann in erschreckender Lautstärke. »Endlich habe ich dich gefunden!« Er legte seine Hände auf ihre Hüften und begann sie leidenschaftlich zu küssen. Es geschah so schnell, dass sie erst gar nichts begriff. Als sie seine wulstigen Lippen spürte, wollte sie ihn im ersten Moment wegstoßen, ihn anspucken, ihm eine Ohrfeige verpassen. Doch sie tat es nicht. Sie ließ es geschehen, es war ihre einzige Chance.

»Die Franzosen! Nichts als Vergnügen im Sinn«, rief der Breitnasige, und seine Kameraden lachten abermals bierselig.

Dann registrierte sie aus den Augenwinkeln, dass die Deutschen abzogen, langsam und torkelnd machten sie sich von dannen. Sie schob Pierre von sich weg und wischte sich unwillkürlich mit dem Handrücken über den Mund. Ihr war übel, und sie hätte sich fast auf der Stelle übergeben. Aber er hatte sie gerettet.

»Danke«, presste sie hervor und widerstand dem Impuls, mit geballten Fäusten auf ihn loszugehen.

»Ich hatte das Gefühl, dass diese Männer dich belästigen. Da muss ein Mann wie ich doch zu Hilfe kommen.« Sein Blick ruhte auf ihr, als wollte er herausfinden, ob sie etwas zu verheimlichen hatte.

»Ja, diese Soldaten können manchmal lästig sein«, bemerkte sie.

»Ich wusste gar nicht, dass du Zeitungen austrägst.« Pierre umrundete ihren Wagen, begutachtete die Zeitungen durch die Holzstreben, hob aber die Decke nicht an.

»Ich verdiene mir ein bisschen was dazu«, erklärte sie rasch. »Es ist momentan nicht gerade einfach.«

Pierre sah sie wieder prüfend an. »Ein Mann, der seine Frau arbeiten lässt, ist kein richtiger Mann, Charlotte. Bei mir müsstest du das nicht.«

Sie rang sich ein Lächeln ab. »Ich mache das gern. Aber nun muss ich wirklich weiter, Pierre.«

Er schaute auf eine edel glänzende Armbanduhr. Wie kann er sich nur eine solch teure Uhr leisten? Und wieso hat er sie noch nicht versetzt?, schoss es ihr durch den Kopf. Aber das konnte ihr letztlich auch egal sein. Sie wollte nur schnell fort von hier.

Pierres Misstrauen wuchs. »Es ist schon neun. Die meisten Leute vermissen ihre Zeitungen bestimmt schon.«

»Deshalb muss ich mich auch beeilen. Auf Wiedersehen, Pierre.« Sie schob sich mit ihrem Wagen an ihm vorbei und sah zu, dass sie von ihm wegkam. Zum Glück folgte er ihr nicht.

Endlich stand sie vor dem besagten Eingang in der Rue des Ponchettes. Nachdem sie zweimal an der stuckverzierten Haustür geklopft hatte, öffnete ihr eine Frau. Sie trug ein eng anliegendes Kostüm und Pumps und war perfekt geschminkt. Charlotte wurde nervös. Das konnte unmöglich die richtige Adresse sein!

»Entschuldigung, ich glaube, ich bin hier falsch«, stammelte sie und wollte sich zum Gehen wenden. Doch die gepflegt aussehende Dame hielt sie am Arm fest.

»Sie haben eine Lieferung für uns?«

»Ähm … Ja. Eine Lieferung«, bestätigte Charlotte. »Von Corbeau.«

Die Frau schlug die Augen nieder, eine stumme Bestätigung. Sie öffnete die Tür und ließ Charlotte mit ihrem Wägelchen eintreten.

In dem lichtdurchfluteten Raum mit Vorhängen aus durchsichtiger Seide und hellen Möbeln saßen einige Frauen um einen großen runden Tisch. Mehrere Stapel Flugblätter lagen vor ihnen, die sie sortierten. Alle waren elegant gekleidet, ihre Beine steckten in Seidenstrümpfen. Charlotte fragte sich, woher sie diese wohl haben mochten. Sie waren schick frisiert, und wenn sie sich nicht täuschte, trugen einige von ihnen sogar Lidschatten. Welch seltsamer Anblick in diesen Zeiten.

»Du kannst dich zu Vianne setzen«, erklärte die Frau, die Charlotte hereingelassen hatte, und deutete auf einen freien Platz neben einer brünetten Frau in einer rotgoldenen Rüschenbluse, die ihr freundlich zulächelte. Auch die anderen am Tisch registrierten mit einem Lächeln oder einem anerkennenden Nicken ihre Ankunft, ließen sich dadurch aber nicht von der Arbeit abhalten. Routiniert stellten sie weiter die Flugblätter zusammen, und für einen Augenblick beobachtete Charlotte sie nur und fragte sich, was diese Frauen hierhergebracht hatte.

»Wir ordnen die Flugblätter so«, erklärte Vianne, »dass sie später in unterschiedlichen Départements, an Universitäten oder auf Marktplätzen verteilt werden können. Soll ich dir zeigen, welche Blätter wohin gehören?« Vianne hatte ein apartes Gesicht mit ein paar Sommersprossen auf der Nase, alle schienen sich hier zu duzen.

»Gern.« Charlotte strich sich über die verschwitzte Stirn. Neben all den feinen Damen kam sie sich in ihren derben Hosen und dem Männerhemd etwas fehl am Platz vor.

Vianne zeigte ihr, was sie tun musste, und sie hatte schnell begriffen, worum es ging. Obwohl alle schweigend ihre Arbeit verrichteten, traute sich Charlotte irgendwann, sich zu ihrer Nachbarin hinüberzubeugen und zu fragen: »Wie kommt es, dass ihr das hier einfach so mitten in Nizza machen könnt? Habt ihr keine Angst, entdeckt zu werden?«

Vianne schmunzelte. »Nein«, antwortete sie dann im Flüsterton. Ein paar der Frauen schauten zu ihnen herüber. Anscheinend war es tatsächlich nicht üblich, sich bei dieser Tätigkeit zu unterhalten. »Unsere Männer sind im Krieg oder mussten zum Arbeitseinsatz nach Deutschland. Anfangs haben wir Frauen uns immer sonntags zum Backen und Stricken getroffen, hier in der Wohnung von Danielle.« Sie deutete mit dem Kopf auf die

Person, die Charlotte hereingebeten hatte und nun inmitten der anderen Frauen saß. »Aber irgendwann wurde uns klar, dass wir etwas tun müssen, dass es uns nicht reicht, nur herumzusitzen und auf die Heimkehr unserer Männer zu warten«, fuhr Vianne fort. »Danielle hatte Kontakt zu einem Mann, der in den Untergrund gegangen ist, und hatte gehört, dass sie Hilfe beim Sortieren und Verteilen von Flugblättern und Schriften brauchen. Und so haben wir uns entschlossen, unsere Kaffeekränzchen etwas zu verändern. Niemand rechnet damit, dass hier, mitten in Nizza, so etwas geschieht. Niemand kontrolliert uns oder schöpft Verdacht. Aber natürlich nur, solange wir alle verschwiegen sind wie ein Grab.«

»Ich dachte immer, ich sei die einzige Frau, die so denkt«, murmelte Charlotte. Was für eine Erleichterung zu sehen, wie viele diesen gefährlichen Weg gingen.

Später, im Laufe des Nachmittags, während sie sich eine Pause und einige selbst gebackene Croissants gönnten – man müsse ja den Schein wahren, wie Vianne augenzwinkernd bemerkte –, unterhielt Charlotte sich noch mit einigen anderen Frauen und erfuhr, dass die meisten ihrer Männer in gehobenen Stellungen gearbeitet hatten, dass dies ihnen, den Frauen, jedoch nichts gebracht hatte. Sie waren auf sich gestellt, so wie alle anderen Frauen in Frankreich. Fast alle hatten Kinder und die gleichen Sorgen wie sie selbst. »Wir halten zusammen, das ist das Wichtigste«, erklärte Emma, eine junge Frau mit einem hellen Teint und üppigem karamellfarbenem Haar.

Als die Sonne langsam hinter den Bergen verschwand und das Zimmer in ein schummriges Licht tauchte, sagte Danielle: »Schluss für heute. Morgen werden unsere Leute die Flugblätter verteilen.« Danielle war offenbar so etwas wie die Wortführerin der Gruppe.

Als Charlotte zu ihr trat, um sich zu verabschieden, legte Danielle ihr eine Hand auf die Schulter, eine mütterliche Geste, die aber trotz des geringen Altersunterschieds zwischen den beiden Frauen nicht seltsam wirkte. »Du hast heute Großes geleistet, Charlotte. Wir sind dir sehr dankbar.«

»Ich bin froh, alle diese Frauen kennengelernt zu haben«, erwiderte Charlotte. »Vielleicht sehen wir uns ja wieder?«

Danielle lächelte wissend. »Man trifft sich immer zweimal im Leben.«

Charlotte fand Henri und Édouard im Garten vor. Sie wunderte sich kaum darüber, denn es kam oft vor, dass die beiden bei Wind und Wetter abends draußen saßen und sich unterhielten. Édouard erzählte seinem Vater von der Schule, seinen Freunden und den Dingen, die er auf der Straße erlebte. Sie mochte es, am Fenster zu stehen und zu beobachten, wie die beiden miteinander redeten, wie Henri seinem Sohn ab und zu die Hand auf die Schulter legte oder sie verschwörerisch die Köpfe zusammensteckten.

»Na, ihr zwei.« Sie trat auf die Terrasse und setzte sich zu ihnen. Henri und sie tauschten stumm einen Blick, der verriet, dass alles glatt gelaufen war. Ihr Mann war niemand, der sich zu viele Sorgen machte. Er war der Meinung, dass die Dinge so kamen, wie sie kamen, und dass man sie dann auch nicht mehr ändern konnte.

»Na du«, erwiderte Édouard ihren Gruß.

Ihr Sohn wuchs zu einem jungen Mann heran, seine Gesichtszüge wurden markanter, die Oberarme kräftiger, und ein kleiner Flaum hatte sich auf seiner Oberlippe gebildet. Er besaß das Charisma seines Vaters. Charlotte hatte das Gefühl, dass er auf der Suche nach seinem eigenen Weg war, nach einem Kompass, der ihn lenkte, und sie wünschte, er würde begreifen, dass dies Zeit brauchte, dass das Leben sich entwickelte, dass man reifte und irgendwann Dinge verstand, die einen früher verwirrt hatten. Und dass man schließlich wusste, wohin die Reise einen führen würde.

»Wir haben gerade über dich gesprochen«, sagte Henri.

»Aha? Ich hoffe, nur Gutes.«

»Natürlich, Maman! Papa hat erzählt, wie ihr euch kennengelernt habt, damals, als du Kriegskrankenschwester warst und er Soldat. Er meinte, du sahst in deiner weißen Schwesterntracht aus wie ein Engel.«

»Puh, das ist Jahrhunderte her!« Sie lachte.

»Und dass du schon damals sehr mutig warst. Mutiger als viele andere.«

Charlotte und Henri wechselten erneut einen Blick, und Charlotte musste an das denken, was sie in den letzten Stunden erlebt hatte.

»Ich wünschte, ich wäre auch mutiger«, bemerkte Édouard leise. »Wenn die Jungs in der Schule schwächere Kinder hänseln, würde ich gern dazwischengehen, aber ich traue mich nicht. Olivier ist da ganz anders. Er schlägt die anderen in die Flucht, und niemand traut sich, sich ihm entgegenzustellen.«

»Man kann auch auf andere Weise mutig sein, Édouard«, beruhigte Henri ihn. »Du wirst deine Stärken noch herausfinden. Als ich in deinem Alter war, habe ich nur Blödsinn angestellt. Erst der Große Krieg hat mich verändert. Und doch wünsche ich mir jeden Tag, ihn nicht erlebt zu haben. Damit zurechtzukommen ist schwer.«

Sie schwiegen. Es war inzwischen fast dunkel auf der Terrasse, die Bäume und Sträucher des Gartens warfen Schatten, Kälte zog auf.

»Wir sollten hineingehen«, meinte Charlotte. Sie spürte, wie sich langsam eine tiefe Erschöpfung in ihr breitmachte. Sie sehnte sich danach, tief und fest zu schlafen.

Als sie neben Henri im Bett lag, erwartete sie seine Fragen, dachte, dass er wissen wollte, wie es gewesen war, welche Menschen sie getroffen hatte, ob sie in Gefahr gewesen sei. Aber er blieb stumm. Er nahm nur ihre Hand und legte sie auf seine Brust, sodass sie seinen Herzschlag spürte.

KAPITEL XIX

Nizza, Mai 2019

Nach dem Besuch der Ausstellung entschloss ich mich, nicht sofort wieder in die Pension zu gehen, sondern einen Abstecher zum Hafen zu machen. Den Anleger mit den Jachten ließ ich links liegen und spazierte zu einem kleineren Pier, wo die in die Jahre gekommenen Fischkutter anlegten.

Laut und fröhlich ging es dort zu, ein paar Fischer in Anglerhosen waren gerade von ihrer Fahrt zurückgekehrt, Doraden und Thunfische mit glasigen Augen wurden über die Reling aus grünen Netzen in große Bottiche an Land geworfen. Es roch nach Seetang und Algen. Ich blieb stehen und beobachtete die Männer mit ihren von Wind und Sonne gegerbten Gesichtern und den kräftigen Händen. Einer von ihnen zeigte plötzlich auf mich, und die anderen lachten daraufhin. Schnell ging ich weiter.

Irgendwann kam ich zu einer Bank, setzte mich und schaute aufs Meer. Lara und ich waren früher oft am Meer gewesen, nicht nur als Kinder. Auch später saßen wir manchmal stundenlang am Strand oder auf einer Düne, beobachteten die Wellen, verfolgten, wie aus Ebbe Flut wurde oder umgekehrt. Lara liebte besonders die Ruhe am Wasser, was ich gar nicht verstand, denn eigentlich war sie viel lauter als ich, war sie diejenige, die ständig Trubel um sich herum brauchte. Doch manches, was in ihr vorging, blieb selbst für mich verborgen.

Mir fiel ein, wie wir einmal zusammen auf Sylt waren, in Rantum. Es war ein warmer Sommerabend, wir tranken Wein aus

Pappbechern und sahen zu, wie der Tag über dem Meer in eine laue Nacht überging. Lara hatte gerade eine komplizierte Beziehung, wie sie es nannte, und wirkte auf mich in sich gekehrter als sonst. Sie war von der nordischen Mythologie fasziniert und sagte: »Rantum bedeutet ›Heim der Ran‹.« Ran sei die germanische Göttin der Meere, halb Fisch, halb Mensch, und spiegele die wechselnden Stimmungen des Ozeans wider, erklärte sie. »Früher haben die Menschen geglaubt, dass Ran dabei helfen kann, verborgene Seelenkräfte zu erkennen und zu nutzen. Aber dafür musste man bereit sein, tief zu tauchen. Tief hinunter in die eigene Seele. Und wer möchte das schon?«

Ich musste nun lächeln, als ich an Laras Worte dachte. Denn damals war mir die Bedeutung dessen, was sie gesagt hatte, nicht bewusst gewesen. Wie schwer es wirklich war, tief in die eigene Seele hinabzutauchen, das Verborgene in einem zu finden und damit umzugehen. Waren Édouards Eltern dazu bereit gewesen? Hatten sie sich tief in ihrem Inneren für einen Kampf gegen die Ungerechtigkeit entschieden? Einen Kampf, bei dem sie ihr eigenes Leben aufs Spiel setzten?

Ich stand auf und machte mich langsam auf den Weg zurück zur Pension. Es war seltsam, aber dieser Fall war so viel mehr als eine Geschichte über einen Kunstraub. Er verlangte von mir, dass ich mich meinem Schmerz stellte, vor dem ich seit zwei Jahren davonlief. Das Verborgene war bei mir der Schmerz, den ich in den Tiefen meiner Seele gefunden hatte.

Ich erreichte die Pension, wo mich Camille im Hausflur abfing. Sie sagte, im Innenhof würde jemand auf mich warten, eine Frau, deren Namen sie nicht richtig verstanden habe. Ich schaute sie irritiert an. Hier in der Gegend kannte ich doch niemanden.

Doch als ich in den Innenhof kam und erkannte, wer dort an einem der Tische saß, machte mein Herz einen großen Sprung.

»Mynte!« Ich umarmte sie. Mynte Krogh-Frandsen war eine Freundin seit mehr als zwanzig Jahren. Mein Großvater Enno hatte sie über ein Kunstraub-Forum kennengelernt, das war, als das Internet noch etwas Neues, Kompliziertes war. Aber Enno hatte immer alles gegeben, um so viel wie möglich über die Fälle, die er verfolgte, herauszubekommen. Mynte war eine passionierte Kunsthändlerin, kannte Gott und die Welt und hatte mir schon oft helfen können, gerade weil ihr das ein oder andere Mal Raubkunst angeboten worden war.

»Was machst du denn hier?«, fragte ich, immer noch verblüfft, sie zu sehen.

Mynte schüttelte lachend den Kopf. Sie war um die sechzig, wirkte aber viel jünger mit ihren kurzen, pfiffig geschnittenen Haaren und in ihrem sportlichen Outfit, das aus Jeans, T-Shirt und Sneakers bestand. »Ich war zufällig in der Gegend«, erklärte sie in ihrem akzentfreien Deutsch.

»Das glaube ich dir nicht!«

»Na schön. Als ich deine Nachricht erhielt, wo du bist und was du machst, wurde ich neugierig.«

»Und da setzt du dich mal eben in den Flieger und kommst nach Nizza?«

Mynte zog die Schultern hoch. »Kopenhagen ist schrecklich eintönig auf die Dauer. Ein Tapetenwechsel weckt die Lebensgeister! Und der Kunstmarkt hier ist so unglaublich spannend. Aber nun erzähl mal. Wie ist der Stand der Dinge?«

Ich fasste in ein paar Sätzen zusammen, was Adam und ich bislang herausgefunden hatten.

»Ihr braucht dringend einen Durchbruch«, stellte Mynte resolut fest. »Wie sieht es mit älteren Herkunftsnachweisen aus? Ich meine, vor der Enteignung durch die Nazis?«

»Wir haben da nichts gefunden. Anfang der Dreißigerjahre

hingen ›Die Liebenden von Nizza‹ ja noch als Leihgabe in einigen Museen, unter anderem im Louvre. Dann hat Jean-Paul Girard sie wieder an sich genommen und schließlich Édouards Eltern geschenkt. Von dem dritten Bild fehlt nach wie vor jede Spur. Das macht mich ganz verrückt.«

Mynte sah aus, als würde sie angestrengt nachdenken, eine tiefe Falte bildete sich auf ihrer Stirn. »Vielleicht gibt es ja Zeugen.«

»Was denn für Zeugen?«

»Na jemand, der bezeugen kann, dass Girard die Bilder an Édouards Eltern verschenkt hat.«

»Édouard selbst war nicht Zuhause. Er wäre als Zeuge wohl auch kaum geeignet. Und ich befürchte, jemand anders war nicht dabei. Es ist ja auch immerhin schon fast achtzig Jahre her. Jemand, der sich daran erinnern könnte, wäre kaum noch am Leben.«

»Und Aufzeichnungen?«

»Ich habe Girards Notizbuch. Aber das wird vor Gericht kaum als Beweis gewertet.«

Mynte lehnte sich zurück. »Vielleicht kann ich helfen. Zumindest, was das dritte Bild angeht.«

»Aber wie?«

»Weißt du noch, wie Enno und ich damals den ›Goldenen Reiter‹ gefunden haben?«

Ich überlegte kurz. »Du meinst das Gemälde, das ihr über diesen Kunstvermittler gefunden habt, der dir das Bild zum Kauf angeboten hat?«

»Richtig! Ich habe Kontakte in Frankreich. Vielleicht war das Bild ja schon mal auf dem Markt! Ich könnte mich auf jeden Fall umhören.«

»Mynte, das wäre großartig.« Auf sie war Verlass. Dass das Bild bei jemandem war, der sich auf dem Markt auskannte und es anbieten würde, bezweifelte ich zwar, aber einen Versuch war es wert.

»Und wo ist nun dieser hinreißende Anwalt, von dem du geschrieben hast?«, fragte Mynte.

»Der muss arbeiten«, erklärte ich schnell.

»Aha.« Sie zog wissend die Augenbrauen hoch. Dann nahm sie plötzlich meine Hand. »Wie geht es dir, Romy? Ich finde es toll, dass du wieder arbeitest. Ehrlich.«

»Es fühlt sich gut an. Besser, als ich dachte.«

»Enno hat immer gesagt, auch eine Reise von tausend Kilometern beginnt mit dem ersten Schritt.«

Ich musste lächeln. »Er hatte für jede Situation den passenden Spruch parat.«

»Und selbst eine Reise zurück ins Leben beginnt mit einem Schritt. Sei nicht ungeduldig mit dir. Die Trauer kommt in Wellen, ich kenne das. Es gibt Tage, da fühlt man sich besser, da scheint es, als ob das Leben weitergeht. Und dann trifft es einen wieder mit voller Wucht. Als meine Liv damals starb …« Mynte wurde traurig. Ihre Lebensgefährtin Liv war vor zehn Jahren nach langer Krankheit gestorben, und ich erinnerte mich noch gut an die Beerdigung, an die Finsternis, die sich über Myntes Leben gelegt hatte.

Ich drückte ihre Hand. »Wir schaffen das schon, Mynte. Wir sind doch wie die Kriegerinnen auf dem Gemälde ›Kampf der Amazonen‹ von Johann Georg Platzer.«

Nachdem Mynte sich verabschiedet – sie wollte noch ein paar alte Freunde treffen und sich dann wieder melden – und ich meine Mutter angerufen hatte, um ihr zum Geburtstag zu gratulieren, rang ich mich dazu durch, Adam einen Besuch abzustatten. Ich fühlte mich noch immer nicht wohl in seiner Gegenwart, aber ich durfte nicht zulassen, dass meine Gefühle unseren Auftrag gefährdeten. Viel zu lang stocherten wir schon im Trüben.

Zaghaft klopfte ich an seine Zimmertür, aus dem Inneren drang leise Musik. Es dauerte nur einige Sekunden, bis er öffnete.

»Romy.« Er klang weder überrascht noch erfreut oder verärgert, es war eher eine neutrale Feststellung.

»Können wir reden?«, fragte ich.

»Lass uns nach unten gehen.« Er schnappte sich seine Jacke und zog die Tür hinter sich zu. Das Café im Innenhof war inzwischen geschlossen, also suchten wir ein Bistro zwei Häuserblocks weiter auf. Auf dem Weg dorthin sprachen wir kaum, und ich fühlte mich immer unbehaglicher. Adam schien es ähnlich zu gehen, er starrte vor sich hin und wirkte gehetzt.

Als wir endlich an einem kleinen Tisch auf der zugigen Terrasse saßen, erklärte er: »Hör zu, Romy, wir müssen Gas geben. Die Kanzlei macht mir Druck. Sie wollen Ergebnisse sehen.«

»Das kann ich verstehen. Ich wünschte, ich könnte dir sagen, dass ich eine heiße Spur verfolge, aber dem ist leider nicht so. Nichts ergibt Sinn in diesem Fall.«

»Ich weiß.« Adam schien gestresst. Ich konnte mir vorstellen, wie es in ihm aussah. Misserfolge machten einen ganz wahnsinnig, vor allem, wenn man glaubte, sich in einer Sackgasse zu befinden.

Adam zündete sich eine Zigarette an.

»Du rauchst?«, fragte ich überrascht.

Er zuckte mit den Schultern und blies den Rauch in die Luft. »Ab und zu. Nicht oft.«

»Du erinnerst mich an Jean-Paul Belmondo in *Angst über der Stadt*.« Ich schnappte mir seine Zigarette, nahm einen Zug und musste fürchterlich husten.

Adam nahm mir die Zigarette aus der Hand. »Rauchen ist ungesund«, stellte er fest und zerdrückte sie energisch im Aschenbecher.

Um ihn und mich zumindest ein bisschen aufzumuntern, erzählte ich ihm von Mynte und dass sie uns helfen wolle. »Sie ist eine der besten Kunsthändlerinnen, die ich kenne. Vielleicht kommen wir so weiter.«

»Möglich.« Adam sah mich plötzlich auf ganz andere Art und Weise an. »Lass uns wegfahren.«

»Wegfahren?«

»Abhauen, wegfahren, auf andere Gedanken kommen.«

»Aber ...« Jetzt verstand ich gar nichts mehr. »Was ist mit dem Fall?«

»Der läuft uns nicht weg.«

»Vor einer Minute hast du gesagt, dass wir Gas geben müssen. Du sprichst in Rätseln.«

»Wenn man mit einer Sache nicht weiterkommt, muss man etwas anderes erleben. Kennst du das nicht? Es wäre ja nur für ein, zwei Tage. Danach sehen wir vielleicht klarer.«

Ich war noch immer verwirrt. »Und was ist mit ... uns? Ich meine, ich dachte, du wolltest nicht ...«, stotterte ich.

»Ja, das dachte ich auch. Ich war verletzt, weil du anscheinend keine Chance für uns siehst. Doch ich kann nicht leugnen, dass ich dich mag, Romy. Lass uns nicht so viel nachdenken und einfach schauen, was die Zeit bringt. In Ordnung?«

Trotz meiner Verwunderung gab ich mir einen Ruck. »Na schön. Ich bin dabei. Und wo soll es hingehen?«

Adam zwinkerte mir zu. »Das ist eine Überraschung.«

Am nächsten Morgen ging es Richtung Marseille. Adam hatte gesagt, ich bräuchte lediglich ein paar Strandklamotten, mehr wäre nicht nötig, also hatte ich nur eine kleine Reisetasche gepackt. Er wirkte glücklich, wie er über die Landstraße brauste. Seine Haut war gebräunt, und als ich ihn ansah, spürte ich, dass ich ihn irgendwie aufregend fand. Ich muss verrückt geworden sein, dachte ich. Wie unprofessionell, einfach meinen Job im Stich zu lassen und wegzufahren, und dann auch noch mit dem Anwalt, mit dem ich zusammenarbeiten sollte und der seit Tagen kaum mit mir gesprochen hatte, weil es kompliziert zwischen uns geworden war.

Ich kramte mein Handy aus der Tasche, um zu sehen, ob ich eine Nachricht von Mynte oder sonst jemandem hatte. Das würde mein schlechtes Gewissen zumindest ein bisschen beruhigen. Aber als Adam bemerkte, was ich tat, griff er nach meinem Telefon und warf es auf den Rücksitz.

»Hey!«, protestierte ich. »Was soll das?«

Adam lachte. »Kein Kontakt zur Außenwelt! Da, wo wir hinfahren, haben wir sowieso keinen Empfang.«

»Ich fühle mich, als hättest du mich gekidnappt«, stellte ich etwas mürrisch fest. »Darf ich wenigstens erfahren, wo es hingeht?«

»Nö.« Adam schien das alles sehr lustig zu finden.

Wir fuhren noch eine Weile am Meer entlang, bis er abbog. Er parkte den Wagen auf einem sandigen Parkplatz unter einer Korkeiche, und wir stiegen aus.

»Von hier aus müssen wir laufen«, sagte er.

Ich nahm meine Tasche und folgte ihm auf einem schmalem Kiesweg Richtung Meer. Was sich kurz darauf vor uns auftat, war so schön, dass ich stehen bleiben musste, um die ganze Pracht dieser einzigartigen Natur zu bewundern.

Ein steilwandiger Kücsteneinschnitt mit türkisblauem Wasser, das so klar war, dass man glaubte, bis auf den Meeresgrund sehen zu können, lag vor uns. Raue, schroffe Kalksteinfelsen thronten vor der Küste und standen in einem krassen Kontrast zu dem lieblich wirkenden Meer, das sie umspülte.

»Das sind die Calanques.« Adam war neben mich getreten. Seine Stimme hatte etwas Ehrfürchtiges. »Sie erinnern mich immer an skandinavische Fjorde.«

»Es ist wunderschön.«

Wir setzten unseren Weg fort, kletterten über einige Felsvorsprünge und erreichten schließlich ein winziges Fischerhaus. Eigentlich war es mehr eine Hütte, die oberhalb der Bucht direkt in die Klippen gebaut worden war. Adam schloss die Tür auf und musste beim Eintreten den Kopf einziehen, weil die Decke zu niedrig war. Neugierig schloss ich mich ihm an. Es befand sich nur das Nötigste im Innern, ein Bett, ein Schrank, eine kleine Spüle, ein Herd mit zwei Kochplatten.

Adam drehte sich zu mir um. Er wirkte unsicher. »Ist das … okay? Ich weiß, es ist nicht gerade ein Luxushotel.«

Ich lachte und umarmte ihn spontan. Er roch nach Sonnencreme und einem herben Rasierwasser. »Es ist großartig«, flüsterte ich ihm ins Ohr.

Es war noch früh am Tag, und wir waren uns sofort einig, in der Bucht schwimmen zu gehen. Das Wasser war angenehm warm, und ich genoss es, mich ins Meer zu stürzen. Adam war ein guter Schwimmer. Er kraulte auf mich zu, bespritzte mich mit Wasser, kam ganz nah – und dann küssten wir uns. Ich schmeckte das salzige Wasser auf meinen Lippen, spürte, wie er sich an mich drängte, seine Arme mich kraftvoll umfassten, so als wollten sie mich nie wieder loslassen. Wir lösten uns voneinander nur, um uns sofort wiederzufinden, schwammen unter einen Felsvorsprung, wo uns erneut die Leidenschaft überfiel. Dann kletterten wir auf eine Klippe und sprangen nacheinander ins kühle Nass. Das Sonnenlicht brach sich auf der spiegelnden Wasseroberfläche, und ich fühlte mich unglaublich schwerelos.

Schließlich lagen wir auf einer anderen Klippe auf unseren Handtüchern, die Hände fest ineinanderverschlungen, und ließen uns von der Sonne trocknen. Adam wandte mir den Kopf zu, Wasserperlen standen auf seiner Stirn, glitzerten auf seinen Wangen. »Du bist wunderschön.« Er blinzelte mich an.

Mein Herz klopfte, als ich seine Haut auf der meinen spürte, seine Hände, die mich überall berührten, unter mein Bikini-Oberteil glitten, meine Schenkel entlang. Nichts war mehr wichtig in diesem Moment, nur wir beide und das Meer.

Den Abend verbrachten wir in der Hütte, Adam hatte bei einem Fischer in der Bucht zwei herrliche Seebrassen erstanden, die er nun über dem offenen Feuer vor dem Häuschen briet. Es war noch immer warm, und er trug nur Shorts. Die Wellen brandeten gegen die Kalksteinfelsen, und man hörte die Zikaden zirpen.

»Die Hütte erinnert mich an das Sommerhaus meiner Großeltern. Die gleichen verwitterten Steinmauern«, erzählte er, während er die Fische vorsichtig mit einer Gabel wendete. Wir tranken Roséwein und saßen auf klapprigen Campingstühlen. Ich zog die Beine zu mir heran, nippte an meinem Wein. Der Duft des gebratenen Fischs ließ mir das Wasser im Mund zusammenlaufen.

»Wart ihr oft dort, in dem Sommerhaus?«, fragte ich.

»Fast jeden Sommer. Es lag am Vierwaldstättersee, mitten in den Bergen. Ich bin als Kind jeden Morgen zu den Kühen auf die Weide gelaufen und hab mit ihnen gesprochen.«

»Aha. Und was hast du ihnen so erzählt?«

»Alles. Wirklich alles. Ich sage dir, wenn man vor ein paar Gras mampfenden Kühen sitzt und ihnen von seinen Sorgen berichtet, braucht man keinen Therapeuten mehr.« Er lächelte, aber es lag auch etwas Wehmütiges in seinem Gesichtsausdruck.

Ich stellte meinen Wein auf dem wackeligen Klapptisch ab. »Du hast deine Eltern vermisst, nicht wahr?«

»Es war nicht immer leicht. Sie waren so viel fort, und ich hatte oft das Gefühl, dass ich ihnen nicht wichtig war. Nicht richtig wichtig, verstehst du?«

»Ja, das verstehe ich.«

»Zum Glück hatte ich meine Großeltern. Es sind großartige Menschen, sie haben mir viel beigebracht.« Er sah mich an. »Wenn wir hier fertig sind, möchte ich, dass du sie kennenlernst.«

»Das würde ich sehr gern«, erwiderte ich. Ich musste nicht darüber nachdenken, was seine Einladung bedeuten mochte. Es schien auf einmal nichts mehr kompliziert oder schwierig.

Adam ließ die Fische auf zwei grüne, schon etwas abgestoßene Keramikteller gleiten, träufelte etwas Zitrone darüber und reichte mir einen der Teller.

Wir aßen, redeten über dies und das, lachten. Nach dem Essen setzten wir uns ein paar Meter vor dem Haus auf einen Felsvorsprung, ließen die Beine in die Tiefe baumeln, sahen auf die Bucht, das kristallklare Wasser und tranken weiter unseren Wein. Die Kalksteinfelsen glitzerten im Abendlicht.

»An eine solche Aussicht könnte ich mich gewöhnen.« Ich seufzte.

»Wir könnten herziehen, ein Aussteigerleben führen. Uns einfach treiben lassen.«

»Klingt verlockend.« Ich blinzelte ihn an.

Er hob eine Hand und strich mir über die Wange. »Das Aussteigerleben steht dir jedenfalls. Du siehst erholt aus.«

»Ich habe ja auch die perfekte Begleitung.«

Er sah wieder aufs Meer. »Das Traurige ist aus deinen Augen verschwunden. Und das war sonst immer da.«

»Ich weiß«, flüsterte ich. »Es ist, als wäre es ein Teil von mir. Als würde es tief in mir sitzen, wie ein Felsbrocken, der auf meinem Herzen liegt.« Ich strich mir eine Haarsträhne aus dem Gesicht. »Ich vermisse sie. Manchmal denke ich, gleich steht sie vor mir und verkündet mit fröhlicher Stimme, dass sie mal wieder einen Strafzettel fürs Falschparken bekommen hat. Zigmal wurde sie abgeschleppt.« Ich versuchte, den Kloß in meinem Hals hinunterzuschlucken. »Lara war ein Energiebündel. Und sie war ein liebenswerter Mensch. Sie hätte nicht sterben dürfen. Sie hatte noch so viel vor, wollte noch so viel ausprobieren. Zusammen wollten wir Stand-up-Paddling auf der Ostsee machen, in dem Frühling, in dem sie den Unfall hatte. Sie hatte sich wahnsinnig darauf gefreut.«

Adam nahm meine Hand, warm und vertraut fühlte sich seine an, und ich legte meinen Kopf an seine Schulter. Der Horizont wurde eins mit den blauschwarzen Schleierwolken und dem dunklen Meer. Dann nahm er mein Gesicht in seine Hände und küsste mich. Wild und ungestüm. Ich war einem anderen Menschen noch nie so nah gewesen, das wurde mir plötzlich bewusst.

Wir blieben zwei Nächte in unserer Fischerhütte, und sie wurde wirklich zu unserer Hütte, denn es fühlte sich so richtig und natürlich an, dort zu sein, dass es fast unheimlich war.

Doch als wir nach Nizza zurückkehrten, freute ich mich auch auf die Arbeit. Es war so, wie Adam gesagt hatte: Kraft zu tanken und wieder zu sich zu kommen war manchmal wichtiger, als krampfhaft ein weit entferntes Ziel erreichen zu wollen.

Mynte hatte es schon ein- oder zweimal auf meinem Handy versucht, und ich rief sie sofort zurück, als ich wieder auf meinem Zimmer in der Pension war. Sie hätte eine heiße Spur, meinte sie, und ob ich sie nach Grasse begleiten könne, am besten sofort. Ich sagte zu, ohne zu zögern, und zwei Stunden später erreichten wir die hübsche kleine Stadt oberhalb von Cannes. Grasse versprühte ein italienisches Flair, enge Gassen, hohe Häuser mit hellen Fassaden und eine romantische Altstadt, in der es im Gegensatz zu Nizza eher gemächlich zuging.

»Kein Wunder, dass Grasse als Stadt des Parfums gilt. Es duftet hier überall wie in meiner Lieblingsparfümerie«, sagte Mynte, als wir unseren Wagen geparkt hatten und über einen Marktplatz mit gotischen Säulen gingen und dann auf eine steile Treppe zuliefen. »Wir sind gleich da«, erklärte sie, und kurz darauf standen wir vor einem Steinhaus mit bordeauxroter Fassade.

Ein älterer Herr mit Schnauzbart und randloser Brille öffnete uns.

»Hallo, Auguste.« Mynte reichte ihm die Hand und stellte mich vor.

Wir traten ein. Die Wohnung war größer, als es von außen den Anschein hatte, und war mit teuer wirkenden Möbeln und Accessoires eingerichtet. Ein prunkvoller Kronleuchter, der für das Zimmer viel zu üppig war, zierte die Decke des Wohnbereichs, und überall standen Vasen, goldene Figuren und Plastiken. Auf dem Boden lag ein handgeknüpfter Perserteppich.

Wir setzten uns auf die dunkle Ledercouch.

»Wir wollen gar nicht lange um den heißen Brei reden, Auguste.« Mynte beugte sich vor und betrachtete ihn eingehend.

»So kenne ich dich, Mynte«, erwiderte er.

Sie ging nicht auf seine Bemerkung ein, sondern fuhr unbeirrt fort: »Wie ich dir schon erklärte, wir sind auf der Suche nach dem dritten Bild der ›Liebenden von Nizza‹.«

In Augustes Gesicht zeigte sich keine Regung.

»Du weißt doch etwas«, beharrte Mynte. »Du bist hier einer der bekanntesten Kunstvermittler. Und so wie es sich am Telefon angehört hat …«

»Ich sagte nur, dass man sich ja mal unterhalten könnte«, unterbrach er sie und goss uns aus einer geblümten Porzellankanne Tee ein.

Mynte schnaubte. »Du willst eine Gegenleistung, schon verstanden.«

»Was läuft hier?«, wisperte ich auf Deutsch.

Aber sie winkte ab. »Lass mich mal machen.« Dann wandte sie sich wieder Auguste zu. »Du bist wirklich ein harter Brocken. Wir kämpfen hier für eine gute Sache. Stell dir vor, dein Name würde in der Zeitung stehen: Auguste Asselin, der zur Restitution eines der weltweit bekanntesten Gemälde beigetragen hat! Was für eine hervorragende Werbung für dich.«

Auguste schien für einen Moment zu überlegen, schüttelte dann aber den Kopf. »Netter Versuch, Mynte. Aber es ist nichts umsonst im Leben, das weißt du doch. Wir beide hätten es nic so weit gebracht, wenn wir nicht ab und zu Gegenleistungen verlangen würden.« In seinen kleinen Augen blitzte es listig.

Mynte seufzte. »Na schön. Was willst du?«

»Du bietest mir exklusiv deine nächsten drei wertvollsten Einlieferungen an, vor allen anderen. Und wenn ich dahinterkomme, dass du trickst …«

Mynte hob die Hände. »… sorgst du dafür, dass ich in der Branche nicht mehr Fuß fassen kann.«

Ich blickte von einem zum anderen. In der Kunstwelt ging es bisweilen zu wie auf einem Basar. Aber dieser Auguste war wirklich ein abgebrühter Kerl.

»Abgemacht.« Mynte zuckte nicht einmal mit der Wimper.

Auguste schien zufrieden. Er lehnte sich zurück, zündete sich eine Zigarette an und zog genüsslich daran. »Vor zwei Jahren hatte ich einen Anruf. Man wollte mir etwas anbieten. Etwas sehr Wertvolles.« Mynte und ich starrten ihn an. Er schien diesen Augenblick auskosten zu wollen, denn es dauerte einige Sekunden, bis er weitersprach. »Der Anrufer wollte nicht am Telefon darüber sprechen. Wir müssten uns treffen, meinte er, an einem neutralen Ort. Ich bekomme oft solche Anrufe, und meist ist es Unsinn. Die Leute haben keine Ahnung von Kunst und denken bei jedem bunten Bild, es sei Millionen wert.« Er blies den Zigarettenrauch aus. »Aber diesmal hatte ich so ein Gefühl. Also traf ich mich mit dem Mann. In einem Restaurant in Roquefort-les-Pins. Er trug einen schwarzen Mantel, Sonnenbrille und eine dunkle Mütze! Wie in einem Spionagefilm. Herrlich albern!« Auguste schnalzte mit der Zunge.

Mynte rutschte neben mir auf dem Sofa ungeduldig hin und her, und auch ich wurde immer nervöser.

»Wir redeten eine ganze Zeit, und schließlich sagte der Mann mir, er habe das dritte Bild der ›Liebenden von Nizza‹ und wolle es verkaufen.«

»Ich wusste es«, rief Mynte aus.

»Und dann?«, fragte ich. »Haben Sie es ihm abgekauft?«

»Langsam, langsam! Der Mann wirkte gehetzt. Seine Frau würde nichts davon ahnen, erklärte er, und streng genommen gehöre das Bild ihr, er müsse also vorsichtig vorgehen.«

»Scheint ein reizender Ehemann zu sein«, murmelte Mynte vor sich hin.

Ohne auf ihre Bemerkung einzugehen, fuhr Auguste fort: »Wir wollten uns wieder treffen, eine Woche später, am selben Ort. Da sei seine Frau bei ihrer Schwester in Montpellier, und er könne das Bild unbemerkt hinausschaffen. Ich habe stundenlang gewartet. Aber er ist nie aufgetaucht.«

»Was weißt du noch? Wie hieß der Mann?«, fragte Mynte.

Er zog die Schultern hoch. »Ich glaube, sein Vorname war Alphonse. Als wir telefonierten, hörte man im Hintergrund eine Frauenstimme, die ihn mit diesem Namen rief.«

»Alphonse ...«, sagte ich. »Nicht gerade ein seltener Name.«

»Noch irgendetwas?«, bohrte Mynte weiter.

»Er stieg bei unserem Treffen aus einem Wagen mit einem Kennzeichen aus Vaucluse, Avignon, aber das Auto kann natürlich auch geliehen gewesen sein.«

»Das werden wir weiterverfolgen«, erklärte Mynte.

Ich notierte derweil alles in mein Notizbuch.

»Auguste, versuch, dich an jedes Detail zu erinnern! Wie sah der Mann aus?«, drängte Mynte weiter.

»Er war eher schmächtig, hatte braune Haare und dunkle Augen. Er wirkte südländisch, wie ein Italiener.« Auguste hielt inne, als würde ihm just in diesem Moment etwas einfallen. »Er hatte einen roten Pullover an mit einem Aufnäher! Von einem Tennisclub in Avignon.«

»Das ist gut! Sehr gut!« Mynte war ganz aufgeregt. »Weiter ...«

»Mehr weiß ich wirklich nicht. Es ist zwei Jahre her, und ich habe den Mann nur einmal gesehen.«

Mynte warf mir einen Blick zu. »Wir danken dir, Auguste«, sagte sie dann.

»Vergiss unsere Abmachung nicht.« Er drückte seine Zigarette aus und stand auf.

»Du wirst es sicher nicht versäumen, mich so oft wie möglich daran zu erinnern«, stellte Mynte mit süffisantem Lächeln fest, während wir aus der Tür traten.

Hastig liefen wir zurück zum Wagen. Ich wollte Adam von den Neuigkeiten erzählen, und wir mussten anfangen, nach diesem mysteriösen Mann zu suchen. Die Hinweise, die Auguste uns gegeben hatte, waren zwar nicht besonders eindeutig, aber vielleicht kamen wir damit trotzdem weiter.

Schon auf der Fahrt suchte ich auf meinem Handy nach einem Sportclub in Avignon, in dem man rote Pullover trug. »Leider kenne ich nur Kunstleute, mit Tennis habe ich nichts am Hut«, meinte Mynte, während sie auf die Straße nach Nizza abbog.

»Du hast schon genug getan«, erwiderte ich. »Mehr als genug.«

»Ach, du weißt ja, das Thema liegt mir am Herzen. Was haben Enno und ich damals alles herausgefunden! Und du führst das jetzt weiter. Das finde ich großartig, Romy.«

»Danke«, flüsterte ich.

Adam hatte eine Videokonferenz mit seiner Kanzlei und einem anderen Mandanten, und ich musste fast zwei Stunden warten, bis ich endlich zu ihm ins Zimmer konnte.

Er gab mir zur Begrüßung einen Kuss, ganz selbstverständlich, als würden wir zusammengehören, und das gefiel mir.

»Wir suchen also nach einem südländisch aussehenden Mann namens Alphonse, verheiratet, wohnhaft wahrscheinlich in oder um Avignon«, fasste Adam schließlich zusammen. »Klasse, Romy. Diese Mynte ist Gold wert.«

»Das kann man so sagen. Was hältst du davon, wenn ich in dem Tennisclub, den ich recherchiert habe, anrufe?«

»Habe nichts dagegen. Aber die werden dir nicht einfach so Auskunft geben. Datenschutz und so. Dafür bräuchten wir einen richterlichen Beschluss. Und den haben wir leider nicht.«

Ich überlegte kurz, dann schlug ich vorsichtig vor: »Ich könnte Marta fragen …?«

»Nein, nein. So was machen wir nicht noch einmal, Romy.« Adam wirkte nicht ärgerlich, aber bestimmt. »Wir müssen uns etwas anderes einfallen lassen. Vielleicht versuchen wir es erst mal ganz klassisch im Internet.« Er tippte etwas in seinen Laptop ein und scrollte. »Mist. In Avignon leben eine Menge Leute mit dem Namen Alphonse. Die können wir unmöglich alle besuchen. So kommen wir nicht weiter.«

»Wir müssen da persönlich hin, Adam. Vielleicht haben wir Glück und jemand in dem Tennisclub ist uns wohlgesinnt. Oder wir finden einen anderen Weg.« Ich hielt inne. »Einen legalen Weg natürlich.«

»Na schön. Wir fahren gleich morgen früh los, in Ordnung?«

»Abgemacht.«

Ich blieb noch einige Zeit bei Adam, dann ging ich in mein eigenes Zimmer. Ich brauchte eine Dusche und etwas Zeit für mich.

Adam und ich fuhren im Morgengrauen nach Avignon. Nizza schlief um diese Zeit noch, alles war ruhig, die Geschäfte, Bistros und Restaurants würden erst später öffnen. Nur ein paar Frühaufsteher fuhren auf ihren Rädern über die Promenade des Anglais oder joggten durch den Parc Phœnix.

»Wir müssen diesen Alphonse finden!« Ich nahm einen Schluck aus meinem Thermobecher, der mit frischem Kaffee gefüllt war. »Das wäre der Durchbruch.«

»Wenn er das Bild überhaupt hat«, gab Adam zu bedenken. »Es ist doch schon komisch, dass er zu dem zweiten Treffen mit diesem Auguste nicht erschienen ist. Vielleicht wollte er sich nur aufspielen.«

»Das kann ich mir nicht vorstellen. Das macht keinen Sinn.«

Adam zog die Schultern hoch. »Nicht alles macht immer Sinn, Romy. Das müsste dir doch klar sein.«

Wir erreichten Avignon ungefähr zwei Stunden später. Die päpstliche Festung mit ihren erhabenen Steinmauern im Zentrum erstrahlte im morgendlichen Licht, der Himmel war von einem stechenden Blau, die Rhône floss gemächlich vorbei.

Der besagte Tennisclub befand sich etwas außerhalb. Wir fuhren einen kleinen Hügel hinauf und parkten den Wagen auf dem großflächigen Parkplatz aus grobem Schotter. Auf den zahlreichen, mit grünen Netzen eingezäunten Plätzen wurde schon intensiv gespielt, man hörte das beständige Geräusch, wenn der Tennisball auf den Schläger traf, und ab und an ein angestrengtes Keuchen.

Im Eingangsbereich einer etwas ungemütlichen Halle steuerten wir auf den Tresen zu, wo ein junger Mann uns mit einem freundlichen Lächeln empfing. Als wir ihm unser Anliegen erläutert hatten, schüttelte er jedoch den Kopf. »Das darf ich leider nicht. Datenschutz. Bedaure.« Ganz wie erwartet.

Er wandte sich wieder seinem Computer zu.

»Was machen wir jetzt?«, wisperte ich.

»Lass mich mal.« Adam setzte einen geschäftigen Blick auf. »Entschuldigen Sie, Monsieur. Ich hätte doch noch eine Frage.«

Der junge Mann wandte sich wieder Adam zu, sein Lächeln war aber nicht mehr ganz so freundlich wie zuvor.

»Dieser Alphonse ist in kriminelle Machenschaften verwickelt.« Adam holte sein Handy aus der Hosentasche, tippte etwas ein und legte es auf den Tresen. »Das *Loi de protection des données*, das Bundesgesetz über den Datenschutz, erlaubt die Herausgabe von Daten, wenn die betroffene Person einer Straftat verdächtigt wird.« Er tippte auf einen Paragrafen.

»Ich bin kein Anwalt«, blaffte der junge Mann, jegliche Freundlichkeit war nun verflogen. »Ich hole unseren Manager.«

Wir warteten fast eine Viertelstunde, bis dieser erschien, er war groß gewachsen, schlank und braun gebrannt und sah aus wie ein Profitennisspieler.

»Wir dürfen nichts herausgeben«, wiederholte er die Worte seines Mitarbeiters. »Und ob dieses Gesetz hier greift, kann ich leider nicht beurteilen. Dafür müssten wir unseren Anwalt befragen.«

»Das Gesetz ist eindeutig, Monsieur«, versuchte Adam es weiter, aber der Manager blieb hart.

»So wird das nichts«, raunte ich Adam zu. »Lass uns gehen und einen neuen Plan entwickeln.«

Adam wirkte zwar nicht so, als würde er gern klein beigeben, schien aber einzusehen, dass wir so nicht weiterkamen. Wir bedankten uns etwas zähneknirschend bei dem Manager und suchten das angrenzende Selbstbedienungs-Café auf, wo wir uns einen Kaffee holten und an einen der Tische setzten. Ein paar Spieler in ihren weißen Outfits saßen vor Smoothies oder Fruchtsäften und unterhielten sich.

»Das stimmt doch so nicht mit diesem Gesetz, oder?«, fragte ich.

»Ich habe zugegebenermaßen ein bisschen geflunkert.«

»Adam, Adam«, tadelte ich ihn. »Ich dachte, wir tun nichts Illegales.«

»Es war ein Versuch, aber der Manager war leider nicht dumm. Die wissen genau, was sie dürfen und was nicht.«

»Und nun?«

Er lehnte sich zurück. »Keine Ahnung. Wir könnten nachts hier einbrechen und die Schränke durchsuchen.«

Ich lachte. »Dann fragen wir lieber Marta. Das ist weit weniger auffällig.«

Ich sah mich um. An dem Tisch direkt neben uns saßen zwei Frauen mittleren Alters. Sie unterhielten sich ziemlich laut, besser gesagt, sie zogen über einige ihrer Mitspielerinnen her. Ich spitzte die Ohren.

»Sophie ist schrecklich langsam geworden«, erklärte eine blasse Frau mit blondiertem Bob und trank durch einen Strohhalm ihren grünen Smoothie, die Lippen perfekt geschminkt. »Sie sollte weniger Zeit im Schönheitssalon verbringen und mehr auf dem Tennisplatz.«

»Und Bernadette erst!«, rief die andere, deren braunes Haar durch zu viel Haarspray wie einbetoniert wirkte. »Sie kriegt ja kaum noch einen Ball. Wie viel wiegt sie inzwischen? Zwei Zentner?«

Die Blondierte kicherte böse. »Das kommt vom Frustessen. Ihr Mann soll sie betrügen. Catherine hat ihn neulich im Einkaufscenter mit einer äußerst attraktiven Frau gesehen!«

»Wirklich? Alphonse? Dieses Klappergestell und eine Schönheit? Das glaub ich kaum. Mein Mann sagt übrigens, Alphonse sei auch schon ewig nicht mehr hier gewesen. Soll seine Mitgliedschaft sogar gekündigt haben.«

»Ich habe gehört, dass Alphonse und Bernadette pleite sind. Kein Wunder. Er hat wohl alles verspielt. Das gesamte Vermögen.«

Ich sah zu Adam, der genauso angestrengt lauschte wie ich.

Kurzentschlossen und bevor er etwas sagen konnte, nahm ich meinen Kaffee in die Hand, stand auf und ging zum Tisch der beiden Frauen. »Entschuldigen Sie, Mesdames. Wir sind neu hier im Club, und …« Die beiden Frauen schauten mich etwas irritiert, aber nicht unfreundlich an. Ich senkte meine Stimme. »Mein Mann«, ich deutete mit dem Kopf auf Adam, der am Nebentisch sitzen geblieben war und auf sein Handy starrte, »ist wieder nur mit seiner Arbeit beschäftigt.« Ich verdrehte verzweifelt die Augen.

»Setzen Sie sich!« Die Braunhaarige klopfte einladend neben sich auf den freien Stuhl.

»Sie sind nicht von hier, oder?«, fragte die Blondierte neugierig, nachdem ich Platz genommen hatte.

»Ich komme aus Deutschland. Bin gerade hergezogen, mein Mann hat in Avignon einen neuen Job angenommen. Ich kenne niemanden hier«, log ich.

»Oje, Sie Arme! Da müssen Sie sich ja schrecklich einsam fühlen! Mein Mann ist auch so ein Arbeitstier.« Die Blondierte schüttelte bedauernd den Kopf.

»Ja, es ist nicht einfach«, seufzte ich und überlegte fieberhaft, wie ich das Gespräch auf Alphonse und Bernadette lenken konnte.

»In diesem Smoothie ist viel zu viel Avocado.« Die Blondierte verzog das Gesicht. »Dieser Club ist wirklich nicht mehr das, was er mal war.«

»Sind Sie oft hier?«, erkundigte ich mich, um das Gespräch am Laufen zu halten.

»Hin und wieder. Man muss sich ja fit halten«, antwortete die Braunhaarige.

»Aber Sie sollten lieber mal mit uns in das neue Fitnesscenter in der Stadt kommen«, schlug die andere vor. »Da laufen auch sehr schnuckelige Trainer herum«, fügte sie augenzwinkernd hinzu.

»Gern«, versicherte ich schnell. Ich musste langsam die Kurve kriegen. »Aber um noch mal auf den Club zurückzukommen: Ein entfernter Bekannter meines Mannes soll hier spielen. Er hat ihn lange nicht gesehen. Alphonse ist sein Name. Kennen Sie ihn?«

Ich beobachtete die Frauen, die aber keinen Verdacht zu schöpfen schienen.

Die Blondierte winkte ab. »Ach, es lohnt sich nicht, den zu suchen. Ist ein langweiliger Kerl, pleite und leicht paranoid. Er und seine Frau haben ein Antiquitätengeschäft in der Rue Mariotte. Ist aber eher ein Schrotthandel.«

Ich jubelte innerlich. Wenige Minuten später tat ich so, als würde mein Handy klingeln und entschuldigte mich schnell.

Ich gab Adam ein Zeichen, und er folgte mir nach draußen.

»Wir müssen in die Rue Mariotte«, keuchte ich aufgeregt. »Da soll Alphonse ein Antiquitätengeschäft haben. Vielleicht sind wir ganz nah dran!«

Adam lächelte, nahm mein Gesicht in beide Hände und küsste mich.

KAPITEL XX

Villefranche, März 1944

Charlotte stand früh auf. Sie hatte schlecht geschlafen, sich stundenlang hin und her gewälzt, war ab und zu in einen Halbschlaf hinübergeglitten, der ihr aber nur für einige Minuten Erholung beschert hatte.

Der Morgen dämmerte herauf, Nebel hing über dem Meer, die Sonne war nur ein müder Ball am Ende des Horizonts. Sie fühlte sich gerädert und spürte jeden Zentimeter ihres Körpers. Seit sie für die Résistance arbeitete, seit sie »*la colombe*« war und als Taube Nachrichten überbrachte und sich zwischen einzelnen Gruppen bewegte, fühlte sie sich wie jemand, der ständig auf der Flucht war und doch jeden Tag aufs Neue sein Ziel erreichen musste, um zu überleben. Sie war als Kurierin wie ein unsichtbarer Schatten, stets auf der Hut. Sie musste in unterschiedliche Rollen schlüpfen, musste sich tarnen, um nicht erwischt zu werden. Es war, als hätte sie unzählige Identitäten und müsste zugleich eins werden mit den Menschen, die sie verkörperte. Ihre Aufgabe war eindeutig, ihr Leben nun von dieser Tätigkeit bestimmt. Darum drehte sich alles in ihrem Alltag.

Manchmal kam es vor, dass die Nachrichten nicht sofort weitergegeben werden mussten. Dann deponierte Charlotte sie hinter dem dritten Bild der »Liebenden von Nizza«, so wie Henri es auch mit der ersten Nachricht getan hatte.

Die Résistance-Gruppe in Nizza arbeitete mit mehreren Widerstandskreisen in ganz Frankreich zusammen, vor allem mit einem aus Marseille, der wiederum seine Befehle vom englischen Geheimdienst erhielt. Die Listen und Nachrichten, allesamt auf dünnes Reispapier geschrieben, beinhalteten Pläne, aber auch Informationen über Mitglieder der Résistance, darunter der Name und der Beruf der Person, seine Unterbringungs- und Verpflegungs- sowie seine Fortbewegungsmöglichkeiten, also ob er einen Wagen, ein Motorrad oder ein Fahrrad besaß. Und es war registriert, ob derjenige für Sabotage-, Transport- oder Kommandoaufgaben eingeteilt war. Auf anderen Nachrichten standen Anweisungen für Sabotageakte oder Anschläge, es wurden Stellungen von deutschen Posten verraten und Strategien für deren Ausradierung vorgeschlagen.

Charlotte hatte ein Talent dafür entwickelt, sich unbemerkt zu bewegen, sich an Wehrmachtssoldaten, französischer Polizei und SS-Leuten vorbeizuschlängeln, sie wusste, wie man sich verhielt, wenn man doch einmal in eine brenzlige Situation kam, hatte mit der Zeit gelernt, ihre Angst zu kaschieren, sie mit einem Scherz zu überspielen. Und sie hatte gelernt, dass man den Soldaten auch mal schöne Augen machen musste, um einen Verdacht abzuwenden. Von Danielle – die sie ab und an traf – hatte sie sich ein paar elegante Kostüme leihen dürfen, so konnte sie als adrette Frau mittleren Alters durchgehen, die in der Stadt ihre Einkäufe erledigte. Oder sie mimte die arme, erschöpfte Mutter, die auf dem Weg nach Marseille zu ihrer Familie war.

Die Nachrichten, die sie erhielt, las sie nicht, aber ihr war klar, dass ihre Inhalte wichtig waren. Und um nichts in der Welt durfte sie mit ihnen erwischt werden. Denn dann würde nicht nur ihr eigenes Leben in Gefahr sein, sondern auch das derer, die die Botschaften verfasst hatten oder die auf den Listen vermerkt waren.

Ihr war bewusst, dass die Mitteilungen zum Teil mit Henri zu tun hatten, dass auch er Anweisungen bekam, etwa darüber, Sprengstoffanschläge auf Eisenbahnschienen zu verüben. Viele seiner Kollegen waren im Widerstand, aber es gab auch die anderen Mitarbeiter, die, die immer noch Pétain-Anhänger waren, die willfährig alles taten, was das Vichy-Regime oder die Deutschen verlangten. Die keine Sekunde zögern würden, Nachbarn oder Kollegen zu verraten.

Charlotte setzte sich an den Küchentisch und schaute hinaus auf die Bucht. Es war Frühling geworden, zarte Blumen sprossen am Wegesrand, der salzig-frische Geruch des sich langsam erwärmenden Meers zog durch die Gassen der Stadt. Das Jahr 1944 hatte schon einige gute Nachrichten gebracht. So hatte Hitler an der Ostfront erhebliche Niederlagen einstecken müssen. Das hieß aber noch lange nicht, dass die Deutschen aufgaben. Ganz im Gegenteil. Aufgrund der erlittenen Rückschläge wurden sie in ihrem Vorgehen noch erbarmungsloser und unmenschlicher. Widerständler wurden vor den Augen ihrer Familien und Freunde erhängt oder erschossen, ihre Leichen irgendwo verscharrt. Im Februar hatte der Oberbefehlshaber West den deutschen Truppen einen Freibrief ausgestellt, Aktionen gegen die Résistance konnten nun auch Unschuldige treffen. Alles war erlaubt. Das Abbrennen von Häusern und Höfen, von ganzen Ortschaften war nun legitim. Doch das hielt niemanden davon ab weiterzukämpfen, genauso unerbittlich und zielstrebig, wie es auf der anderen Seite die Deutschen taten.

Charlotte sah zu, wie der Tag erwachte. Hatte sie die richtige Entscheidung getroffen, damals? Sie wusste es nicht. Aber als Sarah und Leon ihr genommen worden waren, erschien es ihr, als hätte sie plötzlich keine Wahl gehabt. Sie hatte etwas tun müssen, sonst hätte sie nie wieder in den Spiegel schauen, nie wieder ihrem Sohn in die Augen sehen können.

Édouard war inzwischen dreizehn, ein kluger, neugieriger Junge, der jedoch in einem schwierigen Alter war. Er versuchte, seinen Platz in der Welt zu finden, und das war schwer in diesen Zeiten, in denen man jeden Tag mit dem Schlimmsten rechnen musste. Er ahnte, was seine Eltern taten, auch wenn sie versuchten, ihn aus allem herauszuhalten. Aber er hörte ihre Gespräche in der Nacht, bekam mit, wenn sie morgens früh aufbrachen. Dennoch fragte er nie nach. Es war, als hätten sie eine stumme Übereinkunft getroffen. Er hakte nicht nach, weil er wusste, dass sie ihm keine Antworten geben würden. Zu groß wäre die Gefahr für ihn. Also schwiegen sie. Doch irgendwann, wenn alles vorbei war, würde sie, Charlotte, ihm alles erklären, würde ihm ihre Gedanken mitteilen, würde sagen, wie sehr sie ihn liebte und dass sie dies alles für ihn getan hätten. Für eine bessere, gerechtere Welt. Für die Freiheit.

Sie trank einen Schluck von ihrem dünnen Zichorienkaffee und wickelte sich in eine Decke. Sie fröstelte, kein Wunder, so dünn, wie sie geworden war. Im vergangenen Winter hatte sie eine schlimme Grippe gehabt, hatte tagelang im Bett gelegen mit Husten und hohem Fieber. Es gab kaum Medikamente, also hatte sie auf alte Hausmittel gesetzt, auf Brühe und Wadenwickel. Irgendwann ging es ihr besser, aber Henri hatte gewollt, dass sie sich noch für einige Zeit erholte. Trotzdem war sie aufgestanden, um wieder als Kurierin unterwegs zu sein. Eine Grippe würde sie nicht aufhalten, hatte sie gesagt. Weder eine Grippe noch etwas anderes.

Vor einigen Tagen war sie im Kloster gewesen, sie hatte sich versichern müssen, dass es Daria und Ari gut ging. Die Ordensschwestern taten alles, um die Kinder zu beschützen, und Charlotte hoffte inständig, dass sie dort bis zum Ende des Krieges sicher waren.

Sie sah, wie der Morgen anbrach, wie sich die Sonne langsam erhob, sich durch den Nebel und die bauschigen Wolken kämpfte, wie der Tag erhellt wurde. Das Schöne zu bewahren in all diesem Dunkel, das war es, woran sie immerzu denken musste. Die Kunst war noch immer ein Ventil für sie, noch immer eine große Leidenschaft. Das musste sich die Welt bewahren, denn sonst würde sie an alldem Schrecklichen ersticken.

»Wieso bist du so früh auf?« Édouard stand neben ihr. Sie hatte ihn nicht kommen gehört.

»Ich wollte mir diesen wunderschönen Sonnenaufgang anschauen. Setz dich doch zu mir.« Sie klopfte neben sich auf die Küchenbank, und er ließ sich neben ihr nieder. Er war groß für sein Alter, fast schon so groß wie Henri. Und er hatte die ausdrucksstarken Augen seines Vaters, aber die weichen Gesichtszüge von ihr.

»Schön, nicht wahr?« Sie deutete nach draußen.

Er nickte. »Maman, gehst du heute wieder fort?«

Sie seufzte. »Nein, Édouard. Erst morgen.«

»Und wann kommt Papa zurück?«

Henri war über Nacht in Marseille geblieben, er hatte es am Abend nicht mehr zurück nach Hause geschafft. In der letzten Zeit war er häufiger über Nacht weggeblieben.

»Bald.«

»Wie lange …« Édouards Nasenflügel bebten. »… wird das alles noch dauern?«

Sie legte ihm die Hand auf die Schulter. Wie sehr sie sich doch wünschte, sie könnte ihm etwas anderes sagen, etwas Beruhigendes, etwas, das ihm Hoffnung geben würde.

»Das weiß ich nicht«, entgegnete sie.

Er murmelte etwas, das sie nicht verstand.

»Lass uns nach Nizza fahren, mal wieder an den Strand gehen«, schlug sie vor und versuchte, dabei so fröhlich wie möglich zu klingen.

»Meinetwegen«, maulte Édouard.

Charlotte stand auf und ging ins Schlafzimmer, um sich umzuziehen. Sie war so dürr geworden, dass sie die meisten ihrer Hosen nur noch tragen konnte, wenn sie sich einen engen Gürtel um die Taille band. Sie fühlte sich hundeelend, aber sie musste sich zusammenreißen. Édouard hatte es verdient, mal wieder einen halbwegs normalen Vormittag zu erleben.

Sie nahmen den alten klapprigen Bus nach Nizza, der nur noch zweimal am Tag fuhr. Graue, müde und ausgemergelte Gesichter schauten sie regungslos an, als sie einstiegen und sich auf zwei der hinteren Plätze setzten.

»Wie läuft es in der Schule, Édouard?«, fragte sie.

»Ganz gut.«

»Herrje, du bist aber heute gesprächig«, versuchte sie zu scherzen.

»Mir ist nicht nach Scherzen, Maman. Wieso auch? Sieh dich doch nur um. Es ist Krieg, alles wird zerstört.«

»Beruhige dich. Nicht so laut.« Charlotte war, seitdem sie mit den Kurierdiensten angefangen hatte, sehr darauf bedacht, keine Aufmerksamkeit auf sich zu ziehen. Sie wurde schon nervös, wenn jemand in ihrer Nähe sich auch nur ein klein bisschen auffällig verhielt. Doch die anderen Fahrgäste nahmen kaum Notiz von ihnen.

»Aber es ist doch wahr! Papa und du, ihr müsst mich nicht ständig beschützen. Ich bin kein kleines Kind mehr! Ich sehe, was um mich herum geschieht. Ich weiß, wie ausweglos alles ist.«

»Das ist doch nicht wahr, Édouard! Es gibt immer einen Ausweg. Und es gibt immer Hoffnung.« Sie fasste ihn energisch am Kinn, drehte sein Gesicht zu sich. »Versprich mir, dass du das nie vergisst.« Seine blauen Augen funkelten sie an. Sie erkannte plötzlich das Kämpferische in ihm, das, was sie erst in sich hatte suchen müssen. Auch in ihm schlummerte es, verborgen hinter seiner Schüchternheit. »Du musst stark sein, Édouard«, fuhr sie fort. »Egal, was passiert, du musst stark sein.«

»Das bin ich, Maman.«

Sie zog ihre Hand zurück, und sie schauten nun aus dem Fenster, sahen stumm die Landschaft an sich vorbeiziehen.

In Nizza wehte ein kühler Wind. War es wirklich eine gute Idee gewesen, am helllichten Tag mit ihrem Sohn nach Nizza zu fahren? An jeder Ecke witterte sie Gefahr, hatte das Gefühl, dass jemand sie erkannte, ihnen auf den Fersen war.

»Maman? Müssen wir so hetzen?«

Sie verlangsamte ihren Schritt. »Nein, Édouard, müssen wir nicht.«

Sie liefen über die Promenade des Anglais und vorbei am Hotel Negresco. Voller Wehmut blickte sie hoch zur Kuppel, dachte an ihre Zeit als Krankenschwester, an ihre Freundinnen, an den Zusammenhalt damals.

Sie gingen einige Schritte hinab zum Wasser, zum kiesbedeckten Ufer.

»Hörst du die Wellen?«, fragte sie, und Édouard nickte.

Sie schlossen beide für einen Moment die Augen, sogen die salzige Luft ein, genossen die Stille.

»Ich bin stolz auf dich, Édouard«, sagte sie. »Du bist ein tapferer und kluger Junge.«

Er erwiderte nichts, aber sie hoffte, dass ihre Worte zu ihm durchdringen würden.

Irgendwann hörte sie das Brummen von Motoren hinter sich, vermutlich eine SS-Eskorte.

»Wir sollten gehen.« Sie zog Édouard mit sich, zurück zur Straße. Auf einmal wurde ihr klar, dass sie ihren Sohn in große Gefahr gebracht hatte. Sie hatte sich so sehr danach gesehnt, mit ihm zum Strand zu gehen, zumindest für kurze Zeit alles zu vergessen, so wie früher. Doch nichts war mehr wie früher, rein gar nichts.

»Ich will nach Hause«, erklärte Édouard.

Sie nickte schnell. »Es war eine dumme Idee herzukommen«, murmelte sie.

»Sieh mal, da sind Francine und Olivier!«, rief Édouard plötzlich.

Und tatsächlich, die beiden kamen gerade – mit zwei Einkaufskörben bepackt – um die Ecke. Charlotte war selten so froh gewesen, ihre Freundin zu sehen. Sogleich beruhigte sich ihr Herzschlag.

»Ist alles in Ordnung? Du siehst blass aus«, sagte Francine, während die beiden Jungs sich lautstark begrüßten.

Charlotte nickte zerstreut. »Sag, könntest du Édouard mit nach Hause nehmen? Ich möchte noch zu Julie.«

»Sicher.« Francines Gesichtsausdruck verriet, dass sie nicht viel davon hielt, wenn Charlotte sich auf Julies Aktivitäten einließ.

»Danke.« Charlotte gab ihr einen flüchtigen Kuss auf die Stirn und verabschiedete sich dann auch von Édouard, der ein ebenso düsteres Gesicht machte wie Francine.

Doch Charlotte musste zu Julie, wollte ihr in der Praxis helfen, wollte ihr um jeden Preis beistehen.

So lief sie los und kam kurz darauf zum Marktplatz Cours Saleya, dorthin, wo früher eine überwältigende Blütenpracht einen betörenden Duft verbreitet hatte und die satten Farben der angebotenen Blumen zum Träumen einluden. Nun war es nur noch ein finsterer grauer Platz ohne Leben, ohne Licht, ohne

Fröhlichkeit. Sie überquerte ihn, und als sie in die Avenue de la Victoire einbiegen wollte, erstarrte sie. Was passierte dort?

Vorsichtig näherte sie sich der Menschenmenge. Einige der versammelten Passanten hatten wutverzerrte Gesichter und schienen sich an dem zu erfreuen, was vor ihnen geschah, andere wirkten teilnahmslos. SS-Männer standen in ihren Uniformen auf einem Podest vor dem Gebäude, in dem sich früher das Textilwarengeschäft der Familie Ginsburg befunden hatte. Die Schaufenster waren inzwischen gespenstisch leer, der Laden wirkte wie eine Ruine.

Die SS-Leute hatten zwei Männer bei sich, deren Hände auf dem Rücken gebunden waren, ihre Kleidung war abgetragen, und sie schauten zu Boden. Doch auch ohne ihre Gesichter sehen zu können, wusste Charlotte, wer sie waren. Die beiden Mitbegründer der FTP, der Francs-tireurs et partisans, Freischärler und Partisanen, Anhänger der kommunistischen Partei. Eric und Hugo.

Die Männer standen vor einem hohen Holzbalken, sie hatten Schlingen um den Hals, und es war offensichtlich, was ihnen bevorstand.

Charlotte zitterte am ganzen Leib. Ihr Mund war staubtrocken, und ihr Herz klopfte wie wild. Suchend flogen ihre Augen über die Menge, und dann entdeckte sie sie. Julie stand nur einige Meter von ihr entfernt, sie hatte ein dunkles Tuch um den Kopf geschlungen, ihr Gesicht lag im Schatten, und doch glaubte Charlotte, ihre Verzweiflung zu erkennen. Am liebsten wäre sie zu ihr gerannt und hätte ihr in dieser schlimmsten aller Stunden beigestanden. Aber sie musste sich zusammenreißen, niemand durfte Verdacht schöpfen, also versuchte sie, nur weiter stur geradeaus zu schauen.

Die SS-Männer blieben stumm, nur das leise Keuchen von

Eric und Hugo war zu vernehmen, während die Schlingen um ihre Hälse fester gezogen wurden. Charlotte senkte den Kopf und hörte, wie Eric noch rief: »Für Frankreich!«, dann war es still. Zaghaft hob sie den Kopf. Wo war Julie? Sie konnte sie nirgends ausfindig machen. Erst dann richtete sie den Blick wieder nach vorn, sah die leblosen Körper der beiden Männer an dem Holzbalken baumeln, die Köpfe seltsam zur Seite gedreht.

Charlotte schnappte nach Luft. Einige der Umstehenden johlten begeistert.

Langsam ging sie ein paar Schritte rückwärts. Die SS-Männer verkündeten noch irgendetwas, es klang, als würden sie Eric und Hugo am Galgen lassen, als Erinnerung daran, was mit den Menschen passiert, die sich auflehnten.

Eine beleibte Frau, die neben ihr gestanden hatte, merkte, dass sie sich entfernen wollte, es schien, als wollte sie etwas sagen, aber dann sah sie sie nur zornig an.

Charlotte lief zurück auf den menschenleeren Marktplatz, dort stand Julie am Rand des Springbrunnens. In Sekundenschnelle war sie bei ihr, umarmte sie, flüsterte tröstende Worte. Julies Gesicht war wie versteinert, keine Regung war auszumachen.

»Es tut mir so entsetzlich leid. Was ist geschehen?«

»Sie haben sie auf frischer Tat ertappt. Auf dem Weg nach Perpignan. Eric war zu leichtsinnig, ich habe ihm das immer gesagt.« Julies Stimme klang tonlos. »Eric und Hugo haben nichts verraten, das weiß ich. Aber es wird trotzdem immer gefährlicher. Wir sollten nicht zusammen gesehen werden.« Charlotte kämpfte mit den Tränen, aber Julie wirkte gefasst. »Hör mir zu, Charlotte. Wir wissen, dass so etwas jederzeit passieren kann. Ich habe Eric geliebt, aber es ist nicht die Zeit zu trauern. Verstehst du?«

Charlotte presste die Lippen zusammen. »Ja«, stieß sie hervor.

Nachdem sich die Frauen getrennt hatten, ging sie den ganzen Weg zurück nach Villefranche zu Fuß, unfähig, einen klaren Gedanken zu fassen.

Als sie ihr Haus erreicht hatte, ließ sie sich erschöpft aufs Sofa fallen, sie merkte, dass sie schwitzte und gleichzeitig fror. Sie glitt in einen unruhigen Schlaf hinüber. Irgendwann wurde sie von Henri geweckt, er legte ihren Kopf in seinen Schoß und streichelte ihr übers Haar.

Tonlos erzählte sie ihm, was passiert war. Er reagierte ähnlich wie Julie. »Wir müssen weitermachen«, sagte er. »Müssen noch härter kämpfen als zuvor. Der Tod von Eric und Hugo darf nicht umsonst gewesen sein.«

»Ja. Aber Julie …«

»Sie wird es genauso sehen. Sie wird nicht aufgeben. Eric hätte das nicht gewollt. Die beiden wussten, wie gefährlich es ist.«

»Sie wirkte so gefasst. Es war fast unheimlich. Wenn ich zusehen müsste, dass man dich …« Ihre Stimme versagte.

»Auch dann würdest du weitermachen«, entgegnete Henri. Seine Stimme war hart. »Du musst morgen nach Vence, eine Nachricht abholen. Es ist wichtig.«

»Ich weiß. Aber manchmal ist es so schwer, Henri.«

»Ja. Aber gerade dann muss man über sich hinauswachsen.«

Am Nachmittag kam Édouard nach Hause, sie nahm ihren Sohn stumm in den Arm. Sie wollte ihn festhalten, ihn bei sich wissen und hatte doch das Gefühl, dass er ihr immer mehr entglitt.

Aber sie konnte nicht länger darüber nachdenken, sie musste sich auf den nächsten Tag vorbereiten, musste sich wieder auf ihre Aufgabe konzentrieren. Wenn sie Nachrichten entgegennahm oder überbrachte, durfte sie sich keinen Fehler erlauben.

Henri hatte sich auf die Terrasse zurückgezogen, auch er war in sich gekehrt. Sie waren beide erfüllt von einem gewissen Nervenkitzel. Denn das konnten sie nicht leugnen: Ein Teil von ihnen liebte die Gefahr. Selbst wenn die ihren Untergang bedeuten konnte.

Charlotte verließ das Haus am nächsten Morgen in aller Frühe. Sie hatte sich für ein Kostüm, Handschuhe, Riemchenpumps und einen kleinen Hut entschieden. Als sie das Haus von Francine und Étienne passierte, kam Francine gerade aus der Tür. Sie hatte wieder ihren Einkaufskorb in der Hand und trug einen verschlissenen grauen Trenchcoat. Auch sie war dünn geworden, obwohl sie alles tat, um für ihre Familie Lebensmittel zu besorgen, lange für kleine Rationen anstand.

Sie begrüßten sich, aber es fehlte die Herzlichkeit, sie waren beide kraftlos und müde.

»Du hast gehört, was gestern passiert ist?«, fragte Charlotte.

Francine nickte. »Es ist furchtbar. Arme Julie. Sie hat Eric sehr geliebt.«

»Ja, aber das hält sie nicht davon ab weiterzumachen.«

»Natürlich nicht.« Francine musterte Charlottes Aufzug. »So seid ihr eben, nicht wahr? Nichts kann euch aufhalten.«

»Du klingst verbittert.«

»Verbittert? Nein. Jeder muss das tun, was er für richtig hält. So ist das eben.« Francines knochige Hand griff nach Charlottes, und für einen Moment war da diese Verbundenheit von einst. »Sei vorsichtig. Ich habe gehört, dass sie seit gestern noch erbitterter Jagd auf Partisanen machen. Und es gibt immer mehr Franzosen, die euch verraten würden, damit sie selbst verschont werden.«

»Ich weiß. Aber ich kann jetzt nicht mehr aufhören. Es ist zu spät. Ich habe diesen Weg gewählt, und nun muss ich ihn gehen.

Bis zum Schluss.« Sie drückte Francines Hand noch einmal fest, dann setzte sie sich erneut in Bewegung, ohne sich noch einmal umzuschauen.

Sie wollte nach Vence, einem Ort oberhalb von Nizza, gelegen auf einem Felsen und umgeben von einer alten Stadtmauer. Sie fuhr ein Stück mit dem Bus, denn den Wagen, mit dem sie einst Sarah und ihre Familie nach Èze gebracht hatten, hatten sie inzwischen verkauft. Sie dachte oft an Sarah, überlegte, ob sie etwas anders hätte machen können, ob es möglich gewesen wäre, sie zu schützen. Doch es blieb ein Vielleicht. Nichts, was sie nun tat, würde Sarah zurückbringen.

Sie lief zu Fuß durch die engen Gassen von Vence, bis sie das Gebäude erreichte, in dessen oberstem Stockwerk sie die Nachricht abholen sollte. Das Haus wirkte unbewohnt, die Fensterläden waren geschlossen, die Eingangstür mit Holzbalken verrammelt.

Sie ging zum Hintereingang, suchte nach dem Schlüssel unter der Fußmatte, fand ihn und schloss die Tür auf. In der finsteren Diele war es um einige Grad kühler als draußen. Durch die zerbrochenen Scheiben der Bleiglasfenster schien nur ein schmaler Sonnenstrahl auf den dreckigen, klebrigen Boden, auf dem Käfer und anderes Ungeziefer herumkrabbelten. Ein modriger, feuchtkalter Schimmelgeruch mischte sich mit dem beißenden Gestank von Katzenurin und vergossenem Alkohol.

Sie ging die knarzende Treppe hinauf bis nach ganz oben ins Dachgeschoss. Als sie die Tür zu der Wohnung öffnete, erschrak sie. Man hatte ihr gesagt, dass die Wohnung leer und die Nachricht im Lampenschirm der Stehlampe im Wohnzimmer versteckt sein würde. Aber in der Küche saß ein Junge in Édouards Alter an einem Holztisch. Er trug keine Schuhe, hatte nur ein Hemd und eine ausgebeulte Hose am Leib. Aus leeren Augen schaute er sie an, während er aufstand, um ihr die Nachricht zu reichen. Als er hinter dem Tisch hervortrat, erschrak sie. Seine Füße waren an den Zehen und Fersen fast schwarz.

»Was ist dir passiert?«, fragte sie. Meist tauschte sie kaum ein Wort mit den Leuten, die sie bei ihren Kurierdiensten traf, wollte gar nicht wissen, wer sie waren. Doch diesmal war es anders.

Der Junge blieb zunächst stumm. Vielleicht wollte er wie sie nichts Persönliches preisgeben. Doch dann begann er leise zu sprechen: »Ich war in den Wäldern, beim Maquis. Ich war für die Lebensmittel zuständig und hab die Deutschen beklaut. Doch sie haben mich dabei erwischt. Als ich nicht reden wollte, zogen sie mir meine Schuhe aus und verbrannten meine Fußsohlen mit Zigaretten. Ich schrie vor Schmerzen, aber sie erfuhren nichts von mir. Ich sagte immer das Gleiche, so wie ich es beim Maquis gelernt hatte. Schließlich hörten sie auf und teilten mir mit, dass ich zum Tode verurteilt sei. Aber ich konnte fliehen, weil ich schnell und flink bin wie ein Wiesel. Das ist mein neuer Name. Das Wiesel. *La belette.*« Er grinste schief. Seine Nase machte den Eindruck, als wäre sie schon mehrfach gebrochen gewesen.

»Ich wette, das bist du. Flink und schnell. Und tapfer. Wir brauchen solche wie dich.« Erst nachdem sie es ausgesprochen hatte, wurde ihr bewusst, dass sie soeben das erste Mal von »wir« gesprochen hatte.

Der Junge drückte ihr die Nachricht in die Hand. »Für *la médecin.*« Seine Stimme klang schroff. »Adieu.«

Den gesamten Rückweg über war Charlotte versucht, die Nachricht zu lesen. Sie verbot sich sonst strikt dieses Gefühl. Je weniger sie wusste, desto besser. Für den Fall, dass man sie foltern würde, konnte sie so nichts von dem Inhalt der geheimen Nachrichten verraten. Doch diesmal war es anders. Denn die Empfängerin war keine Unbekannte.

La médecin, die Ärztin. Julie.

Welche Aufgabe hatte Julie, die gerade Eric verloren hatte, zu erfüllen? Und war sie dazu überhaupt in der Lage, nach allem, was geschehen war? Charlotte versuchte, nicht darüber nachzudenken. Vielleicht war es auch gar kein Auftrag, schließlich kam es genauso oft vor, dass die Nachrichten nur Informationen enthielten. Das Versteck eines abgestürzten Piloten, Daten über mögliche Fortbewegungsmittel, Namen und Adressen von Treffpunkten oder neuen Mitgliedern der Résistance. Doch ihr Bauchgefühl sagte ihr, dass es diesmal etwas Größeres war.

Charlotte kam am Nachmittag in der Praxis an. Das Wartezimmer war wie immer voll, dennoch musste sie mit Julie unter vier Augen sprechen. Ungeduldig wartete sie, bis der Patient, den ihre Freundin gerade behandelte, das Arztzimmer verließ.

»Hier, für dich.« Ohne weitere Umschweife reichte sie ihr die Nachricht.

Julie rollte das Reispapier auseinander, las die Zeilen. Ihr Gesichtsausdruck verriet nicht, was in ihr vorging.

»Julie? Was ist los? Was steht da?«

»Warum willst du das wissen?«

»Weil du meine Freundin bist und weil du gestern deine große Liebe verloren hast. Ich weiß nicht, ob es der richtige Zeitpunkt ist, dass du ...«

»Als ob jemals der richtige Zeitpunkt wäre! Als ob wir nicht täglich Schreckliches erleben würden!« Julies Gesichtszüge waren hart. »Und doch ...« Sie zögerte.

»Was, Julie?«

»Dieser Auftrag kommt zum falschen Zeitpunkt.«

»Inwiefern? Nun lass dir doch nicht jedes Wort aus der Nase ziehen!«

»Es geht um meine Mutter. Sie ist inzwischen in einer Anstalt.« Charlotte nickte. Julies Vater war nicht mehr in der Lage gewesen, sich um seine Frau zu kümmern, ihre psychische Krankheit war immer schlimmer geworden. »Wir haben sie letzte Woche besucht, und es ist entsetzlich, wie es dort zugeht! Die Patienten kriegen kaum etwas zu essen und sterben wie die Fliegen. Ich weiß nicht, ob es an der schlechten Versorgung liegt oder ob ihnen bewusst Nahrungsmittel entzogen werden. Wie auch immer, das Ergebnis bleibt das Gleiche. Wenn mein Vater und ich sie nicht schnellstmöglich von dort wegbringen, droht ihr das gleiche Schicksal. Mein Vater allein schafft das nicht, der Anstaltsleiter will meine Mutter nicht gehen lassen. Zur Not muss ich Gewalt anwenden und für einige Tage bei meinen Eltern bleiben.«

»Das verstehe ich. Kann ich irgendwie helfen?«

Julie presste das Papier so fest zusammen, dass ihre Finger weiß wurden. »Ich kann nicht beides gleichzeitig tun. Diese Aufgabe erfüllen und meine Mutter retten.«

Charlotte holte tief Luft. »Dann werde ich es tun. An deiner Stelle.«

»Bist du dir sicher?«

»Ja. Egal, was es ist, ich tue es. Du hast schon Eric verloren. Deine Mutter sollst du nicht auch noch verlieren.«

Julie zögerte, dann reichte sie Charlotte das Papier.

Sie las die Zeilen, dann nickte sie stumm.

Julie ging auf sie zu, umarmte sie. »Ich danke dir«, flüsterte sie.

Charlotte verspürte keine Angst. Es war selbstverständlich gewesen, dies für Julie zu tun. Nun musste sie sich auf diese Aufgabe innerlich vorbereiten, die so viel mehr war, als Botschaften zu überbringen.

Sie erzählte Henri abends im Bett davon, leise, furchtsam. In der Schwärze der Nacht kam ihr dieses Unterfangen noch viel schwieriger vor als am helllichten Tag.

»Ich begleite dich. Keine Widerrede«, erklärte er. »Julie und Eric sind auch stets zusammen losgezogen. Es ist einfacher zu zweit.«

»Und was ist mit Édouard?« Sie hatten noch nie gemeinsam gearbeitet. Zum einen, weil Henri als Eisenbahner ganz andere Aufgaben hatte als Charlotte. Zum anderen hatten sie die Übereinkunft getroffen, dass Édouard zumindest einen Elternteil brauchte. Sollte also einem von ihnen etwas passieren, so wäre immer noch der andere für ihn da …

»Édouard ist alt genug, er wird es verstehen. Und es gibt ja auch noch Francine und Étienne.«

»Aber Édouard braucht uns, seine Eltern.«

»Und ich brauche dich«, erwiderte Henri. »Du wirst dies nicht allein tun, Charlotte.«

Sie widersprach nicht weiter.

Zwei Tage später ging es los. Vier Soldaten mussten sie aus einem Heuschober oben in den Bergen abholen, drei britische und einen amerikanischen. Safe Houses nannte der britische Geheimdienst diese Orte, Verstecke, die sicher wirkten, jedoch meist nur für kurze Zeit. Julie hatte Charlotte alles haarklein erklärt, die Route, wie sie sich verhalten sollte, einfach alles. Jetzt lag es in ihrer Hand.

Die Männer warteten seit drei Tagen auf ihre Flucht, sie hatten kaum etwas zu essen gehabt, wirkten verhärmt, waren unrasiert und ungewaschen, und einer von ihnen, der Amerikaner, hatte eine eiternde Verletzung an der Schulter.

»Zum Glück ist es nur die Schulter und nicht der Fuß«, stellte

Charlotte ungerührt fest, als sie die Verletzung begutachtete. »Wir müssen es schließlich über die Pyrenäen schaffen.«

»Ich beiße die Zähne zusammen.«

Es war gefährlich, Zug zu fahren, die Deutschen kontrollierten die Fahrgäste ständig, und wenn man keine Papiere hatte, machten sie kurzen Prozess. Doch sie hatten keine andere Wahl, denn ein anderes Fortbewegungsmittel stand ihnen nicht zur Verfügung. Eine Fahrt in einem Auto war aufgrund der häufigen Straßensperren und Kontrollen auch nicht mehr einfach, zudem besaßen sie keines.

Es gab nur noch drei Eisenbahnstrecken zu den spanischen oder schweizerischen Grenzgebieten. Bahnhöfe sowie Straßen in deren Nähe wurden seit November 1942 streng bewacht, genau wie die kilometerlangen Sperrzonen. Sie konnten also nur noch bis Perpignan fahren, um dann zu Fuß weiterzugehen.

Sie verteilten sich, Henri und die drei britischen Soldaten saßen in einem Waggon, Charlotte und der Amerikaner in einem anderen. Lange Zeit blieb alles ruhig, der Zug ruckelte vor sich hin, für Charlottes Begriffe viel zu langsam. Aber vielleicht kam es ihr auch nur so vor. Misstrauisch beäugte sie bei jedem Halt das Geschehen auf den Bahngleisen, hielt nach Gestapo, SS oder Gendarmerie Ausschau.

Dann, am Abend, kurz bevor sie ihr Ziel erreicht hatten, riss plötzlich einer der französischen Schaffner die Tür zum Abteil auf und rief: »Die SS wird den Zug gleich stoppen und alles kontrollieren!«

Charlotte sprang auf, ihr war schwindlig vor Angst. Mit Henri hatte sie besprochen, dass sie im Notfall springen würden, auch aus einem fahrenden Zug. Sie durften niemals den Deutschen in die Hände fallen.

»Wir müssen hier raus«, rief sie dem Amerikaner zu und schulterte ihren Rucksack. Er folgte ihr auf den Gang, der Zug wurde währenddessen immer langsamer. Links vom Bahngleis erschienen durch das milchige Fenster schattenhaft die grauen Umrisse einer Gruppe von SS-Männern.

Charlotte öffnete das Fenster auf der rechten Seite. Der Zug war fast schon zum Halten gekommen, nur ein leichter Fahrtwind war zu spüren. »Wir müssen springen«, rief sie ihrem Gefährten zu. Er rief irgendetwas, das sie aber nicht mehr verstand. Sie ließ sich fallen, rappelte sich auf und fing an zu rennen. Sie hörte das Keuchen des Amerikaners hinter sich, verhedderte sich an der Böschung in einem Strauch, riss sich los, lief weiter, kopflos, wie von Sinnen. Sie schafften es bis nach oben zu einem Weinberg, dann blieben sie erschöpft liegen.

Als sie wieder zu Atem gekommen war, richtete sie sich auf. »Ich muss zurück, um nach den anderen zu sehen.«

Der Amerikaner schüttelte den Kopf. »Ich werde gehen.« Er deutete auf ihren Fuß. Sie hatte nicht bemerkt, dass ihr Schuh blutdurchtränkt war. Sie musste in etwas Scharfkantiges getreten sein, einen Nagel oder einen spitzen Stein, der sich durch die dünne abgelaufene Sohle und mitten in ihre Ferse gebohrt hatte. Jetzt brannte und schmerzte es, aber sie versuchte trotzdem aufzustehen. »Ich muss nach Henri sehen«, keuchte sie. Alles andere war ihr egal, nur Henri zählte.

»Ich werde gehen«, wiederholte der Pilot, und sie musste einsehen, dass er recht hatte. Sie konnte sich vor Schmerzen kaum auf den Beinen halten, geschweige denn laufen.

»Ich bin bald zurück.« Er schlich den Hang hinab und war kurz darauf aus ihrem Sichtfeld verschwunden.

Es war inzwischen Nacht geworden, sie hörte die Grillen zirpen, in der Ferne den Ruf einer Ohreule, deren gleichförmiges Pfeifen wie ein Nebelhorn klang.

Stunden vergingen, und niemand kam. Sie registrierte ihren eigenen Herzschlag, und der betäubende Schmerz in ihrem Fuß nahm ihr fast die Luft zum Atmen. Sie dachte an Édouard und daran, dass er ganz allein war.

Henri und die anderen werden nicht kommen, schoss es ihr durch den Kopf. Erneut versuchte sie aufzustehen, sie schaffte es sogar, bis zum Hang zu humpeln, spähte hinab, konnte in der Dunkelheit aber kaum etwas erkennen. Erschöpft ließ sie sich fallen, vergrub verzweifelt den Kopf in den Händen, spürte, wie Tränen über ihre Wangen liefen. Sie rollte sich zitternd zusammen und glitt hinüber in einen unruhigen Schlaf.

Irgendwann, der Morgen graute, erwachte sie, weil sie jemand an der Schulter schüttelte. Sie dachte, es wäre ein Traum, als sie schemenhaft Henris Gesicht vor sich sah.

Sie tastete nach seiner Hand. »Du bist es«, flüsterte sie. »Du bist es wirklich.«

Er zog sie zu sich heran und bedeckte ihr Gesicht mit Küssen. »Du glühst ja«, stellte er dann fest.

»Mein Fuß«, stieß sie hervor, ihre Stimme klang heiser und fremd.

Er nahm ihren Fuß und zog ihr behutsam den Schuh aus. Es schmerzte so sehr, dass sie kurz dachte, sie würde ohnmächtig werden.

»Das sieht übel aus«, stellte er mit besorgtem Gesichtsausdruck fest. Henri nahm seinen Rucksack ab, holte Verbandszeug und Desinfektionsmittel heraus sowie ein Fläschchen mit Morphium. Nachdem er die Wunde versorgt hatte und das Opiat wirkte, legte er ihr seine Jacke um die Schultern, und sie schlief in seinem Arm abermals ein.

Als sie erwachte, war es taghell. Sie hatte noch immer pochende Schmerzen in ihrem Fuß, aber es war lange nicht mehr so schlimm wie zuvor. Nun bemerkte sie auch, dass sie nicht allein waren. Zwei der britischen Soldaten lagen auf der Wiese und schliefen.

Henri reichte ihr eine Feldflasche mit Wasser und ein Stück Brot.

»Was ist euch passiert?«, fragte sie zwischen zwei Bissen.

»Wir sind ebenfalls aus dem Zug gesprungen, aber in die entgegengesetzte Richtung geflohen und hatten Pech. Die SS war uns direkt auf den Fersen. Einer der Piloten wurde von einer Kugel getroffen, er ist direkt neben uns zusammengebrochen, aber wir durften nicht stehen bleiben.« Henris Stimme erstarb, doch dann erzählte er weiter. »Wir konnten uns bis zu einem abgelegenen Hof durchschlagen, wo wir uns in einem Pferdestall versteckten. Die SS hat die ganze Gegend durchkämmt, wir haben gehört, wie sie alles abgesucht haben. Nur mit Glück haben sie uns nicht gefunden.«

»Dennoch hast du mich gefunden.«

»Das war auch pures Glück. Wir wollten uns auf die Suche nach einem neuen Versteck machen, haben uns durch die Wälder und über die Äcker bis zu den Weinbergen durchgeschlagen. Und da haben wir dich gefunden.«

»Ich habe gedacht, du wärst den Deutschen in die Hände gefallen. Aber eigentlich sollte ich dich besser kennen. So leicht kann man dich nicht fassen.« Ein leises Lächeln huschte über sein Gesicht. »Der Amerikaner wollte euch suchen. Aber bislang ist er nicht zurückgekommen.«

»Die Deutschen werden ihn wohl erwischt haben. Aber er und der angeschossene Brite wissen nicht viel, sie können unser nächstes Ziel nicht verraten.«

»Und was machen wir jetzt?«, fragte sie.

»Nach Perpignan, wo unser spanischer Führer wartet, müssten

es von hier ungefähr zehn Kilometer sein.« Er schaute sie besorgt an. »Kannst du laufen?«

»Es wird schon irgendwie gehen.«

»Bist du dir sicher? Vielleicht ist es besser, wenn du dich in Perpignan bei unserem Kontakt versteckst.«

Charlotte schüttelte entschieden den Kopf. »Nein, ich komme mit bis zum Ende der Route. Es ist unsere Aufgabe, die Soldaten in Sicherheit zu bringen. Du weißt, dass man den Bergführern nicht immer trauen kann, deshalb müssen wir sie begleiten, bis zum Schluss, ganz egal, was passiert. Und ich will nicht mehr von dir getrennt sein, hörst du?«

»Gut. Aber wir müssen uns auf dich verlassen können.«

»Henri, du kannst dich auf mich verlassen.«

Sie warteten, bis es wieder Nacht wurde, dann machten sie sich auf den Weg, liefen durch die Finsternis, nur der Mond spendete ihnen schwaches Licht.

Perpignan erreichten sie im Morgengrauen. Sie gingen zu der Adresse, wo die Briten ihre Kontakte versteckten. Doch bevor sie die Eingangstür öffneten, hielt Charlotte die anderen zurück. Sie warf Henri einen Blick zu, deutete mit dem Kopf auf das obere Fenster. Er folgte ihrem Blick und nickte. Die Vorhänge waren zugezogen. Das Haus war kein sicherer Ort mehr.

»Geht weiter«, rief Charlotte den Briten leise zu.

Sie gingen bis zur nächsten Straßenecke, wo Henri sie alle in einen Hauseingang zerrte.

»Was sollen wir jetzt tun?«, keuchte Charlotte. Ihr Fuß tat nach dem langen Marsch weh, und sie hatte sich so sehr gewünscht, sich für einen Moment ausruhen zu können.

»Wir können nur hoffen, dass unser spanischer Führer nicht verhaftet wurde«, sagte Henri nachdenklich. »Du bist ganz blass. Wir müssen uns kurz irgendwo hinsetzen.«

»Wir haben keine Zeit dafür«, mischte sich einer der Briten ein, er war klein und kräftig. »Wir müssen weiter. Ich will nicht wie meine Kameraden enden.«

»Er hat recht, Henri«, pflichtete Charlotte ihm bei. »Wo könnte sich unser spanischer Führer denn versteckt haben? Lass uns nachdenken!«

»Ich weiß es nicht!«, rief Henri verzweifelt.

»Gibt es ein weiteres Versteck in der Gegend?«, fragte der zweite Brite, der schmaler und schmächtiger war als der andere.

»Nein. Aber ...« Charlotte zögerte. »Eine Frau, der ich mal eine Nachricht überbracht habe, hat mir damals erzählt, dass sie auf dem Weg über die Pyrenäen stets dünne Espadrilles getragen hat, diese traditionellen spanischen Leinenschuhe. Ihre Bergführer gaben sie ihr, da die Fußabdrücke keine Aufmerksamkeit der Verfolger auf sich ziehen würden. Sie sagte, dass diese Schuhe stets von einem jungen Mann beschafft werden, der eine kleine Werkstatt in der Nähe von Céret hat. Dort verstecken sich wohl manchmal auch andere Kontakte oder Flüchtlinge.«

»Weißt du, wo diese Werkstatt genau ist?«, fragte Henri.

Charlotte seufzte. »Nicht genau. Sie meinte aber, sie hätte sich in der Nähe einer alten Fabrikhalle befunden, die wäre schon von Weitem zu sehen.«

»Dann hilft es nichts«, stellte Henri fest. »Wir müssen wohl weiter nach Céret.«

»Aber der Morgen bricht an. Wir können nicht am helllichten Tag durch die Gegend spazieren! Und nach Céret sind es fast fünfunddreißig Kilometer!«, warf Charlotte ein.

»Wir haben aber keine Wahl. Oder willst du dich festnehmen lassen? In Perpignan wimmelt es nur so von SS und Gestapo. Hier gibt es kein sicheres Versteck mehr.«

Charlotte biss sich auf die Lippen. »Na schön.«

Sie folgte den drei Männern die Straße hinunter. Es war kaum jemand unterwegs um diese Uhrzeit. Schließlich erreichten sie den Stadtrand und konnten in einem Korkeichenwald untertauchen. Dann ging es weiter über Felder in Richtung militärisches Sperrgebiet nach Céret. Wenn sie schnell liefen, konnten sie vielleicht in der darauffolgenden Nacht schon dort sein. Charlottes Fuß schmerzte, aber sie biss die Zähne zusammen. Sie musste durchhalten, das war alles, was zählte.

Sie machten nur wenige Pausen und ruhten sich kaum aus. Henri fragte häufiger, wie es ihr ginge, aber sie versicherte ihm, dass alles in Ordnung sei. Schließlich, am späten Abend, die Nacht zog schon langsam herauf, tauchten die Häuser von Céret in der Ferne auf. Dahinter war ein großer Schornstein zu sehen.

»Die Fabrik!«, rief Charlotte. »Dort in der Nähe muss die Werkstatt sein!«

Sie näherten sich vorsichtig dem Gelände, denn sie befanden sich schon fast im Sperrgebiet. Hier erwischt zu werden konnte den sicheren Tod bedeuten.

Entlang der großen Straße, die zu dem Fabrikgebäude führte, befanden sich nur wenige Häuser, die meisten wirkten unbewohnt. Fieberhaft suchte Charlotte nach einem Haus, das einer Werkstatt ähnelte. Doch je näher sie der Fabrikhalle kamen, desto hoffnungsloser wurde sie. Wenn sie nicht bald ein Versteck fanden, würde die Gestapo oder die SS sie aufspüren.

»Da!«, rief einer der britischen Soldaten plötzlich.

Sie folgten seinem Blick. Etwas abseits der Straße führte ein schmaler Weg zu einem Haus, eher einer Art Hütte mit schiefem Dach und wenigen Fenstern.

»Könnte eine Werkstatt sein«, mutmaßte Henri. »Oder ein einfaches Wohnhaus.«

»Wir müssen es versuchen«, sagte Charlotte.

Sie näherten sich dem Gebäude und klopften zaghaft an die morsche Holztür. Kurz darauf stand eine junge Frau vor ihnen. Sie war vielleicht achtzehn oder neunzehn, mit einem ausgesprochen aparten Gesicht. Sie sah von einem zum anderen und schien sofort zu verstehen, was los war.

»Schnell, kommt rein.« Sie hatte einen spanischen Akzent.

In der Hütte war es gemütlicher, als sie von außen vermutet hatten. Sie bestand aus nur einem Raum mit einem Schrank, zwei Betten, einem Tisch und einem Ofen. Direkt daran schloss sich die Werkstatt an, getrennt allein durch einen dünnen Vorhang. Hinter dem Vorhang trat eine weitere junge Frau hervor, sie war ein bisschen älter, aber nicht weniger hübsch als die andere.

»Setzt euch.« Die Jüngere deutete auf ein paar einfache Schemel, auf denen sie dankbar Platz nahmen. Charlottes Fuß pochte nach dem langen Marsch, und endlich sitzen zu können tat ungemein gut.

»Woher kommt ihr?«, fragte die Ältere.

»Aus Nizza«, antwortete Charlotte.

»Dann kennt ihr Julie?«, fragte die Jüngere aufgeregt, aber die Ältere warf ihr einen bösen Blick zu, als wolle sie sagen, dass es noch zu früh sei, den Fremden zu trauen.

»Ja. Julie ist meine Freundin«, erwiderte Charlotte.

Die Jüngere ignorierte den warnenden Blick der Älteren. »Wir haben vor einigen Wochen zusammen mit ihr Flüchtlinge über die Pyrenäen gebracht. Ich will auch Ärztin werden! Sie hat mir so viel über ihren Beruf erzählt!«

»Ihr habt mit Julie Flüchtlinge über die Pyrenäen gebracht?«, fragte Henri fassungslos.

Die Ältere grinste. »So ist es.«

»Aber ihr seid so jung!«, bemerkte Charlotte.

»Das ist kein Hindernis«, erklärte die Ältere ruhig. »Ich bin übrigens Cristina, und das ist meine kleine Schwester Carmen.« Sie stand auf und reichte ihnen kleine Becher mit heißem Tee. »Wir sind Spanierinnen. Unsere Eltern waren Bergführer, wir sind in den Bergen aufgewachsen, wir kennen jeden Felsen, jede Schlucht.«

»Wo sind eure Eltern jetzt?«, fragte Charlotte.

»Die Deutschen haben sie gefangen genommen. Irgendetwas ist schiefgegangen, irgendwer hat sie verraten. Das war im letzten Jahr. Seitdem machen wir weiter, zusammen mit unserem Bruder. Er ist gerade unterwegs. Diese Werkstatt ist der einzige sichere Ort.«

»Eure Eltern wären sicher stolz auf euch«, erklärte Henri.

Cristina erwiderte nichts. Ihr rabenschwarzes Haar fiel ihr in die Stirn, ihre großen dunklen Augen wirkten traurig.

»Bei uns ist ebenfalls alles schiefgelaufen«, fuhr Henri fort. »Wir haben zwei Männer verloren, und unser Versteck in Perpignan ist aufgeflogen.«

»Wir können euch nach drüben bringen«, erklärte Carmen ohne weitere Umschweife. Sie schien impulsiv zu sein, was ihrer älteren Schwester nicht immer zu gefallen schien.

»Aber das Albères-Massiv ist tückisch«, fügte Cristina hinzu und sah Charlotte misstrauisch an. »Du siehst nicht gut aus«, stellte sie rüde fest.

»Es ist der Fuß.« Charlotte zog ihren Schuh aus und zeigte ihr die Wunde.

Cristina befahl ihrer Schwester, ein paar Dinge zu holen. Dann wickelte sie den Verband ab, den Henri angelegt hatte, und tupfte eine Tinktur auf den verletzten Bereich, die bestialisch stank.

»Was ist das?«, fragte Charlotte und verzog das Gesicht. Es brannte und schmerzte höllisch.

»Heilkräuter«, antwortete Cristina knapp. »Von unserer Großmutter. Wirksamer als alle sonstige Medizin. Und kein Verband heute Nacht! Es muss heilen.« Sie drehte sich wieder zu ihrer Schwester um. »Hol ein paar Decken aus der Werkstatt.«

Kurz darauf lag Charlotte neben Henri in einem der beiden Betten, eingewickelt in eine warme Decke. Augenblicklich war sie eingeschlafen.

Noch vor dem Morgengrauen wurde sie von Carmen geweckt. »Du musst dich beeilen«, flüsterte sie. »Es geht los.«

Charlotte richtete sich auf. Cristina und die Briten standen schon fertig angezogen an der Tür. Sie hatten Rucksäcke geschultert und Wanderstöcke in der Hand. Henri hockte neben ihr und verband ihren Fuß. »Du kannst hierbleiben, Charlotte.«

Sie schüttelte den Kopf, rappelte sich auf und zog sich an. »Ich komme mit.«

»Hört zu.« Cristina sah sie alle eindringlich an. »Wir gehen zunächst zum hiesigen Güterbahnhof. Von dort fahren Züge bis zum Rand der Pyrenäen.« Sie öffnete die Tür. »Folgt mir.«

Auf den Gleisen standen einige abfahrbereite Güterzüge. Flink sprangen Cristina und Carmen auf die Loren, in denen nichts weiter als Leinensäcke lagen. »Auf dem Rückweg wird in ihnen Kohle transportiert«, rief Carmen den anderen zu. »Versteckt euch darunter.«

Es war stickig unter den schweren Säcken, und Charlotte versuchte, durch die Ritzen des Stoffs mehr zu erkennen, aber sie nahm nur Licht und Schatten wahr. Irgendwann setzte sich der Zug ruckelnd in Bewegung, und es dauerte eine gefühlte Ewigkeit, bis er endlich wieder zum Halten kam.

»Los, raus hier«, hörte Charlotte Cristinas Stimme.

Charlotte befreite sich aus ihrem Versteck und sprang – so wie die anderen – in geduckter Haltung von den Loren. Nur langsam gewöhnten sich ihre Augen an die Helligkeit, dann bemerkte sie das gewaltige Bergmassiv, das sich vor ihnen auftat. Schneebedeckte Gipfel, Felsvorsprünge, Gletscher. Sie blieb stehen, um sich diese grandiose Natur anzusehen, doch Henri riss sie mit sich.

Nach einer Weile erreichten sie ein Waldstück am Fuße des Berges. Keuchend nahmen Cristina und Carmen ihre Rucksäcke ab und holten vier Paar Leinensandalen heraus. »Zieht die an. Schnell«, befahl Cristina.

Auf einmal ging es steil bergauf, Meter für Meter. Cristina und Carmen stiegen so schnell nach oben, dass die anderen Mühe hatten, Schritt zu halten. Es gab kaum eine Verschnaufpause, erst auf einem Plateau in bereits schwindelerregender Höhe kamen sie zum Halten.

Carmen trat auf Charlotte zu. »Geht es?«, fragte sie besorgt.

»Ich bin zäh«, erwiderte Charlotte.

Carmen lächelte. »So wie wir.«

Es ging weiter hinauf, der Wind hatte zugenommen, und es wurde beständig kühler, je höher sie kamen. Sie kletterten über steile, manchmal vereiste Hänge, sie wateten durch sumpfige, matschige Pfade, durch eiskalte Flüsse.

»Wir sind gleich da. Unsere erste Anlaufstelle«, erklärte Cristina schließlich.

Sie kamen zu einem Bauernhof. Der alte Bauer gab ihnen etwas zu essen, hier konnten sie auch für einige Stunden schlafen. Mitten in der Nacht brachen sie erneut auf. Carmen sagte, dass sie heute die Grenze überqueren müssten.

»Das wird der schwerste Teil«, fügte Cristina hinzu.

Die Route verlief über eine schmale Hängebrücke, die über einen reißenden Fluss führte und die Grenze zu Spanien darstellte. Suchscheinwerfer blitzten auf.

»Wir müssen da hinüber. Nacheinander. Und zwar genau dann, wenn der Scheinwerfer abdreht«, wisperte Cristina, als sie aneinandergedrängt hinter einem Felsvorsprung auf ihre Gelegenheit warteten.

Carmen war die Erste. Sie rannte so schnell, als wäre sie ein Schatten. Ihr folgten die beiden Soldaten, und danach war Charlotte an der Reihe. Sie wartete ab, bis der Scheinwerfer in die entgegengesetzte Richtung schwenkte, in diesem Augenblick lief sie los. Die Hängebrücke war wackelig, und sie musste sich an der schmalen Schnur festhalten, die als Handlauf diente.

Und dann geschah es. Sie rutschte aus, schlitterte ein Stück über die nassen Holzbohlen, klammerte sich gerade noch an einer fest. Sie sah ihre eigenen Beine über dem Abgrund baumeln, hörte den reißenden Fluss tief unter sich. Mit aller Kraft versuchte sie, sich hochzuziehen, aber sie war nicht stark genug. Immer wieder glitt sie ab. Sie wusste, gleich würde sie der Suchscheinwerfer erfassen. Panisch sah sie zu Carmen, anschließend zu Henri auf der anderen Seite, der sie hilflos und verzweifelt ansah. Sie dachte, dass es wohl am besten sei loszulassen, auch wenn das ihren sicheren Tod bedeutete. Denn hatte der Scheinwerfer sie erst erfasst, war alles aus, dann würden die Deutschen auch die anderen finden. Doch das durfte sie nicht zulassen. Sie dachte an Édouard und verabschiedete sich von ihm.

In diesem Moment spürte sie, wie jemand ihr Handgelenk packte. Es war Cristina. Sie lag auf den Holzbohlen der Brücke, hatte sich mit den Füßen in den dünnen Seilen, die das Geländer bildeten, verkeilt. Sie muss verrückt sein, schoss es Charlotte durch den Kopf, die Brücke wird niemals uns beide halten. Cristina zog sie aber ein Stück nach oben, und es gelang Charlotte irgendwie, ihren Oberkörper wieder hochzuhieven. Cristina half ihr, bis sie schließlich nebeneinanderlagen. Es waren nur noch wenige Meter bis zum rettenden Felsvorsprung, aber Charlotte kam er unerreichbar vor. Wie Käfer krabbelten die beiden Frauen voran, die Köpfe gesenkt. Die Brücke schaukelte und wankte. Der Scheinwerfer näherte sich, doch dann hatten sie die andere Seite erreicht. Erschöpft brach Charlotte zusammen, blieb auf dem Bauch liegen. Erst nach einer Weile drehte sie den Kopf zu Cristina. »Danke«, flüsterte sie. »Du hast mir das Leben gerettet.«

Der Suchscheinwerfer hatte nun die Brücke erfasst, und Charlottes Blick wanderte dorthin, wo Henri noch wartete. In dem grellen, unbarmherzigen Licht nahm sie sein Gesicht wahr, sah seine Erleichterung.

»Er hätte dir nicht helfen können. Ich bin viel leichter«, flüsterte Cristina. »Und geschickter«, fügte sie hinzu.

»Meinst du, die Brücke hält ihn noch aus? Sieh mal, die Seile sind an einigen Stellen schon gerissen«, meinte Carmen.

Cristina und Charlotte folgten ihrem Blick. Die Brücke wurde nur von wenigen dünnen Seilen gehalten, und diese wirkten tatsächlich nicht so, als würden sie noch lange standhalten.

»Aber es gibt keinen anderen Weg. Oder er muss umkehren«, stellte Cristina nüchtern fest.

Charlotte rang mit sich. Sie wusste, dass die Wahrscheinlichkeit groß war, dass die Brücke nicht halten würde. Henri war zwar schnell und wendig, aber schwer. Die Vorstellung, dass er in die Tiefe stürzen könnte, nahm ihr die Luft zum Atmen.

»Er muss umkehren«, sagte sie.

Cristina und Carmen nickten.

Charlotte sah erneut zu ihm hinüber. Dann schüttelte sie den Kopf und zeigte auf die Seile. Er verstand, formte mit den Lippen die Worte »Ich liebe dich«, danach war er in der Dunkelheit verschwunden.

»Wir müssen weiter«, befahl Cristina. Sie hatte zwei tiefe Schrammen auf der Stirn, vermutlich von der Rettungsaktion auf der Brücke, aber das schien sie nicht zu stören.

Charlotte versuchte, sich zu beruhigen. Henri würde es schaffen, sie musste an ihn glauben. Er würde den Weg zurückfinden, wäre bald in Sicherheit. Sie folgte Cristina, Carmen und den Briten, bemühte sich, sich auf die Strecke zu konzentrieren und ihre Furcht nicht zuzulassen.

Nach ungefähr einer Stunde durch unwegsames Gelände drehte sich Cristina um. »Wir können nur kurz rasten. Francos Truppen kontrollieren die ganze Gegend. Wir müssen also vorsichtig sein.«

Sie stiegen langsam hinab. Schließlich lag ein kleiner Ort vor ihnen.

»Wir haben einen Kontakt unten im Dorf«, erklärte Carmen. »Unseren Onkel.«

Es war früher Morgen, der Horizont färbte sich lavendelfarben, war von einer fast unwirklichen Schönheit. Je weiter sie nach unten kamen, desto wärmer wurde es, die unbarmherzige Kälte und der eisige Wind wichen einer fast frühlingshaften Luft. Auch die Landschaft veränderte sich, sie hatten die kargen und schroffen Felsen des Gebirgsmassivs hinter sich gelassen und eilten nun über satte Wiesen. Schwaches Sonnenlicht brach sich im Blätterdach der Bäume, eine grüne Schlange zischelte über das Geröll und verschwand dann im Dickicht.

Der Onkel der Schwestern wohnte in einem kleinen Haus mit einer karmesinroten Fassade, er sprach nicht viel, stellte ihnen nur Teller mit einem dicklichen Brei hin und zeigte ihnen ihren Schlafplatz.

»Wir bringen die englischen Soldaten nach San Sebastián, zum dortigen britischen Konsul«, bemerkte Carmen am nächsten Morgen. Die beiden Briten schliefen noch, während Cristina, Carmen und Charlotte vor dem Haus saßen und echten Kaffee tranken.

»Warum tut ihr das?«, fragte Charlotte plötzlich. »Warum setzt ihr euer Leben aufs Spiel für Menschen, die ihr nicht einmal kennt? Ihr könntet in Ruhe auf das Ende des Krieges warten. Ihr seid jung, euch steht noch so vieles offen.«

Cristina sah sie lange an, bevor sie antwortete. »Wir tun es aus dem gleichen Grund, aus dem du es tust, aus dem Henri, Julie und all die anderen es tun. Wir riskieren unser Leben nicht für einzelne Menschen, nein, wir machen es, damit alle Menschen frei leben können. Das haben unsere Eltern uns beigebracht.«

»Aber nicht jeder Bergführer denkt so«, fügte Carmen hinzu. »Es gibt einige, die gut von der Résistance bezahlt werden. Und es gibt Verräter. So wie die, die unsere Eltern auf dem Gewissen haben.«

»Und euer Bruder? Wo ist er?«

»Er wollte nach Marseille, um dort einige Flüchtige abzuholen. Aber wir haben ihn seit Wochen nicht mehr gesehen«, gestand Carmen.

»Das tut mir leid«, sagte Charlotte. »Ihr bringt viele Opfer.«

»Wir überstehen den Krieg«, erwiderte Cristina mit fester Stimme. »So können wir später von alldem hier erzählen.«

Sie erreichten San Sebastián am nächsten Tag. Cristina und Carmen warteten auf der Straße, während Charlotte mit den Soldaten das britische Konsulat betrat. Sie reichte ihnen zum Abschied die Hand. Ihr fiel auf, dass sie die beiden Männer nie richtig angesehen hatte, fast, als hätte sie Angst gehabt, eine Bindung zu ihnen aufzubauen.

»Wir danken Ihnen«, erklärte der Kräftigere der beiden.

»Sie leisten Großartiges«, fügte der andere hinzu.

Carmen und Cristina hatten sich Zigaretten angezündet, als Charlotte wieder ins Freie trat. Diese Ungezwungenheit ließ sie kurz an früher denken, an verlorene, ferne Zeiten.

»Du kannst den Zug nehmen«, sagte Cristina. »Es ist nicht schwer, nach Frankreich einzureisen.«

»Dann werden sich hier wohl unsere Wege trennen. Ich kann mich gar nicht genug für eure Hilfe bedanken.«

»Sag Julie, dass ich von ihr noch mehr darüber erfahren möchte, wie es ist, Ärztin zu sein«, entgegnete Carmen.

»Das mache ich.« Charlotte schüttelte den Schwestern nacheinander die Hand, obwohl sie sie am liebsten in den Arm genommen hätte. Aber eine solche Geste wäre wohl unpassend gewesen.

Danach machte sie sich auf den Weg zum Bahnhof. Der Zug war voll mit deutschen Soldaten, und Charlotte drängte sich zwischen ihnen hindurch, bis sie einen freien Sitzplatz ergattert hatte. Sie wusste, dass sie ramponiert aussah mit ihrem kaputten Fuß, mit dem sie inzwischen nur noch humpeln konnte, dem abgetragenen Mantel und dem ungewaschenen, zerzausten Haar. Doch wen interessierte das?

Ihre Gedanken wanderten zu Henri. Hatte er es geschafft? Der Abstieg war kaum weniger schwer zu bewältigen gewesen als der Aufstieg. Und er war diese Route noch nie zuvor gegangen. Doch sie war überzeugt, dass er es geschafft hatte, dass er zu Hause bei Édouard war, dass die beiden sie schon erwarteten.

Plötzlich hörte sie, wie es weiter hinten im Abteil laut wurde, jemand beschimpfte einen anderen lautstark auf Französisch. Sie drehte sich um. Ein älterer Mann war aufgesprungen, er gestikulierte wild herum, baute sich vor einer Gruppe Boches auf, die ihm belustigt zusahen. Als sie genauer hinschaute, erkannte sie, dass inmitten der deutschen Soldaten ein Mann saß, der keine Uniform trug. Sie hielt die Luft an.

Es war Pierre. Einer der Soldaten beugte sich zu ihm hinüber, und Pierre schien ihm die Bedeutung der Schimpfwörter, die der alte Mann benutzte, zu erklären. Der Soldat schlug sich dabei immer wieder lachend auf die Schenkel, das breite Gesicht zu einer widerwärtigen Fratze verzerrt.

Charlotte stand auf und ging in den vorderen Teil des Zuges, bis sie außer Sichtweite war.

Sie schaute aus dem Fenster, als der Zug am nächsten Halt zum Stehen kam. Obwohl sie ahnte, was geschehen würde, hoffte sie, dass es anders sein würde. Dass dieser Mann verschont werden würde. Aber so war es nicht, denn in dieser Welt wurde niemand verschont, der anderer Meinung war. Die deutschen Soldaten zerrten den Alten aus dem Zug und ließen ihn direkt am Gleis auf die Knie fallen, die Hände hatte er über dem Kopf zu verschränken. Ohne Umschweife zog einer der Uniformierten seine Pistole und schoss ihm mit einem Grinsen im Gesicht in den Kopf. Der Franzose sackte in sich zusammen. Charlotte zuckte fast unmerklich zusammen, als der Schuss fiel, mehr durfte sie sich nicht anmerken lassen. Pierre stand inmitten der Soldaten und feixte beim Anblick des kaltblütig Erschossenen. Schnell wich sie vom Fenster zurück.

Endlich hielt der Zug in Perpignan. Charlotte stieg aus, drängte sich zwischen anderen Passagieren hindurch zu dem Bahnsteig, wo der Zug nach Nizza wartete. Doch kurz bevor sie einsteigen wollte, spürte sie eine Hand auf ihrer Schulter. Ihr gefror das Blut in den Adern. Sie hatte es über die Pyrenäen geschafft, hatte sich durch Eis und Sturm gekämpft, hatte auf einer Hängebrücke fast ihr Leben verloren – und dann sollte es hier enden? Hier, wo sie nicht mehr weit von zu Hause entfernt war?

Sie kniff die Augen zusammen, drehte sich um.

Pierre stand vor ihr, grienend. »Na, meine hübsche Charlotte«, säuselte er. »Du hast wohl gedacht, ich sehe dich nicht. Aber ich sehe dich immer!«

Sie hätte ihm am liebsten ins Gesicht gespuckt, aber sie musste sich zusammenreißen. Er war einen Pakt mit den Deutschen eingegangen, und das machte ihn gefährlich.

»Lass mich in Ruhe, Pierre«, sagte sie stattdessen.

»Ich weiß es, Charlotte«, erwiderte er kryptisch und fuhr ihr mit seinem Finger über die Wange. In seinen Augen blitzte es gierig. »Aber wir können eine Übereinkunft treffen.«

Sie schüttelte seine Hand ab. »Du weißt rein gar nichts«, zischte sie und wandte sich zum Gehen.

Sie hörte noch seine giftige Stimme in ihrem Rücken. »Doch, ich weiß alles, Charlotte. Alles!«

Sie erreichte Nizza einige Stunden später. Die Begegnung mit Pierre ließ sie nicht los. Es war ein Zufall gewesen, dass er genau diese Strecke gefahren war, das stand fest. Oder verfolgte er sie? Wusste er wirklich mehr? Sie zitterte bei dem Gedanken daran.

Als sie die Haustür öffnete, lief ihr Édouard entgegen. Sie schloss ihn in die Arme, küsste und herzte ihn. Sie hatte ihren Sohn unendlich vermisst.

»Wo ist dein Vater?«, fragte sie.

»Bei der Arbeit. Aber er kommt bald heim.«

Charlotte setzte sich aufs Sofa, Tränen der Erleichterung rannen ihr über die Wangen. All die Anspannung der letzten Tage, der letzten Stunden fiel von ihr ab. Henri war es ebenfalls gelungen, unbeschadet zurückzukehren, das war alles, was zählte. Édouard nahm neben ihr Platz und hielt ihre Hand. Schweigend saßen sie da.

Kurz darauf klopfte es an der Tür. Charlotte zuckte zusammen, doch ihr Sohn sagte: »Es ist sicher nur Olivier. Er wollte mich zum Fußballspielen abholen.«

»Das ist gut.« Sie strich ihrem Sohn zärtlich über die Wange.

»Bis nachher, Maman.« Er sprang auf und war gleich darauf zur Tür hinaus.

Henri kam nur wenig später. Sie brauchten einander nicht zu sagen, wie sehr sie um den anderen gebangt hatten, es lag alles in ihren Blicken, ihren Gesten. Lange saßen sie eng umschlungen auf der Couch, hielten sich fest.

Irgendwann erzählte Henri, wie es ihm gelungen war, dass die Deutschen keine Notiz von ihm nahmen. Zweimal habe er eine falsche Abzweigung genommen, doch schließlich habe er den Bauernhof erreicht, in dem sie schon auf dem Hinweg Unterschlupf gefunden hatten. Der Bauer habe ihm den weiteren Weg erklärt, und so habe er es wieder ins Sperrgebiet geschafft. Von dort sei er mit dem Zug zurück nach Nizza gefahren.

»Cristina und Carmen sind außergewöhnliche Menschen«, stellte Charlotte fest, nachdem sie ihrerseits alles berichtet hatte.

Er drückte sie an sich. »Das sind sie. Manchmal denke ich, dass dieser Krieg uns zwar unglaubliches Leid beschert, aber er hat auch etwas Gutes: Niemals sonst würden wir so außergewöhnlichen Menschen begegnen.«

»Stimmt. Und wo wir gerade davon sprechen: Ich habe eben eine Nachricht von Julie erhalten. Sie hat es geschafft, ihre Mutter zu retten. Vorerst wird sie bei ihren Eltern bleiben.«

»Das ist sicher eine gute Entscheidung«, meinte Henri.

Einige Tage später kam Édouard mit einem blauen Auge nach Hause. Er behauptete, er sei hingefallen, aber Charlotte und Henri glaubten ihm kein Wort.

»Er hat sich geprügelt«, sagte Charlotte ärgerlich, als sie mit Henri das Geschirr vom Mittagessen in dem großen Bottich im Garten abwusch. Der Wasseranschluss im Haus war kaputt, und sie hatten kein Geld, um ihn reparieren zu lassen. Also behalfen sie sich mit Regenwasser, das sie in Eimern auffingen.

»Na und.« Henri zuckte mit den Schultern. »Er ist ein Junge, er muss sich auch mal prügeln.«

»Aber er ist nicht so ein Raufbold wie …« Sie hielt inne.

»Sag es ruhig – wie ich.«

»Worauf ich eigentlich hinauswill: Édouard soll nicht denken, dass er sein muss wie du, um etwas wert zu sein.«

»Das ist ihm bewusst. Wir haben vor einiger Zeit darüber gesprochen.«

Charlotte nahm den letzten Teller in die Hand, zog ihn durch das schon leicht gräuliche Wasser, schrubbte ihn mit Kernseife und reichte ihn Henri, der ihn mit einem Geschirrtuch abtrocknete.

»Immerhin hört er auf dich.«

»Wir sollten in diesem Fall aber gemeinsam mit ihm reden. Er braucht uns beide.«

Sie war einverstanden, sie trug genauso Verantwortung wie Henri. Obwohl für Édouard die Anerkennung seines Vaters wichtiger war als ihre, musste sie ihren Teil dazu beitragen.

Édouard saß in seinem Zimmer auf dem Bett und las in einem Buch, als sie eintraten. Der leicht trotzige Ausdruck in seinem Gesicht verriet, dass ihm klar war, was auf ihn zukam. Sein Veilchen war inzwischen nicht mehr blau, sondern violett.

Henri setzte sich zu ihm, Charlotte blieb an der Tür stehen. Édouard legte sein Buch zur Seite und seufzte. Es war das Seufzen eines Halbwüchsigen, der für eine Standpauke zu alt und für ein ernsthaftes Gespräch noch zu bockig war.

»Édouard«, begann Henri. »Du bist nicht wirklich gefallen, oder?«

Charlotte zuckte zusammen. Henris Worte wirkten, als würde er seinen Sohn der Lüge bezichtigen, dabei ging es darum doch gar nicht! Aber nun gut, sie hatte Henri gebeten, das Gespräch zu führen, also durfte sie sich jetzt nicht beschweren.

»Doch«, erwiderte Édouard trotzig. »Warum sollte ich lügen?«

»Das habe ich nicht gesagt. Wir wollen nur, dass du uns erzählst, was los war. Vielleicht können wir dir helfen.«

Édouard presste die Lippen aufeinander, und Charlotte merkte, dass es an der Zeit war einzugreifen. Sie trat aus dem Schatten des großen Eichenschranks, der neben der Tür stand, hervor. »Édouard. Du musst es uns nicht erzählen, wenn du nicht willst.«

»Na gut«, gab er nach einer Weile zu. »Ich bin nicht hingefallen. Ich hab mich geprügelt.«

Henri und Charlotte wechselten einen Blick.

»Aha«, sagte Henri. »Und warum?«

»Es hat sich so ergeben.«

Charlotte runzelte die Stirn. »So etwas ergibt sich doch nicht einfach so.«

»Sie hatten es verdient.«

»Und warum hatten sie es verdient?«, fragte Henri.

»Es waren diese Jungs aus Beaulieu. Deren Eltern mit den Deutschen unter einer Decke stecken.«

Charlotte kannte sie. Es gab leider genug Menschen, die sich sehr schnell mit den deutschen Besatzern angefreundet hatten, die als ihre Handlanger galten und für kleine Gefälligkeiten ihre besten Freunde verraten würden.

»Das ist aber doch noch kein Grund, sich zu prügeln.«

»Sie haben Witze gemacht. Über Juden«, erklärte Édouard.

»Haben gesagt, sie seien verschlagen und hinterlistig.« Er hielt inne. »Und sie meinten, die Juden gehörten ausgerottet.« Charlotte versuchte, nicht an Sarah zu denken, an ihre Kinder, die vielleicht niemals normal leben, immer auf der Flucht sein würden. »Und dann hab ich es ihnen gezeigt.« Édouard boxte mit der Faust in die Luft, das Gesicht wutverzerrt. »Elende Verräter.«

Ein Lächeln huschte über Henris Gesicht. Er sah sich selbst in seinem Sohn, und Charlotte ahnte, dass dies einem Teil von ihm gefiel.

»Gewalt ist keine Lösung. Das weißt du doch, Édouard. Dein Vater und ich haben dir das immer gesagt.«

»Denkst du das auch, Papa?« Seine blauen Augen schauten seinen Vater fast flehentlich an. Es zerriss Charlotte zu sehen, wie sehr Édouard auf die Anerkennung seines Vaters wartete.

»Deine Mutter hat recht. Es ist richtig, für andere einzustehen und sich gegen Ungerechtigkeit aufzulehnen. Aber nicht um jeden Preis.«

»Aber ihr tut auch irgendwelche Dinge, die nicht erlaubt sind!«, rief Édouard. Er wirkte verzweifelt, wie er so dasaß mit immer noch geballten Fäusten.

»Das ist etwas anderes«, erklärte Henri. »Wir tun niemandem absichtlich weh. Wir tragen nur dazu bei, dass diese Welt wieder besser wird. Aber wir prügeln uns nicht.«

Eine Träne rann Édouard über die Wange, er wischte sie schnell fort. »Aber was soll ich denn dann machen? Ich bin so wütend.«

»Versuch, deine Wut in etwas Gutes umzuwandeln«, sagte Charlotte. »Wir alle haben sie in uns, glaub mir. Aber sie hilft uns nicht weiter, sie macht uns nur schwach und angreifbar. Du musst lernen, sie zu kontrollieren, sonst beherrscht sie dich eines Tages.«

Charlotte und Henri zogen sich zurück. Es war genug. Ihr Sohn musste erst das Gehörte verarbeiten. Er würde seinen Weg machen, dessen war sich Charlotte gewiss.

Der Frühling war gekommen, in all seiner Einzigartigkeit, und Charlotte war, da sie den Weg über die Pyrenäen gemeistert hatte, voller Elan und Tatendrang. Manchmal musste Henri sie bremsen, so viele Pläne machte sie, wollte überall dabei sein, ließ kein geheimes Treffen der Widerständler aus, bot sich als Helferin an, wenn es um Sprengstoffanschläge oder Kuriertätigkeiten ging.

Das karge und spärlich eingerichtete Hinterzimmer im Café de Madame Roux, das schon lange nicht mehr existierte, war ein wichtiger Treffpunkt der Résistance geworden. Ob jemand sie beobachtete, ob die Wehrmacht ihnen auf der Spur war, sie wussten es nicht. Doch sie konnten sich keine Furcht, kein Zögern mehr leisten. Zu wichtig war das, was sie taten.

An einem Morgen Ende April waren Charlotte und Henri schon sehr früh dort. Sie warteten auf einen Eisenbahner, einen Kollegen von Henri, der sich ihnen anschließen wollte. Es war noch schummrig in dem kühlen, winkligen Raum, und die Nässe an der Steinwand ließ einen schalen, schimmeligen Geruch entstehen.

Stumm saßen sie an dem wackeligen Tisch und warteten. Doch der Eisenbahner kam nicht. Irgendwann stand Henri auf.

»Hier stimmt etwas nicht«, wisperte er. »Wir sollten gehen, und zwar schnell!«

Im gleichen Moment hörten sie, wie die Tür zum Café gewaltsam aufgestoßen wurde. Es war eine einfache Holztür mit Glaseinsatz, die nur mit einem billigen Schloss gesichert war.

»Polizei! Wir wissen, dass Sie hier sind! Geben Sie sich zu erkennen!«

Charlotte hielt die Luft an, ihr wurde schwarz vor Augen. Nun war es so weit. Sie waren erwischt worden. Jetzt war alles vorbei.

»Komm mit!«, sagte Henri. »Vielleicht haben wir noch eine Chance.« Er nahm ihre Hand, und sie liefen über den Flur in die Küche, wo sich der Hinterausgang befand. Dort duckten sie sich hinter die Spüle. Henri beugte sich vorsichtig vor und lugte durch das beschlagene Fenster nach draußen.

»Sie sind vor der Tür, auf der Straße, überall. Wir können nicht entkommen«, raunte er, nachdem er seinen Kopf wieder zurückgezogen hatte.

Charlottes Herz schlug wie wild. »Aber wenn sie uns festnehmen, werden sie uns hängen!«

»Nein, das werden sie nicht.« Henri keuchte. »Sie haben keine Beweise! Wir haben keine Spuren hinterlassen. Vertrau mir. Alles wird gut.«

»Aber was ist mit Édouard?« Ihr Atem flatterte.

»Er weiß, was zu tun ist. Er ist alt genug, er wird es verstehen. Irgendwann.«

Dann flüsterte er ihr noch etwas zu, und ihre Hand krampfte sich fest in die seine. »Ich liebe dich«, wisperte sie, und dann hörte sie Rufe und Getrampel. Sie schloss die Augen, stellte sich den Morgen an der Côte d'Azur vor, den hellgelben Schein der Sonne auf weißem Sand, verheißungsvoll glitzerndes Wasser.

Und sie sah Henri und Édouard, wie sie durch die Wellen tobten.

KAPITEL XXI

Nizza, Juni 2019

Als Adam und ich vor dem Antiquitätengeschäft standen, in einer winzigen Seitenstraße in Avignon, mit unscheinbaren abgeblätterten Putzfassaden und kaputten Fensterläden, klopfte mein Herz bis zum Hals. Es war dieses Gefühl, wenn man kurz vor einer möglichen Entdeckung steht, aufgeregt, nervös, voller Vorfreude, aber auch ängstlich. Was, wenn man die ganze Zeit einer falschen Fährte gefolgt war, wenn sich alle Hoffnung in Luft auflöste, wenn alle Mühen umsonst gewesen waren?

Ich holte tief Luft. »Sollen wir?«

»Okay. Du zuerst.«

Langsam drückte ich die Türklinke herunter. Ein Bimmeln erklang, als wir eintraten.

Im Inneren war es schummrig, es roch nach Mottenkugeln und nassem Holz.

»Wie kann ich Ihnen helfen?« Eine mürrisch aussehende rundliche Frau in einem bunten Pullover begrüßte uns. Sie wirkte hinter der Ladentheke zwischen alldem Krimskrams in den deckenhohen Regalen extrem klein.

»Wir suchen Alphonse Cardot. Ihm soll dieses Geschäft gehören.«

Die Lippen der Frau wurden schmal. »Das ist mein Ehemann. Sind Sie von der Polizei?«

»Nein. Wir wollen ihn nur etwas fragen. Es betrifft Ihre Antiquitäten.«

Die Frau zögerte kurz, drehte sich dann aber um. »Alphonse!«, rief sie so laut, dass ich zusammenzuckte.

Kurz darauf erschien der Gerufene. Er war klein und mager, seine Haut von einer unnatürlichen Bräune, dunkles Haar fiel ihm ins Gesicht, es wirkte strähnig und ungewaschen. Aus weit auseinanderstehenden Augen betrachtete er uns misstrauisch.

»Entschuldigen Sie, dass wir hier einfach so hereinplatzen«, sagte Adam, nachdem er uns vorgestellt hatte. »Wir sind auf der Suche nach einem Bild.«

Es half nichts, wir durften die Wahrheit nicht zurückhalten, auch wenn das bedeutete, dass er gleich komplett dichtmachen würde. Aber an seiner Reaktion würde man schon viel erkennen können.

»Es handelt sich um das dritte Bild der ›Liebenden von Nizza‹. Wir haben Informationen, dass es sich in Ihrem Besitz befindet.«

Alphonse Cardot wurde leichenblass. Kurz wirkte es, als wolle er zur Tür hinauslaufen und sich aus dem Staub machen, aber dann schien er sich zu fangen.

»Wer behauptet denn so einen Unsinn?«

»Wir können unsere Quellen nicht verraten. Aber Sie müssen wissen, ein solch wertvolles Bild zu verstecken ist eine schwere Straftat«, entgegnete ich.

Er wurde noch blasser, und seine Frau, die bislang nur stumm daneben gestanden hatte, mischte sich plötzlich ein: »Sie sollten gehen. Mein Mann hat nichts damit zu tun. Wir kennen ein solches Bild nicht.«

Aber so schnell wollten wir nicht aufgeben. Seine Reaktion zeigte deutlich, dass er etwas mit der Sache zu tun hatte. »Haben Sie das dritte Bild noch? Oder haben Sie es verkauft?«, bohrte ich weiter.

»Ich habe keine Ahnung, wovon Sie sprechen. Sehen Sie sich

hier doch um! Wir verkaufen keine wertvollen Gemälde. Und den Namen Girard habe ich noch nie gehört.«

»Wieso Girard? Den Künstler hatten wir gar nicht erwähnt«, sagte Adam.

»Aber …«, stotterte er. Dann schüttelte er entschieden den Kopf. »Und jetzt gehen Sie bitte.« Er zeigte zur Tür.

»Vorher würden wir uns aber gern noch etwas umsehen. Dagegen werden Sie sicher nichts haben, wenn Sie nichts zu verbergen haben?«, fragte ich.

»Na gut«, brummte er. »Tun Sie, was Sie nicht lassen können.«

Adam und ich begutachteten die Gegenstände in den Regalen und Glasvitrinen und arbeiteten uns so bis in den hinteren Teil des Geschäfts vor, der verwinkelt und derart finster war, dass man kaum noch seine Hand vor Augen sehen konnte.

»Ziemlich schummrig hier. Nicht sehr geschäftsfördernd«, flüsterte ich.

Der Laden war mit Dingen vollgestellt, nur einige von ihnen konnte man als Antiquitäten bezeichnen; rustikale Sessel mit verschossenen Brokatbezügen, abgestoßene Öllampen, silberne Vasen, die schwarz angelaufen waren, verstaubte Kronleuchter aus Kristall, sogar ein altes grünes Telefon mit Wählscheibe stand auf einem dunklen Sekretär. Aber nirgendwo hingen Bilder. Nur ein paar goldene Rahmen ohne Inhalt lehnten in einer verstaubten Ecke.

Ich musste niesen. »Ich glaube nicht, dass wir hier etwas finden. Meine neuen Freundinnen aus dem Tennisclub hatten recht. Ist eher ein Schrotthandel als ein Antiquitätengeschäft.«

Wir gingen zurück zum Eingang, wo das Ehepaar darauf wartete, dass wir endlich verschwanden. Sie tuschelten miteinander, verstummten aber sofort, als wir uns näherten.

»Hören Sie«, versuchte Adam es ein letztes Mal. »Bitte arbeiten

Sie mit uns zusammen. Es ist nie zu spät, das Richtige zu tun. Sollte sich später herausstellen, dass Sie das Bild in Ihrem Besitz hatten, wird das folgenschwere Konsequenzen haben.«

»Lassen Sie mich in Ruhe. Hauen Sie ab!«, rief er aufgebracht. »Sonst ruf ich die Polizei!«

»Wir kommen wieder«, sagte ich noch, dann öffnete Adam die Tür,und wir standen wieder auf der menschenleeren Straße.

»Verdammt«, schimpfte ich.

»Beruhige dich«, beschwichtigte Adam. »Wir haben ihm Angst eingejagt. Und das ordentlich. Und Menschen, die Angst haben …«

»… machen Fehler«, ergänzte ich.

»Wir müssen ihn beobachten. Er wird ganz bestimmt versuchen, das Bild irgendwie loszuwerden. Und dann haben wir ihn.«

»Und wie stellst du dir das vor? Wir können ja keine Wanze in seinem Laden platzieren oder sein Telefon abhören.«

»Aber wir können ihn beschatten! Es ist schließlich nicht verboten, jemandem zu folgen, oder?«

Ich musste unwillkürlich grinsen. »Bin dabei. Was genau schlägst du vor?«

»Wenn wir Glück haben, haben wir ihn so aufgescheucht, dass er gleich losrennt. Lass uns dort hinten an der Straßenecke warten. Okay?«

Ich zuckte mit den Schultern. »Wie du meinst …«

Wir stellten uns also an die Straßenecke und warteten. Ich kam mir vor wie eine Detektivin, wie wir dort verstohlen den Ladeneingang beobachteten. Doch nichts passierte. Es verging eine halbe Stunde, eine Stunde, dann zwei Stunden.

»Das bringt nichts, Adam«, sagte ich irgendwann. »Wir müssen uns etwas anderes überlegen. Lass uns zurückfahren, ja?«

»Nur noch fünf Minuten, bitte. Ich habe so ein Gefühl …«

Just in diesem Augenblick öffnete sich die Tür, und heraus trat Madame Cardot. Sie trug einen langen dunklen Trenchcoat, sah sich gehetzt um und stieg schließlich in einen zerbeulten Citroën, der am Straßenrand parkte.

Adam lief zu unserem Wagen. »Los, komm«, rief er.

Rasch ließ ich mich auf den Beifahrersitz fallen und schnallte mich an.

»Ich häng mich an sie dran«, sagte Adam, und ich konnte es mir nicht verkneifen, laut zu lachen. »Du hast zu viele Spionagefilme gesehen.«

»Lach du nur. Du wirst schon sehen.« Adam fuhr hinter dem Citroën Richtung Hauptstraße, ließ sich dann aber wieder etwas zurückfallen, um keine Aufmerksamkeit zu erregen. Als Bernadette Cardot gerade noch über eine fast schon rote Ampel fuhr, verloren wir sie beinahe, aber Adam drückte aufs Gaspedal, und wir schlitterten im letzten Moment über die Kreuzung.

»Das war knapp. Aber Respekt«, meinte ich. »Du machst das wirklich gut.«

Nach ungefähr zwanzig Minuten, wir hatten die Innenstadt längst verlassen und befanden uns in den Außenbezirken, bog Madame Cardot auf einen Schotterweg ab und fuhr einen Hügel zu einem abseits gelegenen Gutshaus hinauf.

Adam hielt an der Straßenbiegung. Wir beobachteten, wie sie den Wagen vor dem Haus parkte, ausstieg und an der Tür klopfte. Doch es öffnete niemand. Sie ging um das Haus herum, spähte in die Fenster, hämmerte an die Hintertür.

Adam startete den Wagen und fuhr den Kiesweg entlang. Kurz darauf parkten wir neben dem Citroën, und Adam war so schnell aus dem Auto geklettert, dass ich kaum hinterherkam.

Bernadette Cardot hielt sich noch immer an der Hintertür auf und sah uns misslaunig an.

»Was wollen Sie denn hier?«, blaffte sie.

»Wir wollen nur reden.« Adam ging auf sie zu.

Sie wich einen Schritt zurück, sodass sie fast an der Hauswand stand. »Was wollen Sie von mir? Gehen Sie.« In ihren Augen standen plötzlich Tränen, dann schlug sie die Hände vors Gesicht. »Ich wollte das alles nicht!« Sie zitterte am ganzen Leib.

»Beruhigen Sie sich«, sagte Adam sanft. »Es gibt für alles eine Lösung.«

Wir führten sie zu ihrem Wagen, wo sie sich gegen die Beifahrertür lehnte. Ich reichte ihr ein Taschentuch, und sie schnäuzte sich geräuschvoll. Vorher im Laden hatte ich sie gar nicht richtig beachtet, erst jetzt fiel mir auf, dass sie braune, warmherzige Augen hatte.

»Ich kann nicht mehr so weitermachen«, wimmerte sie.

»Möchten Sie uns erzählen, was passiert ist?«, fragte ich vorsichtig.

»Das Bild ist hier«, wisperte sie. »Ich habe es in dem Haus versteckt, seit zwei Jahren schon. Die Leute, die hier wohnen, sind Bekannte von mir.« Ich spürte, wie mein Herzschlag aussetzte. »Als Alphonse es damals diesem schrecklichen Kunsthändler angeboten hat …«, fuhr sie fort. »Wie konnte er das nur tun? Er dachte, ich würde es nicht mitbekommen. So dumm bin ich nun wirklich nicht!« Sie schnaubte. »Hält mich wohl für eine verkalkte alte Schachtel. Aber nein, nicht mit mir! Ich hab ihm ordentlich die Leviten gelesen, diesem Betrüger, diesem Dieb! Er kann froh sein, dass ich ihn nicht in hohem Bogen hinausgeworfen habe. Und alles nur wegen seiner verdammten Spielschulden.«

»Das heißt, das Bild gehört Ihnen?«, fragte Adam.

»Natürlich gehört es mir! Alphonse wollte es sich unter den Nagel reißen, der Schuft!« Dann wurde sie wieder traurig. »Ich habe das Bild von meinem Großvater geerbt. Er wollte es nur mir vermachen, nicht einem von meinen Brüdern oder den trampeligen Cousinen und Cousins aus Rennes. Nur mir hat er vertraut, denn ich war seine Lieblingsenkelin.«

»Und wer war Ihr Großvater?«, fragte Adam, der seine Neugierde kaum noch verbergen konnte.

»Er hieß Pierre. Pierre Sauvage.«

Ich hielt die Luft an. Es hatte so viele Hinweise gegeben, so oft war sein Name gefallen, und ausgerechnet bei ihm hatten wir nicht weiter nachgeforscht.

»Er hat mir damals erzählt, dass er ein schlimmes Erlebnis mit diesem Bild verband. Er wollte wohl jemanden retten, den er vorher verraten hatte. Er war jedes Mal sehr traurig, wenn er davon sprach, sagte, dass er diesen großen Verrat wiedergutmachen müsste. Es hatte mit einer Frau zu tun, einer, die er geliebt hatte. Nun ja …« Madame Cardot hielt inne. »Hat es nicht immer mit der Liebe zu tun? Mein Großvater war kein schlechter Mensch, auch wenn viele ihn nicht mochten. Er galt als verschlagen, aber ich glaube, das war nur Neid. Jedenfalls hat er nie jemandem davon erzählt, dass er das Bild besaß. Und mir sagte er, dass es keinen Herkunftsnachweis geben würde und dass ohnehin alle, die mit dem Gemälde zu tun gehabt hätten, tot seien. Also würde es auch niemand vermissen.« Sie atmete schwer. »Aber dann hab ich vor einigen Jahren im Fernsehen diesen Beitrag gesehen. Da haben sie gesagt, dass dieses Bild vermisst wird und sehr wertvoll sei. Ich kenne mich nicht aus mit Kunst, für mich war es einfach ein Gemälde, das meinem Großvater viel bedeutet hat. Er hat so oft davon gesprochen, hat es häufig aus dem Versteck geholt und es mit großer Zuneigung, aber auch mit Abscheu gegen sich selbst angesehen. Alphonse, dieser Mistkerl, hat natürlich auch Wind davon bekommen, dass das Bild bedeutend ist, und wollte es verkaufen. Aber das wollte mein Großvater nicht! Seitdem verstecke ich es hier.« Sie deutete auf das Haus. »Es tut mir alles so leid. Komme ich jetzt ins Gefängnis?«

»Nein, nein«, beruhigte Adam sie. »Wenn Sie die Wahrheit sagen, ist alles halb so schlimm.«

»Wir müssen das Gemälde unbedingt in Sicherheit bringen, verstehen Sie?«, fügte ich hinzu.

Sie nickte. »Natürlich. Ich weiß nur nicht, wo Fabienne ist …«

»Dann warten wir hier«, sagte Adam.

Erst bei Einbruch der Dunkelheit tauchte die Eigentümerin des Hauses auf. Sie war ziemlich perplex, uns zu sehen, aber wir erklärten ihr, worum es sich handelte, und sie ließ uns eintreten. Dann ging sie in ein Hinterzimmer und brachte uns das Bild.

Ich vergaß fast zu atmen, so aufgeregt war ich. Da war es also, in seiner ganzen Pracht und Vollkommenheit. Das dritte Bild der »Liebenden von Nizza«, das schönste für mein Empfinden. Das, auf dem Henri und Charlotte Fauberge eng umschlungen dastanden, in großer Liebe vereint.

Als Bernadette Cardot das Gemälde sah, fing sie wieder an zu weinen. »Sind Sie sicher, dass es das richtige Bild ist? Das, was Sie suchen, meine ich?«

Ich seufzte. »Ja, Madame. Es besteht kein Zweifel, dass es sich um das verschwundene Gemälde handelt. Wir werden es mitnehmen müssen. Sie können uns vertrauen.«

Sie blickte von mir zu Adam und dann wieder zu mir. »Na schön. Aber gehen Sie behutsam damit um.«

»Das werden wir. Aber können Sie uns noch etwas zu Ihrem Großvater sagen?«, fragte Adam vorsichtig. »Hat er Ihnen erzählt, woher er es hatte?«

Sie schüttelte so heftig den Kopf, dass ihre Locken hin und her flogen. »Ich sagte schon, davon weiß ich nichts. Mehr hat er mir nie erzählt, das schwöre ich.«

Ich dachte kurz daran nachzuhaken, spürte aber, dass es keinen Sinn hatte. Spätestens als sie den Bericht im Fernsehen gesehen hatte, musste Madame Cardot geahnt haben, dass ihr Großvater das Bild nicht auf legalem Weg erworben hatte. Doch sie wirkte nicht, als würde sie sich das eingestehen wollen.

Ehrfürchtig betrachteten Adam und ich das Gemälde noch einmal, bevor wir es vorsichtig verpackten, es in unseren Wagen verfrachteten und uns von Bernadette Cardot verabschiedeten.

»Bau bloß keinen Unfall«, ermahnte ich Adam, als wir losfuhren. »Du hast eine wertvolle Fracht an Bord.«

»Ich weiß.« Er zwinkerte mir zu.

»Ich meine das Bild, nicht mich«, sagte ich.

»Ach so.«

Die abendliche Landschaft der Provence zog an uns vorbei, Lavendelfelder, Olivenhaine, Weinberge, alles in sanfte Rottöne getaucht, wie mit einem Pinsel gemalt. Und ich dachte, dass ich mich selten in meinem Leben so vollkommen gefühlt hatte wie in diesem Moment.

Wir konnten es kaum erwarten, Édouard am nächsten Morgen von unserem Erfolg zu berichten. Er saß im Speisesaal des Hotels Negresco beim Frühstück.

»Wir haben das Bild«, brach es aus mir heraus, noch bevor wir uns gesetzt hatten.

Édouard wirkte ein wenig schwach, vielleicht hatte er auch nur Furcht vor dem, was wir ihm erzählen würden. Denn alles, was mit den »Liebenden von Nizza« zu tun hatte, hatte zwangsläufig auch mit seiner Vergangenheit, seiner Familie zu tun.

»Das ist wundervoll«, flüsterte er dann und griff nach meiner Hand. Tränen standen in seinen Augen.

Adam und ich schilderten abwechselnd unsere Erlebnisse, angefangen bei Mynte und Auguste, dem Kunstsammler, bis hin zu Madame Cardot und ihrem Großvater Pierre.

Édouard hörte aufmerksam zu, er war ergriffen und doch gefasst.

»Ich freue mich so sehr«, sagte er, nachdem wir unsere Geschichte beendet hatten. »Wann kann ich das Bild sehen?«

»Wann immer Sie wollen«, entgegnete ich. »Wir haben es zunächst an einem sicheren Ort verwahrt.« Adam und ich hatten das Bild noch in der Nacht in einem Bankschließfach deponiert.

»Ich … Ich würde es gern wieder in den Händen halten. Aber zunächst …« Édouard hielt inne. »Zunächst möchte ich Ihnen etwas erzählen.«

Sein Blick flackerte unruhig umher, rote Flecken bedeckten seinen Hals, mit fahrigen Händen fuhr er sich immer wieder über die Stirn.

»Ich war dreizehn«, begann er schließlich. »Sie wissen ja, wie man mit dreizehn ist. Unausstehlich, so sagte meine Mutter manchmal. Es war das Jahr 1944. Heute ist bekannt, dass der Krieg ein Jahr später beendet war, aber damals schien es, als würde man für alle Zeiten mit Bomben und Hunger leben müssen. Auch wenn wir alle hofften, dass Hitlers Armeen besiegt werden würden, so war die Zukunft doch ungewiss. Ich war ein stiller Junge, aber auch mich hat die Ungerechtigkeit zur Weißglut gebracht. Doch was konnte ich schon tun? Ich war nur ein Junge.«

Sein Atem ging ruhiger, die roten Flecken an seinem Hals verschwanden langsam. »Meine Eltern jedoch … Die konnten etwas tun, und das haben sie auch.« Ich hielt die Luft an. »Mein Vater hat als Eisenbahner an Anschlägen auf Bahntrassen mitgewirkt, um die Versorgungswege der Deutschen abzuschneiden.«

»Und Ihre Mutter?«

»Sie war eine Kurierin und hat oft Nachrichten zwischen Nizza und Marseille transportiert. Gemeinsam haben sie britische und amerikanische Piloten und Fallschirmspringer über die Pyrenäen nach Spanien gebracht. Aber das alles war nur eine vage Ahnung meinerseits. Die ganze Wahrheit habe ich erst viele Jahre nach dem Krieg erfahren. Meine Eltern waren tapfer. Mutig und tapfer. Aber ich, ich war nur ein Junge.« Er rang mit sich.

»An einem Abend, es war im Januar 1944, kam meine Mutter zu mir ins Zimmer, kurz bevor ich schlafen gehen wollte. Wir alle hatten ständig Hunger zu dieser Zeit, und sie hatte ein Stück Käse bei sich, den mein Vater am Tag zuvor mitgebracht hatte. Während ich aß, setzte sie sich zu mir. Sie wirkte ernst. Ich erinnere mich noch genau an ihre Worte: ›Du bist das Beste, was deinem Vater und mir je passiert ist. Wir würden alles für dich tun.‹ Sie klang wehmütig, so kannte ich sie gar nicht. Sie war sonst immer so zuversichtlich. ›Wir leben in schweren Zeiten, mein Sohn‹, fuhr sie fort. ›Und es kann uns jederzeit etwas passieren. Uns allen.‹ Ich verstand nicht genau, was sie damit meinte. Wie gesagt, ich hatte bloß eine vage Ahnung, was meine Eltern taten. ›Édouard, sollte uns etwas zustoßen, musst du uns versprechen, dass du die Bilder in Sicherheit bringst‹, bat meine Mutter dann. Bei ihren Worten rutschte mir das Herz in die Hose, und ich starrte sie erschrocken an. Ich wollte nicht darüber nachdenken, dass meinen Eltern etwas passieren könnte. ›Die Bilder sind sehr wertvoll, Édouard. Verstehst du?‹ Ich habe genickt. Ja, ich habe genickt, weil ich glaubte, ich würde verstehen. Dabei hatte ich nichts verstanden. Warum habe ich nicht nachgefragt? Warum habe ich nur nicht nachgefragt?« Édouard vergrub sein Gesicht in den Händen, aber als er den Kopf wieder hob, war sein Blick klar.

»Édouard, warum hätten Sie nachfragen sollen?«, hakte ich nach. »Dass ›Die Liebenden von Nizza‹ sehr wertvoll sind, wusste man doch damals schon. Hätten Sie die Bilder nach dem Krieg verkauft, hätten Sie nie wieder arbeiten müssen. Ihre Eltern wollten bestimmt, dass Sie abgesichert sind.«

»So etwas Ähnliches habe ich auch gedacht.« Édouard hatte sich ein bisschen beruhigt. »Aber das war es nicht. Es war ganz anders.«

»Dann erzählen Sie bitte weiter«, ermutigte ihn Adam.

»Nach diesem Abend mit meiner Mutter vergingen noch einige Monate, in denen ich meine Eltern sehr selten sah. Es war nicht schlimm für mich, ich hatte ja meinen Freund Olivier und meine Bücher, mit denen ich in andere Welten abtauchen konnte. Und dann kam dieser Tag Ende April. Es gibt Momente im Leben, die sich in das Gedächtnis eingraben, kennen Sie das?«

Natürlich kannte ich das. Niemals würde ich den Augenblick vergessen, in dem meine Mutter angerufen hatte und mir sagte, was mit Lara geschehen war, der Moment, in dem sich ein dunkler Schleier über mein Leben legte.

»Ich war mit Olivier am Wasser«, fuhr Édouard fort, ohne eine Antwort von uns abzuwarten. »An den Klippen vom Cap Ferrat, dort, wo sich niemand hintraute, weil die Steine rutschig waren und jeder falsche Schritt einen schweren Sturz bedeuten konnte. Für uns war es eine Art Mutprobe, hier Muscheln und andere angespülte Dinge zu suchen, die das Meer in der Nacht ausgespuckt hatte. Kammmuscheln mochte ich am liebsten. Ich erinnere mich an die glitschigen Felsen, an den Geruch von Tang und Algen, an die Seepocken. Es war Sonntag, und doch waren wir schon seit den frühen Morgenstunden an den Klippen. Es war schön. Alle Sorgen waren vergessen. Als wir uns mit einem Beutel, der bis obenhin mit gefundenen Habseligkeiten gefüllt war, auf den Weg nach Hause machen wollten, kam uns plötzlich Antoine entgegen, ein Junge aus der Nachbarschaft. Er war völlig aufgelöst. Wir fragten ihn, was los sei, und er erzählte uns, dass meine Eltern am frühen Morgen verhaftet worden seien im Café de Madame Roux. Die Nachricht hätte sich verbreitet wie ein Lauffeuer, ganz Villefranche sei in heller Aufregung.«

Édouard zitterte, es schien, als würde er alles noch einmal durchleben. »Ich war so geschockt, dass ich zunächst wie gelähmt war. Ich hätte nie gedacht, dass es jemals so weit kommen könnte. Vielleicht war ich einfach naiv. Zum Glück hatte ich Olivier. Er blieb erstaunlich ruhig und schlug vor, ich solle mich bei ihm und seinen Eltern für einige Zeit verstecken. Aber als ich wieder klar denken konnte, kamen mir die Worte meiner Mutter in den Sinn. ›Denk an die Bilder.‹ Ich musste sie holen, bevor sie den Deutschen in die Hände fielen. Sie waren das Wertvollste, was wir besaßen, und würden meine Eltern aus der Haft entlassen werden, wären sie wütend auf mich, wenn sie fort wären. Also setzte ich mich auf mein klappriges Fahrrad und radelte los. Olivier war die ganze Zeit hinter mir. Doch als wir über eine steile Kurve auf die Hauptstraße nach Villefranche abbiegen wollten, standen plötzlich ein Wehrmachtswagen und mehrere deutsche Soldaten vor uns. Eine Straßensperre! Ausgerechnet jetzt. ›Hier kommt niemand durch‹, brüllte mich einer der Soldaten an. ›Kein Durchgang, kein Durchgang‹, ein anderer. Ich wurde nervös, meine Beine schienen einzuknicken. Olivier versuchte, die Soldaten zu überreden, uns durchzulassen, aber sie ließen sich nicht erweichen. Es blieb uns nichts anderes übrig, als umzudrehen und den langen Umweg über die Berge zu nehmen.

Ich erinnere mich, dass ich so fest in die Pedale trat, dass meine Fußsohlen brannten. Die Morgensonne trieb uns den Schweiß auf die Stirn, er lief über mein Gesicht, ich schmeckte ihn salzig auf meiner Zunge, und meine Hände umklammerten das Lenkrad so fest, dass meine Finger schmerzten. Es ist seltsam, aber an diesen Schmerz erinnere ich mich am meisten. Ich schaute mich nie zu Olivier um, aber ich wusste, dass er direkt hinter mir war. Es kam mir vor, als würde der Weg über die Berge eine Ewigkeit dauern, tatsächlich war es vielleicht ein Umweg von einer halben Stunde. Doch diese halbe Stunde war es, die mich ins Unglück gestürzt hat.« Édouard hielt wieder inne.

Ich spürte, dass mein Mund ganz trocken war. Auch Adam schaute Édouard gebannt an.

»Als wir unser Haus erreichten, wusste ich gleich, dass wir zu spät gekommen waren«, fuhr er fort. »Die Deutschen waren schon da gewesen. Unsere schöne Haustür war eingetreten, Tische und Stühle waren umgeworfen, unser alter Schrank zertrümmert. Aber das Schlimmste war: Die Bilder waren fort. Mir war so übel, dass ich mich übergeben musste. Ich musste an meine Mutter denken, daran, was sie mir gesagt hatte. ›Hol die Bilder, sie sind sehr wertvoll.‹ Ich hatte sie enttäuscht.«

Édouard schaute verzweifelt ins Leere. »Wir sind zu Olivier gegangen, dort habe ich mich einige Tage verstecken können. Es war furchtbar, nicht zu wissen, was mit meinen Eltern geschah. Ich wusste noch nicht einmal, wo sie waren, malte mir die schlimmsten Dinge aus, dass man sie in einem dieser grausamen Folterzentren der Nazis misshandelte. Oliviers Eltern, Francine und Étienne, waren für mich da, aber ich war schrecklich zornig. Ich war ein Kind. Ich wollte nur, dass alles wieder so wurde wie früher, wollte meine Eltern um mich haben, ohne die ich mich orientierungslos fühlte.

In einer Nacht, eine Woche nachdem meine Eltern verhaftet worden waren, konnte ich mal wieder nicht schlafen, und da hörte ich, wie Étienne und Francine sich im Wohnzimmer gedämpft unterhielten. Leise stand ich auf und ging zur angelehnten Tür, um besser hören zu können. Francine schnäuzte sich gerade laut in ein Taschentuch. Sie hatte geweint, wie so oft in diesen Tagen. Heute denke ich oft, wie egoistisch ich damals gewesen war. Ich war nicht der Einzige, der etwas verloren hatte. Francine und Étienne waren die engsten Freunde meiner Eltern gewesen. Für sie muss das alles ebenso furchtbar gewesen sein. Étienne versuchte dann, seine Frau zu beruhigen, sagte wieder und wieder, dass die Nazis die Nachrichten nicht hätten und es somit keine Beweise gäbe, sie meine Eltern also freilassen müssten. Doch Francine hörte nicht auf zu weinen. Und dann wimmerte sie etwas, ich musste mich sehr anstrengen, um es zu verstehen: ›Aber sie haben die Nachrichten!‹ Vergessen werde ich diese Worte nie. Étienne antwortete zunächst nichts, er war wohl genauso verdutzt wie ich. Erst nach einigen stummen Sekunden fragte er, wie sie das meinen würde. Da erklärte Francine, dass die Nachrichten hinter den Bildern versteckt gewesen seien. Charlotte habe ihr einen Brief geschrieben, am Morgen bevor mein Vater und sie verhaftet wurden. Sie habe von einer tiefen Bedeutung der ›Liebenden von Nizza‹ geschrieben. Francine habe sich nach der Verhaftung meiner Eltern mit Julie getroffen, und sie habe es bestätigt. Meine Mutter hatte die Nachrichten stets hinter den Bildern versteckt. Mein Herz schlug so hart und laut gegen meinen Brustkorb, dass ich befürchtete, die beiden würden es hören. Francine murmelte dann noch etwas davon, dass Charlotte an diesem Tag die Pläne für eine Bergung von britischen Soldaten hatte, das habe Julie ihr erzählt. Am nächsten Tag hätte sie sie nach Marseille bringen sollen.

Bis ich begriff, was ich gerade gehört hatte, vergingen Minuten. Vielleicht, weil mein Verstand sich dagegen wehrte, vielleicht, weil ich nicht wahrhaben wollte, dass ich es war, der schuld war. Ich allein.«

Ich wusste nicht, was ich sagen sollte. Nichts, was ich hätte sagen können, würde Édouards Schmerz, würde seine Schuldgefühle lindern. Ich erinnerte mich an den Brief, den Madame Renouf uns damals gezeigt hatte. Dies war also der Hinweis gewesen! Deshalb war Édouard damals so blass geworden! Jetzt wunderte mich nichts mehr.

»Dic Wehrmacht kam und hat mich befragt«, erzählte Édouard weiter. »Aber Francine und Étienne haben mich beschützt. Und dann war da dieser schreckliche Pierre Sauvage, der meine Mutter schon seit jeher belästigt hatte. Er hatte tatsächlich die Stirn, zu uns zu kommen und zu sagen, dass er meiner Mutter helfen könnte, doch das hätte seinen Preis! Francine hat ihn aus dem Haus gejagt. Und Olivier hätte sich fast mit ihm geprügelt. Olivier … Er war ein so guter Freund. Aber damals habe ich das nicht gesehen. Die Gewissheit, dass ich fröhlich auf Klippen herumgeturnt war, dass ich meine Eltern vergessen hatte und das Versprechen, das ich meiner Mutter gegeben hatte, ließ mich in Traurigkeit versinken. Eigentlich wollte ich nur noch sterben, habe kaum gegessen oder geschlafen. Olivier, Étienne und Francine wollten mir helfen, aber ich habe sie weggestoßen. So wie ich die meisten Menschen in meinem Leben weggestoßen habe.«

»Was ist aus Ihren Eltern geworden?«, fragte ich heiser, obwohl ich die Antwort letztlich kannte.

»Sie wurden verurteilt.« Édouard schluckte. »Mein Vater hat sich vor meine Mutter gestellt, so wurde es mir berichtet. Er hat behauptet, dass sie mit alldem nichts zu tun hätte. Ob es geholfen hat, weiß ich nicht. Alles, was ich weiß, ist, dass mein Vater ein paar Monate später in einem Lager in Deutschland gestorben ist. Angeblich hatte er einen Unfall in dem Stollen, in dem er arbeitete.«

»Es tut mir so leid.«

»Ich wurde von Francine und Étienne aufgenommen, aber ich habe mich schrecklich benommen, habe die beiden beschimpft und angeschrien, verschwand manchmal für Tage und habe im Wald geschlafen. Es waren furchtbare Monate. Als Frankreich befreit wurde, habe ich es kaum mitbekommen. Für mich war das Leben zu Ende, ganz egal, ob Krieg oder Frieden herrschten. Auch Olivier habe ich weggestoßen. Ich empfand Neid, weil er seine Eltern noch hatte.« Édouard atmete schwer.

»Sie haben keine Schuld. Sie wussten nicht, was für eine Bedeutung die Bilder hatten«, sagte Adam.

In dem Frühstückssaal war es inzwischen leer, wir waren allein.

»Ich hätte es aber wissen müssen! Ich hätte begreifen müssen, was auf dem Spiel stand.«

»Aber selbst wenn Sie es gewusst hätten, was hätte es geändert?«, fragte ich.

»Ich wäre zu Hause geblieben. Ich wäre niemals mit Olivier ans Meer gegangen, an einem Morgen wie diesem, an dem meine Eltern fort waren. Ich hätte auf die Bilder aufpassen müssen. Ich ahnte doch, was meine Eltern taten. Ich ahnte es ...«

Ich hätte am liebsten seine Hand genommen, aber das kam mir unpassend vor. »Und Ihre Mutter? Was ist aus ihr geworden?«

»Es gibt keine sicheren Aufzeichnungen. Aber wie es scheint, hatte sie eine Lungenentzündung, so erzählte es eine junge Frau, die mit ihr in einem Lager in Ostdeutschland war. Mir gefällt die Vorstellung, dass meine Eltern sich vor ihrem Tod möglicherweise noch einmal gesehen haben. Dieser Gedanke hat mir immer Frieden geschenkt. Obwohl es sehr unwahrscheinlich ist.«

Ich spürte, dass mir Tränen über die Wangen liefen. »Das ist eine schöne Vorstellung«, bestätigte ich.

»Im August 1944 ist Nizza durch die Résistance befreit worden«, berichtete Édouard nun. »Es gab einen Volksaufstand, die Bevölkerung wurde aufgerufen, die Arbeit niederzulegen und die Deutschen anzugreifen. Nur einen Tag später war alles vorbei. Nizza war frei. Hätten meine Eltern das nur noch erleben können …«

Ich war so ergriffen, dass ich erst nichts sagen konnte. Erst langsam kam ich zur Besinnung. »Sie sagten, dass dieser Pierre Sauvage Ihre Mutter belästigt hat? Glauben Sie, dass er das Bild deshalb gestohlen hat?«

Édouard nickte zögerlich. »Denkbar. Aber ich bin mir sicher, dass er meine Eltern verraten hat, dass die SS so erfuhr, wo der Treffpunkt der Résistance-Gruppe war. Er war ein grauenvoller Mensch. Widerwärtig.«

»Mich wundert nur, dass er das Bild nie zu Geld gemacht hat«, überlegte Adam. »Es hätte über die Jahrzehnte sicher mehrere Möglichkeiten gegeben, es zu veräußern. Doch er hat es behalten.«

»Vielleicht war es eine Erinnerung an Ihre Mutter«, mutmaßte ich. »Auch grauenvolle Menschen sind bisweilen sentimental.«

Édouard zuckte mit den Schultern. »Das kann ich nicht sagen.«

Ich fasste Adam am Arm. »Erinnern Sie sich an unseren Termin mit dem Polizeipräsidenten? Er sagte, dass Pierre Sauvage wohl ein Informant der Polizei gewesen sei.«

»Und dass er einmal sehr betrunken jemanden verraten habe«, ergänzte Adam.

»Das muss meine Mutter gewesen sein«, meinte Édouard. »Sie hat sich mit ihm gestritten, kurz vor ihrer Verhaftung. Vermutlich hat er sich danach mit Alkohol betäubt und sie verraten …«

»Und es dann bereut. Aus diesem Grund hat er das Bild an sich genommen, damit die SS die Nachrichten nicht findet«, ergänzte Adam. »Dann muss er vor der SS dort gewesen sein.«

Édouard nickte. »Das vermute ich. Ich habe an dem Morgen sehr früh das Haus verlassen, zusammen mit meinen Eltern. Ich glaube, dass er kurz darauf in unser Haus eingedrungen ist.«

»Aber woher wusste Pierre von den Nachrichten?«, fragte ich.

»Pierre fand immer Mittel und Wege. Bis zuletzt hat er meine Mutter drangsaliert, war regelrecht besessen von ihr. Vielleicht hat er Spitzel gehabt, vielleicht hat er selbst etwas mitbekommen«, erklärte Édouard.

Mir kam plötzlich ein weiterer Gedanke. »Aber Madame Cardot hat nichts von irgendwelchen Nachrichten erzählt. Kein Sterbenswörtchen.«

»Womöglich hat er sie vorher entfernt und seiner Enkelin nichts davon erzählt«, mutmaßte Adam. »Sie kannte ja nicht die ganze Geschichte.«

»Oder die Nachrichten sind noch immer dort«, entgegnete ich.

Édouard und Adam sahen mich überrascht an.

»Das kann ich mir kaum vorstellen«, stammelte Édouard. »Nach all der Zeit …«

»Und wenn doch?«, fragte Adam.

»Wir müssen nachsehen.« Ich wäre am liebsten sofort aufgesprungen. Doch Édouard schien noch nicht so weit zu sein. Er war wieder sehr bleich geworden, seine Hände zitterten.

Ich ergriff nun doch seine Hand. »Haben Sie keine Angst, Édouard. Wir stehen das zusammen durch.«

Ein Lächeln huschte über sein Gesicht. »Danke, Romy. Ich komme später zu Ihnen, in Ordnung? Ich möchte etwas allein sein.«

»Natürlich«, versicherte ich.

Adam und ich gingen zurück in unsere Pension und legten uns auf mein Bett. Er umschlang mich, und wir lagen eine Weile einfach nur da. Vor meinem inneren Auge tauchten Bilder auf, das Foto von Édouards Eltern in der Résistance-Ausstellung, das dritte Bild der »Liebenden von Nizza«, Édouards Gesicht, als wir ihm mitteilten, dass wir es gefunden hatten.

Plötzlich fuhr ich hoch. »Was, wenn die Nachrichten nur hinter dem dritten Bild versteckt waren? Dann hat die SS die Nachrichten nie gefunden, weil dieser Pierre Sauvage es vorher an sich genommen hat, weil er Unrecht getan hatte und nun glaubte, damit Charlottes Leben zu retten.« Ich atmete schwer, ergriff Adams Arm vor Aufregung. »In dem Fall wäre Édouard gar nicht schuld an der Verurteilung seiner Eltern!«

Adam wiegte den Kopf hin und her. »Möglich. Es waren ja sicher niemals viele Nachrichten auf einmal. Vielleicht hat Édouards Mutter sie deshalb nur hinter dem einen Bild versteckt.« Er griff nach meiner Hand, die sich in seinen Oberarm gebohrt hatte, und legte sie sanft auf die Decke zurück.

»Und es war sicher mit ein bisschen Aufwand verbunden, sie dort zu verstecken. Der Spalt zwischen Verglasung und Rahmen ist schmal.« Ich stieg aus dem Bett und lief unruhig auf und ab. »Vermutlich hatte dieser Pierre tatsächlich ein schlechtes Gewissen.« Ich blieb stehen. »Und ich bin wie Édouard davon überzeugt, dass er derjenige war, der seine Eltern verraten hat.«

Adam setzte sich auf. »Wenn er ein schlechtes Gewissen hatte, wollte er etwas wiedergutmachen. Aber das bedeutete, dass er wusste, dass die Nachrichten hinter den Bildern versteckt waren. Zählt man eins und eins zusammen ...«

»Könnte er gewusst haben, dass sie nur hinter dem dritten Gemälde waren! Sonst hätte seine Aktion keinen Sinn gemacht.« Ich ließ mich wieder aufs Bett fallen. »Wo bleibt nur Édouard?«

»Sei nicht so ungeduldig, Romy. Er wird schon auftauchen. Gib ihm Zeit. Er hat jahrzehntelang mit dieser Geschichte gelebt. Nun muss er erst mal damit klarkommen, dass vielleicht bald alles aufgeklärt ist. Und womöglich ist am Ende alles ganz anders, als wir denken.«

Wir warteten zwei weitere Stunden, dann klopfte es endlich an meiner Zimmertür. Édouard war nun bereit, mit uns zur Bank zu gehen, wo wir das Bild deponiert hatten.

Schließlich saßen wir in einem kühlen Raum, die Klimaanlage surrte, und das grelle Neonlicht an der Decke verbreitete eine ungemütliche Atmosphäre. Das Gemälde stand vor uns, noch immer verpackt.

Édouard schüttelte den Kopf. »Nein, nicht hier.«

Ich seufzte. »Na schön. Wir bringen es ins Negresco.«

Wenig später befanden wir uns in seinem Hotelzimmer. Édouard nahm in einem Sessel Platz, er wirkte nervös, aber nicht mehr so aufgelöst wie zuvor. Vorsichtig öffneten Adam und ich die Verpackung, und nach und nach kam das Gemälde zum Vorschein.

»Es ist so, wie ich es in Erinnerung habe«, flüsterte Édouard ehrfürchtig.

Eine Weile saßen wir stumm da und betrachteten es.

Schließlich fasste Édouard sich ein Herz. »Wollen Sie nachschauen? Also, ob die Nachrichten noch vorhanden sind?«

Ich spähte hinter die Abdeckung. Und dann traute ich meinen

Augen kaum. Dort war tatsächlich etwas zu sehen, ein dünnes, fast durchscheinendes Papier, fast wie Seidenpapier. Es war zusammengerollt. Vorsichtig zog ich es heraus und reichte es Édouard.

Stockend begann er vorzulesen: »20. April 1944. Nachricht an *lion* und *girafe*: Fünf britische Soldaten sind nach Perpignan zu bringen. Zurzeit in der Praxis. Unverzügliche Unterstützung gefordert.«

Keiner von uns konnte etwas sagen. Es war so still in dem Raum, dass man eine Stecknadel hätte fallen hören können.

Édouard war der Erste, der seine Sprache wiederfand. »Sie haben so gekämpft. Sie alle.«

»Und am Ende haben sie gesiegt«, sagte ich. »Sie haben gegen die Nazis gewonnen, das dürfen Sie nicht vergessen, Édouard. Alles, was Ihre Eltern getan haben, hat zu dem Sieg beigetragen.«

Ein winziges Lächeln erschien auf seinem Gesicht.

»Was ist wohl mit *in der Praxis* gemeint?«, erkundigte sich Adam.

»Ich vermute, dass Julie, eine Freundin meiner Mutter, in all das verwickelt war. Sie war Ärztin und sehr … progressiv, würde man wohl heute sagen.«

Ich begutachtete noch einmal den Rahmen und die Holzverschalung. Dabei entdeckte ich ein weiteres Papier, doch diesmal war es normales Briefpapier, ebenfalls zusammengerollt, es war fast vollständig hinter dem Rahmen verschwunden, nur mit Mühe konnte ich es herausziehen.

»Was ist das? Eine zweite Nachricht?«, fragte Édouard, als ich es ihm reichte.

Er rollte es auseinander. Auf Édouards Gesicht spielte sich eine Mischung aus Überraschung, Rührung, Trauer, Verzweiflung, aber auch Erleichterung ab. Wir warteten, bis er zu Ende gelesen hatte, dann gab er mir das Papier. Der Brief war mit einem Füllfederhalter geschrieben.

»Bitte lesen Sie vor, Romy«, bat Édouard und schloss die Augen.

Ich räusperte mich:

Mein liebster Édouard, mein geliebter Sohn,
wenn Du diese Zeilen liest, werde ich nicht mehr da sein. Dann ist das eingetreten, wovor wir uns immer gefürchtet haben und mit dem wir doch stets rechnen mussten. Dein Vater und ich haben für das gekämpft, was uns wichtig war. Wir wollten Dir auf Deinen Weg mitgeben, für was wir eingestanden sind: Freiheit, Gerechtigkeit, Gleichheit, Brüderlichkeit, Loyalität. All die Dinge, die im Leben zählen. Was für Menschen wären wir, wenn wir all das, was um uns herum geschieht, zulassen würden, ohne uns aufzulehnen? Und doch habe ich lange gezaudert. Denn ich hatte Angst, Angst um Dich und davor, dass Du uns verlieren könntest, dass wir Dich allein zurücklassen würden. Was wir taten, war gefährlich, es war ein Tanz auf dem Drahtseil. Aber ich möchte Dir sagen, dass wir es für Dich taten, für Deine Freiheit, für die Freiheit aller Menschen. Das darfst Du nie vergessen. Du bist das Wichtigste in unserem Leben, Édouard. Ganz egal, was wir tun, Du bist immer in unserem Herzen, auch über den Tod hinaus. Nichts wünsche ich mir mehr, als dass Du in einer friedlichen Welt leben wirst, dass Dein Leben nicht von Krieg, Hunger und Leid geprägt sein wird.
Ich glaube, dass Du ahnst, was wir getan haben, was wir noch immer tun. Wir haben versucht, Dich zu schützen, und konnten es doch nie vollständig. Ich war eine Kurierin, und die

Nachrichten habe ich stets hinter dem dritten Bild der »Liebenden von Nizza« versteckt, so wie auch diese Nachricht an Dich. Deshalb sind die Bilder so wichtig. Sie bedeuten einfach alles. Pass auf dich auf, Édouard. Bleib der wunderbare Mensch, der Du bist, bleib warmherzig, einfühlsam, bleib einzigartig, mein Sohn.

Dein Vater und ich lieben Dich.

Charlotte, Deine Mutter.

Ich ließ den Brief sinken. Édouard starrte stumm vor sich hin, es schien, als wäre er in einer anderen Welt. Auch Adam war ergriffen, ich glaubte sogar zu sehen, dass ihm Tränen in den Augen standen.

Es war geschafft. Édouard hatte sein Eigentum zurück. Und vielleicht konnte er nun endlich Ruhe finden.

An Schlaf war nicht zu denken. Zu viel war an diesem Tag geschehen, selten hatte mich ein Fall so sehr mitgenommen wie dieser, war ich derart aufgewühlt. Und so liefen Adam und ich Hand in Hand durch Nizza, vorbei an den Leuchtreklamen der Hotels und Restaurants, bis zum Strand, wo wir uns auf eine Liege setzten und unsere Füße im Sand vergruben.

»Und doch bleibt eine Frage offen«, fing Adam an, dem wie mir viele Gedanken durch den Kopf gingen. »Wenn es nicht die Nachrichten waren, die zur Verurteilung von Édouards Eltern geführt haben, was war es dann?«

»Nun, so wie es aussieht, hat Pierre Sauvage der SS erzählt, dass die Nachrichten hinter den Bildern versteckt waren. Als die SS diese jedoch holte, waren dort keine – Beweise für Henris und Charlottes Taten gab es folglich nicht. Also muss irgendeine andere Person sie belastet haben, jemand, der mehr Dinge wusste als das, was Pierre der Polizei gesagt hat. Oder es gab andere eindeutige Beweise.«

»Hm«, sagte Adam. »Wenn wir das herausfinden, gewinnen wir den Prozess, und Édouard bekommt alle Bilder zurück.«

»Wir könnten es erneut bei Vincent Delamare versuchen«, schlug ich vor. »Der hat schon einmal Dinge zurückgehalten.«

»Richtig. Sein mysteriöser Stiefvater Frédéric war doch in alles verwickelt.«

Just in diesem Moment signalisierte mein Handy eine Nachricht. Ich holte es aus meiner Tasche. »Das gibt's doch nicht! Wenn man vom Teufel spricht.« Ich zeigte Adam die SMS, die eingegangen war. »Könnten Sie morgen herkommen? Ich muss Ihnen etwas zeigen. Vincent Delamare.« Ich holte tief Luft. »Wenn er so etwas mitten in der Nacht schreibt …«

»… muss es wichtig sein«, ergänzte Adam.

Am nächsten Morgen fuhren wir nach Saint-Paul-de-Vence. Obwohl ich kaum geschlafen hatte, war ich nicht müde, war voller Adrenalin. Wir waren kurz davor, den Fall aufzuklären!

Vincent Delamare erwartete uns abermals in seinem Morgenmantel, auch er wirkte, als hätte er kaum ein Auge zubekommen, aschfahl war sein Gesicht, die Augen lagen tief in ihren Höhlen.

»Nachdem sie fort waren«, erklärte er, »habe ich alles auf den Kopf gestellt, wirklich alles! Und dann fiel mir ein, dass meine Mutter Aimée gern draußen im Pavillon saß. Daneben stand ein kleines Gartenhäuschen, in dem sie Dinge verwahrte. Sie liebte ihre Rosen, und alles, was sie für sie brauchte, hatte sie dort aufbewahrt.« Er seufzte. »Sie war ein guter Mensch, wirklich.«

»Nun, was wissen Sie?«, fragte Adam etwas ungehalten.

»Ich habe in dem Häuschen das hier gefunden.« Er reichte uns ein Tagebuch. »Es gehörte meiner Mutter. Sie hat alles aufgeschrieben.« Ich öffnete es. »Ich habe die wichtigen Stellen mit kleinen Heftklammern markiert. Sie hat es für mich getan. Bitte, verurteilen Sie sie nicht. Sie hat es nur für mich gemacht.« Mit diesen Worten verschwand er.

Adam und ich setzten uns in den etwas verfallenen Pavillon, und ich schlug das Tagebuch erneut auf.

Der erste markierte Eintrag stammte vom 28. Juni 1944. Ich begann zu lesen:

Was ich getan habe, ist so schrecklich, dass ich mich nicht mehr im Spiegel ansehen kann. Ich schäme mich zutiefst, aber ich habe keinen anderen Ausweg gesehen. Er hätte es getan. Frédéric hätte es wirklich getan. Er hätte mir Vincent genommen, hätte ihn nach Toulouse in diese grausame Erziehungsanstalt gebracht, dorthin, wo die Kinder geschlagen und gedemütigt werden. Ich musste es tun.

»Was tun?«, fragte Adam. »Was hat sie getan?«

Ich blätterte hastig zum nächsten markierten Eintrag.

10. Juni 1964. Heute jährt es sich zum zwanzigsten Mal. Mein Verrat ist zwanzig Jahr her. Ich habe Charlotte geliebt. Sie war meine beste Freundin, hat immer zu mir gestanden, auch als ich mich nach dem Tod von Lucien unmöglich benommen habe. Und ich habe sie verraten. Habe gegen sie und Henri ausgesagt, habe der Gestapo alles erzählt, was ich wusste. Dass sie Sprengstoffanschläge verübt haben, dass sie britische Piloten gerettet und versteckt haben, wie sie vorgegangen sind, wer ihnen geholfen hat. Dass sie in der Résistance waren. Mein eigener Ehemann hat mich erpresst, hat mich dazu gezwungen, damit er an die Bilder kommt, hat mir gedroht, mir mein Kind wegzunehmen, mein Ein und Alles. Doch das ist keine Entschuldigung für das Schreckliche, was ich getan habe. Wie niederträchtig, wie grausam ich war. Ich habe sie auf dem Gewissen. Ich allein. Ich bin für ihren Tod verantwortlich, dafür, dass Édouard ohne Eltern aufwuchs. Nie werde ich all das wiedergutmachen können. Vincent, meinem Sohn, kann ich kaum in die Augen sehen. Wie kann ich ihm nach dem, was ich getan habe, noch Werte vermitteln?

Das Tagebuch rutschte zwischen meinen Beinen auf den Boden. »Sie war es«, wisperte ich. »O Gott.«

Adam hob das Buch wieder auf, blätterte zum nächsten markierten Eintrag, las laut vor:

19. August 1972. Ich war heute im Musée d'Art Moderne, habe mir »Die Liebenden von Nizza« angesehen. Sie sind schön, aber sind sie all das wirklich wert gewesen? Wäre Frédéric noch am Leben, würde ich ihn fragen, würde ihn anschreien: War es das wert, Frédéric? Du wolltest unbedingt diese Bilder haben, koste es, was es wolle. Und du dachtest, wenn ich gegen meine Freunde aussage, bekommst du deinen Teil vom Kuchen, wird von Bischoffshofen mit dir teilen. Aber die Nazis waren noch niederträchtiger, als du es je hättest sein können. Sie hatten nie vor, dich zu beteiligen. Sie haben dich ausgenutzt. Haben Informationen von dir genommen. Und du hast mich erpresst, mit dem Liebsten, was ich hatte. Das werde ich dir nie verzeihen. Niemals.

Adam schloss das Buch. »Das war der letzte Eintrag.«

»Wir müssen zu Édouard«, sagte ich leise. »Das ändert alles.«

Édouard und ich saßen im Café de Madame Roux. Es war der richtige Ort, um ihm alles zu erzählen. Ich zeigte ihm das Tagebuch von Aimée Delamare und beobachtete, was sich während des Lesens auf seinem Gesicht zeigte. Schließlich schloss er das Buch.

»Sie sind nicht schuld«, sagte ich beschwörend.

Er nickte immer wieder, als könnte er es noch nicht ganz glauben. »All die Jahre konnte ich mich nie an meine Eltern erinnern, ohne dass dies von meiner eigenen Schuld überschattet wurde. Vom Hass auf mich selbst.« Édouards Blick ging in die Ferne. »Doch jetzt sehe ich meine Eltern das erste Mal wieder vor mir, lachend, fröhlich. Wir zu dritt am Strand, wo wir durch die Wellen toben. Unbeschwert, sorglos. Denn so konnten sie auch sein, meine Eltern. Einfach den Moment genießen.«

»Das ist viel wert. Wenn man den Moment genießen kann, ist man frei. Das hat meine Schwester immer gesagt.«

»Ich habe das alles Ihnen zu verdanken, Romy. Ihnen und Adam. Das werde ich nie vergessen.«

Ich wurde verlegen und musste mich räuspern. »Der Prozess wird ganz bestimmt gut für Sie ausgehen. Sie müssen sehr aufgeregt sein.«

»Ein wenig«, gab Édouard zu.

»Was werden Sie mit den Bildern machen? Werden sie bei Ihnen im Wohnzimmer hängen, so wie früher in Ihrem Elternhaus?«

»Nein. Ich habe eine andere Idee. Aber darüber will ich noch nicht sprechen.«

»Das kann ich nachvollziehen.« Ich räusperte mich erneut. »Ich wollte Ihnen noch etwas berichten. Etwas von mir. Etwas Persönliches. Quid pro quo, wissen Sie noch?«

»Oh ja, sicher. Inzwischen habe ich herausgefunden, was es damit auf sich hat. Ich habe mir den Film angesehen!« Ich errötete leicht, aber Édouard fuhr schon fort: »Bitte, erzählen Sie, Romy.«

»Nun, es geht um meine Schwester. Ich meine, das haben Sie sich sicher schon gedacht …« Ich verhaspelte mich. »Also, Lara und ich waren grundverschieden. Sie war offener, fröhlicher, die Menschen mochten sie. Sie war nicht so griesgrämig wie ich.« Édouard verzog das Gesicht. Meine Selbstbeschreibung schien ihm nicht zu passen. »An dem Abend, als sie den Unfall hatte, hatte sie mich überreden wollen, mit ihr auf einen Empfang zu gehen. Lara war oft unterwegs, sie war sehr gesellig. Im Gegensatz zu mir.« Ich hielt kurz inne. »Ich weiß, dass es ihr zu dieser Zeit nicht gut ging. Es gab auch dunkle Momente bei ihr, und dann erzählte sie mir, dass sie früher das Lied ›Behind Blue Eyes‹ so mochte. Denn niemand weiß, wie es hinter fröhlichen blauen Augen wirklich aussieht. Ich glaube, sie hatte zu der Zeit Probleme mit sich und der Welt, war unglücklich mit ihrer Arbeit, stand unter großem Druck.«

Ich amtete tief ein, bevor ich fortfuhr: »Ich hätte für sie da sein müssen, denn sie war auch immer für mich da. Aber ich war es nicht. Ich habe sie alleingelassen mit ihren Sorgen, weil ich anderes im Kopf hatte, einen neuen Fall. Sie ist dann allein zu diesem Empfang gegangen. Irgendwann in der Nacht schickte sie mir eine SMS, dass er schrecklich langweilig sei und sie sich auf den Heimweg machen würde. Ich habe die SMS gelesen, ihr aber nicht geantwortet. Im Nachhinein habe ich ständig darüber nachgedacht, was ich ihr alles hätte schreiben können. Dass ich sie vermissen, dass ich beim nächsten Mal mitkommen würde und dass sie vorsichtig fahren solle. Aber ich habe nicht auf die SMS reagiert. Sie ist in dieser Nacht gestorben. Ich erfuhr von ihrem Tod am nächsten Morgen. Ich war früh aufgestanden, hatte mir wie so oft mein Heft genommen, mich ans Fenster gesetzt und mir Notizen gemacht. Ab und zu wanderten meine Gedanken zu meiner Schwester, ich dachte daran, sie anzurufen, mich mit ihr für den Nachmittag zu verabreden. Ich hatte das Gefühl, sie in der letzten Zeit vernachlässigt zu haben, und wollte das unbedingt ändern. Aber da war immer meine Arbeit, die mir so viel wichtiger war als alles andere.

Als kurz darauf mein Telefon klingelte, ging gerade die Sonne auf. Mühsam kämpfte sie sich durch die aufgeplusterten Winterwolken, ließ den Raureif auf meiner Fensterbank glitzern. Das war es, was ich sah, als meine Mutter sich am anderen Ende der Leitung meldete. Ihre Stimme zitterte, und ich wusste gleich, dass etwas geschehen sein musste. Sie sagte, Lara hätte einen schweren Autounfall gehabt. Die Ärzte hätten alles getan, aber sie sei vor ein paar Stunden im Krankenhaus gestorben. Es war, als würde die ganze Welt stillstehen. Ich hörte meine Mutter kaum noch, ihre Stimme drang wie aus weiter Ferne zu mir. Das Telefon fiel mir aus der Hand. Ich spürte Wellen der Verzweiflung über mich hereinbrechen, ich schrie, schluchzte. Dann kam mir der Gedanke, dass alles ein Irrtum sein musste. Ich wählte die Nummer meiner Mutter und meinte, dass es bestimmt eine Verwechslung gewesen sei, aber sie nahm mir jede Hoffnung. Es war Laras Wagen, man hatte ihre Tasche gefunden, ihren Ausweis. Es war unvorstellbar, nie wieder ihr fröhliches Gesicht zu sehen, nie wieder mit ihr zu sprechen, sie um Rat zu fragen. Es war unvorstellbar, und doch war es nun meine Wirklichkeit. Sie ist gestorben, ganz allein, und ich war nicht bei ihr.«

»Ihre Schwester wusste, wie sehr Sie sie liebten. Dessen bin ich mir sicher«, sagte Édouard.

Ich hatte einen Kloß im Hals. »Ja. Aber ich hätte es ihr sagen müssen. Das hätte sie verdient.«

»Sie können die Zeit nicht zurückdrehen, Romy. Niemand

kann das. Sie müssen und sollten nach vorn schauen. Leben Sie. Und vertrauen Sie wieder. Vertrauen Sie darauf, dass es Menschen gibt, die Sie lieben. Und lassen Sie die Liebe zu.« Er zwinkerte mir zu. »Sie kommt viel zu selten im Leben, die Liebe.«

Vor unserer Abreise gab es nur noch eine Sache, die Édouard tun wollte. Und das war, Olivier ein zweites Mal besuchen. Auch wenn er wenig Hoffnung hätte, dass sein Freund ihn erkennen würde, so müsse er es zumindest noch einmal versuchen, erklärte er. Denn Olivier sei es gewesen, der ihm immer beigestanden, der ihn gerettet hätte vor dem großen Absturz. Ich vermutete, dass Édouard nach dem Tod seiner Eltern vielleicht doch Schlimmeres im Sinn gehabt hatte, das er bisher für sich behalten hatte.

Madame Renouf wollte uns begleiten. Seit sie wusste, wer Édouard war und in welcher Beziehung er zu ihrer Familie stand, hatten die beiden viele Stunden zusammen verbracht. Édouard hatte ihr von früher erzählt, von ihrem Vater als Kind, von allem, was Olivier, Francine und Étienne nach dem Tod seiner Eltern für ihn getan hatten. Er hatte ihr gebeichtet, dass er sich jahrelang geschämt hätte, dass er Olivier nie besucht, sich nie bei ihm bedankt hätte, zu sehr sei er in Trauer und Selbstmitleid versunken gewesen. Madame Renouf hatte ihm verziehen. Anstelle ihres Vaters und ihrer Großeltern hatte sie ihm verziehen, und ich spürte, dass Édouard das sehr viel bedeutete.

Es war ein sonniger Frühsommertag, das Meer glitzerte, und es roch nach Rosenblüten. Ich musste an die letzten Wochen denken, die ich an der Côte d'Azur verbracht hatte und die mein ganzes Leben durcheinandergewirbelt hatten.

Die Pflegerinnen hatten Olivier nach draußen in den Garten gebracht, er saß in einer schattigen Ecke neben einem Fliederbusch an einem kleinen Porzellantisch, trotz warmer Temperaturen eine braune Wolldecke über den Beinen. Als wir näher kamen, hob er grüßend die Hand.

Wir setzten uns zu ihm, schwiegen aber zunächst. »Geben Sie ihm Zeit«, hatte die Pflegerin gesagt. »Manchmal hilft es, wenn er sich langsam an die Menschen gewöhnt.«

Also saßen wir eine Weile bei ihm, lauschten den in der Ferne gegen das Ufer schwappenden Wellen, dem Vogelgezwitscher und dem Summen der Bienen, die sich über die Kornblumen und Malven im Garten hermachten.

Olivier schaute uns immer wieder an, senkrechte Falten erschienen zwischen seinen Augen, als versuche er, in unseren Gesichtern etwas heraufzubeschwören, dann schweifte sein Blick wieder in die Ferne.

Irgendwann holte Madame Renouf einen kleinen Gegenstand aus ihrer Tasche. Eine Brosche verziert mit Süßwasserperlen. »Erinnerst du dich daran? Das war die Lieblingsbrosche deiner Mutter Francine. Du hast sie mir geschenkt, als ich geheiratet habe. Weißt du noch?«, fragte sie eindringlich.

Mir fiel die Ähnlichkeit der beiden auf; die gleiche Mundpartie, das gleiche leicht vorstehende Kinn und die gleichen grünen Augen.

Olivier nahm die Brosche in die Hände, strich über die glänzenden Perlen. »Maman …«, wisperte er.

»Du weißt es wieder?«, fragte Madame Renouf.

Sie hatte mir auf der Fahrt erzählt, dass Olivier Sachen von früher oft halfen. Und die Brosche schien ihn tatsächlich in eine andere Zeit zu versetzen.

»Maman … Sie trägt ein Tuch um ihr rotes Haar. Sie ist so schön.«

Vielleicht hatten wir Glück. Vielleicht hatte Olivier heute einen guten Tag. Vielleicht würde er sich an Édouard erinnern.

»Schon wieder gibt es Tee. Immer nur Tee. Pfefferminztee, Hagebuttentee, Ingwertee. Ich mag keinen Tee mehr.« Olivier stockte, wirkte auf einmal verwirrt, hilflos blickte er zu Madame Renouf, die ihrem Vater die Hand tätschelte. »Wo ist sie?«, fragte Olivier und schaute sich suchend um. »Eben war sie doch noch hier.«

Wir wechselten einen Blick. »Sie ist nicht hier gewesen. Sie ist schon vor vielen Jahren gestorben«, erklärte Madame Renouf geduldig.

»Aber ich vermisse sie. Ich verstehe das nicht.«

»Olivier.« Édouard hatte sich ein Stück vorgebeugt. »Weißt du, wer ich bin?«

Olivier betrachtete ihn, er wurde ruhiger. Dann hob er seine Hand und strich über Édouards Wange, zeichnete mit den Fingern die Konturen seines Gesichts nach, als würde er eine wertvolle Statue berühren. »Du warst ein Junge«, wisperte er dann.

»Ja, ich war ein Junge. Und du warst auch ein Junge, Olivier. Wir waren die besten Freunde.«

»Freunde?«

»Ja, Freunde.«

»Aber du hast Mamans Vase zertrümmert. Und Papa einen Mistkerl genannt.«

Édouard schluckte. »Ich habe viele schlimme Dinge getan«, erzählte er nach einer kleinen Pause. »Dinge, die ich sehr bereue. Deshalb bin ich hier, Olivier. Um mich zu entschuldigen. Und um mich zu bedanken. Für alles, was du und deine Familie für mich getan haben.«

Olivier ließ seine Hand sinken. »Ich bin müde.«

Madame Renouf machte eine entschuldigende Geste, vielleicht war sie auch erleichtert, dass ihrem Vater bei seinen Erinnerungen nichts Schlimmeres widerfahren war. Sie hatte unterwegs berichtet, dass er einmal bei dem Besuch einer alten Freundin einen Nervenzusammenbruch erlitten hatte.

»Ich bringe dich nach oben.« Sie stand auf, um seinen Rollstuhl in Richtung Haus zu schieben. Man konnte Édouard nicht ansehen, was in ihm vorging. Ich hätte ihm sehr gewünscht, dass er sich mit Olivier aussöhnte. Aber so war das Leben eben nicht.

Doch dann hob Olivier die Hand, als wolle er seiner Tochter bedeuten anzuhalten. Was sie auch tat. Sie beugte sich zu ihm hinab, und er flüsterte ihr etwas zu. Dann sah sie zu uns, etwas unschlüssig zunächst, winkte aber schließlich Édouard herbei. Langsam stand er auf und ging zu Olivier und seiner Tochter. Er beugte sich zu seinem Freund hinab, und sie sprachen kurz miteinander. Olivier kicherte, und Édouard schmunzelte. Dann griff Olivier in seine Hosentasche und reichte Édouard etwas. Ich reckte den Kopf, konnte aber nicht sehen, was es war.

Zum Abschied legte Édouard seine Hand auf Oliviers Schulter, danach kehrte er zu uns zurück, während Vater und Tochter im Haus verschwanden.

»Was hat er gesagt?«, fragte ich, während Édouard sich, immer noch lächelnd, erneut zu uns setzte.

Édouard streckte mir seine Hand entgegen, die zu einer Faust geballt war. Er öffnete sie langsam, und zum Vorschein kam eine Muschel, eine schöne kleine Herzmuschel, die irisierend glänzte.

»Die haben wir gefunden, damals am Cap Ferrat. Er hat sie all die Jahre aufbewahrt.«

»Sie ist sehr schön«, bemerkte ich.

Édouard schloss seine Faust wieder, und sein Blick ging zum Meer. In diesem Moment war er am Cap Ferrat, an den Klippen, dort, wo zwei Jungs vor vielen Jahren zusammen Steine und Muscheln gesucht hatten. Dort, wo sie zu Hause gewesen waren.

EPILOG

Nordstrand, September 2019

Ich trat auf die Veranda.

Ein frischer Herbstwind war aufgezogen, er wirbelte das Laub auf, das im Garten lag, ließ es über die Granitplatten tanzen, zerzauste mein Haar. Es war früher Nachmittag, die milde Septembersonne tauchte alles in ein warmes, feierliches Licht. Ich hörte das Meer rauschen, in der Ferne Schafe blöken, das Läuten der Kirchturmuhr im Ort.

Ich war wieder zu Hause, und doch fühlte es sich anders an. Ich hatte mein Leben in die Hand genommen, und das war überraschend gekommen.

»Na, schöne Frau.« Adam war hinter mich getreten und schlang die Arme um meine Hüften. Ich drehte mich zu ihm um und küsste ihn. Noch immer verspürte ich ein Kribbeln im Körper, wenn er in meiner Nähe war, unsere Verliebtheit war selbst nach einigen Monaten nicht verflogen.

Es war nicht schwer gewesen, Adam zu überreden, für einige Zeit zu mir zu ziehen. Nach unserem Durchbruch in Nizza und schließlich unserem Erfolg vor Gericht hatten wir uns beide eine Pause verdient, das sah auch Adams Kanzlei so. Und hier, in Nordstrand, machten wir mit Frida lange Spaziergänge am Meer, kuschelten uns abends am knisternden Kaminfeuer unter eine Decke, tranken Friesentee mit Eva, die sofort verkündet hatte, dass Adam »absolutes Heiratsmaterial« sei.

Ich sog schnuppernd die Luft ein. »Es riecht gut«, stellte ich fest, und Adam lachte. »Ja, dieser Käsekuchen ist ein Gedicht. Ein Geheimrezept meiner Großmutter.«

Ich lächelte. Wir hatten Adams Großeltern vor einigen Wochen besucht, es waren unglaublich herzliche, einfach wundervolle Menschen.

»Wenigstens kann einer von uns backen. Und kochen. Meine Eltern werden dich lieben.«

»Ich freue mich darauf, sie kennenzulernen. Und ich werde sie auf jeden Fall fragen, wie sie dich so großartig hinbekommen haben.«

»Das wirst du schön bleiben lassen.« Ich knuffte ihn in die Seite.

Er ging wieder ins Haus, und ich deckte den Tisch. Meine Eltern würden jeden Moment eintreffen, und ich freute mich darauf. Wir hatten uns viel zu erzählen.

Als es klingelte, holte Adam gerade den Kuchen aus dem Ofen. Frida peste schwanzwedelnd zur Tür, und ich öffnete.

»Es ist so schön, dich zu sehen!« Meine Mutter breitete die Arme aus und drückte mich fest an sich. Sie roch nach Jasmin, Hyazinthen und Melone, und der Duft war so vertraut wie schmerzhaft. Ich löste mich von ihr, um meinen Vater zu begrüßen.

»Ihr habt euch aber schick gemacht«, bemerkte ich, während sie in den Flur traten. Meine Mutter trug weiße Sandalen und ein luftiges langes Sommerkleid aus hellblauem Chiffon, das ihrer rundlichen Figur schmeichelte. Mein Vater war in einer dunklen Hose und einem weinroten Pullover erschienen. Wahrscheinlich hatte meine Mutter ihn dazu angehalten, er selbst wäre kaum auf die Idee gekommen. »Wir besuchen doch bloß Romy. Die kennt mich sowieso nur in meinem Blaumann«, hatte er sicher gesagt und sich etwas gesträubt, bis meine Mutter schließlich den Sieg davongetragen hatte.

Wir gingen ins Wohnzimmer zu Adam, der neben dem Kachelofen stand und fast ein wenig schüchtern wirkte.

Er streckte meiner Mutter die Hand hin. »Es freut mich außerordentlich, Sie kennenzulernen«, stieß er hastig hervor.

Meine Mutter sah kurz auf seine ausgestreckte Hand, trat dann auf ihn zu und umarmte ihn fest. »Mich freut es auch, Adam«, sagte sie, und die Anspannung verschwand aus seinem Gesicht.

Auch mein Vater umarmte ihn.

»Ich habe draußen gedeckt«, verkündete ich. Mein Vater schaute misstrauisch zu dem perfekt gebräunten Käsekuchen, der auf der Küchenarbeitsplatte stand. »Keine Angst«, erklärte ich schnell. »Adam hat gebacken.«

»Gott sei Dank.« Meine Mutter bekreuzigte sich. Dann hakte sie sich bei Adam unter, um mit ihm auf die Veranda zu gehen. Ich hörte nur noch, wie sie erzählte, dass Lara und ich als Kinder mal einen Maulwurfkuchen backen wollten und dabei fast die Küche in Brand gesteckt hätten.

»Das kann ja heiter werden.« Ich nahm den Kuchen und bat meinen Vater, die Kaffeekanne mit hinauszunehmen.

»Toll, was ihr in Nizza alles geschafft habt«, meinte er, während ich Kaffee einschenkte und Adam den Kuchen anschnitt. »Einfach war das sicher nicht. Aber wie sagte schon mein Vater Enno: Der Wind kommt immer von vorn …«

»… und man muss stets gegenhalten«, vollendete ich.

»Und Sturm ist erst, wenn die Schafe keine Locken mehr haben«, fügte mein Vater hinzu.

»Nun ist aber gut mit den Sprüchen«, mischte sich meine Mutter ein. »Erzählt mal. Wir wollen die ganze Geschichte hören.«

Adam und ich sahen uns an. Es lag so viel Liebe, Vertrauen und Einigkeit in nur einem Blick zwischen uns, dass es mir manchmal fast unheimlich war. Dann berichteten wir, angefangen von der ersten Begegnung mit Édouard über die Suche im Museum und bei Vincent Delamare bis hin zur Rückgabe der Bilder.

»Der Prozess war noch eine Herausforderung, aber am Ende haben wir gewonnen«, endete ich.

»Dieser Édouard muss ein faszinierender Mann sein«, sagte meine Mutter.

»Das ist er«, bestätigte ich. »Aber die Geschichte ist noch nicht ganz zu Ende.«

Meine Eltern sahen mich interessiert an, und Adam und ich wechselten erneut einen Blick.

»Édouard wollte uns noch einmal in Nizza treffen, vor ein paar Wochen«, erzählte Adam. »Was uns nicht weiter verwunderte, schließlich hatten wir viel zusammen erlebt. Wir dachten, er wolle sich vielleicht noch einmal über die Geschehnisse austauschen.«

»Doch das war nicht alles«, fuhr ich fort. »Als wir ankamen, hatte Édouard eine Überraschung für uns.«

»Aha?« Meine Mutter war gespannt.

»Wir sprachen darüber, was er nun mit den Bildern vorhabe, ob sie in seinem Wohnzimmer hängen sollten, so wie damals bei seinen Eltern in Villefranche«, erzählte Adam.

»Er antwortete, dass er leider keine Kinder habe, denen er die Bilder vermachen könne. Und dass er lange darüber nachgedacht habe, welcher Ort der richtige für die Bilder sei.« Ich senkte die Stimme. »Dann eröffnete er uns, dass er nun eine Entscheidung getroffen habe. Er wolle uns die Bilder schenken.«

»Wie bitte?« Mein Vater, der gerade seine Kaffeetasse zum Mund führen wollte, setzte sie wieder ab.

Meine Mutter war nicht minder überrascht.

»Édouard meinte, dass auch Jean-Paul Girard damals beschlossen habe, das Kunstwerk in gute Hände zu geben. Und er wolle nun das Gleiche tun. Bei uns wisse er, dass wir sorgsam mit den Bildern umgehen würden.«

»Das ist ja unglaublich«, rief meine Mutter aus. »Das heißt, eines der bekanntesten Kunstwerke der Welt gehört nun euch beiden?«

»So ist es. Und wir haben tatsächlich schon eine Idee, was wir damit tun werden.« Adam machte ein geheimnisvolles Gesicht.

»Wir werden ein kleines Museum eröffnen, gar nicht weit von hier«, bemerkte ich. »Die drei Bilder werden die Hauptattraktion sein. So etwas gibt es kaum sonst auf der Welt. Die meisten berühmten Bilder hängen in großen Museen, unser Museum Édouard Fauberge wird einzigartig sein.«

»Und die Einnahmen werden gespendet. Wir haben schon einige Organisationen im Auge, die wir unterstützen wollen«, fügte Adam hinzu.

»Das ist großartig. Wirklich großartig«, sagte mein Vater, und meine Mutter nickte.

Ich griff unwillkürlich nach Adams Hand. Mit ihm so eng verbunden zu sein fühlte sich wunderschön an.

Am späteren Nachmittag beschlossen wir, einen Spaziergang am Meer zu machen. Auf den satten grünen Salzwiesen grasten Schafe, die schwerfällig ihre Köpfe hoben, als wir vorbeigingen. Es war Ebbe, das Wattenmeer schien an diesem klaren Tag bis zum Horizont zu reichen, und in der Ferne war im flirrenden Sonnenlicht die Hallig Südfall zu erkennen, zu der gerade ein paar mit Touristen besetzte Kutschen unterwegs waren.

»Hier könnt ich's aushalten«, schwärmte mein Vater, blieb stehen und schaute aufs Watt.

»Du tust gerade so, als würden wir in einem Hochhaus in der Großstadt leben«, beschwerte sich meine Mutter.

Meine Eltern besaßen ein kleines Kapitänshaus in einem idyllischen Viertausend-Seelen-Dorf, ungefähr fünfzig Kilometer westlich von Hamburg.

»Ich bin nun mal ein Nordmann«, erklärte mein Vater etwas mürrisch. »Hier ist meine Seele daheim.«

»Ich finde es auch schön hier«, sagte ich. »Aber mal schauen, wohin es uns als Nächstes verschlägt.«

Adam und ich hatten noch nicht darüber gesprochen, wie genau unser Leben aussehen sollte, war das Museum erst eröffnet und ein Museumsleiter eingestellt. Natürlich wollten wir weiter das tun, was wir in Nizza getan hatten, so viel war uns klar, Kunstwerke aufspüren, für Gerechtigkeit sorgen. Wo und in welcher Form wir das tun würden und ob Adam weiter in seiner Kanzlei arbeiten würde, all das hatten wir jedoch noch nicht entschieden. Fest stand nur, dass wir als Team die Zukunft angehen wollten.

»Kommt Zeit, kommt Rat«, entgegnete mein Vater, seine Worte wurden vom Wind davongetragen.

Meine Eltern verabschiedeten sich am frühen Abend.

»Ich wollte euch noch etwas fragen«, sagte ich, als wir vor der Haustür standen. »Adam und ich wollten in der nächsten Woche Laras Grab besuchen. Würdet ihr uns begleiten?«

Meine Eltern schauten sich an, in den Augen meiner Mutter schimmerte es feucht. »Natürlich.« Sie umarmte mich. »Wir lieben dich«, flüsterte sie.

Als sie davongefahren waren, nahm mich Adam in den Arm. Ich spürte seine Wärme, sog seinen vertrauten Duft ein, hörte das Rauschen der Wellen, und es war, als wäre ich weit fort, bei Henri und Charlotte, die für das Gute gekämpft hatten.

Und dann hörte ich Adams Stimme, die in mein Ohr flüsterte: »›Die Liebenden von Nizza‹. Wer weiß, Romy, vielleicht sind das auch ein klein bisschen wir beide.«

Am nächsten Tag erhielt ich einen Brief von Édouard. Ich setzte mich auf meinen Lieblingsstuhl am Fenster, öffnete den Umschlag und las:

Liebe Romy,
ich bin zurück in England, in meinem Haus in Suffolk, und sitze auf meiner Terrasse mit Blick aufs Meer. Es würde Ihnen hier gefallen. Die See ist rau und wild, die Möwen kreischen und lassen sich in den auftreibenden Wind fallen. Es riecht nach Seetang, Nebel und Gischt liegen über den Klippen.
Kaum jemand verirrt sich in diese Ecke, sodass die Welt vor mir liegt, mir allein, in ihrer ganzen Pracht und Einzigartigkeit. Kennen Sie dieses Gefühl, wenn man völlig eins mit sich ist? Wenn einem bewusst wird, dass alles zusammenhängt, alles am Ende einen Sinn ergibt?
Kurz vor meiner Abreise habe ich in Nizza die »Mauer der Gerechten unter den Völkern« besucht. Sie ist vor einigen Jahren in der Nähe des jüdischen Friedhofs errichtet worden und soll all derer gedenken, die sich unter Einsatz ihres eigenen Lebens für die Verfolgten eingesetzt haben. Ich konnte endlich Blumen für meine Eltern niederlegen. Sie wollten immer, dass ich zu einem Mann mit Prinzipien werde, mit einer guten Seele. Ich weiß nicht, ob ich ein solcher Mann war, aber ich habe mich bemüht. Und ich kann nun mit Stolz und Freude auf das, was war, zurückschauen. Vielleicht ist jetzt der Zeitpunkt gekommen, um endlich sagen zu können: Ich gehe, aber ich gehe, weil ich mein Leben wirklich und wahrhaftig gelebt habe. Und noch etwas

möchte ich Ihnen sagen, Romy: Nichts ist selbstverständlich, nichts darf man hinnehmen, ohne dankbar zu sein. Und es nützt nichts, sich über alles den Kopf zu zerbrechen. Die schlimmen Tage, die Schicksalsschläge, sie kommen ohnehin. Sie lassen sich nicht aufhalten.

Über meinem Leben lag immer ein Schatten, die Schuld lastete auf meiner Seele wie ein schwerer Felsbrocken, der mich ab und an in den Abgrund zog.

Lassen Sie nicht zu, dass Ihnen das auch passiert, Romy. Lassen Sie die Schatten der Vergangenheit nicht Ihr Leben bestimmen. Denn dafür ist es zu wertvoll.

In Freundschaft,

Ihr Édouard